La voluntad y la fortuna

Alfaguara es un sello editorial del Grupo Santillana

www.alfaguara.com

Argentina
Av. Leandro N. Alem, 720
C 1001 AAP Buenos Aires
Tel. (54 114) 119 50 00
Fax (54 114) 912 74 40

Bolivia
Avda. Arce, 2333
La Paz
Tel. (591 2) 44 11 22
Fax (591 2) 44 22 08

Chile
Dr. Aníbal Ariztía, 1444
Providencia
Santiago de Chile
Tel. (56 2) 384 30 00
Fax (56 2) 384 30 60

Colombia
Calle 80, 10-23
Bogotá
Tel. (57 1) 635 12 00
Fax (57 1) 236 93 82

Costa Rica
La Uruca
Del Edificio de Aviación Civil 200 m al
Oeste
San José de Costa Rica
Tel. (506) 220 42 42 y 220 47 70
Fax (506) 220 13 20

Ecuador
Avda. Eloy Alfaro, 33-3470 y Avda. 6 de
Diciembre
Quito
Tel. (593 2) 244 66 56 y 244 21 54
Fax (593 2) 244 87 91

El Salvador
Siemens, 51
Zona Industrial Santa Elena
Antiguo Cuscatlan - La Libertad
Tel. (503) 2 505 89 y 2 289 89 20
Fax (503) 2 278 60 66

España
Torrelaguna, 60
28043 Madrid
Tel. (34 91) 744 90 60
Fax (34 91) 744 92 24

Estados Unidos
2105 N.W. 86th Avenue
Doral, F.L. 33122
Tel. (1 305) 591 95 22 y 591 22 32
Fax (1 305) 591 91 45

Guatemala
7ª Avda. 11-11
Zona 9
Guatemala C.A.
Tel. (502) 24 29 43 00
Fax (502) 24 29 43 43

Honduras
Colonia Tepeyac Contigua a Banco Cuscatlan
Boulevard Juan Pablo, frente al Templo
Adventista 7º Día, Casa 1626
Tegucigalpa
Tel. (504) 239 98 84

México
Avda. Universidad, 767
Colonia del Valle
03100 México D.F.
Tel. (52 5) 554 20 75 30
Fax (52 5) 556 01 10 67

Panamá
Avda. Juan Pablo II, nº15. Apartado Postal
863199, zona 7. Urbanización Industrial
La Locería - Ciudad de Panamá
Tel. (507) 260 09 45

Paraguay
Avda. Venezuela, 276,
entre Mariscal López y España
Asunción
Tel./fax (595 21) 213 294 y 214 983

Perú
Avda. Primavera 2160
Surco
Lima 33
Tel. (51 1) 313 4000
Fax. (51 1) 313 4001

Puerto Rico
Avda. Roosevelt, 1506
Guaynabo 00968
Puerto Rico
Tel. (1 787) 781 98 00
Fax (1 787) 782 61 49

República Dominicana
Juan Sánchez Ramírez, 9
Gazcue
Santo Domingo R.D.
Tel. (1809) 682 13 82 y 221 08 70
Fax (1809) 689 10 22

Uruguay
Constitución, 1889
11800 Montevideo
Tel. (598 2) 402 73 42 y 402 72 71
Fax (598 2) 401 51 86

Venezuela
Avda. Rómulo Gallegos
Edificio Zulia, 1º - Sector Monte Cristo
Boleita Norte
Caracas
Tel. (58 212) 235 30 33
Fax (58 212) 239 10 51

Carlos Fuentes

La voluntad y la fortuna

SPANISH
FUENTES
CARLOS

ALFAGUARA

D. R. © 2008, Carlos Fuentes
D. R. © De esta edición:
Santillana Ediciones Generales, S. A. de C. V., 2008
Av. Universidad 767, Col. del Valle
México, 03100, D.F. Teléfono 5420 7530
www.alfaguara.com.mx

10/14
LAD 1/14
PL 6

Edición al cuidado de Eduardo Mejía, César Silva y
Ramón Córdoba. Corrección: Alberto Román, Mayra
González y Lilia Granados. Composición tipográfica:
Miguel Ángel Muñoz.

ISBN: 978-970-58-0446-5 (rústica)
      978-970-58-0447-2 (tapa dura)

Primera edición: agosto de 2008

Diseño de los forros de la colección: Leonel Sagahón
Cubierta: Leonel Sagahón

Impreso en México

A mis hijos
Cecilia
Natacha
Carlos

Preludio

Cabeza cortada

De noche, el mar y el cielo son uno solo y hasta la tierra se confunde con la oscura inmensidad que lo envuelve todo. No hay resquicios. No hay cortes. No hay separaciones. La noche es la mejor representación de la infinitud del universo. Nos hace creer que nada tiene principio y nada, fin. Sobre todo si (como sucede esta noche) no hay estrellas.

Aparecen las primeras luces y la separación se inicia. El océano se retira a su propia geografía, un velo de agua que oculta las montañas, los valles, los cañones marinos. El fondo del mar es una cámara de ecos que jamás llegan hasta nosotros, y menos hasta mí, esta madrugada.

Sé que el día va a derrotar esta ilusión. Y si ya nunca más amaneciese, ¿entonces, qué? Entonces creeré que el mar se ha robado mi figura.

El Pacífico es ahora un océano en verdad calmado, blanco como un gran tazón de leche. Es que las olas le han avisado que la tierra se aproxima. Yo trato de medir la distancia entre dos olas. ¿O será el tiempo lo que las separa? ¿No la distancia? Contestar esta pregunta resolvería mi propio misterio. El océano es imbebible, pero nos bebe. Su suavidad es mil veces mayor que la de la tierra. Pero sólo escuchamos el eco, no la voz del mar. Si el mar gritase, todos estaríamos sordos. Y si el mar se detuviese, todos moriríamos. No hay mar quieto. Su movimiento perpetuo le da el oxígeno al mundo. Si el mar no se mueve, nos ahogamos todos. No la muerte por agua, sino por asfixia.

Amanece y la luz del día determina el color del mar. El azul de las aguas no es más que una dispersión de la luz. El color azul significa que el astro solar ha vencido la claridad de las aguas, dotándolas de un ropaje que no es el suyo, que no es su piel, si es que el mar también tiene piel... ¿Qué cosa va a iluminar el día que nace? Quisiera dar una respuesta muy rápida porque me voy quedando sin palabras que contarles a ustedes, los sobrevivientes.

Si el sol naciente y la noche moribunda no hablan por mí, no tendré historia. La historia que quiero contarle a los que aún viven. Creo que el mar vive y que cada ola que me lava la cabeza siente la tierra, palpa la carne, busca mi mirada y la encuentra, estúpida. O más bien azorada. Incrédula.

Miro sin mirar. Tengo miedo de ser visto. No soy lo que se dice "agradable" de ver. Soy la cabeza cortada número mil en lo que va del año en México. Soy uno de los cincuenta decapitados de la semana, el séptimo del día de hoy y el único durante las últimas tres horas y un cuarto.

El sol naciente se refleja en mis ojos abiertos. Mi cabeza ha dejado de sangrar. Un líquido espeso corre de la masa encefálica a la arena. Mis párpados ya nunca se cerrarán, como si mis pensamientos siguieran empapando la tierra.

Aquí está mi cabeza cortada, perdida como un coco a orillas del Océano Pacífico en la costa mexicana de Guerrero.

Mi cabeza arrancada como la de un feto muerto que debe perderla para que el cuerpo acéfalo nazca a pesar de todo, palpite por unos instantes y muera también, ahogado en sangre, a fin de que la madre se salve y pueda llorar. Después de todo, la guillotina primero ensayó su eficacia cortándole la cabeza, no a los reyes, sino a los cadáveres.

Mi cabeza me fue cortada a machetazos. Mi cuello es un tejido que se deshebra a jirones. Mis ojos son dos faros de asombro abiertos hasta que la siguiente marea se los lleve y los peces se metan a mi cabeza por el orificio sacrificial y la materia gris se vuelque, entera, en la arena, como una sopa derramada, perdida en la tierra, para siempre invisible como no sea para abono de turistas nacionales y extranjeros. ¡Estamos en el trópico, carajo! ¿No se han enterado, ustedes que aún viven o creen vivir?

El cerebro dejó de controlar los movimientos de un cuerpo al que ya no encuentra. Mi cabeza abandonó al cuerpo. ¿Para qué me sirve, sin cuerpo, respirar, circular, dormir? Aunque si estas son las áreas más viejas de mi cabeza, ¿me esperarán nuevas zonas en la parte del cerebro que no usé en vida? Ya no tengo que controlar el equilibrio, la postura, la respiración, el ritmo del corazón. ¿Entro a una realidad desconocida, la que la parte inutilizada del cerebro va a revelarme dentro de poco?

Los guillotinados no pierden la cabeza en seguida. Les quedan unos segundos —acaso unos minutos— para mover los ojos desorbitados, preguntarse qué pasó, dónde estoy, qué me espera, con una lengua que, separada del cuerpo, no deja de moverse, locuaz, idiota, a punto de perderse para siempre en el misterio de saber a dónde fue a parar mi cuerpo trunco, en vez de fijarse con premura en el deber máximo de una cabeza cortada, que consiste en recrear en la mente al cuerpo y decir: Esta es la cabeza de Josué, hijo de padres desconocidos, en busca de su cuerpo vivo, el que tuvo en vida, el que palpitó de noche y de día, el que todas las mañanas despertó con un proyecto de vida negado, ¡cómo no!, por la imagen del primer espejo de la jornada. Yo, Josué, cuya única preocupación en este instante es no morderse la lengua. Porque aunque la cabeza esté cortada, la lengua busca hablar, liberada al fin, y sólo alcanza a morderse a sí misma, morderse como se muerde una salchicha o una hamburguesa. Carne somos y a la carne regresamos. ¿Así se dice? ¿Así se ora? Mis ojos sin órbita buscan al mundo.

Fui cuerpo. Tuve cuerpo. ¿Seré alma?

Primera parte

Cástor y Pólux

Permítanme presentarme. O más bien dicho: presentar mi cuerpo, violentamente separado (esto ya lo saben) de mi cabeza. Hablo de mi cuerpo porque lo he perdido y no tendré otra oportunidad de presentárselo a sus mercedes, o a mí mismo. Indico así, de una santa vez, que la narración que sigue la dicta mi cabeza y sólo mi cabeza, toda vez que mi cuerpo, separado de ella, ya no es más que un recuerdo: el que aquí sea capaz de consignar y dejar en manos del advertido lector.

Bien advertido: el cuerpo es por lo menos la mitad de lo que somos. Sin embargo, lo dejamos escondido en un clóset verbal. Por pudor, no nos referimos a sus inapreciables e indispensables funciones. Dispénsenme ustedes: hablaré con todo detalle de mi cuerpo. Porque si no lo hago, muy pronto mi cuerpo no será sino cadáver insepulto, ave de carnicería, anónimo lomo. Y si no quieren saber de mis intimidades corporales, sáltense este capítulo e inicien la lectura, muy formales, en el siguiente.

Soy un hombre de veintisiete años de edad y un metro setenta y ocho de estatura. Cada mañana me miro desnudo en el espejo de mi cuarto de baño y me acaricio las mejillas anticipando la cotidiana ceremonia: afeitarme la barba y el labio superior, provocar una reacción fuerte con el agua de colonia Jean-Marie Farina en la cara, resignarme a peinar una cabellera negra, espesa y alborotada. Cerrar los ojos. Negarle a la cara y a la cabeza el protagonismo que mi muerte se encargará de darles. Concentrarme, en vez, en mi cuerpo. El tronco que va a separarse de la cabeza. El cuerpo que me ocupa del cuello a las extremidades, revestido de una piel de color canela pálido y externado en uñas que siguen creciendo horas y días después de la muerte, como si quisieran arañar las tapas del féretro y gritar aquí estoy, sigo vivo, se han equivocado al enterrarme.

Esta es una consideración puramente metafísica, como lo es el terror en sus modalidades pasajeras y permanentes. Debo concentrarme en mi piel aquí y ahora: debo rescatar mi físico, en toda su integridad, antes de que sea demasiado tarde. Este es el órgano del tacto que cubre todo mi cuerpo y se prolonga dentro de él con travesuras anales módicas y permisibles si las comparo con las bromas mayores del género femenino, con su incesante entrar y salir de cuerpos ajenos (la verga del macho notoriamente y el cuerpo del niño sagradamente, en tanto que de mi envoltura masculina sólo salen el semen y la orina por delante y por detrás, igual que *chez la femme*, la mierda y en casos de estreñimiento, la hostia profunda del supositorio). Canturreo ahora: "Caga el buey, caga la vaca y hasta la niña más guapa echa su bola de caca". Amplias, generosas entradas y salidas de la mujer. Estrechas, avaras las del hombre: la uretra, el ano, la orina, la mierda. Claros y brutales los nombres. Oscuros y risibles los apodos: tubos de Bellini, asa de Henle, cápsula de Bowmann, glomérulo de Malpigio. Peligros: anuria y uremia. Sin orina. Orina en la sangre. Los evité. Todo es al cabo evitable en la vida, salvo la muerte.

Sudé. En vida sudó todo mi cuerpo, con excepción de los párpados y el borde de los labios. Sudé limpio, salado, sin mal olor, aunque sudar y orinar fueron productos humanos pero distinguibles por la calidad distinta del olor. Nunca necesité de desodorantes. Tuve nobles y limpias axilas. Mi orina sí olió mal, a tugurio olvidado y a cueva sin luz. Mi caca varió con las circunstancias, sobre todo dependiendo de la dieta. La comida mexicana nos aproxima peligrosamente a la diarrea, la norteamericana al retortijón, la británica al estreñimiento. Sólo la cocina mediterránea asegura un equilibrio sano entre lo que entra por la boca y sale por el culo, como si el aceite de oliva y el vinagre de Módena, el producto de las huertas del Mediodía, los duraznos y los higos, los melones y los pimientos, supieran por adelantado que el gusto de comer debe compensarse con el gusto de cagar, muy de acuerdo con las prosas de Quevedo: "Más te quiero que a una buena gana de cagar".

En todo caso —en mi caso—, la mierda es casi siempre dura y marrónea, a veces enroscada con estética como las de barro que venden en los mercados, a veces diluida y atormentada por los picantes nacionales: mierda mía. Y rara vez (sobre todo al viajar) reticente y mal encarada.

Sé que con estas diversiones, mis queridos sobrevivientes, estoy aplazando lo más importante. Llegar a mi cabeza. Contarles cómo era mi cara tras dar a entender que las nalgas son, como es bien sabido, la segunda cara del hombre. ¿O será la primera? Ya indiqué, al peinarme, que tengo una buena mata india de pelo oscuro y más enraizado que un maguey. Me falta indicar que mis ojos oscuros se hunden en las cuencas de un esqueleto facial casi transparente si no fuese por el disfraz moreno de la piel. (La piel morena esconde mejor los sentimientos que la piel blanca. Por eso cuando se manifiesta es más brutal aunque menos hipócrita.) Resumo: tengo cejas invisibles, boca amable, delgada, casi siempre, y sin razón alguna salvo la de la cortesía, sonriente. Orejas ni grandes ni chicas, apenas adecuadas a mi rostro en extremo flaco, la piel pegada al hueso, las raíces de la cabellera brotando como matorrales nocturnos que crecen sin luz.

Y tengo nariz. No una nariz cualquiera, sino una probóscide grande, por fortuna delgada, pero larga y fina, como un periscopio del alma que se adelanta a la vista para explorar el paisaje y saber si vale la pena desembarcar o permanecer retraído, debajo del mar de la existencia.

El gran sargazo de la muerte anticipada.

El mar que asciende en breves oleadas, obligándome a tragarlo antes de que llegue hasta los orificios de mi gran nariz, sobresaliente entre la playa y la marea del amanecer.

Soy cuerpo. Seré alma.

Narizón. Nariguetas. Narigudo. Narizado. Pinocho. Tapir. Dumbo (a pesar de orejas normales). El alboroto del patio de la escuela no le daba preferencia a los epítetos que me arrojaba la turba de mocosos idénticos en sus uniformes de camisa blanca y corbata azul siempre mal anudada, como si no usar el último botón del cuello fuera el signo universal de una rebeldía dominada al cabo por la doble disciplina del maestro y la religión. Suéter azul, pantalón gris. Sólo en las extremidades lucía esta pandilla escolar su desidia y su brutalidad. Los zapatos de cuero rasgado por el hábito de patear, patear pelotas en el patio, patear pupitres en la clase, patear árboles en la calle, usar las patas para demostrar que, aunque fuera sin palabras, ellos protestaban, nacían para protestar, estaban inconformes. ¿Debí agradecer que a mí sólo me agredían con palabras, no con golpes?

No lo sé. Era tal la ferocidad burlona de sus rostros que a pesar de mi intención estética de distinguir entre los más feos no a los más bellos —no los había— sino a los menos "feroces", cuando me agredían yo miraba una sola bestia con una sola cara de dientes pelones y ojos con párpados metálicos, como si protegiesen una caja fuerte de sentimientos inconfesables detrás de una reja penitenciaria, pues yo nunca perdí de vista que estos mismos cabrones que me agredían a propósito de mi gran nariz más tarde rezarían con cabezas inclinadas y cantarían el himno nacional con barbillas temblando de orgullo.

En la escuela "Jalisco", así llamada desde que el liberalismo revolucionario prohibió la enseñanza religiosa y el conservadurismo revolucionario se hizo de la vista gorda y la permitió, pero sólo si las escuelas no proclamaban la fe sino el patriotismo histórico o geográfico: Colón, Bolívar, Patria, México se convertían en seudónimo de escuelas jesuitas, maristas, lasallistas y, en el caso del instituto al que me enviaron, de los Presbíteros Católicos, y por eso, entre nosotros, era conocida la escuela como El Presbiterio y no como Jalisco. Era una manera de burlar la hipocresía compartida del gobierno y del clero. "Jalisco" por fuera. "Presbiterio" por dentro.

Narizón, Pinocho, Nariguetas, me llovían los insultos, me obligaban a moverme hacia atrás mientras ellos avanzaban como una columna militar encabezada por un horrendo muchachillo de cabeza rapada, ojos de alcancía y boca de betabel, orejas cosidas al cráneo y una prestancia de gran asaltante de caminos, un ademán hacia adelante, un gesto de desafío no sólo ante mí sino ante el mundo: era el inconforme más inconforme; se anudaba la corbata sobre el pecho, se la amarraba alrededor del cuello, acentuando su aire de bandido. Lo que son las cosas. Siendo este el cabecilla aparente de la turba escolar, un sentimiento que no pude localizar en su origen decía que el jefe de la guerrilla no la traía contra mí y mi nariz, sino contra algo distinto, más cercano a él, algo que mi presencia disipaba apenas sonaba la campana que daba fin al recreo —o apenas intervenía uno de los maestros que, hasta entonces, ni siquiera miraban lo que me ocurría, como si agredir, así fuese verbalmente, a un alumno no fuera muy distinto de jugar basket, contar chistes o comer tortas.

Yo dispuse mi ánimo. "Aguanta, Josué. No cedas. No devuelvas los insultos. Ármate de paciencia. Gánales con tu serenidad. Ni se te ocurra golpear a nadie. El que se enoja pierde. Mantente serio y sereno. Acabarán por respetarte, ya lo verás".

Hasta el día en que mis buenos consejos fueron traicionados por mis malos impulsos y le solté una trompada al pelón más peleonero. Se armó la de San Quintín (estudiantes de historia: en esta batalla Felipe II derrotó a Francia y se cubrió de gloria) en medio de una colosal confusión que se convirtió al cabo en derrota y también se invocará el Rosario de Amozoc, cuando todos pelearon contra todos, disolviéndose las dudas en un zafarrancho digno de los pleitos de cantina en las películas del Lejano Oeste. O en un Donnybrook, versión británica de un zafarrancho, *fracas*, *melée*, brujajá, clamor, tumulto, julzbalú, pandemonio, charivari, embrollo, logomaquia y, en general, simple y puro desmadre. O sea: el pelón cayó de espaldas contra los compañeros que lo arrojaron de vuelta contra mí aunque el guerrillero resbaló y pegó con la cara contra la baldosa del patio, hecho que provocó una disputa entre dos, luego cuatro, luego siete compañeros acerca de quién había hecho que cayera el campeón y otro chico, decidido, se paró de mi lado, se enfrentó a la muchedumbre escolar y gritó que el siguiente golpe no sería contra mí, sino contra él.

La seguridad de mi defensor se transformó en autoridad sobre una grey que contaba su propia fuerza en el número y no el valor. El silbato del orden profesoral sonó al fin aquella tarde por lo demás tormentosa porque el sol de la mañana iba a bañarse entre cataratas de lluvia vespertina y puntual.

—Es época de aguas —dijo mi sonriente defensor, posando una mano sobre mi hombro.

Le di las gracias. Dijo que no toleraba a los montoneros. Se distrajo y le dio la mano al pelón para que se levantara.

—No llegues tarde a clase, cabrón —le dijo.

El pelón se limpió con la mano la sangre de la nariz, nos dio la espalda y salió corriendo.

Mi nuevo amigo y yo caminamos juntos a lo largo del gran patio de recreo, un espacio rodeado por dos pisos de clases y auditorios y con una cancha de frontón al fondo.

—Si fueran un poquito más cultos, te habrían llamado Cyrano.

—Son unos malditos. No les des ideas. Me llamarían Sir Ano.

—Y si fueras cojo, Nureyev.

Mi salvador se detuvo y me miró con agudeza.

—No tienes una nariz grande. Es sólo una nariz larga. No te dejes de esta pandilla de zánganos. ¿Cómo te llamas?

—Josué.

Iba a añadir el consabido "para servir a usted" de la cortesía colonial mexicana cuando mi protector echó la cabeza para atrás y soltó una larga carcajada.

Así lo quiero recordar siempre, como en ese momento. De mi misma estatura, pero el reverso de mi medalla. Un rostro tendiente a la gordura en el que las mejillas de la infancia no acababan de desprenderse de la leche materna. Sí, una boca de biberón y unos ojos tan tiernos y claros que casi reclamaban el chupete. El cuerpo, en cambio, era vigoroso, el andar decidido, acaso demasiado seguro de su pisar fuerte y su avanzar cuadrado, allí donde mis movimientos tendían a deslizarme sutiles y hasta un poco indecisos, como si no supieran si a mis pies había suelo o vacío, piso o pantano, luz o lodo...

Fue lo primero que noté. Mi pisada incierta y corta. El andar marcial y hasta mandón de mi amigo.

Me percaté de que él no se había presentado. Yo me volví a introducir.

—Josué —le dije sin dejar de caminar.

Él se detuvo como un falso petrificado. Yo lo miré con cierto asombro.

—Josué. Josué —repetí un poquito incó-
modo—. Josué Nadal.

Mi amigo se convulsionó. La risa lo arrebató,
lo dobló sobre sí mismo, al cabo lo obligó a levantar
la cabeza, mirar al cielo cada segundo más nublado,
mirar enseguida mi cara de asombro, carcajearse aún
más al verme, incitar en mí cierto sentimiento de enojo
ante una broma no compartida, una gracia para mí
un poco desgraciada.

—¿Y tú? —alcancé a decirle disimulando la
irritación.

—Je... Je... —alcanzó a su vez a decir entre
carcajadas.

Me encabroné tantito: —Oye, la burla no
me...

Me tomó del hombro: —Que no es risa, compadre... Es asombro...

—Entonces no te burles.

—Jericó. Me llamo Jericó —dijo con súbita seriedad.

—¿Jericó qué? —insistí.

—Jericó a secas. Sin apellido —dijo mi nuevo
amigo con un aire abrupto y definitivo, como si en el
acto de abrir un libro todo el texto desapareciese dejando sólo el nombre del autor, mas no su apellido.

—Jericó... Vámonos que son rieles.

El río desborda en tiempo de cosechas. Ahora, está
seco y las tribus pueden pasar. Pero primero hay que
enviar espías a reconocer el terreno. Josué cruza el Jordán disfrazado de mercader y se esconde en un burdel
de la ciudad. La ramera vive allí con su familia. Es una

mujer cándida y dadivosa. De su cuerpo, de su afecto, de su protección. Está acostumbrada a esconder a hombres prófugos, maridos enemigos, borrachos que necesitan tiempo para recuperarse. Impotentes que también se retrasan y quieren demostrar su virilidad recuperada con el cariño y la paciencia que sólo una puta puede dar porque es su vocación y no sólo su profesión. ¿Sabe la ramera que Josué y sus hombres son miembros de una tribu errante detenida a orillas del Jordán y en busca de la tierra prometida? La puta, que se llama Hetara, cree que no existen tierras prometidas ni paraísos perdidos. Sabe de la locura de Israel y sus profetas. Todos quieren dejar la tierra que les da hospitalidad para seguir a la siguiente nación de la promesa. Pero al llegar allí, enseguida se pondrán a soñar en la siguiente tierra prometida y así sucesivamente hasta agotarse en el desierto y morirse de sed y hambre. La gran puta de Jericó no quiere que su ciudad sea el puerto final de las tribus de Israel. No porque los deteste. Al contrario, ella los ama porque ama la vocación andariega de Israel y quiere que no se queden aquí sólo para que sigan adelante en cumplimiento de su destino interminable.

Porque sabe estas cosas, los clientes del burdel la consultan y ella cuenta fábulas. Algunas, las ha soñado. Otras, las ha recordado. Pero la mayoría las improvisa al calor de las visitas que recibe. Ella es una maga, dicen los familiares que se acogen como perros abandonados a su caridad sensual, que admira a quien le habla y le cuenta el porvenir a sus clientes sólo a partir de quiénes son esos clientes. Ella es realista. Jamás le daría a un hombre un destino que no se encuentre ya en el futuro de ese hombre. Porque a ella le basta una indicación del pasado de cada cliente para imaginar con certeza el porvenir del mismo. No es una mujer cruel. Es una mujer ponderada. Cuando el futuro se presenta feliz, ella rebaja la alegría porque sabe que cualquier giro de la vida puede, inesperado, ensombrecerla. Cuando, al contrario, el porvenir es desgraciado, ella pone una dosis pequeña de optimismo, encaja una broma, encoge los hombros y pasa del augurio al tugurio: su carne, su boca, sus piernas, esto es el porvenir...

Josué llegó a Jericó con una intención pura: explorar la ciudad para tomarla luego y así continuar la reconquista de la tierra de Israel iniciada por Moisés, al cual Josué sirvió como un hijo y prometió, a la hora de la muerte, proseguir el tenaz camino desde las llanuras de Moab hasta las montañas de Nero y la cima de Pisga. Conquistar toda la tierra visible, de Vilead a Dan, tierras de Efraín y de Manasés, así como la tierra de Judea hasta el mar. Pero primero había que vencer y ocupar la ciudad a la vista, la primera ciudad, la ciudad de las palmeras: Jericó. Y por eso estaba allí Josué, con el propósito de reconocer la tierra y así conquistarla al día siguiente. Se sentía protegido en el generoso prostíbulo, con sus pungentes olores de sudor y excrecencia, vino derramado, frituras variadas, pelo de bestia quemada, humo de fuegos lentos, techos rojos. Recordaba, empero, la admonición de Moisés, su protector y guía, contra los placeres del sexo y el culto orgiástico de Balaam. Las caricias de la gran puta del desierto le decían, en cambio, que gracias a ella, a su infidelidad, a su protección, caería la ciudad de Jericó y el pueblo judío podría seguir su ruta de fuerza con justicia y justicia con fuerza. Josué le preguntó a la prostituta qué se jugaba esa noche, entre el amor y la guerra. Y ella le dijo que en cada coito del mundo se jugaban la vida y la muerte, el puro y gratuito placer junto al deber de dar nacimiento al producto del coito, la suspensión temporal del deber en nombre del placer y su reanudación fatal al separarse la pareja erótica e imponerse la ley del mundo. ¿Y más allá?, preguntó afanoso Josué, capturado ya entre las piernas de Hetara, que así decidió llamarla, con fuego en su placer y con el entendimiento de que aquí, en el lecho de esta mujer, se preparaba tanto para la victoria como para la derrota.

¿Atribuiría una u otra a esta hora de alegría? ¿Le perdonaría la víctima su fugaz concupiscencia? ¿Se la cobraría caro a la hora de la derrota? Josué precipitó el acto y Hetara se sintió autorizada, sentada con las piernas cruzadas sobre el camastro de paja, a decirle Josué, ganarás la batalla pero no agotarás el destino. Tu pueblo se debatirá para siempre entre la permanencia en un solo lugar o la promesa del siguiente lugar por conquistar, un lugar mejor que el anterior, y así sucesivamente. El éxodo será interminable. Y será nuevo. En sus sucesivos exilios, tus descendientes enriquecerán la tierra que pisen. Serán doctores, curarán. Serán artistas, crearán. Serán abogados, defenderán. Tendrán éxito y serán envidiados. Serán envidiados y serán perseguidos. Serán perseguidos y sufrirán las peores torturas. El gran llanto de tu pueblo en el que se reconocerán, por un trágico y feliz instante, todos los hombres, mujeres y niños del mundo. Esto veo, Josué. También veo a tu pueblo inmóvil, seguro de que ya encontró una patria y no tiene obligación de moverse. Esto será un engaño. Israel está condenado a migrar, moverse, ocupar tierras como tú, mañana, ocuparás la mía. Nuestros cuerpos se han unido como mañana se unirán mi tierra y la tuya.

Piensa, Josué: ¿cómo me devolverás mi tierra? ¿Cómo evitarás que mi destino mañana sea el tuyo de siempre? ¿Sólo ocuparás mi tierra para olvidar que nadie te dio la tuya…?

Josué escuchó con atención a Hetara y se dijo que esta noche de placer prohibido era el precio de la victoria permitida. Hetara lo sabía todo y no perdonaba nada. Josué lo vio en su mirada oscura, le arrebató el rojo listón que recogía la cabellera negra y le dijo:

—Hazme un último favor. Cuelga el listón colorado desde el techo de tu casa.

—¿Se salvarán mi familia y mis clientes?

—Sí, te salvarás tú misma. Te lo juro.

De esta manera justificó Josué su noche con la puta de Jericó, regresó a la montaña y le dijo a los judíos: En verdad, Jehová nos ha entregado la tierra en las manos. Y todos le siguieron hasta las orillas del Jordán y dieron grandes gritos, convencidos de que Dios les había prometido vencer en la batalla y los sacerdotes harían sonar las trompetas. Entonces los muros de Jericó se derrumbaron con grande estrépito, como si las voces y las trompetas fuesen los brazos de Dios, y los judíos entraron a Jericó y destruyeron la ciudad, mataron con la espada a hombres, mujeres y niños, a viejos, bueyes, ovejas y asnos, respetando sólo la orden de Josué:

—No toquen a Hetara la prostituta.

Y Hetara fue a vivir entre los judíos y supo que su ciudad jamás volvería a verse, porque Josué dictaminó que quien la reconstruyese sería un maldito a los ojos del Señor.

Así nos hicimos amigos Jericó y yo. Descubrimos todo lo que teníamos en común. La edad. 16, 17 años. Lecturas no sólo tempranas, sino compartidas aunque él me llevaba la ventaja de un año, que en la adolescencia son muchos. Me prestaba, anotados, los libros que ya había leído. Comentábamos juntos. Y una actitud común dentro de la escuela y fuera de ella. Ser independientes. Descubrimos que no nos dejábamos inculcar opiniones que no fueran las nuestras o que no pasaran, al menos, por la criba de nuestra crítica. Además, pensamos que las nuestras eran no sólo opiniones sino dudas. Este fue el terreno más firme de nuestra amistad. De manera casi instintiva, Jericó y yo entendimos que cada línea que leíamos, cada idea que recibíamos, cada verdad que afirmábamos, tenía su contrario, como el día a la noche. No dejábamos pasar, en ese año final de la escuela secundaria, una sola línea, idea o verdad sin someterla a juicio. No calculábamos aún cuánto nos serviría —o nos dañaría— esta actitud cuando saliéramos al mundo, fuera del nido protector de la escuela. Ahora, ser disidentes dentro de ella nos distinguía con un aire aún adolescente, pedante y sobrado, de la chusma estudiantil que nos rodeaba y que, después de la defensa de mí que hizo Jericó y en vista de la ensangrentada nariz del pelón agresor, dejó de meterse conmigo o con mi nariz, buscando nuevos puerquitos contra los cuales pelear, siempre y cuando pudiesen aislar a la víctima y presentarse como masa no identificable y, en consecuencia, no punible.

Incluso el famoso pelón acabó por acercarse a nosotros con una noticia divertida y falsa.

—Andan diciendo que ustedes nunca se separan porque son maricas. Quiero ser su amigo a ver si se atreven a decir eso de mí también.

Acompañó sus palabras con tremendos gestos de maldad y una torpe agilidad de campeón en ciernes.

Le preguntamos, con falso asombro, si él estaba a salvo de cualquier agresión y dijo que sí. ¿Por qué?, insistimos. Porque soy muy rico y no presumo. Señaló, con su puño siempre ensangrentado o cubierto de costras, hacia la calle:

—¿Ven un Cadillac negro estacionado allí fuera a la salida de clases?

Claro. Era ya parte del paisaje.

—¿Me han visto subir a él?

No, lo vimos esperar el camión en la esquina.

—Pues es el coche de mi papá. Viene por mí todas las tardes. El chofer me ve salir, se baja y me abre la puerta. Yo me voy de frente a la parada del camión y el Cadillac se regresa solo.

Pensé en el gasto inútil de gasolina pero me quedé callado, pensando que por ahora el chico merecía toda nuestra curiosidad. Se colocó los brazos en jarras y nos miró con una simpática —o acaso patética— necesidad de aprobación. En ausencia de nuestro aplauso, cedió y se presentó.

—Soy Errol.

Ahora sí Jericó y yo sonreímos y nuestra sonrisa amable era una solicitud: Explícanos.

—Mi mamá ha sido fan de Errol Flynn toda su vida. Ya ni quien se acuerde de Errol Flynn. Era un actor muy famoso cuando la mamá de mi mamá era joven. Ella le contaba que no se perdía una película de Errol Flynn. Decía que era muy guapo y *nonchalant*, así lo llamaban en las revistas de cine. Era Robin Hood y se columpiaba de árbol en árbol, vestido de verde como camuflaje, dispuesto a robarle a los ricos para ayudar a los pobres y enemigo de la tiranía. Y mi mamá heredó ese gusto.

Una ensoñación pasó por los ojos del pelón agresivo que ahora se presentaba como Errol Esparza y nos ofrecía su amistad así como un sumario de su vida, sentados los tres en las escaleras del patio de la escuela ese año final de nuestra educación secundaria, prontos a asumir los deberes (y los aires) de la escuela preparatoria en este mismo edificio, con los mismos profesores y compañeros, ya no idénticos a sí mismos sino al espejo cambiante de la primera juventud, cuando los mil signos de la infancia persisten, insistentes, en vedarle el paso al rostro que pugna por abrirse camino para decirnos: Ya crecimos. Ya somos hombres.

Por eso se hacía tan largo el año final de la secundaria y tan incierto y lejano el inicial de la preparatoria. No por realidades esenciales a uno u otro grado de la educación, sino por los hechos accidentales que éramos nosotros mismos: el mofletudo Jericó, el pelón Errol y el flaco Josué, yo mismo, los tres sorprendidos de los cambios que vivían nuestros cuerpos y almas, aunque fingiendo los tres, cada uno a su manera, que recibíamos las transformaciones sin asombro, con frialdad natural y hasta con cierta displicencia, como si supiéramos de antemano lo que seríamos el año entrante e ignorásemos, soberanamente, lo que éramos aún.

La verdadera encrucijada nos la proponía Errol. Nos invitó a su casa. Fue una invitación hecha con un extraño aire de ironía mezclado con indulgencia y de indulgencia disfrazando una vergüenza mal disimulada. De manera implícita, esperaba ser invitado a nuestros hogares creyendo que nuestra amistad sólo sería duradera si conocíamos el peor secreto de un chico de dieciséis años: su familia. Superado este trauma, podríamos movernos al siguiente estado. Ser adultos y ser amigos.

La buena fe —para no decir la inocencia— del buen Errol estaba fuera de toda duda. Yo sabía que todo lo no dicho por el joven rapado no vivía en el sótano de la mala fe. Errol obraba rectamente. Los que seguíamos caminos torcidos, en todo caso, éramos Jericó y yo.

—Errol Esparza.

—Josué Nadal.

—Jericó.

Ustedes que me sobreviven pueden imaginar que al hacerme amigo de Jericó le pregunté cuál era su apellido y él me contestó Jericó a secas, sin apellido. No quedé satisfecho, me sentí curioso, acudí al secretario de admisiones de la escuela y pedí directamente,

—¿Cómo se apellida Jericó?

El secretario, un hombre joven y atractivo que se veía fuera de lugar en la pequeña oficina de registros, detrás de un panel de vidrio corrugado cerca de la entrada al colegio, por donde la mitad de su rostro y una mano entera asomaban, a solicitud, para atender al público, retiró con premura el puño y la cara. La voz adquirió un tono neutro pero forzado.

—Jericó se llama así: Jericó.

Aunque eran horas de oficina, el secretario cerró la ventanilla. Al poco tiempo sentí una actitud de ofensa y defensa en mi amigo Jericó. La atribuí a la indiscreción del secretario, aunque carecía de pruebas. Lo cierto es que Jericó, dejando pasar algunos días por el cedazo de una seriedad inhabitual en nuestro trato y que yo atribuí a mi indiscreción y la del secretario (un puesto habitualmente ocupado por mujeres cuarentonas, agrias y sin esperanza de encontrar marido), me pidió que lo acompañara al café de la esquina de la escuela y una vez sentados allí ante dos tibias e insulsas tazas de un caldo sin cafeína, me miró con intensidad y me dijo que a lo largo del último semestre él y yo habíamos cimentado de manera natural una amistad que él quería saber sólida y duradera.

—¿Estás de acuerdo, Josué?

Dije que sí, con bastante entusiasmo. Nada en mi pasado —mi brevísimo pasado, reí— me prometió una amistad tan cercana como la que en estos meses habíamos creado Jericó y yo. Su preocupación me pareció innecesaria, aunque bienvenida. Estamos sellando un pacto de camaradas. Experimenté el deseo de que en vez de Nescafé tuviésemos una copa de champán. Sentí ese calor de satisfacción que nos procura, en la adolescencia, descubrir en la amistad un espíritu afín que nos salva de la soledad reservada, sin compasión, al incomprensible muchacho que dejó de ser niño de la noche a la mañana y que ya no encaja en el mundo tan oficioso que los padres le prepararon con la ilusión de que, de tan mimado, el niño jamás creciera.

No era mi caso. Jericó dijo entonces que entre los diecisiete cumplidos y los veintiuno por cumplir, él y yo debíamos establecer un proyecto de vida y estudio que nos acercara para siempre. Habrá quizá separaciones, viajes, viejas, por ejemplo. Lo importante era sellar, aquí mismo, una alianza para toda la vida. Saber que él acudiría siempre en apoyo mío, y yo en el de él. Saber qué valores compartíamos. Qué cosas rechazábamos.

—Es importante hacer una lista de obligaciones...

—¿Sagradas?

Jericó afirmó con energía: —Sí. Para nosotros.

¿Por dónde empezaríamos?

Primero, por una decisión compartida de rechazo a la frivolidad. Mi compañero sacó de la mochila una revista de sociedad y la hojeó con displicencia y disgusto.

—Mira esta sucesión de idioteces a colores y en papel couché. ¿Te interesa saber que la rocanrolera Tarcisia se casó con el millonario ruso Ulyanov, descalzos ambos, con leis hawaianos al cuello, en Playa del Carmen y que los invitados amanecieron bailando hiphop en la arena a las siete de la mañana, hora en que engulleron un sabroso menudo en honor del padre de la novia, que es oriundo de Sonora? ¿Te hubiera gustado ser invitado? ¿Habrías rechazado la invitación? Respóndeme.

Dije que no, Jericó, ni pensarlo, no me interesa ser...

Me interrumpió. —¿Ni aunque se tratara de tu propia boda?

No, ahora sonreí, pensé que tomar el asunto a broma era lo mejor y admiré la intensa capacidad de Jericó para tomar la vida muy muy en serio.

—¿Juras no ir jamás a un baile de quince años, a un té danzante, a un bautizo, a la inauguración de restoranes, florerías, supermercados, sucursales de bancos, celebración de generaciones universitarias, concursos de belleza o mítines en el Zócalo? ¿Prometes despreciar a una pareja que se hace fotografiar a colores en el periódico con ocho meses de embarazo ella, en bikini, y el marido orgulloso acariciando la panza y anunciando el próximo arribo, bautizo y consagración de *Raulito* en medio de una lluvia de fotofogonazos (que para eso se anunciaba ya el conmovedor evento)?

Cometí el error de reír. Jericó pegó con un puño sobre la mesa. Las tazas de café temblaron. La mesera se acercó a ver qué pasaba. La mirada hostil de mi amigo la ahuyentó. El café empezó a llenarse de clientes expulsados por una jornada de labores que acaso eran muy distintas entre sí, pero que a todos y cada uno les imponían idéntica fatiga. Oficinas públicas, privadas, comercios grandes o pequeños, el tráfico sin misericordia de la Ciudad de México, la nula esperanza de encontrar la felicidad llegando a casa, la pesadumbre de lo que no fue. Todo ello empezó a entrar al café. Eran las siete de la noche. Habíamos empezado a platicar, en un lugar entonces vacío, a las cinco y media.

Y habíamos aprobado, juntos, un plan de vida compartido. ¿Sólo hablamos de evitar las estupideces de fiestas y celebraciones sociales y políticas? De ninguna manera. Antes de que entrara lo que Jericó llamó despectivamente "la manada de bueyes".

—Bueyes —repitió Jericó—. Nunca digas "güeyes".

—¿Bueyes?

—No. Güeyes. Nunca digas güey, güeyes.

—¿Por qué?

—Para no ceder a la vulgaridad, la estupidez y el enmascaramiento de la pobreza mental mediante la gracejada mortal.

Fincamos un plan de lecturas, de superación intelectual, selectivo y riguroso que hoy, sobrevivientes, ustedes aún no conocerán porque en ese momento entró al café Errol Esparza y nos recordó, muchachos, hoy es la visita a mi casa. Vámonos.

—Que son rieles —dijo, como siempre, Jericó.

La familia Esparza vivía en el Pedregal de San Ángel, un antiguo lecho volcánico, residuo de las excitaciones del Xitle, sobre cuyas oscuras y gruesas fundaciones el arquitecto Luis Barragán intentó crear un barrio residencial moderno a partir de estrictas reglas. La primera, que la piedra volcánica sirviese para construir las casas. Segundo, que éstas asumieran el ropaje monacal del estilo Barragán. Líneas rectas, sin adornos, muros limpios, sin más variante que los colores asociados, al evocar folklore, a México: azul añil, rojo guinda y amarillo solar. Techos planos. Ningún tinaco a la vista como en el resto de una ciudad caótica donde conviven tantos estilos que al cabo no hay estilo, como no sea la triunfante repetición de casas chaparras, comercios de un piso, tlapalerías, reparación de autos, venta de neumáticos, garajes, estacionamientos, misceláneas, dulcerías, cantinas y expendios de todas las necesidades cotidianas de esta extraña sociedad nuestra, siempre dominada desde arriba por muy pocos y siempre capaz de organizarse y vivir con independencia desde abajo, con muchos.

He dicho lo anterior porque el orden de la pureza deseada por el arquitecto no duró lo que una bola de nieve en el infierno. Barragán había cerrado el Pedregal con casetas y rejas de admisión simbólicas, como para dictar un anatema citadino: Vade retro, Partagás, que aquí no entrarás.

El desorden de la impureza en el nombre de la falsa libertad de los casahabientes y sus acomodaticios arquitectos —todos ellos sujetos de otra tiranía, la del mal gusto y la asimilación de lo peor a nombre de la autonomía del robot— acabó con el intento fugaz de darle por lo menos a un barrio residencial de la metrópoli la unidad y belleza de un barrio de París, Londres o Roma. De tal suerte que en medio de la desnuda belleza del cuerpo del origen brotaron como chancros malignos las falsas residencias coloniales, bretonas, provenzales, escocesas y tudoras, amén del impensable rancho californiano y la inexistente "jacienda" tropical.

Sin embargo, la familia Esparza no había traído al Pedregal la arquitectura de barrios anteriores. Se había conformado con la severidad del original diseño conventual. Al menos por fuera, Barragán triunfaba. Porque una vez que Jericó y yo entramos al hogar de nuestro nuevo amigo Errol Esparza, lo que encontramos fue un desorden barroco dentro de un caos neobarroco dentro de un amontonamiento postbarroco. Es decir: con un horror no bastaba en casa de Esparza. La desnudez de las paredes era una convocatoria impostergable a llenarlas con pinturas de calendario, con preponderancia de naturalezas muertas, cuadro tras cuadro, no sólo vecinos sino incestuosos, como si dejar un centímetro de muro vacío fuera prueba de tacañería inhóspita o rechazo grosero de una invitación. Los muebles, asimismo, se disputaban el premio de la falta de lugar. Los pesados sillones de mueblerías baratas pero diseñados para llenar grandes vacíos: seis garras de grifón, tres cojines de terciopelo con relieve para espalda, mesas con patas de dragón y espacios cubiertos por ceniceros sustraídos a hoteles y restaurantes varios, tapetes de intención persa y de apariencia petatera, contrastaban con los salones de disposición versallesca, sillas Luis XV con respaldo de brocado y patas de venado, vitrinas con intocables *souvenirs* de visitas esparzianas a Versalles y gobelinos de reciente factura. Todo indicaba que el primer salón, con su gigantesca pantalla de TV, era donde los Esparza vivían y el salón "francés" donde, de tarde en tarde, *recibían*.

—Acomódense —dijo sin dejo de ironía el buen Errol—. Ahora le aviso a mi mamá.

Miramos el peludo tapete color púrpura cuya obvia intención era crecer como un césped interno y crepuscular cuando Errol reapareció conduciendo a una mujer *sencilla*, que anunciaba su sencillez desde el peinado pasado de moda —"permanente" creo que lo llamaban— hasta los zapatos de tacón bajo y hebilla negra, y pasando —ahora en ascenso— por las medias de popotillo, el vestido floreado de una pieza y el delantal corto, en el cual la señora fregaba sin vigor sus manos coloradas, como si las secara de un diluvio doméstico, hasta un rostro pálido y pintado a medias. Su cara era la tela en blanco de un artista indeciso entre terminarla o dejarla, con alivio mal resignado, inconclusa.

La señora nos miró con una mezcla de candidez y sospecha, sin dejar de secarse las manos como un Poncio Pilatos doméstico, y dijo con una voz apagada, Estrella Rosales de Esparza, para servir a ustedes...

—Cuéntales, madre —dijo brutalmente Errol.

—¿Qué cosa? —inquirió doña Estrellita sin fingir sorpresa.

—Cómo nos hicimos ricos.

—¿Ricos? —dijo la señora con auténtica extrañeza.

—Sí, madre —continuó el pelón—. A mis amigos les ha de extrañar tanto lujo. ¿De dónde salió toda esta... chatarra?

—Ay, hijo —la señora bajó la cabeza—. Tu padre ha sido siempre muy industrioso.

—¿Qué te parece la fortuna de papá?

—Me parece muy bien.

—No, el origen...

—Ay, hijo, cómo serás...

—¿Cómo soy?

—Desagradecido. Todo se lo debemos al esfuerzo de tu padre.

—¿Esfuerzo? ¿Así se llama ahora el crimen? La madre lo miró con desafío.

—¿Cuál crimen? ¿De qué hablas?

—Ser ladrón.

En vez de enojarse, doña Estrellita guardó una admirable compostura. Nos miró con paciencia a Jericó y a mí.

—No les he dado la bienvenida. Mi hijo es un niño muy precipitado.

Le dimos las gracias. Sonrió, miró al hijo.

—Me insulta porque no soy Marlena Ditrich. ¡Qué culpa tengo! Él tampoco es Errol Flynn.

Nos dio la espalda inclinando la cabeza y regresó al lugar misterioso de donde había salido.

Errol estalló en carcajadas.

Nos dijo que su padre había sido carpintero, primero en uno de los barrios más pobres de la ciudad. Luego empezó a construir muebles. Enseguida logró vender camas, sillas y mesas a varios hoteles. Con eso puso una mueblería en el centro, allá por la Avenida 20 de Noviembre. Con tanto mueble en las manos, no le quedó más remedio que poner un hotel y luego otro y otro más, y como los clientes querían diversión a la mano —la televisión estaba en pañales, o sea en blanco y negro— tomó un viejo cine de San Juan de Letrán y lo convirtió en sala de estrenos, decorada al estilo de una pagoda china igual que en Los Ángeles y como no sólo de arte vive el hombre, estableció una tienda de muebles y luego otra y otra y otra más hasta formar una cadena de hoteles y de eso vivimos.

Errol suspiró mientras Jericó y yo —y seguramente ustedes que me escuchan— poníamos cara de buena educación y escuchábamos sin pestañear este recuento relámpago de una carrera que culminaba en este adefesio de casa en el Pedregal de San Ángel con un chico que se negaba a subir al Cadillac manejado por chofer uniformado y se deleitaba en humillar a una madre indefensa y en agredir a un padre ausente.

—Contrató cuadrillas de vagos para meter ratones en las salas de cine rivales, quebrar a los enemigos y hacerse de los teatros.

—Qué simpático —me atreví a decir pero Errol, envuelto en la nube de su propia retórica, no me escuchó.

—Mandó vendedores a distraer a los trabajadores de los negocios de sus rivales.

—Muy listo —sonrió Jericó.

—Mandó evangelistas a convertirlos al protestantismo...

—La religión del capitalismo, Errol —por decir algo dije yo.

—¿Has leído *El protestantismo y el mundo moderno* de Ernst Troeltsch? —apostilló Jericó, aumentando el extravío de la plática—. Sin protestantismo, no hay capitalismo. Para Santo Tomás, el capitalista se iba al infierno. Todo capitalista, en consecuencia, es protestante.

Palabra que me dio pena el desconcierto de Errol cuando acto seguido nos miramos Jericó y yo, le dimos las gracias y salimos de la casa amurallada por un jardín sin árboles donde unos trabajadores levantaban algo así como una estatua sobre un pedestal.

—Que el chofer los lleve a casa.

Accedimos y partimos. Aliviados, pero sin decir palabra y cruzando una mirada cómplice que decía: —Es nuestro amigo. No dejaremos de hablarle.

¿Nos hablamos a nosotros mismos, Jericó? ¿No salimos de la casa de los Esparza pensando en secreto, todo este horror, este ridículo, esta insatisfacción, esta pesadumbre, ocurre *en familia,* sucede porque existe *una familia* —como una bandeja de frutas corruptas, una copa de veneno, una cloaca capaz de recibirlo todo, digerirlo, purificarlo, devolverlo a la vida desde una injuria final vecina a la muerte?

Evitamos, Jericó, mirarnos tú y yo al abandonar la residencia del Pedregal. Ni tú ni yo teníamos familia. Éramos lo que somos porque fuimos, somos y seremos huérfanos. ¿Qué es la orfandad? Sin duda no la simple ausencia de padre o madre o familia sino la intemperie, el despojo del techo protector por causas a veces atribuibles con claridad al abandono, a la muerte, a la simple indiferencia. Sólo que tú y yo no conocimos ninguna de estas causas. Me equivoco. Quizás tú las conozcas, pero te las guardas. Y mi situación era equívoca, como lo relataré más adelante.

—Es nuestro amigo. No dejaremos de hablarle.

Aunque acaso, en secreto, le envidiábamos a Errol su situación familiar, por violenta o patética que ésta fuese.

—No tenía necesidad de decir lo que dijo —me envió un mensaje secreto Jericó cuando me bajé en la calle de Berlín.

—Es cierto. No —apostillé para refrendar la amistad, más que por otra cosa.

En cambio, meses después, al graduarnos de la secundaria a la preparatoria, encontramos, más que un pretexto, una oportunidad para hablar horas enteras con un nuevo profesor que en ese tiempo ingresó a la facultad de la escuela. Hasta entonces, no habíamos sentido ni admiración ni desprecio por el conjunto de maestros que, con excesiva discreción para nuestros exigentes espíritus, impartían lecciones poco imaginativas, basadas en actos de memoria serial (como un crimen) sobre historia, geografía y ciencias naturales. El profesor de biología era divertido por los subterfugios que invocaba y los vericuetos que seguía para sublimar los hechos de la naturaleza mediante una explícita referencia final, corona de su discurso reiterado, al acto de la creación divina, origen y destino de nuestras realidades físicas y de nuestra mortalidad trascendente.

Había, sin duda, otros excesos que rompían la neutralidad gris de las clases. El director, un iracundo francés de impronunciables apellidos bretones al cual los alumnos llamaban "Don Vercingetorix", solía inaugurar los cursos parado en una tarima con una gladiola en la mano. Tras recorrer al alumnado reunido con una mirada de severidad torquemada, proclamaba, "Este es un joven cristiano antes de ir a un baile y besar a una muchacha". Acto seguido, arrojaba la flor al piso y pisoteaba sobre ella en una especie de cancán sagrado hasta pulverizar a la inocente flor que en el acto recogía del piso y mostrándonos el andrajo vegetal en sus manos, concluía: "Y este es un muchacho católico después de ir a un baile y besar a una muchacha". De la moribunda gladiola sólo sobrevivía, con simbolismo seguramente indeseado por el furibundo Vercingetorix, el erecto tallo. Un preñado silencio y una advertencia final: "Piensen. Confiesen sus pecados. Rompan filas". Sólo le faltaba advertir "y no rompan en carcajadas" aunque la severidad formal de la escuela no se prestaba a bromas, pero sí a una suerte de resignación cristiana cuando nos preparábamos en el vestidor para jugar basket sabiendo que en el momento oportuno entraría el profesor Soler diciendo "a ver, a ver, ¿todos preparados?", como pretexto para mirarnos antes de ponernos los calzoncillos y acercarse, "a ver, a ver", a ajustarnos los suspensorios necesarios para proteger el sexo del golpeteo en la cancha, sopesando, de rodillas o inclinado, con conmovedora reverencia, los testículos de cada alumno para saber si todos íbamos bien protegidos a las batallas deportivas y, con fortuna, a los combates sexuales.

Los alumnos perdonábamos este inocente gusto del padre Soler, cuyo rostro colorado no era producto de vergüenza alguna, sino de una herencia que al mestizaje entre indio y rubio puede darle un aspecto solferino muy apto para disimular los rubores del afecto vergonzante. O sea: los alumnos, colectivamente, le perdonábamos la vida tanto al estruendoso Vercingetorix como al silencioso Soler, considerando que, uno y otro, tenían escasas oportunidades de expresarse en público, sometidos, como estaban, a largas horas de rezo y rosario, cenas tempranas y desayunos fugaces... Ellos hubiesen apagado el sol con humo de incienso.

Todo cambió cuando apareció el recién llegado profesor de filosofía.

El padre Filopáter (pues así fue anunciado y así se presentó) era un hombre pequeño y ágil. Se movía con una mezcla de deporte juvenil y de animación espiritual, como si para demostrar ésta tuviese que celebrar aquélla. Caminaba con ritmos distintos. Muy rápido cuando iba de un menester a otro. Muy pausado cuando le daba vueltas al patio acompañado de uno o dos alumnos a los que escuchaba con intensa concentración, ofreciendo una contradictoria idea de hombre bajo que al cogitar se iba creciendo, como si sus ideas —pues parecía *pensar* más que *hablar*— le sobrevolasen creando un halo insólito, no redondo sino largo, aunque siempre luminoso.

Sobra decirles, a ustedes que aún viven y pueden desmentirme sin peligro o comprobar cuanto digo con curiosidad, que Jericó y yo nos fijamos enseguida en el recién llegado e imaginamos la manera de acercarnos a él y averiguar quién era —además de profesor de filosofía— por lo que pensaba y decía. Él se nos adelantó.

Siempre juntos, nos dijo acercándose con su paso más ligero, como Cástor y Pólux.

La alusión mitológica no se nos escapó y tanto Jericó como yo, al instante, nos miramos sabiendo que hablaba de los gemelos nacidos del mismo huevo pues su padre era un Dios disfrazado de cisne. Siempre juntos, los gemelos participaban en grandes expediciones como la gesta de los Argonautas al mando de Jasón en busca del alma aún no descubierta, que ellos llamaron "el vellocino de oro".

Filopáter leyó en nuestras miradas que ya conocíamos la leyenda aunque ni él ni nosotros nos atrevimos, aquella asoleada tarde de octubre, a concluir la historia de los jóvenes gemelos. Una leyenda puede terminar mal, pero la conclusión no debe anticiparse en los comienzos de la vida (Jericó y Josué) o de lo que pronto se convirtió en amistad (con el padre Filopáter). Sin embargo, ¿cómo no iba a ilustrarme esta, por más tácita que fuese, con la sospecha de un final, si no deseado, al cabo fatal? Acaso la simpatía que nació, en el acto, entre el profesor y nosotros, se debió a una suerte de respeto compartido gracias al cual conocíamos los desenlaces pero los aplazábamos con la amistad, las ideas y la vida, en suma, ya que el desenlace era siempre, para la amistad, las ideas y la vida, la muerte de los dialogantes *reales*. Si Sócrates sobrevive gracias a Platón, San Agustín y Rousseau porque se confesaron y el doctor Johnson porque tuvo de secretario y amanuense a Boswell, nosotros tres, el padre

Filopáter, Jericó y yo, ¿qué ocasión de sobrevivir tendríamos más allá de una luminosa tarde de otoño en el Valle de México? ¿Seríamos capaces, como los poetas y novelistas, de sobrevivir gracias a obras que, siendo nuestras, se nos escapan, se vuelven de todos, sobre todo del lector aún por nacer? Este era el desafío que comenzó a filtrarse, como un aire puro que nos separa de las contaminaciones avasallantes del tráfico, el smog, el movimiento callejero de cuerpos inhóspitos, la cercanía misma, aquí en el patio escolar, de los ruidosos alumnos a la hora del recreo. No, el aire no era puro. Era una ilusión de la simpatía.

Jericó y yo no éramos (debo advertir) seres aparte de la comunidad escolar. Al contrario, sabiéndonos (como nos sabíamos) superiores a la colectividad gregaria del plantel, compañeros fortuitos de lecturas anteriores acaso bien pensadas y digeridas, nuestro encuentro le debía mucho a la casualidad, que es azarosa, pero también al destino, que es la voluntad disfrazada. En los cafés, en las clases, en largas caminatas por el Bosque de Chapultepec o los Viveros de Coyoacán, los dos jóvenes habíamos comparado ideas, evocado lecturas, supliendo cada cual las ausencias del otro, recordando un libro, condenando a un autor, pero al cabo asumiendo una herencia que acabamos por compartir con el goce irrepetible del amanecer intelectual en toda sociedad, pero más en la nuestra, donde cada vez se premia menos la creatividad verdadera y cada vez más el éxito económico, la fama publicitaria, las apariciones televisivas, los escándalos amorosos y las payasadas políticas.

La diferencia entre nosotros, lo admito a tiempo, era una de exigencia y rigor. Admito también, para las actas eternas, que en nuestra relación yo era el más flojo o pasivo, Jericó el más alerta y exigente.

—Exígete más, Josué. Hasta ahora hemos avanzado juntos. No te me quedes atrás.

—Tú tampoco —le contestaba sonriendo.

—Está duro —respondía él.

Después del deporte, como era obligatorio, nos duchábamos todos en los largos, fríos y solitarios baños de la escuela. Al contrario de las escuelas de monjas, donde las alumnas deben lavarse vestidas con ropones que las convierten en estatuas de cartón, en el colegio masculino ducharse desnudos era normal y a nadie le llamaba la atención. Un código no escrito dictaminaba que en la ducha los hombres mantendríamos las miradas a nivel de nuestros rostros y que nadie, so pena de sospecha, curiosidad malsana o simple vulgaridad, miraría el sexo de un compañero. Naturalmente, esta regla era vigilada por quien menos la observaba, el tímido impertinente, el padre Soler, quien solía recorrer el salón de baño con una mirada mixta de águila y serpiente —muy propia de la nación— y con una amenazante y simbólica vara en la mano que jamás, hasta donde sepamos, utilizó contra las empapadas espaldas y lustrosas nalgas de los alumnos.

Quienes aún viven y me leen soportarán que les cuente algo insólito para ellos como lo fue para nosotros. Jericó decidió que la tentación de mirarnos desnudos existía pero que la manera de superarla no consistía en esforzarse físicamente sino en expresarse intelectualmente. Para ello, dijo, vamos a escoger dos pensamientos opuestos y por ello complementarios para invocarlos bajo la regadera —que era helada, advierto a quienes aún gozan de sus sentidos, pues así lo exigía el código de rigor físico y aspiración a la santidad de nuestros rectores.

No deja de causarme asombro, así como un deleite sensual, recordar que por común acuerdo, a la hora de la ducha, lado a lado y de pie, sin mirarnos, empapados y con el goteo incesante de la catarata deliciosa que nos caía sobre las cabezas, desnudos los dos, los dos amigos repetimos en voz alta, como si fueran a la vez dogmas y anatemas respectivos, uno las ideas constitutivas, formales, de la filosofía católica y el otro los de la prédica de la negación absoluta. Jericó sostenía que la filosofía cristiana de San Agustín y Santo Tomás de Aquino era la base del sistema autoritario y opresivo de las naciones ibéricas. La antiquísima disputa de San Agustín con el hereje británico Pelagio en los siglos cuarto o quinto daba la pauta. El hereje proclamaba la libertad para acercarse a Dios con los medios de nuestra propia sensibilidad e inteligencia. San Agustín, que no hay libertad personal sin el filtro de la institución eclesiástica. La Iglesia es la intermediaria indispensable entre la fe individual y la gracia divina. La gracia, decía en cambio el hereje, está a la mano de todos. La gracia, le respondía el santo, requiere del poder de la institución para otorgarla. De esta antiquísima disputa en los oráculos ruinosos de un hijo del África Romana con un oscuro monje del norte provenía, según Jericó bajo la lluvia de la regadera, la división primero entre católicos y protestantes y la diferencia, enseguida, entre latinoamericanos y norteamericanos: nosotros tuvimos Edad Media, agustina y tomista, ellos no; ellos tuvieron pelagianismo puesto al día por Lutero y los imperativos capitalistas, nosotros no. Para los norteamericanos, la historia empieza con ellos y el pasado lo inventó Cecil B. de Mille con ayuda de Charlton Heston. Para nosotros, el pasado es tan antiguo que hay que volver a vivirlo.

Si asumir el alegato medieval y católico bajo la ducha era ya un acto singular pero unificante entre dos muchachos desnudos de dieciocho años, no menos exigente era cargar con el argumento nihilista en su ropaje (o en este caso, desnudez) nietzscheano, pues a mí me correspondía alegar que no hay libertad si no nos emancipamos de la fe y de todo fundamento o razón adquirida, levantando el velo de las apariencias y proporcionando el impulso hacia la verdad, cuyo primer paso...

—Es el reconocimiento de que nada es verdad.

Decía "bajo la lluvia" estas palabras y confieso que me sentía desolado, que en esos momentos quería poseer las certezas enunciadas por Jericó, que no sólo el chorro de agua sobre mi cabeza me cegaba, sino una pesadumbre por la pérdida de toda certeza. Sin embargo, mi papel en este diálogo fraterno, que nos alejaba del falso pudor o de la curiosidad malsana, era el de un transformador de valores mediante los falsos valores, salvando a mi querido, a mi amadísimo amigo Jericó de la cultura cristiana, que es la cultura de la renuncia.

—¿Y cuándo has visto a un católico que renuncie al placer, si al cabo basta confesarse con un cura para limpiarse de toda culpa?

—¿O al dinero, cosa que antes era ocupación de judíos o de protestantes?

—¿O a la fama, como si la santidad moderna la otorgara la revista *Hola!*?

Salimos del baño a carcajadas, contentos de haber superado la tentación sexual, orgullosos de nuestra disciplina intelectual, dispuestos a cambiar los papeles en la siguiente ocasión, yo el católico, él el nihilista y así afilar las armas para el inevitable encuentro —sería la disputa mayor de nuestra primera juventud— con un hombre —el único hombre— capaz de desafiarnos: el recién llegado padre Filopáter.

Regresamos a casa de Errol. Por curiosidad permanente de Jericó y, en mi caso, no sólo por eso, sino por algo que no les he mencionado y que afectó profundamente mi vida.

El hecho es que esa noche recibían los Esparza. Don Nazario había adquirido una cadena de hoteles en Yucatán y celebraba la ocasión con un ágape y nuestro compañero el pelón (aunque debía decir el ex-pelón, ya que Errol se había dejado crecer una melena que, nos dijo, en los sesentas era consigna de juventud rebelde) nos invitó, según comentó, a pasarle revista a la flora y a la fauna. Adaptados a maneras que juzgaban "distinguidas", los padres de Errol recibían a sus invitados a la entrada del salón Versalles. Don Nazario, a quien nunca habíamos visto, era un hombre florido, alto, rojizo y con la mirada en otra parte. Aparentaba gran bonhomía, repartía abrazos y sonrisas, pero miraba hacia un lugar lejano, casi con el temor de que se le apareciera algo olvidado, amenazante o ridículo. Vestía de gabardina verde y con una gran corbata hawaiana pródiga en palmeras, olas y bailarinas de hula-hula. Parecía un hombre disfrazado. Se vestía de acuerdo con su origen (carpintería, muebles, hoteles, cines) y no con su destino (mansión en el Pedregal y cuenta de banco a prueba de pedradas). Mostrarse como había sido, ¿era un acto de sinceridad y de orgullo hacia su humilde pasado, o el disfraz más hábil de todos, casi un desafío: mírenme, llegué hasta lo más alto pero sigo siendo el hombre humilde y campechano de siempre?

A nosotros nos saludó como si fuésemos sus más viejos amigos, con grandes abrazos y referencias equivocadas, toda vez que, con el corazón en la mano, nos agradeció la "valona", es decir, el favor o los favores que le habíamos hecho, los cuales, desde luego, eran inexistentes, llevándonos a concluir que, una de dos, o don Nazario de plano se equivocaba o nos daba un trato que no nos ofendía pero que a él lo salvaba del posible error de debernos algo y haberlo olvidado.

En todo caso, la confusión pasó con la rapidez con que el propio señor Esparza, despachando cordialidad, nos empujó hacia adelante y repitió la ceremonia del alegre y agradecido abrazo con los siguientes invitados, librándonos del saludo con su señora esposa, doña Estrellita, quien estaba allí, sin duda, la veíamos, la saludábamos, aunque al mismo tiempo estaba ausente, oculta por la poderosa presencia de su marido y también por un deseo de invisibilidad que duplicaba, en cierta manera, el deseo de desaparecer por completo.

¿Era el atuendo de la dueña de casa resultado de su propio gusto o imposición del marido? En el segundo caso, nos aproximábamos al uxoricidio. La señora parecía vestida, si no para irse al paraíso o al infierno, sí para habitar un limbo gris, tan gris como un traje sastre color ratón, las eternas medias de popotillo sustituidas por unas nylon de antigua cosecha y los zapatos bajos por otros de charol con pulsera en el tobillo. Su incomodidad de estar en fila y recibiendo en público era tan notoria que en el acto calificaba a su marido como un sádico que, al verla de vez en cuando, le decía con una mirada feroz, en todo ajena a su afabilidad de anfitrión,

—¡Ríe, idiota! ¡No me hagas quedar mal!

Hecho palpable porque la señora Estrella sonreía de manera forzada y buscaba la aprobación en los ojos de un marido que no necesitaba mirarla: la dominaba, nos percatamos, por pura costumbre anticipada. Doña Estrellita sabía que si no hacía tal o cual cosa, la pagaría caro cuando "los invitados" se fueran.

Confieso que mi explicable fascinación con la pareja me separó del resto de la concurrencia, que se fue disolviendo detrás de un velo de rumores, conversaciones inaudibles, choques de vasos y paso de bocadillos ofrecidos por un camarero prieto, bajito y disfrazado con una pechera a rayas. No dejé de admirar la disciplina de la madre de Errol para representar el papel de la ausente presente. En su mirada tan fija y muerta aparecía de tarde en tarde un relámpago que le ordenaba,

—Obedece.

Creo que no le costaba hacerlo. Se sabía fácil de ignorar y supongo que desde joven sus comentarios, de por sí tímidos, se fueron apagando al golpe de las brutales órdenes del marido, cállate, no hagas el oso, siempre estás fuera de lugar. ¿Para qué preocuparse?

—Salgan del zoológico, mis cuates. Vamos al "den" —nos dijo Errol—. Mi guarida.

El "den" era la sala desarreglada que ya conocíamos. Errol se quitó el saco y nos invitó a imitarlo.

—Después de lo que han visto, ¿se sienten capaces de apostarle todo al arte y a la filosofía?

Creo que reímos. Errol no nos dio chance de responder. Arrojado, en mangas de camisa, sobre el sillón más cómodo, con las piernas abiertas, se libró de los mocasines con borlas y agarró una guitarra como si fuese la disponible cintura de una mujer obediente.

—Mejor métanse a la política. A ver si encuentran un camino entre lo que quieren ser y lo que la sociedad les permite.

Yo iba a contestar. Errol no se dejaba interrumpir.

—¿O de repente le apuestan al destino?

Adelantó una mano para silenciarnos.

—Fíjense que yo ya le aposté a un destino.

Nos observó, corteses e interesados.

Nos relató, sin que se lo pidiésemos, que aunque no lo creyéramos, un día —lejano— Nazario y Estrellita posiblemente se amaron. ¿A qué hora dejaron de quererse? ¿Cómo se llamaría la noche en que él ya no la deseó, o ya no la vio joven y ella supo que él la miraba envejecer? Al principio todo fue muy distinto, elaboró Errol, porque mi madre Estrella era una niña de convento y mi padre quería una esposa sin mácula —así se dice— porque en la vida había conocido pura huila y las putas saben engañar. Con Estrella no había duda. Viajó del convento a la cama de su amo y señor, quien la agotó en una noche, demostrándole que a él los conventos le valían Wilson —era su expresión demodé— y que más le valía a su mujer, siendo casta, comportarse como puta para darle gusto a un macho como Nazario Esparza.

Su familia entregó a Estrellita, recibió un cheque y algunas propiedades y nunca volvió a ocuparse de ella. ¿Quiénes eran? Quién sabe. Cobraron bien por el favor de entregarla casta y pura a un voraz y ambicioso marido. Se acabó la pasión, aunque a veces él la puede mirar con una ausencia intensa. No basta para esquivar la repetición de la misma pelea todas las noches, cuando Estrella aún guardaba un resto de coraje y dignidad con el que sólo lograba enfurecer a Nazario. La misma pelea todas las noches hasta encontrar la razón del siguiente pleito, que era aplazar la obligación del sexo que ella necesitaba no sólo como novedad sino por la casta obligación del sacramento matrimonial y que él, acaso, quería aplazar por un extraño sentimiento de que así honraba la virginidad de su mujer, aunque a él le constaba que Estrella llegó íntegra al lecho de bodas y que si era impura, él había sido el causante. Nada de esto duró o tuvo gran importancia. Él se fue derrumbando en una grosera vulgaridad, la que Jericó y yo observamos esa noche. Y Errol nos aumentaba ahora.

—La amé hace diez mil enchiladas —era el responso del marido.

Ella se refugió en la renuncia al sexo en nombre de la religión y armó un altarcillo devoto en la recámara matrimonial que Nazario no tardó en barrer de un manotazo, dejándole a Estrellita la resignación de verse a sí misma como su marido al cabo la vio una noche. Ella ya no se miró joven y seguro que él la veía vieja.

—Hace diez mil enchiladas, mientras ella rezaba de rodillas: "No es por vicio ni por fornicio. Es por hacer un hijo en tu santo servicio".

Ella suplantó a los santos con retratos de Errol Flynn, cuyas disposiciones amatorias desconocían Estrellita y Nazario.

—¿Saben qué cosa? —continuó Errol—. Yo apuesto a que puedo tener un destino que derroque a mi padre. ¿Les gusta la palabrita? ¿No la oímos todos los días en la clase de historia? Fulano se levantó en armas y derrocó a mengano en espera de que zutano derrocara a fulano y así una y otra vez. ¿Es eso la historia, mis cuates? ¿Una serie de derrocamientos? Puede que sí.

Pareció tomar aire para decir: —Puede que sí. Puede que no...

Sin soltar la guitarra, levantó el vaso: —Yo apuesto que puedo tener un destino que derroque el de mi padre. Derrocar un destino, como si fuera un trono. ¡Puede que sí! ¡De repente! O puede que no...

Alargó el brazo y tocó la guitarra, empezando a entonar, muy a propósito, el corrido del hijo desobediente:

—Quítese de ahí, mi padre, que estoy más bravo que un león, no se me salga una bala y le atraviese el corazón...

Unas voces se alzaron, rijosas y ríspidas, en el corredor entre el salón Versalles y la guarida donde nos encontrábamos.

—¿Estás chiflada? Dame acá esa cámara.

—Nazario, sólo quería...

—No importa lo que querías, me has puesto en ridículo tomando fotos de mis invitados... Faltaba más...

—Nuestros, también es mi... fiesta...

—También es tu nada, vieja idiota.

—Es tu culpa. No me gusta recibir. No me gusta estar en fila. Lo haces para…

—Si lo hicieras bien, no me humillarías. Eres tú la que me pone en ridículo. ¡Tomarle fotos a mis invitados!

—¿Qué tiene…?

—Con una foto puedes chantajear. ¿Te enteras…?

—Pero si todos salen en las páginas de sociedad.

—Sí, pendeja, pero no en mi casa, no asociados conmigo…

—No entiendo…

—Pues deberías, taruga…

Errol se levantó y corrió al pasillo. Se interpuso entre Nazario y Estrella.

—Mamá, tu marido es un salvaje.

—Cállate, sinvergüenza, no te metas en lo que no…

—Déjalo, hijo, ya sabes cómo…

—Lo sé y huelo el vómito en la boca de este pinche viejo. Huele a guácara…

—Cállate, regresa con tus amigos güevones, sigan bebiendo mi champán gratis… Bola de zánganos. ¡Palurdos!

—Déjanos. Esto es entre tu padre y yo.

Los ojos de Nazario Esparza eran vidriosos como fondos de botella. Metió la mano en el bolsillo y sacó (¿para qué?) un manojo con docenas de llaves.

—Vete, eres una maldición —le dijo a Errol.

—Quisiera imaginarte muerto, papá. Pero todavía no calavera. Devorado poco a poco por los gusanos.

Estas palabras no sólo acallaron a don Nazario. Parecieron amedrentarlo, como si la maldición del hijo resonara con una voz antiquísima, profética y al cabo aplacante. Doña Estrella se abrazó a su marido como si lo protegiese contra la amenaza del hijo.

Errol regresó a la sala y sus padres se fueron apagando como un teatro desierto. Jericó y yo seguimos con caras de palo.

—Ya ven —dijo Errol—. He crecido como una planta. He vivido a la intemperie, como un nopal.

Era claro: esta noche era suya y no nos dejaría meter palabra.

Insistió como un aguacero.

—¿Saben el secreto? Mi padre quiere deshacerse de sí mismo. Por eso actué así. Me lo tengo fichado y no lo soporta. Quisiera ser producto de su propio pasado, negando lo que pasó antes pero aprovechando los resultados. ¿Entienden?

Yo dije que no. Jericó se encogió de hombros.

—¿Quiénes eran esas gentes? —pregunté.

—¡Ah! — exclamó Errol—. Esa es la pregunta de los sesenta y cuatro mil. ¿Saben por qué prohíbe mi papá las fotos en las fiestas de casa?

—Ni idea —dijo Jericó.

—No se lo imaginan. ¿Por qué creen que reúne a toda esta gente, le ofrece champán pero prohíbe las fotos? Se los cuento porque yo reviso a escondidas sus papeles y ato cabos. Sucede que aquí don Nazario deduce, como lo oyen, deduce estas "fiestas" entre comillas, de sus impuestos. Los asigna a gastos de representación y "gastos de oficina", reuniones de negocios disfrazadas de "cocteles".

—¿Quién viene a ser "deducido" de un coctel? —insistí, curioso de que mi educación sentimental no se quedara trunca.

—Todos —rió Errol—. Pero sólo papá es tan listo que prohíbe la publicidad y así cierra el negocio.

Rió con carcajadas huecas y tristes.

—¡Si me lo tengo cachado al viejo! ¡Gran chingón!

Logré encajar una pregunta: —¿Crees que vas a deshacer los entuertos de tu padre?

—No —se encogió de hombros—. Sólo quiero llevar a su límite las diferencias con él. ¿Me entienden? Yo soy rico, ustedes son pobres, pero yo tengo más miserias que vencer.

Se bebió la copa de un golpe.

—Sepan que con el privilegio se nace. No se hace.

Y nos miró con una intensidad que no le conocíamos.

—Lo demás es rapiña.

Les contaba, mis queridos supervivientes, que fui esa noche a casa de los Esparza para evadirme de mi propio hogar, si así se le puede llamar. Disfuncional y todo, la familia de Errol estaba en la columna del haber, si Cervantes tenía —y la tiene— razón al citar a su abuela: Sólo hay dos familias en el mundo. La que tiene y la que no tiene. Ahora, ¿cómo se cuantifica la posesión o desposesión familiares? Cada uno habla de la feria como le va en ella. Yo debo explicar —se lo debo a los que aún viven y se aglomeran en ciudades, barrios, familias— que crecí en una casa lóbrega de la calle de Berlín de la Ciudad de México. Hacia fines del siglo XIX, cuando el país parecía pacificarse después de décadas de convulsión (aunque trocase la anarquía por la dictadura, acaso sin darse cuenta), la ciudad capital comenzó a extenderse fuera del perímetro original del Zócalo-Plateros-Alameda. Las "colonias", como se llamó a los barrios nuevos, decidieron ostentar mansiones de variados estilos europeos, sobre todo el parisiense y otro más septentrional, cuyo origen quedaba en algún punto entre Londres y Berlín y su destino en el barrio llamado patrióticamente "Juárez", aunque dedicado a bautizarse con nombres de urbes europeas.

Mi primer recuerdo es la calle de Berlín y una casa de tres pisos con almenas y cucuruchos proclamando su abolengo, un escaso patio de piedra, ninguna planta y sólo dos habitantes: la mujer que me atendía desde la infancia y yo mismo. Mi nombre es Josué Nadal, cosa que los lectores ya saben desde que mi cabeza cortada comenzó a divagar, posada como un coco y lamida por las olas en una playa guerrerense. El nombre de la mujer que me atendía desde la infancia es María Egipciaca del Río, nombre de resonancias coptas que no debe extrañar en un país donde los bautizos son parte feraz de la imaginación popular: abundan en México los Hermenegildos, Eulalios, Pancracios, Pánfilos, Natividades, y las Pastoras, Hilarias y Orfelinas.

Que ella se llamase María Egipciaca y yo Josué tampoco debía llamar la atención si recordamos los nombres bíblicos que los norteamericanos se atribuyeron desde el origen: Natanael, Ezra, Hepziba, Jedidiah, Zabadiel, además de Lanzarote, Marmaduke e Increase.

Atribuyan estas nomenclaturas, si gustan, a la vocación nominativa del Nuevo Mundo, bautizado

una vez en la aurora del tiempo con nombres indígenas y rebautizado con nombres cristianos y africanos
a lo largo de la historia.

Digo todo esto para situar a María Egipciaca
en un territorio soberano de apelativos propios que van
más allá de las designaciones "madre", "madrastra",
"nana", "tía", "guardiana" o "madrina", que yo no me
atrevía a endilgarle a la mujer a cuya vera crecí pero
cuya identidad ella siempre me ocultó, vedándome tá-
citamente decirle "madre", "madrina" o "madrastra"
porque la mezcla de atención y distancia en María
Egipciaca era como una corriente alterna que cuando
yo manifestaba recelo se desbordaba en los mimos de
ella, y cuando yo me mostraba afectivo, provocaba en
ella una respuesta hostil. Aclaro que este juego, puesto
que hay algo lúdico en toda relación estrecha y solitaria que a cada paso debe optar entre la amistad y la
enemistad, sólo se estableció con claridad a medida
que yo crecía y situaba en mi entorno a esta mujer pequeña y severa, eternamente vestida de negro, con cinturón y cuello ancho, blanco y almidonado, aunque
coquetamente peinada con rizos cortos y rojizos en lo
que hace tiempo se llamaba "la permanente" (y que se
repetía como un oráculo de los tiempos en la cabeza
de la madre de Errol). El severo traje se avenía mal con
los zapatos de tacón alto que María Egipciaca usaba
para disimular su corta estatura, aunque ésta era compensada, de sobra, por la energía que desplegaba en el
caserón de la calle de Berlín, que era como una jaula
de elefante ocupada por dos ratones, pues en los tres
pisos sólo vivíamos ella y yo en un espacio acotado por
el vestíbulo de entrada, el salón, la cocina y luego dos
recámaras en el segundo piso y una especie de miste-

riosa condena del piso alto, adonde nadie ascendía, ni ella ni yo, como si allí habitara la loca de la casa y no los cachivaches que anteriores habitantes habían ido abandonando a lo largo de un siglo.

Es más: la casa de Berlín sufrió mucho con el gran terremoto del año 1985 y nadie se ocupó de reparar las paredes cuarteadas o de restaurar el altillo airoso que servía de mirador y copete a la residencia. De tal suerte que cuando yo llegué a vivir, siendo aún un infante, olvidado, olvidadizo y olvidable (supongo) a la casa, ésta se encontraba ya en un estado, más que de abandono o de olvido, de deriva, como si una casa fuese un arroyo perdido en la gran marea de una ciudad asolada desde siempre por la destrucción militar, la miseria, la desigualdad, el hambre y la revuelta y a pesar de, o gracias a tanta catástrofe, empeñada en resucitar cada vez más caótica, briosa e impertinente: la Ciudad de México le pintaba un gigantesco violín al resto del país, atraído hacia ella como la proverbial mosca a la red de araña que la capturará para siempre.

¿Había dos Marías Egipciacas? No recuerdo en qué momento empezó mi vida en la glauca mansión de la calle de Berlín, porque nadie recuerda el momento de mi nacimiento y a falta de otras referencias, nos situamos en el ámbito donde crecimos. A menos que en un arrebato de sinceridad o de imaginaria salud, la persona que nos acoge nos diga,

—¿Sabes?, yo no soy tu madre, te adopté cuando acababas de nacer…

María Egipciaca nunca me hizo tal favor. Yo la recuerdo, sin embargo, con el cariño pasajero que impone la gratitud. Una cosa es ser agradecido por algo y otra ser agradecido para siempre. Lo primero es una virtud, lo segundo, una estupidez; los favores se renuevan pero el agradecimiento se pierde si no se convierte en algo más: amor que es ave de alto vuelo o amistad que no es (Byron) "pájaro sin alas" sino ave menos fugitiva que el amor, con su alto vuelo pasional y su baja pasión carnal. María Egipciaca era parte de mi paisaje infantil. Me daba de comer y tenía la particularidad de ofrecerme la cuchara con proverbios truncos, como si esperase que bajara el Espíritu Santo de los Refranes a iluminar mi mente infantil:

—No por mucho amanecer...

—El que come y canta...

—Que llueva, que llueva...

—En boca cerrada...

—Una viejita se murió...

Yo creo que, fuese cual fuese la identidad real de María Egipciaca, la mía, para ella, era la de una infancia perpetua. Yo no me atreví, de niño, a preguntarle ¿quién eres?, ya que me conformaba, en la mustia soledad de esta casa verdosa, con *estar* aunque desconociera mi *ser*. La verdad es que ella nunca me dijo "hijo", y si lo dijo por accidente, fue como quien dice "oye", "muchacho" o "pillete". Yo era un asterisco en el vocabulario cotidiano de la mujer que me cuidaba sin dar explicaciones o aclarar jamás su relación conmigo. Yo no sentí zozobra, me acostumbré al trato, anulé cualquier pregunta sobre el estado de María Egipciaca y fui enviado a la escuela pública de la Calzada de la Piedad, donde hice algunos amigos —no muchos— a los que nunca invité a mi casa ni fui invitado a las suyas. Supongo que yo tenía un aura prohibitiva, era "raro", no había detrás de mí eso que los demás conocen intuitivamente: una familia, un hogar. Yo era, en verdad, el huérfano que, como el cartero, llega y se marcha puntualmente, sin provocar siquiera lo que más adelante, en la secundaria, sería mi santo y seña: mi gran nariz, o como me dirá el amigo que vino a llenar todas las soledades de mi infancia, Jericó, "No eres narizón. Tu nariz es larga y delgada, no grande. No te dejes babosear por esta bola de cabrones".

Como la nariz es la avanzada del rostro, va por delante del cuerpo y anuncia a las demás facciones, yo empecé a olérmelas que algo cambiaba en la relación con María Egipciaca cuando, fatalmente, descubrió mi calzoncillo tieso de semen en la canasta de la ropa sucia. Mi alarmante primera eyaculación fue involuntaria, mirando por casualidad una revista americana en el puesto de la esquina, adquiriéndola con vergüenza y hojeándola con excitación. Creí que estaba enfermo (hasta que en actos subsiguientes la alarma se convirtió en placer) y no supe qué hacer con mi calzoncillo manchado sino echarlo al cesto con la naturalidad con que echaba camisas y calcetines y con la certeza de que a la lavandera que venía a la casa una vez por semana no le preocupaba mucho encontrar señas de una u otra porquería en la ropa interior, que para eso era "interior".

Lo que yo ignoraba es que antes de entregarla a la lavandera, María Egipciaca revisaba cuidadosamente cada prenda. No tuvo que decirme nada. Su actitud cambió y yo no pude atribuir el cambio a otra cosa sino a mi calzoncillo maculado. Imaginé que una madre, sin necesidad de referirse al hecho, se habría acercado con cariño, habría dicho algo como "mi niño ya es un hombrecito" o tontería semejante, jamás se habría referido al hecho concreto y mucho menos, con voluntad de castigo. Por eso supe que María Egipciaca no era mi madre.

—Puerco. Cochino —me dijo con su cara más agria—. Me das vergüenza.

A partir de ese momento, mi carcelera, pues ya no pude verla de otro modo, no cesó de atacarme, aislarme, arrinconarme y al cabo armarme de total indiferencia ante el granado fuego de su censura.

—¿Qué va a ser de tu vida?

—¿Para qué te preparas?

—¿Qué metas te propones?

—Ojalá fueras más práctico.

—¿Crees que te voy a mantener para siempre?

—¿Para qué quieres todos esos libros?

Culminando con una enfermedad nerviosa que en verdad significó el desplome de mis defensas corpóreas ante una realidad que me sitiaba sin ofrecerme salida, un gran muro de enigmas acerca de mi persona, mis metas, mi sexualidad, mi origen familiar, quiénes eran mi padre y mi madre, para qué servía leer todos los libros que me mostraban los libreros de viejo con los cuales me amisté temporalmente y, más tarde, gracias al profesor Filopáter.

El médico dictaminó una crisis nerviosa asociada a la pubertad e indicó la necesidad de guardar reposo durante quince días, atendido por una enfermera.

—Yo lo sé cuidar —interjectó con tal amargura María Egipciaca que el médico la cortó sin miramientos y dijo que desde el día siguiente una enfermera vendría a cuidarme.

—Bueno —se resignó María Egipciaca—. Si el señor paga...

—Usted sabe que el señor lo paga todo, lo paga bien y lo paga puntual —lo dijo con severidad el médico.

Así se apareció en mi vida Elvira Ríos, mi joven enfermera morenita, chaparrita, cariñosita, e inmediatamente objeto del odio concentrado de doña María Egipciaca del Río, por razones que no eran ajenas a la similitud de los fluviales apellidos y a pesar de que mi celadora era singular y mi enfermera una verdadera delta.

—Mírala tan prietecita y todita vestida de blanco. Parece una mosca en un vaso de leche.

—Ay chaparras, cómo abundan —le contestó con velocidad inconsecuente la pequeña enfermera.

Pero ahora, para ser más grato que ingrato, debo regresar al padre Filopáter y sus enseñanzas.

Filopáter dixit:
El filósofo Baruch (Benoit, Benito, Benedetto) Spinoza (Ámsterdam 1632 - La Haya 1677) observa con atención la tela de araña que se despliega como un velo invasor en un rincón de la pared. Una sola araña señorea el espacio de la tela que, si Spinoza no recuerda mal, hace unos meses no existía, sólo existe desde hace muy poco, pasando inadvertida, y ahora se impone como elemento principal de una recámara monacal, desnuda, quizás inhóspita para quien, como Spinoza, no tenga una vocación de desprendimiento superior.

No hay más que un camastro, un escritorio con papeles, plumas y tinta, un aguamanil y una silla. No hay espejo, no por falta de medios o ausencia de vanidad. O acaso por ambas razones. Libros tirados en el piso. Una ventana da a un patio de piedra. Y la red de araña señoreada por el insecto paciente, lento, perseverante, que crea su universo sin ayuda de nadie, en una soledad casi sideral que el filósofo decide romper.

Trae de la calle (abundan en Holanda) una araña idéntica a la de la recámara. Idéntica pero enemiga. Le basta a Spinoza colocar delicadamente a la araña callejera en la red de la araña doméstica para que ésta le declare la guerra, la extraña haga saber que tampoco su presencia es pacífica y se inicie un combate entre arañas que el filósofo observa absorto, sin saber a ciencia cierta cuál de las dos triunfará en la guerra por el espacio vital y la supervivencia prolongada: la vida de un arácnido es tan frágil como la seda que su baba produce al contacto con el aire, tan larga como su probable paciencia. Pero ha bastado la introducción en su territorio de un insecto idéntico para convertir a la intrusa en Némesis de la araña original y desatar la guerra que culminará en una victoria que a nadie le interesa después de una guerra que a nadie le concierne.

Mas he aquí que, no carente de imaginación (¿quién lo dice?), el filósofo añade contienda a la contienda arrojando una mosca a la tela de araña. De inmediato, las arañas dejan de combatir entre ellas y se encaminan con paso paciente y peligroso al punto donde la mosca inmóvil yace capturada en un territorio que desconoce y que le aprisiona las alas y le enciende la mirada glauca (verdosa como las paredes de la casa de Berlín) como si quisiera enviar un SOS a todas las moscas del mundo a fin de que la salven del inexorable fin: ser devorada por las arañas que, una vez satisfecha su hambre de matar al intruso con sus quehaceres venenosos, se devorarán entre sí. Eso es la muerte: un mal encuentro. Eso es una araña: un insectívoro útil al hombre jardinero.

Spinoza ríe y regresa a su trabajo alimentario. Pulir cristales. Tallar vidrios para anteojos y para la magia del microscopio que inventó hace poco el holandés Zacarías Jaussen, dueño de la brillante idea de unir dos lentes convergentes, uno para ver la imagen real del objeto, el otro la imagen aumentada. Contamos así con la imagen inmediata de las cosas, pero al mismo tiempo con la imagen deformada, aumentada o, sencillamente, imaginada de la misma. El filósofo piensa que así como hay un mundo asequible de inmediato a los sentidos, hay otro mundo imaginario que posee todos los derechos de la fantasía sólo si no confunde lo real con lo imaginario. ¿Y qué es Dios?

Spinoza es muy consciente de la época en la que vive. Sabe que Uriel de Aste fue condenado por la autoridad eclesiástica en 1647. Su falta: negar la inmortalidad del alma y la revelación del mundo, puesto que todo es naturaleza y lo que natura non da, ni el Papa ni Lutero lo prestan. Sabe que en 1656 Juan de Prado fue excomulgado por afirmar que las almas mueren en los cuerpos, que Dios sólo existe filosóficamente y que la fe es un gran estorbo para una vida plena en la Tierra.

El propio Baruch, judío descendiente de portugueses expulsados en nombre de la locura política de la unidad de Iberia, israelita de nacimiento y de religión, ¿no fue arrojado de la Sinagoga porque no se arrepintió de sus herejías filosóficas que —tenían razón los rabinos— conducían a la negación de la dogmática de los doctores y abrían la avenida a lo más peligroso para la ortodoxia: el pensamiento libre, sin ataduras doctrinarias?

No: Spinoza fue expulsado porque quería ser expulsado. Los rabinos le pidieron que se arrepintiera. El filósofo se negó. Los rabinos quisieron retenerlo. Le ofrecieron una pensión de mil florines y Spinoza respondió que él no era ni corrupto ni hipócrita, sino un hombre que buscaba la verdad. Lo cierto es que Spinoza se sintió peligrosamente seducido por Israel, se sintió amenazado por la seducción y le dio la espalda a la Sinagoga. Fue así que el Gran Rabino declaró a Spinoza *Nidui*, *Cherem* y *Chamata*, separado, expulsado, extirpado de entre nosotros.

Que es lo que el filósofo quería a fin de postular una independencia que no se dejaría seducir, en revancha, por el liberalismo racional de la nueva burguesía protestante de Europa. Rebelde ante Israel, Spinoza también sería rebelde ante Calvino, Lutero, la Casa de Orange y los principados protestantes. De todos modos, le dijo a sus amigos: Guarden mis ideas en secreto. Lo cual no impidió que una noche un fanático intentara asesinarlo con una puñalada trapera. El filósofo colocó en un rincón de su recámara la capa rajada por la cuchillada.

—No todos me quieren.

No aceptó puestos, canonjías, cátedras. Vivió en cuartos amueblados, sin *cosas*, sin *ligas*. No aceptó un solo compromiso. Sus ideas dependían de una vida desposeída. Su supervivencia, de un trabajo manual modesto, mal pagado, solitario. El pensamiento ha de ser libre. Si no lo es, toda opresión se vuelve posible, toda acción culpable.

Y en esa soledad aislada, puliendo cristales y representando el drama histórico de la araña que mata a la araña y las arañas que se juntan para devorar a la mosca y el pez grande que se come al chico y el cocodrilo que se come a los dos y el cazador que mata al cocodrilo y los cazadores que se matan entre sí para tener la piel que coronará los cascos de los militares en batalla y la muerte de miles de hombres en las guerras y la extensión del crimen a mujeres y niños y ancianos y la selección del crimen aplicado a judíos, mahometanos, cristianos, rebeldes, libertinos, los que, herejes al cabo, escogen: *eso theiros*, yo escojo: herejía, libertad…

¿Qué es todo, al cabo, sino un efecto óptico?, se pregunta Baruch (Benoit, Benito, Benedetto) inclinado sobre sus cristales, convencido de que sólo es filósofo quien, como él, se entrega al ascetismo, la humildad, la pobreza y la castidad.

Mas, ¿no es este el máximo pecado de todos? ¿No es la rebeldía de Lucifer en su alto grado de humildad la falta más horrenda: ser mejor que Dios?

Baruch Spinoza se encoge de hombros. La araña devora a la mosca. La muerte no es más que un mal encuentro.

Así habló Filopáter.

Poco después de aquella tremenda escena de familia en la mansión del Pedregal, Errol abandonó su hogar. Lo supimos porque al mismo tiempo dejó la escuela en el primer año de preparatoria y decidimos llamar a su casa, tan curiosos como preocupados por un muchacho cuyo destino parecía tan distinto del nuestro que, al cabo, representaba lo que Jericó y yo pudimos ser.

La casa del Pedregal, aquella tarde, nos pareció sombría, como si su desnudez extrema de líneas austeras se hubiera recargado con el amontonamiento interno que ya he descrito. Como si el escueto contraste de sol y sombra —arquitectura taurina, al cabo, esencial reducción de la ceremonia— hubiera cedido la luz a un sombrío ocaso que el interior de la casa le contagiaba, pese a su resistencia, al exterior.

No tuvimos tiempo de que nos abrieran la puerta de entrada. Ésta se abrió y aparecieron en el umbral una mujer joven y maciza acompañada del enteco y prieto camarero que ya habíamos conocido en la recepción. Cada uno llevaba una maleta en la mano, aunque la mujer cargaba, apretando contra el pecho, una estatuilla de porcelana de la Virgen de Guadalupe. No estaban solos. Detrás de ella, apareció la madre de Errol, la señora Estrellita, secándose las manos en el delantal, mirando con una intensidad apasionada, que le desconocíamos, a los criados y aguantando el chaparrón de injurias de su marido don Nazario, vestido de playera, calzones cortos y zapatos tenis de cuero.

Era como una catarata de odios y recriminaciones que se iban retroalimentando, aguas turbias, contagiadas de urgencias y excrecencias que tenían su cenagoso manantial en las voces del padre, se aplacaban en las de la madre y al cabo encontraban un extraño remanso de silencio en quienes más enojados deberían estar, los dos sirvientes que eran despedidos por la señora Estrella al grito de inútiles, sinvergüenzas, han abusado de mi confianza, lárguense, no me hacen falta, yo sé ordenar la casa y preparar las comidas mejor que ustedes, indiada inútil, patas rajadas, váyanse de vuelta al monte, inconsciente de nuestra presencia, con una furia doméstica mal orientada que se disparaba contra la pareja de sirvientes pero nos volvía a Jericó y a mí, espectadores invisibles, y a su marido, don Nazario, en una especie de Júpiter lejano pero omnipotente, vestido para ir de jogging y en efecto, correteando sobre el cuerpo de su mujer que a la vez pisoteaba el de sus empleados, cuyo obstinado silencio, miradas pétreas y posturas inmóviles eran testimonio de resistencia pasiva y anuncio de rabias acumuladas que, sin el alivio de un goteo cotidiano, acabarían por desbordarse en uno de esos estallidos colectivos que el matrimonio Esparza acaso no imaginaba o acaso creía conjurar por largo tiempo con las reglas de la obediencia y la sumisión al patrón o, quizás, deseaba como se desea una purga emocional que barra con las indecisiones, las culpas secretas, las omisiones y las faltas de quienes detentan el poder sobre los débiles.

Doña Estrella empujaba a los criados despedidos. Don Nazario insultaba a doña Estrella. Los criados, en vez de tomar las maletas y marcharse —ella alabando a la Virgen—, permanecían estoicos como si merecieran la lluvia de injurias contra ellos o disfrutasen, sin sonreír, los insultos que el patrón le dirigía a la patrona en una especie de cadena de recriminaciones que era lo más parecido a la eternidad en modo de condena.

—¿Dónde quedó el jarrón chino?

—Las idioteces se le celebran y hasta se le perdonan a una muchacha…

—¡Admitan que lo rompieron!

—No a una vieja…

—¿Y el canario?

—De joven eras tonta...

—¿Por qué amaneció muerto?

—Pero eras bonitilla...

—¿Por qué lo dejaron muerto en la jaula?

—¡Eras bonita, babosa!

—¿Por qué estaba abierta la puerta de la jaula?

—¿Qué te pasó?

—¿Quieren volverme loca?

—¿Qué te da más miedo?

—No sigan allí paradotes.

—¿Vivir sola o seguir conmigo?

—Muévanse, les digo.

—No seas bruta, diles que vuelvan. ¿A poco vas a...?

Doña Estrella se volteó a darle la cara, con la boca abierta y los ojos cerrados, a su marido. Se hizo a un lado. Don Nazario le dio la espalda. Los criados entraron de regreso a la casa, como si conocieran de sobra esta comedia. Regresaban armados con el puñal de los insultos que el patrón le había dirigido a la patrona. Colgarían las injurias, como trofeos, en el cuarto apartado, húmedo y oscuro que siempre se le reserva a la servidumbre con una pared, eso sí, para que peguen con chinches la estampa de la Virgen y, a modo de maldición, la foto de los Esparza.

¡Cuánto tiempo, cuánto tiempo!, exclamaría Errol cuando al día siguiente lo fuimos a ver en su pequeño apartamento: dos cuartos, apenas, en la calle del General Terán, a la sombra del Monumento de la Revolución. El servidor prieto nos dio la nueva dirección de nuestro amigo, jurándonos al silencio porque los padres del niño Errol desconocían su paradero.

—¿Cuándo se fue?

—Hace diez días.

—¿Cómo se fue?

—Como alma que lleva el Diablo.

—¿Por qué se fue?

—Se lo preguntan a él, por favor…

No nos sorprendió que se marchara. Nos interesaban sus razones. El pequeño apartamento en la sombra de la gran gasolinera revolucionaria lucía desnudo de mobiliario, apenas un colchón en el suelo, una mesa, dos sillas, una sala de baño con la puerta entreabierta, nuestro amigo Errol, al cual envidiábamos a ratos y a ratos compadecíamos. La guitarra que ya conocíamos. Una batería novedosa, un saxofón arrumbado.

¿Lo expulsó la rabia?, nos preguntó retóricamente, cruzado de brazos y sentado en el suelo, con el pelo largo y la mirada corta. No, lo expulsó el miedo, por más justificado que fuera el enojo con sus padres. Miedo de convertirse, al lado de su familia, en lo que su padre y su madre ya eran: dos seres cavernarios, espectrales, avaros. Dos fantasmas enemigos que iban dejando a su paso un aroma muerto. Estrellita con esa eterna cara de quien va a una boda y no renuncia al final feliz, a pesar de todas las evidencias en contra. Su beatitud sin consecuencia. Su llanto por pura costumbre. Su imaginario féretro esperándola en el pasillo de la recámara. Sí, ¿para qué sirve mi madre? ¿Para desconfiar del servicio? ¿Es esa su única afirmación? ¿Para llorar imaginando la muerte de otros, un vago *otros*, a fin de aplazar la mía?

—Pero si estoy aquí, mami.

Rasgó la guitarra.

—Cuando mi padre la regaña, ella se retira al baño y canta.

Sus únicas devociones son para la muerte, que es lo único seguro de la vida, y para la Virgen. No recapacita en que la fe la acerca a la criada detestada. ¿Cómo es posible ser cristiano, tener la misma fe y despreciar a los creyentes que nos son socialmente inferiores? ¿Cómo conciliar estos extremos, la fe compartida y la posición social separada? ¿Quién es más cristiano? ¿Quién entrará al cielo por el ojo del camello? ¿Quién, por la cerradura de la puerta estrecha?

Jericó y yo nos miramos. Entendíamos que Errol nos necesitaba para darle palabras externas a su tormenta interna y que ésta trascendía la relación con sus padres y se instalaba, al cabo, en la relación de Errol con Errol, del niño con el hombre, del protegido con el desamparado, del artista que quería ser y del rebelde que, acaso, sólo podía ser eso: rebelde, nunca artista porque la insurrección personal no es signo de la imaginación estética. Y enseguida se refirió a su padre.

¿Qué se puede pensar de un hombre que viaja al extranjero con una viborilla llena de pesos-plata atada a la cintura para asegurarse de que no lo roben? ¿Qué, de un hombre que viaja con un maletín especial lleno de chiles para sazonar la insípida comida francesa?

Se quedó callado un instante. No nos invitó a comentar. Era claro que su diatriba aún no terminaba.

—¿Recuerdan cuando les conté cómo ascendió mi padre? ¿El hombre de acción, el fiel marido, el esforzado jefe de familia? Carpintero primero, en un barrio pobre de la ciudad. Constructor de muebles.

Vendedor de sillas, camas y mesas a varios hoteles. Mueblerías, hoteles, cines. ¿Recuerdan? El San José moderno, sólo que su Virgen María no dio a luz a un salvador sino a un delator. No les dije todo aquella vez. Me salté el eslabón que une a la cadena de mi señor padre, como el llavero que hace sonar con autoridad en su bolsillo. Entre la mueblería y los hoteles, hay los burdeles. La primera cadena de mi fortuna son las casas de putas. Allí fueron a dar los colchones, allí se usaban las camas, allí se fundó la fortuna católica, burguesa y respetable de una pareja que insulta a sus criados, ignora a su hijo. En un burdel.

¿Qué íbamos a decir? Él no esperaba nada. Su confesión no nos afectaba. Era asunto suyo. A él, obviamente, se le había convertido en una herida abierta y supimos allí mismo que nuestro desinterés en el caso, el valor que Jericó y yo compartíamos en cuanto a las geografías de las familias o a las supuestas "faltas" de los individuos, nos tenían sin cuidado. Allí mismo confirmamos Jericó y yo algo que ya sabíamos y que era el producto necesario de nuestras lecturas asimiladas al salto filosófico y moral que significó la amistad aleccionadora del padre Filopáter. Lección para nosotros, para él reconocimiento de pérdidas y ganancias en la partida de juego ancestral entre parientes e hijos, ascendencia y descendencia. ¿De quién podía hablar yo sino de mujeres que no eran parientes, María Egipciaca mi Némesis y Elvira Ríos mi enfermera? ¿De quién Jericó, que guardaba en silencio antecedentes familiares que, acaso, desconocía por completo? ¿Y de quiénes, sino de nosotros mismos, él y yo, Jericó y Josué, podíamos hablar con la relación familiar que al cabo, en nuestras vidas, era idéntica a la relación amical? Esta soledad aparente era la condición de nuestra solidaridad cierta. La pequeña saga de Errol y su familia nos confirmaba a Jericó y a mí en la fraternidad como señal certera de la orientación de nuestras vidas. Hermanos no de la sangre, sino en la inteligencia, saber esto, nos dimos cuenta (al menos lo supe yo) nos unía desde muy temprano pero, acaso, nos ponía a prueba para el resto de nuestras vidas. ¿Seríamos siempre los entrañables amigos de esta hora? ¿Qué nos dejarían las doce campanadas del mediodía? ¿Qué, la oración murmurada del ocaso del día?

Quizás era injusto postularnos como nos llamaba Filopáter —Cástor y Pólux— sólo como contraste a la verdadera orfandad de nuestro amigo Errol Esparza, voluntariamente alejado de sus padres aunque acaso más entregado que nosotros a la contienda eterna del talento y la soledad.

Luego salió del baño, desnudo, con la cabeza mojada, el joven que nos saludó y se sentó frente a la batería mientras Errol tomaba la guitarra y los dos iniciaron su versión rock de *Las golondrinas*.

A buen entendedor, pocos mariachis.

Siempre supe que ella nos espiaría. La presencia de Elvira Ríos le resultaba ofensiva a María Egipciaca, desde antes de que la enfermera pusiera pie en la casa a la deriva de la calle de Berlín. En la cabeza de mi celadora, esta enorme residencia sólo tenía cupo para dos personas, ella y yo, en la relación de casta promiscuidad que ya les he contado. Era como si dos animales enemigos ocupasen, sin otra compañía, toda una selva y un buen día un tercer animal entrase a desbaratar a una pareja que, por lo demás, no se quería. ¿Hubo odio entre mi guardiana y yo? Supongo que sí, si el desencuentro perpetuo de los afectos y las simpatías determina una adversidad que lleva a los personajes en pugna a hacer lo que tienen que hacer sólo para que el otro, apenas se percate de lo que sucede, ocupe la posición antagónica. Si yo me quejaba o amanecía de malas, María Egipciaca se apresuraba a preguntarme ¿qué tienes, qué te pasa, qué puedo hacer por ti? Si por el contrario yo despertaba más radiante que el sol, ella no tardaba en esgrimir un florete envenenado, cómo se ve que no sabes lo que te reserva el día, ¿has pensado en tus tareas de hoy, por qué no las cumpliste ayer?, ahora tendrás más obligaciones y como careces no sólo de tiempo sino de talento, así no llegarás a ninguna parte: así serás siempre un *raté*… De dónde sacaba María Egipciaca esta palabra en francés me llevaba a imaginar qué clase de educación había recibido mi celadora, puesto que jamás la vi leyendo un libro, ni siquiera un periódico. No iba al cine, ni al teatro, aunque sí tenía prendido el radio día y noche, hasta convertir la jornada propia en una especie de anexo a la programación de la XEW, "La voz de la América Latina desde México". Que algo aprendía la pobrecita, me consta porque el día que se presentó, albeante, la enfermera Elvira Ríos, María Egipciaca comentó:

—Qué poca seriedad. Ese es nombre de cantante de boleros.

—¿No será que tú eres Del Río y ella es Ríos? ¿Eso te irrita?

—De caudal a caudal, a ver quién se ahoga primero.

Los días anteriores al arribo de la enfermera fueron quizás los peores de un encierro que antes, por lo menos, tenía puertas abiertas a la calle y a la escuela. Ahora, encerrado por orden médica y en espera del inminente arribo de la enfermera, las manías de mi "madrastra" se exacerbaron hasta la crueldad. Buscó mil maneras de hacerme sentir inútil. Preparó las comidas con una alharaca que invadía toda la casa, subía a mi recámara con la charola sonando a orquesta de marimba, suspiraba como un ciclón tropical, depositaba la comida al pie de mi puerta con un gemido de esfuerzo cardíaco, la levantaba, entraba sin tocar como si quisiera sorprenderme en el vicio solitario que desde el incidente de los calzoncillos había sellado su opinión sobre mi impura persona. Si no soltó la bandeja sobre mi regazo fue porque su vocación de servicio la hubiera obligado a recoger y a limpiar sin pedirme que lo hiciera yo mismo, dado que eso hubiera negado la función sacrificial de María Egipciaca en esta casa donde por otro lado todo el desperdicio se acumulaba durante siete días, hasta que la sirvienta eficaz entraba una vez por semana, corría las cortinas, abría las ventanas, aireaba y asoleaba, lavaba y planchaba, llenaba las despensas para las necesidades de los días siguientes y se iba como llegaba, sin decir palabra, como si su trabajo no dependiese para nada de la aparente dueña de la casa, María Egipciaca. Sólo en una ocasión la empleada se dirigió a mi celadora para decirle:

—Sé que viene una enfermera a cuidar al joven. Si quiere, le traigo unas flores.

—No hace falta —contestó con severidad María Egipciaca—. Nadie se ha muerto.

—Es para alegrar un poco esta tumba —dijo con mala entraña la servidora y se marchó.

Debo admitir ante los que sobreviven que mi ingreso al lecho de enfermo me alegró bastante. Lo vi como una ocasión, primero, de dedicarme a "el vicio impune", la lectura; y segundo, de obligar a María Egipciaca a servirme, sin gusto, repelando, armando ruideros innecesarios pero obligada, más allá de cualquier otra consideración, a atenderme por motivos que nada tenían que ver con el cariño o la obligación que le debe una madre a su hijo, sino para quedar bien con "el señor", ese misterioso patrón al que se había referido el médico con severidad puntual y palabras terminantes.

Debo confesar que la alusión a "el señor", que escuché por primera vez en esa ocasión, me produjo un sentimiento conflictivo. Me enteré de que María Egipciaca no era la fuente de mi existencia material o de mi comodidad física, sino que apenas cumplía órdenes de un personaje hasta entonces jamás mencionado en esta casa. La indiscreción del doctor, ¿en realidad lo era? ¿O había el buen galeno, a propósito, puesto en su lugar a doña María Egipciaca, revelando que lejos de ser la señora de la casa, ella también, como la criada semanal, era una empleada? Quise medir los efectos de esta revelación en la actitud de mi guardiana. Ella se cuidó de no variar en lo más mínimo la conducta que ya le conocía. Si yo estaba enfermo y condenado al reposo, ella exacerbaría, sin modificarla en lo esencial, su conducta irreprochable de señora encargada de alojarme, alimentarme, vestirme y mandarme a la escuela.

Mas como al mismo tiempo el doctor había anunciado que la enfermera vendría a cuidarme por instrucciones del señor que "lo paga todo, lo paga bien y lo paga puntual", María Egipciaca tenía en el horizonte de su desconfianza a una nueva y más débil víctima propiciatoria. La enfermera y yo. Yo y la enfermera. El orden de los factores etcétera. El producto previsto por María Egipciaca era una relación que la excluía de su buen gobierno de la casa y del cuidado de mi persona. ¿Cómo reafirmar aquél y prolongar éste? A veces, las interrogantes que atraviesan nuestro espíritu se nos escapan por los ojos como mi masa encefálica se desparrama fuera de mi cráneo hoy que amanezco muerto en una playa del Pacífico.

Hace catorce años Elvira, si no impidió mi muerte, sí renovó mi vida. Mi rutina de joven adolescente en escuela secundaria prometió, en mi temprana pero escasa imaginación, repetirse hasta el infinito. Es curioso que en un momento de cambios físicos tan grandes la mente se empeñe en prolongar la infancia, ya que la fe en que la adolescencia misma será eterna no es más que el espejo de la convicción (y convención) tácita de la infancia: seré siempre niña, niño, aunque sepa que no lo seré. Pero seré adolescente con mentalidad de niño, es decir, de sobreviviente. Al cabo, ¿qué edad nos pertenece más que la infancia en la que, verdaderamente, dependemos de otros? Todo es más largo en la niñez. Las vacaciones nos parecen deliciosamente eternas. Los horarios de clase, también. Aunque sujetos a la escuela y sobre todo a la familia, tenemos en esa época de la vida más libertad frente a lo que nos amarra que en otra cualquiera. Ello se debe, me parece, a que la libertad en la infancia es idéntica a la imaginación y como en ésta todo es posible, la libertad para ser algo más que la familia y algo más que la escuela vuela más alto y nos permite vivir más separados que en las edades en que debemos conformarnos para sobrevivir, ajustarnos a los ritmos de la vida profesional y someternos a reglas heredadas y aceptadas por una especie de conformismo general. Éramos, de niños, magos singulares. Seremos, de adultos, rebaños.

¿No podemos rebelarnos contra la tristeza gris de esta fatalidad? Evoco este sentimiento porque creo que es lo que nos unió como hermanos a Jericó y a mí. También lo pienso porque fue la enfermera Elvira Ríos la que vino a romper, antes que nadie, las formaciones consuetudinarias que me encerraban en la casa de la calle de Berlín y bajo la tutela de María Egipciaca. No es que la enfermera se hubiera propuesto "liberarme" ni cosa parecida. Sólo se trataba de una presencia distinta a cuanto había conocido hasta entonces. María Egipciaca alababa sin cesar a la raza blanca, a los "güeros", confiándoles, casi, el destino del mundo o, por lo menos, el monopolio de la inteligencia, la belleza y la fuerza. Tenía una azarosa confusión mental que la llevaba a decir cosas como "Si los blancos nos gobernaran, seríamos un gran país", "los indios son nuestro lastre", "ya ves, los americanos mataron a los indios y por eso pudieron ser un gran país", "los negritos sólo sirven para bailar". Cuando hojeaba mis libros de historia, ella suspiraba por el rubio emperador Maximiliano de Habsburgo y deploraba el triunfo del "indito" Juárez. No sabía mucho de la guerra de 1847 con los Estados Unidos, aunque sus prejuicios eran suficientes para desear que, de una santa vez, los norteamericanos hubieran tomado la totalidad del territorio mexicano. Cuando me atrevía a comentarle que entonces seríamos un país protestante, se confundía de momento y sólo al día siguiente me salía con la respuesta, "la Virgen de Guadalupe los habría convertido a la religión", pues para ella el protestantismo era, cuando mucho, "una herejía".

El arribo de la enfermera Elvira Ríos, muy morena y vestida de blanco con un maletín negro en la mano y una disposición profesional activa que no toleraba ni insolencias ni interrupciones ni bromas, vino a desafiar a doña María Egipciaca. Lo sentí desde el momento en que la enfermera le vedó a la carcelera la entrada a mi recámara.

—¿Y la bandeja con la comida? —dijo altanera María Egipciaca.

—Déjela afuera.

—Mejor súbala usted.

—Con gusto.

—Y si quiere, cocine también.

—No me cuesta, señora.

Cada respuesta de Elvira como que arrinconaba un poquito más a María Egipciaca quien, al cabo, preparaba las comidas y las llevaba a la puerta de mi recámara, intentando pasar el umbral sin contar con la voluntad de la enfermera.

—El enfermo necesita reposo.

—Oiga señorita, si no voy a…

—Orden final.

—¡Hemos vivido juntos toda la vida!

—Por eso está mal de los nervios.

—¡Altanera!

—Profesional nada más. Mi encargo es proteger al joven de toda alteración nerviosa y devolverle la calma.

—¡Es mi casa!

—No, señora. Aquí usted es sólo empleada, igual que yo. Por favor cierre la puerta.

—¡Altanera! ¡India presumida!

De este sabroso intercambio (que me vengaba de todos los años de tensión en la casa de Berlín) nació mi admiración hacia la pequeña, ágil y esbelta enfermera. Intenté conversar con ella de manera menos profesional. No lo permitió. Ella estaba aquí para cuidarme y restaurar mi salud, no para echar plática. La miré con una mirada que yo mismo no me sabía y que el espejo confirmó como "ojos de borrego ahorcado".

Mi mirada obtuvo como sola respuesta un termómetro metido por Elvira en mi boca con gesto galante.

La verdad es que esta presencia ágil y certera en un cuerpecito pequeño y juvenil me excitó más que si Elvira se mostrase desnuda. Aprendí allí mismo, durante los primeros días de mi curación nerviosa, a adivinar primero y a desear enseguida la carne escondida detrás del albeante uniforme de la enfermera. ¿Cómo sería desnuda? ¿Qué clase de ropa interior usaría una señorita así? ¿Era señorita aún? ¿Tenía novio? ¿Estaba casada? ¿Acaso, tan joven como era, tenía hijos? Todas estas preguntas se resolvían, al cabo, en una sola imagen. Elvira desnuda. Mi mirada la despojaba de la ropa y ella no se parecía a las muñecas de papel de las revistas que primero me excitaron. Entendí una cosa: verla vestida, toda de blanco, me conmovía más que verla sin ropa, porque el uniforme excitaba mi imaginación más que la desnudez.

La rutina anterior desapareció. La sustituyó una nueva rutina agregada a la presencia de la enfermera, mi imaginación revoloteando entre sus esbeltas caderas y la sucesión de termómetros, píldoras, tomas de la presión arterial y conversaciones que ponían al descubierto mi juvenil falta de experiencia y mis vagos deseos de prolongar la infancia sin demostrar temor a la edad adulta.

Ella parecía observarlo todo con esa mirada inteligente que María Egipciaca, entrometiéndose de vez en cuando, llamaba (detrás de la puerta, como un fantasma que ya no me daba miedo) "de ardilla negra", o "la de los ojitos de ratón", palabras que no perturbaban a la joven profesional, sin duda acostumbrada a cosas peores que una vieja murmurante y rabiosa, desplazada por los hechos de la vida de su acostumbrada posición de dominio. Yo le agradecí a Elvira que su presencia se tradujese en mi liberación. La casa no volvería a ser la misma. La tiranía de mi infancia perdía poderes con cada hora que pasaba.

—Amanece más temprano.

—Loco se levanta.

—No entran moscas.

—Barajando.

Elvira completó los refranes suspendidos de María Egipciaca. Ésta los escuchó escondida detrás de la puerta, delatada por un suspiro apolillado. Estaba derrotada.

Pasó, pues, una semana. Pasaron diez días. El plazo de mi convalecencia se acortaba y una noche, cuando reinaba la famosa paz de los sepulcros, Elvira me dijo:

—Joven, a usted sólo le falta una cosa para estar bien de los nervios.

Acto seguido, se desvistió frente a mí y yo pude ser testigo de mi propia imaginación. Lo que uno piensa puede ser superior o inferior a la realidad. Yo temía, cuando Elvira se desabrochó la camisa, que sus senos no fueran como los imaginé. Que su vientre, su pubis, sus nalgas, contradijeran a mi fantasía. No fue así. La realidad superó a la ficción. El silencio de Elvira durante nuestros quince minutos de amor apenas fue roto por un suspirillo terrestre de ella y por un prolongado ¡ay! mío que ella sofocó, con delicia, tapándome la boca con una mano.

Mejor que mi placer fue el sentimiento de habérselo dado a ella. Por más que Elvira retomase en el acto no sólo su ropa sino sus actitudes de enfermera, yo sabía desde ahora que podía darle placer a una mujer y creí en ese momento que esa era la sabiduría máxima de la vida y que cuanto yo aprendiese, de allí en adelante, no sería mejor y más sabio que esto, aunque esto, lo supe también, jamás se repetiría exactamente igual. Habría en mi vida amores más largos, más breves, más o menos importantes, pero ninguno suplantaría el amanecer sexual en brazos de la enfermera Elvira, curandera de mi juventud y cuadrante de mi madurez.

Sucedió así que el mismo día en que me levanté de la cama y Elvira se despidió con gran seriedad, entré a la recámara de mi casi olvidada celadora doña María Egipciaca y encontré una cama sin hacer y un colchón desierto.

El padre Filopáter nos distinguió con su amistad. De entre todos los cabrones sueltos en el patio de la escuela nos escogió a Jericó y a mí para hablar, discutir y pensar. Supimos que era un privilegio. No quisimos, sin embargo, ser vistos como algo excepcional, envidiable o, por lo mismo, risible o ridiculizable por la masa de alumnos más interesada en dormitar o patear pelotas que en demostrar que el hombre es un ser que piensa cuando camina. Porque nuestras conversaciones con Filopáter fueron todas peripatéticas. Sin afán alguno de evocar a Aristóteles, Filopáter daba a entender que en el acto de caminar se establece una amistad activa sin las jerarquías implícitas de cuando nos sentamos a la mesa o recibimos la lección desde el altar —civil o religioso— del maestro-sacerdote (o como diría, no sin un dejo de pedantería, el propio Filopáter, del *magister-sacerdos*).

Supongo que hablar caminando era la manera intuitiva en la que el maestro se ponía a nuestra altura y nos invitaba a hablar sin mirarnos de arriba abajo. A veces nos quedábamos después de clase en el patio del colegio. Otras, caminábamos por las calles de la colonia Roma. Rara vez llegábamos hasta el Bosque de Chapultepec. El hecho es que en el acto de dialogar la ciudad tendía a desaparecer, convirtiéndose en una especie de ágora o academia compartida por la palabra. Y la palabra, ¿qué cosa era? ¿Razón o intuición? ¿Convicción o fe? ¿Fe comprobable? ¿Intuición razonable?

Lo primero que nos planteó el padre Filopáter fue lo que consideraba un peligro. Conocía nuestras lecturas y aficiones intelectuales. De entrada, nos advirtió:

—Cuídense de los extremos.

La invitación al debate estaba formulada desde el momento en que el padre nos propuso hablar con él. Lo respetábamos lo suficiente —y supongo que nos respetábamos a nosotros mismos— como para no dudar de su derecho a pensar, del nuestro a rebatirlo y del suyo a la contrarréplica. Confieso, además, que eso deseábamos y necesitábamos Jericó y yo, a los dieciocho años de edad yo, a los diecinueve él y ambos fértiles para recibir el grano ajeno en campos mentales que veníamos cultivando, por lo menos, desde que teníamos 16-17, con lecturas apasionadas, debates entre nosotros y un sentimiento de enorme vacío: ¿para qué pensábamos, para quién pensábamos, quién disputaría nuestro orgulloso conocimiento juvenil, quién lo pondría a prueba?

Porque nada inspira soberbia comparable a la del despertar intelectual de un joven. Las sombras se disipan. El día amanece. La noche queda atrás. No porque la Tierra se mueva alrededor del Sol, sino porque *nosotros* somos el Sol, la Tierra es *nuestra*. Lo sabíamos.

—Nos podemos quedar secos tú y yo, Josué, bebiendo de la misma fuente, podemos convertirnos en individuos intolerantes, sin nadie que nos ponga contra la pared y nos haga dudar de nosotros mismos...

Transcribo y fijo estas palabras de Jericó porque tendré oportunidad de evocarlas muchas veces en el futuro.

Ahora, como si leyese nuestro pensamiento y descifrara nuestras inquietudes, Filopáter nos abordaba en el patio de la escuela, nos pedía de forma tácita unirnos a su andar pausado entre las arcas del edificio, sin llamar la atención, con cabizbajas referencias al tiempo, a la luz cambiante de la ciudad, a la calidad del día, a la capacidad y el gusto por escuchar las músicas urbanas. Al pensamiento.

—No me equivoco si les digo que están ustedes muy metidos en dos autores.

Veía nuestros libros, disimulados a veces en los cartapacios escolares, a veces expuestos con desafío sobre los pupitres o leídos con juvenil ostentación a la hora del recreo, cuando la presencia de mi amigo Jericó me defendía de los asaltos de antaño contra mi inocente nariz y ambos éramos consignados a una especie de limbo escolar. Éramos "raros" y no sabíamos meter un balón en un aro.

Los dos autores eran San Agustín y Federico Nietzsche. De una manera intuitiva y razonada, Jericó y yo nos dirigíamos, como el fierro suelto al imán, a pensadores opuestos. Queríamos, con precisión, aprender a pensar a partir de los extremos. Nuestra proposición le resultaba transparente a alguien como el padre Filopáter y su rápida atracción hacia un centro desocupado: por nosotros y, en contra de lo que pudiéramos imaginar, por él mismo.

—Les importa mucho pensar como les plazca, ¿verdad?

—Y también expresar libremente lo que pensamos, padre.

—¿La autoridad no tiene derecho a inmiscuirse?

—Claro que no.

—¿Claro que no cuando se trata de la institución religiosa? ¿O siempre?

—Queremos que nunca se entrometa si se trata de un estado laico.

—¿Por qué?

—Porque el estado es laico para impartir justicia y la justicia no es cuestión de fe.

—¿Y la caridad?

—Empieza en casa —me permití jugar y Filopáter rió conmigo.

Empezó por ubicar a nuestros extremos. Aclaro que Jericó y yo escogimos dos autores que nos enseñaran a pensar, no dos filiaciones que nos obligaran a creer y a defender lo que creíamos. En esto estuvimos de acuerdo. Fue la base de nuestros diálogos. No estábamos casados con nuestros filósofos sino en la medida en que los leíamos y discutíamos. ¿Estaba atado Filopáter a los dogmas de su iglesia? Pensar esto era nuestra ventaja inicial. Estábamos equivocados. De todas maneras, nuestro pensamiento se oponía a la fe y apostaba por el choque de ideas. Nuestra decisión era que éstas fueran diametralmente opuestas y Filopáter las ubicó de manera diáfana.

Leíamos a San Agustín: Dios crea todas las cosas y sólo Él las sostiene. El mal es sólo la privación de un bien que podríamos tener. Al caer, la humanidad perdió sus valores de origen. Recuperarlos requiere de la Gracia Divina. La Gracia es inaccesible para el ser humano, caído y en desgracia, por sí solo. La Iglesia es la intermediaria de la gracia. Sin la Iglesia permanecemos unidos en la des-gracia de la masa humana, que es *massa peccati*.

San Agustín defendió estas ideas y combatió sin tregua al hereje Pelagio, para quien la salvación era posible sin la Iglesia: te salvas solo.

En el otro extremo de estas jóvenes ideas, Nietzsche nos proponía liberarnos de toda creencia metafísica, abandonar cualquier verdad adquirida y aceptar con amargura un nihilismo que rechaza a la cultura cristiana empobrecida por la obligación de la renuncia y enmascarada, sin embargo, por valores falsos que consagran las apariencias y nos vedan el impulso hacia la verdad.

—¿Cuál verdad?

—El reconocimiento de la ausencia de cualquier verdad.

El padre Filopáter no carecía de astucia y no creo que haya sospechado, más allá de un par de "peripecias", que su investidura religiosa lo conduciría a aleccionarnos sobre las virtudes de la fe y el error de nuestros desvíos. Sólo de pensarlo hoy, me avergüenzo y dejo que semejante sospecha se vuelque, inútil, sobre la arena donde yace mi cabeza cortada. Filopáter ni condenó a Nietzsche ni alabó a San Agustín. Tampoco se sacó de la manga a otro teólogo católico. No debimos sorprendernos, en suma, de que la lección que nos reservó llevase el nombre y la impronta de un pensador condenado como "hereje" tanto por su comunidad hebrea original como por su comunidad cristiana de destino.

Por eso, antes de exponer la filosofía de Baruch (Benedetto, Benito, Benoit) Spinoza, Filopáter, al tiempo que se colocaba sobre la cabeza no un birrete ni un gorro, sino un solideo negro, nos recordaba el origen de la palabra "hereje", que era el griego *eso theiros*, que significa *yo escojo*. El hereje es el que escoge. La herejía es el hecho de escoger.

—Entonces la herejía es la libertad —se precipitó Jericó.

—Y eso nos obliga a pensar, ¿qué es la libertad? —reviró el padre.

—Está bien. ¿Qué es? —apoyé a mi amigo.

Para obtener una respuesta aproximada, Filopáter nos pidió recorrer el camino del hereje Spinoza.

—Acaban ustedes de decirme que creen en la libertad de pensamiento.

—Así es, padre.

—¿Es libre el pensamiento de creer en Dios? Asentimos.

—Entonces, ¿puede ser libre la fe?

—Si no se agota en la obediencia —dijo Jericó.

—Si se afirma en la justicia —añadí yo.

Filopáter se acomodó el negro casquete.

—Si no, si no… No sean tan negativos. ¿Creen en la voluntad? ¿Creen en la inteligencia?

Nuevamente, dijimos que sí.

—¿Creen en Dios?

—Demuéstrelo, padre —dijo, arrogante, sobrado, Jericó.

—No, en serio, muchachos. Si Dios existe, es un Dios que no pide obediencia y ofrece justicia, sino que es un Dios, positivamente, inteligente y dotado de voluntad.

—Salvando nuestras diferencias, diría que sí —afirmé.

El padre, juguetón, me jaló una oreja y me colocó el solideo en la cabeza.

—Pues te equivocas. Dios no es inteligente. Dios carece de voluntad.

Reí. —¡Y usted es más hereje que nosotros!

Me quitó el solideo.

—Soy el ortodoxo más serio.

—Explíquese —dijo el muy soberbio Jericó.

—Creer que Dios tiene inteligencia y voluntad es creer que Dios es humano. Y Dios no es humano. No digo con vulgaridad "es divino". Sólo es otro. Y no ganamos nada convirtiéndolo en espejo de nuestras virtudes o en negación de nuestros vicios. Dios es Dios porque no es nosotros.

—¿Por qué?

—Porque Dios es infinitamente creativo.

—¿No lo somos los hombres, individual, colectiva o tradicionalmente?

—No, porque nuestra creatividad es libre. La de Dios es necesaria.

—¿Qué quiere decir?

—Que Dios es causa de sí mismo y de los seres finitos —ustedes, yo, cuanto existe— que se derivan de él. Dios es activo no porque es libre sino porque todo proviene necesariamente de él.

—Entonces, ¿no es el señor barbón de las alturas?

—No, como la luz no es la de una vela o la de un foco.

—¿Y Jesús, su hijo?

—Es una forma humana entre las infinitas formas de Dios. Una forma. Una sola. Pudo escoger otras.

—¿Por qué?

—Para dejarse ver por nosotros.

—¿Y luego regresar a la nada?

—O al todo, Jericó.

—¿Qué quiere decir?

—Que Dios es extenso, no es inteligente. Dios es infinito, no es divisible.

—Pero puede ser humano, material… —apostrofé.

—Sí, porque una cosa es el cuerpo y otra la materia. Nosotros sólo somos cuerpo, la piedra es sólo materia. Pero Dios, que puede ser cuerpo: Jesús, también puede ser materia: la creación, los mares, las montañas, los animales, las plantas, etcétera, y también todo lo que ni siquiera conocemos o percibimos. Lo que logramos ver y saber, tocar y oler, imaginar o desear, son para Dios sólo modos de su propia extensión infinita.

Creo que nos miró un tanto perplejos porque sonrió y nos preguntó:

—¿Suscriben ustedes una teoría de la creación del universo? Sólo hay tres, en realidad. La del *fiat* divino. La de la explosión original, que deriva en la de la evolución. O la del universo infinito, sin principio ni fin, sin acto de creación o apocalipsis. La vasta noche sideral de Pascal. El silencio infinito de las esferas. La tierra como un accidente pasajero cuyo origen y cuya extinción carecen, por igual, de importancia.

No sé si Filopáter nos proponía una especie de menú sobre el origen del universo y si esperaba que suscribiésemos una u otra de sus tres teorías, se equivocaba y no lo ignoraba. Él sólo quería impulsarnos a pensar por nuestra cuenta y en el curso de nuestras pláticas nos dimos cuenta de nuestro error inicial. Filopáter no quería convertirnos a ninguna ortodoxia, ni siquiera a la suya. Y yo confieso que acabé por preguntarme cuál sería, si no la fe religiosa, sí la razón filosófica de nuestro profesor.

¿Qué nos estaba diciendo?

—Si no creen en Dios, crean en el universo. Sólo que el universo es idéntico a Dios. No tiene principio ni fin. Por eso sólo Dios puede ver crecer un árbol milenario.

En la referencia ejemplar a Spinoza, no obstante, nosotros encontramos una resonancia personal que Filopáter podía, o no, dejarnos escuchar. Spinoza no fue expulsado del judaísmo por la persecución. Se expulsó a sí mismo por amor a la soledad y amaba la soledad —nos explicó Filopáter— para poder pensar. Quiso ser expulsado de la comunidad hebrea para demostrar que a los creyentes religiosos les importa más la autoridad que la verdad.

—¿Qué piensan ustedes?

Después de consultarlo entre nosotros, Jericó y yo le dijimos al padre que la pregunta tendría que contestarla él mismo. Fuimos irrespetuosos.

—Si lo que quiere, padre, es tendernos una trampa para que nos comprometamos hoy a lo que no haremos mañana, nosotros creemos que el que está entrampado es usted mismo.

—¿Por qué? —dijo con grande, con verdadera humildad, el religioso.

¿Cómo decirle que, pasara lo que pasara, pensara lo que pensara, Filopáter jamás renunciaría a su fidelidad religiosa? Sería fiel a ella por más que pensase *heréticamente* —por más que *escogiera*.

Acaso adivinó la respuesta que no le dimos a su "¿por qué?" cargado de responsabilidades para dos jóvenes estudiantes alertas pero inmaduros.

—¿Por qué?

Nos miró con la gratitud, la confianza y el cariño que le guardaríamos para siempre.

—Oigan, no se contenten con decirme lo que yo quisiera escuchar. Tampoco me confronten por mero negativismo. Sean serios. No se la jalen.

Era otra manera de decirnos que él había escogido un camino pero que a nosotros nos tocaba escoger el nuestro. Nos lo dijo de la manera indirecta que ahora les cuento. Nos dejó para siempre un sentimiento de dificultades indispensables para vivir la vida con seriedad. Spinoza practicó la rebelión y el escándalo a propósito, con el fin de ser expulsado y ser independiente. Filopáter no había hecho otro tanto. A la luz de su experiencia, ¿era el venerado Baruch (Benoit, Benito, Benedetto) un cobarde que, en vez de romper con su iglesia, buscó la manera de que su iglesia rompiera con él? ¿Y era Filopáter otro cobarde que conocía muchísimas opciones intelectuales fuera de la iglesia y se conformaba con la cúpula protectora del domo eclesiástico?

—Yo evito la rebelión y el escándalo —nos dijo la última vez que lo vimos, sabedores Jericó y yo mismo de que al salir de la escuela no volveríamos a frecuentar a Filopáter, a los alumnos, al profesor Soler y sus manos inquietas, al director Vercingetorix y sus gladiolas pisoteadas. ¿Por qué? Porque simplemente era ley de la vida que las ataduras de la adolescencia se perdiesen a fin de ser adultos, sin medir la pérdida de valor que esto puede significar. Filopáter, al cabo, sería objeto de nuestro vanidoso desprecio porque su magisterio consistió en enseñar el pensamiento de otros, sin ninguna aportación personal.

Mas, ¿no era la inquisitiva misma, la capacidad de preguntar y preguntar-*nos*, una parte indispensable de la educación que nos permitiera ser "Jericó" y "Josué"? Sólo más tarde, mucho más tarde, supimos que Filopáter se parecía a Baruch más de lo que imaginábamos en la escuela.

—No aceptó la herencia de su familia. Murió en la pobreza porque así lo quiso. Se fue sin nada.

"La naturaleza se contenta con poco. Yo también."

Las velas gotean cera en un barril lleno de sangre.

La cama vacía de María Egipciaca se volvió el símbolo de mi propio abandono dentro del caserón de la calle de Berlín. La enfermera Elvira desapareció, supongo que para siempre. El imperioso doctor no tuvo necesidad de regresar. Ahora, el abogado llamado don Antonio Sanginés se hizo presente. Yo quería resolver los misterios que me rodeaban. ¿Dónde estaba mi celadora María Egipciaca? ¿Qué significaba la cama vacía y el colchón enrollado? ¿Dónde quedó la ropa de la mujer, sus afeites (si los había), sus elementales posesiones: pasta y cepillo de dientes, horquillas, cepillo, peine? El cuarto de baño estaba tan vacío como la recámara. No había toallas. Tampoco papel higiénico. Era como si un fantasma hubiera habitado la recámara de una señora cuya realidad física me constaba.

El misterio de la ausencia no era mayor que el sentimiento de la misma, sólo que el enigma de la mujer no pasaba de serlo, en tanto que en mi caso personal, la ausencia significaba soledad. Era extraño. La presencia acostumbrada de la señora María Egipciaca llenaba de algún modo los vacíos de esta mansión intocada por la contrariedad o la novedad. No era una casa bella, ni histórica, ni evocadora. Era grandota y yo debía admitir que la presencia amable a veces aunque casi siempre detestable de mi carcelera llenaba todos los espacios que ahora se mostraban no sólo vacíos sino solitarios, pues no es lo mismo una oquedad tan sideral como el universo que evocaba el padre Filopáter, que una desaparición de lo concreto y acostumbrado, por más odioso que nos haya parecido. Imagino la peor de las injusticias, el universo concentracionario creado por el régimen nazi y trato de imaginar una costumbre que pudiera ser un consuelo. Sufrir con otros. El prisionero de Auschwitz, Terezin o Buchenwald podía mirar su muerte en los ojos de los demás prisioneros. Acaso esa fue la piedad que nadie pudo arrebatarle a ese grupo de víctimas.

¿Cómo iba yo, miserable de mí, a comparar mi insignificante abandono en la casona de Berlín con el destino de una víctima del racismo nazi? ¿Era tan grande mi vanidad que colocaba mi minúsculo abandono por encima del abandono gigantesco de los millones de hombres y mujeres a los que nadie pudo o quiso ayudar?

Pues sí. Atribúyanlo ustedes, ahora que ya no soy, víctima yo mismo, más que una cabeza cortada lamida por las olas del Mar del Sur, a los defectos de la compasión de mí mismo, de la ruptura de la costumbre, incluso de una cierta nostalgia por la compañía, odiosa o amable pero acostumbrada y constante, de mi vieja guardiana, para calibrar la soledad que me invadió en esos días, con un sentimiento de abandono que me acercaba peligrosamente al pecado de creer que el mundo era mi percepción del mundo, que mi representación particular de las cosas era tan grave como la injusticia cometida contra todo un pueblo, religión o raza.

Soy sincero con ustedes y no hago la apología de mi absurda angustia sino la crítica de mi estrecha percepción y de mi arrogante presunción de creer que, solitario y por estarlo, era yo perseguido por serlo. Mas ¿quién, en una situación comparable a la mía, no proyecta su personal miseria sobre una pantalla mayor, una experiencia colectiva que nos salve de la tristeza de lo mínimo e insignificante? Acaso, mirando hacia atrás, me doy cuenta de que lo que percibía estaba dentro de mí mismo y lo que estaba fuera de mí era tan pequeño que para soportarlo yo tenía que dibujarlo sobre la gran pantalla colectiva del dolor, el abandono y la desesperanza del tiempo.

Perdonen que diga todo lo anterior, ustedes que aún viven y le dan un valor seguro a sus existencias. Si lo hago es para castigarme a mí mismo y situar mis pequeñas crisis de juventud dentro de sus límites reales, que sólo son limítrofes porque primero los extendimos al universo entero, convertimos nuestros pequeños problemas en asuntos de trascendencia universal y nos comparamos, grotescamente, a Ana Frank o, más modestos, a David Copperfield. Todo para decir que la desaparición de María Egipciaca, precedida de mi enfermedad, el incidente con la enfermera Elvira, y la sospecha de que yo no era quien creía ser, confundieron mi existencia y me dejaron, como a un náufrago, vagabundo en la soledad del caserón de Berlín. En espera de una solución a la nueva etapa de mi vida, temeroso de que no fuese etapa sino condición insuperable. ¿Qué sería de mí? Después de mi guardiana, ¿desaparecería yo también? ¿Sería expulsado? ¿Cuánto tiempo se prolongaría una espera que era una tortura y que me llevaba al extremo risible de compararme con una niña judía victimada o con un niño inglés abandonado?

El licenciado don Antonio Sanginés se presentó un sábado en la mañana para explicarme la situación. Que era la misma de siempre. Salvo que la señora María Egipciaca ya no se ocuparía de mí.

—¿Por qué? —me atreví a preguntar ante la inconmovible presencia del abogado, un hombre alto e imperturbable que me miraba sin mirarme, tal era la espesura de sus párpados y la escasísima luz que entraba o salía por esas cortinas.

—Así es —se limitó a contestar.

—¿Murió? ¿Se cambió de domicilio? ¿La despidieron? ¿Se cansó?

—Así es —repitió el licenciado Sanginés y procedió a leerme la cartilla de mi nueva situación, como si no hubiera pasado nada.

Seguiría viviendo en la casa de la calle de Berlín hasta terminar mis estudios preparatorios. Podría escoger entonces mi carrera y seguir en esta casa hasta terminarla. En tal fecha se me darían nuevas instrucciones. Recibiría un estipendio acorde a mis necesidades. Los asuntos se irán arreglando de acuerdo con ellas.

El abogado leyó el documento que dictaba estas instrucciones, lo dobló, lo guardó en el bolsillo del saco azul a rayas y se puso de pie.

—¿Quién me va a atender? —dije alarmado de que no tenía quien me preparara la comida, tendiera la cama, preparara el baño; avergonzado de tener que admitir este catálogo de mis carencias.

—Así es —repitió Sanginés y se marchó sin despedirse.

Me pregunté si podía vivir con tantas interrogantes sin respuesta. Me vi perdido en el caserón, abandonado a mi ingenio y a la pregunta que Sanginés dejó suspendida: ¿cuáles eran mis necesidades?

No tardó en salir el abogado para que entrara la sirvienta acostumbrada y, sin decir palabra, iniciara sus actividades. Creo que fue esa reanudación de la costumbre en medio de una situación desacostumbrada lo que me desconcertó más que nada. La intención de serenarme, asegurándome que todo seguiría igual, no resolvía los misterios que me acosaban. ¿Quién era María Egipciaca? ¿Dónde estaba? ¿Había muerto? ¿La habían expulsado? ¿Volvería a ver a la enfermera Elvira? ¿Quién era yo? ¿Quién me mantenía? ¿Quién era el dueño de la casa que habitaba? ¿Cómo terminaban los refranes?

—…amanece más temprano

—…loco se levanta

—…la vieja está en la cueva

—…no entran moscas

—…barajando

Jericó terminó los refranes que María Egipciaca había dejado a medias y me ordenó:

—Vente a vivir a mi apartamento.

—Pero el abogado…

—No le hagas caso. Eso lo arreglo yo.

—¿Y si no puedes?

—Ni modo. Debes aprender a rebelarte.

—¿Y quedarme sin…?

—No te faltará nada. Ya verás.

—Eres bien audaz, Jericó.

—A veces hay que apostar, preguntándose: ¿Quién le hace falta a quién? ¿Ellos a mí o yo a ellos?

—¿Nosotros?

Miró con ojos de repulsa los salones vacíos de la casa de Berlín.

—Aquí te vas a volver loco. Vámonos que son rieles.

Jericó vivía en el piso más alto de un edificio descascarado de la calle de Praga. El oleaje verde del Paseo de la Reforma se escuchaba en perpetuo conflicto con el tránsito gris de la Avenida Chapultepec. De todos modos, vivir en el séptimo piso de una casa de apartamentos sin elevadores tenía algo que nos aislaba de la ciudad y como en los demás pisos no había más que oficinas, a partir de las siete de la tarde el edificio era nuestro, como para compensar la estrechez de una sala de estar integrada con cocina —estufa, refrigerador, despensa—, separada sólo por el alto estrado que nos servía de mesa, integrada a su vez por dos altos taburetes parecidos a los potros donde eran colocados, para escarnio del pueblo, los herejes, y para burla de los amos, los castigados.

¿Qué más? Dos recámaras —una más pequeña que la otra— y una sala de baño. Jericó me cedió el cuarto principal. Me negué a desplazarlo. Me propuso alternar la cama cada siete días. Acepté, sin entender el razonamiento detrás de la oferta.

Compartimos también el clóset, aunque yo traía de Berlín a Praga (de Doblin a Kafka, como quien dice) más ropa que la muy escasa de mi amigo.

Y compartimos a las mujeres. Más bien dicho, a una sola mujer en una sola casa en la calle de Durango, el burdel de La Hetara, nombre de prosapia hereditaria, según me relató mi amigo, pues en la aurora del tiempo mexicano dos mujeres se disputaban el madrotaje de la ciudad: La Bandida, célebre proxeneta consagrada en bolero y corrido y, mucho más discreta, La Hetara, a cuyos lares me condujo una noche Jericó.

—Tienes cara de borrego ahorcado y conozco la razón. Te enamoraste de la enfermera Elvira Ríos.

No te diste cuenta de que la enfermera, el doctor, la casa de Berlín enterita y desde luego tu celadora doña María Egipciaca eran ilusiones pasajeras, espejismos de tu infancia y de tu primera juventud, destinada a desvanecerse apenas llegaras a "la edad de la razón".

—¿Cómo sabes esto? —le pregunté sin demasiado asombro, pues la velocidad de asociaciones y adivinanzas de mi amigo ya me era proverbial.

—Aaaah. Es que tu caso es el mío... Creo...

Con perplejidad creciente le pedí que me explicara. Yo había crecido en un caserón al cuidado de una gobernanta estricta y él, por lo visto, había sido más libre que el viento, dando la impresión —subrayada por su apartamento, su comodidad vital para hablar, existir, irse de putas, caminar entre la Zona Rosa y la colonia Roma como si no hubiera (¿las había?) fronteras citadinas— de que había aparecido en el mundo totalmente armado, sin necesidad de familia, antecedentes... o apellido.

Todos los timbres de acceso al edificio de Praga tenían nombres de personas, compañías, bufetes. El último piso sólo decía P. H. —Pent House—. Ya desde la escuela, y sobre todo después del incidente con el joven administrador al cual le pregunté cómo se apellidaba Jericó, no me atreví a indagar más al respecto. Al administrador le costó la chamba. Después de mi pregunta no lo volvimos a ver, ni siquiera escondido detrás de su ventanilla oficiosa. Deduje que así como se esfumó el secretario de la escuela, yo podría desaparecer si indagaba sobre el apellido y en consecuencia el origen de mi llano aunque misterioso amigo Jericó.

Y sin embargo, aquí estábamos juntos en un altillo (*pent-house*) de la calle de Praga entre Reforma y Chapultepec, compartiendo techo, baño, comidas, lecturas y, al cabo, mujeres. Más bien dicho, mujer. Una sola.

Jericó apartó la cortina de abalorios y se movió con soltura entre la veintena de muchachas reunidas en el salón de La Hetara. Me dijo —notando mis miradas— que cerrara los ojos. ¿Por qué? Porque íbamos directo a la recámara donde nos esperaba nuestra amiga. ¿Amiga? ¿Nuestra? Nuestra puta, Josué. ¿Nuestra? Lo mío es tuyo. Te prohíbo escoger. Yo ya escogí por ti, continuó, abriendo la puerta de una recámara de espeso aroma combinado (perfume, sudor, almidón) que se untaba en las paredes y que nada ni nadie, salvo el derrumbe de la casa, podría eliminar.

Era una habitación recargada con cortinas pesadas en los muros, un intento de lujo oriental como el que más tarde apreciaría en los cuadros de Delacroix, sobrecargada de sedas, cortinajes, alfombras, pebeteros, abanicos, odaliscas y eunucos… sólo que en esta habitación todo era sensualmente olfativo y escasamente visible, tal era el amontonamiento de cojines, alfombras, taburetes y espejos sin reflejo, olor a meadas de gato y comida de pasaje, como si, terminado el acto, la soledad de la prostituta sólo fuera compensada por un apetito enemigo del hambre insaciable que es regla de la mujer moderna, modelada por modelos que parecen escobas, conduciendo a las hijas de Eva a rebotar entre la bulimia y la anorexia.

¿Qué nos aguardaba? ¿Una gorda o una flaca? Porque en la oscuridad de la recámara, que ni siquiera llegaba a media luz, era difícil encontrar al certero objeto del deseo de Jericó convertido, con fraternal tiranía, en el mío propio.

Yo me dejaba llevar. Reconocí mi posición de alumno con apenas una flor en el ojal, la desflorada y lamentada Elvira, en tanto que Jericó se paseaba por este burdel como un jeque por su harén, con una seguridad displicente que mucho se apoyaba en sus diecinueve años de edad. Era el sultán, el *caïd*, el jefe, el mero mero. ¿Lo rebajaría la edad, lo exaltaría aún más que esta, mi primera noche de adolescente dieciochero en una casa de putas?

Con gesto dramático, Jericó tomó un cobertor de seda pesada y lo apartó de un golpe, revelando a la mujer que se protegía dentro y detrás de este gran aparato escénico.

¿Cuánto me fue revelado? Muy poco. La mujer seguía cubierta de la cintura para abajo, sólo su espalda desnuda lucía, en medio de las tinieblas, como una luna olvidada y su rostro estaba cubierto por un velo que le ocultaba la cara de la nariz hasta el hombro. Sólo quedaron visibles los ojos de fiera alada, negros, largos, crueles, tontos e indiferentes, tan misteriosos como la mitad oculta del rostro, casi como si de la nariz para abajo esta mujer tuviese una apariencia que negara la gran incógnita de la mirada con una vulgaridad, sencillez o estupidez indignas del acertijo de los ojos.

No vi mucho más, les digo, porque apenas nos desvestimos, la mujer desapareció entre los besos de Jericó y mis tímidas caricias, desnudos los dos sin que mediara orden o decisión previas, naturalmente despojados de todo menos de nuestra piel ávida de besar a la mujer, tocarla, al cabo poseerla.

Jamás hablar con ella. El velo que le cubría la boca también se la sellaba. No dejaba escapar un suspiro, una queja, una réplica. Era el objeto-mujer, una cosa voluntaria, hecha para el placer —esa primera noche— sólo de Jericó y de Josué, de Cástor y Pólux, aquí y ahora de nuevo los hijos de Leda la puta del cisne, nacidos en este instante del mismo huevo, los dióscuri, en el acto de nacer, haciendo estallar las flores y las hierbas, quebrando los huevos del cisne, para que de ella naciesen el amor y la batalla, el poder y la inteligencia, el temblor de los muslos, el incendio de los techos, la sangre del aire.

Nos sucedimos en el amor.

Sólo más tarde traté de recomponer en la memoria lo que existía fuera de mi cuerpo, como si en el acto mismo cualquier impresión fuera del placer lo extinguiese. La mujer del velo era inánime, aunque dotada de una trabajosa flojera. Adoptaba poses mecánicas que nos dejaban la iniciativa a nosotros dos. Sin embargo, mi amor era abrupto, espasmódico, obligándome a imaginar la lentitud de Elvira.

—¿Puedes decirle algo que la haga palpitar? —me preguntó a la oreja Jericó, dándonos él y yo las caras desnudas con la mujer entre nosotros, los dos amigos frente a frente, jadeando, tratando en vano de sonreír, encuerados en la ceguera carnal, las manos apoyadas en la cintura de la mujer, tocándonos él y yo los dedos, yo mirando de reojo la abeja tatuada en una nalga de la puta, nuestras bocas unidas por una respiración compartida, anhelante, sospechosa, púdica, enardecida.

—¿Puedes imaginar a todos los hombres que la han poseído? ¿No te excita saber que el camino a su cuerpo ha sido recorrido por miles de vergas? ¿Te molesta, te interesa, te repugna? ¿Sólo tú y yo nos emocionamos? ¿Vamos a gozar separados o al mismo tiempo?

Yo quisiera creer, a la distancia, que aquellas noches en La Hetara de la calle de Durango sellaron para siempre la cómplice fraternidad (que ya existía desde la escuela, desde la lectura, desde las conversaciones con Filopáter) entre Jericó y yo.

Sin embargo, hubo algo más. No sólo la tristeza post-coito que no sentí con Elvira y ahora sí, sino una fealdad, una vulgaridad que el propio Jericó se encargó de señalarme.

—¿Quieres creer? —tosió con humor caricaturesco y pomposo mientras la mujer se acostaba boca abajo—. ¿Quieres creer que el sexo es como un gran poema barroco cuyo exterior es el decorado insidioso de una límpida profundidad?

Hizo una mueca desagradable para que yo me riera.

—Entonces mira a Hetara al amanecer, sin los afeites de la noche. ¿Qué vas a ver? ¿A qué te va a saber? A un bolillo mojado en perfume. ¿Y qué vas a encontrar si le arrancas el velo? Una cara de fuchi.

Señaló el trasero de la mujer. Tenía una abeja reina tatuada en la nalga izquierda. Él no vio que yo había visto y por eso me lo hizo notar.

—Todo es barniz, mi querido Josué. Pierde las ilusiones y despídete con cariño de la mujer velada.

Sólo más tarde recordé que al amar a la velada yo cerré los párpados a sabiendas de que él, Jericó mi amigo, amaba con los ojos abiertos y se venía sin hacer ruido. Aunque se venía. Ella no.

—Vámonos que son rieles.

Graduados de la preparatoria, íbamos a entrar a la Facultad de Derecho. Lo dábamos por sentado.

Nuestros escarceos filosóficos anteriores —las lecturas de San Agustín y Nietzsche, las discusiones con el padre Filopáter, el imán de Spinoza—, nos convencían de que el armazón de las ideas era como los huesos de un cuerpo que requería, ahora, la carne de la experiencia. Y la experiencia podían tenerla, sin haber leído a Spinoza, un conductor de autobús o una cocinera. Nosotros —Jericó y yo— corrimos el riesgo de creer que las ideas se bastaban a sí mismas: espléndidas, elocuentes, astrales y estériles. Para darles realidad a los pensamientos, decidimos estudiar Derecho como la opción más cercana a nuestra vocación intelectual compartida.

Porque podíamos compartir una mujer o un apartamento. Esto era casi pan comido al lado de la hermandad de pensamientos —Cástor y Pólux, los hijos del cisne, los dióscuros nacidos del mismo ovario, haciendo estallar al mundo, las flores, las hierbas, asistiendo al nacimiento del amor y la batalla, el poder y la inteligencia. Que, por estar tan unidos, decidían nuestro siguiente paso: ser abogados a fin de darle realidad a las ideas.

Yo estaba seguro de nuestro propósito compartido. Sin embargo, noté en mi amigo, durante los meses de vacaciones, entre la salida de la prepa y el ingreso a la universidad, una creciente inquietud que se iba manifestando en frases sueltas cuando comíamos, nos duchábamos, caminábamos por el barrio, entrábamos a una de las cada vez más escasas librerías de la ciudad e invadíamos (o nos dejábamos invadir) por espacios de la música popular, los videos y la gadgetería. No faltaba la vida de la calle en el rumbo de la vieja prepa. Vasta, pululante, movida como un ejército de hormigas sin disciplina, la calle daba cuenta de las cada vez mayores diferencias de clase. Había un abismo entre el mundo motorizado y el mundo peatonal o aun entre quien se movía en automóvil y quien lo hacía en autobús. El contraste mexicano, lejos de atenuarse, aumentaba, como si el "progreso" del país fuese una opiácea ilusión, contada en número de habitantes pero no en suma de bienestares.

La ciudad popular aumentaba sus números. La ciudad privilegiada se aislaba como una perla en la ostra (la costra) urbana. Jericó y yo vimos en un cineclub *Metrópolis*, de Fritz Lang, con sus dos universos férreamente separados. Arriba, un gran penthouse de juegos y jardines. Abajo, un enorme subterráneo de trabajadores mecanizados. En apariencia gris, en el fondo, negro. O más bien, sin luz.

En nuestra ciudad, los jóvenes que no eran ni pobres ni ricos se codeaban con éstos en las discotecas y, solitarios, deambulaban sin alegría por los centros comerciales de los grandes conjuntos de almacenes, cines y cafés bajo el techo común de una protección provisional. Afuera, jóvenes a la moda con la mezclilla, les esperaba la opción: ascender, descender o estacionarse para siempre.

Por todo ello, Jericó y el que les narra esta historia, señores sobrevivientes, nos sentíamos privilegiados. Yo había vivido con comodidad vigilada en la casa de Berlín. Ahora, compartía con mi amigo el apartamento de Praga. Desconocía hasta entonces la fuente de los ingresos de Jericó. Ahora tuve una sospecha que no me atreví a compartir con mi compañero. Cada quincena aparecía en el buzón un sobre con un cheque a mi nombre. Confieso que lo cobraba en sigilo y no le decía a Jericó. Pero imaginé que él recibía periódicamente un apoyo similar y llegué a pensar, sin prueba alguna, que la fuente de nuestros disciplinados ingresos podría ser la misma. Lo cierto es que la suma de la que yo disponía era suficiente para mis necesidades inmediatas y nada más.

Como mi amigo y yo llevábamos vidas gemelas, supuse que su ingreso no era muy distinto del mío. Compartimos, eso sí, el misterio.

Digo que durante los meses de vacaciones Jericó empezó a soltar frases sin precedente o consecuencia. Parecían dirigidas a mí, aunque a veces, yo las consideraba meras expresiones en voz alta de los pensares y pesares de mi amigo.

Bajo la ducha: —¿A qué le tememos, Josué?

A la hora del desayuno: —No te abras nunca a la emboscada.

Comiendo a las tres de la tarde: —No nos dejemos inculcar opiniones. Seamos independientes.

Caminando juntos por el barrio: —No te sientas superior ni inferior. Siéntete igual.

De regreso al apartamento: —Tenemos que hacernos iguales a todo lo que nos rodea.

—No —le replico—. Tenemos que hacernos mejores. Lo que nos mejora también nos desafía.

Caíamos entonces en un frecuente debate, con los codos apoyados sobre la mesa, con las manos mías sosteniendo mi cabeza, las de él abiertas frente a mí, a veces él y yo en la misma postura, ambos unidos por una fraternidad que, para mí, era nuestra fuerza… bebiendo cervezas.

—¿Qué invalida a un hombre? ¿La fama, el dinero, el sexo, el poder?

—O por el contrario, ¿el fracaso, el anonimato, la pobreza, la impotencia? —me apresuraba yo entre sorbo y sorbo de chela.

Dijo que debíamos evitar los extremos, aunque en caso necesario —sonrió cínico— lo primero era preferible a lo segundo.

—¿Aun a costa de la corrupción, la deshonestidad, la mentira? ¡Me doy!

—Ese es el desafío, mi cuate.

Le tomé con cariño el puño.

—¿Por qué nos hicimos amigos? ¿Qué viste tú en mí? ¿Qué vi yo en ti? —pregunté remontándome, con cierta melancolía soñadora, a nuestro primer encuentro, casi niños los dos, en la escuela oficialmente llamada "Jalisco" y en realidad, "Presbiterio".

Jericó no me contestó. Guardó silencio varios días, casi como si hablarme fuese una forma de traición.

—¿Cómo evitarlo…? —murmuraba a veces—. ¡Me doy!

Sonreí diciendo, para que la conversación no se desviara a los tradicionales cerros de Úbeda: o aprendes un oficio o acabas de asaltante.

Él no sonrió. Dijo con indiferencia puntual (así era él) que el criminal tenía, al menos, un destino excepcional. Lo terrible era, acaso, darse a la fatalidad de lo evasivo, el conformismo de lo común y corriente.

Dijo que la vasta *masa pauperatis* de la Ciudad de México no tenía más opción que la pobreza o el crimen. ¿Cuál prefería él? Sin duda, la criminalidad. Me miró fijamente, como cuando hacíamos el amor con la mujer tatuada. La pobreza podía ser una consolación. El peor lugar común del sentimentalismo, añadía, separando sus manos de las mías, era creer que los pobres son buenos. No era cierto: la pobreza es el horror, los pobres son malditos, malditos por su sumisión a la fatalidad y sólo redimibles si se rebelan contra su miseria para convertirse en criminales. El crimen es la virtud de la pobreza, dijo en esa ocasión que no olvido Jericó, bajando la mirada y retomando mis manos antes de sacudir la cabeza, viéndome ahora con una módica alegría:

—Creo que la juventud consiste en atreverse, ¿no crees? La madurez, en cambio, consiste en disimular.

—¿Tú te atreverías, por ejemplo, a matar? ¿A matar, Jericó?

Fingí espanto y sonreí. Él prosiguió con un aire sombrío. Dijo que le temía a la necesidad, porque andar a la caza de lo necesario era ir sacrificando, poco a poco, lo extraordinario. Yo dije que toda vida, por el hecho de serlo, era ya extraordinaria y digna de respeto. Él me miró, por primera vez, con un desprecio hiriente, rebajándome a la calidad del lugar común y la falta de imaginación.

—¿Sabes qué cosa admiro, Josué? Admiro por sobre todas las cosas al asesino de lo que ama, al ladrón de lo que le gusta. Esto no es necesidad. Esto es un arte. Es albedrío libre, supuestamente libre. Es lo contrario de la grey de gente quejumbrosa, estúpida, bovina, sin rumbo, con la que te topas todos los días en las calles. La inmunda manada de bueyes, la ciega manada de topos, la nube espesa de moscas verdes, ¿me capiches?

—¿Me estás diciendo que más vale tener el destino extraordinario de un criminal que el destino ordinario de un vecino cualquiera? — dije sin demasiado énfasis.

—No —replicó—, lo que alabo es la capacidad de engaño, el disfraz, el disimulo del vecino que en secreto asesina, ¡y convierte a sus víctimas en mermelada de fresa!

Rió y me dijo que no iríamos juntos a la Facultad de Derecho en la Ciudad Universitaria. Jericó se iba la semana entrante becado a Francia.

Así me lo dijo, sin preámbulos, amable pero cortante, sin aviso ni justificación. Así era Jericó y en ese mismo momento debí ponerme en guardia contra su naturaleza sorprendente. Mas como nuestra amistad era ya vieja y honda, pensé que la reaparición de las "brutalidades" nietzscheanas de mi amigo, contrastando al mundo con la percepción del mundo, era sólo un retorno al momento de las opciones que marcan a la juventud, semejante a una plaza circular de la cual salen seis avenidas dispares: hay que tomar una sola, a sabiendas de que sacrificamos las otras cinco. ¿Sabremos algún día qué nos reservaba la segunda, la tercera, la cuarta o la quinta rutas? ¿Nos conformamos pensando que no importaba cuál escogiésemos, porque el verdadero camino lo llevamos adentro y las distintas avenidas son sólo accidentes, paisajes, circunstancias, mas no esencia de nosotros mismos?

¿Entendió esto mi amigo Jericó al abandonarme de forma tan súbita en busca de un destino que podía separarlo de mí, pero aún más, de sí mismo?

¿O daba un paso indispensable para que Jericó encontrase a Jericó, sin importarle a él —o al cabo, a

mí— si su viaje a Europa lo alejaba para siempre o lo
acercaba más que nunca a mí mismo? Yo no conocía
entonces la respuesta. Sólo ahora, abatido, en una re-
mota playa del Pacífico, regreso a aquel momento de
nuestra juventud compartida intentando resumir la
vida misma, más allá de nuestras personalidades, como
una premonición del horror aplazado: una juventud
de violencia externa y desolación interna. Una edad
desaparecida, frágil pero acaso bella.

Mi absurda preocupación era otra, entonces,
otra.

¿Con qué nombre viajó Jericó?

¿Qué apellido mostraría, forzosamente, su pasaporte?

El profesor Antonio Sanginés destacaba, en todos sentidos, en la Facultad de Derecho. Alto, distinguido,
dotado de un perfil de águila, cejas melancólicas y ojos
a un tiempo serios, cínicos, burlones y tolerantes bajo
espesos párpados, se presentaba a clases inmaculada-
mente vestido, siempre con ternos completos (nunca
le vi una combinación de saco y pantalón distintos),
sacos cruzados, abotonados para resaltar el cuello alto
y duro, la corbata de un solo color y, sus únicas con-
cesiones a la fantasía, zapatos color marrón claro y
mancuernas de rifas o de amor, pues no era imposible
imaginar al licenciado Sanginés comprando mancuernas con la figura del ratón Miguelito.

No necesito añadir que una figura como esta
contrastaba diabólicamente con la moda cada vez más
extendida en nuestro tiempo. Los jóvenes se visten
como antes se vestían los mendigos o los trabajadores

del riel: vaqueros rotos, zapatos viejos, chamarras de mezclilla, camisas con anuncios y lemas (Bésame, Insane, Necesito Novia, La pérdida de Texas, Me gusta coger, Soy el abandonado, Mis chicharrones truenan, Mérida Metrópolis), camisetas sin mangas y gorras de beisbol puestas al revés y a toda hora, aun dentro de clase. Más lastimero era el espectáculo de los hombres y mujeres maduros, por no decir ancianos, que asumían una juventud prestada con las mismas gorras deportivas, calzones bermuda y zapatos Nike.

La pulcritud del profesor Sanginés era, por todo ello, vista como una excentricidad anacrónica y él correspondía a esta lisonja observando como una decadencia que se ignora a sí misma la propia moda juvenil. Gustaba de citar al poeta italiano Giacomo Leopardi y su famoso diálogo entre la Muerte y la Moda:

Moda: —Señora Muerte, Señora Muerte.

Muerte: —Espera la hora y me verás sin que me llames.

Moda: —¡Señora Muerte!

Muerte: —Anda al Diablo. Querré cuando tú no quieras.

Moda: —¿No me conoces? Soy la Moda, tu hermana.

Fue esto lo que, con cierto aire macabro y decadente, me atrajo hacia este maestro que daba el curso de Derecho Internacional Público con un esmero muy por encima de las capacidades de los estudiantes, pues él, lejos de atiborrarnos de datos, exponía dos o tres ideas y las apoyaba con referencia a un par de textos fundamentales, invitándonos a leerlos con seriedad aunque convencido —bastaba echarle una mirada a la grey— de que nadie seguiría su consejo. O sea: él no ordenaba, sugería. No tardó en darse cuenta de que yo no sólo le escuchaba sino que durante el mes siguiente respondía a sus cuestionamientos en clase —hasta entonces simple clamor en el desierto— con alacritud respetuosa. Sanginés sugería *El Príncipe*. Yo leía a Maquiavelo. Sanginés señalaba *El contrato social*. Yo me hundía en Rousseau.

Primero me invitó a caminar juntos por los espacios de la Ciudad Universitaria y al cabo, a acompañarlo a su casa en Coyoacán, una vieja residencia de la época colonial, de un solo piso pero de gran extensión, en la que, en un salón tras otro, los libros soportaban, por así decirlo, la sabiduría, si no de los siglos, al cabo del mundo. Notó mi deleite y también mi nostalgia. El encuentro con el profesor Sanginés me recordaba las pláticas pasadas con el padre Filopáter. También me traía a la memoria la ausencia de mi amigo Jericó y esa necesidad soledosa, que a veces sentimos, de compartir lo que vemos y hacemos con un ser fraterno. No sé si Jericó sentía, en Europa, lo que yo sentía en México. El placer se habría duplicado con su presencia. Habríamos podido comentar, entre nosotros, las lecciones de Antonio Sanginés, contrastarlas con las del padre Filopáter y proseguir, como lo habíamos hecho desde entonces, nuestra formación intelectual con cimientos firmes en la amistad.

La residencia del profesor Sanginés respiraba un aire compartido entre el hombre y sus libros. Ambos se unían en una ética internacionalista muy a contrapelo del nuevo *laissez-faire* global. La globalización era un hecho y barría con su ímpetu viejas fronteras, leyes y discursos, hábitos anticuados y defensas de las soberanías. El magisterio de Antonio Sanginés no negaba esta realidad. Sólo hacía notar, con elegante énfasis, los peligros (para todos) de un mundo en el que las decisiones internacionales se tomaban sin autoridad competente, sin justa causa, sin intención jurídica, sin proporcionalidad, y con la guerra como primer, y no último, recurso. La catastrófica intervención norteamericana en Irak era el ejemplo probatorio de las teorías de Sanginés. La autoridad había sido inexistente, frágil y usurpada. La causa, un verdadero popurrí de mentiras: no había en Irak armas de destrucción masiva, derrocar al dictador no era la razón de la resolución, cayó el dictador y entró el terror, la región pasó del orden mayor (la tiranía) al caos mayor (la anarquía) y la catástrofe ni aseguró el flujo de petróleo ni confirmó el descenso de los precios. El fosforito del Potomac se convirtió en la llamarada de la Mesopotamia.

—Los únicos que ganan —concluyó Sanginés— son los mercenarios que aprovechan el inicio y el final de las guerras.

Si esta era la lección práctica de Antonio Sanginés en clase, en privado descubrí que su condena a los crímenes internacionales era sólo un reflejo de su interés por el crimen *tout court*. Fui descubriendo que la mitad de su biblioteca no trataba de los nobles pensamientos de Vitoria y Suárez, de Grocio y Puffendorf, sino de las oscuras aunque profundas indagaciones de Beccaria y Dostoyevsky acerca del crimen y los criminales y, aún más sombríos, los libros de Buttleworth sobre la policía y el de Livingstone y Owen sobre las cárceles.

Al explicar el régimen carcelario, Sanginés se detuvo con detalle en temas como la seguridad y las condiciones de vida, los privilegios admitidos, la salud y el acceso al mundo exterior, la correspondencia, los contactos legales, las visitas familiares y conyugales, las repatriaciones, la disciplina interna, los castigos, la segregación y las celdas, la sentencia a perpetuidad y la sentencia discrecional…

—La cárcel es como una momia vendada de pies a cabeza por leyes e instituciones. Las autoridades carcelarias, en su mayoría, actúan, para bien y para mal, de acuerdo con "las reglas". Sólo que "las reglas" son tantas que admiten una gran discreción para aplicarlas y aun para ignorarlas o violarlas, creando un conjunto de leyes no escritas que, sobre todo en el caso de México, acaban por sustituir a la ley escrita.

No sé si suspiró: —En toda la América Latina se rinde homenaje a la ley sólo para violarla mejor. Las prisiones de México no son peores que las de Brasil. En Colombia la guerrilla impone su propia ley penitenciaria, burlando la legislación nacional. En América Central, los desastres de la guerra han creado tantas situaciones *de facto* que el derecho es letra muerta.

Entraron, vestidos de piratas, los tres hijos pequeños del profesor y, dando gritos de abordaje y sangre, se le treparon al maestro por el copete, los hombros y el pecho, provocando su risa y, apenas se desembarazó con cariño de ellos, un comentario final, mientras se ajustaba el saco y la corbata.

—Cuanto le diga, Josué, de la teoría y las leyes no cuenta si no observa usted de cerca la vida misma de nuestras prisiones.

Me miró con una intención segunda que no le conocía hasta entonces, pues nuestro trato había sido siempre tan directo como puede serlo el de un discípulo para con su maestro. Creo que Sanginés intentó apagar el brillo de su mirada sin encender la luz de mis sospechas cerrando los ojos —cosa natural en él cuando pensaba— para comentar que entre las asignaturas de la carrera de jurisprudencia había una obligatoria como curso pero voluntaria en cuanto al tema: la práctica forense. A mí me tocaba decir en qué terreno quería ejercer la tal práctica. Procesos mercantiles o civiles. Divorcios, desahucios, estamentos, embargos, quiebras, fusiones, deslindes, competencias, avalúos, todo esto fue enumerando el maestro sin referirse al tema internacionalista de su clase y anclándose, al cabo, en el derecho penitenciario.

¿Suspiró? ¿Ordenó?

El hecho es que impulsado por don Antonio Sanginés yo pedí y obtuve hacer mi curso de práctica forense en las prisiones.

Y no en cualquiera, sino en la más temida, más famosa pero más desconocida, visible en su nombre extraño pero invisible en su aún más tétrico (suponía yo) interior. El sepulcro de los vivos. La casa de los muertos, sí. La Siberia mexicana, un páramo dentro del páramo, una cueva dentro de otra cueva, un laberinto con muchas entradas y ninguna salida, un altar de blasfemias y profanaciones consagradas. El hoyo negro. La metáfora de nuestra vida encarcelada en el vientre al principio, en la mortaja al final, en los secretos mayores de la cárcel hogareña entre rumba y tumba. La prisión construida con las piedras de la ley. La esperanza, prisión de Zacarías. La liberación, esperanza de Isaías.

Así, con estos pensamientos, entré a terminar mi carrera de abogado en el Palacio Negro de San Juan de Aragón, construido subterráneamente en el cauce del antiguo Río del Consulado, bajo las pisadas del tumulto urbano que, yo no lo sospechaba, se dejaría oír como una tortura más en las profundidades de esta cárcel de cárceles.

La Chuchita se acercó a darme la mano con lágrimas en los ojos. En la otra mano llevaba un espejito en el cual se miraba de vez en cuando con una mezcla de serenidad y alarma. Vísteme, me dijo. Le contesté que ya estaba vestida. La niña puso el grito en el cielo y comenzó a arrancarse la ropa, bueno, el camisón parecido a un basto sayal que usaban todas las niñas encarceladas en las profundidades de San Juan de Aragón. Me choca, gritó, alborotando sus greñas aplastadas por la mugre, me choca verme desnuda. Estás vestida, dije con candor. Se me fue encima a arañazos. Que me vistan, gritó, que me vistan. Luego bajó la cabeza y se retiró mientras un muchacho azul, a su lado, se inclinaba sobre el piso de cemento recogiendo algo invisible y un poco más lejos, otro adolescente se rascaba sin cesar la espalda y se quejaba de los granos que le picaban, le ardían, no se cerraban nunca por más que sus uñas sangrientas rasgaran la piel morena.

La niña Isaura tenía una idea fija: el volcán Popocatépetl. Me senté a su lado un rato. No hablaba de otra cosa. Decía una y otra vez el nombre de la montaña, sonriente, degustando las sílabas. Po-po-ca-té-pel. La corregí. Po-po-ca-té-petl. Era una palabra nahua… me corregí, queriendo que ella me entendiera: azteca. Ella repitió: Po-po-ca-té-pel. Yo insistí: té-petl. Ella me miró con una furia sostenida, inexplicable, como si yo hubiera violado una recámara secreta, un recinto sagrado de su existencia. Hubiese deseado que la niña me atacase físicamente. Sólo me observó con esa distancia que quería herirme a mí y al mundo entero, el mundo que la había enviado aquí, la piscina vacía de los niños encarcelados en San Juan de Aragón. ¿Qué iba yo a decirle? No había avenida alguna abierta entre mi presencia y su separación. Cuando se alejó repitiendo Po-po-ca-té-pel ya no me miró.

No me dijeron el nombre del siguiente ser al que abordé. Su sexo era indescifrable. No tendría más de seis o siete años pero algo había grabado en su rostro. La indefinición o, mejor dicho, un asombro dulce e indefinido. ¿Quién era? Alberto. Un niño. No. Albertina. Una niña. Me miró con lágrimas en los ojos.

Otro joven de unos quince años lucía una cicatriz en la cintura. Digo lucía porque la mostraba con una mezcla ufana de desgracia y valor, indicándola con el dedo índice, mírenme, tóquenme, atrévanse...

Me distrajo un niño de cara tristísima. No me atreví a preguntarle su nombre. Tendría once años, no más, pero en la mirada traía una culpa anciana que se mostraba en pequeños trazos de la entreceja, rictus de la boca, el desafío insinuado de unos dientes blanquísimos en medio de una boca mugrosa de donde colgaban restos de tortilla y huevo revuelto. Como un relámpago, la tristeza se convirtió en agresión cuando se dio cuenta de que yo lo observaba.

—Félix —gritó—. Felicidad.

Se me aventó encima. Sólo la intervención de un guardia impidió la embestida.

Otros eran más elocuentes. Ceferino me dijo que él no era culpable de nada. La culpa era del abandono. Lo abandonaron en un barrio perdido donde ni los perros encontraban qué comer en los basureros. Le dieron ganas de comerse a un perro a ver a qué sabía. Mejor hubiera hecho de comerse a los padres que lo abandonaron en el barrio del basurero. Los buscó. Qué difícil. ¿Dónde se fueron? La ciudad es enorme. ¿Qué dejaron? La etiqueta del overol. El nombre del comercio donde le compraron el overol. Allí le dijeron adónde se fueron su papá y su mamá. Caminó un día entero de barrio en barrio, buscándolos hasta encontrarlos en un estanquillo por el rumbo de Xalostoc, allá por la autopista a Pachuca, es decir, en el merísimo rumbo de la chingada. Papá, mamá, iba a decirles. Soy yo, su hijo, Pérez. Se dio cuenta, nomás con mirarlos, que lo habían abandonado porque el niño era una carga, una boca más que alimentar, un estorbo y que ahora, en su pequeño comercio, su papá y su mamá lo habían olvidado completamente. Creían —creyó— que si habían prosperado tantito era gracias a que no tenían que alimentar a un niño llamado "Pérez". Los miró, si no sonrientes, sí plácidos, complacidos. No liberados de una culpa. Nomás olvidados de todo cuanto había sucedido antes de emigrar de barrio y encontrar una manera suficiente de sobrevivir. No sabían que él existía. Ignoraron que él estaba allí, a los once años, dispuesto a atacarlos con un picahielos, sacarles los ojos, dejarlos allí pegando de gritos y sangrando y venir a dar a la cárcel de menores de San Juan de Aragón.

¿Sobrevivieron?

Ojalá, para no ver más al mundo y buscarse otra manera de existir sintiéndose despreciados, jodidos, dados a la chingada, ojetes e hijos de puta.

Merlín era un niño deficiente. No del todo, pero bastante. Rapado, con la mirada pícara del idiota feliz, la boca entreabierta y el moco suelto, el carcelero que me acompañaba me explicó que este chico era parte de las pandillas de idiotas que las bandas criminales empleaban para cometer atentados. Colocaban bombas en los coches. Servían de distracción a actos criminales. Servían de señuelo. Actuaban como falsos secuestrados. Los más listos espiaban. Casi todos eran entregados a las bandas por sus familiares a cambio de dinero, y a veces nomás para deshacerse de los cabrones escuincles.

Otros, señaló alrededor el amable guardia que me ayudaba a cumplir el curso de práctica forense, tenían más talento pero habían nacido en la marginación más absoluta, con vidas cercanas a la perrería o a la marranería. Su única salida —hizo un amplio arco con el brazo y la mano abierta— era el crimen o la prostitución. Implicó, para mi escándalo, que este lago negro era una suerte de espacio seductor. En vez del destino fúnebre, los chavos que aquí pululaban, como fantasmas, solos o abrazados, todos vestidos con sus tristes caftanes de sayal, descalzos, rascándose las cabezas pelonas como si las liendres fueran su única consolación, picándole el ombligo al compañero, rascándose los huevos y los sobacos, sonándose la nariz con la mano, cagando y orinando a placer, reunidos todos en la gran piscina subterránea de cemento en la entraña obscena del Distrito Federal, todos tenían un destino carcelario.

Eso implicaba la mirada, a la vez indiferente y oscura, del carcelero. Albertina decía que había sido secuestrada en un restorán de Las Lomas, nada menos, cuando fue al baño y desapareció mientras sus padres la buscaban y ella, drogada, salía del lugar en brazos de los secuestradores, sólo que vestida de niño, con los bucles cortados, el pelo teñido de negro y una palidez que ya nunca la abandonó en el estupor de no volver a saber quién era ni quién había sido, sino adiestrada sólo para robar, colarse entre barrotes de seguridad y terminar entre barrotes de cárcel, completamente desorientada para siempre.

¿Qué quiere que hagamos?

¡No me sé vestir sola! gritaba La Chuchita.

El muchacho de la cicatriz en la espalda había sido secuestrado para arrancarle el riñón y vendérselo a los gringos que requieren órganos de repuesto. Date de santos que no te arrancaron los dos, cabroncete. Él se dedicó a buscar a quienes lo raptaron, lo drogaron y lo operaron. Como no los encontró, decidió pasar la frontera para ir de hospital en hospital destruyendo con un vistoso bastón de Apizaco los jarrones donde dormitaban los riñones ajenos. Vidrio roto, líquidos desparramados, riñones que el muchacho recogió, cocinó y se comió envueltos en tortilla, como grandes tacos de gringo devorado por mexicano vengativo. Fue expulsado de California, al contrario de la política estadounidense de mantener presos a los mexicanos, sobre todo a los sospechosos de no hablar inglés. Catarino —era su nombre— resultaba demasiado peligroso, aun detrás de los barrotes de Alcatraz: era capaz de comérselos, como Hannibal Lecter.

Triunfó la justicia.

—¿Sabe usté nadar? —me dijo el carcelero cuya cara miré por primera vez, atento como estaba al pequeño infierno juvenil de la piscina de cemento.

No me dio tiempo de contestar.

Cuatro chorros de agua se soltaron de lo alto de los costados de la alberca-prisión, apabullando los cuerpos y las cabezas de los niños y jóvenes atrapados en este hoyo, entre el griterío que era salvaje, alegre, agónico, sorpresivo, bajo ese aguacero de líquidos bastos, turbios, encauzados hasta aquí desde un río muerto que salía a la vida para avasallar a los niños y jóvenes que rápidamente sobrenadaban, agitaban los brazos, movían las cabezas, gritaban, lloraban. La agitación de ese pequeño mar carcelario me obligó a nadar, vestido, a medida que ascendían las aguas y notaba, en la confusión, que mientras algunos niños nadaban, otros, los menores, es cierto, se hundían, quedaban atrapados y se ahogaban con un alarido a la vez personal y colectivo.

—Así los obligamos a que se bañen —dijo el guardia.

—¿Y los que no saben nadar?

—Así controlamos el exceso de la población penitenciaria.

—¿Qué dice usted?

—Digo que peor tantito.

—¿Será usted demógrafo, señor?

¿Quién ofrece las oraciones de México al pie del altar de sus niños?

Queridos sobrevivientes: Les mentiría si les dijese que la partida de mi amigo Jericó me condenó a una soledad irremediable. He dado a entender que su ausencia coincidió con los años de mis estudios universitarios, culminando con el magisterio de don Antonio Sanginés y mi atroz visita a la alberca infantil de San Juan de Aragón, en aras de la "práctica forense".

No he mentido. He omitido. Debo reparar mi falta. En mi espíritu, quise asociar la ausencia de Jericó a una soledad volitiva, ideal, que la realidad se encargó de desmentir apenas despedí a mi amigo en el aeropuerto. Puedo engañar a los vivos. ¿Quién entre todos (o pocos) ustedes puede desmentir lo que aquí relato? Cuanto he dicho puede ser una pura invención de mi parte. A usted, señor, señora, señorita que me leen, no les consta que yo les diga la verdad. Ni siquiera les consta que yo exista fuera de estas páginas. Pueden creerme si afirmo que mi vida sexual sin la compañía acostumbrada de Jericó fue un desierto sin sal ni arena siquiera: un vacío comparable al de la alberca de los niños, tan hondo, desolado y cruel, un Sáhara de cemento... Imaginen, si así lo desean, que busqué y encontré a la enfermera Elvira Ríos, que me hice su amante aunque estaba casada, que no me hice su amante porque estaba casada, que ella me rechazó porque sólo tenía sexo con los enfermos a fin de consolarlos y yo parecía tan saludable como un cartel del realismo socialista staliniano, cuyas obras pop se exhibían, por este tiempo, en el Palacio de Bellas Artes. Pueden desmentirme si les cuento que volví al burdel de la Avenida Durango para cogerme, una y otra vez, a la puta de la cara velada y la abeja en la nalga. ¿Verdad? ¿Mentira? No supe su nombre. Se había ido, largado, "retirado", según la púdica expresión de la madrota y magistrada doña Evarista Almonte (alias), La Hetara.

Podría, pues, engañar al discreto lector y sin embargo pedirle, como un acto de fe en mí, en mi vida, en mi libro, creer que en el acto mismo de despedir a Jericó en la terminal 1 del aeropuerto de la Ciudad de México, en medio de la bulla infernal que caracteriza a ese edificio elefantiásico que se prolonga en todas las direcciones, salidas, entradas, cafés, restaurantes, expendios de alcohol, sarapes, baratijas, sombreros de charro, libros y revistas, farmacias, platerías, dulcerías, zapaterías deportivas, ropa de bebé y la vida al día, como la lotería, patria mía y admitiendo, expulsando a miles de turistas nacionales y extranjeros, curiosos, rateros, taxistas, maleteros, policías, funcionarios de aduanas, empleados de aerolíneas, uniformados, desinformados, hasta integrar en un enorme platón de avena a una segunda ciudad local y extranjera a la vez, hube de toparme con un accidente que cambió mi vida.

A la bulla que digo se añadió en un instante el escándalo que ahora cuento. Así sucede en el aeropuerto, ciudad de todos: uno cree que está allí para una cosa y resulta que estuvo allí para otra muy distinta. Uno cree que conoce la dirección, la ruta de su destino dentro de la panza del ogro aéreo, y de repente lo inesperado irrumpe sin solicitar permiso. Uno cree que las trae todas consigo y en un segundo la locura toma el lugar reservado a la razón.

El hecho es que caminaba yo tranquilo aunque melancólico de vuelta al Metro que me llevaría a mi barrio, cuando cayó en mis brazos una persona. No digo hombre, no digo mujer, porque este sujeto era todo de cuero —al menos esto sentí al abrazarlo sin desearlo— y su cara estaba escondida detrás de unos goggles, o sea gafas de aviador que a su vez descendían del casquete de cuero que ocupaba la cabeza. El tipo pateaba, se abrazaba a mí para liberarse de los policías que lo detenían y gritaba para que supieran su sexo. Una aguda voz de mujer mentaba madres, llamaba a los policías membrillos, azules, tecolotes, mordelones, genízaros, abusivos, hijos de la chingada original, la primera puta de todas, la madre Evarista, la Matildona en persona (el nombre me sonó), cabrones de toda cabronería y de cabronidad cabrona, para acabar pronto.

La abracé. Los policías tenían las manos sobre la espalda de la mujer.

—Déjenla, por favor —dije acarreado por el instinto de la simpatía.

—¿La conoce?

—Es mi esposa.

—Pues cuídela mejor, joven.

—Enciérrala en La Castañeda —dijo el policía más antiguo y demodé.

—Mi compañero quiso decir, está loca.

—¿Qué hizo? —me atreví a preguntar con la mujer agarrada a mí como a un poste en una tormenta.

—Quiso despegar con su propia avioneta en la pista reservada para el vuelo de Er Franz.

Que era el vuelo a París de mi amigo Jericó.

—¿Qué pasó?

—La detuvimos a tiempo.

—Le decomisamos la avioneta.

—¿No van a acusarla?

—Le digo que le decomisamos la avioneta.

No sé si el policía gruñó al decir esto. Sus ojos sin córnea, ojos de ídolo, no se movían, sus labios esbozaban una complicidad indeseada. Yo no tenía dinero suficiente para una "mordida" y el soborno me repugnaba moral, aunque no filosóficamente. Ellos me facilitaron la vida. Sólo querían deshacerse de la mujer y a mí me habían enviado los dioses del Subterráneo Azteca, parada Aeropuerto. No podía imaginar, a medida que los insobornables me daban la espalda, el destino de la avioneta requisada, el reparto tribal de las ganancias.

—Me llamo Lucha Zapata.

La abracé y me alejé entre la multitud del tianguis aéreo. Crucé miradas con otra mujer que caminaba detrás de un maletero joven de movimientos galanes, como si acarrear equipaje dentro del aeropuerto fuese un acto escénico glamoroso a más no poder. No supe por qué esa mujer moderna, joven, rápida, elegante, con movimientos de pantera, de animal que seguía con angustia al maletero, me miró con tan fugitivo e intenso interés.

—Me llamo Lucha Zapata —repitió mi compañera—. Llévame contigo.

Dejé de mirar a la muchacha elegante. La solidaridad mínima me sojuzgaba.

Todo el barrio de San Juan de Aragón, al menos de Oceanía a Río Consulado, había sido arrasado, en un acto conjunto de la Ciudad y la Federación, a fin de levantar allí mismo, en el corazón de la capital y a unas cuadras del barrio sin ley de Ciudad Neza, el mayor centro penitenciario de la república. Fue un acto de desafío: la ley no se iría a las lejanías despobladas donde se integran nuevas ciudades carcelarias de reglamentos propios. Fue una provocación: la ley se instalaría en el centro del centro, a la mano, para que los criminales sepan de una vez que no son raza aparte sino ciudadanía prisionera, con orejas que oyen el paso del tráfico, con narices que huelen el olor de las fritangas, con manos que tocan los muros de la historia jaja patria, con pies a pocos metros de los ríos extintos y la laguna muerta de México-Tenochtitlan.

Entendí, prosiguiendo mi pragmático curso forense, que a los menores se les mantenía entre la vida y la muerte en la gran alberca subterránea, dejados al azar de la muerte por agua o a la supervivencia tarzanesca. Ahora supe que a los criminales mayores se les tenía encerrados en la planta alta, con aparatos de sonido que recogían con minucia los rumores de la ciudad exterior, verdadera urbe de las libertades y la alegría en comparación con la dantesca ciudad del dolor —la *cittá dolente*— que me aguardaba en la planta alta, donde era difícil oír las voces de los presidiarios debido a la insidia del rumor urbano, cláxones, motores, chirrido de llantas, mentadas de madre, gritos de vendedores, silencios de mendigos, ofertas de sexo, suspiros de amor, cantos infantiles, coros escolares, oraciones arrodilladas que eran amplificados por las perversas bocinas empeñadas en torturar a los prisioneros con la memoria de la libertad.

Me armé de coraje para cumplir no sólo el requisito de la materia universitaria —"práctica forense"— sino para honrar la decisión de mi respetado maestro Sanginés. La cárcel superior de San Juan de Aragón, encima de la alberca infantil, era un largo recinto de un solo piso. "Aquí nadie nos arroja las bacinicas llenas desde arriba", dijo sin sonreír el guardia que ahora me guiaba, en cuyos hombros, sin embargo, brillaba una limpieza pulida y repulida con ligero perfume de caca.

Siboney Peralta era un mulato cubano de unos treinta años con pelo largo arreglado en trenzas torcidas y desnudo hasta el ombligo con el propósito evidente de no sólo mostrar la musculatura, sino de arredrar o prevenir con el poder de los bíceps, el latir profundo de los pectorales y el hambre amenazante de las tripas. No usaba zapatos y su pantalón era una hilacha arremangada en torno a un sexo confuso, que lo mismo podía ser manguera que pirinola. Su crimen no era de orden pasional. Era, según Siboney, el enigma, el misterio, chico.

—¿Un pequeño misterio?

—No, muy grande, chico.

Siboney no sabía por qué estaba en la cárcel. Él amaba la música, tanto que le trastornaba la cabeza, dijo flexionando todos los músculos, al grado de que no podía dejar de actuar lo que la música decía.

—Yo soy un hijo del bolero, compay.

Siboney obedecía al bolero. Si la letra decía "mírame" y la mujer no lo miraba, Siboney se llenaba de santa cólera y la ahorcaba. Si la canción indicaba "dime si me quieres como yo te adoro" y la mujer no volteaba a verlo, lo menos que recibía era una paliza siboneyera. Si le preguntaba a la distancia si tenía para él un pensamiento y la distancia guardaba silencio, el mulato la emprendía contra sillas, ventanas, platos, floreros, lo que encontraba a la mano en el silencioso universo de su deseo.

—¿Y conociendo tu mal, no lo dominas? —pregunté con inseguridad.

Siboney soltó una carcajada que quería decir no es mi mal, es mi gusto, es mi placer. ¿Qué cosa? Me dije que nada menos que creer en la letra de las canciones, como yo en este instante creo en lo que escribo y lo transmito a ti, curioso lector, con toda la impune fatalidad de Siboney Peralta ahorcando a las inocentes mujeres que no tomaban al pie de la letra sus canciones.

El Brillantinas y el Gomas fueron puestos en la misma celda con el propósito avieso de que se disputaran los pomos de brillantina y los sobres de tragacanto que eran la obsesión criminal de la pareja. Uno y otro, sin conocerse aún, robaban farmacias y salones de belleza para hacerse de las brillantinas más escasas y los anticuados sobres de goma para la cabellera que eran sus fetiches incontrolados e incontrolables. El carcelero me explicó que la intención original de las autoridades penitenciarias era juntar a dos rivales que se disputaran el objeto de sus deseos hasta aniquilarse por un tarro de brillantina. Tal era, añadió, el principio de la prisión de San Juan de Aragón: provocar a los presos para que se fuesen matando entre sí, disminuyendo la población carcelaria.

—Cada vez que uno muere, una boca menos que alimentar, licenciado.

—No soy…

—Licenciado.

Me miró con ojos de cloaca.

—Si no, no estarías aquí…

Pero el Gomas y el Brillantinas se las arreglaron para no disputarse ni lo uno ni lo otro, sino vivir en coexistencia pacífica untándose ungüentos repugnantes en el pelo.

—¿Sugiere usted una manera de que se maten entre sí?

—Rápenlos —dije de mal humor.

El carcelero rió mucho. —Se pondrían brillantina en los huevos y en los sobacos, mi lic.

Hablando de licenciados, fui introducido en la celda del abogado Jenaro Ruvalcaba, al que conocía de nombre como penalista de cierta fama en la Facultad de Derecho. Al verme entrar se puso de pie y alisó lo más que pudo su uniforme de prisión: camisa gris de manga corta y pantalón demasiado grande para la menuda figura del licenciado.

—Dice que no cometió ningún delito —comentó con un guiño el carcelero.

—Es cierto —dijo Jenaro con calma.

—Eso dices —replicó el cerbero con burla.

Jenaro se encogió de hombros. Supe en el acto que preguntarle ¿por qué está usted aquí, qué falta le atribuyen? era entrar a un laberinto sin salida de excusas e injusticias. Así lo debió entender el propio Jenaro —un hombre ligero y rubio de unos cuarenta años de edad— cuando se sentó en el catre y lo palmeó delicadamente, invitándome a tomar asiento.

Dijo con mucha tranquilidad que la cárcel estaba llena de gente quejosa y estúpida que desea la libertad pero que no sabría qué hacer fuera de aquí. ¿Resignación? No, adaptación, dijo Jenaro. El castigo de la cárcel, joven amigo (soy yo) consiste en que te separan del mundo y una de dos: o te mueres de desesperación o te inventas nuevas relaciones dentro de lo que los gringos llaman la casa grande, *the big house*, al cabo eso, una casa, un hogar diferente pero tan tuyo como el que abandonaste.

—¿Usted cómo le hace? —pregunté tras mi careta de estudiante disciplinado.

—Acepto lo que me da la cárcel —encogió Ruvalcaba los hombros.

Miró la interrogante en mis ojos.

—Una vez —continuó— que descuentas lo que no debes hacer para no ser humillado.

Se adelantó a mi pregunta.

—Por ejemplo. No aceptes visitas. Vienen por compromiso. Miran el reloj todo el tiempo, lo que piensan es largarse cuanto antes.

—En México hay visita conyugal.

Sonrió entre cínico y amargo.

—Ten la seguridad de que tu mujer ya encontró un amante…

—Bueno, pero de todas maneras viene a…

Jenaro levantó la voz pero habló entre dientes.

—Los dos te van a traicionar para que sigas en la cárcel.

Gritó enloquecido y se levantó, agarrándose la cabeza con ambas manos, jalándose las orejas, cerrando los ojos.

Se fue contra mí a golpes. El guardia le pegó un bastonazo en la nuca y el licenciado cayó, llorando, en el catre.

El Negro España y la Pérfida Albión eran dos homosexuales encarcelados en San Juan de Aragón por el delito de lenocinio con agravante de robo y asesinato. Los poderes del lugar no los habían obligado a restaurar virilidades indeseadas. Al contrario, ambos contaban con afeites, pinzas, coloretes, pestañas falsas y lápices de labios que les permitían sentirse a gusto al tiempo que les servían de muestra viciosa y desdeñable a los carceleros, que son todos…

—Unos hipócritas bien hechos —dijo el Negro España acomodándose un falso lunar en el cachete y tambaleando su costosa peineta.

La señaló con el dedo. —Es de cuando fui a la Feria de Sevilla.

—Hace años —murmuró la Pérfida Albión, un inglés, supuse, deslavado y con pelo muy corto, cuya única seña de identidad era el retrato de la reina Isabel pegado al pecho.

La manola dijo que al principio quisieron meterlos en celdas separadas con la esperanza de que los "regulares" los madrearan. Sólo que ocurrió lo contrario. Los prisioneros más machos sucumbieron a los encantos de la Negra España y la Pérfida Albión al grito de "pioresnada", y aunque les dijeron, a la hora de las caricias, "Priscila" o "Encarnación", eso sólo excitaba más a las parejas, razón por la cual, intervino el inglés, se resignaron a volverlos a juntar, para que sólo se "dañaran" el uno al otro.

Los dos se soltaron riendo a carcajadas, acariciándose sin pudor y cantando, la Pérfida en honor de la Negra, arias de zarzuela madrileña, y la Negra para complacer a la Pérfida, motivos de Gilbert y Sullivan.

—¿Quién nos protege? —cantaron a dúo.

—¡Nos protegemos solos! —firmaron.

El Ventanas, así llamado por su afición a robar liberando ventanas, rió mucho cuando le pedí la razón de su encierro. No tenía dentadura.

—La regalé a la beneficencia pública. Me encanta la filantropía. Yo voy más allá, chamaco. No sólo amo a los hombres. Amo sus posesiones. Para eso no hacen falta dientes.

Se carcajeó entre salivas y toses estruendosas. Tendría unos sesenta años. Parecía de cien y las manos no le temblaban. Movía los dedos sin cesar, con arte de pianista.

Se dio cuenta:

—Me llamaban el Chopín. Yo les contestaba: Chopinchemadre.

Este era su relato:

—Hay ladrones que no saben salir de la casa en la que roban. Yo siempre fui muy consciente de que el problema no era sólo entrar, sino escapar sin rumor, sin traza, sin olor siquiera. Para eso hay que trabajar solo o con niños de menos de diez años para que se cuelen entre las rejas y te abran las ventanas.

Soltó una risotada desencajada como la música imposible de un piano sin teclas o sólo con marfiles negros, tal era la profundidad de su garganta, ahondada por la falta de dientes.

—Siempre trabajé solo, años y años, sin cargar bultos innecesarios, ligero como un pájaro de esos que llaman Féniz y que aunque los quemen, vuelven a nacer. Sólo que a mí nunca me quemaron. ¿Qué se le hace?

Suspiró con aire de borrasca. Era un ratero solitario. Hasta que los achaques de la vejez lo obligaron a contratar a un chico de veinte años para agilizar el negocio.

—Sí, era ágil, joven y pendejo. Sabía entrar. No sabía salir, señor licenciado. No encontraba la salida. Después de una entrada tan limpiecita. Después de un desvalijamiento tan eficaz, el muy bruto se destanteó, perdió la orientación, me llevó de acá para allá y de allá para acá hasta que sonaron las alarmas, se encendieron las luces y los dos quedamos allí, encuerados de espíritu, rodeados de la gendarmería del Pedregal de San Ángel, maldiciendo a la familia Esparza y sus pinches medidas de seguridad.

—¿Y el joven cómplice?

—Lo maté en la julia rumbo a la cárcel.

—¿Cómo?

Levantó las manos y las dejó caer sobre un imaginario cogote.

Consigno estos hechos porque influyeron de manera decisiva sobre mi manera de ver a la sociedad, al país y a su gente.

Lucha Zapata. ¿Era un anuncio o un llamado? ¿Un propósito o un recuerdo? *Mein Kampf, ¿Mi lucha* o *Lucha la mía*? Esta noche Lucha Zapata en la Arena México. No había nada luchador, me dije al rescatar a la pretensa aviadora y meterla a un taxi, temblorosa y empequeñecida, acurrucada contra mí en un acto que no era menor. Era una declaración: protégeme.

¿De qué?

De mí misma.

No fueron necesarias palabras para entender lo que ella quería. Su mirar del todo desamparado, su radical ausencia de protección, la entregaba a mis manos. No a mi caridad, porque sobre la compasión sólo se construye lo pasajero y se añade el resentimiento. Acaso la piedad, un poco, la misericordia que ha sido el arma emocional del cristianismo y el escenario de su irresistible melodrama del Calvario. ¿Portaría Lucha Zapata una cruz colgada entre los senos? El impenetrable chamarrón de cuero impedía la certeza y condenaba a la adivinanza. Cuanto llevo dicho debe convencer a sus excelencias mis lectores de que no he abusado, en momento alguno, del sentimentalismo. Más bien, he tratado de ser escueto, directo, recondudome de entrada a esta doble tarjeta de presentación: una cabeza cortada y una piel desnuda y desprotegida. Esto, escribió alguien hace mucho, no es grave: la tragedia le es vedada al mundo moderno. Todo se nos vuelve melodrama, *soap opera*, folletín, película de vaqueros. El éxito del cine de vaqueros (la épica moderna, diría Alfonso Reyes, la saga de los llaneros, ya no del mar) es la directa simplicidad con la que el espectador distingue al Bueno del Malo. Éste viste de negro. Aquél, de blanco. El villano usa bigote. El héroe se rasura. El bueno se lava los dientes. El malo escupe mal aliento. El héroe mira de frente. El malo, de lado.

Las lecturas que de jóvenes hicimos Jericó y yo de los clásicos griegos nos imprimieron una cierta idea de la tragedia como conflicto de valores, no como oposición de virtudes. Tanto Antígona como Creón tienen razón. Ella, la de la familia. Él, la de la sociedad. La ley de la familia exige enterrar a los muertos. La ley del estado lo prohíbe.

—Entonces, comentaba Jericó, no es tan justo como dices el equilibrio trágico.

Lo interrogué.

—Porque la ley de la familia va a sobrevivir en tanto que la ley de la ciudad es pasajera, revocable, ¿no?

Recordaba todo esto dentro de un taxi medio desconchinflado que nos conducía a la mujer "rescatada" y a mí a un destino que yo desconocía.

—¿A dónde, jefe?

¿A dónde? Me bastaba mirar fuera del coche al vasto desierto del Anillo Periférico, una prefiguración del entierro que nos espera si no optamos, primero, por convertirnos en ceniza. Inmolados al cabo, morimos en el circuito de cemento que refleja y celebra una nueva ciudad que se ha despojado de su piel antigua, su sensualidad lacustre, su ígnea sacralidad, desplazada primero por otra belleza, barroca, nombre de la perla más apreciada, la joya deforme de la ostra nonata que la Ciudad de México ostenta en su segunda fundación de tezontle, mármol, ángeles sonrientes y demonios aún más joviales como para compensar las lágrimas de sangre (no es bolero) de sus Cristos torturados en las capillas aledañas para que el altar lo ocupen las lágrimas que son perlas de su mamá la Virgen que flota sobre los cuernos del toro ibérico, nuestro animal sagrado. Sagrado y por ello, por necesidad, por silogismo, sacrificable. Sepulturas pacientes y aguas desterradas abriéndose en avenidas de pirul y sauce, ascendiendo en montes de pino y nieve, autoproclamándose región la más transparente. Hasta desembarcar aquí, en el Periférico, salchicha inmunda de cemento fúnebre, cadalso y sepultura de dos millones de taxis desvencijados, camiones materialistas, volkswagens de baratillo, injuriosos alfarromeos perdiéndose a lo largo del gran túnel urbano, autobuses invisibles bajo el racimo de pasajeros moscas, estoicos y desesperados a la vez, colgados como pueden de las axilas del transporte.

¿Cómo se engalanaba tanta desnuda fealdad? Con anuncios. El anuncio comercial era el único adorno del Periférico. Un mundo de satisfactores, si no a la mano, sí a la vista del consumidor. Una sucesión de imágenes del deseo, porque ninguna de ellas correspondía ni a la realidad física, ni a la posibilidad económica, ni siquiera al maquillaje síquico de los capitalinos. El Periférico por donde esta noche yo circulaba en un taxi con una mujer indefensa y, creo, valiente, abrazada a mi pecho, mirando de reojo una sucesión de mujeres invariablemente rubias aunque buenas para todo: anuncian cervezas, autos, ropa interior, trajes de baño, condominios en la costa, películas, aparatos audiovisuales. Los anuncios. En espera de la catástrofe insólita pero fatal: un día, una avioneta se estrelló contra un transporte lleno de caballos pura sangre. Nadie recuerda a los pilotos. Sólo en los anuncios de vacaciones en el mar y venta de lejanas zonas residenciales aparecía la familia mexicana, un conjunto feliz de padre en mangas de camisa, modesta y pulcra mujercita y pareja de niños —macho y hembra— chapeteados, sonrientes y felices de haber encontrado el paraíso en Ciudad Satélite, una prisión guardiana de la que nunca, ni en el comercial ni en la vida, saldrían...

¿A dónde iría yo con mi solitaria acompañante? ¿Al alto apartamento de Praga? ¿No tenía ella su propio domicilio?

Le pregunté.

Se acurrucó más y más dentro de mi pecho, sin hablar.

Olía a cuero. A alcohol. A hierba quemada.

Le levanté los goggles y todo se concentró, el taxi que nos conducía, el veloz sepulcro de cemento, las sonrisas fijas, sucesivas, de mis conciudadanos felices porque tenían casa rifada en la colonia Lindavista, vacaciones en playas sin luz ni agua, cereales sonoros en el desayuno, ropa interior que aseguraba el éxtasis sexual, ¿dónde, dónde?, en el colchón, los colchones que hicieron la fortuna de la familia Esparza y construyeron tremenda residencia en el Pedregal, la pétrea y vidriosa mansión de los colchones... Yo era el colchón humano en este instante de voces enemigas, ofensas oculares, distracciones comerciales y realidades cementadas, de la mujer que en el cruce donde por fin salimos del Periférico me murmuró al oído su nombre:

—Lucha Zapata.

Me miró con unos ojos tan transparentes y tan turbios al mismo tiempo, tan despojados de edad, declarándose tan jóvenes como yo los quisiera, tan antiguos como yo los desease, que la fragilidad del cuerpo abrazado al mío se convirtió, por arte de un encariñamiento súbito, en mi propio cuerpo de hombre joven y (relativamente) vigoroso de veinticuatro años de edad. Quiero indicar que, cualesquiera que fuesen las fragilidades de ella y las fuerzas mías, en ese instante dentro del taxi ella se me metió en la piel por el sortilegio de la mirada y yo me metí en la suya, lo confieso, por la poco mágica tentación de tocarle los senos y encontrar allí una promesa responsiva inmediata, como si esos pezones que acaricié aquella noche en la penumbra de un pinche taxi destartalado me hubieran estado esperando mucho tiempo y fuesen, desde ahora, sólo míos por más que muchas otras manos los hubiesen acariciado antes.

¿Cómo podía conocer el pasado de Lucha Zapata? ¿Debía intentarlo? ¿Me estaba prohibido? ¿No lo reclamaba ella: conoce mi pasado? O me afirmaba ella, en su extrema desprotección, en su piadoso abandono de perrita callejera, cuídame, tú, como te llames, estoy exhausta, llévame donde quieras, sálvame hoy y te prometo salvarte mañana.

Como a una muñeca de trapo, la cargué escaleras arriba. Su cabeza enfundada en el casquete de aviador reposaba contra mi pecho. Su brazo de ave desfallecida se colgaba con inercia a mi cuello. Su torso enchamarrado olía a humedad. Sus piernas laceradas colgaban de mis brazos. Los zapatos se le cayeron. No hice nada por recogerlos. Me urgía llevarla hasta arriba, recostarla, cuidarla, protegerla.

Los zapatos seguirán allí mañana. Era domingo.

Miguel Aparecido me miró de arriba a abajo, disimulando una sonrisa que no llegaba a ser de desprecio pero tampoco lo era de indiferencia. Yo le contesté con mi propia mirada, que quería ser más atrevida que la de él, entre otras cosas porque yo saldría de la cárcel de San Juan de Aragón y me perdería en el tumulto de la ciudad y de mis ocupaciones, en tanto que él —Miguel Aparecido— permanecería aquí con sus extraños ojos azul-negro punteados de lunares amarillos para encuadrar una mirada de violencia templada por la melancolía, como si su vida anterior a la cárcel fuera tan turbulenta que ahora sólo podía compensarla con una suerte de tristeza que, sin embargo, rehuía la compasión. Las cejas muy pobladas se le unían en un ceño que hubiese sido diabólico si los ojos no le prestaran un rayo de luz. La claridad que adiviné en él tenía que ver con la manera como se mantenía de pie, recto, sin asomo de observación o, lo que es peor, de desafío como disfraz del rencor. No había en este hombre señas externas ni de abatimiento ni de impaciencia. Sólo un estar de pie sereno aunque ofensivamente echado p'alante. Todo ello enmarcado por su rostro viril, de mandíbula cuadrada, rasurado de manera demasiado meticulosa —no estoy preso, proclamaba— y con una piel oliva claro, propia, diría mi olvidable gobernanta María Egipciaca, de "una persona decente". Era, sin embargo, un criminal comprobado. Las apariencias, añadiría mi maestro Sanginés, engañan. Sobre todo si, como Miguel Aparecido, el parecido era al actor Gael García Bernal y al cantante Erwin Schrott.

La nariz de Miguel Aparecido parecía olerme cuando fui admitido en su celda. Quiero creer que una nariz tan recta y delgada y por ello tan inmóvil tenía que demostrar algún movimiento alerta, impaciente, desafiante, todo lo que el perfil cuasi romano del prisionero, semejante a las estatuas del manual de historia, no delataba no sé si como defensa volitiva o como simple estar en su propia naturaleza. Jugué, al conocerle, con la semblanza romana del preso, acentuada por la mueca apenas disimulada de unos labios voluntariosos que querían, me pareció entonces, culminar la distinción cuasi-imperial de una cabeza entrecana, peinada hacia adelante pero rizada hacia atrás.

El profesor Sanginés me había advertido: Miguel Aparecido es un hombre fuerte. No lo subestimes.

Lo supe cuando me dio la mano al estilo romano, tomándome con fuerza el antebrazo y mostrándome un poder desnudo, que corría de la mano al hombro del cual colgaba una especie de toga roja que me empujaba a imaginar que este hombre era un loco encerrado en la prisión desde hacía muchísimo tiempo. En su manicomio personal era acaso el emperador Augusto. Me faltaba saber si en nuestro manicomio nacional se comportaría como César o como Calígula.

—Veinte años —me advirtió Sanginés.

—¿Por qué motivo, maestro?

—Asesinato.

—¿Es de por vida?

—En principio sí. Pero Miguel Aparecido ha sido liberado en dos ocasiones; por buena conducta la primera, por amnistía la segunda. En ambos casos se rehusó a dejar la cárcel.

—¿Por qué? ¿Cómo le hizo?

—La primera vez organizó un motín. La segunda, por voluntad propia.

—Insisto. ¿Por qué?

—Por eso es interesante el individuo. Pregúntale.

Pregúntale. Como si fuese tan fácil oponer mi pequeña humanidad de estudiante de leyes, pequeño fornicador de burdel, pequeño compañero de muchachos quizás más pequeños que yo, pequeño discípulo de frailes acaso perversos, pequeño arrimado a una casa de misterio ajeno, pequeño esclavo de una gobernanta tiránica, este pequeño "yo" se enfrentaba a toda la fuerza concentrada, férrea, impenetrable (cuerpo intocable, mirada de serenidad tan salvaje que me obligaba a bajar la mía y esquivar el tacto) del hombre encarcelado que ahora me decía:

—¿Cómo sabes quién es culpable?

No supe contestar. Me miró sin compasión ni sorna. Era impenetrable.

—¿Te lo dicen los códigos?

—Vivimos bajo la ley escrita —contesté con mi pedantería turbada.

—Y morimos por la ley de la costumbre —añadió, sin dejar de observarme, el prisionero.

—Algo es cierto, y es que lo jodido es que te meten aquí y te separan del mundo. Entonces tienes que inventarte un mundo, y el mundo requiere lazos con los demás —continuó.

—Eso es lo jodido —sonrió por primera vez.

Me estaba dando una pequeña clase. Me invitó a tomar asiento a su lado en el catre. Temí perder la impresión de su terrible mirada. Lo atisbé de ladito. Creo que él sabía por qué me envió aquí Sanginés. Algo le debía al profesor. No quería defraudarlo. No quería que me fuera con las manos tan vacías como mi pobre cabeza hueca, ya de entrada despreciada por el criminal.

—Te tienes que inventar nuevos lazos. Esa es una joda —repitió sin mirarme.

—¿Alguien te protege? —me atreví a tutearlo aprovechando que no nos mirábamos a los ojos.

Me contestó para mi sorpresa:

—Lo primero que aprendes aquí es a protegerte solo. Hay gente en la cárcel que no sabría qué hacer fuera de aquí.

Le dije que no entendía. Si el encarcelado no sabía qué hacer fuera de la prisión, ¿por qué seguía él aquí, dado que sin duda él sí sabía qué hacer afuera?

Sonrió. —Son gente quejosa, estúpida, sin rumbo.

—¿Quiénes?

—Entiende —murmuró con severidad.

—Tus compañeros de cárcel —insistí en ganar el terreno de la audacia—. Los demás.

Volteó a mirarme y sus ojos me dijeron que él no tenía amigos aquí, compañeros no. ¿Entonces? Su arrogancia no le permitió llegar al elogio de sí mismo. Que era diferente, me parecía obvio. Que era superior, quizás era su secreto. Fue abierto conmigo, franco. Estoy seguro de que su relación con Sanginés abarcaba un tratado imprescriptible: si te envío a alguien, Miguel Aparecido, cuenta, habla, no lo dejes en ayunas. Recuerda. Algo me debes.

¿Por qué repetía el crimen a fin de quedarse en la cárcel? ¿Por qué rehusaba la amnistía?

No me contestó directamente. Con una paráfrasis que me revelaba las entretelas de su vasta conspiración para seguir encarcelado, a pesar de amistades y buenas conductas, sin permitirme entender el fondo del asunto: ¿Por qué quería Miguel Aparecido seguir encarcelado? ¿Hasta cuándo? ¿Había alguna razón que le prohibiese desear la libertad?

Dijo que la primera vez que te encarcelan (no dijo, note el distraído lector, "que me encarcelan") te estalla el coraje en el pecho. Te ciega el afán de vengarte de quien te metió aquí (¿quién lo metió, no fue la justicia, fue alguien?). Luego la furia cede al asombro de encontrarte aquí, de saberte aquí sabiéndote (¿o creyéndote, mintiéndote?) inocente. Es el momento, me explicó, en que te rindes o te creces. Aprendes a crearte una costra, a cubrir la llaga abierta con una costra mental o física. Si no, te lleva el carajo, la derrota, rodeado como estás, ¿sabes?, del gran gemido de la cárcel —me miró directamente, con una visión infernal del deseo entre ceja y ceja—, los gemidos de los puñeteros, los gritos de los despiadados, el silencio de los torturados. Y el enervante rumor de la ciudad, allá afuera.

—Había un periodista aquí. Tipo muy cabrón, muy rebelde. Los amenazaba: "Al salir de aquí voy a denunciarlos, bola de cabrones. Van a ver. Apenas salga". Le rompieron las manos. "A ver ahora qué escribes, pendejo". No se les ocurrió pensar que al salir el tipo iba a dictar con las manos rotas. Los carceleros están encarcelados, ¿sabes? No se les ocurre que haya vida fuera de estas paredes. Creen de verdad que el mundo se acaba aquí. Y así es. No leen lo que puede escribir un excarcelado. No les importa. Ellos siguen con su rutina. El director de la cárcel quizás lea o reciba quejas. Te apuesto, ¿Josué te llamas? (Josué me llamo), que si no las archiva, incluso cuando acusa recibo, no hace nada, lo que se llama nada, ¿me entiendes, cabrón? Nada.

Lanzó una carcajada inesperada, como si se librase de un compromiso consigo mismo de no expresar emociones extremas. Si no una estatua era un estoico, pensé entonces, cuando aún desconocía el misterio de los crímenes de Miguel Aparecido.

Opinó que, como joven abogado, yo debía entender la ley de la justicia: todos se venden, todos son comprables. Corre al torturador, corre al ratero. Por limpio que llegue, el siguiente también robará, también torturará.

—Recuérdale eso al profe, a ver qué te dice.

Respiró hondo, como si concluyera. No hubo tal. Tomó aire para continuar. Le pagaba, me convencí, una deuda al profesor. Tardaría en saber qué había hecho Sanginés por este hombre preso, extraño en su serenidad, vigoroso en su determinación de seguir aquí, de no obtener la libertad. ¿Por qué?

—Un tipo aquí fue torturado y el muy bruto amenazó con delatar al torturador cuando saliera de la cárcel.

Pausó para que lo mirara y acaso (me iba apercibiendo) para que lo admirara. Parecía olvidar que yo ya sabía lo que me contaba. (¿Qué le hace la cárcel a la memoria?)

—El torturador nomás le dijo: No vas a salir nunca, pendejo.

Me miró con esos ojos que digo, azul-negro con destellos de plumaje canario apresado en una jaula líquida.

—No salió nunca.

Salí yo y no sé si escuché de verdad, o si lo imaginé a lo largo del corredor eterno que me alejaba de Miguel Aparecido, el coro atroz de maldiciones, anatemas y fulminaciones que descendían desde el cielo vedado de San Juan de Aragón y descendían a la alberca de los niños malditos. Sentí en mis huesos algo que no deseaba: la furia del fracaso, el resentimiento como una enfermedad, el coraje como una probable salvación y las palabras finales que me dirigió Miguel Aparecido.

—¿Cómo sabes quién es culpable? Sobre todo, ¿cómo sabes si tú eres inocente?

Dejé en suspenso la cuestión. ¿Había interpretado Miguel Aparecido una comedia en beneficio de un solo espectador: yo mismo? Si así fue, ¿lo hizo en complicidad con Antonio Sanginés? ¿Qué unía al preso y al profe más allá de la relación condenado-defensor? ¿Era mi visita a los separos de la cárcel sólo parte de mi curso de práctica forense, adoquinado por el profesor con un ejemplo dramático, casi operístico, de criminalidad perversa? Porque, al fin y al cabo, ¿qué cosa mantiene encarcelado a Miguel Aparecido? ¿Sólo su voluntad de permanecer preso? ¿O una manipulación secreta, parte de una red de intereses que no me atrevía a imaginar porque carecía de datos y de experiencia?

Yo no podía permitir que estas circunstancias me apartasen de una obligación inmediata, que era atender a la mujer que tan accidentalmente había caído en mis brazos en el aeropuerto.

La atendí lo mejor que pude. Era una muñeca sin voluntad, dependiente de mí. El incidente del campo aéreo la había aniquilado como si en la decisión de secuestrar una avioneta disputándole la pista al jet de Air France hubiese dejado esa porción de voluntad que todos vamos acumulando para dispensarla en cuotas más acá de la muerte. Lucha Zapata estaba exhausta porque en la pista aérea había dejado cuanto ánimo guardaba en su espíritu hasta ese momento. Ahora me correspondía a mí, por un simple pasar, desvestirla, bañarla, recostarla en la cama de Jericó, ofrecerle una comida que apenas probó y vomitó antes de que el alimento llegase al estómago.

¿Cómo describirla?

Era un ave. Un pájaro herido que llegó por casualidad a anidar en mi altillo. ¿Qué pájaro? Vivimos en un país de aves. Doscientas sesenta especies sólo en las lagunas yucatecas de Río Lagartos. Casi setecientas especies embalsamadas en el museo de Saltillo. Son parte de las grandes costas tropicales del país y ascienden como águilas a las cumbres más altas. Sobreviven, quién sabe cómo, al mortal humo de la ciudad. O sea, yo tenía de dónde escoger para adjudicarle una semejanza a Lucha Zapata. Era como un flamenco rosa (tirando a rojo) de una aldea pesquera de Yucatán, un ave recogida en sí misma, en su silencio sagrado y casi sepulcral. Hay que evitar el ruido: un motor, por ejemplo, es una catástrofe sonora que obliga al pájaro a volar. Para verlo se requiere el silencio. Y si me quedé con una sola ave, fue a pesar de la apariencia física de la mujer que yacía en la cama de Jericó.

Lucha Zapata era un flamenco. Que es un ave, dice el diccionario, de "pico, cuello y patas muy largas, plumaje blanco en cuello, pecho y abdomen, y rojo intenso en cabeza, cola, pies, dorso y pico". Pero esta mujer era pequeña, recogida sobre sí misma, recostada en postura fetal en la cama y sus brazos estaban llagados, picoteados como si otras aves, rapaces, la hubieran agredido sin tregua durante toda la vida. Había, a pesar de todo, algo vibrante en ese cuerpecillo que yo vi en extrema acción, batallando contra la policía después de un audaz y frustrado intento de vuelo. ¿Sabía siquiera pilotear un avión? ¿Sólo había logrado subirse al aparato y conducirlo por la pista como un automóvil? ¿No llegó a sacarlo del hangar?

Yo no me atreví a preguntarle nada porque entre los dos se interponía una barrera invisible que no era maldita en ningún sentido. Era una frontera bendita en la que, de forma implícita, yo le ofrecía protección y ella la agradecía. Su desnudez era patética y al mismo tiempo, natural y piadosa. Quiero decir: Lucha Zapata no tenía pudor en mostrarse desnuda porque no tenía pecado que hacerse perdonar. Yacía en la cama de Jericó como un ser recién nacido, necesitado de cuidado y cariño, en todo ajena a la lascivia que no me ofrecía ni esperaba de mí como yo tampoco de ella.

¿Por qué la comparo con un flamenco? Ella no era color de rosa. No tenía extremidades largas. Sus tintes eran, eso sí, rojizos, pues tanto la cabellera como el pubis brillaban como plumaje de ave. Y si el cuerpo es nuestro plumaje carnal, el de ella era tan pálido como un amanecer temprano y tan herido como una noche precipitada. La piel pálida de Lucha Zapata estaba picoteada de arriba a abajo. Heridas rojas lucían en sus brazos y en sus piernas, sobre todo en las muñecas y en los tobillos.

Abrió los ojos y me miró mirándola.

Supe y me dijo sin palabras que sus heridas no se las debía a nadie, sino a ella misma.

¿Por qué, a pesar de todo, la comparo con lo que no era: un flamenco perdido en una lejana laguna maya? Por el susto que había en ella. No un miedo común y corriente sino una vocación de soledad que se ausenta del contacto, incluso visual, de la mirada ajena demasiadas veces culpable de curiosidad insana y prejuicio ofensivo.

Lucha Zapata me miró y no vio el mal en mi mirada.

Sólo alargó la mano para tomar la mía y me dijo vísteme, Saviour, cárgame y llévame de vuelta a mi casa. Allí tengo mis cosas. Mis medicinas. Apúrate. Me urge.

¿Qué iba yo a hacer, piadosos lectores, sino cumplir los deseos de esta mujer desamparada que a partir de ahora —me lo decían la cabeza y el corazón, mi respiración misma, el involuntario jadeo con que recogí el cuerpo vencido y en brazos, envuelto en un sarape— sería mi encargo? La bajé a la calle de Praga, detuve un taxi y le repetí la dirección que ella me acababa de dar con un suspiro: "Cerrada de Chimalpopoca al lado del Metro en la colonia de los Doctores."

Me acostumbré a tener dos direcciones. Una en la calle de Praga, donde, mensual y puntual, recibía el cheque que me permitía vivir sin averiguar quién me lo mandaba ni inquirir en el banco por un nombre que sin duda no quería ser conocido ni el banco hubiese delatado. Otra, en la Cerrada de Chimalpopoca: la casita modesta y desnuda de mi amiga Lucha Zapata. Un zaguán antiguo, un patio con flores muertas, al fondo un retiro desamueblado con petates en el suelo, una mesa de comer japonesa, uno que otro almohadón y un tubo con media docena de faldas y pantalones colgando. Detrás del clóset improvisado, una salita de baño que ostentaba tina y regadera. Una variedad de productos farmacéuticos. Conocía algunos nombres, ignoraba la mayoría. Las toallas eran muy viejas.

—Quédate. No me abandones.

¿Cómo iba a abandonarla, yo que anhelaba hacerme cargo de alguien como no pude encargarme ni de parientes desconocidos (que se hicieron cargo humillante, dadivoso y vergonzoso, para mí, de mí), ni de ocasionales aunque respetados maestros (Filopáter, Sanginés), ni de amigos transitorios (Errol Esparza) ni de curanderas a la vez generosas y esquivas (Elvira Ríos) y mucho menos de carceleras tan odiosas como María Egipciaca. ¿Qué me quedaba? La amistad de Jericó, esa sí firme y constante desde los días de la escuela secundaria. Pero Jericó estaba ausente.

Y ahora esta frágil mujer, un día inerte en la cama, al siguiente vibrante como un cable de electricidad suelto.

El primer tiempo en la casita de la colonia de los Doctores (símbolo de una ciudad perdida, generosa y ordenada en nombre de la ciencia médica, con construcciones de un solo piso y fachadas discretas, y una que otra residencia gris, de piedra) Lucha Zapata lo vivió conmigo recuperando fuerzas. Yo temía que al recobrar su vigor emprendiese aventuras para las cuales no me sentía habilitado, como la batalla del aeropuerto. Por el momento, delicada y dulce, formando a veces movimientos agrestes, recostada sobre el petate con una almohada azul bajo la cabeza, Lucha Zapata me decía, rememorando nuestro encuentro, que si iba al aeropuerto a exponerse era porque la aviación nos enseña a ser fatales y eso es lo que me da razón de existir a pesar de la fatalidad que nos rodea.

Yo conversaba con ella compartiendo la bombilla de yerba mate que Lucha siempre tenía en la mano y elucubrando, a partir de las entradas o pies que ella constantemente me daba, ideas sobre lo fatal contrastado con lo voluntario, lo libre y lo virtuoso, una distinción que a ella le hacía mucha gracia, pidiéndome que le explicara: Lo que yo quiero puede ser bueno o malo, le decía yo, pero expresa mi voluntad. ¿Por eso, bueno o malo, lo que hago es libre? ¿Cómo hago para que mi libertad sea, además de libre, virtuosa? ¿La libertad para el mal? ¿O el mal, por serlo, no es libre?

—No te hagas bolas —reía Lucha—. Hagas lo que hagas, las cosas van a suceder, con o sin ti.

—¿Entonces?

—No te hagas bolas. Deja que la vida ocurra, Saviour.

Así me hablaba, con cariño y una dosis simplificadora que no alcanzaba a demoler mis construcciones teóricas, sino que las cimentaba aún más. Quiero decir, lector, que el "sentido común" de Lucha le era necesario a mi "sentido teórico" y ambos se reunían, acaso, en un "sentido estético" que no era otra cosa más que el arte de vivir: cómo se vive, por qué y para qué se vive. Grandes preguntas. Pequeñas realidades. Ella, con cierto misterio, encaraba mis abstracciones y yo, con menos sombras, los misterios de ella.

Porque no me cabía duda de que en Lucha Zapata había un misterio que ella no guardaba con celo. No lo guardaba: lo cancelaba. No era posible penetrar, en la conversación con Lucha, el velo de un pasado que acaso se mostraba en las cicatrices de su cuerpo placentero y sufrido, pero jamás en la reminiscencia. Lucha no se refería a su pasado. Y yo me preguntaba si ésta no era la más elocuente manera de develarlo. Quiero decir: por todo lo que ella no decía, yo podía imaginar lo que quisiera y crearle a Lucha Zapata una biografía para mi propio uso. Una tontería que, en vista del silencioso cortinaje de la desnudez de la mujer, la revelaba a mi entero placer.

Creo que ella adivinaba mis estrategias porque de tarde en tarde, viéndome ensimismado, me decía:

—Con las mujeres nunca se sabe.

Nunca se sabe… Yo era joven y entendía que la juventud consiste en elegir entre lo inmediato o diferirlo a favor del futuro. Esta reflexión no tenía sentido para Lucha por la sencilla razón de que al borrar de su vida el pasado eliminaba también el futuro y se instalaba, como sobre su petate, en un presente eterno. Supe que así vivía ahora: dejándose llevar por el minutero de la vida, todo ocurrido en el momento actual, aunque con referencias al pasado inmediato (el incidente del campo aéreo, la relación conmigo, tan importante que me dio el inmerecido y un tanto absurdo apelativo de "Saviour", "Salvador") y tímidas incursiones en el futuro ("¿Qué quieres de comer, mi Saviour?").

Me gustaba, acostados en el petate al amanecer, hacerle preguntas medio capciosas, a ver si la hacía caer en el recuerdo o en la previsión. ¿Qué otros aeropuertos has asaltado, Lucha? ¿Toluca, Querétaro, Guanajuato, Aguascalientes? El aeropuerto del sol, Saviour, me respondía. ¿Nunca tuviste un empleo, Lucha? Soy una desocupada. No me hace falta trabajar. ¿No te sientes pues como excluida de la sociedad? Yo puedo invadir a la sociedad antes de que la sociedad me invada a mí. ¿Tienes un conflicto interno, Lucha? Yo estoy peleada con el mundo. ¿Qué le recriminas a la sociedad? No quiero ser deudor perpetuo. Eso eres en la sociedad. Deudor eterno.

Mi cariño hacia Lucha Zapata, que a estas alturas debe resultarle evidente al lector menos advertido, no me cegaba. La mujer hacía todo lo que a mí no me gustaba. Era, digámoslo así, una polidroga. Tabaco, heroína, cocaína, alcohol. Cuando la conocí tenía almacenados escondites de cada cosa, de tal suerte que no era necesario salir a comprar nada. ¿Cómo se había hecho de ese tesoro? El pacto nugatorio del pasado me impedía preguntar lo que ella no me iba a decir. En cambio, llegué a apreciar profundamente su simplicidad doméstica, su desamparo físico y el misterio de su complejidad espiritual.

Así pasaron dos años...

Segunda parte

Miguel Aparecido

Cuéntase que un hombre llegó al infierno y fue recibido por una rubia azafata de minifalda y gorrito azul con el lema *Welcome to Hell*. La azafata condujo al recién llegado a una suite de lujo con cama king-size, baño de mármol, jacuzzi y una guardarropía de verano para la noche y el día, con etiquetas de Madison Avenue, la Calle Serrano y la Via Condotti y zapatos de charol, sandalias y mocasines de lujo. De allí, el recién llegado fue conducido a un área de recreo con bar abierto y restoranes de cinco estrellas junto a una playa tropical plantada de palmeras, rebosante de cocotales y con servicio de toallas.

—Yo esperaba otra cosa —dijo el recién llegado.

La azafata sonrió y lo condujo a un sitio escondido en la espesura donde se encontraba una pesada puerta de fierro que la muchacha levantó, dejando escapar una llamarada atroz y la visión de un lago de fuego donde miles de seres desnudos se retorcían atormentados por diablos colorados, con colas puntiagudas, que se mofaban de los condenados, pinchándoles con tridentes y recordándoles que esta cárcel era eterna, sin remisión posible: el lago, la oscuridad, el sitio del "dolor y los dientes crujientes" (Mateo 25:30), el espacio del "fuego insaciable" (Marcos 9:43). El que entra aquí no sale, pese a las teorías heréticas de una redención final de las almas gracias a la misericordia universal de Dios. Pues si Dios es la caridad infinita, al cabo tiene que perdonar a Lucifer y liberar a las almas condenadas al infierno. Anatema, anatema sea. Al diablo quien crea en la misericordia de Dios.

Este es el infierno para católicos, dijo la azafata cerrando la puerta de metal.

No es cierto.

Yo, que estoy muerto, lo afirmo.

¿Qué sucede, entonces? Ustedes, lectores capturados en las redes de mi intriga novelesca, tendrán que esperar hasta la última página para saberlo. Yo, Josué, que vivo en otra dimensión, puedo continuar la historia suspendida y pedir la ayuda de uno de mis nuevos amigos, Ezequiel, a quien encontré jugando a la baraja española en un lugar cuyo nombre he olvidado y que de plano no es de este mundo. Le pedí que pasara del solitario al tute, accedió, perdió y yo le pedí en pago (ya que no circulan dólares, euros o libras allí) que me prestara unas alas para sobrevolar al mundo y así proseguir mi relato interrumpido.

Ezequiel, que es un cuate a todo trapo (buena gente, sí, pero también envuelto en togas, o sea sábanas con grecas como las que usa James Purefoy en la serie de televisión *Roma*) me pidió acompañarme porque, me dijo, su territorio había sido la antigua Jerusalén y jamás había trascendido las fronteras de Moab, Filistia, Tivia y Sidón, enemigos todos de Israel, y los desiertos que conducen a Riblá, ciudad que Yavé prometió exterminar para demostrar quién era el mero mero en el Antiguo Testamento (en el Nuevo, Jesucristo es la superestrella).

Claro, deseaba conocer la Ciudad de México, un sitio que las crónicas más antiguas no mencionan, aunque en materia de leyendas todas acaban pareciéndose entre sí: las ciudades se fundan, se expanden, crecen, culminan y decaen porque no fueron fieles a la promesa de su creación, porque se agotan en batallas perdidas de antemano, porque el caballo no fue herrado a tiempo, porque murió la abeja reina y con ella pereció su casta de zánganos... Porque voló la mosca.

Sí, le dije a mi nuevo amigo el profeta Ezequiel, yo te voy a llevar a una ciudad que se empeña en destruirse a sí misma y no lo logra. Cambia mucho pero no muere nunca. Su fundación es peculiar: una laguna (que ya se secó), una roca (que se convirtió en barrio residencial), un nopal (que sirve para cocinar capeados y rellenos), un águila (especie en extinción) y una serpiente (lo único que sobrevive).

No lo hubiera dicho. Ezequiel exclamó que la serpiente era la protagonista del paraíso, la estrella del Edén, el reptil más histórico de la historia, hay dos mil setecientas especies de serpientes que se reúnen, para simplificar las cosas, en diez grupos familiares, se arrastran pero escucha, Josué, ¿me oyes?, la serpiente es un animal que oye, tiene aperturas auriculares, tambores, tímpanos, caracoles que cantan y recogen la vibración de la tierra: saben cuándo va a temblar, cuentan las paletadas de los entierros, soportan que las cubran con supercarreteras de asfalto, sobreviven a todo y nos esperan parpadeantes, con ojos de vidrio. Con la lengua, las muy cabronas, no saborean: detectan olores, las culebras tienen el olfato, Josué, en la lengua, se lo tragan todo porque pueden extender la mandíbula inferior y capturar a un águila, sí, vengarse del animal volador con la astucia criminal del animal arrastrado.

Ezequiel me miró entre divertido y asustado.

—Tienen doble sexo. Hermipenes, los llaman.

No reí. Se impacientó.

—¿Para qué soy bueno?

—Para volar, profeta.

Le mostré —así, con la mano alzada y las cartas desplegadas— mi baraja ganadora: póker de ángeles, cuatro ángeles, cuatro rostros, cuatro alas, caras de hombre, de león, de toro, de águila y las cuatro alas con sus cuatro rostros unidos entre sí como en un nervioso abanico dispuesto a escapar de mis manos, levantando el vuelo con Ezequiel agarrado a mis talones, descubriendo que las maravillosas alas de la baraja no sólo tenían rostros, sino manos de hombre para abrir el cielo (que es una constelación de ojos, por si no lo saben) y dejarnos llevar por un viento tempestuoso hasta sobrevolar un valle ahogado en brumas de gas tatemado, cercado de montañas erosionadas. Sitio difícil de distinguir aunque lo conocía de sobra. Un ruidoso receptáculo de flechas encendidas llamando desde el cielo encapotado que perforamos con nuestras alas. Ezequiel y yo, el profeta cada vez más animado, en su elemento, un cojuelo demonio bíblico capaz, lo adiviné, de levantar los techos del pastelón podrido de México Distrito Federal Titlán de Tenoch Palacios ciudad de los sitiada City Das Kapital de la Pública Res, Toro Encerrado, escuchando la voz de trueno del poco optimista profeta Ezequiel, sepárate de la apariencia de tu ciudad,

ve más allá del rostro, Josué,

escarba en la tierra, hijo mío,

llega al sitio perdido,
escarba hasta encontrar el sucio santuario,
siéntate encima de los alacranes,
cocina el pan impuro sobre los excrementos,
entra al santuario profanado por el hombre,
la pobreza, la peste y la violencia,
observa la desolación de los templos,
mira los cadáveres arrojados al pie de los ídolos,
toma, Josué, toma el rollo de papel,
come el papel
para contar las historias de las casas rebeldes
soporta sus faltas
profetiza conmigo contra las tribus encabronadas de México
deja de ser enemigo de tu propia persona
por un momento, detente
te pondrán obstáculos
espera
tu espíritu se subleva
ellos se ponen en guardia
tú aguanta, Josué
clausura la memoria del burdel de la Hetara
(Durango entre Sonora y la Plaza Miravalle)
cierra los ojos a la miseria de la casa de Esparza
(*somewhere* entre Coapa y Culhuacán)
olvida para siempre la casa de María Egipciaca
(Berlín entre Hamburgo y Marsella)
olvida la soledad de la casa de Lucha Zapata
(Chimalpopoca al sur de Río de la Loza)
olvida las faltas de la casa grande de Aragón
(debajo del Río Consulado)
prevé las faltas de la casa de Monroy
(Santa Fe de los Remedios)

y sobre todo, Josué, absuelve las faltas de la juventud de Jericó...

(Praga entre Reforma y Hamburgo).

Llevado por su pasión profética (en él profesional e innata) Ezequiel exclamó, son casas rebeldes, sentadas sobre alacranes, son tronos de pólvora, te pondrán obstáculos, tú ponte en guardia, tú soporta la falta de la ciudad, tú no anticipes la ruina y el oprobio, antes vive y deja vivir pero un día hazles conocer las abominaciones de sus padres, los nombres de las turbas, saca tu rollo de papel y escribe, Josué...

Ezequiel me agarró del cogote y luego me soltó al vacío.

Caí de cara.

Oí su voz: Enciérrate en tu casa.

Pensé: Te voy a desobedecer, profeta.

No lo pude decir porque mi lengua estaba sellada contra el paladar.

Luego escuché el ruido de las alas, el gran rumor que se alejaba a mis espaldas, y aunque estaba postrado, sentí que algo llamado a sí mismo el espíritu me penetraba a medida que Ezequiel se iba de vuelta al cielo donde los profetas escriben, como los novelistas, la historia de lo que pudo ser.

Yo tenía papel en la boca. Y no recordaba el rostro del profeta.

Tenía papel y tenía tierra. Caí de bruces a donde me arrojó Ezequiel: una lápida. La sangre me corrió de los labios a la tumba y aclaró la escritura. Si el profeta me ordenó "Escribe", ahora la actualidad me decía "Lee".

Tardé en darme cuenta. La noche era un fuego oscuro como el consabido infierno de los católicos, aunque la luz que caía sobre mi espacio auguraba la siguiente aurora y ese inminente sol me instaba a ser, por unos minutos, el ladrón de la noche que el gran poema del mundo, escrito por los vivos para los muertos pero también por los muertos para los vivos, confunde con el sueño.

Véanme ustedes, lectores, lean conmigo a medida que la aurora con sus dedos de uñas largas rasga el velo nocturno y el viento de la meseta se lleva el polvo que cubre la tumba donde yazgo, bocabajeado, arañando para leer con pena la inscripción que dice, al cabo

ANTIGUA
CONCEPCION

y debajo, con letra más chica

Nació y Murió sin Fecha

El misterio de esta lápida se bastaba a sí mismo. Si esa era la instrucción de la difunta, yo en el acto la disputé. El seco anuncio de la tumba de la llamada "Antigua Concepción" (¿era nombre, título, atributo, promesa, recuerdo?) despertó en mi ánimo, agitado por la aventura con Ezequiel, una continuidad del misterio. El profeta había puesto allí la semilla... La "Antigua Concepción" hacía crecer un árbol en mi pecho. ¿Quién era?

—¿Quién eres? —pregunté tirado allí, sin fuerzas físicas.

—Qué bueno que me lo preguntas —contestó la voz de la tumba—. Yo soy la Antigua Concepción.

Mis ojos no demostraron miedo, sino un asombro interrogante que ella, la "Antigua Concepción", debió agradecer porque continuó hablando desde la profundidad de la tierra.

Yo soy la Antigua Concepción.

He esperado en vano que alguien visite mi tumba.

Nadie llega hasta aquí.

¿Sabes dónde estás?

No, contesté, salvo en algún paraje de la ciudad.

Entonces no te diré dónde estás. Promete.

Prometo.

Guarda para ti mi historia. Es esta. Me llamo la Antigua Concepción porque al nacer me bautizaron Inmaculada Concepción de María pero acabaron llamándome "Concha" y lo que es peor, "Conchita". Conchita, nombre de falsa taconeadora de flamenco, Concepción, nombre de virgen atribulada, que ignora quién y a qué horas la preñó, ¡ya vamos llegando a Pénjamo! ¡Su gran variedad de pájaros! Inmaculada es nombre de culo santificado y bendito, ¡bah!, concepcionero, peor, nombre de paraguayo que nunca ha visto el mar, ¡ja!, concepcionista, pinche monja al servicio de los panchos (los santos Franciscos, no el trío de cantantes). Conceptear o decir pendejadas ingeniosas. ¡A mí con dogmas, joven!, yo que soy etimológicamente he-re-je: escojo, no es-coge, ni es-cogida, y menos ahora, a un metro de pro-fun-di-dá.

Suspiró y la tierra como que tembló tantito.

Desde niña me sublevé contra los diminutivos.

"Los diminutivos disminuyen", grité con escándalo y a un Julio no le van a decir Julito ni a un Rafael Falito ni a mi Concepción Conchita. ¡Concha de su madre!, exclamó con una extraña risotada.

¿Y "Antigua"?

A los veinte años de edad yo ya sabía lo que quería ser. No tenía más competencia que el misterio y más misterio que la grandeza.

Me casé y asumí mi forma eterna.

Dejé de ser Conchita.

Dejé de ser Concepción Martínez, niña bien y soltera. Me convertí en Concepción Martínez de Monroy, casada.

Me peiné severamente hacia atrás y me coloqué una toca de monja sobre la cabeza.

Me vestí con un ropón carmelita.

Metí mis llaveros en las hondas bolsas del hábito.

Ya no tuve que usar ropa interior nunca más.

Me senté sobre algodones.

Nadie volvió a reconocer mis formas y el que las imaginó, de plano se equivocó.

Ocupé un trono sin insignias.

Me bastó un hoyo en el asiento para que mis necesidades humanas cayeran sobre un bacín de porcelana con el retrato del presidente en turno.

No preguntes. El que peor te caiga.

Yo nací en 1904, siete años antes de que fuera presidente don Francisco Madero, Apóstol de la Revolución, muerto a traición por el usurpador Victoriano Huerta en 1913. Igual que Allende y el traidorzuelo Pinochet con voz de marica. Yo tenía trece años cuando se promulgó la Constitución. Dieciocho, cuando era presidente mi general Álvaro Obregón, el manco que perdió el brazo en Celaya dándole en la madre a Pancho Villa y diecinueve cuando mataron a traición a Villa y sólo quince cuando mataron a traición a Emiliano Zapata y cumplí veinticuatro cuando un mocho se despachó a Obregón de un balazo en la cabeza mientras el general comía totopos en un restaurante del sur de la capital. ¡Más totopos! Fueron sus finales, memorables palabras. Yo me casé con mi marido el general Maximiliano Monroy porque sabía que a él no me lo iban a matar porque él era de los meros hombres que inventaron la revolución, los que dispararon primero y averiguaron después.

Mi marido don Maximiliano fue muy tenorio de joven. Yo me aproveché de sus maldades para hacerme fuerte, independiente y sin necesidad de él. Apenas lo conocí el tiempo de hacerme un hijo. Me llevaba treinta años. Te digo que empezó mujeriego y terminó patético. Yo, sin pestañear siquiera. Nomás te cuento. De una revolución se sale muy listo o se sale muy pendejo, pero nunca se sale indemne. Mi marido salió de a tiro pendejo. Protagonizó la penúltima revuelta militar en 1936, creo que nomás por pura costumbre de andar siempre sublevado. De a tiro idiota, te digo. No se percató de que los tiempos habían cambiado, la revolución se iba a volver institución, los guerrilleros se iban a bajar del caballo para subirse al Cadillac, no había más reforma agraria que la venta de lotes residenciales en Las Lomas, la libertad del trabajo acabaría con los obreros sindicalizados al mando de líderes sinvergüenzas, la libertad de prensa sería dispensada por un monopolio del papel concentrado por nuestro compadre Artemio Cruz, ¡épocas heroicas, chamaco!, el que no transa no avanza, vivir fuera del presupuesto es vivir en el error y si no apareces fotografiado en un coctel aunque sea del bribón bandolero Nazario Esparza, de perdida, no eres nadie y si no casas a tu hija con un dispendio de millones florales, eclesiásticos, banquetables, fotografiables y jotografiables, es que la niña es puta y su padre pobre y un político pobre es un pobre político, alguien dixit...

Echó un suspiro como un temblor.

Antes fueron años de un vasto, muchacho, vastísimo desplazamiento de fortunas, del viejo mundo patriarcal de las haciendas y el peonaje, de la usurpación de la victoria liberal de Benito Juárez por la dictadura personal de Porfirio Díaz y del aprovechamiento del mercado libre para que la tierra pasara de manos del clero a manos de los terratenientes y a los propietarios originales, los campesinos, trompetilla y a chingar a su madre, mozuelo: tengan su reforma agraria.

Me aterré. O sea, salió un dedo obsceno de la tierra.

Te cuento esto para que conozcas lo que está enterrado aquí conmigo: la historia del país, nuestro pasado que encarnó mi marido el general Maximiliano Monroy, actor de todas las etapas de esta tragicomedia nacional, la guerra civil que duró veinte años y nos costó un millón de vidas no tanto en el campo de batalla sino en las balaceras de cantina, según sé que ha dicho un góber de veras precioso, González Pedrero, ¡ja!

Una grandísima carcajada salió retumbando de las profundidades de la tierra y el dedo volvió a su lugar.

Un millón de muertos en un país de catorce millones de habitantes. ¿Cuántos somos ahora?

Ciento veinte millones, le susurré a la tumba como al oído de la mujer amada. (¿Me imagino diciéndole a la enfermera Elvira Ríos oye, quiéreme mucho mira que soy uno de los ciento veinte millones de mexicanos? ¿O a la puta de la abeja en la nalga, déjate coger por ciento veinte millones de nahuatlacas? ¿O a la desprotegida Lucha Zapata piensa que no estás sola, te circundan ciento veinte millones de ciudadanos, amada mía?)

¡Ciento veinte millones!, exclamó la voz de la tumba. ¿Qué pasó, pues?

Salud. Alimentación. Deporte. Educación. Iba a decir todo esto. Me pareció un sacrilegio introducir la estadística en una conversación con la muerte, aunque al rato ella me dio la desmentida de la vida: La Muerte es la Reina de la Estadística, aunque las guerras le abruman un poco la contabilidad...

Es el país de la traición, así es la peor cuenta de México, machacó doña Antigua. En 1910, Madero traicionó a don Porfirio que se creía presidente de por vida. En 1913, Huerta mandó matar a Madero. En 1919, Carranza mandó matar a Zapata. En 1920, Obregón mandó matar a Carranza. En 1928, Calles se hizo el distraído mientras asesinaban a Obregón. Sólo mi general Lázaro Cárdenas acabó con las matanzas.

Pero mató a su marido, señora.

Lo ajustició por pendejo, dijo ella muy sabrosa. Quién le manda... Merecido se lo tenía...

Pero...

Nada, ciruelo, no te hagas ilusiones. Todo ha sido traición, mentira, crueldad y venganza. Tú nomás trata de anticiparte. Sigue mi ejemplo. Hay que crear poderes económicos previos a las decisiones del gobierno. Y hay que temerle a los lambiscones. Son las dos reglas de la Antigua Concepción. He dicho. Hazte poderoso por tu cuenta y manda a la chingada a los aduladores. He dicho.

Pero Concepción, Conchita, la Antigua Concepción, no había dicho. Ahora, seguía hablando para contarme que su marido el general era un verdadero saltimbanqui revolucionario que lo mismo sirvió a Villa que a Obregón, a Obregón que a Carranza, a Calles que a Cárdenas y cuando don Lázaro acabó con las insurrecciones mediante la fuerza de las instituciones, el general Maximiliano no se dio por vencido, se "alzó" en la frontera proclamando el Plan de Matamoros y el único moro muerto fue él, ahogado de borracho y sin perforación de bala cual ninguna en una cantina texana de Brownsville, donde se refugiaba el muy coyón...

No sabía si compadecerla de sus desventuras uxoriales. No me dio tiempo. Ya iba por otro carril.

Mi marido el general me llevaba treinta años de edad. Pero era un bebé a mi lado. Me bastó (jovenzuelo usted y jovenzuela yo) echar una mirada a lo que ocurría para tomar una decisión: anticiparme al porvenir. Hacer primero lo que vendría después: ¿Me entiendes, pollo? Yo había heredado haciendas en Michoacán y Jalisco. Las repartí entre los campesinos antes de que la ley agraria lo dictaminara o, sobre todo, lo pusiera en práctica. Me dije que el país iba a emigrar de las provincias desganadas y empobrecidas por dos décadas de revolución a la capital, al centro. Compré oportunamente terrenos en despoblados del Distrito Federal, Morelos y el Estado de México, cuyo valor se ha multiplicado por miles. Me pregunté, chamaco, ¿por dónde van a pasar las carreteras que hacen falta? Compré terrenos, llanos de huizache, montañas de pino, muros de basalto, lo que tú digas, porque ahora había que llegar rápido al mar, a las fronteras, al corazón de las sierras con camiones repartidores de comestibles y combustibles que yo organicé en flotillas nacionales carburadas para el petróleo a cuya nacionalización en 1938 yo me adelanté, a mis treinta años, adquiriendo fajas de riqueza potencial probable en el Golfo, que ya eran mías, mexicanas, desde 1932 y que luego le cedí, chavalillo, date cuenta y afila colmillo, al gobierno y a Petróleos Mexicanos, junto con mi pinche anillito de bodas para contribuir al pago de la expropiación, sortija que debí, la mera verdad, enterrar en la tumba de mi para entonces finado y vetusto marido el señor general don Maximiliano Monroy —q. e. p. d.

Creo que la mujer me guiñó desde el fondo del sepulcro.

No me creas cínica ni aprovechada, dijo. Cuanto te he relatado fue posible porque se movieron miles y miles de gentes, se acabó la separación impuesta por una geografía de volcanes y desiertos, montes y pantanos, costas ahogadas de manglar, cordilleras de puño cerrado: se acabó, niños, mujeres y vacas, trenes, caballos y guerrilleros, se movieron, muchacho, en todas las direcciones, de Sonora a Yucatán, del Río Santiago al Río Usumacinta, de Nogales a Tapachula, de gringolandia a guatepeor, por entre campos secos y cosechas perdidas, dejando huérfanos y viudas regadas por todas partes, creando riquezas nuevas al lado de la eterna miseria, porque sabes, pollito, sólo cuando las fortunas cambian, sólo entonces nos reconocemos, sabemos quiénes somos...

No sé si su mirada sepulta me preguntó: ¿Y hoy, qué?

Hoy vamos volando a ciudadano de la Narconación, opiné. Ella se detuvo en un punto del pasado. Ya no me entendía.

¿Han oído ustedes, lectores y lectoras, un suspiro desde la tumba? Escúchenlo ahora. Resulta que no es grave, sino acaso, gracioso. Resulta que no es hondo, sino, al llegar a la costra terráquea, superficial.

Continuó la Antigua Concepción:

Me adelanté a la industrialización que pudo tener lugar gracias al petróleo nacionalizado y a la mano de obra campesina liberada por la reforma agraria. Pero ya no me adelanto a nadie más porque en 1958 dejó la presidencia don Adolfo Ruiz Cortines y yo me dije, este es el mejor presidente que hemos tenido, un hombre maduro, severo pero con humor, más listo que las arañas, escondido detrás de una máscara severa, adusta, ojerosa, penetrante, para disfrazar la ironía que es arteria de la verdadera inteligencia, y sobre todo una cabeza de sabio grecorromano ahorcada por una corbata de moño y puntitos blancos, el presidente que sabía tragar camote sin hacer gestos, el tullido aparente que caminó los seis años de la cuerda presidencial sobre el vacío y dio el ejemplo de cordura, serenidad, ironía y tolerancia que este país necesita: sobran los ideólogos iluminados, los rancheros ignorantes, los machos capados por su harén de cotorras, los acróbatas de circo político, los maquiavelos de huarache, los ondulados tenorios en Maserati, los esperpentos físicos que no pueden mirarse al espejo sin pelearse con el mundo y salir a matar, y sobre todo los matones, los que le roban su legitimidad a nuestra revolución y nos entregan, ciruelito, a los volados de la democracia, ¡ay!

Supuse que su ¡ay!, era en demérito de la democracia y nostálgico del autoritarismo ilustrado, pero no dije nada. Allá ella. De veras que era "Antigua".

Prosiguió: Tú nomás recuerda, ciruelo, que antes era el presidente el que dispensaba justicia, el que escuchaba quejas, el que recibía peticiones. ¡Antiguo Rey!

Ahora sí, la exclamación se prolongó, quejumbrosa, en el espacio por un lapso que la Antigua Concepción interrumpió con estas palabras:

Mira, fue entonces que yo me retiré a mi puesto en la barrera de primera fila y le pasé los trastes a mi único hijo, Max Monroy.

Hizo una pausa satisfecha.

Estoy contenta con él. Es como yo, ya verás, aunque menos folclórico. Se anticipa a los acontecimientos. Sabe lo que hay que hacer antes que nadie. Sabe cuándo se compra y cómo se vende. Es discreto. Su vida no es objeto de reseñas o chismes. Nunca ha aparecido en la revista *Hola!* Nunca ha apadrinado bodas de rocanroleros. Nunca le ha dado el sol. (¡No es albur!) Se parece mucho a la noche. Vive en una torre de Santa Fe, al poniente de la ciudad. Búscalo. Te conviene.

Creo que concluyó:

Tú no te hagas ilusiones. Nomás trata de anticiparte tantito a las catástrofes…

Recordaría más tarde estas palabras de la Antigua Concepción:

El estado es una obra de arte celosa, enemiga del individuo libre y del poder económico. Recuerda bien mi lección: hay que crear poderes económicos previos a los actos de gobierno.

He indicado, desmemoriado lector, que una vez al mes llegaba al buzón del edificio de Praga un sobre con el consabido cheque para mi manutención. Tan acostumbrado estaba a esta puntualidad que la gracia acordada ya no me conmovía. Quienquiera que fuese mi obsequioso e invisible patrón, el tiempo resolvía dos cosas. La gratitud, por reiterada, sería antipática. Y el donante, por desconocido, resultaba grato, cómodo y olvidable.

Sólo que en este día, al pasar por Praga a cambiarme de ropa, echar un vistazo y recoger el cheque en la fecha acostumbrada, el cheque no estaba en el buzón. Como era un documento certificado, no me alarmé. Sólo que no sabía a dónde o a quién dirigirme para reclamar. Se me ocurrió que, en caso de apuro, podría hablarle al profesor Sanginés.

En todo esto pensaba mientras subía los primeros treinta y nueve (¿o serían cuarenta?) escalones a nuestra periquera y encontré la puerta abierta y el sobre con el cheque mirándome directo a los ojos, sostenido por dos manos que reconocí en el acto.

¡Había regresado!

Iluminado u oscurecido por la experiencia, el hermano pródigo estaba aquí. El otro dióscuro, mi gemelo, el otro hijo del cisne, el compañero de la gran expedición del Argos al Ponto Euxino para recuperar el Vellocino de Oro, signo y destino de nuestras vidas, símbolo del alma en busca de sí misma: de la verdad.

Dejó caer el cheque y me abrazó, no sé si con emoción, aunque sí con fuerza. Abrazábamos nuestro pasado compartido, sí. También el porvenir que siempre nos unía, aunque nos separase a veces el tiempo y la distancia. París, Londres, Florencia, Roma, Nápoles, Viena, Praga, Berlín, las tarjetas postales me permitían seguir las rutas de sus viajes, aunque su residencia constante era la Rue Poissonière en el Deuxième Arrondisement de París.

¿Traería todas estas ciudades, todas estas direcciones, en su mirada joven de veinticinco años?

Había adelgazado. Los permanentes mofletes de la niñez que no se resigna del todo a abandonar nuestras facciones habían cedido, derrotados, el cuerpo facial a una delgada ficción de la adolescencia, como si el tiempo tuviese un cincel que nos va esculpiendo la cara que al cabo tendremos y de la cual, a partir de cierto momento, nos haremos responsables. No tenía barba ni bigote. Y estaba rapado como un recluta del ejército. Acaso por esa desnudez facial los ojos claros le brillaban más que nunca, ocupando el lugar protagonista de una facies que no se distinguía por la nariz chata o los labios delgados. Un cráneo rapado. Unos ojos brillantes, los mismos pero distintos, guardianes a la vez de un pasado juvenil y de un porvenir maduro.

Me abrazó y olí el sudor recordado.

Jericó había regresado.

—Pareces un pelón de hospicio —le dije.

—*Punched in* —me contestó y enseguida, como recordando y corrigiendo: —Vámonos que son rieles.

Confieso que la vuelta de Jericó me produjo sentimientos encontrados. Tras de la ausencia, ambos entrábamos a la mitad de la veintena con una separación que ponía a prueba la amistad juvenil. Ésta privaba, en principio, sobre cualquier otra consideración, aunque ni yo ni él —imaginaba— éramos ajenos a la usura del tiempo. La segunda consideración, sin embargo, tenía que ver con mi cercanía a Lucha Zapata y la cuestión cotidiana y vital de saber dónde me lavaría los dientes, ¿en el apartamento de Praga con él, o en la casita de Chimalpopoca, con ella?

No permití, al principio, que escoger entre una y otra fuese un problema que entorpeciese mi regocijo. Ver de nuevo a Jericó era no sólo renovar mi propia juventud sino, sobre todo, rescatarla y prolongarla, aunque con un anticipo dulciamargo de que, también, empezaría a perderla. Hasta el momento de su partida, mi amigo era lo que ustedes ya saben porque lo han leído aquí: el muchacho independiente, audaz, que me dio mi lugar en la escuela secundaria, salvándome de ser el "puerquito" de la bola de cabrones que se iban a cebar sobre mí y mi prominente nariz como se hubieran aprovechado, para sus bromas, de un bizco o un lisiado. Jericó se plantó "a la mitad del foro", obligó a los "gandules", como les diría doña María Egipciaca, a respetarme. Iniciamos la camaradería que ahora, después de estar separados, el retorno pondría a prueba.

Admito, también, que una serie de impresiones contradictorias se sucedían en mi ánimo el día que encontré a mi amigo de regreso en el apartamento de Praga. Su aspecto físico era novedoso. No sé si era mejor. Sí, había perdido un poco la persistente *baby fat* en la cara. Se veía un poco más afilado, más tenso, más recatado. No sé si la cabeza rapada le iba bien o mal. Podía inclinarme del lado de la moda y aceptarla como una de las múltiples maneras de declaración capilar de la época: melenas largas, cabezas rapadas, cabelleras multicolores, afros, mohicanos, cónsul romano, *dreadlocks* rebeldes, sólo que la combinación de la cabeza rapada y el rostro esbelto resaltaba la extrañeza de la mirada desnuda. Los ojos azules, redondos, fijos, agrandados de manera inconmensurable por la desnudez de toda la cabeza, creaban en mí una impresión contradictoria. Veía en esos ojos pelones una inocencia desacostumbrada que con un mero parpadeo se convertía en una mirada cínica, amenazante y sagaz. Confieso que me maravillé con ese tránsito instantáneo de un perfil psicológico, no sólo el siguiente, sino el opuesto.

Lo extraño (¿o sería lo justo?) es que sus palabras al regresar a México también parpadeaban pasando de una ingenuidad que me parecía fuera de lugar en el hombre cinicón y aventado que yo conocía, a una gravedad que tardé en identificar con el nombre propio de la ambición. ¿Podríamos reanudar nuestra intimidad?

Contó cosas tan simplonas como que al llegar a la Plaza de la Concordia se hincó y besó el suelo. Reí: ¿como un acto de libertad? No sólo, me contestó: como un acto de fidelidad a lo mejor del Viejo Mundo (yo disimulé una contracción nerviosa de desaprobación: ¿a quién se le ocurriría llamar a Europa "el Viejo Mundo"?) y sobre todo, continuó, a Francia, la capacidad francesa de apropiarlo todo redimiendo en la cultura al crimen.

—Hay un brandy Napoleón. ¿Te imaginas un brandy Hitler?

No iba a discutir la diferencia enorme entre el "buen" tirano bonapartista y el "mal" tirano nazi porque, en su tirada, Jericó ya estaba inmerso en una divertida comparación de perfiles nacionales europeos y los clisés que los acompañaban (los franceses tienen vida sexual, los ingleses tienen botellas de agua caliente), desembocando en el afiebrado asombro de haber conocido "todas las lenguas que vemos en el cine" y la enumeración de Rue Lepique, Abbey Road, Via Frattina, Puerta del Sol y sobre todo las calles, las plazas de Nápoles donde, dijo, se identificó con la posibilidad de ser corrupto, inmoral, asesino, ladrón y poeta sin consecuencias, como parte de la costumbre y acaso del paisaje de una libertad tan acostumbrada que no deja huella de mortalidad, perviviendo, dijo, en la tradición.

—¿Por qué no podemos ser napolitanos? —exclamó con cierta grandilocuencia, propia del amigo que me confrontaba con la arrogancia de un Byron que yo estaba viendo como una pose antipoética y lo que es peor, simplona, inocente, indigna. ¿Por qué somos, en Europa, sólo comanches, mariachis o toreros?

Rió redimiéndose. —Debemos defendernos de ser parte del folclor nacional.

Este era Jericó, mi viejo compañero, pasado por el cedazo de una experiencia que quería, lo entendí, compartir conmigo a un nivel de exaltación y camaradería que lo llevaba a arrancarse la camisa, gesticular y asumir la caricatura de un deslumbramiento que debía concluir —conocía a Jericó— con una acción desmedida, irónica, en cierto modo flagelante de su propio ego.

—De rodillas en la Concorde —repitió hincándose en medio de la sala con los brazos abiertos en un acto a la vez grotesco, tierno y que yo entendía, sin entenderlo, como un adiós a la juventud, un despojarse de las vestiduras del turista, la piel del payo que cubre al viajero en tránsito, del alma del "argentino que todos llevamos adentro": el súper-ego.

Conociendo a Jericó, no dejó de extrañarme este despliegue como parte de sus debilidades. Acaso quería indicarme que bajo la apariencia del retorno había un compañero que jamás había partido. O al contrario, me pedía auxilio para despojarse de la lejanía y de sus experiencias y regresar al punto en el que nos separamos, sabiendo que ello era imposible. Éramos los mismos pero éramos otros. Yo tenía la experiencia del estudio en la UNAM, del magisterio de Sanginés, de la visita a San Juan de Aragón, del encuentro misterioso con Miguel Aparecido y de la extraña y comprometida relación con Lucha Zapata. ¿Qué tenía Jericó que ofrecerme, aparte de la tarjeta postal que acababa de darme?

—La libertad —dijo como si leyera mi pensamiento.

—¿La libertad es hincarte a dar gracias en la Plaza de la Concordia? —dije sin mucha amabilidad.

Afirmó con la mirada baja.

—¿Qué vamos a hacer? —dijo entonces y nuestra vida cambió.

La cambió Jericó como cambió él mismo, su actitud corporal, su semblante, en el momento inmediato, cuando disparó las cuestiones que quería comunicarme después de su prólogo en el escenario de la minimización turística y el abandono mental.

¿Qué vamos a hacer?, repitió. Hay muchas posibilidades de éxito. ¿Cuáles son las tuyas y las mías? Más bien, Josué, ¿cuál es el éxito digno de ti y de mí?

Yo no le iba a contestar con las razones que acabo de darles a ustedes y que se reúnen en la palabra "experiencia", pues sólo a partir de ella mis expectativas comenzaban, así fuesen aún nebulosas, a dibujarse. Sabía que Jericó no abundaría en el relato de sus experiencias europeas que (empezaba yo a darme cuenta) jamás me revelaría, más allá de la tarjeta postal que me acababa de regalar. Sus años de ausencia iban a ser un misterio, y Jericó ni siquiera me desafiaba a penetrarlo. Había en esta actitud byroniana que digo una apuesta: el pasado ha muerto y el futuro empieza hoy. Adivina lo que gustes.

En consecuencia, cambié de actitud. En vez de preguntarle por su pasado, le propuse compartir nuestro porvenir.

—¿Qué queremos? —repitió y añadió: —¿A qué le tememos?

Continuó diciendo que él y yo sabíamos —o debíamos saber— lo que no pudimos ser o hacer. Recordó una conversación anterior sobre no "ir jamás a un baile de quince años, a un té danzante, a un bautizo, a la inauguración de restoranes, florerías, supermercados, sucursales de bancos, celebración de generaciones universitarias, concursos de belleza o mítines en el Zócalo". Nunca interesarse en la rocanrolera Tarcisia que se casó con el millonario ruso Ulyanov, descalzos ambos, con leis hawaianos al cuello e invitados que amanecían bailando hip hop en la arena a las siete de la mañana.

—Hora, Jericó, en que comieron el menudo en honor del padre de la novia…

—Que es oriundo de Sonora. ¿Habrías rechazado la invitación?

—No, Jericó, ni pensarlo, no me interesa ser…

—¿Ni aunque se trate de tu propia boda?

Sonreí o lo intenté. Recordé mi admiración hacia la capacidad que tenía Jericó de tomar la vida muy en serio.

Le dije que yo sentía superadas esas pruebas, ¿él no? Me abstuve de mencionar, por ahora, a Lucha Zapata, a Miguel Aparecido, a los niños de la alberca siniestra de San Juan de Aragón. Acaso Jericó me respondió indirectamente diciendo que no bastaba con no hacer lo que no hicimos. Ahora debíamos decidir qué íbamos a hacer. Se puso de pie y me tomó con rigor de los hombros. Me miró con sus ojos de plato holandés. No teníamos, ello era manifiesto, talento para la música, la literatura, el tenis, el esquí acuático o de montaña, las carreras de automóvil o la dirección de cine, no teníamos alma de actuarios, contadores, agentes inmobiliarios, porteros y toda la gente triste que se conforma con su pequeño destino… dijo.

—¿Qué nos queda?

Le dije que me lo dijera. Yo lo ignoraba.

—La política, Josué. Clarísimo, mi hermano. Cuando no sirves de barrendero o de compositor, cuando no puedes escribir un libro o dirigir una película o abrir una puerta o vender unos calcetines, pues te dedicas a la política. Vámonos que son rieles.

—¿Eso vamos a hacer? —le dije, con falso asombro.

Jericó rió y me soltó los hombros.

—La política es el último recurso de la inteligencia.

Me guiñó un ojo. En Europa aprendió, dijo, que la misión del intelectual era tener atormentado de palabras al poder.

—¿Qué quieres hacer entonces? —le pregunté.

—Aún no sé. Algo enorme. Dame tiempo.

Pensé sin decirlo que la libertad es incertidumbre. Esto había yo aprendido.

Él no leyó mi pensamiento:

—Puede haber muchas tentativas de éxito. ¿Cuál es digna de ti y de mí?

No supe qué decirle. Me embargaba otro sentimiento. Por encima, más allá de las palabras y las actitudes, esa mañana de nuestro reencuentro en la periquera de la calle de Praga permanece en mi ánimo, sobre todo ahora que he muerto, como la hora de un terror. ¿Podíamos reanudar la intimidad, la respiración común que nos había unido de jóvenes? ¿Podíamos volver a sentir la emoción primaria de la juventud? ¿Fue todo lo vivido sólo prólogo, preparativo para una meta que aún no sabíamos, de verdad, definir? ¿Era nuestra amistad el único y pobre abrigo de nuestro porvenir?

Jericó me abrazó y me dijo en inglés, como si respondiera a todas mis interrogantes, *let's shrug it out, bitch.*

Atarantado por las excursiones aéreas en alas del profeta Ezequiel y los aterrizajes en la tierra profunda donde yace doña Antigua Concepción, agotado de tanto cielo y tanta historia, abatido por las grandes promesas, me fui caminando muy despacio hacia la colonia Juárez y el apartamento de la calle de Praga sin saber de dónde venía, dónde había quedado el panteón secreto que pronto se disipó entre ruidos de motores, respiraciones exhaustas, ring-ring de bicicletas y truenos en el cielo encapotado, tratando de dejar atrás las experiencias ganadas y concentrarme en los accidentes particulares, las carencias personales y los pequeños vicios y virtudes de los hombres y las mujeres con nombre propio aunque sin apelativo histórico.

Borracho de la historia cronológica de la Antigua Concepción como ebrio del apocalipsis sin fecha del profeta Ezequiel, con cuánta paciencia y humildad subí las escaleras de la casa de Praga, dispuesto a centrar de nuevo mi humanidad en la amistad de Jericó y en el cuidado de Lucha. Tales eran mis prioridades, pronto disueltas por la mueca urgente de Jericó al recibirme.

—Vamos al Pedregal. Ha muerto la madre de Errol.

Habían pasado años sin regresar a la mansión ultramoderna convertida en adefesio neobarroco por el dictatorial mal gusto de don Nazario Esparza. "Hagan como que no han visto nada", nos había recomendado Errol refiriéndose, no sé si a los pleitos de sus padres o al horror transilvánico de su casa. Recordé la ausencia de cualquier iniciativa por parte de nuestro amigo una vez que él mismo provocaba un altercado entre sus padres. O quizás recordaba mal. Hacía seis, siete años que no veía a mi viejo compañero de escuela o visitaba su hogar.

Ahora, desde la puerta de entrada los crespones negros anunciaban el luto de la familia. Pensé que la casa estaba enlutada desde siempre, cerrada con candados de avaricia, falta de compasión, desconfianza, poco amor, escasa serenidad. Sólo que al acercarme, con Jericó por delante de mí, al féretro de doña Estrellita de Esparza, sentí que, más bien, la compasión y la serenidad, al menos, sí habían habitado esta lóbrega mansión, sólo que eran virtudes que vivían en espera de la muerte y sólo en la presencia sometida, ausente, de doña Estrellita.

La miré muerta. Su rostro de cera había sido despintado aún más por la mano fría de la Muerte, la Cara de Harina, y caricaturizado por el colorete y el lápiz labial que el agente fúnebre (o el maldito don Nazario) le habían untado en la cara grisácea. Lucía doña Estrellita un peinado que parecía postizo, muy cuarentas, muy Joan Crawford, alto y relleno. Sus manos de fantasma reposaban sobre el pecho. Con un sobresalto, me di cuenta de que la señora lucía su delantal de ama de casa, criada y cocinera, y esta, quería decirle a Jericó, esta sí que era una burla final del siniestro don Nazario, dispuesto a mandar a su esposa en calidad de criada de la Eternidad y ama de casa celeste. Don Nazario recibía sin emoción o parpadeo siquiera las condolencias de su consabida clientela, que le daba el pésame y luego se disolvía de nuevo detrás de un velo de rumores, conversaciones inaudibles y paso de bocadillos, con la obsequiosidad colectiva de un deudo y la singularidad de modos y modas disímiles, pues entre quienes lo conocían desde sus humildes inicios y quienes lo reconocían en sus actuales cumbres, había desde hoteleros de paso hasta gerentes de cadenas de hotel.

Miré a doña Estrellita para no mirar a la concurrencia.

A pesar de todo, el cadáver seguía ostentando una simulación de beatitud y la sonrisa eterna de quien va a una boda de gente que no le importa pero que merece cortesía. En la muerte, doña Estrella se aburría con confianza y si había perdido la costum-

bre de llorar, no era por culpa suya. Sólo un detalle desentonaba, porque el delantal era como un
uniforme. La señora tenía un paliacate amarrado al
cuello.

Rojizo, alto, florido, don Nazario recibía las
condolencias al uso. Hubiera querido evitarlo. No
pude escapar de la fila de dolientes. Me precedió Jericó, cuyo rostro era la compostura misma aunque con
una raya de sarcasmo en el labio superior. Don Nazario me dio la mano sin mirarme. Yo se la di sin mirarlo
a él. Yo buscaba a Errol.

—No está —me murmuró Jericó.

—¿Qué te parece? —le pregunté.

—¿Esperabas que viniera?

—La mera verdad, sí —dijeron, más que yo
mismo, mis sentimientos—. Era su madre…

—Yo no —sentenció Jericó por encima de mi
opinión.

Nos abrimos paso entre la multitud de dolien-
tes. Se les veía en las caras: nadie quería a esta familia.
Ni a Don Nazario. Ni a Doña Estrella. Y mucho menos al dispensable rocanrolero y marica, Errol. Todos
estaban allí por obligación y por necesidad. Todos le
debían algo a Nazario Esparza. Don Nazario los tenía
sujetos a todos. No había amor. No había duelo. No
había esperanza. ¿Qué esperábamos?, le pregunté con
la mirada a Jericó a medida que nos abríamos paso entre el gentío y cercados todos por esa selva de coronas
fúnebres que convierten a los entierros mexicanos en
auge de los floristas: hazte florista y haz tu fortuna:
todos estamos en tránsito.

En medio de la selva fúnebre me tropecé con
una mujer y le ofrecí disculpas. Fuera de lugar, llevaba

un cigarrillo en una mano y una copa de champaña en la otra. Se tropezó conmigo, la ceniza me cayó en la solapa y un chubasco de La Viuda en la corbata. La mujer se detuvo y me sonrió. Hice un esfuerzo perdido por reconocerla o decirme a mí mismo, ¿dónde la he visto antes?, nunca dirigiéndome a ella, "¿dónde nos hemos visto?" por una especie de mandato tácito que yo mismo no me explicaba y que no correspondía a la amabilidad de la bella mujer que se acercaba con movimientos de pantera, de animal de presa. Falsa rubia, morena clara con brochazos de sol en el pelo y los labios artificialmente húmedos.

—Oyes tú —le ordenó a un mozo—, tráile una copa al señor.

—Perdone. No es el momento —dije.

—Una copa —volvió a mandar y el mozo inquirió como si no oyese bien:

—¿Mande usted, señora?

—Una copa, te digo. Ándale.

El mozo no le contestó. Nos miró a mí y a Jericó, que ahora me seguía entendiendo menos que yo sobre el nuevo escenario de la mansión Esparza.

El camarero nos dijo: —Bienvenidos, don Jericó, don Josué. Esta siempre es su casa.

Y se fue a buscar las copas que le ordenó la señora que ya tenía la champaña en la suya, el cigarrillo en la boca y el uniforme Chanel de vestido negro. Nos miraba con gracia e ironía parejas.

—¿Buscan a Errol? —dijo la muy taimada.

Asentimos.

—Búsquenlo en un cabaret de mala muerte por las calles de Santísima. Allí toca el piano. ¡Ya vas, Barrabás!

Nos aventó una risa artificial y dándonos la espalda se fue canturreando entre los dolientes que instintivamente le abrían paso, como si ya la conocieran y lo que es más, la respetaran, y lo que es peor, la temiesen…

Mi amigo y yo nos miramos con preguntas no dichas. A lo lejos, don Nazario recibía pésames con sus ojos de fondo de botella. Desde lejos, olía a vómito. Desde lejos, se oía cómo sonaba su llavero.

Traspasamos la muralla de guaruras que guardaban entradas y salidas, recordando a doña Estrella gracias a una memoria tácita: nadie, salvo su hijo y el camarero, quizás, la recordaron por aquellos muchos detalles que ahora, en su honor (y el nuestro) recordábamos como si los compartiésemos con nuestro cuate Errol, el pelón de la secundaria.

Que si ella nunca se reía de un chiste porque no los entendía.

Que si creía que todos le perdonaban la vida.

Que si su marido había dicho una vez que de joven era tonta pero encantadora.

Que si ella guardó esta frase como un tesoro.

Que si por lo demás sentía siempre que siempre estaba de más.

Que si no entendía la palabra "superflua".

Que si ni siquiera sabía desconfiar de las criadas (nos constaba lo contrario).

Que cuando la regañaban, cantaba como si anduviera en otra cosa.

—¿Qué te parece la fortuna de papá? —Muy bien. —No, el origen. —Ay hijo, cómo serás. —¿Cómo soy? —Desagradecido. De eso comemos. —Mierda. —No seas grosero. Todo se lo debemos al esfuerzo de tu padre. —¿Esfuerzo? ¿Así le dicen ahora al crimen? —¿Cuál crimen, hijito? —Papá es un lenón. —¿Un león? —No, un músico, John Lennon. —No te entiendo. —O un revolucionario: Lenin. —Hijo, me llenas la cabeza de murciélagos.

Ya en la calle, fría y despoblada esa noche, Jericó me preguntó:

—Oye, ¿qué significa ese paliacate colorado que le pusieron a la doña en el cuello?

Yo no sabía y en la calle del Pedregal sólo había largas hileras de coches lujosos y choferes aburridos.

No supe, al regreso de Jericó, si revelarle mi relación con Lucha Zapata o mantenerla en secreto. Opté por la discreción. Desde la escuela, mi amigo y yo lo habíamos compartido todo, tanto las ideas como las putas, centrándonos en una vida bastante ascética de estudios intensos y propósitos aún informes que no nos atrevíamos a llamar "ambiciones". —Cástor y Pólux, los dióscuri, hijos de un dios y un ave, dos mortales adorados como divinidades —sin serlo—. Famosos por su valentía y su pericia. Desterrados por Zeus a vivir días alternados en el cielo y en el infierno.

El lector sabe hasta qué grado la unión fraternal de Cástor y Pólux, de Josué y Jericó, excluía muchas relaciones comunes en muchachos de nuestra edad. Ni familia ni novias ni más amigo que Errol y las enseñanzas compartidas de Filopáter. Ahora, empero, nos separaban años en los que yo actué sin él y así pude dejarme guiar por Antonio Sanginés, penetrar la cárcel de San Juan de Aragón, entrevistar a los presos, dejarme impresionar por la personalidad diabólica de Miguel Aparecido y, sobre todo, hacerme cargo de Lucha Zapata.

Decidí reservarme la existencia de la mujer pelirroja que vivía al lado del Metro.

Revelársela a Jericó me hubiese colocado en la desventaja de darle a conocer todo lo mío sin conocer, a cambio, casi nada de lo suyo. Porque el humor superficial con el que mi amigo relataba su experiencia europea no era propio de su personalidad conflictiva y penetrante, audaz e irónica. Llegué a pensar que Jericó me mentía, que acaso no había pasado años en Europa, que las tarjetas postales las enviaba alguien en su nombre... Qué curioso. Todo esto vino a mi ánimo porque al regresar, recordarán ustedes, Jericó me soltó una frase en inglés que me sonó rara,

Let's shrug it out, bitch,

una frase que no entendí, que no supe traducir pero que no encajaba en la cultura europea y tampoco en la latinoamericana. Por exclusión —deduje pensando como Filopáter—, sólo puede ser norteamericana.

No le di mayor importancia a esto, por más que el asunto quedase suspendido en mi ánimo en espera de una clarificación que vendría o no, porque lo que Quijote le dice a Sancho sobre los milagros —suceden pocas veces— puede trasladarse a los misterios —cuando se revelan, dejan de serlo— y yo confieso aquí y ahora que quería que Jericó tuviese una verdad oculta para mí, puesto que yo la tenía para él y se llamaba Lucha Zapata.

No paso por alto que el carácter de la mujer Zapata me ponía a prueba, dándome ganas, a veces, de abandonarla o al menos de compartir la carga y con quién sino con Jericó. Digo que mantuve el secreto porque me lo pedía no sólo mi propia dignidad frente a mi amigo, sino la esencia misma de la relación con la mujer. Es otra forma de decir que en estos meses Lucha Zapata había llegado a depender cada vez más de mí y eso jamás me había ocurrido. Antes yo dependía de otros. Ahora, una mujer desvalida, reducida a sí misma y salida de esa reducción sólo por mi presencia (pensaba yo entonces) dependía de mí para salvarse.

La urgía a abandonar la droga. Siguió consumiendo estupefacientes hasta que se le agotó la reserva escondida. Entonces bebió más de la cuenta. Sólo que el alcohol no suplía del todo a las anfetaminas de rigor. Sentí que se acercaba al punto de la crisis y decidí hacerme fuerte ante ella y soportarle todo —sus gritos, sus insultos, sus depresiones, sus desplomes— en nombre de su eventual salud. En pocas palabras: me hice cargo. Y si ahora resumo cosas que ella dijo en el tiempo al que aludo es, quizás, para anunciar cosas que hizo. Sólo que éstas, al cabo, se niegan a permanecer debajo de la alfombra (el petate, en el caso de Lucha Zapata) y se imponen a las palabras, reduciéndolas a la ceniza de la palabrería.

—Quiero la felicidad para mí y para todos —solía decir en sus momentos de exaltación, como si volviera a robar un avión en un hangar del aeropuerto internacional y se dispusiese a tirar volantes a la ciudad desde el aire, condenándonos a todos a la alegría.

—No tolero la miseria —exclamaba enseguida—. Me ofende que la mitad de mi pueblo viva en la pobreza, mendigando, robando, sin esperanzas, esquilmado por los poderosos, engañado por los políticos, abandonado a la fatalidad de haber sido siempre y por qué no, dime Josué, por qué no seguir siendo miserables para siempre, dímelo o me muero aquí mismo...

Era con esta pasión con la que Lucha Zapata evocaba un pasado —el de nuestra gente siempre amolada— que rara vez aplicaba a ella misma. A veces yo le ponía trampas para que hablara de su vida anterior a nuestro encuentro. Nunca la saqué —o pocas veces, la verdad— de la evocación de nuestro momento en el aeropuerto y de su vista aérea de una desgracia colectiva que, para ella, era eterna, no tenía tiempo: México estaba amolado desde siempre y para siempre, sin remedio...

—Quiero la felicidad para mí y para todos. No tolero la miseria. ¿Qué puedo hacer, Saviour?

A veces se violentaba mucho y se daba de cabezazos contra las paredes, como si quisiera expulsar del cráneo un cerebro, decía, secuestrado. ¿Pa' qué, por quiénes?, le preguntaba sin recibir más contestación que un hondo quejido que era como oír la protesta de sus pulmones renegridos por el tabaco y la droga.

Entonces se abrazaba a mí sin defensas, como una almohada vieja, como un fantasma derrotado que se sabe divorciado para siempre de un cuerpo visible, y decía "me expulsan porque me drogo, soy una viciosa, si tuviera cáncer no me expulsarían, me cuidarían, ¿no es cierto, Saviour?". Me miraba con ojos tan desamparados que yo nomás la abrazaba aún más fuerte, como si temiese que en esos momentos de ternura extrema ella se me fuera para siempre, eximiéndose de la vida con un suspiro que en el siguiente momento se convertía en llamarada que me quemaba el cuello. La apartaba de mí. Me miraba con un odio intenso, me acusaba de tenerla encerrada aquí, yo le abría la puerta del patio y la invitaba a salir, ella me llamaba horrendo, tipo autoritario, hecho a imagen del poder, un perseguidor, un enemigo, no un salvador como ella creía.

—¡Déjenme vivir mi vida! —gritaba desesperada, mesándose la corta cabellera y arañándose las mejillas.

La detenía con fuerza, agarrándole los puños, acercándolos a mi propia cara.

—Anda, Lucha, si quieres arañar, aráñame a mí, anda…

Me decía entonces Saviour, no seas tan mandón, me acariciaba los cachetes y cantaba la canción de referencia, soy un pobre venadito que habita en la serranía y como no soy tan mansito no bajo al agua de día, de noche poco a poquito y en tus brazos, vida mía.

Yo ya sabía que esta canción del "pobre venadito" era el código del amor. De esta manera, Lucha me invitaba a culminar la acción del día, fuese esta cual fuese, con un momento erótico que podía ser calmante de una borrasca pasada o anuncio de la tormenta por venir, suave pendiente de la paz reencontrada por un instante o preludio de la tranquilidad que, seamos sinceros, ella y yo queríamos obtener y compartir sin saber muy bien cómo.

Todo esto sucedía en medio del esfuerzo por abandonar la droga supliéndola con alcohol hasta darme cuenta de que el tequila no daba el mismo "high" que las anfetaminas, regresar a éstas y comprobar, ay ay ay, que la droga escondida se iba consumiendo, que ni el tabaco ni el alcohol la suplían y que yo era el culpable de todo.

Yo sabía muy bien que cualquier persona que acompañase a Lucha Zapata sería "el culpable" de una situación cuya responsabilidad era de ella. Pedir que la asumiera era pedirle peras al olmo, como diría la invicta y sentenciosa María Egipciaca. Lucha Zapata necesitaba a otro para culparlo. Yo, el que fuese, no importaba. Jamás, ella misma. Ella misma, nunca. Y yo apuntaba sus acusaciones y sus actos de violencia por el simple hecho que ya dije: quería hacerme cargo de una persona.

Hasta el día en que ella no aguantó más.

Pero antes cantó: "Quisiera ser perla fina de tus lúcidos aretes pa' morderte la orejita y besarte los cachetes".

Digo que Jericó nunca mostró curiosidad por mis prolongadas ausencias del apartamento que compartíamos en la calle de Praga. Ni me asombró ni se lo agradecí. Yo tampoco andaba de metiche en la vida de él.

Tenía mis dudas.

¿Cómo viajaba Jericó? ¿Qué clase de pasaporte tenía? ¿Dónde estaba el pasaporte? ¿Cómo se llamaba, al cabo?

Jericó, ¿qué? Me di cuenta de que una arraigada gratitud por la protección que el campeón del patio escolar le daba a su desvalido narizón me impedía ver a mi amigo bajo otra luz que no fuese la de eso que en derecho romano se llama *amicus curiae*.

Una de las grandes tentaciones cuando dos personas viven juntas consiste en hurgar en los asuntos del otro. La tentación de abrir cajones, leer diarios personales y correspondencia ajena, husmear clósets, moverse como cucaracha debajo de las camas a ver qué esconde el otro bajo el colchón, en las bolsas de los trajes...

No necesito decirles, a ustedes que me leen y son todos, sin excepción, gente decente, que su memorioso autor Josué Nadal —yo— nunca se rebajó a andar de curioso. Ello no me impedía cultivar ciertas dudas, todas tan poco comprobables que morían antes de nacer.

¿Cómo se apellidaba Jericó?

¿Había realmente pasado cuatro años en Europa, con domicilio en París?

¿Era una farsa su evocación europea, tan teatral y primaria? Hincarse en la Plaza de la Concordia, cómo no, eso ni siquiera lo hacía Gene Kelly con música de George Gershwin y si Jean Gabin o Jean-Paul Belmondo pasaban por allí, no movían un párpado.

¿Por qué Jericó nunca empleaba esas expresiones corrientes en el habla cotidiana francesa y que yo sólo conocía por viejas películas de la *nouvelle vague*? *Ça alors. A merveille. Quand même. Raison d'être. Savoir faire. Laissez faire. Franglais.*

¿Por qué, en cambio, se le escapaban dichos norteamericanos? *Shove it. Amazing. Let's shrug it out, bitch.*

Y sobre todo, referencias que me eran desconocidas a músicos juveniles —Justin Timberlake— o programas de televisión localizados —Entourage—. *Let's shrug it out, bitch.*

Digo que no inquirí, pero sospeché sin prueba alguna y sin gana tampoco de romper el compromiso de la discreción, aunque me metí a consultar en "Espectáculos" de *Reforma* quién era Justin Timberlake y qué era Entourage.

Otras preocupaciones, mucho más importantes, planteaba Jericó con su habitual rapidez mental y cierta infantil audacia disparándolas, a veces, cuando yo regresaba sin explicaciones de una noche con Lucha Zapata; ¿quiénes somos, Josué?, ¿cómo somos?, ¿por qué somos?, ¿para qué somos?, sin obtener más que una ondulante sonrisa mía y la urgencia de bañarme, rasurarme, hacerme presentable después de la agotante sesión de gendarmería en la Cerrada de Chimalpopoca. Sospeché que Jericó me recibía con esta salva de interrogantes abstractas a fin de no hacerme las preguntas concretas. ¿De dónde vienes? ¿Dónde pasaste la noche? ¿A qué hueles tan raro?

Las preguntas se quedaron en el aire debido a una novedad.

Resulta que nuestro altillo, tan encuerado al principio, se fue llenando de aparatejos que llegaron a nuestra puerta en camiones de entrega y luego subían a la periquera portados por hombres morenos de fuertes espaldas y bigotes ralos.

¿Quién nos enviaba una láser fax machine, una televisión anchota de 46 (o 52 o 70) pulgadas? ¿Quién reponía nuestro viejo teléfono negro e inservible por un teléfono blanco de película italiana y luego nos hacía llegar un par de portátiles Sony Walkman y al rato —Creative Zen, Samsung YP-T9— otros aún más modernos con música, películas, calendarios y direcciones? Esto último me interesaba sobre todo. ¿Qué direcciones tenía yo, aparte de la mía y la de Lucha Zapata? No tardó en encenderse el foco. O más bien, el Sony Walkman con el nombre en la pantallita del maestro Antonio Sanginés y los teléfonos de su domicilio, el número de su casa en Coyoacán y sus oficinas en el Paseo de la Reforma.

Allí mismo aparecía el mensaje que decía:

Los espero el dos de julio a las seis
de la tarde en mi casa.
Lic. Antonio Sanginés.

Los espero. No te espero. Los. Plural.

Por lo pronto, yo esperé a Jericó. Entró con la cabeza en alto, riendo.

Entonces, de nuevo, los dos.

El maestro nos recibió en su caserón de Coyoacán, rodeado como siempre de una prole ruidosa de niños pequeños que corrían en triciclos, volaban con los brazos abiertos haciendo ruidos de motor y terminaban trepados en el sillón de orejas del profesor, recostados pacíficamente en su regazo o amenazando una catástrofe desde lo alto del respaldo.

—Fuera, muchachos —dijo riendo Sanginés y nos miramos Jericó y yo cuando, con el mismo aliento, dijo:

—Pasen, muchachos.

Quería posicionarnos de inmediato en lo que el derecho romano llama *capitis diminutio*, una suerte de disminución de la personalidad, por pérdida —Rodolfo Sohm dixit— del estatuto de libertad, de ciudadano o por la mínima alteración de ser expulsado de la familia.

A mí, de forma sobrada. Yo era discípulo en la Facultad de Derecho, él era mi conductor de lecturas y mi guía de profesión. Él me envió a hacer la famosa "práctica forense" a la cárcel de San Juan de Aragón. Él dirigía mi tesis profesional. Pero, ¿Jericó? ¿Qué relación podía tener con Sanginés? Traté de averiguarlo en la forma del saludo, siempre tan reveladora en país de abrazos, palmadas, diminutivos y aumentativos, sospechas apartadas, regocijos disimulados: América Ibérica es también América Itálica, tierra de elegantes apariencias, culto de la bella figura y memoria de maquiavelismos en cadena modulados para rememorar deudas o para olvidar agravios.

Lo cierto es que Sanginés sólo nos dijo "Pasen, muchachos", con un implícito "tomen asiento" en dos sillas de cuero frente al sillón orejero del anfitrión. Éramos, simplemente, dos estudiantes sujetos a examen a título de suficiencia.

Los niños salieron. Los discípulos se sentaron. El mensaje lo abrevio: Sanginés sentía que habíamos cumplido un aprendizaje. Con lo cual me sentí en el escalón de un gremio medieval preguntándome si esta relación no era, en efecto, un trasunto, así fuese universitario, del medievalismo que es santo, seña y acaso orgullo de la América Latina, un continente que a diferencia de los Estados Unidos de América, nación sin antecedente más poderoso que ella misma, sí tuvo Edad Media y en consecuencia tiene —tenemos— de México a Perú categorías mentales que excluyen el albedrío que no sea arbitrado por la Iglesia o el Estado. Los gringos son pelagianos sin saberlo, descendientes del hereje que postuló la libertad individual sin necesidad de cribas institucionales, frente a su vencedor, Agustín de Hipona, para quien la gracia no era individualmente asequible sin la intervención de la Iglesia. Los norteamericanos, que no tienen Pelagio ni Edad Media, sí tienen Lutero, Reforma, puritanismo, calvinismo y toda la herejía (repito: es-co-ger) necesaria para dictarse con un amplísimo margen reglas de conducta al borde de las instituciones. Nosotros, no. Aunque el lector notará el provecho constante de las lecciones del padre Filopáter en la preparatoria.

Creo que Sanginés leía mi pensamiento porque en el acto determinó mi destino. Yo acabaría de cursar la carrera (me faltaban sólo un año y un par de materias que podía aprobar en examen a título de suficiencia) y concluir la práctica forense en la cárcel de San Juan de Aragón.

—Empieza a preparar tu tesis. El tema es Maquiavelo y la creación del Estado, dictaminó, añadiendo:

—Es preciso que des fin a tu entrevista con Miguel Aparecido —antes de volverse a Jericó y decirle: —Te has negado a seguir una carrera. Crees que la experiencia es la mejor universidad. Voy a ponerte a prueba. Preséntate mañana mismo a las oficinas de la Presidencia de la República en Los Pinos. Están avisados.

Y volviéndose a mí.

—Y a ti te esperan, Josué, en la oficina de don Max Monroy en el edificio de la colonia —mejor diría la nueva ciudad— de Santa Fe.

Suspiró, como si anhelase una ciudad modesta que ya no podía volver a ser y poniéndose de pie dio fin abrupto a la entrevista, dejándome con cierto mal sabor de boca que no sabía si atribuir a una actitud poco relacionada con el trato por lo común amable del profesor Sanginés o, con mayor gravedad, a una melancolía muy semejante a la de los adioses, como si aquí terminase una etapa de mi vida.

Caminamos Jericó y yo en busca de un taxi hacia la Avenida Universidad y nos distrajimos cruzando el parque de los Viveros de Coyoacán, respirando hondo, sin propósito previo, porque estábamos en uno de los escasos pulmones de una metrópoli asfixiada.

—¿Qué te parece? —me preguntó.

—Bueno —me encogí de hombros—. Sigo en lo mismo.

—No, el que cambia eres tú. Max Monroy es un hombre muy poderoso.

—Bah. Quizás no llegue a conocerlo nunca.

Añadí: —Conociéndote a ti, Jericó, yo creo que no sólo vas a conocer al presidente…

Me interrumpió: —Él me conocerá a mí aunque no me vea —y añadió: —Mira, apúrate y recíbete. Tenemos veinticinco años. No podemos seguir esperando. Necesitamos un puesto. No podemos dar como ocupación "pienso" o "soy". Tenemos que ser y hacer.

Sonreí de vuelta. —Siempre puede uno convertirse en un viejo perpetuamente joven, como Jelly Roll Morton, Compay Segundo o Mick Jagger.

El lector notará que quería poner a prueba en Jericó la alianza que había sospechado con la cultura pop norteamericana por encima de una pretendida filiación francesa que, ya se los dije, me parecía sospechosa. Lo malo es que si hablas de jazz y de rock, aterrizas a fuerza en territorio angloamericano. Francia ama el jazz pero no le da nada más que amor.

Jericó no me hizo caso. ¿Quiénes somos? ¿Qué tenemos? ¿Nombre, ocupación, estado? ¿Somos un terreno baldío?

—*Terrain vague* —dije con mi cómica sospecha.

Jericó no se inmutó: —¿Un basurero de lo que pudo ser? ¿Un catálogo de debe y haber perdidos? ¿El fondo de la olla, siquiera? ¿Quihubo, pues? ¡Me cae!

—¿Un ronco cesto donde se acumulan las cosas? —añadí citando a Neruda pero pensando en las tareas pendientes, no sólo la carrera de leyes, no sólo el misterioso prisionero Miguel Aparecido, sino sobre todo el compromiso inconfesable con una mujer que requería protección, a la que no podía dejar sola, suelta, desvalida…

Lucha Zapata era el nombre que se me quedaba en la punta de la lengua como un pájaro en jaula abierta que no sabe de verdad si su salud depende de salir volando o de permanecer encerrado y a merced del alpiste.

Jericó no fue más allá. Había en él, cuando salimos del gran jardín de los Coyotes, una reserva nueva, desacostumbrada, que sin duda tenía que ver con la posición que Sanginés acababa de ofrecerle y que ahora ocupaba nuestras cabezas. Aunque, en retrospectiva, me pregunté si la desacostumbrada frialdad del maestro se debía a la inédita presencia de Jericó, provocando un sesgo en el trato que sólo evocaba, en mi pecho, un sentimiento dual de nostalgia por la atención que antes me dispensaba el maestro y de reproche por el actual.

Sin despedirse, Jericó saltó a un camión en marcha con una agilidad peligrosa y yo detuve un taxi para regresar a la casa de Lucha Zapata, indeciso ahora sobre mi hogar y dirección auténtica.

A menos —sonreí— que esta no fuera la penitenciaría donde me aguardaba —quién sabe para qué— Miguel Aparecido.

—Vámonos que son rieles —gritó Jericó desde el camión. *Shrug it out!*

Noté nerviosa, rara, distinta y distante a Lucha Zapata
cuando regresé esa noche a la casa de la Cerrada Chimalpopoca junto al ruidoso Metro de la Doctores. Se
ocupaba con movimientos estáticos de preparar la me-
rienda, evitando mirarme mientras cortaba en dos los
aguacates, calentaba las tortillas, les embarraba la carne
verde de la fruta, drupa mantecosa que alivia la acidez
del maíz mexicano. Sabía que yo admiraba —y me admiraba de— este "profesionalismo" hogareño de mi
amiga. Poseía una especie de disciplina doméstica
opuesta al desorden de su vida de alcohólica y droga-
dicta. Era una excelente cocinera y yo me las arreglaba
para tenerle siempre llena la alacena de todos esos regalos del mercado que convierten a la comida mexicana
en un don de los dioses para un país de mendigos.

Agua en la boca: chile gordo, chile habanero,
azafrán, jitomate, huitlacoche, epazote, machaca, co-
chinita, chotes, chicharrón y orégano. Yo los compraba
en La Merced muy de mañana, asistido por una anciana vivaz con trenza color de heno, doña Medea Batalla. Ella se presentó ante mí con ojos de capulín a
decirme: —Deje que lo ayude, licenciado. —¿Cómo
sabe? —dije con la mirada. Ella se tocó un ojo. —Me
los conozco, licenciado. A un licenciado lo ves venir de
lejos… Igual que me huelo a los malosos.

Yo me limitaba a reunir en una canasta el producto. Lucha lo convertiría en salsa de albañiles ciegos,
sopa de elote y rajas, uchepos, morelianas, enchiladas de plaza y chayotes rellenos. Yo me admiraba de
una concentración y destreza que tanto contrastaba
con su desorden vital, preguntándome si preguntarle
dónde había aprendido a cocinar era el pretexto para
hacerla remontar el olvido en el que se empecinaba.

Ella se defendía. Su memoria estaba encerrada bajo llave y su cocina, me daba a entender, era parte de una sabiduría atávica, popular, que no se enseñaba. Se nacía, en México, sabiendo cocinar. Por eso me esmeraba en llevarle el mejor producto, con la esperanza implícita de que un día, comiendo bien, recordara algo y viviera mejor.

Era una esperanza flaca, por no decir vana.

—¿Trajiste cerveza? —me preguntó, de pie, tambaleándose.

—Se me olvidó —dije, recién llegado de la entrevista con Sanginés y Jericó.

—Pobre diablo —me sonrió con los labios torcidos. Se rió. —La cerveza te da frío adentro —añadió sin consecuencia.

Le pedí que se calmara, se recostara, ¿qué cosa quería?, a sabiendas de que pedirle "calma" a una persona de estas era igual que decirle: Estás loca.

Dijo con dulzura repentina que sentía debilidad por los aguacates. Le dije que saldría a comprar una buena dotación enseguida. Me arrepentí. Lucha necesitaba mi presencia. Estaba desvalida, a un paso de la muerte…

—¿Qué quieres de mí? —habló desde una caverna interna.

No le dije nada.

—Mi pasado. Tienes hambre de mi pasado. Eres un metiche —dijo recriminándome por lo que yo no era, como lo demuestra mi vida con Jericó. —Un metiche. Un averiguador. Un narizón.

Se fue con violencia sobre mi nariz. No me costó desviarle la mano. Cayó en el petate. Me miró con inmenso dolor y un resentimiento aún mayor, no exento de ese gran pretexto del fracaso mexicano: sentirse derrotado, ser siempre el perdedor y obtener la salvación, acaso, gracias a la bendición de la derrota. No celebramos el éxito, salvo como pasajero anuncio de la derrota eventual en todo.

—Ya ves —murmuró—. Eres el poderoso. Eres el arbitrario. Me empujas. Me tiras al suelo. ¿Ves por qué vivo como vivo? Porque el poder es arbitrario, arbitrario, arbitrario…

—Caprichoso —dije por un afán estúpido de encontrarle sinónimos a la derrota.

—¿Capricho? —me reviró Lucha Zapata—. ¿Tú crees que vivir y morir es sólo un capricho?

—No dije eso —quise, con torpeza, excusarme, yo de pie, ella hincada sobre el petate, mirándome desde el suelo.

—¿'Tons qué? —preguntó con una voz de derrota y victoria combinadas, ardiente y seca.

No dije nada y ella se abrazó a mis rodillas murmurando quiéreme, Saviour, sólo te tengo a ti, no me dejes, ¿qué te hace falta para quererme más?, ¿qué necesitas para saber que me haces falta?

Me miró como creo que se mira arrodillado, en verdad, al "Salvador" que me llamaba.

¿Sí quería saber de su pasado? Como en la canción, sólo si le conseguía lo que le hacía falta, Saviour, dependo de ti, no quiero echarme a la calle, estoy aquí contigo pero tú debes darme lo que necesito, por favorcito, Saviour, ayúdame a recuperar lo bueno y dejar atrás lo malo, necesito alivio primero, luego te juro que me compongo, me vuelvo buena, ya no me dañaré más a mí misma, Salvador, Saviour, sal y consígueme lo que me falta y te juro que me reformo, date cuenta que tengo dos yos como el señor merengue, y el otro yo manda más que yo misma, ¿qué voy dejando atrás?, ayúdame a recuperar el alma, Saviour, tú sabes que yo soy buena, no creas que tengo gusto por lo malo, no creas que me gusta lo feo, es a pesar de mí, quiero ser buena, mira, quiero tener un hijo contigo, Saviour, hazme un hijo ahoritita mismo para que me redima…

Cayó dormida. Yo ya sabía que su sueño era una muerte anticipada. Salí a conseguir lo que quería. Regresé. La vigilé. Pasé la noche en vela. A las seis de la mañana, Lucha Zapata despertó, me miró con angustia desde el petate desnudo y la súplica en su mirada la apacigüé en el acto dándole inyección y jeringa, ayudándola a atarse el brazo, mirándola viajar del infierno al cielo y caer dormida de nuevo.

Regresé esa noche. Estaba sentada en una sillita mexicana de esas con asiento de paja y respaldo colorido, como una niña castigada. Le sonreí. Levantó la mirada. Un cielo venenoso se debatía entre sus párpados. Se abrazaba a sí misma con una violencia contenida.

—Quieres que me arrepienta, nomás para darte gusto —me escupió—. Eres como todo el mundo.

Le acaricié la cabeza. Se apartó con desdén.

—¿Crees que me puedes domar? —se rió—. A mí ni el amor me doma. Enamorarse es someterse. Yo soy independiente.

—No —le dije sin tristeza—. Dependes de la droga. Eres una pobre esclava, Lucha, no presumas de independiente. No me hagas reír. Me das pena.

Pegó un grito animal, un verdadero alarido de fiera herida, arbitrarios, arbitrarios, empezó a gritar, creen que la costumbre se puede domar, nada me doma, ¿dónde dejaste mi casco de aviador?, sólo volando me pacifico, llévame al aeropuerto, dame un avión, déjame volar como pájaro libre...

Se levantó, se abrazó a mí.

—Hazlo por tu mamacita.

—No la conozco.

—Entonces por caridad.

—No la tengo.

—¿Qué tienes?

—Amor y compasión.

—Compadécete a ti mismo, cabrón.

¿Y el Demonio de las consecuencias, qué?

Dirán mis distinguidos lectores que ir de casa de Lucha Zapata a la prisión de Miguel Aparecido era pasar de un infierno a otro. No hay tal. Comparada con la casa de la Cerrada de Chimalpopoca, el penal de San Juan de Aragón era apenas un purgatorio.

Tenía el pase otorgado por el profesor Sanginés. Fui de reja en reja hasta la celda de Miguel Aparecido. El prisionero se puso de pie al verme. No me sonrió, aunque en su rostro vi una amabilidad desacostumbrada. Nos miramos antes de que yo entrara a la celda. Era evidente que queríamos complacernos. ¿Qué quería él de mí? Yo, de él, sólo más información para mi tesis, aunque ahora que Sanginés había determinado el tema de la misma —Maquiavelo y la creación del Estado— yo me preguntaba qué tenía que ver el pensador florentino con la prisión mexicana.

No tardé en enterarme.

Miguel Aparecido tenía cierto trato que, en realidad, consistía en una serie de preámbulos, no sé si con la intención de educarme. Su figura fuerte, varonil, poseída de un aura de fatalidad junto con un aire de voluntad, me recibía de pie, con los brazos cruzados y las mangas arremangadas, revelando unos brazos de vello casi rubio en la luz incierta de la celda y en contraste con el aspecto gitano, la piel oliva y los ojos del criminal: azul-negro con lunares amarillos.

—No quiere salir de la cárcel —me había advertido Sanginés—. El día que cumplió su primera condena y salió, enseguida cometió un crimen para poder regresar.

—¿Por qué?

—¡Averígüelo Vargas! Me confundo.

—¿Usted lo defiende, maestro? —pregunté con cierta audacia.

—Él me ha dado instrucciones para salvarlo de la libertad.

—¿Por qué?

—Pregúntaselo.

Lo hice y Miguel Aparecido me regaló una sonrisa turbia.

—¿Que por qué me gusta la cárcel, chamaco? Podría decirte cosas como ésta. Porque me libro de las apariencias. Aquí adentro no tengo que pretender que soy lo que no soy o que soy lo que los demás quieren que sea. Aquí puedo reírme de todas las convenciones de la cortesía, los cómo les va, cuánto gusto, a sus órdenes, para servir a usted, hagamos cita para vernos, cómo están en su casa, ¿a dónde van de vacaciones?, ¿cuánto le costó ese reloj tan fino?, ¿no le estoy quitando el tiempo?…

Me reí sin quererlo y él se puso serio.

—Porque me libro de pertenecer a cualquier clase pero sobre todo a la clase media a la que tanto aspiramos. Ellos quieren ser libres, figúrate. Yo quiero ser prisionero.

—La clase media es muchas —volví a atreverme—. ¿De quién se quiere usted liberar?

Sonrió. —Tutéame o te madreo aquí mismo.

Lo dijo con un tono salvaje. No me dejé amedrentar. No sé qué tenía de mi lado. El encargo del maestro Sanginés. La diferencia con Jericó. La prueba cotidiana, fortalecedora, de atender a Lucha Zapata. O una reciente confianza en mi propia superioridad de estudiante, de hombre libre, de ciudadano capaz de hacerle frente a un criminal reincidente cuya estacada en el terreno de la grandeza era la decisión de permanecer en la cárcel. ¿Para siempre? ¿Hasta cuándo?

No tardó Miguel Aparecido en voltearme el fuego aun antes de que yo destapara la primera carta. Me dijo que yo era muy joven pero quizás no acababa de entender una cosa. ¿Qué? Que la juventud consiste en atreverse. Envejecer es perder la audacia, continuó.

—¿A qué te atreviste tú? —le pregunté adaptándome al tuteo, difícil frente a un ser tan prohibitivo como este.

—A matar —dijo con sencillez, aplomo y finalidad.

Yo no me atreví a continuar con un "¿por qué?" o "¿a quién?" que de antemano carecía de respuesta. Concluí en el acto que Miguel Aparecido dejaba en suspenso esta cuestión porque darle respuesta era conocer la fatalidad de la trama y yo —pasando apenas del "usted" al "tú"— sólo tenía derecho a los prolegómenos.

—¿Sabes lo jodido de la cárcel? —reasumió el prisionero—. Aquí ya no eres nada. Primero, no eres nadie. Quedas separado del mundo. Te tienes que inventar otro mundo y luego hacerte una nueva relación con un mundo que sólo te importa si tú mismo lo creas, ¿sabes, escuincle?

—Licenciado —dije con dignidad.

Él rió. —'Ta güeno, mi lic. Aquí uno entra y primero se pregunta, ¿quién me protege? Al rato, después de las humillaciones, los golpes, las mentiras, las promesas incumplidas, las soledades, las torturas, las puñetas, los gemidos que no sabes si son porque cagas o te masturbas, la arrogancia de los carceleros, el sadismo de los otros presos, aprendes a protegerte a ti mismo. ¿Cómo?

Me tomó de los hombros. Tuve miedo. Lo hizo sólo para apartarme y verme fijamente a los ojos, sin aceptar cualquier evasión de mi mirada. Si acabé mi vida azotado por la resaca en una playa de Guerrero, debo añadir que en esta escena con el terrible Miguel Aparecido empecé en verdad a ahogarme más allá de cualquier circunstancia anterior de mi vida.

—¿Estás encarcelado injustamente? —dijo el clásico en mi corazoncito.

Contestó que en cierto modo sí, pero al cabo, realmente no.

Leyó la grave interrogante en mi rostro.

—Yo estoy aquí por una gran injusticia —dijo.

—Pero sigues aquí por tu gusto —añadí sin énfasis.

Negó ligeramente. —No. Por mi voluntad.

—No entiendo.

Dio unos pasos en redondo. —Primero te da coraje. Estás entambado.

Iba midiendo las palabras con giros alrededor de la celda y estos movimientos me asustaron más que sus palabras. Cuadró la mandíbula. Le tembló la nariz recta.

—Luego te asombras de estar aquí y de sobrevivir al horror inicial y a la impotencia permanente, cabrón… digo, licenciado —sonrió mirándome—. Enseguida te sientes derrotado, de a tiro dado a la desgracia.

Se detuvo y me miró muy feo.

—Al final vuelves al coraje, pero esta vez para vengarte.

—¿De quiénes? —dije a punto de caer en las trampas del Conde de Montecristo.

—De quién, cabrón, de quién nada más. De uno solo.

Lo miré con expectación. Los dos sabíamos que no había respuestas prematuras y que este sería el código de "honor" entre nosotros: nada antes de su tiempo.

Como antes pensé en Edmundo Dantés, ahora derivé hacia el Doctor Mabuse, el prisionero que gobierna sus crímenes desde una celda berlinesa. ¿Hay algo nuevo en estas historias carcelarias? Mirando a Miguel Aparecido me dije que sí. Los argumentos se asemejan porque son parte del mismo destino: la libertad perdida. En la cárcel, más que en cualquier otro espacio, nos percatamos de que no hay libertad porque vivimos al día, porque nuestras metas son vanas, frágiles y al cabo inalcanzables, porque la muerte se encarga de cancelar nuestro contrato y no nos enteramos, muertos, de lo que nos sobrevivió y de lo que pereció con nosotros y, a veces, antes de nosotros. Basta recorrer una calle agitada e intentar, en vano, darle trascendencia a las vidas que pasan rumbo a la muerte, anticipándola, tratando de negarla, sometidas todas a desaparecer en un vasto anonimato colectivo. ¿Salvo el músico, el escritor, el artista, el filósofo, el arquitecto? Aun ellos, ¿cuánto perdurarán? ¿Quién, reconocido hoy, será desconocido mañana? ¿Quién, ignorado hoy, será descubierto mañana? Pocas figuras políticas y militares sobreviven. ¿Quién era chambelán de Isabel I cuando Shakespeare escribía, quién secretario de Estado norteamericano contemporáneo del oscuro marinero y escribiente Herman Melville, quién secretario general de la Confederación Nacional Campesina cuando Juan Rulfo escribió *Pedro Páramo*? *Eheu, eheu*: fugaces, aprendí en la famosa clase de Derecho Romano: la fugacidad es nuestro destino pero la libertad es nuestra ambición y tardaremos mucho —lo comprendí de rayo mirando al prisionero ante mí— en entender que no hay más libertad que la lucha por la libertad.

¿Entonces por qué este hombre se negaba a ser libre, perpetuaba su prisión y casi se ufanaba de ser prisionero? Me bastó mirarlo para entender que Miguel Aparecido no libraba sus verdades así como así. Me bastaba ver cómo me miraba para saber que me tocaba corresponder con mi paciencia a su misterio, lo cual empeñaba una parcela de mi futuro y de mi propia libertad a la vida de este extraño sujeto que al fin, una vez entendidos los plazos impuestos por el eterno encarcelado, me dijo algo concreto y me pidió algo explícito.

—De aquí sólo se sale por tres razones. Porque te mueres. Porque cumples la condena. O porque te escapas.

Si lo miré con interrogante, fue sin querer.

—Y sólo te escapas, otra vez, si no te mueres, porque eres un chingón para fugarte o porque tienes influencias poderosas —prosiguió—. Ayer salió de aquí un preso por puritita influencia. Y eso me da mucho coraje.

Creo que si el Diablo existe, en ese momento Miguel Aparecido se me apareció como Luzbel, Satanás, Mefisto, el Príncipe de las Tinieblas envuelto en las sombras de una historia inmensa de venganzas acumuladas, deseos arrebatados, voluntades aplazadas, destinos arbitrarios y noches sin luz.

—Hay que castigar al hombre y a la mujer que lo liberaron injustamente.

Aún no entiendo cómo sobreviví esa mañana a la presencia diabólica de Miguel Aparecido.

—Busca a tu amigo Errol Esparza. Dile que debe vengarse.

La orden me retumbó en la vasta oquedad de los silencios carcelarios.

—Debe vengarse.

—¿De quiénes?

—El hombre es Nazario Esparza. La mujer es Sara Pérez, la Sarape, vieja puta de casa de La Hetara.

La vendetta ordenada por Miguel Aparecido quedó aplazada por otras urgencias. Sanginés envió a Jericó a Los Pinos como joven ayudante de la oficina presidencial. A mí me destinó a colaborar en la dirección de las empresas del poderoso Max Monroy por el rumbo de Santa Fe en un nuevo confín de la troglodita Ciudad de México.

Las distancias entre los barrios extremos de la capital pueden implicar hasta dos horas de viaje. Del apartamento en Praga a la Cerrada de Chimalpopoca

y ahora a mi inesperado destino en Santa Fe, media-
ban tantas distancias como de Rotterdam a La Haya
y de La Haya a Ámsterdam, y eso sin contar mi paso
por la cárcel de San Juan de Aragón.

¿Qué me quedaba hacer? Mi desconcierto me
impuso una salida: visitar de nuevo a la señora enterrada en el panteón sin nombre, cuya ubicación yo
desconocía, y pedirle consejo. Los muertos no tienen
horarios. A menos que la eternidad sea el reloj sin ma-
necillas donde se funden los tiempos.

Me dije estas palabras caminando por el Paseo
de la Reforma, indeciso en cuanto a mi o mis, en plural, destinos, cuando el cielo se oscureció y de lo alto
de la columna de la Independencia bajó volando el
Ángel de la misma, me apresó del cuello y me levantó
en alto con un aullido o llanto o suspiro —todo a la
vez— que se mofaba de mí al tiempo que me preguntaba, desconcentrándome:

—¿Conoces el sexo de los ángeles?

Quería contestar: no tienen, por eso pueden ser
ángeles, sólo que el ser que me llevaba por los aires se
impuso a mis palabras y me habló con una voz de
hombre y yo reconocí esa voz, era mi viejo amigo Ezequiel, el profeta envuelto en un viento tempestuario
que me llevaba volando sobre castillos y rascacielos,
lomas suntuosas y montes pelones, barrios de lodo y
jardines de rosas, pronunciando al vuelo sus recomendaciones, ponte en guardia, no les temas, háblales aunque no te escuchen, ayuna, avísales que llegará un
profeta entre ellos, diles que escuchen las voces de la
multitud, y yo escuché una gran carcajada cuando el
profeta Ezequiel, que también era, en sus momentos
libres y cuando le daba por el trasvestismo, el Ángel

de la Independencia, me soltó y yo vi que una de sus patas brillaba pero era una pata de becerro.

La tormenta navegaba mi caída. Un suelo repentino la cegaba. Una fronda verde la apaciguaba.

Caí de bruces.

Frente a mí, de nuevo la tumba de la

ANTIGUA
CONCEPCION

Y la voz reconocida:

Dale tres vueltas a mi tumba, Josué. Gracias por venir solo. Vivimos en un mundo escoltado. Nadie se mueve sin escolta. Dicen que dizque por seguridad. Puras *potatoes*. Es por puritito miedo. Vivimos en el miedo. Se nos frunce el apellido, por decirlo con cortesía.

El suspiro hizo temblar la tierra.

Tú no —continuó—. Tú no tienes miedo. Por eso vienes solo a verme. Se te agradece. Solo y tu alma. Porque aunque no lo creas, tienes un alma, hijito. Cuídala. No la cambies por un plato de lentejas o por una sopa de frijoles.

—Señora —le dije—, voy a trabajar en la oficina de Max Monroy. De su hijo, señora…

Ya lo sé.

—¿Quién se lo dijo?

La tierra tiembla. Es su manera de hablar. Me llegan mensajes cada vez que tiembla.

—¡Ah!

Sometí mi propio asombro y añadí con rapidez:

—¿Qué clase de mensajes, señora?

Que vas a entrar a un mundo nuevo, ciruelito. Antes, en el mundo que yo conocí, era el presidente de la república el que dispensaba justicia, escuchaba quejas y recibía peticiones, ¡antiguo rey! Una vez llegué con mis quejas y peticiones al presidente Adolfo Ruiz Cortines, el último presidente. Él ni me miró. Sólo dijo: No me molestes. Entonces, le contesté, no seas presidente. Levantó la mirada y en sus ojos borrachos de sol vi lo que era el poder: una mirada de tigre que te hacía bajar los ojos y sentir miedo y vergüenza.

Creo que en ese momento la tierra donde estaba enterrada la señora era un enorme ojo de ciclón.

Ella debió leer mi pensamiento.

No seas ojete, dijo con la grosería valentona que ya le conocía. Si vas a trabajar con mi hijo, mejor pon mucho ojo. Max Monroy es mi heredero. Es un ser de otra estirpe. De la mía. Los millonarios de antes son unos pordioseros al lado de Max Monroy. Fíjate, los conocí a todos. Se hicieron ricos gracias a la revolución, que los elevó de la nada abriéndoles oportunidades que antes les negaban a los de abajo. Federico Robles luchó en Celaya con Obregón contra Villa y el Manco desde entonces lo mimó, lo encauzó en la política y cuando la política o se volvió peligrosa o dejó de rendir, lo encaminó a los negocios en lo que era entonces tierra virgen o como decía el propio Robles, un hombre fuerte pero sentimental, que se decidió a construir sobre los campos desolados de la batalla, incluso manchándose la conciencia, hubo de sacrificar los ideales para construir un país, sentirse con derecho a todo porque había hecho la revolución, sentado las bases del capitalismo, creado una clase media estable e inventado el verdadero poder mexicano, que "no consiste", Federico Robles decía, en el despliegue de la fuerza, "sino en tomar al país del cogote" y ser "los grandes chingones", y ese mismo hombre, me consta, era capaz de describir a una mujer amada, de respetarla, de amarla sin levantarla ni hundirla, dándole una dulce brutalidad, la fuerza que una mujer —ella, Hortensia Chacón— necesitaba para querer y merecer su vida. Esto yo lo sé. O el caso de Artemio Cruz, otro millonetas salido de la nada, de un jacal jarocho, que hizo fortuna chaqueteando, cambiando con mucha oportunidad de un bando al otro, traicionando a medio mundo para hacerse de un periódico y dedicarse a hacer fortuna sirviendo al poderoso en turno… que era, al final de cuentas, él mismo, el mero Artemio Cruz…

Otro suspiro sísmico.

¡Ay! Y sin embargo era un hombre, tuvo amores, los perdió, Artemio Cruz tenía una herida, chamaco, ¿tú tienes alguna?, no veo cicatrices en tu cuerpo…

—¿Entonces qué ve, señora?

Ay, veo la ignorancia de ti mismo. Tú no sabes quién eres. Todavía no lo sabes. Artemio Cruz tenía una herida de amor abierta y se pasó la vida tratando de cerrarla. Fracasó. Y fracasó por su propia culpa. Nada más. Tuvo un hijo valiente. Lo perdió. En cambio, ese califa de la frontera norte, Leonardo Barroso, ese sí que no tiene perdón. Era un rufián que no conoció un día de compasión, ni siquiera hacia su propio hijo defectuoso, al que le quitó la esposa, prostituyéndola, ¿me oyes?, la tal Michelina Laborde, de esas putitas de sociedad que se venden al mejor postor, sin vergüenza cual ninguna porque para tener vergüenza hay que tener coco, tantita cabeza nada más, y estas pendejitas de sociedad mueven la nuca y oyes el rodar de una canica aunque los ojos les parpadeen como calculadoras. Leonardo Barroso era un miserable lameculos de los gringos, padre de otro hijo cruel y misógino, hijo y nieto del incesto con la mentada Michelina pero abuelo de una mujer valiente, sagaz y perversa, María del Rosario Galván, a quien de repente conocerás en tu nueva vida. ¡Generación tras generación, degeneración!

Yo interrogué en silencio. Ella leía el silencio.

¿Sabes, hijito? A veces siento… pues nostalgia por los tiempos idos. Sólo que ya no tenemos monedas de oro, como en la antigüedad, para conmemorar lo que vivimos. Tenemos fotos, tenemos cine, tenemos tele. Esa era nuestra memoria: fotografiable, filmable, archivable. Ahora todo cambió y allí viene la historia de mi hijo Max Monroy. De tal palo etcétera. Sólo que Max no es astilla. Es tronco. Es como el Árbol del Tule de Oaxaca, un gigantesco sabino con cuarenta metros de altura y cuarenta y dos metros de ancho y dos mil años de vida. Y aunque Max Monroy sólo tenga ochenta y tantos años, es como si encarnara dos milenios por ser tan sabio y chingón aunque sea mi hijo y lo es porque de su padre por fortuna no heredó nada sino la vaga memoria de un país destrozado por su propia épica, chamaco, de eso no se puede vivir para siempre, digo de la épica, y en México lo épico de la revolución lo justificó todo, el progreso y el atraso, la construcción y la corrupción, la paz y la política. Todo en nombre de la revolución. Hasta que la matanza de Tlatelolco dejó encuerada a la revolución. Encuerada pero cagando sangre, cómo no.

¿Cómo competir con la épica?, tembló la voz de la señora, en la cual no se disimuló una cierta satisfacción con sí misma, de sí misma…

Adelantándose —afirmó desde la tumba— como yo. Ya te lo conté. Me adelanté a todo y por eso pude heredarle a mi hijo Max Monroy una fortuna independiente, no sujeta al favor presidencial o al vaivén político. Eso lo agotó mi miserable esposo. El general vivió un mundo de tormentas atormentado por los insultos, los desafíos físicos, los elogios desmedidos, los lambiscones, las culpas eventuales, en soledad, ¿crees que tantísimos hijos de la chingada como ha habido en México nunca se sentían culpables, tú lo crees?

Max Monroy, exclamó desde el sepulcro su madre invisible, pero infatigable, ¡Max Monroy!

Y luego en voz muy baja y barajando épocas, los muertos, los campos secos, las cosechas perdidas, los niños huérfanos, todos al monte, huyendo siempre, los niños, las mujeres, las vacas, al monte, al monte, al monte… Algún día teníamos que quedarnos quietos, conformes, obedientes… El pueblo se agotó. O lo agotó la boda de la miseria con la injusticia. ¿Quién sabe?

La voz se iba apagando.

La señora se perdía en los recuerdos de lo que quería olvidar.

Todo era impredecible…

—Lo sigue siendo, señora —me atreví, contribuyendo.

La muerte, las cosechas, la descendencia…

—¿Quiere que le diga algo a su hijo? ¿Un recado?

El silencio sepulcral fue seguido de una vasta carcajada.

Nuestras almas revolotean como vampiros…

Al cruzar el río, los perros quedan detrás de los soldados…

Los soldados desollando chivos, asando puercos, ¡se acabó!

Mis tetas se hincharon durante todo un año.

Para amamantar a mi hijo.

Anda, dale tres vueltas a mi tumba.

Desperté sobre el petate de la casa de Lucha Zapata y miré con desconcierto la luz del alba. En mi memoria inmediata no estaban el cementerio ni la dirección o el código postal de donde yo venía sino un río inexistente en esta meseta desolada y seca y sofocada. Un río que era como un dedo trunco señalándome el camino del mar.

Ustedes, que ya conocen mi desenlace, pueden creer que invento *a posteriori* los eventos del pasado. Les juro que no es así. Y la razón es que esa madrugada hubo una recurrencia de continuidades asombrosas entre mis horas en la tumba de la Antigua Concepción y mi despertar en la casita de Lucha Zapata.

Pues como si la voz de la madre muerta de Max Monroy se continuase en la de la amante viva de Josué Nadal que soy yo mismo, el narrador de esta historia, Lucha Zapata caminaba descalza y con un camisón blanco del petate a la cocina y de regreso al petate describiendo, evocando, alucinada, como una sonámbula, un encuentro en una calle vieja y olvidada, sórdida y perdida. Lucha encuentra en un rincón de la noche (así son sus palabras, ahora son sus palabras, no las mías) a un hombre en harapos y cubierto de periódicos. Hay una gran oscuridad. Los ojos del hombre son muy negros y brillan. Todo en él está gastado, salvo la mirada.

Ellos se miran. Él le da la mano a Lucha. Se levanta sin decir palabra y conduce a la mujer a lo largo de las calles de la noche. Se detienen frente a una ventana iluminada. Adentro se celebra una fiesta. Ha de ser una ocasión de familia. Una niña de unos ocho o nueve años divierte a todos haciendo cabriolas, diciendo chistes y cantando canciones. Lucha se muestra encantadora, abre la puerta (que ya estaba abierta) y entra, moviéndose hacia la niña que es el centro de atención. Lucha se acerca. La niña la mira y se retira, cada vez más, hacia un rincón oscuro de la sala.

Cuando Lucha la arrincona, la niña se sienta en una silla tiesa. Parece castigada. Lucha me dice que la niña está allí, aunque en realidad está muy lejos. Se abraza a un oso de peluche. Se cubre con la frazada que le da seguridad.

—¿Quién eres? —le pregunta la niña a Lucha—. ¿Qué haces aquí? No te queremos. Vete de aquí.

Lucha quiere decirle algo pero las palabras no le salen. Lucha no entiende el porqué del rechazo de la niña. Se siente humillada. Sale corriendo. Se tropieza con un triciclo blanco adornado con una canasta de flores. Se levanta y en la calle se entrega en brazos del hombre moreno que la conduce lejos de allí.

El camino desciende abruptamente. Les rodea una noche gigantesca, irresistible como un carnaval: Lucha se deja llevar por sus pensamientos, sus pensamientos la llevan muy lejos del sitio donde está. La noche la va transformando —dice, me dice esta mañana—, conduciéndola a un mundo donde los sentidos gozan de paz y suficiencia al tiempo que se agitan cruelmente, pidiendo más, siempre más...

—¿Sabes, Saviour? —se dirige de repente a mí—. El placer es un poco de orgullo y otro tanto de odio hacia ti misma. Un sentimiento de desesperanza. Junto a una sensación juvenil de vida eterna...

Dice que era miembro de una pandilla que la protegía y le daba lo que necesitaba. Comparó su soledad anterior y olvidó su calor familiar. Ahora era parte de una pandilla.

Dio nombres: —Maxi Batalla. El Florido. El Tasajeado. El Cacomixtle. El Sabor de la Tierra.

No me dijeron nada. Ella lo sabía y continuó.

—Te conviertes en parte de una legión de *outsiders*, de extraños o extranjeros, como gustes. Tu vida es de nadie. De día, duermes.

Una noche —prosigue— de ese grupo anónimo, sin rostro, un individuo emerge. Es un muchacho moreno, alto, esbelto. Ella dice que entre los dos nace un sentimiento de amor, ternura y mutuo reconocimiento. Una atracción.

—Ya no soy un rostro en la muchedumbre nocturna, Josué.

Yo no digo nada. Por primera vez, ella recuerda. No la interrumpo por nada del mundo. Dejo para otra ocasión reunir las piezas del rompecabezas. No digo que ella ha conocido dos veces por primera vez a un hombre. El sueño tiene su propia lógica y no la entendemos. También se equivoca llamando "anónimo" a un grupo cuyos nombres ella "recuerda".

—Sí.

Dijo que con él se sintió totalmente libre y abierta. Él le ofrecía una salida. No un regreso a los valores convencionales sino un movimiento hacia valores propios, pensantes, creativos.

—Quería ser sincera con él. Quería regresar con él a la ventana iluminada de la casa.

Lucha Zapata abrió los ojos y me di cuenta de que cuanto me había dicho lo había dicho sin mirar.

—Él entendió. Entendió de dónde venía yo. Entendió cuánto dejaba detrás de mí y cuánto le debía a lo mismo que negaba con tanto afán rebelde… Una noche, durmiendo lado a lado, él despertó y me atrajo hacia su cuerpo. No sé si fue a la hora del amanecer o al huir el sol. Entendí, eso sí, que después de ir conmigo a la casa iluminada, él se dispuso a ser como yo, ¿me entiendes?, como le fuese posible. Me hizo el amor y al venirme entendí que con él yo podía alcanzar un compromiso. No regresaremos ni al mundo que yo dejé ni al mundo donde él me encontró. Crearemos juntos nuestro mundo.

Dijo que esa fue la concesión. Juntos los dos saldrían de la ciudad doliente. Esa fue la concesión de Lucha. La de él, compartir con ella una última noche en el paraíso artificial, evocando a Baudelaire, "incendiado por el amor de la belleza, no podré darle mi nombre al abismo que me servirá de tumba," porque lo que ambos ignoraban era que el cuerpo de él, que sexualmente era de ella, ya no era de ella orgánicamente.

—Traté de despertarlo —gritó Lucha esta mañana—. Lo sacudí, Saviour. Lo toqué. Era la estatua helada de la muerte… ¿Y qué hice entonces, Saviour? Lo abandoné. Abandoné el cadáver en el cuarto de hotel. Salí a la calle. Me dejé caer en el centro de la noche deseando morirme si con ello lo resucitaba a él.

Quise levantarme del petate para coger los brazos agitados y las manos que arañaban sus ojos y ella gritó que la dejara, que tenía que arrancarse su propia piel, su identidad propia, salvaje, ciega, violenta, buscando la muerte —la abracé muy fuerte—, cortejando a la muerte —la tomé de las manos—, corriendo la cortina de la nada sobre cualquier propósito creativo que pudiera derivarse de una vida cada vez más, para siempre jamás, tan temeraria.

Se me colgó del cuello.

—Saviour, soy la novia muerta de una memoria viva. No hay mañana mañana. Pierdes todo sentido del tiempo. Cada día es idéntico al anterior y al que sigue. ¡Qué chinga, Saviour!

—Si quieres —le dije—, no pospongas más tu muerte, Lucha Zapata.

—No pospongo —me contestó—. Apresuro.

Nadie negará, hermano Angelo, mis buenas intenciones. Quería ser arquitecto. Quería ser creador. Soy veneciano. Miro la luz temblorosa de Tiépolo. La encarno en la arquitectura luminosa de Paladio. Entre aquella luz y esta arquitectura, se puebla el norte de Italia: tenemos luz y tenemos forma. Ser arquitecto después de Paladio. Iluminar después de Tiépolo. Hermano Angelo: ambas cosas me fueron negadas. Viajé de Venecia a Roma —tenía veinte años de edad— en el séquito de Francesco Vernier, embajador de la ciudad de Venecia ante el Pontífice. Miré la eternidad de sus ruinas. Miré la fugacidad de Roma en su papado. Muere el Papa. Cambia la corte. Roma se llena de familias nuevas reclamando puestos, favores, comisiones. ¿Ciudad Eterna? Ciudad fugaz, transitoria. ¿Ciudad Eterna? Sólo la piedra muda permanece.

Por eso quería ser arquitecto, hermano. Veía el mundo inerte y quería animarlo con la arquitectura. Quería crear. La inercia del mundo me dijo: no. Ya hay bastantes obras de ayer y hoy. Nadie necesita a un arquitecto más. No pienses en las obras que no podrás hacer. ¿No? ¡Ah! Entonces pensaré en las obras que no podré hacer.

No encontré un mecenas. Sin mecenas no se hace nada. Así encontré un mecenas. El pueblo de Roma, pidiéndome, Piranesi, Giovanni Battista Piranesi, yo seré tu mecenas, Roma yo con mis ruinas, mis rincones desconocidos, mis basureros hurgantes, mis sarcófagos devastados, yo me ofrezco a ti, Piranesi, a condición de que no reveles mis secretos, no me muestres a la luz del día, sino en la profundidad más oscura del misterio...

Te reclaman, ¿por qué no estudias mejor el desnudo? ¿Por qué te empeñas en retratar jorobados, gente estropeada, *cuadroni magagnazi, sponcherati storpi*? ¿Por qué no muestras la verdad estética? ¿Por qué?

Porque yo apuesto a la infidelidad estética. ¿Aunque sea fea? No. Porque posee otra belleza. ¿La belleza de lo horrible? Si el horror es la condición para acceder a la belleza desconocida, latente, por nacer, sí... ¿Desprecias así la belleza antigua? No, encuentro el lugar que se niega a ser antiguo. ¿Y qué lugar es ese? ¿Hay lugar que no envejezca?

Reúno a mis custodios. Convoca a mis testigos, hermano Angelo. Leones de piedra, miradas. Puentes de piedra, suspiros. Muros de piedra, encierro. Bloques de piedra, cárceles.

Introduciré en el espacio de la prisión máquinas y cadenas, sogas y escaleras, torreones y lábaros, travesaños podridos y palmeras enfermas. Una escenografía. Humo invisible. Cielo engañoso. ¿Qué cosa respiramos, hermano? ¿Qué cielo nos ilumina? Velos. Allí están en el cielo y el humo. Pero son inciertos, intocables, parte de la escena, distracciones pasajeras, iluminaciones teatrales: humo y luz para una cárcel sin entradas ni salidas, la prisión perfecta, la cárcel dentro de la cárcel dentro de la cárcel. Profusión de escapes: no llevan a ninguna parte. Lo que entre se queda aquí para siempre. Lo vivo muere. Se vuelve excrecencia. Y la excrecencia, ruina.

¿El mundo es una cárcel? ¿La cárcel es un mundo?

¿Se libera la cárcel de sí misma en el diseño previo de mi autoría? —lo digo yo, Giovanni Battista Piranesi—. ¿O es mi propia imagen la que encarcela a la prisión?

No hay seres humanos aquí. Pero hay la humana pregunta sobre el origen de la luz. Y si no hay más luz que la pregunta, la pregunta se convierte en negación del destino, sombrío como estas cárceles, cámaras sepulcrales de un cielo en disputa eterna. No hay seres humanos en el cielo perdido. Hay prisioneros. El prisionero eres tú.

Me envenenaron, fray Angelo, los ácidos de los que me sirvo para grabar. Me mató mi arte. ¿Sobrevivirán mis cárceles? Creo que sí. ¿Por qué? Porque son las obras que no pude hacer: son las ruinas de los edificios que no pude construir.

Sin embargo, morí con la ambición de diseñar un nuevo universo. Sólo que nadie me lo pidió y debí partir con una sola angustiosa pregunta. ¿Cómo encarcelar a la vida a fin de arruinar a la muerte?

Te lo pregunto a ti, mi hermano Angelo Piranesi, porque eres monje trapense y no puedes hablar.

Ni padre, ni madre, ni perrito que te ladre, solía declinar su reconocida ternura la carcelera de mi niñez y adolescencia, doña María Egipciaca, significando mi insignificancia en el vasto orden de las relaciones humanas, comenzando por la familia. La fortuna, si no la virtud, me fueron deparando más tarde relaciones fugaces (con la enfermera Elvira Ríos), más o menos permanentes (con la atormentada Lucha Zapata) o muy vulgares y a la vez misteriosas (como con la puta de la abeja tatuada en la nalga).

Ahora, la decisión (al parecer inapelable) del maestro Antonio Sanginés me conducía a las puertas del edificio Vasco de Quiroga en la novísima y floreciente zona de Santa Fe, un viejo erial abandonado en el camino a Toluca, lleno de precipicios arenosos y baldíos de yeso blanco, que de la noche a la mañana, impulsado desde el gran corazón reventado de la urbe mexicana, se desparramó primero sólo para levantarse enseguida en un vasto valle de cemento y vidrio, rascacielos verticales, supermercados horizontales, estacionamientos subterráneos y todo, siempre, vigilado por los centinelas de vidrio y cemento que eran como las levantadas gafas del sol imponente, empeñado en vengarse del desafío de una arquitectura escandinava hecha para abrirle campo al astro en un país, el nuestro, donde la sabiduría ancestral nos pide muros anchos, sombras largas, rumores de agua y café caliente para combatir el exceso dañino de la luz del sol.

Lo extraño —me dije al acercarme al edificio Vasco de Quiroga— es que en Santa Fe el prelado español de ese nombre fundó una utopía con el propósito de proteger a la población indígena recién conquistada y ofrecerle una sociedad —otra sociedad—inspirada por las ideas de Tomás Moro: la utopía de la igualdad y la fraternidad pero no de la libertad, ya que sus reglas eran tan estrictas y limitadoras como las de cualquier proyecto que se propone igualarnos a todos.

Frente al edificio, la estatua blanca del prelado, de pie, acariciando la cabeza inclinada de un niño indígena. En el edificio, una entrada vigilada por clásicos guardaespaldas de cabeza rapada, camisa blanca y viejas corbatas de cintillo, trajes y zapatos negros y sacos abultados por los indisimulables instrumentos del oficio. Los guaruras miraron con indiferencia la estatua del protector de los indios sin entender nada aunque, acaso, seguros de que ser pistoleros protectores de políticos, potentados y hasta prelados en el México de la vasta inseguridad del siglo XXI era una forma remunerada de la utopía. La verdad es que detrás de las grandes gafas negras de los guaruras y a los pies de sus proporciones físicas de armario, no había ni reflejo ni fundamento para utopía alguna.

Cumplí los requisitos de seguridad. Pasé por los arcos triunfales de la sospecha universal. Acudí al elevador y salí a la planta número 12 del edificio. Una muchacha bajita y morenita aderezada por grandes gafas de marco blanquinegro como un anuncio de los amores de Pierrot y Colombina sobre los que caía el delgado aguacero de esos peinados uniformes de secretarias, enfermeras y dependientas varias que bailan encima de las cejas como si huyeran del cráneo, me dijo el consabido "Por aquí, señor" y seguí su triunfal taconeo (anunciaba su salvación de quién sabe qué destino peor que la muerte: la adiviné arrinconada, violada, azotada, hambrienta ¿por qué no?, bastaba un ¿águila o sol? del destino), con la fatal certeza de que caminaba detrás del triunfo permitido. Un centímetro más allá y la señorita...

—Ensenada, para servir a usted.

—¿Apellido o primer nombre?

—Todo eso y más. Allí nací, señor —dijo con desparpajo mi pequeña guía por los pasillos del poder empresarial.

—Ensenada de Ensenada de Ensenada de —dije con fingido asombro.

A ella esto no le gustó. Abrió una puerta y me dejó allí, en manos de la siguiente mujer, sin siquiera despedirse. A la mujer número 2, una matrona afable de amplias preocupaciones, le di mi nombre. Ella se levantó, abrió una puerta de cedro y me invitó a pasar a un acuario.

Digo bien. Las luces de la oficina donde me hallaba nadaban, sin delatar su origen, al encuentro con la luz que entraba, tamizadas por cristales acuamarinos y al abrazarse ambas luces, la invisible de adentro y la filtrada de afuera, creaban una atmósfera de poder sometido. No sé si la expresión es más fuerte y menos afortunada que la realidad. Lo que quiero decir es que la iluminación de este despacho era una creación que aprovechaba la luz natural y la artificial también para crear un espacio visual que no podía ser sólo decorativo, ni siquiera símbolo de una función o de un poder sin énfasis.

No tardé en comprender que el espacio que me recibía no había sido inventado para mí o para nadie sino para la mujer que se levantó del sillón posado junto a un escritorio revolvente y que aquí ella pasaba casi tantas horas como un pez en un acuario. La oficina era suya, no mía. Me sentí intruso. Ella se puso de pie. Yo tenía una vaga paideia de la cortesía hispanomexicana: las mujeres no tienen por qué ponerse de pie cuando llega un hombre.

Lo que pasa es que Asunta Jordán —pues así se me presentó— no era una señora común y corriente sino lo que las luces y su simbología me daban a entender. No una mujer con poder ni de poder, aunque sí una mujer poderosa.

Yo sabía de antemano que pisaba los terrenos del gran Max Monroy, un hombre octogenario, fuerte, riquísimo e hijo de mi fantasmal amiga la Antigua Concepción que yacía enterrada en un panteón misterioso. Pero si en algún momento abrigué la fantasía de que mi relación con la madre me aseguraba el acceso inmediato al hijo, Asunta Jordán apareció ahora interponiéndose en el camino, pidiéndome cortésmente que tomara asiento e iniciando en el acto y en balde un monólogo instructivo, como si yo, inmerso en esta caverna platónica donde las luces de la ciudad real eran vagas y ondulantes sombras en el cielo raso de la oficina, tuviera otra atención fuera de la que le prestaba a esta mujer de altura media tirando a alta, dueña de un cuerpo vigoroso, puntual, profesional que yo me dispuse a adivinar de abajo hacia arriba, empezando por los zapatos negros, de tacón bastante alto, con escote amplio por donde pude adivinar el principio (el origen, el nacimiento) de sus senos antes de ascender por las piernas cruzadas que ella descansó cuando (creo que) me vio mirándolas, con sus medias color carne que conducían a la falda (que ella restiró instintivamente hacia abajo, acercando la mano con una pulsera, una pulsión, un pulso silencioso a los muslos) y a la chaquetilla del conjunto sastre azul oscuro de rayas separadas sobre una blusa color vino. Llevaba perlas en el cuello, un solo brillante en la oreja y luego la cabeza de barbilla levantada como si ese gesto anunciase el tranquilo desafío de los labios entreabiertos, los ojos oscurecidos, la nariz alerta, la frente sin preguntas ni respuestas y la cabellera tornasolada y corta, cuidadosamente casual.

Registré la realidad y el misterio de esta mujer, cayendo de inmediato en la cuenta de que la realidad era un misterio y que ella lo guardaba celosamente como si alguien, mirándola, pudiese creer que la realidad no era más que eso: la realidad. Mirando por vez primera a Asunta Jordán, resumí mi anterior experiencia en materia femenil diciéndome a mí mismo que cuando se habla —y se habla mucho— del "misterio" de una mujer, en verdad se está trasladando al sexo femenino una serie de vicios para destacar las virtudes del sexo masculino o, al revés, dándole a la mujer virtudes que de manera tácita nombran nuestros vicios masculinos. ¿Quién, por ejemplo, guarda mejor un secreto: ellas o nosotros? ¿Quién es más estoica, en el sentido prístino (Filopáter dixit) de "vivir de acuerdo con la naturaleza", lo cual se presta a todas las interpretaciones porque auspicia todos los vicios y todas las virtudes que son acordes con la misma? Y ¿hay algo que la naturaleza exima de su reino, de las alturas místicas a las bajezas morales, de la santidad al sexo?

Admito que en la presencia de Asunta Jordán todo esto venía a mi ánimo, no de manera premeditada sino instantánea, disolviendo mi cuestionamiento dual en una sola afirmación unitaria: la fachada de Asunta Jordán era la del deber, de allí su atuendo, su voz, su secretariado —pese a la oficina de mareas acuáticas, más propia de una sirena que de una secretaria ejecutiva. ¿No era todo ello algo más que una concesión a los sentidos, era una invitación más que un capricho?

Me detuve en la mirada oculta (igual que la de los guaruras) por gafas oscuras que de repente ella se arrancó, revelando unos ojos que serían hermosos si no fueran tan duros, inquisitivos, mandones y que lo eran —hermosos— a pesar de ser todo lo que digo.

—Usted no me está escuchando, señor.

—No —le respondí—, la estaba mirando.

—Disciplínese.

—Creo que mirarla bien es la primera disciplina en este lugar.

No sé si sonrió o se enojó. Su boca admitía muchísimas lecturas. Sus ojos negrísimos delataron la artificialidad de la cabellera de rayos solares y solicitaron —pensé entonces— más íntimas investigaciones.

Que nadie le diga que yo hablo sin parar o que no escucho consejos. Que busque un equilibrio. Que le traiga un poco de concierto al país. Que le dé a México un aire de triunfo. Y sobre todo, que no se le vaya todo el tiempo, señor presidente, en satanizar a su antecesor o en pagarle favores a quienes lo apoyaron.

Me contó Jericó que el Señor Presidente de la República, don Valentín Pedro Carrera, lo recibió en el despacho oficial de Los Pinos con estos conceptos y le pidió que tomara asiento en una silla notoriamente más baja a la del jefe del Ejecutivo mientras éste iba recorriendo con los dedos largos los bustos de los héroes —Hidalgo, Juárez, Madero— que adornaban su vasta y desnuda mesa de trabajo. Además de héroes, muchos teléfonos y detrás del asiento de Jericó, tres aparatos de televisión silenciosos pero transmitiendo imágenes constantes.

Le dijo a Jericó que buscaba siempre sangre nueva para ideas nuevas. El licenciado Sanginés había recomendado a Jericó como un muchacho inteligentísimo, muy culto, preparado en el extranjero y sin ninguna experiencia política.

—Menos mal —rió el presidente—. Corrígeme a tiempo, Jericó —dijo con la campechanía del tuteo inmediato autorizado, también, por la diferencia de edades: Valentín Pedro Carrera frisaba la cincuentena pero decía en broma que "de los cuarenta para arriba no te mojes la barriga".

—¿Conque muy culto, no? Pues cuídame mucho porque yo no lo soy. No te midas, corrígeme a tiempo, no vaya yo a hablar de la novelista brasileña Doña Sara Mago o de la filósofa árabe Rabina Tagora.

Lanzó otra carcajada, como queriendo aflojar tensiones y poner a Jericó de buenas y receptivo para lo que el señor presidente Carrera pensaba decirle.

—Mi filosofía, joven, es que aquí debe haber rotación de individuos, pero no de clases. Y es necesario rotar a los individuos porque si no las clases se alborotan de ver las mismas caras. Se alborotan los de abajo porque la permanencia de los de arriba les recuerda la ausencia de los de abajo. Se alborotan los de arriba porque temen que una gerontocracia se perpetúe y los jóvenes nunca pasen de subsecretario o de oficial mayor, o de plano, de perico-perro...

Angostó la mirada hasta parecer un chino-ario, pues sus facciones españolas se mestizaban con la tez morena y ambas con una mirada oriental.

—Te he llamado tras de hablar con mi viejo consejero Sanginés a fin de que me des una mano en un proyecto que me traigo.

Se atusó el bigote rojizo, entrecano.

—Te explico mi filosofía. La meseta mexicana no es sólo un hecho geográfico. Es un hecho histórico. Es una altura llana, o un alto llano, que nos permite mirar la estatura del tiempo.

Jericó entrecerró los ojos para no bostezar. Esperaba todo un ejercicio oratorio. No fue así.

—Pero al grano, Jero... ¿Me permites llamarte así?

¿Qué iba a decir "Jero" sino nada más que un consentimiento cabeceado? Dice que no se intimidó ni se rebajó al "como usted guste, señor presidente".

El cual prosiguió explicando que no sólo de pan vive el hombre, sino de festejos e ilusiones.

—Hay que inventarse héroes y heredarlos —dijo Carrera acariciando las testas inocentes de los bronceados prohombres de la Nación—. Hay que inventar "el año" de algo que distraiga a la gente.

—Sin duda —dijo Jericó, atrevido—. La gente necesita distracción.

—École —continuó el presidente—. Mire —acarició las tres cabezas, una tras otra—. A mí la Independencia, la Reforma y la Revolución me pasaron de noche. Yo soy hijo de la Democracia, fui electo y sólo le doy cuentas a mis electores. Pero le repito, no sólo de urnas vive la democracia y aquí y en China hay que crear fechas memorables que a la gente le dé orgullo, memoria a los amnésicos y porvenir a los insatisfechos.

No dijo "he dicho" pero hagamos de cuenta. Dice Jericó que le envió al Ejecutivo una sosegada mirada de interrogación.

—Las fechas conmemorativas nacen de fechas sin importancia —aventuró mi amigo y se dio cuenta, andaba calando, de que al presidente no le gustaba que lo vieran desconcertado.

—O sea —continuó Carrera— que un presidente tiene que tener un hedonómetro.

Jericó fingió cara de idiotez. La vanidad presidencial fue restaurada.

—Hay que medir el placer, la felicidad, el gusto de la gente. Tú que eres tan culto —asomó la cola la ironía—, ¿crees que existe una ciencia de la felicidad? ¿Cuánta felicidad necesita el mexicano medio? ¿Mucha, poca, nada? Óyeme bien. Te habla la voz de la experiencia, ¡faltaba más!

Aunque la mirada era la de la saña más perversa.

—Este país ha vivido siempre en la miseria. Desde siempre, una masa de chingados y encima nosotros una minoría de chingones. Y créeme, Jero, si queremos que siga todo así, hay que hacerles creer a los jodidos que aunque estén jodidos son más felices que tú y yo.

El rostro se le tranquilizó.

—O sea, mi buen Jero. Yo no quiero que los mexicanos sean ricos. Yo quiero que sean felices. Mira nada más a los gringos. ¡Qué cara les resulta la prosperidad! Trabajan sin descanso, comen mal, seguramente joden de prisa, puro *quickie* suburbano, no tienen vacaciones, no tienen seguro social, se retiran a los cincuenta años y se mueren a la vera de una cortadora de pasto. Mucho trabajo, mucho dinero y poca satisfacción… ¡Vaya felicidad! En México, al menos, ha habido siempre un cierto bienestar, ¿cómo te diré?, pues pastoral, tú feliz con tu tortilla por aquí y tus tequilas por allá…

Otra vez el ogro.

—Se acabó, joven. Demasiada información, demasiados apetitos, demasiada envidia. Max Monroy con sus aparatitos manuales ha llevado la información a los rincones más alejados. Antes uno podía gobernar casi en secreto, la gente se creía el informe anual del primero de septiembre, creía que mientras más estadísticas más felicidad, ¡me lleva el carajo, Jero! Eso ya no. La gente se informa y se inconforma y a mí me toca llenar los huecos que le van quedando a la fiesta patriótica, el desfile conmemorativo, las ceremonias que suplen la imaginación, apaciguan los ánimos, la sed y el hambre.

Le dio una pequeña cachetada amistosa a Jericó.

—Necesito sangre joven. Gente nueva, con ideas, con preparación. Como tú. Te avala Sanginés. Me sobra y basta. El buen lic nunca me ha fallado y si estoy aquí en gran medida se lo debo a don Antonio

Sanginés. ¡Vaya! —suspiró —. Este país se divide entre la crema, la leche aguada, el yogur y la vil cajeta. Tú decides.

Miró a Jericó como se mira a un condenado a muerte que acaba de ser perdonado...

—Piensa positivo, mi joven colaborador. Piensa en la eficacia del desfile y la fiesta. La ceremonia es la capa de la dignidad que todos pueden colocarse sobre los hombros, ocultando los harapos. Tráeme ideas. Vamos celebrando los deportes y los deportistas, las canciones y los cantantes, las marcas de cerveza y los dulces nacionales, vamos celebrando hasta a los exgobernadores. Inventa famas, muchacho. Crea museos y más museos. Desfiles y más desfiles. Mucha música, mucho trombón. Mucha *Marcha Zacatecas*. Y no desestimes la trascendencia política de mi encargo. Pregúntate: ¿Conoce la gente sus propios intereses? Max Monroy quiere que los conozcan. Yo pienso que no los ignoren, nomás que los sustituyan por las conmemoraciones. Monroy quiere convertir el lujo en necesidad, a la larga. Quiere que la gente vaya dando por descontado que merece lo que antes le costaba. Si eso prospera, Jero, el poder se acaba, desbordado por la exigencia crítica. Si la riqueza se convierte en necesidad, el poder se vuelve innecesario porque la gente sólo se satisface con lo que los demás no tienen y el poder sólo se satisface con lo que los demás ya tienen. Si no, dime, ¿qué carajos prometemos?

Se levantó. Tendió la mano robusta. Los anillos le hicieron daño a Jericó. El presidente lo miró muy fijo. Como un tigre a su presa.

—Ni se imagine que hablo más de la cuenta.

—No, señor presidente.

—Lo que usted repita nadie se lo creerá pero yo se lo cobraré.

—Cómo no, señor presidente.

—Ni se le ocurra que puede inaugurar su carrera política a mis costillas.

—Si lo cree, despídame.

El presidente rió fuerte, revirtiendo al "tú" familiar.

—No te preocupes. Te daré pensión. Y otra cosa.

—Dígame, señor.

—No se me apendeje.

Sonó el teléfono. El presidente se acercó a contestar. Escuchó. Dijo entre silencio y silencio:

—No olvidaré sus palabras... No deje de llamar a mi secretario... Ojalá nos volvamos a ver... A ver cuándo...

—No sé —me dijo Jericó— por qué cada una de estas frases anodinas me sonaba a amenaza.

Sobre todo cuando el presidente se despidió de Jericó pidiéndole que fuera discreto, no metiera la pata y no se hiciera notar.

—Sé discreto, no metas la pata, no te hagas notar.

Y Jericó sólo pensó, "¿En qué quedamos?".

Yo soy un hombre leal, me dijo Miguel Aparecido el día que regresé a la cárcel de San Juan de Aragón impelido por las circunstancias.

—Yo estoy aquí porque quiero —añadió y yo asentí porque ya lo sabía.

Él no se inmutó. Si repetía este salmo, era porque lo consideraba necesario. Quizás era sólo un preámbulo.

—Yo estoy aquí para cumplir una condena que no me impuso la ley, sino la vida.

Le di a entender que lo seguía con atención.

—Sigo aquí por lealtad, quiero que entiendas esto, amigo Josué. Sigo aquí por mi gusto. Porque si saliera de aquí, mataría a quien más debería querer.

—¿Deberías? —me atreví.

Dijo que nadie lo obligaba a estar aquí, sino él mismo. Dijo que si saliese de aquí cometería un acto imperdonable. Habló como si la penitenciaría fuese su salud. Le creí. Miguel Aparecido era un hombre sincero. Un tigre enjaulado, con sus brazos eternamente arremangados, sobándose los antebrazos de vello casi rubio con pertinencia, como si fueran las armas de un guerrero solitario que teme vencer en la batalla.

—Te digo esto, Josué, para que entiendas mi dilema. Estoy aquí porque quiero. Me gusta la cárcel porque la cárcel me protege de mí mismo. Me gusta la cárcel porque aquí tengo un mundo que comprendo y que me comprende.

Me hizo una sonrisa de capo pero no me asustó (si esa era su intención) porque yo no estaba preso ni era sujeto de una mafia. Porque yo, señores, era libre —o creía serlo.

Él sólo rió. —Pregúntale a cualquier preso. Habla con el Negro España o la Pérfida Albión. Consulta con Siboney Peralta. ¿No lo has hecho, mi vale? Ellos son una tumba. Ni te afanes. Si les hablas de mi parte, sin embargo, ellos mismos te dirán lo que yo te digo. En la cárcel de San Juan de Aragón hay un imperio interior y yo soy la cabeza. Aquí, muchacho, no sucede nada que yo no sepa y nada que no quiera o pueda controlar. Sábetelo: hasta los motines eventuales son obra de mi pura voluntad.

Se frotó la cara con las manos. Sonaban a lija. Me mentía.

Dijo que él sabía oler el aire y que cuando la atmósfera se ponía muy pesada era necesaria una gran trifulca interna para limpiar el ambiente. Aquí hay, cuando hacen falta, dijo, motines en serio, un caos de sillas rotas golpeando los muros, mesas del comedor hechas añicos, arañazos contra las puertas de fierro, policías heridos, incluso muertos. Violaciones, abusos, placeres sexuales disfrazados de castigos, ¿me entiendes? Aquí mordemos los candados.

¿Por qué me mentía?

—Y entonces el humo desciende. Quedan algunas cenizas. Pero regresamos a la paz. La paz es necesaria en una cárcel. Por aquí pasan muchos inocentes —me miró con una especie de pasión religiosa que me turbó—. Hay que respetarlos. Ya viste a los niños de la piscina. ¿Tú crees que deben condenarse para siempre? Pues yo te digo que si esta cárcel fuera lo que son casi todas, a saber, campos de concentración donde los carceleros son los peores criminales, donde la policía trafica con la droga y el sexo y es más culpable que el peor criminal, entonces me suicidaría, chamaco, porque si aquí hubiera caos sería porque yo soy impotente para establecer el orden necesario. Necesario, Josué, sólo eso, ni más ni menos; el orden indispensable para que la cárcel de San Juan de Aragón no sea ni paraíso ni infierno, no, sino sólo, y ya es mucho, un pinche purgatorio.

Como que se quedó sin aire y yo me sorprendí. Miguel Aparecido era para mí un hombre de fierro.

Quizás, porque en realidad yo no sabía quién era. ¿Me mentía?

Me tomó de los hombros y me miró como debe mirar un tigre a su presa mortal.

—Cuando aquí pasa algo que se me escapa de las manos, me encabrono.

Lo repitió sílaba tras sílaba.

—Me en-ca-bro-no.

Tomó aire y me contó que aquí vino a dar un sujeto al que Miguel, al principio, no le dio mayor importancia. Más bien le dio un poco de risa. Era un mariachi que luego fue policía o a la inversa, da igual, pero que era un estafador nato. Resulta que este mariachi o polaco o lo que fuera, participó en una escandalera de barrio hace unos años cuando la propia policía, encargada del orden, creó un desorden donde no lo había, porque la gente de la zona se gobernaba a sí misma y administraba sus propios crímenes sin hacerle daño a nadie. Al policía o mariachi de referencia le dieron una paliza fenomenal cuando los vecinos y los "guardianes del orden" se enfrentaron una noche trágica en la que los gendarmes fueron sacrificados por la multitud, quemados, encuerados, colgados de las patas como escarmiento: no vuelvan al barrio, aquí nos gobernamos solos. Pues resulta que el mariachi o polaco o puro pedo, por nombre Maximiliano Batalla, se escabulló y fingió que estaba mudo y paralítico sólo para que su mamá, una vieja muy templada pero muy sentimental de nombre Medea Batalla, lo cuidara, lo alimentara y lo llevara en silla de ruedas a rezarle por su recuperación a la Virgen de la Purísima Concepción.

"Anda, Maxi, canta, ¿no ves que te lo pide Nuestra Señora?"

—Y Maxi cantó —prosiguió Miguel Aparecido—; cantó tan bien las rancheras que engañó a su mamacita haciéndose pasar por mudo y tullido mientras lo visitaban sus compañeros de artes —mariachis y policías y motos y matones—, y Maxi los organizaba para una serie de crímenes citadinos que iban de la inocencia de robar el correo que venía de Estados Unidos porque los trabajadores a veces son tan ignorantes que mandan los dólares en una carta, hasta atacar a mujeres preñadas para robarlas en los cruces de avenidas, cuando reina la confusión de los semáforos, los policías de tránsito y el escape de los motores.

La Banda del Mariachi —como se le llegó a conocer— invadió centros comerciales por el puro gusto de sembrar el pánico, sin robarse nada. Infiltró la ciudad con un ejército de mendigos, sólo para poner a prueba dos cosas: que a un criminal disfrazado de mendigo no le pasa nada, pero que a un mendigo todos lo creen criminal.

—Es una apuesta —dijo muy serio Miguel Aparecido—. Es el azar —añadió casi como si rezase—. La mera verdad es que la Banda del Mariachi alternaba sus crímenes serios con vaciladas puras, sembrando, cual era su propósito, la confusión en la ciudad.

La banda de Maxi se organizó para estafar a los migrantes más allá del simple robo de los billetes en el correo. Fueron muy perversos. Organizaron a la gente de los barrios de donde salen los trabajadores migratorios para apedrear a los que regresaban, porque sin ellos el barrio ya no recibía dólares y en México —yo miraba a Miguel cuando Miguel no me miraba a mí— los pueblos se mueren sin los dólares de los migrantes, los pueblos no generan nada…

—Salvo trabajadores —dije.

—Y desconsuelo —añadió Miguel.

—Entonces —quise precipitar el relato—, ¿qué cosa hizo Maximiliano Batalla que tú no le perdonaste?

—Matar —dijo con gran serenidad Miguel Aparecido.

—¿A quién?

—A la señora Estrella Rosales de Esparza. La madre de Errol Esparza. La esposa de Nazario Esparza.

Luego Miguel Aparecido, como quien no quiere la cosa, pasó a otros temas o regresó a los del principio. Yo me quedé pasmado. Recordé el cadáver de doña Estrellita expuesto en la casa del Pedregal el día de la velación. Recordé al siniestro don Nazario y lo supe capaz de todo. Evoqué a la nueva señora de la casa y no supe de qué era capaz. Mi memoria más cierta y más tierna se dirigió a Errol, nuestro viejo cuate de la secundaria, el cabeza de huevo. Reprimí mis sentimientos. Quería escuchar al prisionero de San Juan de Aragón.

—¿Sabes lo que significa la esperanza? —me preguntó.

Dije que no.

—Tienes razón. La esperanza sólo trae sinsabores, castigos y desilusiones.

Creí que iba a ver sentimental por primera vez a este hombre. No debí ilusionarme.

—¿Qué pasaría si te escaparas? —me atreví a preguntarle.

—Aquí, el caos. Afuera, quién sabe. Aquí, la gente se marchita. Pero si yo no estuviera aquí, las calles estarían llenas de cadáveres.

—¿Más? No te sigo.

—No le mires las nalgas a la luna, cabrón.

Yo era pasante de Derecho. Yo era joven empleado de las compañías de Max Monroy. Yo era audaz.

—Quisiera liberarte.

—La libertad es sólo las ganas de ser libres.

—¿Libres de qué, Miguel? —le pregunté, lo admito, con una sensación de ternura creciente hacia este hombre que sin quererlo él o yo se convertía en mi amigo.

—De las furias.

La furia del éxito. La furia del fracaso. La furia del sexo. La furia del resentimiento. La furia del coraje. La furia del amor. Todo esto pasó por mi coco.

—Libre, libre.

Con un impulso que yo diría fraternal, el preso y yo nos abrazamos fuerte.

—El Mariachi ha salido de aquí libre. Lo liberaron las influencias de Nazario Esparza. Maximiliano Batalla es un peligroso criminal. No debe andar suelto.

Estornudó.

—¿Sabes, Josué? Entre los criminales de San Juan de Aragón no sólo hay rateros, no sólo hay inocentes, no sólo hay niños a los que hay que salvar, no sólo hay ancianos que se mueren aquí o muertos por la violencia que a veces no controlo. Llenan la alberca sin avisarme. Algunos niños se ahogan. Mi fuerza tiene límites, ciruelo.

El tigre me miró.

—También hay asesinos.

Intentó bajar la mirada. No lo logró.

—Los hay porque no tienen otro recurso. Digo, si examinas las circunstancias, entiendes que fueron obligados a matar. No tenían otra salida. El crimen era su fatalidad. Eso yo lo acepto. Otros matan porque se les acaba la capacidad de aguantar. Te soy franco. Soportan a un jefe, a una esposa, a un bebe gritón, carajo, óyeme, es espantoso lo que te digo, lo sé, ríete, Josué, toleras a una suegra hija de su chingada, pero un día estallas, ya no, la muerte les urge: mata y la muerte propia se asoma detrasito nomás. Yo entiendo la atracción y el horror del crimen. Vivo todos los días con el crimen. No me atrevo a condenar al que mata porque no le queda otro recurso. Hay quienes matan por hambre, no lo olvides…

Su pausa me espantó. Todo su cuerpo se estremeció sin debilidad. Esto es lo que me asustó.

—Pero el crimen gratuito, eso no. El crimen que no te involucra. El crimen por el que te dan dinero. El crimen de Judas. Eso no. Eso sí que no.

Volvió a mirarme.

—Llegó aquí Maximiliano Batalla y yo no supe leer su cara. Su cara de criminal a sueldo de un millonario cobarde. De eso me reprocho, chamaco. Ahí te lo encargo.

—¿Cómo te enteraste?

—Entró aquí un preso que lo conocía. Me lo contó. Al cabo yo controlo todo. El Mariachi no controla ni el trombón. Es un pendejo. Pero un pendejo peligroso. Hay que acabar con él.

Entonces Miguel Aparecido se despojó de toda semblanza de ternura o serenidad y se me presentó como un verdadero ángel del exterminio, lleno de sagrada cólera, como si mirase a un abismo en el que no se reconocía, como si faltara obediencia en el cosmos, como si naciera dentro de él un Demonio que exigía forma, sólo eso, la forma que le permitiera actuar.

—El criminal salió sin mi permiso.

Me miró con un cambio súbito, implorante.

—Ayúdame. Tú y tus amigos.

Me exasperé.

—Si salieras de aquí, tú mismo te vengarías, Miguel. No sé de qué. Podrías actuar.

Y sus palabras finales ese día fueron al mismo tiempo una derrota y una victoria.

—Sólo soy un hombre fiel si permanezco aquí. Para siempre.

El secreto de Max Monroy —Asunta me daba una clase sentada a contraluz en su despacho-acuario, sentada de tal manera que sus súper-piernas me distrajeran y esa era su prueba más segura— es saberse anticipar.

—Igual que su madre —dije de puro metiche.

—¿Tú qué sabes?

—Lo que saben todos, no sea usted tan misteriosona —le sonreí de vuelta—. Existe la historia, ¿sabe?

—Max se adelantó a todos.

Asunta procedió a darme una clase que ya conocía por boca de la Antigua Concepción. Sólo que lo que en la madre de Max Monroy era espontáneo y gracioso, en la boca de Asunta la ejecutiva de Max Monroy era fabricado y pesado, como si Asunta repitiese una clase para principiante: yo.

Decidí, sin embargo, ser un buen alumno frente a esta (lo admito), la mujer más atractiva que hubiera conocido. Elvira Ríos, la puta de la abeja, mi actual pioresnada Lucha Zapata, palidecían ante esta mujerobjeto, esta cosa bella, atractiva, sofisticada, elegante y supremamente deseable que ahora me daba clasecitas sobre el genio del hombre de negocios. Me daba cuenta de que repetía una lección muy aprendidita. Se lo perdonaré por guapa.

¿Qué hizo Max Monroy?, me dice una Asunta de mente, lo advierto, conflagrada cuando menciona al súper patrón.

—¿Cuál ha sido el secreto de Max Monroy?

Según Asunta, no hay un solo secreto, sino una especie de constelación de verdades. No fue el primero, me cuenta, en poner la telefonía moderna al alcance de todos. Fue el primero en prever un posible atasco de líneas por falta de oferta y exceso de demanda abriendo la posibilidad de comprar ahora y pagar después pero a condición de pasarse con nosotros, a las compañías de Max Monroy.

—¿Por qué? No sólo porque Max Monroy ofreció en un solo paquete teléfono, computadora, vodafonía, O2, todo el paquete, Josué, pero sin contratos engañosos, sin cláusulas onerosas. A Max no le importó ocultar gastos, no quiso explotar, añadir cláusulas en letra ilegible. Todo en letra grande, ¿me entiendes? En vez de precios altos y altas utilidades, propuso bajos precios y utilidades constantes con un gesto de libertad, ¿me entiendes? Max Monroy es quien es porque respeta la libertad del consumidor, esa es la diferencia. Cuando Max le pidió al consumidor que abandonara las redes establecidas con anterioridad su oferta fue la libertad. Max le dijo a cada consumidor: Elige tu propio paquete mensual básico. Te lo doy a precio fijo. Te permito usar todo lo que quieras de nuestra red, películas, telefonía, información, cuanto gustes y como gustes. Max se dirigió a grupos específicos ofreciéndoles un precio fijo a cambio de una constelación de servicios, asumiendo los costos operativos y subsidiando las operaciones cuando hiciera falta.

Asunta se ajustó el saco azul marino de rayas que era su uniforme y ello debió moverla a decir que Max Monroy era un gran sastre.

Me reí.

Ella no: —Un gran sastre. Óyeme bien. Max Monroy nunca ofreció un servicio de comunicación igual para todos. A cada cliente le prometió: "Esto sólo para ti. Esto es tuyo. Es tu traje." Y lo cumplió. A cada cliente le ofrecemos una sastrería individual.

Creo que miró con displicencia crítica mi atuendo clásico de traje y corbata grises. Me miró como se ve a un ratón. Sus ojos me pidieron, sin decirlo, "Más contraste, Josué, una corbata roja o amarilla, un cinturón más macro o unos tirantes llamativos, vete guapo, Josué, cuando te quitas el saco para trabajar o para amar, no te vistas como burócrata de Hacienda cuando vienes a la oficina, ¿cómo acostumbras vestirte en tu casa? Busca una mezcla moderna de elegancia y comodidad. Ándale."

—*Sans façon* —dijo en voz muy baja—. *Charm-casual.*

—¿Diga? —dije, adivinando el talento mimético de Asunta Jordán.

—No. Que Max Monroy inventó la sastrería individual para cada consumidor y cada consumidor se sintió especial, privilegiado, al usar nuestros servicios.

—¿Nuestros? —me permití arquear una ceja.

—Somos una gran familia —tuvo que decir la mujer, decepcionándome con el lugar común y remontándome, por un instante, a la nostalgia original de las pláticas filosóficas con el padre Filopáter.

—Las demás compañías ejercen presión. La competencia es intensiva. Hasta ahora, les ganamos a todos porque toda nuestra actividad se dirige siempre a tantos sectores como nos es posible, a tantos consumidores como nos sea imaginable. Nuestra estrategia es multisegmentaria. Crecimiento con utilidad. Figúrate nada más. ¿Qué se te hace?

El discurso de Asunta se fue perdiendo hasta convertirse en un eco lejano. Ella seguía hablando de Monroy, sus empresas, nuestras compañías. Yo me perdía cada vez más en la contemplación de la mujer. Las palabras se perdían. La vida también. Ignoro por qué en ese momento, ante esta mujer, tuve por primera vez la sensación de que hasta entonces la infancia, la adolescencia y la primera juventud eran como un río largo y lento que se dirigía con plena seguridad al mar.

Ahora, mirando a la mujer, embarcado en esta nueva ocupación dictada por el abogado Sanginés —y no supe en este momento si agradecerle o reprocharle sus cuidados, su esmero hacia mí y hacia Jericó —sentí que, lejos de bogar en paz hacia el mar, remontaba el curso del río, contra la naturaleza, con movimientos cortos, abruptos, en cascada, violando las leyes que hasta entonces habían regido mi existencia para librarme a una velocidad vital —¿o era mortal?— que se movía hacia atrás pero en realidad fluía hacia un mañana desafortunado, hacia una brevedad creciente que al acercarse física, violentamente al origen, en realidad me anunciaba la brevedad de mis días a partir de hoy. Todos llegamos a saber esto. Yo lo supe ahora.

¿Era Asunta la persona que al tocar la mía le daría, al menos, sentido y tranquilidad al "gran evento", la cosa "importante" de Henry James: la muerte? No sé por qué pensaba yo estas cosas, sentado frente a Asunta esta mañana en una oficina de Santa Fe. ¿Autorizaba el sentimiento de la fatalidad otro, al parecer muy opuesto, el del deseo que empecé a sentir frente a ella?

¿Prolongaba esta mañana de sol plomizo mi conversación de la víspera con Miguel Aparecido? ¿Me ensombrecía, sin quererlo, la misión que me encomendó el prisionero: vengar a la madre de nuestro cuate el Pelón Errol Esparza?

Callé. De esto no se habla aquí, so pena de ser irrelevante a la gran máquina empresarial de Max Monroy, porque si algo intuía con certeza era que el mundo empresarial al que me había introducido de un golpe el licenciado Sanginés, sacándome de un semi-retiro infantil, estudiantil, puñetero, prostibulario y crepuscular en esa clase media que abandonó los valores para dejarse llevar por la corriente —pensaba en Lucha—, este "nuevo mundo" excluía todo lo que no fuese auto-referencial: la empresa como origen y meta de todas las cosas.

¿Y la Antigua Concepción?, me pregunté en ese momento. ¿Estaba chiflada o era la súper-magnate? ¿O ambas cosas?

Asunta, he dicho, estaba sentada de tal forma que yo no podía evitar un vistazo ocasional, discreto, a sus piernas. Empecé a creer que era a partir de esas bellísimas extremidades largas, depiladas, enfundadas en medias color carne, sedosas a la vista mortal, que nacía mi sentimiento de pasión.

Digo pasión. No cariño, ni amor, ni gratitud, ni responsabilidad, sino pasión, la más libre, la menos amarrada a obligaciones, la más gratuita. Un sentimiento que fluía de las piernas de Asunta a mi mirada falsamente distraída, engañosamente discreta...

El mundo es transformado por el deseo. Mientras ella seguía enumerando las compañías de Max Monroy para las cuales yo empezaría a trabajar desde ahora, todos mis tiempos —mi pasado, mi presente, mi porvenir, con los nombres prestigiosos de la emoción: recuerdo y deseo, memoria y premonición— se daban cita en este instante y en la persona de esta mujer.

Pensé que la vida se va rápido. Nunca antes lo había pensado. Ahora sí y asocié la fugacidad al miedo y el miedo a la atracción. Jamás, admití, una hembra me había atraído tanto como en ese momento me atrajo Asunta Jordán. Y lo peligroso era que la pasión y la mujer que la provocaba comenzaban, sin pedir permiso, a transformar mi propio deseo, que dejaba, de alguna manera, de ser mío pero no era aún —¿lo sería alguna vez?— el de ella.

En esa pregunta anidaría desde ahora —lo supe ya— mi porvenir entero. Asunta me convertía, sin quererlo ella, en un hombre inflamado. ¡Cuidado, cuidado!, me dije sin utilidad alguna. Me sentí vencido por la atracción de la mujer y en ese mismo momento, sin quererlo, sin saberlo, supe que mi vida con la indefensa Lucha Zapata llegaba a su término.

La atracción de Asunta Jordán fue inexplicable. Fue instantánea. ¿Mea culpa? Porque al tiempo que me parecía deseable, también me parecía aburrida.

¿Era Lucha Zapata una adivina? No le dije nada al regresar esa noche a la Cerrada de Chimalpopoca. La encontré vestida, de nuevo, de aviadora. Noté su parecido a la célebre Amelia Earhart, la valerosa gringa que se perdió para siempre en un vuelo sin brújula por el Pacífico Sur. No me había dado cuenta. Se parecía en algo. Amelia Earhart era una pecosa sonriente, como esos trigales norteamericanos que le ríen al sol. Usaba el pelo muy corto, supongo que para volar mejor y colocarse firme el casquete de aviador. Usaba pantalones y chaqueta de cuero.

Igual que Lucha Zapata ahora.

—Llévame al aeropuerto.

Pedí un taxi y nos subimos los dos.

La dejé que hablara.

—No me preguntes nada.

—No.

—Recuerda lo que te dije un día. En esta sociedad eres deudor perpetuo. Hagas lo que hagas, siempre acabas perdiendo. La sociedad se encarga de que te sientas culpable.

Yo no dije lo que pensaba. Yo no la corregí ni le indiqué que a mi parecer la gente era lo que hacía, no lo que la obligaban a hacer. Ella era quien era, pensé en ese momento, por voluntad propia, no porque una sociedad cruel, maldita, villana, la hubiese orillado a serlo.

—¿Tú qué elegirás, Saviour? —me preguntó de repente, como para exorcizar la fealdad implacable de la ciudad que se desmoronaba a lo largo de sus acantilados de cemento.

—Depende. ¿Entre qué y qué?

—Entre lo inmediato y lo que dejas para otro día.

—No te entiendo.

—No mires pa' fuera. Mírame a mí.

La miré.

—¿Qué ves?

Sentí unas ganas inesperadas de llorar. Me contuve.

—Veo a una mujer que quiere volver a volar.

Ella me apretó el brazo.

—Gracias, Saviour. ¿Sabes lo que voy a hacer?

—No.

—Soy libre y puedo escoger. ¿Cantante de rancheras? ¿Poeta?

—Tú dices.

—¿Sabes que me han invitado a un reality show?

—No. ¿Qué es eso?

—Tienes que mostrar el aspecto más humillante de tu persona. Pides de comer de rodillas. Te caes de borracho.

El Salto del Agua. Los Arcos de Belén. José María Izazaga. Las cúpulas antiguas. Las ruinas modernas. Nezahualcóyotl. La Candelaria.

—Finges —continuó Lucha Zapata—. No finjas. Es como vivir en un campo de concentración nazi. Eso es la televisión. Un Auschwitz para masoquistas. Te privas. Te animalizas. Comes rancio. Tus toallas están embarradas de caca. Las batas están llenas de bichos. No te dejan dormir. Suenan sirenas de ambulancia día y noche.

Gritó: —¡Te cambian el día por la noche!

El ruletero no dejo de conducir pero volteó a verme.

—¿Ocurre algo? ¿Está bien la señora?

—No es nada. Está triste nada más.

—Ah —suspiró el chofer—. Es que se va de viaje.

Chifló una parte de "México lindo y querido, si muero lejos de ti".

Yo la calmaba. La acariciaba.

—¿Sabes? En Estados Unidos llaman a las mujeres "número". *Number.* ¿Cuál será mi número?

—No sé, Lucha.

Me pareció inútil hablar. Ella, vestida de aviador, se veía muy cansada, muy desengañada, como Dorothy Malone en el cine de los cincuentas.

—Ya no sé razonar —murmuró.

—Tranquila, Lucha, tranquila.

Entramos por la Calzada Ignacio Zaragoza a la larga avenida que conduce al aeropuerto.

—No quiero acabar en mosca de bar.

—¿Qué?

—*Barfly*, Saviour.

El chofer chiflaba, "que digan que estoy dormido y que me traigan aquí…"

Llegamos. Las filas de taxis y autos particulares me hicieron pensar que el cielo era demasiado chiquito para tanto pasajero.

La ayudé a bajar.

Se apostó el casquete y los goggles.

—¿A dónde te llevo?

—Con las mujeres nunca se sabe —sonrió.

—¿Te espero de vuelta? —dije como si no acabara de oírla.

—La aviación te enseña a ser fatal —concluyó y se fue caminando sola, abrazada a sí misma y se tambaleó un poco. Me adelanté a socorrerla. Volteó a mirarme con una seña de negación y movió los dedos con ternura, despidiéndose.

Se perdió en la multitud del aeropuerto.

Y otra vez, como en uno de esos sueños que se repiten y se disuelven en el olvido sólo para ser recordados en la segunda vuelta, crucé miradas con una mujer que caminaba detrás de un maletero joven de movimientos galanes, como si acarrear equipaje dentro del aeropuerto fuese un acto escénico glamoroso a más no poder. Esa mujer moderna, joven, rápida, elegante, con movimientos de pantera, de animal de presa, seguía con angustia al maletero.

La miré igual que antes. Sólo que esta vez la reconocí.

Era la nueva señora Esparza. La Sarape. La anfitriona de la velación de la anterior esposa de Nazario Esparza. La sucesora de la madre del cuatezón Errol. Sólo que ahora, al verla de nuevo, sabía algo gracias al prisionero de San Juan de Aragón, Miguel Aparecido.

La mujer era una asesina.

Es posible que yo haya vacilado un instante. Es posible que al "vacilar" me haya detenido demasiado tiempo en esa palabra que entre mexicanos adquiere la categoría de festejo, anarquía, burla, desorden: el vacile, el vacilador, el vacilón, una avenida verbal que conduce directamente a la plaza de "el relajo" y sus callejuelas "relajear" y "relajiento" que reducen el mundo al caos, el ridículo y el sinsentido, dejando atrás otra paráfrasis, el albur, que es en sentido recto un azar o riesgo pero que en habla mexica recurrente es juego de palabras de doble y triple sentido, no me corretées las lombrices, entonces no andes de gañote, no te pases de choriqueso,

¿me pasas el pan?, pancho cena esta noche, no chingues, no hay pedo, ni zoca ni zócalo, zácate zacatecas, ¡ay Sebastián!, que pone a prueba el ingenio callejero porque en los salones es peligroso y puede conducir a pleitos violentos, duelos, y asesinatos.

—¿Ves a esa mujer que entra al bar? Pues antes me daba hasta las nalgas.

—Oye, es mi esposa.

—Ay, cómo ha crecido…

Digo lo anterior para que los sobrevivientes entiendan por qué perdí minutos tan preciosos después de divisar a la segunda mujer de Nazario Esparza siguiendo a un maletero, sabiendo que asesinó a la madre de Errol según la más que confiable versión de Miguel Aparecido en la Peni de San Juan de Aragón y debiendo, en el acto, detenerla a la fuerza, expulsar cualquier miedo a que el maletero defendiese a su cliente (¿por qué se me ocurrió algo tan poco probable?), confrontarla, si no con los hechos, sí con mi pura fuerza física (¿sería superior a la de ella?) y conducirla a la oficina de seguridad del aeropuerto, denunciarla, hacerle justicia a mi cuate el Pelón Errol y a su difunta mamacita, todo esto cruzó mi mente al mismo tiempo que una banda de mariachis se interponía entre mi vacilación y mi prisa, seis personajes vestidos de charro, pantalones a rayas y saco negro, todo abotonado con plata y seis sombreros tamaño techo, labrados con oleajes de oro, ocultándoles las caras que yo no tenía el menor deseo de ver, temiendo acaso reconocer al famoso Maximiliano Batalla fugado o liberado sin justicia de la cárcel antes mencionada y presunto asesino de la también publicitada doña Estrella de Esparza…

La criminal Sara P. desapareció entre los mariachis que avanzaban (como si el traje y los sombreros no bastaran) con el ultraje sonoro de sus propios instrumentos, ajenos a su histórico origen como bandas matrimoniales, *musique pour le mariage* de las tropas de ocupación del imperio francés, austrohúngaro, checo, belga, moravio, lombardo y triestino que contraían matrimonio con lindas mexicanas al son del mariage-mariachi y ahora pasaban interrumpiendo la justicia de mi voluntad de aprehender a la presunta o probada criminal, imposibilitado por las estrofas berreadas por el avance musical de la banda cantando

De terno canario y plata
iba vestido el torero,
guapo y ungido y valiente
de figura pinturero

para recibir al hombre flaco, sonriente aunque melancólico, con una fresca cicatriz en el carrillo, el pelo embarrado con goma de tragacanto, elevado a las alturas por la turba de admiradores que lo cargaban en ancas gritando "torero, torero" mientras el susodicho diestro parecía dudar de su propia fama, disipándola con un gesto airoso de la mano, como dispuesto a morir la vez siguiente, como riéndose con tristeza de la gloria que a él le daban los aficionados que lo cargaban y los mariachis que ahora intentaban tocar un pasodoble desafinado mientras "la figura" saludaba con desgano y más que celebrar una victoria parecía despedirse del mundo a tiempo ante el asombro incomprensivo de los rebaños de turistas ¿gringos, canadienses, alemanes, escandinavos?, asoleados, inmunes a los cambios climáticos, que se formaban en grupos de jóvenes y viejos que querían ser jóvenes, con sandalias de playa, playeras con nombres de hoteles, clubes, localidades de origen, colegios, confundidas primera, segunda, tercera y ninguna edad en el alborozo forzado de haber gozado de vacaciones en un país, los USA, tacaño en otorgarlas, fatigando a sus trabajadores con el desafío de cruzar un continente interminable que se extiende de luminoso a luminoso océano, mientras que los europeos se formaban en fila como quien recibe un premio merecido y un consuelo estival ganado, sin que ellos lo supieran, por el gobierno francés del Frente Popular y Léon Blum (¿quién era Léon Blum?) en 1936, antes de que se acabaran las vacaciones.

Me abrí paso entre mariachis, turistas, la afición y la figura, en busca intuitiva de un remanso de paz, ya que el objeto de mi persecución había desaparecido para siempre en la nube de comida rancia y bebidas entibiadas que emanaban de los comedores transitorios como un aire viciado que nunca había visto el sol: el inmenso túnel que es un aeropuerto idéntico a todos los demás aeropuertos del globo respiraba sudores, grasas, flatulencias, evacuaciones de los WC estratégicos, pero lo volvía todo sanitario gracias a grandes e intermitentes bocanadas de aire fabricado, con olores sutiles de menta, camomila y violeta, para recibir y soportar a la siguiente estampida de niñas de colegio que iban a una vacación colectiva identificadas aún no por sus diminutos bikinis sino aún sí por sus delantales azul marino, sus zapatos sin tacón, sus medias de popote, sus sombreros de paja con listón, el emblema de la escuela grabado sobre el cardigan. Olían a dulce sudor infantil, a bocas irrigadas por sopa de habas y a dientes templados por chicles Adams. Hacían un ruido infernal por la obligación clara de mostrarse alegres ante la perspectiva de una vacación europea, pues todas sus caras decían "París" y ninguna "Cacahuamilpa".

A esta ola siguió la de los muchachos con camiseta de futbol que cantaban a todo pulmón lemas incomprensibles, codas partisanas más viejas que ellos mismos, siquitibúms, bimbombáms, rarrarrás, recordándome la escuela secundaria donde se inició mi vida de relación con el padre Filopáter, con el Pelón Errol Esparza y con mi hermano del alma Jericó sin apellido: el barullo de los jóvenes me acercaba al pasado pero me instalaba en el más presente de los presentes cuando un grupo de muchachos me agarró por las espaldas, me despojó del saco y me metió en una de las camisetas coloradas del equipo, escuela, secta, liga, unión, alianza, federación, pandilla, clan, fratia, orden, hermandad, gremio, club, escuadra, firma, división, rama, capítulo y mercado común de la más fuerte y fugaz de las naciones: el Club Juventud, que es patada en el culo y delirio del alma, creerse inmortal y saberse chingón, poseedor de todo y dueño de nada, inconsecuencia del pasaje, celebración del momento, potencia seminal, oportunidades perdidas, ríos en la arena, océano del porvenir, sirenas que lloran: les vi y me vi, volvieron a mí todos los días de una juventud que moría, apremiada, entre una banda de mariachis, un torero melancólico, unas niñas de vacaciones, unos adolescentes con camiseta de futbol y una mujer perdida cuyo domicilio, no obstante, yo conocía. Bastaba llegar hasta la casa del Pedregal con una orden de aprehensión arreglada por el abogado Sanginés para poner a parir piedra volcánica al sinvergüenza Nazario Esparza y a su concubina consagrada.

En cambio, yo estaba capturado por las turbas que entraban y salían de un aeropuerto con sólo dos pistas para veinte millones locales y quién sabe cuántos foráneos. Dejé de contar. Me derrotó la anarquía inútil. El temblor secreto de la autodestrucción. El caos que se presentaba sin salida, ahogándome en su mera existencia.

Sentí ganas de orinar.

Entré al estratégico lavabo, preguntándome ¿cómo llegue hasta aquí?

Produje mi habitual cerveza de riñón.

Me lavé las manos.

Me miré en el espejo.

¿Era yo?

Detrás de mí, había una persona sentada en un excusado.

No había cerrado la puerta.

Los pantalones se le arremolinaban en los tobillos.

La camisa le cubría las partes nobles.

Miré su cara reflejada en el espejo.

Me miraba con gran melancolía.

Era la cara de un payaso triste.

Me miró preguntándome sin hablar: —¿Cómo le respondemos a un mundo sin sentido?

Era la voz de un payaso enfermo.

Caía sobre su cabeza una luz ondulante.

Me sentí mal.

Quería devolver.

Me equivoqué.

Abrí la puerta de un clóset en vez de la puerta del wáter.

Estaba aturdido.

Dentro del clóset, un hombre garboso y joven, moreno, con los pantalones alrededor de los tobillos como si fuera a cagar, se cogía a una mujer con la falda arremolinada sobre la cintura y los calzones trabados entre los tacones de los zapatos.

Ella me miró con un sobresalto extraño, como si esperase ser descubierta y gozase con la idea de que un tercero la viese fornicar.

Era una mujer moderna, joven, con postura de animal de presa pero ya no tenía la elegancia que antes le regalé.

Le miré la nalga. Tenía tatuada una abeja.

Yo me quité la camiseta colorada del club de la pelota.

Cuando entramos juntos —Errol, Jericó y yo— a la casa del Pedregal de San Ángel, no sabíamos lo que nos esperaba.

Sara estaba detenida allí. Yo tenía la ventaja sobre Jericó de haberle visto la abeja en la nalga. No le dije nada porque en ese momento había cierta tensión entre los dos. Y además, "las circunstancias" nos empujan a guardar algunos secretos sin desconfiar, en verdad, el uno del otro. Yo abandoné la casa de la Cerrada de Chimalpopoca, inhabitable sin la vida que compartí con Lucha Zapata. Me tomé la libertad de largarme dejando la puerta abierta, como si el azar fuese el próximo habitante de la modesta casita de la mujer que tanto me apasionó. La pasión se vuelve morbo si sólo cuenta con una casa deshabitada para conmemorarse como si el amor pasado fuese un fantasma. Yo decidí que la intensidad de mi relación con Lucha requería un acto final que no fuese como un telón de teatro. Ella se fue. Yo me estoy yendo. La casa permanecería abierta, como si convocase a una nueva pareja. Como si el destino de nuestro "nido" fuese llamar a las aves por venir.

No sé. Sólo cuando ella se fue, me di cuenta de lo mucho que la necesitaba, lo mucho que la quería. Había una cierta deslealtad cínica en este sentimiento, toda vez que, con admitida ingenuidad, yo ya había decidido enamorarme de la esbelta y elegante Asunta Jordán. Lo que no pude prever es que el trío de las mujeres que me concernían acabarían por integrar otro espectro del pasado, en cierto sentido remoto, pues entre los 18 y los 25 años de un hombre media una galaxia.

La "operación Sara" —pues fue todo un operativo— implicó decidir, primero, entre regresar a la cárcel a hablar con Miguel Aparecido a fin de que me iluminara; consultar con el abogado Sanginés a fin de que me orientara; buscar a Errol en algún cabaret del centro de la ciudad; y consultarle a Jericó, toda vez que en nuestra vida erótica habíamos compartido a la puta de la abeja en la nalga.

Esta última era la proposición más difícil. Ya he contado que mi vida con Lucha Zapata me alejaba de Jericó y del apartamento de la calle de Praga. La situación parecía convenirnos a ambos a partir de esta premisa: ni Jericó me preguntaba sobre mis ausencias constantes ni yo indagaba sobre sus actividades cuando regresó a México. Sólo que ahora mis ausencias se volvían presencias. Sin la casa de la Cerrada (sin Lucha) yo regresaba a mi vida habitual (en el apartamento de Praga). Sólo que ahora volvía a convivir con un Jericó que había aprovechado mi ausencia para envolver su propia presencia en un misterio que la vida cotidiana amenazaba con disipar.

A lo anterior, cabe añadir que yo multipliqué mi actividad como empleado de la compañía de Max Monroy en Santa Fe y como pasante de Derecho obligado a escribir una tesis sobre Maquiavelo, en tanto que Jericó ingresó a la casa presidencial de Los Pinos, donde el propio Señor Presidente, en un acto que podía parecerme insólito o irrelevante, le había dado a mi amigo —él me lo contó sin mover un músculo de la cara— el encargo de organizar algo así como festivales, conmemoraciones y distracciones nacionales para una juventud "despolitizada". ¿Era importante? ¿Era baladí? Como Jericó no inquiría sobre mis actividades, yo tampoco averiguaba sobre las suyas. El hecho es que la detención de la segunda mujer de Nazario Esparza nos comprometió, a él y a mí, a ubicar a nuestro viejo camarada el ex-pelón Errol que según la presunta criminal, tocaba la batería en un antro del primer cuadro de la ciudad.

Haberme contado que había entrado al despacho del presidente y recibido el encargo me colocaba, sin embargo, en condición de deslealtad. Jericó me tenía confianza. Yo a él ¿qué le iba a decir? Mi relación con Lucha era sólo mía, era algo casi sagrado, no podía ser dicha por mí ni manoseada por terceros, así fuera mi fraternal amigo Jericó. ¿Lo traicionaba con mi secreto? ¿Debí abrirme a él? ¿Lo invitaba a que él, también, me traicionara a mí? El hecho es que Jericó me contaba que colaboraba con Los Pinos, cosa que yo ya sabía porque así nos lo había dicho Sanginés y él ya sabía que yo trabajaba con Max Monroy. Jericó desconocía a Lucha Zapata. Ahora, desconocía a

Asunta Jordán. Yo le llevaba dos ventajas en las personas de dos mujeres. ¿Era yo el socio desleal de nuestra vieja amistad? ¿O él no me contaba más de lo que yo sabía o de lo que yo ocultaba?

Con este tipo de sospecha me di cuenta, gracias a pequeños indicios (actitudes, saludos, despedidas, intenciones que asomaban la cabeza y desaparecían como pequeñas serpientes en la vida doméstica compartida), de que nuestra amistad se enturbiaba y yo lo lamentaba de verdad: Jericó era la mitad de mi vida y su compañerismo era una manera de borrarme a mí mismo de mi propio pasado...

El asunto del aeropuerto y mi decisión de denunciar a la mujer y al maletero que tan alegremente fornicaban en el baño de hombres abría en realidad la ocasión para reconciliarme con Jericó, evitar una ruptura y reiniciar, los dos juntos, una pesquisa que significaba, al cabo, reanudar un lazo, atar un hilo antes de que se rompiese y unir por donde habíamos dejado la historia: en el entierro de la señora Esparza, en el destino trunco de Errol.

—¿Dónde está Nazario Esparza? —fue la primera y lógica pregunta de don Antonio Sanginés cuando le expusimos un caso cuyos precedentes él conocía mejor que nosotros y las consecuencias, es posible, también.

Aunque no se contestó a sí mismo, sí nos proporcionó algunos antecedentes. Sanginés había manejado uno que otro asunto de Esparza, sobre todo la situación testamentaria dejada por el deceso de doña Estrellita, quien había aportado su propia fortuna a un matrimonio de separación de bienes con provisión de herencia entre los cónyuges supérstites en tanto que el contrato matrimonial con la señorita Sara Pérez Ubico era de comunidad de bienes, o sea, al morir don Nazario, su segunda mujer entraría en posesión de dos fortunas: la de su marido y la de doña Estrellita.

—Que se cuide don Nazario —suspiró Sanginés, uniendo los dedos frente al mentón.

—El Mariachi Batalla es un asesino —me dijo Miguel Aparecido en la cárcel—. No sé quién lo metió aquí y por qué no fui capaz de detenerlo.

Él también se llevó las manos a los labios y de allí a la nariz.

—Casi siempre, yo me huelo a tipos como ese gracias a mi red de informantes y hago que los expulsen de aquí. No sé cómo se me escapó este sujeto. Algo no funcionó correctamente —frunció el ceño Miguel Aparecido—. ¿Qué? ¿Quién? ¿Cómo?

—¿Expulsen? —comenté como si sospechase un impulso natural en quien estudiaba para mi tesis sobre Maquiavelo.

—Tú me entiendes —dijo con un subtexto siniestro Miguel Aparecido—. El caso es que, suelto, Maximiliano Batalla puede cometer cualquier exceso. Ya te conté sus antecedentes.

—¿Qué te hace creer que ha actuado en concierto con Sara P.?

—¿Quién es el maletero con el que fornicaba?

¿Quién era el maletero?

Este fue el menor de los misterios. Sanginés no tardó en averiguar que el falso maletero del aeropuerto era Maximiliano Batalla: un disfraz oportuno que mi descubrimiento ligaba a la deshonesta mujer de don Nazario Esparza, implicada por ello mismo en los crímenes de Maxi.

Como una caja de Pandora, la suma de acontecimientos se abría revelando un misterio tras otro. ¿Quién había sacado de la cárcel a Maximiliano Batalla? ¿Qué cosa, aparte del sexo, unía a la mujer de Nazario con el Mariachi Batalla? ¿Eran cómplices? *If so*, ¿en qué, por qué, para qué?

Tales fueron las hipótesis que la mente legalista de Antonio Sanginés desplegó ante mí, persiguiendo de una manera inesperada mi educación jurídica en un tiempo por demás práctico y que implicaba, en primer término, recuperar a nuestro cuate Errol Esparza y llegar juntos, como anuncié al principio de este capítulo, a la casa de su familia en el Pedregal de San Ángel.

Entretanto, a partir de la presunción de importancia que también es parte de la juventud y de una cierta impaciencia natural por saber más, yo le insinuaba a mi aparente jefa y secreto amor Asunta Jordán que me hablara del mero mero, Max Monroy, sin revelar jamás —ello era una prueba tácita de mi discreción y de la convicción creciente de que algunas cosas no deben saberse— que yo hablaba con la madre del *tycoon* en el cementerio donde la santa señora estaba sepultada.

—Ya entendí lo de sus negocios —le dije una mañana—. No necesitas abundar. Ya párale.

Ella rió. —No tienes idea de cómo se expande Max Monroy.

—Dime.

—¿Desde el principio?

—¿Por qué no?

Yo sabía que Asunta me iba a contar lo que yo ya sabía, aburriéndome mortal. Pero ¿qué es el amor hacia una mujer sino una obsesión independiente de las tonterías que repita como disco rayado? Me resigné.

Asunta me relató que Max Monroy no era un *self-made man* (yo reflexioné que de negocios modernos no se habla sin introducir anglicismos) sino heredero de una fortuna volátil y de otra constante. Su padre, el general, había "carranceado", como se decía en la época de la corrupción oficial en etapa de combate revolucionario a las órdenes del primer jefe Venustiano Carranza: robado. Pero aquello era como robar pollos en un gallinero sin tocar al gallo o disputarle su dominio. Ranchito por aquí, casita por allá, manada mansa por aquí, bronco tropel por allá, como que las cosas eran fáciles de obtener e igualmente fáciles de perder. En cambio, la madre de Max tenía bola de cristal y se adelantaba a los acontecimientos. Siempre uno o dos pasos por delante de la ley y del gobierno, quedaba bien con éste y consolidaba aquélla: comunicaciones, bienes raíces, industrias, bancos, crédito, constructoras, hasta agotar las posibilidades de la pequeña revolución industrial mexicana y el papel concomitante de intermediario para inventar compañías de la nada, recibiendo fondos usando nombres distintos y huyendo de las soluciones finales. La carrera de Max Monroy ha sido un ejemplo de fluidez, añadió Asunta. Él no se casa para siempre con nada. Avizora lo que viene en camino. Se adelanta a todos. No excluye a nadie. No es un monopolista. Todo lo contrario, cree que el monopolio es la enfermedad que mata al desarrollo capitalista. Esto, dice Max, no lo entienden los capitalistas principiantes, que se creen inventores del agua tibia aunque a veces son segunda generación y el agua la hirvieron sus padres.

—Ve la nómina de negocios de Max Monroy, Josué. Verás que no ha monopolizado nada. Pero se ha adelantado a todo.

Opina que las soluciones finales son casi siempre malas. Sólo aplazan y engañan. En cambio, las soluciones parciales son mucho mejores. Entre otras cosas, porque no pretenden ser finales.

—¿Nunca tomó partido?

—No, me dijo: "Asunta, la vida no es asunto de partidos o de cronología. Es cuestión de saber qué fuerzas actúan en un momento dado. Buenas o malas. Saber cómo resistirlas, aceptarlas, encauzarlas".

—¿Encauzarlas, Max?

—Como conclusión es deseable. Pero por mucha voluntad y mucha previsión que le pongas a un asunto, mi señora, el azar siempre jugará su carta. Estar preparado para lo inesperado, darle la bienvenida a la fortuna —buena o mala— y sentarla a cenar, como Don Juan al Comendador, eso…

—Don Juan se fue al infierno, Max…

—¿Quién te dice que no llegó al infierno y lo transformó a su imagen y semejanza?

—Quizás él ya vivía su propio infierno en el mundo.

—Es posible. Cada cual vive, o se inventa, sus cielos e infiernos en la Tierra.

—*Las puertas de tu cielo son las verjas de mi infierno*, escribió William Blake —cité yo— y añadí, pretencioso: —Es poesía.

Le guiñé el ojo a Asunta. Me arrepentí en el acto. Ella me miró con gravedad. ¿Por dónde toreaba a esta mujer? Porque era toro, no era vaca. ¿O era un hábil cordero que es cordera?

—No creo que Max Monroy lea poesía. En cambio, conoce muy bien las puertas de los cielos y las cercas de los infiernos del mundo de los negocios.

Yo estaba dispuesto a aprender, le di a entender a Asunta.

—"La posición de las estrellas es relativa", me dice Max a cada rato y creo que por eso nunca me ha dicho "Haz esto", sino "Sería mejor si…"

—¿Entonces no te sientes inferior o sometida a él, una simple empleada de Max Monroy?

Si Asunta se ofendió con mis palabras, no lo demostró. Si pensó ofenderse, me devolvió una sonrisa.

—Yo le debo todo a Max Monroy.

Me miró de una manera vedada. Quiero decir: sus ojos me dijeron "No avances más. Detente allí". Sin embargo, algo adiviné en ellos que me pedía aplazar, y sólo aplazar, la cuestión. Ella movió el cuerpo de una manera que me dio a entender la disposición de su espíritu a contestar mis preguntas, sólo me pedía tiempo, tiempo para conocernos más, para intimar un poco… Eso quise creer.

Digo: Eso leí yo en la postura de la mujer, en su manera de moverse, darme la espalda, mirarme de reojo, esbozar una sonrisa triste que le diese promesa y gracia a un relato pretérito y grave.

—Lo interesante de Max Monroy es que habiendo podido establecerse *at the top*, hasta arriba desde un principio, prefirió ir paso a paso casi como aprendiz del gremio de las finanzas. Él sabía que su peligro era sentarse a una mesa dispuesta de antemano en la que el mayordomo llamado Destino te ordena: come.

¿Sonrió Asunta?

—Mejor, él salió a cazar al reno, él mismo lo descuartizó, le sacó las entrañas, cocinó la carne, la sirvió, la comió y colocó la cornamenta encima de la chimenea del comedor. Como quien no quiere la cosa.

Esto lo dijo Asunta con una especie de sinceridad administrativa que me irritó bastante. Como si la admiración hacia otro hombre, por más que fuese su jefe y ella "le debiera todo", me restara a mí la posición, diminuta acaso, que quería merecer.

—¿Nunca comete errores Max Monroy? —dije con bastante estupidez.

—Te diré. Para qué es más que la verdad. No es que cometa o deje de cometer errores. Max Monroy sabe escapar a las exigencias del momento y ver más lejos que los demás.

—Es perfecto —comenté adobando con más y más estupideces mi propia atracción hacia Asunta.

Ella no lo tomó a mal. Ni siquiera dudó de mis intenciones, irritándome aún más. ¿Esta mujer me consideraba incapaz de una cabronada?

—Él escapa a las exigencias del momento. Se adelanta. ¿Eso lo entiendes, no es cierto? —me preguntó y me di cuenta de que con su pregunta me decía que sabía lo que yo intentaba y que, de paso, no le importaba. Max Monroy se anticipa.

Asunta me miró con seriedad.

—Va por delante de los tiempos.

—¿Y qué pasa si cambias con el tiempo?

—Te derrota, Josué. El tiempo te derrota.

"Date cuenta, Asunta, de la velocidad de las cosas. Sólo en mi vida, México pasó de ser un país agrícola a un país industrial. Antes fueron ciclos muy lentos. Un ciclo de siglos (a Max le gustan las aliteraciones, Josué) para el país agrícola. Una docena de décadas para el país industrial. Y ahora, Asunta, ahora..."

Un gesto excepcional: Max Monroy pega un puño contra la palma abierta de la otra mano.

"Y ahora, Asunta, un tiempo veloz, una carrera global, sin fronteras, sin banderas, sin naciones, al mundo de la técnica y la información. China, Japón, hasta la India, hasta Rusia —no menciono a los Estados Unidos, sería una redundancia—... El mundo global es un mundo tecnoinformativo y el que no se sube a tiempo al tren, va a tener que caminar descalzo y llegar tarde al destino."

—O no viajar —comenté.

—O por lo menos comprarse huaraches —sonrió ella.

"Asunta, hay cosas que yo no digo pero que tú sabes. Entiéndelas y nos llevaremos bien. Trabajemos juntos. En México, en toda la América Latina, tomamos la retórica por realidad. Progreso, democracia, justicia. Nos basta pronunciarlas para creer que son ciertas. Por eso vamos de fracaso en fracaso. Señalamos un objetivo para México, Brasil, Argentina... Nos convencemos de que con las palabras, las leyes conducentes, el listón cortado y el olvido inmediato logramos lo que dijimos querer... Decimos palabras que se burlan de la realidad. Al final, la realidad se burla de las palabras."

—¿Max Monroy le gana a la realidad?

—No. Se anticipa a la realidad. No admite pretextos.

—Sólo textos —afirmé paladinamente.

—Lo que no admite es la locura de las simulaciones que tanto le gustan a nuestros gobiernos y a algunos empresarios.

Asunta me estaba contando que Max Monroy era todo aquello de lo cual Max Monroy se distanciaba, y aquello de lo que se distanciaba era la ilusión y la práctica cotidiana de la política latinoamericana.

—Él va por delante de sus tiempos —dijo con irritante admiración la mujer que yo deseaba.

—¿Sus tiempos nunca lo derrotan?

—¿Cómo? —dijo ella con asombro fingido—. Nomás veme diciendo. A ver, ¿con qué? Hazme el favorcito, nada más.

Con la vejez, dije, con la muerte, dije, con saña, más imantado por el deseo de amar a Asunta que por el respeto que le debía a la Antigua Concepción, mi interlocutora radical, es decir, la raíz de mi posible sabiduría, de mi fortuna, de mi destino.

"—Y de tu mente, ciruelito. ¿Crees que puedes visitar mi tumba impunemente?

"—No, señora, no lo creo, perdóneme.

"—Respeta entonces a mi hijo y no adelantes vísperas, pendejo."

¿Era yo el emisario secreto de la Antigua Concepción en el mundo que heredó y fortaleció su hijo Max? Me preguntaba por mi rol en esta telenovela y lo que más me inquietaba era mi deseo carnal hacia una mujer que me aburría: Asunta Jordán.

Voy a dejar que hable Sara Pérez, Sara P., la segunda mujer de Nazario Esparza. Confieso que su vocabulario no sólo me ofende, aunque menos que los hechos que las palabras ostentan. Ostentosa: Sara P. hace gala de sus virtudes, entre las que destacan la vulgaridad, el cinismo, la ignorancia, acaso el humor negro, posiblemente un oculto deseo de seducción, qué sé yo…

Ante todo, corrijo mi pasada aseveración. Jericó se excusó de acompañarnos a la casa de los Esparza.
—No tengo tiempo —nos mandó decir a Sanginés y a mí—. La Presidencia es muy exigente. Además, no sé en qué puedo contribuir… *Sorry*.

A Errol no lo pudimos localizar. Sanginés mandó un verdadero cuerpo expedicionario a recorrer los viejos antros de la ciudad y los nuevos de los barrios alejados, los de la alta y los de la baja: nuestro cuate no apareció en ningún lado, se esfumó, la ciudad era muy grande, el país más grande aún, las fronteras porosas, Errol podía estar en cualquier ciudad de Estados Unidos o de Guatemala. Había que ser un nuevo Cabeza de Vaca para salir a encontrarlo. Y en nuestro siglo ya no había El Dorado como en el XVI, salvo como nombre de algún casino de Las Vegas.

Total: sólo Sanginés y yo nos presentamos, escoltados por los policías y los secretarios de juzgado, a escuchar la declaración de Sara Pérez de Esparza. La mujer estaba sentada en una especie de trono colocado en el centro de la sala de recepción que yo recordaba presidida en otra época por la tímida castidad de la primera mujer de Esparza, la madre de Errol y ahora por la hembra que yo no podía dejar de asociar, en retrospectiva, a un acto de sexualidad grosera en el clóset de un lavabo de hombres en el Aeropuerto Internacional Benito Juárez; a un paso apresurado precedida por un maletero y vestida como Judith rumbo a Betulia, "de tertulia", por los inmensos y populosos corredores del mismo; a una jornada luctuosa en memoria de su predecesora doña Estrellita; a otro paso por el aeropuerto el día en que me topé por vez primera con Lucha Zapata y finalmente, a la noche en que Jericó y yo nos cogimos a esta misma mujer en el burdel de La Hetara.

Pero entonces ella usaba un velo y sólo pude identificarla por la abeja tatuada en la nalga, que volví a ver en la esperpéntica escena del lavabo aéreo.

Ahora, Sara Pérez de Esparza estaba sentada en su trono semigótico y seudoversallesco, propio de su extraña mezcla de gustos omnívoros, pues yo empezaba a creer que en esta mujer todo se daba, lo peor y lo mejor, lo más vulgar y lo más refinado, lo más deseable y lo más repugnante, sin pasar por ningún matiz de sentido común. Sentada en su trono, arañando los antebrazos con uñas plateadas tan largas como cimitarras, vestida como estrella de *La Dolce Vita* con un palazzo-pijama de los años sesenta, negro y dorado con delfines nadándole entre pecho y espalda, entre rodilla y rabadilla: el atuendo extrañamente demodé de camisa suelta para mostrar con generosidad los pechos. Los anchos pantalones de marinero. Pies descalzos, aunque con anillos en cuatro dedos de cada pie, una joyita brillante incrustada en cada dedo pequeño y varias argollas de esclava en los tobillos, haciendo juego con toda la orquesta metálica que le sonajeaba en las muñecas compitiendo con el silencio sepulcral de los gordos anillos y todo contrastando con la desnudez del cuello, como si Sara no quisiera nada que distrajese de la atención debida a su escote, al orgullo que sentía de sus tetas, bubis, melones, tomajones, pechugas, quién sabe cómo llamaría ella misma a esos enormes e inmóviles tubérculos que asomaban fijos como una doble lápida donde estaba enterrada la sensualidad natural de este ser artificial, semejante a una muñeca mecánica a la que cada mañana había que darle cuerda con una llave de oro: Sara P. tenía montada sobre su extravagancia corpórea una cabeza relativamente pequeña, agrandada por los rizos de pelo rubio que ascendían como cordilleras hacia una frente rasurada y restirada para coronarse con perlas negras, dando una espantosa impresión de que las joyas se comían la cabellera, todo ello para consagrar un rostro rígido, restirado, bello de una manera vulgar y obvia, como un atardecer de despedida cinematográfica, como un calendario de garage, como una estampa de soldado, chofer de taxi, mecánico o adolescente anarquista.

Fija la mirada tiesa y llena la boca como una cereza paralítica. Nerviosa la nariz incontrolable. Sepultadas las orejas por la gravedad pesante de los aretes tricolores: unos extraños, obvios y desagradables pendientes con los colores de la bandera nacional. La vi por primera vez de cerca, detallada.

Era una mujer camuflada. Los olores. Las arrugas. La risa. Todo estaba controlado, rígido, re-hecho como un hechizo.

Ella habló y desde el primer instante yo sentí que sus palabras eran a la vez las primeras y las finales de su vida. Un discurso bautismal y sepulcral a la vez.

Doña Hetara, la madrota del prostíbulo de Durango, administraba los gustos de sus clientes y la fortuna de sus pupilas. No era una de esas dueñas de burdel que sólo manejan el negocio de putas. Bien abusada doña Hetara. Mucho colmillo. Ni un pelo de tonta. Ella decía siempre: Di-ver-si-fi-car-se. Y ahí tienen que no sólo administraba un bulín, sino una escuela de monjas donde doña Hetara, que era muy caritativa, mandaba a las huilas envejecidas a vestirse de religiosas y pretender que educaban a las huilas jovencitas que buscaban marido. Porque en el fondo no hay puta que no aspire al matrimonio. Les arde que los hombres no les digan "mujeres" sino "viejas". Ser "vieja" es ser puta, morralla, envoltura de tamal, olla de mole... Ser "mujer" es ser amante que puede llegar a ser esposa y madre.

Después de una temporada para foguearse en el burdel de la calle de Durango, Sara fue enviada al colegio de monjas dizque a refinarse y allí la conoció don Nazario Esparza, siempre a la caza de sensaciones novedosas y carnes frescas para su "insaciable apetito" o sea, ¿de qué le servían todas las mueblerías, los hoteles, los cines y los centros comerciales, de qué le servían las camas si no podía gozar en ellas con una buena *vieja*?

—No se afane, don Nazario. No busque más lo facilito. No coma ansias. Avance despacito. Cómprese la idea de que todavía es galanazo. Está usted muy enterito, la mera verdad. Muy girito.

Y así fue seducido el millonetes este por la conventual niña Sarita, que vivía en un cenobio en donde la abandonaron sus padres.

—¿La abandonaron, señora?

—Digamos que la entregaron.

—¿No la han vuelto a ver?

—No se preocupe, don Nazario. Exigimos una buena suma por entregarla y no la dejamos ver nunca más. Sarita está solitita. Sólo lo tendrá a usted, caballero.

Según él mismo decía y su hijo Errol nos contó.

A usted y una surtida banda de mariachis, rateros, vagos, mafufos, drogadictos, padrotes, bongoseros y todos los que ella no había conocido pero imaginaba, pues por su cabeza pasaban más hombres que en un ejército, los que se la cogieron y los que pudieron cogérsela de haber sabido las monerías que albergaba el cuerpo dispuesto de Sara P. Como una mariposa bellísima que podía convertirse en oruga a placer, imitar a la perfección los modales de las de arriba y practicar a la ruindad los vicios de las de abajo. Yo la vi de anfitriona fúnebre el día de las honras de doña Estrellita, era fina pero una fina falsa, algo desentonaba en el gesto, el vestido, sobre todo la manera de dar órdenes, de tratar a la servidumbre, el desprecio altanero, la falta de cortesía, la esencial mala educación de Sara P. expuesta con un desdén que la asimilaba a lo que creía, la muy bruta, despreciar.

Cómo no, Sara llegó a la mansión del Pedregal con la virginidad intacta y don Nazario se gozó el privilegio de desvirginarla. Era un virgo de *scotch tape* fabricado con astucia por las falsas monjas del disoluto convento, que lo mismo restauraban virgos que cocinaban moles. Don Nazario ¿qué iba a saber? No había fornicado virgen en su pinche vida salvo la casta pero estrecha señora Estrellita, que tenía un candado síquico entre las piernas, y como Sarita le dio ese placer inédito, de allí en adelante se convirtió en esclavo de su mujer la falsa monjita. Nazario, que era un emperador romano acostumbrado a arrojarle monedas al populacho. Nazario, que exigía ser centro de atracción. Nazario el del temperamento colérico y la ira ciega. Convertido en poodle, perrito faldero, muñeco de la cabrona, sensual, voraz, impasible Sarita: el pontífice vencido por la lujuria desacostumbrada de la falsa sacerdotisa que poco a poco se desnudaba el alma, provocaba la lujuria, vomitaba palabras gruesas, exigía posturas animales, hazme la leona, Nazario, hazme lo que le gusta a todos los hombres, tigre, no sólo a ti, goza mi coño, quiero gozarlo, quiero que lo gocen todos, el mariachi, el maletas, el ruletero, el alfarero: fórmame, Nazario, como si fuese tu maceta.

¿Le repugnaba a don Nazario? ¿Le importaba que ella dijese que le daba a él lo que le gustaba a todos, no sólo a su marido? ¿Se reía de él contándole experiencias sexuales que, decía, eran sólo imaginarias y ahora se las exigía al viejo cada vez más turulato, ausente, atolondrado con tanta excitación, tanta novedad, sin darse cuenta de que ella, aun en la más cercana intimidad, lo veía de lejos, con desprecio, como si lo leyera, como si fuera el periódico de antier o un anuncio del Periférico. Pero no se daba cuenta de que no lo humillaba. Sólo lo excitaba más y más, le encendía la imaginación. Esparza veía a Sara en todas las posiciones concebibles, la imaginaba fornicando con otros hombres, gozaba más y más de este sexo vicario.

Ella lo odiaba —dice— pero él la apresaba como a una perra. Llegó a desear que el pene se le quedara para siempre dentro de ella. Tuvo ganas de castrarlo. Le decía que mientras más amantes la gozaran, más semen se le quedaría atesorado adentro. Imagina, Nazario, imagíname cogiendo con quienes nunca has conocido.

—Nomás te cuento. Las putas: las tomas de nalgas, son las más baratas. Si se ponen encima del hombre, son las más caras.

Sólo que al mismo tiempo le daba cada vez más miedo su matrimonio con el vejete. Le dio por verse como no era, avara, cavernaria, espectral. Deseó con fervor la muerte del hombre que la amaba, la deseaba y al mismo tiempo la tenía arrinconada por el lujo y la ambición.

Fue cuando Nazario le hizo el favor de quedarse tullido después de un enérgico 69. El viejo se excitó demasiado y se quedó medio tieso con una hemiplejia que le impedía hablar más allá de un maullido de arroz con leche. Entonces ella volvió a sentir la tentación de castrarlo y hasta meterle el pene flácido en la boca. Pero tuvo una mejor idea. Poco a poco fue escalando una política de humillaciones empezando por mostrarse con las tetas al aire ante el hombre paralítico. Confundirlo paseándose ante su mirada idiota, disfrazada de luto un día, como para coctel otro, de enfermera en fin, sacándolo al patio sin sombra del Pedregal en la silla de ruedas para que se tatemara un poco, horas y horas al rayo del sol, a ver si se me muere de una insolación y Nazario Esparza enfundado en un pijama de lana y una bata de cuadros escoceses, sin zapatos, tratando de evitar la mirada del sol y observar cómo le crecían las uñas amarillentas de los pies...

¿Sola? Sara se rió largo rato, con modos de señorita pudibunda a veces, con carcajadas prostibularias otras, qué va, me traje a la casa a todos los que antes sólo mencioné, mariachis, vagos, toalleros de burdel mis cuates que me traían los paños tibios después del amor, bongoseros que le tocaban música tropical mientras yo le bailaba al viejo tieso, padrotes que le hacían de todo, cocinaban y servían de comer. Sacaban al ruco a asolearse en el mediodía de la pinche meseta, como un puerco rostizado, aunque ella lo mimaba también, se le metía en la cama y jugueteaba con él, le decía al oído anda hazme lo prohibido, le susurraba qué tiernas son las momias, y si él alargaba los dedos temblorosos ella le daba un manazo y le decía "quieto, veneno" y luego se desnudaba y hacía el amor con el Mariachi frente a la mirada atónita, desesperada, ilógica, de Nazario Esparza, quien le hacía señas locas para que se metiera a la cama con él.

—¿En tu cama, Nazario? En tu cama sólo te haces pipí.

Culminó, relata, con lo que ella llama el "cachuchazo popular". Todo el reparto de servidores y parásitos reunidos en la casa del Pedregal escenificaron frente a Esparza la violación colectiva de Sara P. Ella exageró las poses, los gritos de placer, las órdenes de acción, incluso exageró la falsedad con unos orgasmos que repercutían en las facciones momificadas de Nazario Esparza como un espejismo de la vida, un oasis perdido del poder, un desierto semejante a la muerte.

Que le llegó, declaró la mujer, en medio de la última orgía escenificada. La comprobó el bongosero que sabía medir de lejos los latidos del mundo tropical. Lo atestiguó el pachuco que registraba a los muertos imprevistos en casas de prostitución. Nadie lo vio morir. Aunque el Mariachi, que abrazaba a Sara en ese momento, dice que oyó, como en una canción de despedida, las palabras de *La Barca de Oro*:

"Yo ya me voy... sólo vengo a despedirme.

Adiós mujer... Adiós, para siempre adiós."

¿Será verdad, o poesía?

¿Dónde lo enterraron?, preguntó Sanginés, en cuyas facciones se hacía presente un desagrado que contrastaba, debo admitirlo, con mi propia fascinación: el relato rocambolesco, surrealista, al cabo inenarrable de esta mujer despojada de toda noción moral, enamorada de su mera presencia sobre la Tierra, poseída de su incalculable vanidad, encerrada en una gloria idiota, sin más realidad que la de sus actos desconectados entre sí sólo para formar una cadena de servidumbres que escapan a la conciencia del sujeto, todo ello, en ese instante, cerraba una etapa de mi juventud que empezaba en el burdel de la calle de Durango cuando junto con Jericó gozamos a la hembra de la abeja tatuada en la nalga y terminaba ahora, con la hembra sentada en un trono de utilería y el sexo pintado en la cara para tener boca y hablar.

Pensé, durante los siguientes días, que mis relaciones con las mujeres no acababan de consumarse, terminaban abruptamente y carecían de algo que a mi edad empezaba a imponerse como una necesidad. La duración. Una relación duradera.

Junto con Jericó, habíamos leído a Bergson en la preparatoria y el tema de la duración, gracias a esa lectura, a veces reaparecía en nuestras conversaciones. Bergson hace una distinción muy clara entre la duración que podemos medir y otra que no se deja capturar con fechas porque corresponde al fluir íntimo de la existencia. Lo vivido es indivisible. Contiene el pasado como memoria. Anuncia el porvenir como deseo. Pero no es ni pasado ni futuro separados del instante. Todo instante, por esta razón, es novedoso aunque todo instante es pasado del recuerdo y anhelo del porvenir.

(Uno entiende por qué la filosofía de Bergson fue el arma de los intelectuales del Ateneo de la Juventud —José Vasconcelos, Alfonso Reyes, Antonio Caso— contra el positivismo comteano que se había convertido en la máscara ideológica de la dictadura de Porfirio Díaz: todo se justifica si al cabo se progresa: una diosa moderna, en el Palacio de Minería de la Ciudad de México, se proclama, con brillo y opacidad de emplomados, divinidad de la industria y el comercio. Era la cortesana de la dictadura.)

¿Qué contiene este movimiento del instante que abarca lo que fuimos y lo que seremos? Por un lado, instinto. Por el otro, inteligencia. La gente, frente al acto de creación, frente a Miguel Ángel o Rembrandt, Beethoven o Bach, Shakespeare o Cervantes, habla de inspiración. Wilde dijo que la creación es diez por ciento inspiración y noventa por ciento transpiración. O sea: crear supone trabajar y tanto Jericó como yo pensamos que la producción de talentos frustrados en América Latina es tan grande como la producción de plátanos porque nuestros genios están esperando la *inspiración* y gastan las posaderas, esperándola, en cantinas y cafés. El diez por ciento, sin embargo, está esperando pacientemente al lado del noventa que puede hacerse presente, cómo no, en un bar o un café, aunque es mejor recibido en un cuarto lo más despoblado posible, con pluma, máquina o computadora a la mano y un esfuerzo concentrado que lo mismo puede darse, por lo demás, en un avión, un hotel o una playa. El texto no admite pre-texto.

Intención e inteligencia. Creo que mi amigo y yo, en una larga relación iniciada en el patio deportivo de un colegio religioso, no necesitábamos pronunciar esas palabras para entenderlas y vivirlas. No eran la única base de nuestro acuerdo, afirmado el día en que me fui a vivir con él a la calle de Praga. Hoy, sin embargo, dos o tres días después de oír a la maldita (¿o era bendita en la compasión?) Sara Pérez de Esparza,

Jericó llegó al piso compartido y dijo a boca de jarro que había llegado el momento de vivir separados.

Yo no me inmuté. —Hoy mismo me voy.

Jericó tuvo la gracia de bajar la cabeza. —No. El que se va soy yo. Quédate aquí. Es que —levantó la mirada— voy a estar viajando mucho por toda la república.

—¿Y?

—Y voy a estar recibiendo toda clase de visitas.

—Tienes oficina.

—Tú me entiendes.

No quise detenerme en lo obvio y creer que Jericó necesitaba mudarse para tener mayor libertad amatoria. Quizás ya la había tenido mientras yo me dedicaba a Lucha Zapata y ahora, sin ella, la promesa de mi presencia constante le echaba a perder uno que otro "romance".

Entendí que había algo más cuando Jericó dijo de forma abrupta,

—Nada me obliga a vivir contra mí mismo.

—Claro que no —asentí con seriedad.

—Contra mi propia naturaleza.

Ni siquiera se me ocurrió que mi amigo iba a revelarme sus inclinaciones homosexuales. Regresan a mi memoria imágenes de la ducha compartida en el colegio y, más provocativamente, del erotismo con la mujer de la abeja posterior. Recordé también lo que me dijo al regresar de sus años de estudios europeos, un viaje planeado con tanto misterio como el regreso mismo y un misterio acrecentado por una cierta falsedad que yo intuía —no sabía, sólo intuía— en las referencias parisinas de un joven que desconocía el argot francés y en cambio empleaba el slang americano, como ahora:

—Mira, como canta Justin Timberlake, *Daddy's on a mission to please*. No me lo tomes a mal.

—Claro que no, Jericó. Tú y yo hemos tenido la inteligencia de nunca contradecirnos sabiendo que cada uno tiene sus ideas propias.

—Y su propia vida —exultó mi amigo.

Le dije que así era y lo miré sin hacer gestos, preguntándole retóricamente: —¿Su propia naturaleza?

No lo dije con trampa, inquina o segundas intenciones, sino en verdad con ganas de que él mismo me explicase cuál era "su propia naturaleza".

—No somos los mismos —acudió a mi tácita pregunta—. El mundo cámbia y nosotros con él. ¿Recuerdas lo que te dije, aquí mismo, cuando regresé a México? Te pregunté entonces, ¿Qué tenemos? ¿Nombre, ocupación, estado? ¿O somos un terreno baldío? ¿Un basurero de lo que pudo ser? ¿Un catálogo de debe y haber cancelado? ¿Ni siquiera el fondo de la olla?

Lo detuve con un gesto de la mano. —Respira, por favorcito.

—Necesitamos un puesto, Josué. No podemos dar como ocupación "pienso" o "soy".

—Podemos convertirnos en viejos jóvenes, como algunos músicos, Compay Segundo o los Rolling Stones, ¿por qué no?, ¿no te lo advertí?

—No bromees. Te hablo en serio. Llegó el momento de aplicarnos a la acción. Tenemos que actuar.

—¿Aunque traicionemos las ideas? —dije sin mala uva.

Él no lo tomó a mal. —Adaptándonos a la realidad. La realidad va a exigir cosas acordes con nuestros talentos aunque discordes con nuestros ideales.

—¿Qué vas a hacer?

—Voy a hacer, voy a actuar de acuerdo con la necesidad y tratando, dentro de lo posible, de mantener los ideales. ¿Qué tal?

—¿Y si los ideales son malos ideales?

—Seré político, Josué. Trataré de que sean menos malos.

Sonreí y le dije a mi amigo que en verdad éramos fieles a nuestra educación católica y a la moral del mal menor en caso de escoger entre dos demonios. ¿Éramos *jesuitas*?

—Y además, el jesuita va a donde le ordene el Papa, sin chistar, sin demora.

—Pero esa orden era para salvar almas —dije yo con la ironía que me provocaban sus palabras.

—Y las almas no se salvan pasivamente —me contestó con convicción—. Hay que tener una fe absoluta en lo que se hace. Los fines deben ser claros. Las acciones, contundentes. No se construye un país sin acciones implacables. En México hemos vivido demasiado tiempo del compromiso. El compromiso sólo aplaza la acción. El compromiso es *wishy-washy*.

Se exaltó y lo miré con peligro, casi de reojo.

Dijo que en toda sociedad hay dominantes y dominados. Lo insoportable no es esto, sino que los dominantes no sepan dominar, abandonando a los dominados a una existencia fatal o vegetativa.

—Hay que dominar para mejorar a todos, Josué. A todos. ¿O no?

Lo acusé, sonriendo, de elitismo. Me respondió que las élites eran indispensables. Pero que era necesario unirlas a las masas.

—Élite más masa —sentenció Jericó, moviéndose como animal enjaulado por un espacio, hasta ese momento el nuestro, que ahora él convertía, por lo visto, en una prisión pronta a abandonar. —¿Te crees inmortal? —dijo.

Reí. —Para nada.

Me meneó el dedo frente a la cara. —No mientas. De jóvenes todos nos creemos inmortales. Por eso hacemos lo que hacemos. No juzgamos. Inventamos. No damos ni oímos consejo. Hacemos dos cosas. No aceptamos lo que ya está hecho. Renovamos.

Reí a pesar mío.

Yo también —me dije para mis adentros— creo que voy a vivir para siempre, lo siento en el alma aunque la cabeza me diga lo contrario.

—¿Te parece legítimo que sean los viejos los que controlan todo, el poder, el dinero, la obediencia? ¿Cómo?

—Pregúntamelo el día que sea viejo —traté de ser amable con un amigo, cuyo semblante rijoso y apasionado, hasta cambiar de colorido, lo alejaba de mí por minutos.

Jericó se dio cuenta de que lo miraba y lo juzgaba. Trató de tranquilizarse. Hizo una broma sacrílega.

—Si se cree en la Inmaculada Concepción, ¿por qué no creer en la Maculada Concepción?

—¿Qué quieres decir? —le pregunté un tanto shockeado a pesar de mí mismo.

—Nada, cuate. Sólo que la vida nos ofrece un millón de posibilidades en cada esquina. O mejor dicho, en cada plaza.

Los ojos le brillaban. Dijo que imaginara una plaza circular…

—¿Un *rond point*? —pregunté a propósito.

—Sí, un círculo del cual salen, pon tú, cuatro, seis avenidas…

—Como la Plaza de la Estrella en París.

—École —dijo con entusiasmo—. El asunto es, ¿por cuál de las seis avenidas te vas a encaminar? Porque al escoger una, como que sacrificas las otras cinco. ¿Y cómo sabes que escogiste bien?

—No lo sabes —musité—. Sino al final de la avenida.

—Y lo malo es que ya no puedes regresar al punto de partida.

—A la plaza original. A La Concordia —sonreí, sin querer, con ironía.

Se me quedó mirando. Con cariño. Con desafío. Con un ruego no dicho: Compréndeme. Quiéreme. Y si me quieres y me entiendes, no averigües más.

Hubo un silencio. Luego Jericó empezó a empacar sus cosas y la conversación reasumió su tono coloquial acostumbrado. Yo lo ayudaba a empacar. Me dijo que me quedara con los discos. ¿Y los libros? También. Pero entonces me miró de una manera extraña que yo no entendí. Los libros eran míos. Él, ¿qué iba a leer de ahora en adelante?

—Seamos barrocos —rió encogiéndose de hombros, como si esa definición convirtiera en consomé de pollo la historia de México y a los mexicanos.

—O seamos audaces —le dije—. ¿Por qué no?

—¿Por qué no? —repitió con una leve carcajada—. La vida se nos escapa.

—Y al Diablo con las consecuencias —di por terminada esta desagradable escena. Le toqué un hombro a mi amigo.

Le ofrecí ayudarle a bajar las dos maletas.
Él se negó.

Me propuse mostrarme indiferente hacia la belleza, la salud y la fortuna. Quise convertir mi indiferencia en algo distante del vicio y de la virtud. Temí caer en la soledad, el suicidio o la justicia. Quise, en suma, evitar las pasiones, considerándolas la enfermedad del alma.

El fracaso estrepitoso de estas, mis nuevas intenciones (mi duda), tuvo que ver con la mera presencia de Asunta Jordán. De nueve a dos, de seis a nueve, de la tarde a la medianoche, jamás estuve lejos de ella durante ese tiempo de mi iniciación en las oficinas del edificio Vasco de Quiroga en la zona de Santa Fe. El edificio mismo constaba de doce pisos de trabajo y dos más para la habitación del presidente de la empresa, Max Monroy, más un techo plano para el helicóptero.

—¿Y tú? —le pregunté a Asunta con una mezcla de audacia y torpeza—. ¿En qué piso vives tú?

Me miró con sus ojos de mar nublado.

—Repite lo que acabas de decir —me ordenó.

—¿Por qué? —dije, tonto de mí.

—Para que te des cuenta de tu estupidez.

Lo admití. Esta mujer, de la que yo me había enamorado, me estaba educando. Me condujo por los doce pisos permitidos, desde la entrada sobre la Plaza Vasco de Quiroga, saludando a los guardias, al conserje, a los elevadoristas y de allí a la segunda, tercera y cuarta plantas, donde el secretariado femenino abandonaba el tecleo y la taquimecanografía a favor de la grabadora y la computadora, donde el secretariado masculino firmaba o rubricaba con iniciales en la correspondencia y dictaba la misma, donde los archivistas trasladaban la vieja y empolvada correspondencia de una compañía fundada por la madre de Max Monroy (mi secreta platicadora del panteón sin nombre) hace casi noventa años, a cintas, disketes y ahora iPods, blogs, memory sticks, usb drives, discos externos, y de allí a la quinta planta, donde un ejército de contables trabajaba, a la sexta, oficina de los abogados al servicio de la empresa, a la séptima, de donde irradiaban las preocupaciones culturales de Max Monroy, ópera, ballet, ediciones de arte, a la octava, espacio dedicado a la invención, y a la novena y décima, los pisos donde se inventaban ideas prácticas para tecnologías modernas.

En el piso once trabajaba yo con Asunta Jordán y todo un ejército ejecutivo, un piso más abajo de los trece y catorce habitados, hasta donde mi imaginación llegaba, por Barba Azul y sus disponibles mujeres.

¿Era Asunta una de ellas?

—No eres ni seminarista ni tutor —me dijo como si adivinase en mí a un héroe de novela decimonónica encarnado por Gérard Philippe—. No eres empleado común y corriente porque aquí llegaste de la mano del licenciado Sanginés, a quien Max Monroy quiere y respeta. Tampoco eres socialmente inferior, aunque no llegas a ser socialmente superior.

Me miró de arriba a abajo.

—Tienes que vestirte mejor. Y algo más, Josué. Más vale no nacer que ser mal educado, ¿me entiendes? La sociedad premia la buena educación. Las apariencias. El habla. Las formas. Las formas son parte de nuestro poder, aunque nos rodeen los majaderos o quizás gracias a ello.

Se explayó —de piso en piso— hablando del cultivo mexicano de las formas.

—Somos los italianos de América, más que los argentinos —me iba diciendo en el elevador—, porque nosotros fuimos virreinato y sobre todo descendemos de los aztecas, no de los barcos.

—Viejo chiste —me atreví. Asunta parecía repetir algo aprendido.

Se rió, como si me aprobara. —Como no eres nada de eso, te corresponde aprender a ser lo que vas a ser.

—¿Y lo que quiero ser?

—Desde ahora, ya no se distingue de lo que vas a ser.

Para ese efecto —supongo— Asunta me llevaba a las funciones sociales que ella consideraba obligatorias, en otras oficinas y hoteles, entre gente poderosa y a veces pretenciosa y con ambiciones de elegancia, tema que despertaba en la mirada y la mueca de Asunta una serie de reflexiones que ella me comunicaba en voz muy baja, rodeados ambos del rumor rápido del panal social, mientras ella tomaba la copa de champaña en la que sólo mojaba los labios, sin beberla nunca: cuando dejaba o devolvía la copa, el nivel de la bebida era siempre el mismo.

—¿Qué es el lujo? —me preguntaba en esas ocasiones.

Rodeado de ropa, aromas, poses, estrategias, canapés criollos y servidores indios, no supe responder.

—Lujo es tener lo que no se necesita —sentenció con los ojos escondidos detrás de la copa levantada—. Lujo es poesía: decir lo que se siente y piensa, sin darle atención a las consecuencias. Pero lujo es también cambio. Cambian las modas. Cambian los gustos. El lujo trata de adelantarse o por lo menos de alcanzar la moda. La crea, la invita...

Hablaba del lujo no como si lo hubiese inventado, sino porque lo estaba estrenando.

—*El lujo ignora que la moda y la muerte son hermanas* —dije citando a Leopardi y poniéndola a prueba a ella.

—Es posible —Asunta no se inmutó y yo recordé viejas conversaciones con Jericó y Filopáter.

—Y por ser la moda cambio, afecta a nuestro negocio. ¿Qué le ofrecemos al consumidor? Lo más moderno, lo más avanzado, a veces lo más inútil, porque dime tú, si ya tienes un teléfono negro, ¿para qué quieres un teléfono blanco? Te lo voy a decir: porque escoger entre dos teléfonos hoy es escoger entre cien teléfonos mañana. ¿Ves? Lujo crea necesidad, necesidad crea lujo y nosotros producimos y ganamos. ¡No hay fin! ¡No hay para cuándo terminar! ¡Ja!

No pronunció estas palabras como exclamación. Su conducta en estos eventos sociales era muy distinta. Ella se sabía mirada y hasta adivinada. Por encima de las conversaciones, el tintineo de vasos, el aroma de lociones y perfumes, el sabor de salchichas y quesadillas, Asunta Jordán circulaba bajo una especie de luz, como si la siguiese un reflector teatral, buscando siempre el mejor ángulo, haciendo brillar su cabellera, posándose como una abeja insolente en sus labios grandes y rojos a la Joan Crawford, ¿calientes o fríos? Tal era la pregunta que se hacían, acaso, los demás al verla pasar, ¿besa caliente o frío Asunta Jordán?, murmurándole en secreto a Josué, excitando la curiosidad de los invitados, pregúntate Josué, ¿quién te mira, desde dónde te mira?, pregúntate pero tú mismo no mires a nadie, actúa en público como si tuvieras un secreto y quisieras que te lo adivinasen.

Ella no daba entrada. Ella dejaba que la mirasen. Ella imponía el silencio a su paso. Y si se colgaba de mi brazo, era como si yo fuera un bastón, un maniquí ambulante, un *prop* teatral. Me necesitaba para circular por la recepción sin necesidad de hablar con nadie y excitando la curiosidad de todos cada vez que me decía algo en voz baja, sonriente o muy, muy seria. Yo era su palero. Un accesorio de utilería. Un patiño.

En el mundo real (pues para mí estas excursiones en sociedad eran casi imaginarias), Asunta me puso al tanto de mis deberes con rápida eficacia. Existía un mercado nacional y global de jóvenes entre los veinte y los treinta y cinco años, la Generación Y, así llamada porque sucedió a la Generación X, que ya rebasó los cuarenta y aunque todos se acomodan a lo acostumbrado hasta temer que lo más novedoso los muerda, los de veinte años son el *target*, el blanco primario de la publicidad consumista. Quieren estrenarse. Quieren diferenciarse. Quieren objetos novedosos. Necesitan técnicas que puedan controlar en el acto y que (al menos en su imaginación juvenil) le estén vedadas a "la momiza".

Lo muy notable —continuó Asunta— es que en el mundo desarrollado cada generación juvenil que llega es más reducida que la anterior, a causa de la disminución poblacional. Nuevas familias, más divorcios, más parejas homosexuales, menos niños. En cambio, en el mundo de la pobreza —el nuestro, el mexicano, Josué, no te hagas ilusiones— la población crece pero la miseria también. ¿Cómo combinar demografía y consumo? Este es el problema que plantea Max Monroy y a ti, mi joven amigo, te toca descifrarlo. ¿Cómo aumentar el consumo de una población miserable?

—Haciéndolos menos miserables —me atreví a comentar.

—¿Y eso, cómo? —insistió la abeja reina.

Abrí los ojos para pensar claro. —¿Tomando la iniciativa? ¿Abriéndoles crédito limitado y dándoles tarjetas de duración limitada también? Educando. Curando. Comunicando.

—Comunicando —se adelantó ella—. Haciéndoles saber que pueden vivir mejor, que merecen crédito, tarjetas, consumo, igual que los de arriba…

Mi mirada quería ser inteligente. Ella me rebasaba como un Alfa-Romeo a un Ford.

—¿Y eso, cómo? —volvió a decir.

Asunta se ilusionó, deslumbrándome porque yo la deseaba pero entiendo ahora que para tenerla había que respetarla como lo que era, una mujer ejecutiva, un brazo en las empresas de Max Monroy que, como la diosa Kali, tiene tantos brazos como necesidades.

Yo me conformaba con un par de brazos, dispuesto a que me amaran, acariciaran, ahorcaran. Ella me miró confundiendo mi deseo con la ambición. No son la misma cosa.

—Te diré cómo —chasqueó los dedos, ofensivamente—. Adelántate. Dales el medio de comunicación. Manda un ejército de nuestros empleados de pueblo en pueblo, de ranchería en ranchería. Lleva camiones cargados de aparatitos portátiles. Como los vendedores de llantas cuando las primeras carreteras y los primeros coches fueron promovidos por doña Concha, la madre de Max, en los años veintes. Como los misioneros cristianos, desde antes, llevaron el Evangelio a los indios conquistados. Ahora, Josué, vamos a llevar el medio de comunicación, el aparatito diminuto, llámalo zen creativo, YP-Tq, LGs, como quieras, el juguete, demuéstrale al campesino más pobre, al indígena más aislado, al analfabeta y al semialfabeta, que tocando este botón pueden expresar sus deseos y apretando el otro recibir una respuesta concreta, no las promesas muertas sino el anuncio vivo: mañana le instalamos lo que nos pidió, le damos el celular, el iPod para que oiga música, ya programado, nosotros conocemos sus gustos, el iPhone para que se comunique con sus semejantes, por Dios, Josué, rompe el aislamiento en el que viven tus, nuestros, compatriotas, y una vez que les des los instrumentos gratis verás cómo nace la demanda, se otorga el crédito, se crea la costumbre…

—Y se nos endeudan generaciones —dije con sano escepticismo.

—¿Y? —ella logró sonreír a su pesar—. Tú y yo estaremos muertos.

—¿Y mientras estemos vivos? —dije sin esperar respuesta, ya que el programa de Asunta Jordán parecía agotarse en esta vida, no en la siguiente.

Sin embargo, al pensar esto se me ocurrió que a los ochenta y tres años Max Monroy ya había pensado en el futuro, ya había hecho testamento. ¿Quiénes lo heredarían? ¿Qué obtendría Asunta en el testamento de Max, si es que Max legaba algo? ¿Y a quién más podía Max trasmitirle su fortuna? Reí para mis adentros. A la beneficencia pública. A la Lotería Nacional. A un asilo de ancianos. A su propia empresa, recapitalizándola. ¿A la fiel colaboradora Asunta Jordán?

Divago.

Debí imaginar, ay de mí, que de forma paralela a mi educación técnico-sentimental a manos de la bella, crepuscular, Asunta Jordán en los feudos de Max Monroy, mi viejo amigo Jericó debía estarse instruyendo políticamente en la hacienda de nuestro chascarreante presidente.

El maestro don Antonio Sanginés me informó que Jericó seguía trabajando en las oficinas presidenciales de Los Pinos. Me invitó a cenar una noche a su caserón de San Ángel y después de la consabida ronda infantil —los niños ya en pijamas— despachó a éstos y a mí me sentó a cenar no sólo platillos sino biografías, como si, conductor que era de los destinos asignados a mí y a Jericó, ahora le tocara el turno a un nuevo acto: la biografía del presidente.

—¿Cuánto conoces del presidente Valentín Pedro Carrera? —me preguntó antes de acometer un consomé al jerez.

—Poco —le contesté con la cuchara en reposo—. Lo que leo en los periódicos.

—Te cuento. Para que sepas dónde y con quién trabaja tu amigo Jericó: Valentín Pedro Carrera ganó la elección presidencial con la inestimable ayuda de su esposa, Clara Carranza. En los debates pre-electorales, cada candidato se ufanaba de su maravillosa vida familiar. Los niños eran un deleite —le brillaban los ojos a Sanginés y desde la planta superior se escuchaba aún el barullo pre-nocturno de los chiquillos—. Y la esposa era la mujer ideal, madre amorosa, colaboradora desinteresada, Primera Dama porque ya era primera compañera (a los parientes había que esconderlos).

Todos los candidatos cumplían estos trámites consabidos. Sólo Valentín Pedro Carrera pudo tragar grueso, suprimir un lagrimón, sacar una pañoleta de colores, sonarse recio y anunciar:

—Mi esposa Clara Carranza se está muriendo de cáncer.

En ese instante, nuestro actual mandatario ganó la elección.

¿Quién va a votar, quizás no a favor del candidato, pero sin duda por la salud, agonía y probable muerte de doña Clara, elevada a la santidad y el martirologio conjuntos de ese instante televisivo en que su marido se atrevió a decir lo que nadie sabía y si lo sabían, lo guardaban en los viejos armarios de la discreción?

El candidato está casado con una mujer heroica, estoica y católica que bien puede morir antes de la elección —vote por el viudo Carrera—, después de la elección —¿qué será primero, el entierro o la inauguración?—, durante la ceremonia —¡qué valiente doña Clarita, se levantó de la cama para apoyar a su marido cuando rindió protesta de hacer guardar la Constitución y las leyes que de ella emanen!— o en los primeros meses del nuevo gobierno —se agarra a la vida, no se muere para no desalentar al Señor Presidente— o cuando, al cabo, la señora entregó el alma y Valentín Pedro Carrera convirtió el luto personal en duelo nacional. No hubo iglesia sin réquiem, avenida sin carteles con fotografías de la fugaz Primera Dama, oficina sin moño negro en la ventana, cuartel sin bandera a media asta o domicilio privado sin crespón.

Virtuosa, inteligente, caritativa, entregada, leal, ¿qué virtud no se posó, como una paloma sobre una estatua, en el alero espiritual de Doña Clara Carranza de Carrera? ¿Qué dolor no se retrató en el rostro compungido aunque estático del Primer Magistrado de la Nación? ¿Qué mexicano no lloró viendo en la tele las repetidas imágenes de una vida santa dedicada a hacer el bien y morir mejor?

Una pendeja. Una mujer ignorante, tonta, fea, de la cual emanaban olores desagradables. Una extraña mujer inaprensible por su manía de hablar siempre de perfil. Un acicate, empero, para un hombre mediocre y acomplejado como Valentín Pedro Carrera.

—¿De qué tienes recuerdos, zonzo? —le decía en las cenas a las que asistió, en privado, Sanginés.

—Tengo nostalgia de volver a ser nadie —le contestaba él.

—No te hagas ilusiones. No eres nadie. ¡Nadie, nadie! —empezó a chillar la dama.

—Te estás muriendo —le respondía él.

—¡Nadie, nadie!

Sanginés explicó lo obvio. El afán de poder nos conduce a esconder defectos, fingir virtudes, exaltar una vida ideal, ponernos las mascaritas de la felicidad, la seriedad, la preocupación por el pueblo y encontrar, cuando no las frases, siempre las actitudes apropiadas. El hecho es que Valentín Pedro Carrera explotó a su esposa y ella se dejó explotar porque sabía que no tendría otra oportunidad de sentirse famosa, útil y hasta querida.

Ni él ni ella fueron sinceros, y esto comprueba que para llegar al poder la falta de sinceridad es indispensable.

—Valentín Pedro Carrera fue elegido sobre un cadáver.

—Nada nuevo, maestro —lo interrumpí—. Era la regla en México: Huerta mata a Madero, Carranza derrumba a Huerta, Obregón elimina a Carranza, Calles se alza sobre el cadáver de Obregón, etcétera, repetí como perico.

—Un etcétera sin sangre: el principio de la No Reelección nos salvó de las sucesiones asesinas, aunque no de las sucesiones malagradecidas de herederos que al cabo le debían el poder al antecesor —al fin Sanginés tomó su consomé helado.

—La obligación de liquidar al antecesor que le dio el poder al sucesor —complementé.

—Reglas de la República Hereditaria.

Sonrió Sanginés antes de proseguir, habiendo probado con una cucharada mis elementales conocimientos políticos debidos, como todos saben, a las secretas informaciones que me daba la Antigua Concepción en un panteón sin nombre.

Se hicieron muchos chistes sobre la pareja presidencial. Doña Clara ama al presidente y el presidente se ama a sí mismo. Tienen eso en común. Y el humor negro tuvo su agosto. En La Merced se vendieron muñecos del presidente claveteado de alfileres por su esposa con la leyenda: *Muérete tú primero.*

Que es lo que en realidad ocurrió. Sin el amuleto de la mujer moribunda y a medida que se disipaba el recuerdo de Clara Carranza, la mártir de Los Pinos, y del concomitante dolor de Valentín Pedro Carrera, éste se quedó sin la gracia salvadora, que consistía en vivir la agonía de la espera. A veces se diría que el presidente hubiese querido vivir él mismo la agonía de doña Clarita, asegurar que siguiera sufriendo, que continuara sirviéndole políticamente y que ella no le amenazara a cada rato:

—Valentín Pedro, ¡me voy a suicidar!

—Para qué, mi amor, para qué…

—El hecho —continuó Sanginés abandonando el consomé— es que las debilidades de Valentín Pedro Carrera no tardaron en aparecer, como las grietas en un muro de arena. Se presentaron asuntos que requerían la decisión del Ejecutivo. Promulgar y ejecutar leyes. Nombrar funcionarios. Nombrar oficiales del Ejército. Dirigir la política exterior. Conceder indultos y privilegios y habilitar puertas y aduanas. Carrera los dejaba pasar. Cuando mucho, se los encargaba a los secretarios de Estado. Cuando no lo hacía, los secretarios actuaban por su cuenta. A veces, lo que hacía un secretario contradecía lo que decía otro secretario, o viceversa.

—Estamos negociando.

—Basta de negociaciones. Hay que ser firmes.

—Nos entendemos con el sindicato.

—Basta de contemplaciones con el sindicato.

—El petróleo es pertenencia del Estado.

—Hay que abrir el petróleo a la iniciativa privada.

—El Estado es el ogro filantrópico.

—La iniciativa privada carece de iniciativa.

—Habrá una carretera de Papasquiaro a Tangamandapio.

—Que anden en burro.

—Colaboraremos con nuestros buenos vecinos.

—Los vecinos son ellos. Nosotros somos los buenos.

—Entre México y los Estados Unidos, el desierto.

La verdad, prosiguió Sanginés, es que el presidente cometió el error de formar un gabinete con pura gente amiga o de su generación. La receta resultó fatal. Los amigos se enemistaron, protegiendo cada cual su pequeña parcela de poder. La idea generacional no siempre se llevó bien con la idea funcional. Ser de una generación no es una virtud: es una fecha. Y con las fechas no se juega, porque ninguna posee virtudes intrínsecas más allá de su presencia —por demás fugaz— en el calendario.

—¡Hojas muertas! —exclamó Sanginés cuando el criado entró portando un platón de arroz con plátanos fritos, y al ofrecérmelo, me dijo con respeto:

—Buenas noches, señor Josué.

Alcé la mirada y reconocí al antiguo camarero de la casa de Errol Esparza, despedido por la segunda y ahora derrocada señora Sarita Pérez.

—¡Hilarión! —lo reconocí—. ¡Qué gusto!

Él no dijo nada. Se inclinó. Me serví. Miré de reojo a Sanginés. Como si nada. Se retiró.

—Empezó a circular el rumor —continuó mi anfitrión—. El presidente no preside. Inaugura obras. Dice vaguedades. Sonríe con un rostro más florido que un clavel. Los infaltables maledicientes empiezan a hablar de un sexenio maldito. Llegan a insinuar, en el segundo año de gobierno, que la longevidad en el puesto es fatal para la reputación del gobernante.

—Y para su salud también.

Guiado por una brújula loca, Carrera metió el dedo gordo en la política externa, refugio tradicional de un presidente de México sin política interna. Le salió mal. Los norteamericanos aumentaron la guardia armada de la frontera norte con crecientes muertes de trabajadores migratorios. Los guatemaltecos abrieron la frontera sur para invadir a México con trabajadores centroamericanos. Al presidente sólo le quedó pasearse por el Foro de Davos vestido de esquimal y pronunciar un discurso en la Asamblea de la ONU al cual no asistieron sino los delegados del África Negra, que son muy corteses.

—¡En mala hora se me murió Clarita! —exclamó una noche el presidente.

—Lo que le hace falta es que se le muera la mitad de su gabinete —me atreví a decirle—. Su incompetencia se refleja en usted, señor presidente.

—¿Qué me aconsejas, Sanginés? —me dijo con expresión desolada.

—Sangre nueva —le dije—. De allí —liquidó el último plátano frito sin hacer ruido— la presencia de Jericó en la oficina presidencial.

—Qué buena idea —dije con sinceridad aunque sin convicción, tratando de adivinar las segundas intenciones de don Antonio Sanginés, verdadera Chucha cuerera, titiritero y sabelotodo, entendí en ese momento, de nuestras vidas. La de Jericó. La mía.

—Te cuento lo que ha hecho tu compañero en Los Pinos.

No era pregunta. De todos modos, asentí.

—Juntó atribuciones dispersas entre los secretarios de Estado por sugerencia del presidente. Nombramientos, exigencia de rendir cuentas, consultar con el Ejecutivo antes de actuar, reunirse en consejo de ministros presidido por Valentín Pedro Carrera, reportarse periódicamente. Y por parte del presidente, adelantarse a los ministros en la relación con sindicatos, patrones, universidades, el cuarto poder, los gobernadores, el Congreso: de todo se encargó día tras día Jericó, estableciendo una red de control presidencial que a cada líder o segmento de actividad le hicieron entender que su responsabilidad era frente al Jefe del Estado y que los demás miembros del gabinete no eran agentes autónomos ni voces autorizadas sino meros empleados de confianza del presidente a los cuales éste podía retirarles en cualquier momento lo mismo que les otorgó por un rato: su confianza.

—Señor presidente —le decía Jericó—: recuerde que en la oposición usted pudo ser un hombre puro. Ahora, en el poder, tiene que aprender a ser menos puro.

—¿A mancharme las manos?

—No, señor. A hacer compromisos.

—Fui electo por la esperanza de los ciudadanos.

—Ahora le toca pasar de la luz electoral a la sombra de la experiencia.

—Hablas como un cura con fervor, jovenazo.

—Hablo para que me entienda.

—¿Qué quieres que entienda?

—Que yo estoy aquí para servirlo y que lo sirvo fortaleciéndolo.

—¿Cómo?

Una vez que echó a andar el aparato oficial inmediato, Jericó le pidió al presidente autoridad para atender un asunto absolutamente central.

—¿Cuál será, joven?

—La juventud, viejo —se atrevió a replicar Jericó y entendió lo que ocurría, lo que podía ser, si el presidente de la república, en ese pequeño detalle ("la juventud, viejo") admitía el poder de su joven edecán y se abría a la acción que Jericó le ofrecía con palabras de enorme compromiso: —Lo hago por usted, señor presidente. Lo hago por el bien de la patria.

—¿Qué cosa, ciruelo?

—Lo que le propongo, señor —dijo Jericó revirtiendo al respeto.

—Si nos la vamos a pasar juntos —me dijo Asunta una tarde perezosa—, más vale que te cuente mi vida. Quiero que sepas quién soy porque yo te lo conté, en vez de que de los diez pisos de abajo suban los rumores.

—¿Y qué me obliga a creerte? —le dije con un dejo de ironía, sólo para protegerme de la oleada oscura de su mirada y de la respiración llena de vagos perfumes nocturnos que nos empezaban a rodear. Esta mujer me gustaba. Me aburría, me asustaba y me gustaba.

La verdad es que antes de hablar de sí misma, Asunta me habló de Max Monroy y yo, lerdo de mí, tardé en darme cuenta de que esta era su manera de decirme, Mira, Josué, esta soy yo, la mujer que te habla de Max Monroy es la mujer que te habla de sí misma. Tú puedes quedarte con la certeza de que sólo te hablé de él y te equivocarás. Te lo advierto a tiempo. No sé otra manera de contarte mi vida que contarte mi vida con el hombre que determina mi vida.

—Max Monroy: Tú, que escribes una tesis sobre Maquiavelo bajo mi dirección —me dijo el maestro Sanginés—, sabes que el fin no siempre justifica los medios. Max Monroy decidió desde el primer momento que la manera de obtener los mejores fines es olvidarse de ellos y actuar como si los medios fueran los fines. Gracias a esta filosofía, potenció al máximo su propio negocio. Hombre de medios, Max les dio el valor de fines, convencido de que éstos se desprendían de aquéllos como el día de la noche. Él desconfía de las soluciones finales: siempre son malas, dice, porque te califican para siempre y te cierran las puertas de la renovación. Peor aún: si la solución final fracasa, tienes que empezar de nuevo. En cambio, si un medio no te da resultados, tienes a la mano un repertorio de otros medios que no son finales sino parciales, tan desechables como un klínex. Aunque si tienes éxito, se presentan como fines. Esto es lo que Max Monroy rechaza. Jamás un fin. No celebra nunca el éxito de un fin sino la viabilidad de un medio. Conoce esto bien, Josué. Todo lo que Max Monroy logra es sólo un medio para alcanzar el siguiente medio, jamás un fin. Él dice que la palabra "FIN" sólo sirve para terminar una película, encender las luces de la sala y pedirle al pueblo, con cortesía, que se retire sin necesidad de recoger las botellas de coca cola o llevar al basurero las palomitas de maíz regadas por el piso.

—La película de Max Monroy, Josué, desconoce la palabra FIN. De este modo, me entiendes, él no admite nunca fracasos. Algunas tentativas tienen éxito. Otras no. Éstas, él las abandona a tiempo. A veces se ve obligado a proclamar la victoria después de un fracaso: un programa que no tuvo éxito de público, una innovación suya que fue superada en poco tiempo por la competencia, Max cambia de tema, no se refiere a lo que ocurrió, pasa al siguiente asunto. De este modo no deja rencores en su camino. Nadie se da por vencido. Nadie se considera triunfador. Pero la caja registradora no deja de sonar —me dijo Asunta el otro día.

—Monroy es famoso por haber dicho que gracias a él abandonamos el ábaco. Él pisó terrenos nuevos sólo para abrir terrenos aún más novedosos. Lo que quiero decir es que se cuida de que sus éxitos no sean fracasos pagados a cambio del éxito. Max es visto como un empresario invulnerable al que hay que detener o eliminar. Él navega en silencio por las aguas de la fortuna. Es un maestro del logro callado, del suceso sigiloso. Se acepta su poder. Él procura que la envidia no pase de ser un devaneo de la conversación o un avión sin motor destinado a rodar de aeropuerto en aeropuerto —refrendó, otra noche, Antonio Sanginés.

(Pensé en mi atribulada y queridísima Lucha Zapata. Mi sincera aunque desconfiada Asunta Jordán continuaba el discurso mientras sus ojos brillaban más, como para alejar la noche próxima.)

—Max Monroy es como la serpiente. Se enrolla en sí mismo. Es un círculo que se basta. Cuando se asoma desde el último piso de este edificio reconoce que nos rodea el peligro de la ciudad. Al mismo tiempo, escucha el rumor de la circulación y dice que el tráfico es la música de los negocios.

—¿La sinfonía del capitalismo?

Asunta rió. ¿Lo dijo ella? ¿Lo dijo Sanginés? ¿Me lo dije a mí mismo? El discurso sobre Monroy es, en mi cabeza, uno solo, como un abanico con una sola tela y muchas varillas. —Hablar de capitalismo es creer que algo lo puede sustituir. Max lo llama mundialización, globalización, internacionalismo. Se trata de un fenómeno planetario, corregido si se puede por luces sociales. Max ha ido siempre por delante de sus tiempos. Reconoce que en México hay clases y diferencias abismales entre pobres y ricos. Su utopía —estamos en el barrio de Tata Vasco y de Tomás Moro, ¿recuerdas?— es que haya cada vez menos diferencias y que nos convirtamos en un solo río, con mareas incesantes, un solo flujo rumbo a un mar, si no de mayor igualdad, al menos de mayores oportunidades. En eso se distingue de los políticos convencionales. Max quiere crear la necesidad para crear el órgano. Los políticos crean el órgano y se olvidan de la necesidad. Es lo que opone a Max con nuestro presidente.

(¿Y a mí con Jericó convertido en concejal de la presidencia?)

—Porque esto es lo que sucede, Josué —continuamos Asunta, Sanginés, yo mismo en idéntico discurrir sin capítulos, imantados por la personalidad de Max Monroy—: A quienes creen que el mundo está hecho, Max les pregunta qué falta por hacer y se adelanta haciéndolo. Su lema cotidiano es *Nunca creas que no queda nada por hacer.* Pregúntense cuánto han hecho ustedes y cuánto encontraron hecho o dejaron que se hiciera. Eso, Max aprieta el puño, es lo que falta por hacer.

—¿Y la gente, Asunta? ¿Es Max Monroy la máquina que me has descrito? ¿No trata con seres humanos? ¿Vive encerrado como un águila sin alas allá arriba en su nido?

Yo mismo, Sanginés, Asunta nos reímos de nuevo, como si mis preguntas nos hicieran cosquillas.

—Max Monroy sabe usar máscaras. Dicen que tiene una cara de póker vitalicia. Sabe fingir. Se acerca amenazante. Vuelve a ser cordial. Pero el que lo vio amenazar no olvida la amenaza. Conoce el precio del silencio. No hiere a nadie sin hacerle creer que él mismo cerrará la herida. Y a veces, dando a entender, si así le conviene, que la herida jamás cerrará. No adula a nadie. Ni se deja adular. Dice que el adulador, el lambiscón, adormece la inteligencia del adulado. Max hace favores cuando es necesario. Pero me dice a cada rato que por cada favor tendrá un ingrato y cien enemigos. De los negocios, no dice una palabra. Que hablen los políticos. Que se comprometan. Que se equivoquen. Max Monroy, zípper en la boca. Max Monroy, pico de cera.

—¿No se siente culpable de nada?

—Dice que los ángeles se encargarán de discutir sus vicios y sus virtudes. ¿Para qué adelantarse al cielo? —dijo sobre Max la voz colectiva.

—¿Nunca pide nada? ¿Deferencias? ¿Privilegios?

—Respeto. Fue eso lo que me dio —dijo Asunta, abriendo mucho los ojos y mirándome de frente—. ¿Me preguntabas por mí? ¿Te contesté con Max? ¿Sabes quién soy gracias a Max? ¿Me imaginas, Josué, mi pequeño Josué, antes de Max? ¿Te imaginas a una niña de la provincia seca, del Norte espinoso, con unos padres que querían convertirla en niña bien inútil y mantenida, lo que pude ser? ¿Me ves capturada en una familia regida por tres reglas insoportables. "No se habla de eso. Los errores no se corrigen. No se siente pena de nada, niña". ¿De nada? ¿De dónde sacaron mis padres que todo lo que hacían estaba autorizado, sabiendo que no hacían nada que valiese la pena desautorizar? El norte, el desierto, el vacío, las carreteras que no conducen a ninguna parte, las montañas de lejos, el desierto a la mano, el mar una mentira piadosa, el clima indeciso siempre entre el sofoco y la aurora. Un marido en el desierto. Pronto, que la nena no se nos quede. ¿Es lo máximo? No. ¿Es lo mínimo? Tampoco. ¿Quién es? Vende coches. Camiones. Trocas. En Torreón. ¿Está enamorado? ¿Es un calculador? ¿Tenemos más que él? ¿Él tiene más que nosotros? ¿De dónde salió Tomás González? ¿De dónde salió Asunta López Jordán? ¿Quiénes son más, los González o los López? ¿Quién presume de qué, díganme nada más? ¿Quién se ufana de su cacto, de su desierto, de su roca, de su adoquín o tortilla, háganos el favor nada más? ¿Por qué presume tanto, de qué presume el presumido? ¿Por qué la noche de bodas te muestra el pene y te dice, Mi amorcito, te presento a King Kong, desde ahora va a dormir con nosotros? ¿Por qué presume de todo, salvo de ti? ¿Por qué habla de ti, Asunta López Jordán, como de su peor-es-nada? ¿Por qué le presume a sus amigos que tú cuidas de la casa pero él es un macho que necesita viejas más alegres y cachondas que tú, la Ernestina y la Amapola y la Malva Bizca y la Culitos, todas las putas del Norte más algunas de Arizona y Texas cuando se va dizque a comprar refacciones, cómo no, cabrón, ¿así les dicen ahora? ¿Por qué empiezas a joderlo también, Asunta López de González, por qué le dices rasúrate, me raspas al amarme, usa desodorante, juega golf, haz algo, mete en su jaula a King Kong?

—La jaula de un gorila —me dijo Asunta Jordán sin otro comentario— y yo una muñeca neumática…

—Neumática, continuó Asunta, pero gracias a la neura, atenta, alerta y por ello peligrosa: atenta, alerta gracias al horror de mi marido y de mi familia, convencida de que esas virtudes mías, en la sociedad provinciana, eran defectos, yo era peligrosa pero acaso en otra sociedad ser violenta, ser inesperada, era una virtud. En mi pueblo yo desataba reacciones negativas. Cuando Max Monroy, hace quince años, llegó a inaugurar la fábrica automotriz y yo fui con mi marido a la recepción después, Max Monroy echó un ojo y vio una grey de mujeres contentas y una manada de hombres presumidos y vio a una mujer descontenta que era yo y humillada que era yo y orgullosa que era yo y distinta que era yo y esa misma noche me fui con él y aquí me tienes.

—Me decías que una mujer es un lujo.

—No. Un trofeo.

—¿Por qué?

—Por incómoda. ¿Dónde colocas un Óscar? Me lleva. Por decir lo incorrecto. Por no querer quedar bien.

—¿Eso vio en ti Max Monroy?

—Por eso es Max Monroy.

(Ella se detuvo sola en medio de la pista de baile. Su marido Tomás se había largado sin despedirse. Las parejas bailaban. Las familias se sentaban en los tres costados de la pista. La orquesta animaba a la nación desde el cuarto costado. Las parejas bailaban. Ella se detenía sola en el centro de la pista. No miraba a nadie. No sabía si la miraban a ella. Ya no le importaba. Entonces se acercó Max Monroy y la tomó del talle y de la mano sin decir palabra.)

Mi placentero (aunque inquietante) trabajo en la oficina de Santa Fe fue interrumpido (y no sería la última vez) por el licenciado Antonio Sanginés. Me pregunté a mí mismo si mi deuda con el profesor sería eterna. Decían los herejes citados por otro profesor, Filopáter, que la prueba final de la misericordia de Dios será perdonar a todos los condenados y vaciar de un golpe el infierno. No que mi deuda con Sanginés fuese infernal. Todo lo contrario. Soy un hombre agradecido. Era (y soy) muy consciente de todo lo que le debía al maestro. Sin embargo, no podía dejar de preguntarme: ¿hasta cuándo le deberé pagar mis deudas —estudios, dirección de tesis, comidas en Coyoacán, ingreso a la Peni de San Juan de Aragón, entrevistas con el preso Miguel Aparecido, incluso noticias sobre el destino de mi compañero Jericó en las oficinas presidenciales— al profesor y licenciado don Antonio Sanginés?

Pregunta sin respuesta inmediata, que sin embargo me obligaba, sin duda porque no tenía contestación, a suspender mis trabajos en la oficina de Vasco de Quiroga y al lado de mi platónico amor Asunta Jordán y a preguntarme a mí mismo: ¿a dónde conducía la estrategia de Sanginés respecto a la cárcel de San Juan de Aragón y el prisionero Miguel Aparecido? ¿Qué quería, en el fondo, Sanginés, abriéndome con llave maestra las crujías de la cárcel? Porque yo entraba a la prisión como Pedro por su casa, con toda clase de facilidades y aun de consideraciones como esta: Dejarme solo con Miguel Aparecido en la celda de un hombre fuerte y centrado en una resolución personal cuyo origen y destino yo desconocía: quedarse encarcelado aunque cumpliese su sentencia; y si llegaba a ser liberado, cometer un nuevo crimen que lo mantuviese encarcelado.

Un nuevo crimen. ¿Cuál era el primer crimen, el crimen original, el delito que Miguel Aparecido quería pagar eternamente, pues la solución final de este enigma era morir encarcelado? Sin embargo, ¿era cierta esta conclusión mía, tan fácil y melodramática? ¿Existía un punto final que concluyera el castigo de Miguel en la conciencia de Miguel, permitiéndole al cabo salir de su celda? Saber esto significaba saberlo todo. Desde el principio. El origen de esta historia. La resolución de los misterios que aquí he venido hilvanando y la conversión del misterio en destino. Estas verdades el preso no parecía dispuesto a revelarlas.

Menos hoy. Entré a la celda. Él me daba la espalda. La alta y lejana luz embarrotada dibujaba las rayas en su cuerpo que el uniforme gris no poseía: era como si sólo el sol usase el traje a rayas de las antiguas prisiones.

Entré y Miguel no volteó a verme. Más me hubiera valido que lo hiciera. Porque cuando lo hizo, me dio la cara una bestia pavorosa. La cabellera revuelta, las mejillas arañadas, los ojos rojos como un atardecer ominoso, la nariz herida, los labios y los dientes sangrantes.

—Por Dios, Miguel…

Me adelanté a abrazarlo, con un instinto natural de alivio. Él no quería socorro. Me rechazó con brutalidad. Aparté la mirada, sabiendo que él me miraba sin cariño.

Enseguida, algo dentro de mí me dijo, "No apartes la mirada. Mira directamente a este hombre. Míralo como lo has visto antes. Como un ser humano vulnerable, adolorido, desconcertado, que rechaza tu cariño sólo porque lo necesita, porque no tiene otro apoyo que no seas tú, tú mismo, mi pobre Josué doble de sí mismo".

Pensé esto y sentí lo que todos sabemos pero nunca decimos en voz alta, porque es a la vez un misterio y una evidencia. Miré a Miguel Aparecido y me vi reflejado en él no como en un espejo, sino sólo en una pregunta: somos cuerpo, somos alma y jamás sabremos cómo se unen la carne y el espíritu.

Miré los ojos sin apego de Miguel Aparecido, afiebrado por el temor del día, y en ellos me vi por un instante a mí mismo… Vi que los dos pertenecíamos, libre yo, prisionero él, a un mismo dilema: ¿merecíamos todos ser castigados por el delito de un solo hombre?, ¿se podía salvar el alma si no se salvaba, también, el cuerpo?, ¿podía nuestro cuerpo cometer delitos sin castigar al alma?, ¿podía el alma pecar y el cuerpo permanecer limpio de delito?

Cuando digo que todo esto vi en la mirada de Miguel Aparecido digo que lo estaba viendo en el reflejo que de sus ojos regresaba a los míos. Recordé a Filopáter y su lectura de San Agustín, la miseria humana requiere siempre, llegue tarde o temprano, el solaz, el alivio, el consuelo que la religión otorga mediante la promesa de la resurrección de la carne y el mundo con la promesa de la libertad en esta vida. Pensé mirando de nuevo (no sé si por vez primera) a Miguel Aparecido esta tarde que religión y libertad se asemejan en que creen en lo increíble: la resurrección de la carne o la autonomía del individuo. Acaso este último sea el misterio mayor. Porque no pudiendo saber si vamos a resucitar, aceptamos el secreto de la fe. Pero sabiendo que podemos ser libres, la ausencia de libertad nos abre una baraja de posibilidades angustiosas: combatir por la libertad o renunciar a ella; actuar o abstenerse; mancharse las manos o usar guantes… Si escogemos una carta, sacrificamos a las demás. En la vida no hay cambio de cartas. Si te tocan cuatro ases, ya chingaste. Si te toca pachuca, ya te jodiste. Aunque a veces, con un par de cincos ganas la partida y salvas la vida. Juegas con la mano que te dieron y si crees que puedes pedir otra, te equivocas. Quienquiera que reparte las cartas lo hace sólo una vez. Tenemos que jugar con la pachuca o con el póker que el destino nos dio.

¿Miraba yo, en este hombre herido por fuera y por dentro, la fatalidad de una existencia que en verdad desconocía hasta ahora? Miguel Aparecido aparecía (por así decirlo) ante mí como un ser extraño pero sereno siempre, dueño de un secreto y cómodo con su propio misterio, celoso de lo que se guardaba entre pecho y espalda, intolerante cuando le ofrecían ser libre, enigmático cuando decidía ser prisionero.

Esta era mi idea del hombre. Miraba lo que ahora, al entrar a la celda, vi ante mí.

El Miguel de antes no era el de ahora y yo ya no podía apostar a la verdad. ¿Era Miguel el hombre severo y fatalista de ayer? ¿O era el animal destructivo y sin traílla de hoy?

Es extraño cómo, al desatarse un ser humano de los hábitos adquiridos y quitarse las máscaras acostumbradas, surgen sentimientos bárbaros, no en el sentido usual de salvajismo o atrocidad, sino en la acepción más plena de ser anterior a la convención, a los límites y, sobre todo, a la idea de la persona. Este Miguel Aparecido era eso, un hombre anterior a sí mismo, como si todo lo que el mundo (y yo) sabíamos de él fuera un gran engaño, una pura apariencia, la piel de un fantasma cuyo cuerpo y alma, escondidos, eran otro. Este.

Mirándolo con gran intensidad, recordé sus palabras contundentes. Él contaba con la lealtad de los demás presos. El Brillantinas y el Gomas. El Ventanas. Siboney Peralta. El Negro España y la Pérfida Albión. Me dijo entonces, aquí muchacho no sucede nada que yo no sepa y nada que yo no quiera o pueda controlar.

—Sábetelo: hasta los motines eventuales son obra de mi voluntad.

Me había dicho antes que él sabía oler el aire y que cuando la atmósfera de la cárcel se ponía muy pesada era necesaria una gran trifulca interna para limpiar los aires cuando hacía falta, aquí había motines en serio y luego regresa la paz. Porque la paz, dijo, era necesaria en una cárcel.

—Por aquí pasan muchos inocentes. Hay que respetarlos.

Había visto a los niños de la piscina. No debían condenarse para siempre.

—Pero si aquí hubiera caos sería porque yo soy impotente para asegurar el orden indispensable para que la cárcel de San Juan de Aragón no sea ni paraíso ni infierno sino, y ya es mucho, un pinche purgatorio.

En aquella ocasión, me había tomado de los hombros mirándome como un tigre.

—Cuando aquí pasa algo que se me escapa de las manos, me encabrono.

Encabronado. El motín de sillas rotas golpeando los muros. Las mesas del comedor hechas añicos. Policías heridos, agonizantes, muertos. Los candados mordidos primero, abiertos después. A mordida limpia.

Maximiliano Batalla. La Banda del Mariachi. El Brillantinas y el Gomas. El Ventanas. Siboney Peralta el que ahorca y canta. Hasta la Pérfida Albión y el Negro España. Sobre todo Sara P., la viuda de Nazario Esparza, la asesina junto con Maxi Batalla de doña Estrella de Esparza la mamá de Errol...

Todos. Todos. Se fugaron de San Juan de Aragón. Esta vez Miguel Aparecido ni provocó ni controló el motín. Maxi y Sara aprendieron la lección, desataron la furia apenas contenida de la población criminal, juntaron a los presos, organizaron el motín, destruyeron, escaparon.

—¿Quién? —le pregunté enardecido por él, como él, a Miguel Aparecido.

Me miró como un muerto que no pierde la esperanza de resucitar.

—Tú, Josué.

No, negué con la cabeza, asombrado, yo no.

—A ti, Josué, te toca averiguar qué pasó. Cómo pudieron Maxi Batalla y Sara la puta organizar la fuga. Por qué me abandonaron mis aliados. ¿Quién los organizó, quién los favoreció, quién les abrió las puertas?

Me miró de una manera iluminada y perversa, traspasándome la obligación que él, desde la cárcel, no podía cumplir, dotándole de una especie de aureola vengativa con la voluntad de engañarme, hacerme creer que si yo descubría la verdad fuera de estos muros revelaría también la verdad que se quedaba aquí, encerrada, más que entre las paredes de la cárcel, entre las paredes de la cabeza de Miguel Aparecido.

No supe ver la debilidad del tigre que me miraba a mí con la insatisfacción de no haber comido porque no había matado. No supe ver que la verdadera amenaza de Miguel Aparecido consistía en decir la verdad.

Sólo entendí que no era la fuga de Sara P. y el Mariachi, ni siquiera —y era peor— la del Brillantinas y el Gomas, el Siboney y el Ventanas, Albión y España lo que me volvía loco, sino el derrumbe de mi ilusión: Miguel no era, como él lo creía, el mandamás de la Peni, el mero mero, el caïd. Eso es lo que le ardía: el derrumbe de su autoridad carcelaria. La pérdida del reino creado con el sacrificio de la libertad. Ser la cabeza del imperio interior de la prisión.

—Estoy aquí porque quiero.

—Yo soy la cabeza.

—Cuando aquí pasa algo que se me escapa de las manos, me encabrono.

—Me en-ca-bro-no.

Tercera parte

Max Monroy

Pasó un año desde los sucesos que hasta aquí he narrado. Acaso ocurrieron cosas en todos los capítulos de mi vida. No regresé con la Antigua Concepción al camposanto sin nombre. No volví a saber de mi cada vez más sentimentalizada Lucha Zapata, que voló con fugacidad de ave de ala herida. Había olvidado por completo a mi siniestra carcelera María Egipciaca. Sabía que Elvira Ríos, mi enfermera, era apenas un decisivo aunque pasajero accidente de la circulación. Doña Estrellita de Esparza estaba enterrada, su despreciable marido don Nazario había sido achicharrado en vida y en patio propio por la encarnación misma de la inmoralidad, la infame y ridícula Sara P., la Lady Macbeth de Tepetate, encarcelada después de una macabra y pendeja autoconfesión en la cárcel de San Juan de Aragón junto con su *partenaire* de travesuras, el inmortal mariachi Maxi, fugado con la misma Sarape y toda una banda de criminales, para rabia y desesperación del presunto capo del reclusorio, mi amigo Miguel Aparecido, burlado por una pandilla de rufianes y arrojado a una angustia física y moral cuyas dimensiones (lo adivinaba) me faltaba conocer, por más que en sus ojos de tigre enjaulado se asomase un secreto que los párpados azulencos velaban con dificultad. El licenciado don Antonio Sanginés, fuente de tantas noticias y orientaciones en mi vida, se había ausentado de ella (por el momento) y la verdad es que nada de lo anterior me importaba demasiado, y ello por una razón elemental.

Yo estaba enamorado.

Podría faltar a la sinceridad para con ustedes, pacientes lectores, ausentes y presentes al mismo tiempo (presentes si me hacen el favor de leerme, ausentes si no me leen y a veces hasta cuando me leen), y contarles lo que me viniera en gana. En el curso de un año, doce meses, trescientos sesenta y cinco días, ocho mil setecientas sesenta horas, quinientos veinticinco mil seiscientos minutos, treinta y un millones quinientos treinta y seis mil segundos, ¿qué no puede hacer un individuo, más si es autor y protagonista de una novela dictada desde y para la muerte? ¿Qué hazaña le es vedada a mi relato? ¿Qué mentira no vence a mi memoria? ¿Qué recuerdo del pasado, qué deseo del futuro? Vean ustedes: yo me empeño, para mi propia desesperación (y con suerte, la de ustedes), yo estoy aquí, escribe que te escribe, deseando el pasado al mismo tiempo que recuerdo el futuro.

Desear el pasado.

Recordar el futuro.

Tal es, se lo aseguro a ustedes, la paradoja de la muerte. Sólo que hay que morirse para saberlo.

Lo que yo quiero decir ahora es que durante todo un año, dedicado a trabajar en las oficinas de Max Monroy en la noble (pero resucitada) región de Santa Fe, antigua sede de la utopía renacentista de fray Vasco de Quiroga en la Nueva España, yo también renací. Renací para el amor. Me enamoré perdidamente de Asunta Jordán. Y de este hecho cuelga mi historia.

Ya he contado la experiencia de mi entrenamiento para servir de algo en el imperio de los negocios de Max Monroy. Al principio, deseoso de demostrar mi energía y buena voluntad, corría yo (dos escalones a la vez) de piso en piso. Poco a poco iba aprendiendo las lecciones del negocio, su fraseo, sus denominaciones: verbos, adjetivos y sobre todo adverbios no sólo interminables sino sin terminación: la colita del "mente", advertí muy pronto, no se usaba en estas oficinas. Se decía "reciente" pero no "recientemente"; "paciente" sin "mente" y "original" sin "definitiva", "ocasional" o "formal" sin mentalidad cual ninguna. Mas no crean ustedes que la eliminación de la terminación era la muerte de la mentada, sino su elevación al rango de lo implícito. Eliminando el adverbio, se daba todo su protagonismo al verbo: definir, ocasionar, formar, pacientar y, si no "recientar", sí traerlo todo a un hoy preñado de mañana y esterilizado de ayeres inútiles, nostálgicos, meras conmemoraciones.

El "ayer" no registraba en los calendarios de la oficina. Era como si el poder de Monroy se extendiese a convertir en ceniza las páginas del pasado, convenciendo a todos de que todo era hoy (y jamás el retórico *hoy-hoy-hoy* de un pasado incinerado), sólo el hoy de hoy, el instante con todas las promesas del futuro para que hoy bien hecho desapareciese en una bruma más espesa que cualquier olvido.

Así, todo era novedad en este negocio. Y la novedad consiste en extender constantemente lo hecho hoy a lo que se hace mañana. El blog miniaturizado acabaría escondido en la bolsa de una mujer. Las cámaras personales nos convertían a todos en paparazzi instantáneos. Las páginas Myspace, Mysimon y Dealpilot permiten comparar precios, productos y posibilidades al instante y la multiplicación de acrónimos y títulos —kddi, XAML (el Facebook entry) ebxml, Oracle, Noveli— acabarán por descifrarse, como el nombre egipciaco de Rosetta-Net, en una sola denominación.

Todo, paradoja grande, estaba destinado a acentuar la mayor privacidad a medida que nos convertía a todos en personajes públicos. Una vez ingresados a la blogósfera, ¿quién podía ser nunca más un enigma? Si nuestras vidas están siendo filmadas, ¿qué secretos podemos guardar? ¿Era este el desafío mayor de Max Monroy y sus industrias? ¿Desnudarnos a tal grado que la esencial privacidad se revelase y protegiese?

¿Era esta una invasión paradójica de la vida privada destinada a aislar y proteger lo más secreto de nosotros mismos, lo que se podía resistir a cualquier noticia pública? ¿Nuestra alma? ¿O iría este conjunto de novedades y misterios a la esfera pública y popular, garantizándole a cada ciudadano un acceso directo a la información que antes se reservaban los gobiernos y manejaban las élites?

¿Era, en fin, Max Monroy el emblema del autoritarismo más cerrado o de la democracia más expansiva?

No tardaría en saberlo.

Todo se sabe. Todo se ve. Ya no habrá armarios y, mucho menos, esqueletos en los armarios. Deberemos cuidar al máximo los residuos de nuestra vida privada, invadida por el ojo de una cámara que es hoy —la cámara— el Gran Inquisidor. ¿Y qué hace el Gran Inquisidor de Dostoyevski? Salvar la fe con lo que la ofende. Usar las armas del poder más concreto para defender el poder más espiritual: la Fe.

La Fe —recordé las viejas pláticas con el padre Filopáter— consiste en decir y pensar: "Es cierto porque es increíble". ¿Puede entonces haber una fe que se proponga creíble gracias a la existencia natural de objetos que lo comprueban? Mas, ¿no se inscribe esta fe en el proyecto del progreso como seguro de vida universal?: vamos siempre hacia adelante, nada nos detendrá, el desarrollo humano es inevitable y ascendente. Hasta que un horno crematorio, un campo de concentración, un Auschwitz, un Gulag, un Abu Ghraib, un Guantánamo, nos demuestren lo contrario... ¡Cómo deseaba, en momentos de dudas como este, contar con la voz del padre Filopáter y recobrar, en el diálogo con él, la juvenil camaradería con mi hermano Jericó! Ser, de nuevo, los dióscuros, Cástor y Pólux, los hermanos fundadores, dos fantasmas luminosos que le dieron la victoria, en la batalla del Lago Regio, a la República Romana.

Escaso héroe, digo que al principio, lleno del ardor profesional del novato, subía y bajaba escaleras. Al cabo, decidí tomar el elevador. Sólo hasta el piso doce, he contado, ya que los dos últimos estaban vedados. En ellos residía, como en los cuentos de hadas, El Ogro, acaso un Barba Azul benévolo que, habiendo eliminado a las mujeres anteriores (¿cuántas "viejas" le tocaban, por década, o en promedio, a un hombre que ya pasó de los ochenta?, ¿cuál es el *ratio*?, ¿cuál, la recompensa?) residía o radicaba, aunque no creo que se "conformara", con una sola mujer y ésta era mi propia amada enemiga, Asunta Jordán.

Las relaciones profesionales pueden iniciarse con frialdad y terminar con calor, o al menos, con simpatía. También pueden empezar con cordialidad y acabar con odio —o indiferencia—. En todo caso, verse las caretas todos los días es algo que se paga de una manera o de otra. Mi relación con Asunta no tenía temperatura. Era de una tibieza ejemplar. Ni calor ni frío. Ella tenía la obvia misión de mostrarme y explicarme el funcionamiento del gran elefante corporativo llamado, impersonalmente, "Max Monroy", con el propósito, sin duda, de prepararme a ejercer funciones: ¿de tuerca, escalón perpetuo, oficial medio y mediano o, al cabo, de jefe, funcionario, jerarca? El rostro impertérrito de Asunta no me daba respuesta.

Sólo que su representación perfecta de la profesionista, su fachada "oficial" permanente, sin cuarteaduras ni ventanas (no hablemos de puertas) acicateaba mi curiosidad. Y como mi curiosidad me resultaba inseparable de mi deseo y éste de mi erótica voluntad de poseer, de la manera que fuese, a Asunta Jordán, di el primer paso en la dirección de lo prohibido.

Penetré, en horas de trabajo, a la penumbra de la recámara de Asunta.

Nada lo impedía, salvo la orden de la fábula: Aquí no se entra. Mas ¿hay algo en un cuento de hadas que inflame más la curiosidad que la veda, o algo que anime más la decisión de violar el secreto, de romper el imaginario candado, que la advertencia: Si entras serás castigado? ¿Si entras no saldrás más? ¿Si entras serás cadáver frío si te va bien, prisionero eterno si te va mal?

Invoqué un pretexto cualquiera para ausentarme a las doce del día. Ascendí al piso trece, donde tenía sus habitaciones Asunta Jordán. Pasé de la luz de la sala a la penumbra de la recámara. Noté que no había ventanas aquí, como si la bella durmiente de mis

ilusiones no dejase un solo resquicio abierto a la curiosidad ajena, incluyendo la del astro solar. Evité
echarle un vistazo a la cama. King-size, tamaño regio
para una reina, Queen-size. Mi mirada, mi olfato, mi
deseo, me conducían al espacio aún más oscuro de la
ropa colgada en orden de estaciones —el tacto me permitió ir acariciando algodones, sedas, casimires, pieles
y si levantaba un poco la mano, tocaba los sombreros
de fieltro y paja, de visón y zorro, gorras de beisbol,
viseras, la textura inconfundible del sombrero de Panamá, las pamelas (de todas las bodas, salvo la de ella
conmigo… Ay…). Nada de esto me interesaba. Mis
dedos guiaban a mis ojos y mis ojos a mi olfato. Al fin
mi ávida nariz (larga, afilada, recordarán sus mercedes) dio con el perfume que buscaba.

Abrí el cajón donde se disponían las prendas íntimas de Asunta Jordán. Deslumbrado, cerré los ojos y
me entregué en primer lugar a la voluptuosidad del olfato, aunque mis manos ávidas no resistieron el deseo
de tocar lo que olía y en el combate entre mi nariz y mis
manos se mezclaban, con deleite, aroma de lavanda y
encaje de pantaletas, olor de pétalos y cúspides de senos,
gotitas de perfumes anónimos y calzoncitos con el nombre de Asunta, cajoncitos de seda y sostenes con relleno,
hilo dental, bikini, todas las formas de esa exteriori-
dad-interior que era mi única aproximación posible al
cuerpo de la amada, acaso más poderosa que la desnudez que no sólo me evadía: ni siquiera me invitaba,
ni siquiera me prohibía. Encaje, nylon, seda. Medio
fondo. Tirantes.

La veda, así, volaba por encima de mi excitado
acercamiento a los cajones donde yacían, en inocente
deceso, las prendas íntimas de Asunta. Creo que en ese

momento mi exaltación física y mental era tan grande que llegué a desear esta consumación erótica y no otra, física, que sin duda sería menor en su intensidad al acercamiento, pudoroso al cabo, aunque de fogosidad y desvergüenza mentales, que violaban la intimidad de Asunta para incorporarla no a mi propia intimidad, sino al vasto territorio del deseo sin nombre.

Supe en ese instante secreto y sagrado que el deseo nos mueve más allá y más acá de la obtención del objeto del deseo. Supe que deseamos lo que no tenemos y que al obtenerlo, sólo para nosotros, deseamos dominar lo que tenemos, privarlo de su propia libertad y someterlo a las leyes de nuestra propia ambición.

Cerré los ojos. Respiré hondo. Cerré los cajones con miedo de poseer a Asunta más allá de esta secreta violación de su intimidad. Con miedo, sobre todo, de mí mismo, de mi propio deseo y de los límites o falta de ellos que sólo el deseo podría demostrarme, invitándome, como en este momento, a contentarme con los objetos que tocaba y olía o dar el paso de más donde se entrelazan y complican los sujetos del deseo.

La recamarera de Asunta encendió de un golpe las luces de la habitación.

—Y usted, ¿qué anda haciendo aquí?

¿Qué he dejado en el tintero? Quiero decir, sobre mi relación con Jericó. Que me defendió contra los bravucones del colegio, empezando por Errol Esparza en su anterior encarnación. Que me admitió en su casa cuando perdí el hogar huérfano de María Egipciaca (y mucho más). Jericó me enseñó a manejar un automóvil. Me destapó los oídos a la música clásica que coleccionaba en el altillo de Praga. Me abrió los ojos a las reproducciones de los grandes pintores del pasado que tenía reunidas en tarjetas postales. Me empujó a revisar las semillas filosóficas plantadas por Filopáter en nuestras macetas. Extendió nuestras lecturas conjuntas a Dickens y Dostoyevski, Balzac y Beckett. Hasta me enseñó a bailar, aunque con una advertencia a la vez irónica y prohibitiva.

Me invitó una noche a un cabaret y, en vez de conducirme al salón de baile, me llevó a una especie de oficina desde donde se podía observar a las parejas bailando pero sin oír la música. Permanecí desconcertado por un minuto. Luego me entró un ataque de risa viendo las poses, las contorsiones, la comedia insensata, sin gracia, de las parejas capturadas dentro de un acuario por la danza que a todas luces juzgaban graciosa, galana, sofisticada, sensual, libre y libertina: cabeza girando, ojos cerrados en ensoñación o abiertos con falso asombro, manos agitadas como para dar o recibir pelotas invisibles, hombros en calistenias grotescas, piernas liberadas de todo control, a medias entre la oración y la defecación. Y los pies, cucarachas calzadas para evitar la muerte por flit, zapatos masculinos de dos colores, botas rancheras, puntiagudos puñales femeninos, uno que otro zapato tenis, todos entregados a la danza en silencio, el grotesco ritual de los cuerpos engañándose a sí mismos, pretendiendo elegancias, sensualidades, comicidades, que desprovistas de acompañamientos sonoros, reducían los bailarines a la imitación macabra de una muerte anticipada: la danza.

Pensé que la amistad es algo al cabo indescifrable. El orgullo, la generosidad, la ternura, las insuficiencias aceptadas, las reservas acalladas, el valor que va adquiriendo el recuerdo —o la amarga absolución de su pérdida: todo se reúne como en un coro a la vez presente y muy lejano, más elocuente en el recuerdo que en la actualidad, aunque en cada brillo traiga el anuncio de un futuro imprevisible como un disparo de pistola en un concierto de piano.

—Seamos independientes —disparó Jericó—. No nos dejemos imponer opiniones.

Si las palabras me sorprendieron, fue porque contenían una verdad tácita en nuestra relación. Éramos independientes desde siempre, le contesté a mi amigo. Dijo que yo no: yo viví en un caserón como prisionero de una nodriza tiránica y me salvé viniendo a vivir con él.

—¿Y tú? —le pregunté—. ¿Tú siempre has sido independiente?

Jericó me miró con una especie de ternura compasiva.

—No me hagas una pregunta que tú mismo podrías contestar o acallar, mi cuate. ¿Somos independientes? Primero pregúntate: ¿Quién nos ha mantenido desde que recordamos?

Lo interrumpí. —Los abogados. El licenciado Sanginés, el...

Me interrumpió: —¿Los mandaron? Todos ellos, criados, enviados de otra persona...

—¿Física o moral? —intenté aligerar la plática insólita; él y yo llevábamos más de un año sin vernos y esta reunión en nuestra vieja covacha de la calle de Praga tenía lugar gracias a una iniciativa de él.

No me hizo caso. —Hemos dado por hecho que no tenemos pasado, que vivimos al día, que los abogados proveerán y que si hacemos preguntas indiscretas, romperemos el encanto y amaneceremos ya no príncipes en la alcoba, sino ranas en el charco... Y sin un clavo.

Le dije que tenía razón. Nunca habíamos inquirido más allá de la situación inmediata. Recibíamos un cheque mensual. A veces Sanginés nos guiaba a las puertas de un misterio pero nunca las abría. Era como si los dos —Jericó, Josué— tuviésemos miedo de saber algo más de lo que ya sabíamos: nada. Opiné, ante la mirada irónica de mi amigo, que acaso nuestra incuria había sido nuestra salvación. ¿Qué o quién habría respondido a nuestras preguntas: quiénes somos, de dónde venimos, quiénes son nuestros padres, quién nos mantiene?

—¿Quién nos mantiene, Jericó? —lo miré como a un espejo—. ¿Somos unos inocentes padrotes? ¿Somos mejores que la Hetara de Durango o la puta de la abeja en la nalga?

Él guardó silencio, evitando asombrarse de mi exabrupto.

—¿Recuerdas al padre Filopáter cuando íbamos a la escuela?

Asentí. Cómo no.

Jericó dijo, después de mirar al suelo, que nunca habíamos entendido —habló por los dos— si Filopáter pretendía ser falso hereje para hacer paladeable la fe, como el falso impío nos lleva por el camino que conduce a la piedad.

—Porque Filopáter hacía dos cosas, Josué. Por un lado, nos hacía ver la necedad de la religión a la luz de la razón. Pero también nos revelaba la tontería de la razón a la luz de la fe.

—Es que la razón compromete a la fe y la fe a la razón —añadí sin pensarlo demasiado, casi como una conclusión fatal y exacta, o sea, como un dogma.

—Un dogma —Jericó leyó mi pensamiento. Éramos Cástor y Pólux de nuevo, los gemelos místicos, los dióscuros. La pareja inseparable.

—Oye, ¿quién determina que un dogma es un dogma? —pregunté, apartándome del abismo de la fraternidad.

—La autoridad.

—¿La fuerza?

—Si te parece.

No sabía por dónde o a dónde me quería llevar. Le contesté que la fuerza no basta. La fuerza requiere autoridad para ser fuerte.

—¿Y la autoridad sin fuerza? —preguntó Jericó.

—Es la moral —aventuré mis palabras.

—¿Y la moral?

—No te diré que es la certeza porque entonces moral y fe serían lo mismo.

—Entonces, la moral puede ser incierta.

—Sí. Creo que la única certeza es la incertidumbre.

—¿Por qué?

—Si te parece, Jericó, sólo te pido que no te sientas superior o inferior. Siéntete igual.

—¿Recuerdas que de jóvenes nos preguntábamos: qué cosa invalida a un hombre, qué cosa lo despoja de valor?

Asentí.

—Contéstame ahora —dijo con cierta pugnacidad.

—Tú y yo estamos embarcados cada uno en su tentativa de éxito. Creo que, sinceramente, aún no acabamos de definirnos. Siempre somos otro porque siempre estamos siendo.

—Yo sí —subió Jericó un grado la pugna.

—Yo no —me encogí de hombros—. No te creo, mano.

—¿Quieres que te lo demuestre?

Lo miré con tanto ánimo (¿adverso, perverso, diverso?) como él a mí.

—Hazlo, cómo no. Te envidiaré porque yo no estoy tan seguro como tú. Me vale.

Esperé a que hablara. Nos entendíamos demasiado bien. Él dudó un instante. Luego observó, esta vez sonriente, que para tener coherencia él me respondía con acciones, no con palabras. Le sonreí de vuelta y me crucé de brazos. Fue un gesto espontáneo pero que indicaba una cierta permanencia mía, en esta hora y también en este lugar que habíamos compartido él y yo desde los diecinueve años de edad.

—No te quedes a medio camino —me espetó de repente.

—Se hace camino al andar, dice la canción.

—Tú me entiendes.

—Porque yo estoy sentado aquí y tú estás parado allá. Basta con que cambiemos de lugar para que toda la verdad inmediatamente anterior se venga abajo, se la lleve el carajo y se vuelva duda.

—Y también memoria —insistí—. Vamos a recordar dónde estábamos antes.

—Aunque no sabemos dónde estaremos después.

—Podemos prever.

—¿Y si nos cae un rayo?

—Vivimos o morimos —sonreí.

—Sobrevivimos —me vio con los párpados entrecerrados y luego abiertos como por órdenes de un sargento interno.

—¿Vivos o muertos? —dudé.

—Vivos o muertos, sólo somos supervivientes. Siempre.

Negué con la cabeza.

—No tenemos padre —dijo Jericó.

—¿Y?

—Si lo tuviésemos, creceríamos para honrarlo, para que se sintiera orgulloso de nosotros.

—Y como no lo tenemos...

—Podemos existir para nosotros mismos.

—¿A condición de honrarnos? —sonreí.

—No te pierdas a medio camino.

Percibí una cierta turbación interna en mi amigo cuando repitió:

—A medio camino. Hay más. Algo más que tú y yo. La patria. La nación.

Reí abiertamente. Le dije que no tenía que justificar la chamba, un empleo en Los Pinos. Quise alegrar y aligerar la situación.

—Todo depende —le dije—. ¿Cuál es la meta?

—Ser superior a todos los que nos desafían —retomó el aire.

—¿No bastaría ser sólo igual?

—Bromeas. Que no digan de nosotros: Son como todos, son los de siempre, los de costumbre, los del montón... ¿De acuerdo?

Dije que era probable, si las palabras de mi amigo indicaban que la superación personal era necesaria, cómo no… De acuerdo…

—¿Somos distintos, tú y yo? —dije después de la obstinada pausa de Jericó.

—¿Qué quieres decir?

—Que tú y yo no tuvimos que sobrevivir. Siempre tuvimos la mesa puesta.

—¿Sin pena ni gloria? ¿Crees que yo sí?

Di un paso que no quisiera haber dado: —Lo sospecho.

En esa sospecha estaban cifradas las dudas que ustedes ya conocen sobre el personaje llamado, a secas, sin más, "Jericó", sin apellido, ni siquiera el pasado que a mí me daban la casa de Berlín, el cuidado de María Egipciaca y la enfermera Elvira Ríos, antes de que mi destino y el de Jericó confluyeran como dos ríos de fuego, Cástor y Pólux. Yo era Josué Nadal.

Jericó, sin apellidos, que viajaba sin nombre en su pasaporte, que acaso viajaba sin pasaporte, que acaso —todo lo que mi cariño hacia él escondía ahora se revelaba de repente— no había estado en Francia ni en los Estados Unidos, ni en ninguna parte salvo el escondrijo de su alma… ¿Y no era bastante, exclamé para mí, tener un alma donde refugiarse? ¿No era suficiente?

—Vivos o muertos… Sobrevivientes.

Sentí en ese momento, al oír estas palabras, que una etapa de nuestras vidas (y en consecuencia, de nuestra amistad) se cerraba para siempre. Entendí que a partir de ahora, él y yo deberíamos hacernos cargo de nuestras propias existencias, rompiendo el pacto fraternal que hasta entonces no sólo nos había unido:

nos había permitido vivir sin hacernos preguntas acerca del pasado, como si, siendo amigos, nos bastara decir y hacer juntos para complementar las ausencias de la vida anterior.

Era como si la vida hubiera empezado cuando, en el patio de la escuela, él y yo nos hicimos amigos. Era como si, al dejar de serlo, una muerte descalza se acercase a nosotros.

—Max Monroy —me dice esta noche Asunta Jordán— tiene dos reglas de conducta. La primera es nunca contestar a un ataque. Porque abundan, ¿sabes? No puedes ser alguien tan prominente como él sin ser atacado, sobre todo en un país donde el éxito se perdona con dificultad. Asoma la cabeza, Josué, y enseguida te agreden y, si pueden, te decapitan.

—Es que los rencores del país son muy viejos y muy profundos —comenté y añadí socrático porque no quería llevarle la contraria a la mujer: —México es un país donde todo sale mal. Por algo celebramos a los derrotados y detestamos a los victoriosos.

—Aunque nos quedemos con los ídolos. Si te conviertes en ídolo, ídolo de la canción ranchera, del bolero, de la telenovela, del deporte, te perdonan la vida —dijo Asunta con su estilo de humor popular.

—Es que la idolatría aquí es muy vieja —sonreí continuando mi táctica aduladora—. Creemos en Dios pero adoramos ídolos.

Asunta se sacudió este confeti ideológico con una elegante agitación de la cabeza. —Pero el hecho de no responder a un ataque es un arma terrible. No le dejas una hora de sueño tranquilo al atacante. ¿Por qué no responde Max? ¿Cuándo responde Max? ¿Qué responderá —si responde— Max? ¿Qué armas empleará Max para responderme?

—De este modo —prosiguió Asunta—, Max no necesita hacer nada para contestar a quienes lo agreden. El hecho de no hacer nada provoca pavor y al cabo derrota al atacante, que no entiende por qué no le contestan, luego duda de la eficacia o ferocidad del ataque, enseguida se siente de a tiro pinchurriento porque no merece respuesta y al cabo la agresión y el agresor son olvidados y Max Monroy sigue tan campante...

—Como Johnny Walker —reí entonces.

A ella este chiste no le cayó en gracia. Asunta ya estaba embarcada en el segundo ejemplo que quería ofrecerme a fin de completar el cuadro de la conducta de Max Monroy. Una nube rencorosa pasó por su mirada, evocando, sin mirarme, a quienes quisieron hacerse famosos atacando la fama de Max Monroy. Lección aprendida: sólo lograron aumentarla. Ellos fueron olvidados.

—¿Y el segundo caso?

Asunta regresó como de un sueño.

"Max Monroy es un hombre cauto." Ella sonrió con cierta nostalgia amarga que no escapó a mi atención. El segundo ejemplo es que Max, que de por sí es un hombre cauto, se vuelve aún más cauto cuando recibe un favor indebido o inesperado.

—¿Indebido?

Si Asunta hesitó fue sólo por un segundo. Luego dijo: Tan indebido como tener encarcelado a un hombre peligroso sólo como un favor al gran Max Monroy.

Busqué en vano un rictus de risa, una intención irónica, un énfasis de enfado en la voz, la mirada, la pose de Asunta. Había hablado como hablaría —si hablase— una estatua.

—Los favores se pagan, creo —continué para que la plática no se muriera, como pudo haberse muerto, allí mismo, ya que yo trataba de atar cabos y juntar lo que sabía con lo que desconocía...

—Los favores se cobran y entonces uno se da cuenta del error que es otorgarlos y se vuelve loco tratando de encontrar una acción que borre la obligación contraída con el que nos hizo el favor —prosiguió—. ¿Te das cuenta?

—¿La muerte? —pregunté con la cara de inocencia que más he practicado frente al espejo.

—¿La muerte? —me contestó ella con una afirmación incrédula al grado de convertirse en pregunta.

—La muerte —prosiguió ya con calma, aunque con cierto acento de súplica.

—¿De quién? —no solté presa.

Acaso ella dudó un momento. Luego dijo: —La muerte del que nos hizo el favor.

—¿Indebido?

O inesperado. ¿Inesperado?

—El que le hizo el favor se murió.

—Las ventajas de ser viejo —dije con un cálculo amatorio fracasado, lo sabía, de antemano. Ella no se dio por enterada. En cambio, enfatizó que Max Monroy era un *self-made man*, pero sólo a medias. Heredó mucho (yo me callé mi relación sólo válida si secreta con la madre de Max, la Antigua Concepción).

Si hablase como su madre doña Conchita (con razón se cambió de nombre, rehusando el diminutivo a cambio de la ancianidad voluntaria) diría: El reparto agrario lo benefició igual que a su madre. Se acabaron las viejas haciendas tan grandes como todo el Benelux. Tomaba dos días en tren recorrer las tierras de William Randolph Hearst en Chihuahua y Sonora. —El Ciudadano Kane, interjecté y ella continuó, sin entender la alusión. Repetía la lección—: El treinta por ciento del territorio de México en manos de gringos. Se quebró la hacienda, se creó la comunidad ejidal —todo para todos, cómo no—, se violó la ley agraria, ahora se acumulaban pequeñas propiedades y se robaban tierras campesinas para construir hoteles en las playas, los campesinos no recibieron ni las gracias, ni un whiskicito, ni bañarse en piscinas con forma de riñón, pero la mayoría se largaron a las ciudades, sobre todo a "la ojerosa y pintada" Ciudad de México, a los nuevos sectores industriales creados por la expropiación petrolera. Fortuna de Max: primero reparto agrario; segundo, propiedad comunal; tercero, minifundio: cuarto, ejidatarios sin crédito o maquinaria, sometidos a la ley del mercado, sin protección y ni quinto —y no lo hay malo—, fuga campesina a la industria, creación de mercado interno, saturación de la demanda, desigualdad, desempleo, fuga de brazos a Estados Unidos, dinero devuelto por el trabajador a sus viejas comunidades, explosión del consumo barato.

—¿Y Monroy aprovechándolo todo?

—No es un ladrón —Asunta me miró sin simpatía—. Tiene el dinero de hoy como tuvo el dinero de ayer. Ha construido una fortuna encima de la anterior, la de su madre. Ha multiplicado los bienes de doña Conchita (¡por favor: la Antigua Concepción, más respeto hacia los muertos!), se ha impuesto reglas severísimas de disciplina, justicia, independencia, conoce el golfo que separa a la reputación de la personalidad, protege ésta, desdeña aquélla, es implacable para deshacerse de los incompetentes en los altos mandos, ocupa el centro del centro, se gobierna a sí mismo para gobernar mejor a los demás, no sobreestimula al público...

—¿Y todo para qué? —la interrumpí porque su exaltación de Max comenzaba no sólo a hartarme sino, sobre todo, a encelarme. Me tocaba conocer a Max Monroy mediante el cariño de su difunta mamacita. Me irritaba la admiración repetitiva como un disco, desenfrenada como un orgasmo, de esta mujer cada vez más maldita y acaso, por ello, cada vez más deseada. O al revés...

—¿Por qué? —dijo ella desconcertada.

—O para quiénes... —proseguí, sin atreverme a echarle en cara su falta de sinceridad: cuanto me había dicho me parecía aprendido como una lección que debió memorizar y repetir la leal servidora de Max Monroy.

Ella siguió como si no me oyera. —Max controla la demanda con lo que la oferta puede dar —dijo como sinfonola.

—Para qué, para quiénes... —le eché un quinto al piano.

—Le hubiese bastado heredar, Josué, sin necesidad de acrecentar la herencia...

—Para quiénes... —dije con mi mejor voz de bolero.

Un temblor de enojo combatió en el cuerpo de Asunta contra una congoja de resignación que me pareció demasiado satisfecha.

—¿Para ti? —la tomé con fuerza de los hombros—. ¿Tú serás la heredera?

—No tiene descendencia, gimió sorprendida la mujer, no tuvo hijos...

—Tiene amante, qué carajos...

Asunta se desprendió de mi creciente debilidad. Creí que el deseo me iba a fortalecer. Me estaba minando: las ganas de quererla. Las ganas nada más.

—¿Qué los une? Él es un anciano. ¿Qué cosa los une, Asunta?

Dijo para mi sorpresa que los unía el olor. ¿Qué olor? Muchos olores. Ahora, el olor raro de un hombre viejo, olor de animal en una cueva. Antes, el olor del campo, donde nos conocimos. Reí mucho. Quizá sólo nos une el olor a vaca, gallina, burro y mierda, dijo seria pero con bastante gracia.

Me miró con una fijeza suspendida entre el amor y el desafío.

—El México pobre y provinciano, mediocre y envidioso, hostil...

Se abrazó a mi cuello.

—No quiero regresar allí. Por nada del mundo.

Esto me lo dijo susurrando. La miré. No sonreía. Esto iba en serio. Tomó mi mano. La miró. Dijo que mis manos eran bellas. Sonreí. Yo no iba a enumerar los atractivos de Asunta.

—Por favor, entiéndeme —me dijo—. Se lo debo todo a Max Monroy. Antes, vivía muy frustrada. Ahora, soy una fuerza dirigida.

—¿Como un misil? —dije con humor fuera de lugar, como si no adivinara algo más serio en el abrazo de la mujer.

Volvió a mirarme.

—Por favor, no me distraigas.

Desperté antes del amanecer. Todos dormían. Anticipé la sorpresa del despertar al lado de Asunta Jordán. Sentí ya el sufrimiento que me esperaba como castigo por obtener lo que más deseaba. Ahora, todos los demás dormían. ¿Qué hay afuera?

La Segunda Audiencia de la Ciudad de México se reunió en 1531 y dejó claro que la esclavitud de los indios favorece a los mineros y a los encomenderos. Sí, pero a expensas de los indios, disiente Vasco de Quiroga, miembro de la Audiencia. El trabajo de los indios es el nervio de la tierra, sentencia la Audiencia. La prosperidad de la tierra depende del respeto a las tradiciones indígenas, responde Quiroga y pasa de la palabra al hecho. Libera a sus esclavos. Se hace sacerdote. Funda en Santa Fe —aquí, donde estás parado, Josué— la República del Hospital, dedicada a salvar a los niños indígenas enseñándoles el castellano junto a la lengua otomí, a cantar y oficiar y también a predicarles el cristianismo a sus padres, sin menoscabo de la sacralidad nativa, sino fundiendo el cristianismo con la religiosidad innata, celebrando, sin velos, sin consagración, la "Misa Seca" como una invitación cordial a la espiritualidad compartida. Quiroga evoca un tiempo común a todos, españoles e indios: una Edad de Oro que renueva en el espíritu mítico de los otomíes y también en la fe de la iglesia cristiana primitiva: los indios, escribe Quiroga, son simples, mansos, humildes, obedientes, carecen de soberbia, de ambición y de codicia. No nacieron para ser esclavos. Son seres racionales. Y si algunos son vagabundos, hay que enseñarles a trabajar. Y si algunos son flojos, es porque los frutos de esta tierra se dan con demasiada facilidad. Indios y cristianos pueden ser hoy lo que fueron ayer y ser así lo que serán mañana. De Santa Fe se expande Vasco de Quiroga a Michoacán, funda el Hospital de Santa Fe a orillas del lago de Pátzcuaro. Respeta la lengua tarasca mientras enseña la lengua española. Se inspira en la *Utopía* de Tomás Moro. Los indios deben organizarse comunalmente, pues están a la deriva en sociedades rotas en mil pedazos por la feroz conquista que corre como un rayo del Golfo al Pacífico, de la tierra de los otomíes a la tierra de los purépechas, de Oaxaca a Xalisco, más veloz la historia de hoy que la de ayer, quebrada también la historia del mañana si a los indios no se les da lengua y techo, cuidado y doctrina, oficios y dignidad. Tata Vasco, el papá Quiroga, el padre Vasco, le dicen los indios y él les da propiedad colectiva de la tierra, jornada de seis horas, destinar los frutos del trabajo a las necesidades de la vida. Prohíbe el lujo. Organiza a cada cuatro familias bajo un Principal. Enseña Vasco de Quiroga, a cuya sombra trabajas, Josué, que la organización social requiere una economía práctica, que el mundo europeo debe aprender a vivir en armonía con las costumbres indias. ¿Qué nacerá de esta enseñanza y de este respeto mutuo? ¿Vale la pena apostar que la vida simple, el trabajo y la educación crearán una nueva comunidad mexicana, sin conquistadores o conquistados, sino protegida por la libertad y la ley?

—¿Tiene un precio la felicidad? —le preguntas, Josué, a la estatua de fray Vasco de Quiroga, Tata Vasco, frente a la cual pasas todos los días.

—Sí —afirma el fraile—. Hay que reclutar a los indios a la fuerza, para que aprendan a ser felices…

—¿Y la recompensa? —le preguntas a Tata Vasco.

—El renacimiento cristiano.

—¿Y el método?

—Usar la tradición para…

—¿Para dominar?

Fray Vasco no te oye. Había escasez de agua en Michoacán. Quiroga le da un golpe a la roca con su cayado. El agua surge de la piedra cuando la toca el curvo báculo obispal. ¿Te basta el milagro, Josué? ¿Necesitas algo más que un milagro?

Los soldados salvajes de Nuño de Guzmán el conquistador descienden desde Xalisco, incendian pueblos, toman prisioneros, exigen tributos, especies, labor, se regalan a sí mismos tierras y aguas, extensas y abundantes. La Utopía no es buena para una raza de porteros y vasallos, la Utopía no admite la mita en las minas, la tienda de raya en las haciendas. Plata, ganado, tierras arrebatadas, alcohol para las bodas y los entierros: huye el indio de la Utopía de Tata Vasco, avasallado por las espadas y los caballos de Nuño de Guzmán, se refugia en los latifundios: vaya un mal mayor por otro menor… Qué le vamos a hacer.

Josué interroga cada mañana a la estatua de fray Vasco de Quiroga, Tata Vasco, en la zona de Santa Fe en México, D.F.

—Soy el padre de tu cultura —le dice un día Tata Vasco a Josué.

Josué se pregunta si su misión consistirá en mantenerla o cambiarla.

—Ándale, ándale, ándale.

Orden, saludo y despedida, comunicación, familiaridad y extrañamiento, esta forma verbal mexicana se presta a tantas interpretaciones como su insularidad nacional lo permite: nadie, fuera de México, dice "Ándale" y un mexicano se revela como tal al decirlo, me dijo el abogado Antonio Sanginés una noche de invierno en su casa del barrio de Coyoacán.

Esta vez, la guirnalda de niños traviesos no se le trepaban al cuello y en la cara del maestro observé una seriedad a la vez acostumbrada y desacostumbrada. O sea: casi siempre, él era muy serio. Sólo que esta vez —lo leí— lo era sólo para mí. Y ese *sólo para mí* excluía a la otra persona con la que había visto en ocasiones anteriores a Sanginés. Mi viejo cuate Jericó.

—¿Desde cuándo no se ven?
—Desde hace un año.
—Ándale.

Como solía suceder, Sanginés, magisterial, empezó por evocar una serie de referencias sobre su trato con el Señor Presidente Valentín Pedro Carrera. Él se preciaba de su rol de consejero áulico de los poderosos: en el Estado, en la Empresa. Conocía a ambos, en el edificio empresarial de Santa Fe y en el campamento político de Los Pinos. Así lo definió él, con toda sencillez.

Mientras que en Sante Fe Max Monroy presidía un imperio permanente, en Los Pinos Valentín Pedro Carrera era el capataz pasajero de un rancho sexenal. El habitante de la Presidencia se sabía fugaz. El jefe de la empresa aspiraba a la permanencia. ¿Cómo se entendían estos dos poderes?

Sanginés no me lo tuvo que decir. Él se preciaba de ser intermediario entre el ejecutivo político y el ejecutivo empresarial, entre Valentín Pedro Carrera y Max Monroy. Comprobándolo, Sanginés me miró sin pestañear y con la barbilla apoyada en las manos enumeró —sí, enumeró— sus recomendaciones al presidente Carrera, como un Maquiavelo local (yo no diría un florentino de barrio, no, no lo diría, porque después de todo el maestro Sanginés había dirigido mi tesis profesional sobre el diabólico Nicolás):

No exagere las expectativas.

No pretenda alargar el sexenio o reelegirse.

La longevidad en el puesto es fatal para la reputación.

Recuerde que los presidentes empiezan en la luz de la esperanza y terminan en la sombra de la experiencia.

En la oposición, la pureza.

En el poder, el compromiso.

Prepárese a tiempo para abandonar el puesto, señor presidente.

Sólo será visto como un buen presidente si sabe ser un buen ex-presidente.

Pausa. Jamás le vi a Antonio una expresión más agria que en ese momento:

Exagere.

Alargue.

Ilumine a la nación.

No se comprometa a nada.

Permanezca en el puesto.

No se marche.

Aquí estoy yo.

Ándale, Jericó, ándale.

Sospeché que Sanginés respiraba por la herida y que en el año transcurrido, Jericó se había apropiado de la oreja presidencial, reduciendo a Sanginés a la más absoluta marginalidad.

¿Por qué me llamaba ahora?

Con su habitual circunlocución de abogado novohispano, Antonio Sanginés se lanzó a una narración que nos ocupó buena parte de la noche. Evocaba. Reproducía. Aceleraba. Se detenía.

—Atrás quedaron los tiempos del héroe —le decía Jericó a Carrera (como se lo había dicho Sanginés a Carrera). Un estado revolucionario se legitima a sí mismo. Washington, Lincoln, Lenin, Mao, Castro, Madero - Carranza - Obregón - Calles - Cárdenas. Hasta Tlatelolco y la deslegitimación por vía del crimen contra el puro y simple movimiento que debe acompañar al Estado revolucionario para acreditarlo como tal. Deténgase el movimiento del Estado: lo suple el movimiento de la sociedad. Estados Unidos es maestro de la renovación sigilosa: sus grupos más reaccionarios se adjudican la rebeldía. Las Hijas de la Revolución Americana son un conjunto de ancianas ultraconservadoras que aún usan quevedos y gargantillas y se pintan el pelo de azul cielo.

—Atrás quedaron los tiempos del héroe. Gobierno, Estado y Revolución ya no son lo mismo. El viejo Estado revolucionario ha perdido toda legitimidad. Usted tiene que darle nueva legalidad a la nueva realidad —peroró Jericó.

—Cuente conmigo —le dijo Sanginés al presidente.

—Yo me encargo —le dijo Jericó a Carrera y añadió: —En nombre de usted, por supuesto.

Algo nos une, suspiró Sanginés, algo nos une a tu compañero Jericó y a mí. Hemos ejercido más poder mientras más distanciados hemos estado del poder. Sólo que mi distancia era, al lado de la de Jericó, desinteresada.

Dijo que él aconsejaba velando por el país.

—¿Y Jericó? —le pregunté.

Me miró con tristeza pero no me contestó. Sin embargo, no cabe duda de que el detalle ilumina la vida. Así como un perrito le da vida al tieso retrato de un aristócrata, un gesto de Sanginés me habló alto de su pensamiento. El gesto más banal: tomar una migaja de bolillo y convertirla en una pelota que, al cabo, con un acto insólito el hombre tan educado, arrojó al suelo y aplastó con el zapato.

Sólo entonces reanudó.

—Conozco desde siempre a Valentín Pedro Carrera. Te resumo su carrera. Fue un joven idealista. Libró la campaña presidencial con su mujer enferma. ¿Cinismo o compasión? Hizo llorar al electorado. Doña Clarita se murió poco después de que Carrera ganara la elección. Se murió a tiempo. Carrera agarró un segundo aire gracias al duelo y a la soledad. Sólo que el duelo se acaba y la soledad no. Entonces surgen los fuegos de la arbitrariedad, el abuso del poder, una suerte de venganza contra el destino que lo elevó tan alto sólo para despojarlo de lo que el poder le da en abundancia: la apariencia, el uso del aparecer, el abuso de la presencia… Mis consejos, Josué, nacieron de un deseo de domar estos extremos y aprovechar los duelos del poder en beneficio del poder…

No supe qué cosa sorbió Sanginés desde una taza vacía.

—Creo haber descubierto la gran grieta del poder. El poderoso no quiere saber lo que se hace en su
nombre. El gran criminal secular, un Al Capone, lo
sabe y lo ordena. Pero aun el tirano más temible abre las
compuertas de una violencia que él mismo no sabe controlar. ¿Quién asesinó a Mateotti, el último diputado
oposicionista que le servía de excusa democrática a Mussolini, dejándolo sin más opción que la dictadura? ¿De-
talló Himmler el horror concentracionario más allá de
la voluntad enloquecida y abstracta de Hitler, concen-
trándola en montañas de maletas, pelo, gafas, dentadu-
ras postizas y muñecas rotas en Auschwitz? ¿Hizo Stalin
otra cosa que proseguir la voluntad tiránica del revolucionario muerto a tiempo, Lenin el santo laico, enten-
diéndolo mejor que sus seguidores demócratas, Bujarin,
Kamenev…? No Trotsky que era tan duro como Stalin,
pero para su desgracia un hombre culto…

Mi mirada atenta era una pregunta: ¿Y Valentín Pedro Carrera?

Sanginés se me fue por la anécdota. Carrera es
un hombre enamorado de su propia palabra. Puede hablar sin interrupción durante horas. Es indispensable
interrumpirlo de vez en cuando. En favor de él. Para que
tome aire. Para que beba un trago. Todos sabíamos que
este presidente necesitaba interruptores oficiales. Sus
presidensuchas nos turnábamos interrumpiéndolo.

—¿Qué pasa? ¿Creen que todo lo que dicen es
interesante? ¿O tienen miedo de callar y ceder la palabra? ¿Tienen miedo de ser contradecidos? ¿Qué pasa?
—pregunté con intensa ingenuidad.

—Te digo, es un arte saber interrumpir al presidente. La sagacidad de Jericó consiste en jamás interrumpir. Carrera se dio cuenta:

—Usted nunca me interrumpe, Jericó. Se lo agradezco. Pero dígame por qué.

Sanginés estaba presente. Jericó, dice, no dijo nada. ¿Por qué Sanginés estaba allí? ¿Qué le diría Jericó a Carrera en ausencia de testigo?

—El presidente es un boquiflojo. Te lo cuento porque me lo dijo. También es dueño de una suerte de indecisión pedante. Quiero decir, no es un indeciso a la Hamlet, que pesa y sopesa opciones. Su indecisión es una suerte de farsa. Es una manera de decir, paradójicamente, tengo el poder para no tomar decisión alguna y decir lo que me viene en gana.

Insisto: la taza de Sanginés estaba vacía.

—Esa fue la argucia de Jericó, ahora me doy cuenta. Supo que Carrera no actuaba por pura vanidad y prepotencia. Entrambas Jericó actuó por él. Carrera no se dio cuenta y si se daba cuenta, le agradecía a Jericó que le quitara de encima una responsabilidad indeseada: la toma de decisiones es la abeja reina del poder; también puede ser su mosca muerta.

¿Qué deseaba el presidente? Lo imposible:
—Denme soluciones fáciles para asuntos difíciles.

—*Ça n'existe pas* —musitó Sanginés—. La maldad de Jericó...

Levanté las cejas. Sanginés suspiró. Me daba a entender que sabía de qué hablaba, que su voz no era la de un despechado desplazado de los favores del poder. Quería mantenerse como un consejero fiel. Es más: como un ciudadano responsable. Dejó caer, sin desearlo, las cejas. Me acusé de sentimentalismo. Porque mucho le debía a Sanginés. Por mi vieja camaradería con Jericó. Porque era todavía, en comparación, un inocente...

—Piense técnico. Hable agrario. Viva la libertad. Muera la igualdad. Cuente conmigo. No confíe en demasiados consejeros. El mole lo guisa usted, muchas manos estropean la salsa. Mande a sus enemigos a embajadas lejanas. Y a sus amigos también.

Con estas y parecidas razones, Jericó se le fue insinuando al presidente, alarmándolo a veces ("Tiene usted tomado al lobo por las orejas, no puede liberarlo, pero tampoco sujetarlo para siempre"), animándolo otras ("No se preocupe demasiado, la igualdad es lo más desigual que existe"), concluyendo en ocasiones (el clásico navajazo simbólico en la garganta), advirtiéndole en otras (el no menos clásico ojo abierto por el índice derecho sobre el párpado), elaborando justificaciones ("la política puede ser floja, los intereses son siempre duros"). El presidente le dio tareas simples. Lee los periódicos, Jericó. Infórmame. Yo leeré en la noche lo que me parezca importante.

—¿Qué hizo tu compinche? —se expresó con retórica Sanginés—. ¿Qué crees?

Me miró feo. Yo lo miré bendito.

—Seleccionó la prensa. Recortó lo que le convenía cuando le convenía. Noticias de la tranquilidad y felicidad y prosperidad generalizadas bajo el régimen de Valentín Pedro Carrera: un presidente se va aislando más y más y acaba por creer sólo lo que desea creer y lo que sus lacayos le hacen creer...

Lo interrumpí. —Jericó... Me parece que... es...

—El cortesano cabal, Josué. No te engañes.

—¿Y usted, maestro? —quise joder.

—Te repito: un consejero fiel.

Ándale, ándale, ándale.

—No abras la boca. No digas nada.

Y yo que tenía preparadas mis frases románticas, mis alusiones sentimentales derivadas de un popurrí de boleros musicales, recuerdos de Amado Nervo, diálogos de películas norteamericanas (¿para qué queremos la luna? Tenemos las estrellas), todo fino, ninguna vulgaridad, aunque temiendo que mis buenos modales en la cama la decepcionaran, quizás ella deseaba un trato más brutal, palabras más groseras (eres mi puta, puta, adoro tu coñito apretado), no, no me atreví, sólo frases bonitas y apenas solté, encima de ella, la primera, ella me soltó ese brutal "No abras la boca. No digas nada."

Procedí en silencio. Culminé censurando mi boca, la boca que no debía abrir obedeciendo la terminante instrucción de la mujer. Y no es que me queje. Me lo dio todo, menos las palabras. Me quedé dudando. ¿Las palabras sobran en el amor? ¿O el amor sin palabras se queda a medias, incompleto en su formulación sentimental? No debía pensar esto. Ella me lo había dado todo. Me lo había permitido todo. Era como si en ella, en este acto, culminaran amoríos a medias con la enfermera Elvira Ríos, atormentados con Lucha Zapata, venales con la puta de la abeja que acabó casada con el papá de Errol Esparza, entambada como asesina presunta de don Nazario y fugada de la cárcel a pesar de la vigilancia (enfermiza, obsesiva, me dije ahora) de Miguel Aparecido.

Asunta Jordán…

Preámbulos del amor, flechas rotas del Cupido que al fin me daba el gran placer de un sexo completo, instintivo y calculado a la vez, exigente y permisivo, natural y artificial, puro y perverso: ¿qué había en el cuerpo provinciano de Asunta Jordán que lo reunía todo en una sola mujer y en un solo acto? Todo lo que he dicho y nada. Nada, en el sentido de que la mujer expresaba las palabras del acto, éste no encontraba la separación verbal que yo (que todo hombre) quiere darle, aunque luego se arrepienta, o se olvide, de las palabras que exclamó, suspiró, gritó al venirse en plenitud.

¿Hacían falta las palabras? ¿Me decía Asunta que el acto se bastaba a sí mismo, que las palabras lo abarataban porque eran inferiores al placer, placebos verbales, derivaciones, sí, del bolero, de la poesía, de la analogía imposible entre el acto y el verbo del amor...?

—No me toques la cara.

No. No. No. Todas las negaciones del momento me aguaban la fiesta aunque la fiesta había sido memorable y yo era un imbécil que no tenía motivo de queja. Algo hacía mal puesto que, satisfecho como un Dios que al amor crea, la prohibición de hablar le restaba plenitud al acto. Yo no tenía razón. Podía ser mudo de nacimiento y gozar a la mujer sin posibilidad de decir palabra. ¿Por qué intentaba verbalizar, darle oración al acto que había culminado sin necesidad de sentencia alguna? ¿Y por qué me prohibió ella de manera tan terminante y severa: "No abras la boca. No digas nada"?

¿Y por qué, silenciado y confuso, quise subsidiar la palabra prohibida con un gesto amatorio y cariñoso? (Las dos cosas no son la misma: amar es pasión, cariño es concesión...) O con buenas maneras, agradecimiento y ¿por qué no?, el breve prólogo de la seducción...

Sabemos que hemos pasado muchas horas juntos, en la oficina, a veces en un café para distraernos de las obligaciones, a menudo en comidas de trabajo, rara vez en cenas sociales, más veces en cocteles donde ella hacía su aparición como parte del poder de Max Monroy, el poder visible, tangible y deseable de ese hombre tan famoso como misterioso: un año en la oficina de Santa Fe y aún no veía, ni por asomo, al mero mero, al jefe, al *boss-man*, al *caïd*.

Sabiendo que ella tenía acceso constante a él y que cuanto yo sabía de él lo sabía por ella (y en secreto, por la voz enterada y enterrada de la Antigua Concepción, pero esto no podía repetirlo)... En la oficina, nadie había conocido, en los diez pisos inferiores y los dos superiores, al patrón Max Monroy. Llegué a imaginar que era una ficción creada y mantenida para hacer creer en un poder intocable y mantener la autoridad de la empresa. Lo creería si, de vez en cuando, Asunta no bajase al suelo de los mortales a compartir conmigo algo dicho o hecho por Monroy —su trabajo, referencia constante; sus dichos, con frecuencia; su vida actual, nunca.

Mi relación con Asunta había sido, pues, puramente profesional. Con la excepción de mi aventura en su *boudoir*, adivinando, tocando y oliendo la ropa íntima de la mujer, cosa que sólo sabíamos yo y la recamarera que me sorprendió en el acto. ¿Se lo había contado la mucama a Asunta o era tan discreta —o temerosa— que se calló la boca? Yo no lo podía saber y no lo podía preguntar. Si Asunta lo sabía, actuó como si lo ignorara y en ambos casos mi excitación sexual aumentaba: si lo sabía, qué excitante era compartir el hecho como secreto. Si no lo sabía, era aún más emocionante poseer una sensación que me hacía dueño solitario de su ropa interior cuando ésta no cubría el cuerpo de la mujer. Y en todo caso —emoción, entusiasmo—, qué encanto me producía el recuerdo de esos sostenes, calzoncitos, ligas, medias, ordenadas como un pequeño ejército de la libido en sus clasificados cajoncitos.

¿Cómo acercarme a ella, más allá de la cotidiana relación de trabajo? ¿Imaginando su realidad o realizando su imaginación?

Traté de acercarme acercándome a los que trabajaban en el edificio Vasco de Quiroga como si el indeseado origen de la mujer deseada se avivase en el de los empleados por Monroy en el edificio "Utopía". Como si al conocerlos a ellos viese a una Asunta rebajada, sin poder aún. Como si, en mi desgraciado rencor, desease ver a la mujer expulsada del Olimpo y devuelta al mini-averno del trabajo anónimo.

Reposaba yo, con los brazos cruzados en alto y las manos a guisa de almohada, cuando escuché los pasos en la escalera y los identifiqué con la persona de Jericó. Eran pisadas fantasmales que me devolvían el eco de mi mejor amistad y, acaso, de mis mejores años. Todo lo turbaba (pues la nostalgia no debe durar mucho) la sensación de que Jericó no sólo llegaba al apartamento que antes compartíamos en la calle de Praga, sino que abría la puerta de entrada con la llave que también compartíamos.

Sentí una cierta desazón: yo era el que ahora vivía aquí y de aquí salía a ocuparme en la cárcel de

San Juan de Aragón o en las oficinas de Santa Fe. Yo era, por vez primera, el dueño de casa. La llave de Jericó entrando a la cerradura de la puerta era como una violación corporal y espiritual. Entraba como Pedro por su casa. Me decía, desde la introducción, que este espacio requería ruido suyo aunque lo compartiera conmigo, el advenedizo, el convidado de piedra, el Tancredo de la fiesta brava.

—Despierta, Josué —me dijo desde la puerta llevándose una mano a la frente a guisa de saludo seudo-militar.

—Estoy despierto —dije con desgano, mirando de reojo la sombra que avanzaba.

—¿Ya comiste? —persistió y no me permitió contestar—. Porque yo te pregunto, mi cuáis, ¿quién digiere mejor: el que después de un banquete duerme o el que sale a cazar?

Me encogí de hombros. Jericó interrumpía un ensueño dedicado a Asunta, cómo era, cómo podía hacerla yo, ¿me volvería a amar o nuestro encuentro fue sólo un *quickie* pasajero, informal, sin consecuencias?

Yo rememoraba, consagrándolo, el cuerpo de Asunta y ahora Jericó proseguía con brutalidad anatómica: —¿Sales a cazar, vienes a dormir? ¿Cómo lo sabes?

Me picó el ombligo y trazó una raya entre mis costillares.

—Abriéndote la panza.

Rió.

—Allí está la prueba.

Me desamodorré. Me senté al filo del camastro. Jericó preparaba café. Tomaba posesión de algo que, me dije con ofensa, nunca había abandonado. Yo era el intruso. Yo era, casi, el ser mostrenco.

—¿Qué quieres? —dije con el afán de molestarlo.

Él no se inmutó: —Te quiero a ti —me ofreció la taza humeante de brebaje instantáneo.

—¿A saber?

Se lanzó a un discurso que me pareció interminable. ¿Quiénes éramos él y yo? Dos náufragos de la autoridad paterna. Eso es lo que nos hermana. Carecemos de familia. No tuvimos jefe. Fuimos abandonados, liberados, dejados a la deriva.

—Como gustes.

—¿Y?

—Ello nos obliga a conocer nuestros límites internos. Te das cuenta de que la mayor parte de los seres humanos nunca se hacen en serio la pregunta: ¿Quién soy? ¿Cuáles son mis límites? ¿Por qué? Porque la familia y la sociedad les han marcado el sendero y las fronteras. Por aquí, chamaco, no te salgas del caminito, mira tan lejos como quieras, pero no mires ni a la derecha ni a la izquierda. Ojos fijos en el horizonte que te obsequiamos porque pensamos en ti, m'hijito, y queremos lo mejor para ti, no pienses en nada, todo está pensado de antemano, mocosito, es para tu bien, no te desvíes, no te aventures, no te salgas de un destino que no mereces conocer con independencia, ¿por qué, muchacho, si nosotros ya te lo preparamos? Te preparamos el futuro como se hace una cama, aquí las almohadas, acá los cobertores, entra y duerme, nene, no deshagas la cama, mira que nos costó mucho arreglártela y tenértela lista para que duermas tranquilo, duermas y duermas y duermas, pibe, cabrito, nene, chavo, chamaco, sin preocuparte de nada.

Hizo cara de malo y luego soltó una carcajada.

—¡Despierta, Josué, levántate y anda!

Le dije que lo escuchaba. Él no esperaba una palabra mía. Traía su propio discurso y a mí me correspondía oírlo sin chistar.

—Añado: tú y yo no nacimos para mantener un hogar. Ya ves tu vida sexual. De aquí para allá, que una vagabunda, que una puta, que una enfermera, que una secretaria...

—Ya es algo más que tú, llanero de veras solitario —respingué, enojado de que él supiera lo que yo creí que ignoraba.

—No tenemos amigos —dijo él un tanto desconcertado.

—¿Seremos parte de una civilización desaparecida, tú?

—Estamos obligados siempre a reparar las faltas de nuestro destino, cualquiera que haya sido, Josué. Para qué es más que la verdad...

—¿Otro destino? ¿Cómo?

—Juntándonos con la gente. Organizando al pueblo. Dándonos un baño de masas, como las duchas que tú y yo nos dábamos juntos, pero ahora con millones de seres humanos que quieren ser redimidos.

—¿No se redimirían mejor solos?

—No —casi gritó Jericó—. Hace falta la cabeza, el líder...

—El Duce, el Führer —dije con una sonrisa escéptica...

—El país está maduro —aseveró Jericó, se corrigió y volvió a él y a mí.

—Sí, tú, verdad de Dios, tú sólo tú, y yo sólo yo, no nacimos para ser maridos ni padres de familia, ni siquiera amantes fieles. Tú y yo, Josué, nacimos para la libertad, sin ataduras, con el camino despejado para ser y hacer sin darle cuentas a nadie, ¿me entiendes? ¡Somos libres, cuatezón, libres como el aire, la lluvia, el mar, los pájaros!

—Hasta que un cazador te dispare, caes y sirves de cena. Cómo no…

—Riesgos —rió Jericó—, y el aire puede ser turbado por un ciclón, la lluvia ser tormentosa, el mar agitado y el pájaro, con suerte, invicto, volando hacia la libertad.

—Pájaro viejo quieres decir —dije por armonizar con el júbilo de mi viejo compañero. Hasta canté: —*Pájaro herido de la madrugada…*

—O sea, Josué, ¿crees que tú y yo tenemos una misión especial, ya que nos es vedado el amor, el hogar, el matrimonio?

—Nos·bastaría la amistad —murmuré sin ánimo de ofender o, siquiera, de inquirir.

Él pegó con un puño sobre el otro. Era un gesto de acción, de virtud, de energía y de voluntario afán de dirigir. De dirigirme hacia él, de dirigirse hacia mí, también.

Dijo que el país no avanzaba. ¿Por qué? El presidente es un pusilánime. No ha gobernado con energía. Todo lo hicimos a medias. ¿Tú y yo? No. Los que nos gobernaron. Todo a medias, todo mediocre. Nos creímos el rey de todo el mundo porque teníamos petróleo. Lo vendimos caro. Con el dinero, compramos puras baratijas. Un sexenio de lujo. Nos comportamos como nuevos ricos. No había "mañana". Bajó el precio. Quedaron las deudas. Otro horizonte. El comercio. Un tratado rápido, para engalanar a otro sexenio.

Las cosas son libres para moverse. Las personas, no. Muévanse monedas, acciones, objetos. Quédense quietos trabajadores, aunque sean necesarios en los USA. Vengan porque los necesitamos. Pero si vienen, los matamos. *Okey? Fair enough?* De entonces para acá, sólo tapamos un hoyo antes de que se abra el siguiente. Somos como el holandesito del cuento, con el dedo metido en el hoyo del pólder para evitar la inevitable inundación. Pero nosotros sólo metemos el dedo en nuestro profundo culo. Y huele feo.

Teatral, mi amigo Jericó apartó de un golpe la cortina del cuarto para revelar, desde nuestra periquera, el caos urbano, omnipresente, de la Ciudad de México, la gran pirámide profunda de Cementos Tolteca y Seguros América y Avenidas Cuauhtémoc, la pirámide cuarteada, hundida en el lodo primigenio y asfixiada en el aire secundario, el tráfico atascado, los autobuses repletos, las calles numerosas pero incontables: las colas de trabajadores a las cinco de la mañana para ir a la obra y regresar a las siete de la noche para regresar a las cinco… Seis horas para trabajar. Ocho para trasladarse. La vida.

—¿Te das cuenta? —explotó Jericó y lo vi así, ahora, en mangas de camisa, camisa abierta hasta el ombligo, pecho lampiño reclamando heroicidad de bronce, despojado sutilmente del *baby fat*, los mofletes infantiles de una cara consumida por el gesto heroico y el brillo intenso de los ojos pálidos.

¿Me daba cuenta?, preguntó retóricamente señalando a lo bajo y a lo lejos, un país de más de cien millones de habitantes que no puede darle trabajo, comida o educación a la mitad de la población, un país que no sabe emplear a los millones de obreros que necesita para construir carreteras, presas, escuelas, viviendas, hospitales, para preservar los bosques, enriquecer los campos, levantar las fábricas, un país donde el hambre, la ignorancia y el desempleo conducen al crimen y una criminalidad que lo invade todo, el policía es criminal, el orden se desintegra, Josué, el político es corrupto, hace agua la trajinera, vivimos en un Xochimilco sin María Candelaria o Lorenzo Rafael o puerquitos que nos salven: los canales se llenan de basura, los ahogó la mugre, el abandono, las espinas, el cadáver del puerquito, los huesos de pollo, los restos de las flores...

Llegó hasta mí pero no me tocó.

—Josué. Este año he recorrido el país de cabo a rabo. El presidente me encargó formar grupos para la celebración de la fiesta. Lo traicioné, Josué. He ido de pueblo en pueblo formando grupos de choque, organizando a los inmigrantes que no encuentran salida, a los campesinos arruinados por el TLC, a la mano de obra descontenta, incitando a todos, mi hermano, al tortuguismo, al boicot, al robo de partes, al autoaccidente, al incendio y al asesinato...

Lo escuchaba con una mezcla de fascinación y horror y si ésta me impelía a alejarlo, aquélla me conducía al abrazo, una mezcla idiota pero explicable de lo que en mí rehusaba y lo que en mí quería. De pueblo en pueblo, repitió, reclutando en entierros, iglesias, bailes, barbacoas...

—Cumpliendo las órdenes del Señor Presidente, ¿tú me entiendes?, preparando los festejos que tanto le importan a él para distraer, para engañar, para taparle el ojo al macho, Josué, sin darse cuenta de que aquí tenemos una fuerza gigantesca de acción, de gente harta, desamparada, desesperada, dispuesta a todo...

Pregunté sin decir nada: ¿A todo?

—A la sumisión y el abandono, porque esa ha sido la regla de los siglos —continuó leyendo la pregunta en mi mirada—. Al engaño festivo, que es lo que quiere el presidente.

—¿Y tú? —alcancé, al cabo, a meter palabra.

No tuve que decir lo que iba a decir.

¿Y tú?

—Si no quieres oír la respuesta, no hagas la pregunta —dijo Jericó.

"No me toques la cara". "No abras la boca". "No digas nada". Todas estas prohibiciones de Asunta agitaban mi imaginación y me recriminaban, preguntándome si sería tan bruto que no me contentase con el sexo de la mujer, exigiendo de ella una palabrería que fuese, apenas, complemento de mi propia "lírica": las palabras que en mi imaginario sentimental correspondían al amor físico. Sentía en mí una fuente de caballerosidad poética que quisiera acompañar la *more bestiarium*, la costumbre animal que es el sexo, con una reducción verbal que fuese algo así como el acompañamiento musical de un bolero o la música de fondo de una película... En todo caso, *more angelicarum*.

Y Asunta me pedía silencio. Cortaba mis palabras y me dejaba perplejo. Yo no sabía si la demanda de silencio era condición de una promesa: cállate y me volverás a ver. O de una condena: cállate porque no me volverás a poseer. ¿Era esta la sublime coquetería de la mujer, la duda que dejándome en vilo me permitía adivinar lo mejor y lo peor, el deleite renovado o el exilio del placer, el cielo con Asunta y el infierno sin ella?

Quise creer que era sujeto lúdico de la bella encantadora, que volvería a su lecho, a su gracia, a su bendición, la noche menos pensada. Que, en cierto modo, ella me pondría a prueba. Que mi virilidad la había seducido para siempre. Que en secreto ella se diría, quiero más, Josué, quiero más, aunque su coquetería (o su discreción) la moviesen a recatarse para convertir la espera en placer no sólo renovado, sino multiplicado... Me bastaba creer esto para armarme de paciencia y, paciente, obtener muchos regalos. El primero, el don de la virtud. Merecía el amor de la mujer porque yo era fiel y sabía, como un caballero antiguo, esperar sin desesperar, velar las armas del sexo, atender con calma el llamado de mi dama. Esta idea del amor casto embargó mi imaginación durante algunos días. Me lancé a la lectura y relectura del *Quijote*, ante todo, leyendo en voz alta los pasajes de amor y honra a Dulcinea.

Digo que esta manía duró poco tiempo porque mi carne era impaciente y mi corazón menos fuerte de lo que creía, de tal manera que Asunta dejó de ser Dulcinea-Isolda-Eloísa para convertirse en vil fetiche, al grado que su fotografía en la cabecera de mi cama ocupó un lugar cuasi-virginal, y digo "cuasi" porque una que otra noche no resistí la tentación de masturbarme viendo la cara de la mujer (al revés, es cierto, dado que mi puñeta ocurría tendido en la cama y la imagen de Asunta colgaba, vertical, sostenida por una tachuela) y rindiéndome, al cabo, a la alegría solitaria, olvidado de Asunta, recriminándome por mi debilidad aunque repitiendo aquello de "Cosas sabe Onán que desconoce Don Juan".

¡Don Juan! Amaba la ópera de Mozart aunque me maravillaba que en ella el seductor no seduce a na-

die: ni a la esquiva doña Ana, ni a la campesina Zer-
lina, ni a la antigua amante doña Elvira, empeñada
ahora en la venganza.

Despojado de razones y ocasiones literarias,
oníricas, onanistas, fetichistas y etcétera, ¿qué me quedaba, le pido al lector, sino volver al ataque, ser valiente, tomar la fortaleza por asalto? O sea, tener la
audacia de regresar a media noche al Castillo de la
Utopía, al palacio habitado por Asunta en el piso 13,
donde un día me había aventurado para contemplar y
tocar y olfatear la ropa interior de mi dama, arries-
garme al ridículo de entrar a su recámara y tomarla
por la fuerza —o al éxito de ser aceptado porque, se-
ñoras y señores, esto era lo que ella en secreto esperaba
de mí: la audacia, el riesgo, la osadía, el atrevimiento,
todos los sinónimos que ustedes gusten para suplantar
y sostener el puro y simple deseo de probar la carne,
de dominar el cuerpo de una mujer llamada Asunta.

Tenía, gracias a mi función administrativa en
la compañía, llaves maestras. Pude entrar al depar-
tamento de Asunta y desplazarme, como un ladrón
que antes ha explorado el terreno, hasta la recámara
de mi bella. En el camino me fui acostumbrando a
la oscuridad, de tal suerte que al llegar al dormitorio
me percaté de la ausencia de Asunta. La cama estaba
perfectamente arreglada. No existía prueba de que ella
hubiese dormido aquí.

Este simple hecho desató en mí una tempestad
de celos y suposiciones aberrantes. Si no estaba aquí,
¿dónde podía andar a la una y media de la madrugada? Deseché las explicaciones más obvias. Estaba en
una cena. ¿Por qué no me lo había dicho? Porque no
tenía obligación alguna de darme a conocer sus ocu-

paciones sociales. ¿Se habrá ido de vacaciones? Imposible. Yo conocía su agenda mejor que la mía propia. Asunta era una workajólica que no faltaba a un solo minuto de sus horarios de trabajo. Ah, en el baño... Tampoco. Abrí la puerta y vi un espacio seco y limpio, ayuno de humanidad (o sea, de la humanidad que yo anhelaba). Tuve la sensación de la similitud entre un baño desocupado y una morgue. Perdí la razón. Asunta, sin duda, se escondía debajo de la cama para burlarse de mí. Tampoco. Se metió en su clóset porque le gustaba, perversa, oler y sentirse envuelta por las prendas que antes, cuando era una pequeña esposita de provincia, no podía tener. Nada. ¿Detrás de una cortina, escondiéndose de sí misma? Burla.

¿Qué quedaba por explorar? Mi ánimo exaltado, mis celos en vagas oleadas, mis deseos en agitación tempestuosa, mi pérdida de todo sentido común se manifestaban en el movimiento incontrolable de mi cuerpo, el sudor que me corría por el cuello y las axilas, los nervios que se agitaban en los brazos y en las piernas, la sorda excitación de mi sexo, tenso en secreto reposo, reservándose para la gran fiesta del amor que me esperaba, estaba seguro, en algún rincón de esta falsa utopía de la Santa Fe.

—Max Monroy es un hombre fuerte y seguro, Josué. Tanto, que no cierra nunca con llave la puerta de su apartamento, acá arriba en el piso 14.

Yo sabía que en el techo del edificio había un helicóptero en espera de las órdenes de Max y un ala para los servicios y habitaciones de sus cocineras, guardaespaldas, mozos y aviadores. También, repito, sabía que la inmensa confianza en sí mismo (la vanidad del poderoso) mantenía abiertas las puertas de su apartamento, a donde ahora penetré, con la audacia suprema de un deseo que ahuyentaba cualquier sensación de peligro, recorriendo a ciegas lo que supuse era un salón de estar: las pantallas de TV brillaban solitarias en la noche, como si no se resignasen a estar apagadas y siguiesen transmitiendo anuncios comerciales, telenovelas, comentarios políticos, noticias, películas viejas de día y de noche, con una veleidad inocente, y de antemano fracasada, de conocer conclusión.

Dejé de lado el comedor con sus doce asientos. La biblioteca de lomos brillantes. Los cuadros iluminados de Zárraga, Soriano y Zurbarán (los respeté como si fueran un trío de cantantes). Me atreví a llegar a una puerta que anunciaba reposo y aislamiento.

La abrí.

No me hicieron caso.

Lo que oí al abrir la puerta, las palabras de amor de Asunta para Max, los lectores deben imaginarlas...

Monté al helicóptero detrás de Asunta. Ella se acomodó al fondo del aparato, al lado de una sombra llamada Max Monroy. No tuve tiempo de saludar. Tomé asiento junto al piloto cuando las hélices hacían un ruido de huracán y la conversación —incluso la más elemental, los buenos días— se volvía imposible.

El aparato tomó un alarmante vuelo vertical que parecía apuntar al cielo y a la eternidad por un vago instante, previo al vuelo bajo, peligroso y excitante, desigual y cuestionado, que nos llevó de Santa Fe a Los Pinos, las oficinas del señor presidente de la república don Pedro Valentín Carrera, o sea a un espacio desnudo y pavimentado rodeado de edificios chatos y armados y protegido, a la salida, por un jardín de mastines aullantes al grado de que opacaron —y casi le ordenaron silencio— a los motores del helicóptero.

Bajé antes que nadie y vi por primera vez a Max Monroy. Asunta descendió y le ofreció la mano al ser espectral del fondo del aparato, que apareció ante mí como una sombra, quizás porque eso había sido hasta entonces —desde siempre— para mí Max Monroy, de tal manera que su presencia física me impresionó como si me revelase mi propia alma, como si este fantasma, al hacerse corpóreo, me diese una realidad física que, antes, yo desconocía en mí mismo.

Asunta le ofreció el brazo. Monroy lo rechazó con una caballerosidad enérgica, al filo de la grosería. Avanzó por el pavimento sin mirar a nadie pero mirando hacia adelante, como si para él no existieran accidentes terráqueos. Asunta iba a su lado, con una preocupación visible e irritante muy inferior a los cuidados serios —por no decir severos— que me ofreció la enfermera Elvira Ríos. Yo caminaba detrás de la pareja. A todos nos precedía un oficial del ejército —no supe leer su grado—, pero mis ojos eran sólo para Max Monroy, vestido de negro con camisa blanca y una corbata de moño azul con puntos blancos.

Caminaba derecho, sin decir palabra. La cabeza le reposaba en los hombros como una calabaza sobre un labrantío oscuro. No tenía cuello. La ropa le quedaba, al mismo tiempo, demasiado corta y demasiado larga, obligándome a dudar de su estatura. No era alto. No era bajo. Era tan incierto como su atuendo, una ropa que podría parecer despojada de personalidad si no la portase, personalizándola, este preciso ser humano que, por ello, me pareció en ese instante un hombre disfrazado, pero disfrazado de sí mismo, como si avanzase por el escenario del gran teatro del mundo sabiendo que era teatro, mientras los demás creíamos estar en y vivir con la realidad.

Saber que el mundo es teatro y darle la ventaja de saberse realidad aunque sepamos que no lo es… Me pregunto hasta el día de hoy por qué, viendo a Max descender del helicóptero y avanzar por el pavimento de aterrizaje con ese paso firme aunque mortal de un hombre de ochenta y tantos años, no me dieron risa mi propia vestimenta, la de Asunta, la del piloto que permaneció en la pista mirándonos con una sonrisa que quise juzgar escéptica. Y la del guardia presidencial que nos precedía guiándonos. Pues en el cuerpo de Monroy, su manera de estar y avanzar, adiviné la paradoja múltiple de sabernos disfrazados no cuando vamos a un carnaval sino cuando nos trajeamos diariamente para acudir a nuestros trabajos, nuestros amores, nuestras diversiones, nuestros duelos y regocijos. ¿Y al vernos desnudos? ¿No es éste el disfraz primordial, la toga de piel externa que enmascara nuestra dispersión orgánica de cerebro, huesos, vísceras, músculos sueltos como el contenido de una canasta de compras volcada por el piso, si no fuese por el continente corpóreo?

Los mastines ladraban. Al acercarse Max, guardaron un silencio de belfos babeantes, dejaron pasar, retrocedieron. Sin duda, la precedencia del guardia presidencial los domó. No dejó de llamarme la atención, de todas maneras, que Monroy no hubiese, ni por un instante, disminuido su paso o mirado a los canes, avanzando al paso adquirido como si no existiesen obstáculos o peligros. ¿Invento lo que estoy diciendo? ¿Obedece a una realidad y no a mi interpretación de la realidad? ¿Y no era este el dilema que me ponía en las manos Max Monroy: el eterno problema de saber los límites entre realidad y fantasía, o más bien dicho, entre realidad y percepción de la realidad? ¿Era toda realidad una fantasía en la que un hombre como Max Monroy, posesionado del personaje central del drama, asume como verdadera su propia fantasía y nos conduce a los demás a ser fantasmas de un fantasma, reparto secundario del actor estrella de un auto sacramental pomposamente llamado *La Vida*?

¿Cómo no iba, en este estado anímico, a recordar mi juvenil lectura de Calderón de la Barca y su *Gran teatro del mundo*?: la humanidad protagonista espera con impaciencia entre bambalinas a que el supremo director de escena, Dios mismo, la invente y le diga: "¡Acción! ¡Sal al escenario!". Pero como "la humanidad" es una abstracción, lo que hace Dios en verdad es asignarle un papel propio a todas y cada una de sus criaturas —a Max Monroy, a Asunta Jordán, a Jericó, a mí… a todo el extenso reparto de esta novela que bien podría ser un cortometraje de la superproductora Dios, S. A. de R. L.

Un avance. Un anuncio. Pero con una advertencia: la estrella se llama Max Monroy. Los demás son papeles secundarios e incluso, extras. Los que portamos las lanzas. Los del coro. Los del montón.

¿Y quién era, entonces, este hombre que avanzaba entre armas secretas, perros acallados y una escolta mínima: el oficial, Asunta y yo? Si era un hombre disfrazado, ¿era un disfraz la inmensa dignidad con la que, ahora, subía las escaleras de la oficina presidencial, apretaba las quijadas, mantenía cerrada la boca de labios apretados, invisibles, avanzaba y entraba a la oficina del señor presidente, que sólo estaba acompañado por Jericó, no miraba a Jericó y miraba al presidente con ojos profundos y cuando Pedro Valentín Carrera le daba la bienvenida y le tendía la mano, Max Monroy no le devolvía el saludo y cuando el presidente nos invitaba a tomar asiento y él mismo lo hacía, Max Monroy lo miraba con esa mirada profunda llena de recuerdos y previsiones?

—Siga de pie, señor presidente.

Si Carrera se desconcertó, lo ocultó muy bien.

—Como guste. ¿Prefiere hablar de pie?

Monroy se acomodó en la silla.

—No. Yo sentado. Usted de pie, señor.

Nos miramos entre nosotros un instante. Jericó a mí y yo a él. Asunta al presidente y éste a Monroy. Max a nadie. Y no como prueba de un orgullo aplastante sino, todo lo contrario, como si le doliese ver y ser visto, obligándome a entender, en ese momento, por qué no se dejaba ver nunca. Le dolían las miradas. Lo hería ver y ser visto. Su reino era el de la ausencia. Y sin embargo, esta era la paradoja mayor, su negocio era la visión, la sonoridad, el espectáculo: vivía de lo que él no era; de lo que, acaso, a él le repugnaba.

Perdí por un momento la noción de lo que ocurría. Monroy humillaba al presidente de la república y éste, como única respuesta, se mantenía de pie ante un Monroy sentado y le ordenaba al oficial que nos trajo hasta aquí:

—Puede retirarse, capitán.

Dejando atrás la relación fraternal con Jericó, un doble movimiento me impulsó hacia adelante y hacia el pasado.

Hacia adelante, mi contacto, asaz fugaz, con los otros trabajadores de la oficina de Max Monroy. Como yo había crecido en el aislamiento proveedor de la casa de Berlín, sin más compañía que la severa María Egipciaca y sin más amistades que las de la escuela —Errol y Jericó—, mi roce con otros jóvenes había sido, para no decir inexistente, apenas esporádico. No sé, lectores alertas, si al ejercer el derecho del narrador —amable autoritario— de seleccionar las escenas estelares de mi vida he dejado en un limbo novelesco a las demás personas que me han rodeado en las escuelas, en las oficinas, en las calles.

Ya he contado los afanes que me llevaron, en un momento dado, de la casa de Berlín al apartamento de Praga a la cárcel de San Juan de Aragón a la Cerrada de Chimalpopoca y a la oficina de Max Monroy. Mas como en ésta llevaba ya casi dos años (y aunque mi relación primordial era con Asunta Jordán y, a través de ella, con un Max Monroy que asumía en mi imaginación los ropajes brumosos del fantasma), no podía dejar de observar, aunque en grados inferiores a lo que aquí llevo dicho, a mis compañeros de trabajo y convivir con ellos.

Aquí debo indicar que mis desvelos y preocupaciones, enigmas y humillaciones buscaron salida a dos niveles muy distintos. Mejor dicho: contrapuestos.

Llevaba un tiempo congraciándome con los compañeros de labores. Recuerden por favor que Jericó y yo fuimos criados en una suerte de invernadero, con escaso contacto fuera de la casa de Berlín y con mi celadora María Egipciaca yo y en el encierro de la periquera de Praga, él. Y esto no sucedió debido a un plan predeterminado, sino de manera natural. Ya he contado cómo, en la escuela, Jericó y yo gravitamos el uno hacia el otro con exclusión de la "alegre muchachada", más interesada en los deportes, las bromas pesadas y, en todo caso, la ley del hogar, que Jericó y yo, pronto hermanados por la curiosidad intelectual y el magisterio de Filopáter. Éramos más amigos de Nietzsche y de Santo Tomás que del Pecas y el Trompas, y el contacto con los demás profesores sólo ocurría a la hora de clase o cuando el inocente perverso Soler nos pesaba los cojones antes del deporte.

Errol Esparza había sido nuestro único contacto con una vida familiar que, a juzgar por la suya, era mejor no tener. Vivir domésticamente, como lo hacía Errol con don Nazario y doña Estrellita, era un himno a los beneficios de la orfandad. Aunque ser huérfano sea un desamparo, a la expectativa de recobrar a los padres perdidos, o una costumbre resignada de no volverlos a ver.

No sé si estas ideas cruzaron por las cabezas de quienes un día se compararon a Cástor y Pólux, los vástagos míticos de una reina y un cisne. Yo perdí de vista a Jericó durante años y aún no sé a ciencia cierta dónde vivió y qué hizo, pues sus recuerdos del tiempo en Francia eran, a todas luces, ilusorios: no había Ciudad Luz en su relato, sino como referencia tan literaria y cinematográfica que el contraste resultaba evidente con las referencias norteamericanas de su cultura. El Baedecker de Jericó llegaba hasta los Estados Unidos y no cruzaba el Atlántico. Arribé, digo, a esta conclusión, pero jamás la quise poner a prueba directamente.

Como ya he dicho, no le pregunté nada a Jericó para que Jericó no me preguntara nada a mí.

Y a mí, en cambio, me había sucedido mucho. Lucha Zapata y la casita de la colonia de los Doctores. Miguel Aparecido y la penitenciaría de San Juan de Aragón. Me daba cuenta de que toda esta experiencia resultaba poco común. Lucha era una mujer extraviada y débil en tanto que Miguel y la población de la cárcel eran, por definición, seres marginales y excéntricos. De allí mi decisión de frecuentar, piso por piso, oficina por oficina, a los empleados del edificio de la Plaza Vasco de Quiroga en la zona de Santa Fe, sede del imperio de Max Monroy: ¿quiénes eran *los demás*?

Era difícil clasificarlos. Con excepción de los arquitectos, que por lo general provenían de familias con recursos y a veces con prosapia. La carrera daba albergue a muchos vástagos de viejas familias medio feudalonas del siglo XIX, desaparecidas con la revolución y ansiosas de recuperar su perdida estatura resignándose a que sus hijos y sus nietos siguieran una carrera "para gente decente" como era vista la arquitectura. Nótese que las casas de playa, campo y ciudad de los ricos nuevos fueron obra de arquitectos hijos de ricos viejos (o nuevos pobres). Los alojados en las oficinas de Monroy no eran excepción. Sus sastres los habían adornado con cortes elegantes, sus camisas eran discretas, rara vez blancas, sus corbatas de marca extranjera, sus zapatos mocasines italianos, sus cortes de pelo a la navaja.

Eran la excepción. Los abogados de la compañía, los contadores, las secretarias, eran hijos de otros abogados, contadores o secretarias, pero su variedad me fascinaba: los frecuenté para saber y asombrarme de la movilidad de ascenso de la que podía aprovecharse una parte de nuestra sociedad. Tomando el café, pidiendo un favor, recibiendo una información, recorriendo como un abejorro el panal del edificio Utopía, conocí al hijo del tendero, del zapatero, del mecánico y del dentista, a la hija de la costurera, la recepcionista y la empleada del salón de belleza y otra vez a los hijos de empleados de Sears, de burócratas menores y de vendedores ambulantes. Vástagos de la Ford, de Volkswagen de México, de los ceranoquistes de Guanajuato, de Millenium Perisur, de agencias de turismo y hospitales, armados de relojes Nivada y zapatos Gucci, de camisas Arrow y corbatas Ferragamo, manejando sus Toyotas comprados con abonos de tres mil pesos, llevándose de vacaciones a su familia en una minivan Odyssey, aprovechando el crédito de Scotiabank, celebrando las ocasiones festivas con una canasta de importaciones de La Europea, eran hombres y mujeres de todos los tamaños: altos y bajos, gordos y flacos, rubios, morenos, prietos y retintos, nadie de menos de veinticinco o mayor de cincuenta: una bancada joven, moderna, acicalada, empotrada en la vida social del capitalismo nacional (y a veces neocolonial y a menudo globalizado), dotados de buenas maneras por lo general, aunque a veces las chicas mostraban cierta vulgaridad chicletera de media calada y tacón alto (como mi nunca bien ponderada Ensenada de Ensenada de Ensenada), siendo la mayor parte de ellas de porte profesional, trajes sastre y peinados severos, como remedando el modelo de la principal Señora de la Empresa, Asunta Jordán. Y ellos, por lo general, corteses, bien hablados y hasta relamidos en su innata amabilidad, aunque apenas se veían entre hombres revertían al lenguaje grueso que certifica la amistad entre machos mexicanos (a fin, entre otras cosas, de disipar cualquier sospecha de homosexualidad, sobre todo en un país donde el saludo entre hombres consiste en abrazarse, acto insólito en un gringo y repelente para un inglés).

Digamos pues que en los doce pisos que me eran permitidos en el edificio Utopía yo trataba de ser modelo de circunspección, trato afable, ausencia de familiaridades, nada de canchanchanerías, piquetes en el ombligo o guiños léperos. En cambio, mi alma sentimental, dolida por el desdén de Asunta, buscaba lo más bajo, lo más falsamente compensatorio: el regreso al burdel de mi adolescencia, pero esta vez sólo para engolfarme y enfangarme hasta las orejas: este fue mi movimiento hacia el pasado a la casa de Hetara donde, de adolescente, me llevó por vez primera Jericó y donde forniqué con la mujer de la abeja en la nalga que un día reapareció como segunda señora de Esparza y luego como amante y socia del pandillero Maxi Batalla, para acabar entambada y luego fugada. ¿Dónde andarían ahora, ella y el Mariachi? ¿Qué sorpresas nos preparaban?

He dejado para el final mi reflexión más elogiosa de Max Monroy y su empresa. Lo digo para limpiarme de mis pecados y reaparecer ante ustedes bajo la luz de la dignidad. Muchos excelentes jóvenes mexicanos becarios se formaron en universidades extranjeras. Acuden a centros de estudios como Harvard, el MIT, Oxford y Cambridge, La Sorbona y Caltech. Se arman de un conocimiento científico formidable. Regresan a México y no encuentran ocupación. Las grandes empresas nacionales importan tecnología. No la generan. Los muchachos formados en Europa y Estados Unidos no encuentran empleo o se regresan al extranjero.

Debo abonarle a Max Monroy —para darles una versión lo más completa posible de lo que vi e hice en su empresa— que haya retenido a los jóvenes científicos y matemáticos de formación foránea en México. Monroy se dio cuenta de una cosa: si no generamos tecnología y ciencia, seremos siempre el furgón de cola de la civilización. Puso a la cabeza del equipo técnico-científico a Salvador Venegas, egresado de Oxford, y a José Bernardo Rosas, alumno de Cambridge, en tanto que a Rodrigo Aguilar, que estudió en la London School of Economics, le dio la coordinación de la planta dedicada no sólo a reunir y a aplicar tecnologías, sino a inventarlas.

El equipo de la empresa se guió por una norma: darle más importancia a la investigación que a la innovación. Venegas, Rosas y Aguilar se propusieron dar el salto informativo de la computación y la comunicación basado en la teoría cuántica de Max Planck. La unidad de todas las cosas se llama energía. La prueba de la energía es la luz. La luz se emite en cantidades discretas. A partir de esta teoría (la ciencia es una hipótesis no comprobada o negada por los hechos; la literatura es un hecho que se comprueba sin tener que probar nada, me dije), los jóvenes científicos aplican el pensamiento a la práctica, perfeccionando un simputer de bolsillo capaz de convertir inmediatamente el texto en palabra y así darle acceso a la información a la población rural y analfabeta de México, de acuerdo a lo exclamado por Ortega y Gasset al entrevistarse con un campesino andaluz: "¡Qué culto es este analfabeta!". Recortar las distancias entre vanguardias y retaguardias económicas. Atacar el monopolio del saber por una élite. Menos estatismo burocrático. Menos capitalismo antisocial. Más organización comunitaria. Menos distancia entre el espacio económico, la voluntad popular y el control político. Llevarle tecnología al mundo agrario. Darles armas a los pobres. El libro de Julieta Campos, *¿Qué hacemos con los pobres?*, era algo así como el evangelio de los intelectuales que trabajaban en el edificio de Utopía.

—¿Cuál fue la orden de marcha que nos dieron? —se preguntó Aguilar—. Activar las iniciativas ciudadanas.

—Los municipios. Las soluciones locales a problemas locales —añadió Rosas.

—La cooperación de los universitarios urbanos con el interior rural —prosiguió Aguilar.

—Poner fin al nepotismo, el patrimonialismo, el favoritismo que han sido las plagas de nuestra vida nacional —añadió Venegas.

El joven científico moreno, concentrado, serio, brillante, concluyó: —O creamos un modelo de crecimiento ordenado con autonomía local. O fatalmente ahondamos la división entre los dos Méxicos. El que crece, se enriquece y se diversifica. Y el que se queda atrás, se queda igual a sí mismo desde hace siglos, resignado a veces, rebelde otras, desilusionado siempre...

Miré hacia la extensa serie de edificios que, al lado de la Plaza Vasco de Quiroga, continuaban el poder de Max Monroy, el panal horizontal de laboratorios, fábricas, talleres, hospitales, garages, oficinas y estacionamientos subterráneos.

Pensé de nuevo que aquí estableció Vasco de Quiroga la Utopía de Tomás Moro en la Nueva Es-

paña en 1532 a fin de procurarles asilo a los indios, los
huérfanos, los enfermos y los ancianos, sólo para dar
paso, más tarde, a una fábrica de pólvora, a un basurero municipal y, ahora, a la Utopía moderna de los
negocios: el reino de Max Monroy, largo, alto, vi-
drioso… ¿a prueba de terremotos? Los volcanes vecinos parecían, a un tiempo, amenazar y proteger.

El lector perdonará mi morosidad narrativa. Si
me detengo en estas personas y en estas consideraciones es porque necesitamos —ustedes y yo— un contraste —¿positivo?— con los dramas voluntaristas, los
falsos cariños y las pétreas posiciones que se sucedie-
ron en los meses posteriores a este, mi año y meses de
virtud y fortuna en el seno de la pequeña comunidad
de trabajo de la Plaza Vasco de Quiroga.

De lo cual les doy cuenta enseguida.

Quise interrumpir el relato del encuentro de Max
Monroy con el presidente Pedro Valentín Carrera en
el despacho de Los Pinos no por razones de *suspense*
narrativo sino para situarme a mí mismo dentro de
eso que José Gorostiza llama el sitio de la epidermis:
"lleno de mí, sitiado en mi epidermis por un Dios in-
asible que me ahoga…".

El Dios que me ahogaba era, al final de cuentas, yo mismo. Ahora, sin embargo, asistía a un duelo
de divinidades, el ser supremo de la política nacional
y la deidad cívica de la empresa privada. Ya conté
cómo llegó Max Monroy a la oficina del presidente
y cómo le ordenó al jefe de la nación permanecer de
pie mientras Monroy ocupaba una silla tiesa y se sen-
taba en ella más tieso que la misma silla. Ya vimos

cómo el presidente siguió de pie y le pidió al edecán que se retirara.

—Tome asiento —le dijo Carrera a Monroy.

—Yo sí. Usted no —replicó Monroy.

—¿Perdón?

—No se trata de perdonar.

—¿Perdón?

—Se trata de oírme con atención. De pie.

—¿De qué?

—Usted de pie, señor presidente.

Desconocía las razones —viejas deudas, lealtades asimismo antiguas, diferencia de edades, poderes disí-miles, complejos inconfesables, yo no sé— por las que el presidente de la república obedecía el mandato de te-nerse de pie ante un Max Monroy sentado. Los demás —Asunta, Jericó y yo— permanecimos también de pie mientras Monroy se dirigía al jefe del Estado.

—Más vale que aclaremos las paradas de una vez, señor presidente...

—Cómo no, Monroy. Yo ya estaba parado —dijo con su peculiar humor Carrera.

—Pues ojalá no se caiga al suelo.

—Estaría a sus pies...

—No soy una dama, presidente. Ni siquiera soy un caballero.

—¿Entonces, es...?

—Un rival.

—¿De amores? —dijo Carrera con un tono sar-cástico y hasta vengativo, aunque sin mirar a Asunta, mientras Jericó y yo nos observábamos el uno al otro, incierto yo en cuanto a mi función en esta telenovela, ensimismado y hasta cínico —no es contradicción— Jericó en la suya.

Testigos ambos. De la escena y, acaso, de nuestras propias vidas.

—¿Sabes, presidente? Tomó siglos pasar del buey al caballo y otro largo tiempo librar al caballo del yugo y de la correa en el pecho, que lo ahogaba.

¿Se relamió Monroy, cerró los ojos?

—Sólo a principios del último milenio antes de Cristo, allá por el novecientos, se inventó el collar del caballo, liberando a la bestia del dolor y multiplicando su fuerza.

—¿Y? —metió la cuchara un presidente que estaba perplejo o pretendía estarlo detrás de una máscara de seriedad.

—Y que estamos en el punto de quedarnos con el buey o pasar al caballo y enseguida decidir si al caballo lo vamos a maltratar ahogándolo con una correa en el pecho o liberándolo gracias a un collar.

—¿Y?

—Usted ha de pensar, como lo han pensado siempre las élites políticas mexicanas, que la habilidad al cabo se mide con un signo de pesos, con la conclusión de que los ricos son ricos porque son mejores y los pobres son pobres porque son peores.

—Rico lo será usted, Monroy —casi se carcajeó el presidente.

—Soy un rico de antaño —lo interrumpió Monroy—. Tú eres un nuevo rico, presidente.

—Como lo fue tu familia al principio —empezó a defenderse Carrera.

—Lee mejor mi biografía. Renuncié a empezar desde arriba estando arriba. Empecé desde abajo estando arriba. ¿Me entiendes?

—Procuro, don Max.

—Quiero decir que la habilidad no se mide por la cuenta de banco.

—¿Y?

—Del buey al caballo te digo, y del caballo con yugo al corcel liberado.

—Aclárese, se lo ruego.

—Que tú con tus celebraciones quieres que sigamos en la edad del buey porque nos tratas como bueyes, Pedro Valentín. Crees que con ferias de pueblo vas a aplazar el descontento y peor aún, nos vas a traer felicidad. ¿Lo crees de veras? ¿Verdad de Dios?

La mirada frigorífica de Max Monroy pasó como un rayo de Carrera a Jericó. Éste trató de mantenerle la mirada al magnate. Enseguida la bajó. ¿Cómo se mira a un tigre que a su vez nos está mirando?

—Todos somos responsables del malestar social —aventuró Carrera—. Pero nuestras soluciones se oponen. ¿Cuál es la suya, Monroy?

—Comunicar al pueblo.

—Muy lírico —sonrió el presidente, apoyando el cuerpo contra el filo de mesa casi como un desafío.

—Si no lo entiendes serás no sólo tonto, sino perverso. Porque tu solución, divertir es gobernar, sólo aplaza el bienestar y perpetúa la pobreza. La maldición de México ha sido que con diez, con veinte, con setenta o con cien millones de habitantes, la mitad vive siempre en la pobreza.

—Qué quieres, somos conejos —insistió Carrera en su ironía, como si a golpes de sarcasmo pudiese detener a Max Monroy—. Distribuye condones, pues'n.

—No, presidente. Dejamos de ser agrarios hace apenas medio siglo. Fuimos industriales perdiendo el tiempo como si pudiésemos competir con Estados Unidos o Europa o Japón. Nos quedamos atrás en la revolución tecnológica y si estoy aquí hablándote fuerte es porque no quiero, al final de mi vida, que también a este banquete lleguemos tarde, a la hora del postre, o nunca…

Suspiró con cinismo el presidente. —A aburrir se ha dicho… ¡La gente quiere distracción, mi querido Max!

—No —respondió con energía Monroy—. A informar se ha dicho. Tú has escogido la verbena nacional, el jaripeo, los gallos, los mariachis, el papel picado, los globos y los puestos de fritangas para divertir y adormecer. Yo he escogido la información para liberar. Es lo que vengo a decirte. Mi propósito es que cada ciudadano de México cuente con un aparatito, sólo un aparato del tamaño de una mano que lo eduque, lo oriente, lo comunique con los demás ciudadanos, le ayude a conocer los problemas y a resolverlos solo o con ayuda, pero a resolverlos por fin. Cómo se siembra mejor. Cómo se cosecha. Qué útiles se requieren. Con qué compañeros se cuenta. Con cuánto crédito. Dónde se consigue. Cuáles son las plazas. Campesinos. Indígenas. Obreros y empleados, oficinistas, burócratas, técnicos, profesionistas, administradores, profesores, alumnos, periodistas, quiero que todos se comuniquen entre sí, señor presidente, quiero que cada uno sepa cuáles son sus intereses y cómo coinciden con los intereses de los demás, cómo actuar a partir de esos intereses propios y de la sociedad y no quedarse para siempre varados en la fiesta ridícula que usted les ofrece, el eterno jarabe de pico tapatío.

Creo que Monroy tomó aire. Lo tomé yo, desde luego.

—He venido aquí a advertírselo. Por eso vine en persona. No quiero que te enteres de lo que hago por terceras personas, por los periódicos, por el chisme mal intencionado. Estoy aquí para darte la cara, presidente. Para que no te engañes. Vamos a defender no sólo intereses opuestos sino prácticas antagónicas. A ver con quiénes cuentas: yo ya tengo a los míos. Voy a ver que un número cada vez mayor de mexicanos tenga en la mano ese aparatito que lo defienda y lo comunique para actuar con libertad y en beneficio propio y no de una élite política...

—O económica —dijo con una sorna cabreada Valentín Pedro Correa.

—Ninguna élite sobrevive si no se adapta al cambio, señor presidente. No sea usted el jefe de un reino de momias.

Si Carrera miró con sorna al desafiante octogenario que se puso de pie desdeñando la mano de Asunta, se inclinó ante Carrera y se fue a la puerta, Monroy no se enteró porque ya le daba la espalda al presidente.

No negaré que la difidencia de Asunta —su desinterés, su falta de confianza amorosa— era peor que su indiferencia —ni cariño ni rechazo hacia mi persona—. Nuestra relación, después de todo lo que he narrado, volvió a un cauce frío y profesional, semejante a un río que se congela pero no se desborda. ¿Corre el agua debajo de la corteza de hielo? Habiendo escuchado las soeces palabras de amor con que Asunta le daba gusto a Max Monroy, no sólo supe que yo jamás podría aspirar a esa "melodía", sino que haberla oído me privaba para siempre de mi estúpida ilusión romántica. Asunta jamás sería mía *for sentimental reasons*, como decía un viejo foxtrot que a veces canturreaba, sin razón aparente, Jericó mientras se rasuraba.

Descontado el amor con Asunta, atestiguada su grosería sexual en el lecho de Max, mi espíritu se llenó de una especie de inconformidad malherida. Sabía lo que quería y ahora sólo reconocía lo que hubiera querido. Y ambos se resolvían en una rotunda negación de mis ilusiones. Ni Elvira, ni Lucha, ni al cabo Asunta que me redimiesen de amores perdidos y me abrieran un horizonte de razonable permanencia, pues por más tenorios que nos juzguemos, ¿no aspiramos a una relación permanente, fructífera, con una sola mujer? ¿Qué busca Don Juan en el fondo sino mujer constante, el abrigo de la ternura, la paz a largo plazo?

Que yo haya pensado que Asunta Jordán era esa mujer es la prueba mayor de mi candidez. Yo sé que en mí hay mucho de cándido y si el subtítulo de Voltaire es "el optimismo", yo debo calificar mis propias grandes esperanzas con la experiencia de las ilusiones perdidas.

¿Qué nos lleva de la pérdida de la ilusión amorosa a la recompensa carnal prostibularia? No sé contestar si antes no dejo testimonio de un hundimiento mío en el placer sexual de la famosa casa de La Hetara, donde Jericó y yo nos cogimos juntos a la puta de la abeja en la nalga que acabó siendo la maldita viuda de Nazario Esparza, madrastra de Errol y cabeza de la banda de criminales del Mariachi Maxi. Pueden ustedes, lectores pacíficos, imaginar que mi roce con esos espectros, demasiado sólidos, del mal me llevó de vuelta al burdel de la calle de Durango a explorar la tierra como en el mandato bíblico, pero también a explorar el cuerpo, superando la cobardía y los desmayos del corazón, bajo el techo de la misericordia sexual que todo lo da sin pedir nada.

Soy La Bebota, cara de ángel, pechos de miel, besos calientes, ardiente sexo anal, soy La Fimia, doy masajes en camilla, soy chiquitita y zarpada, te como a besos, tengo colita pomposa, soy La Emperatriz, me vale todo, no te arrepentirás, la mejor cola, pídeme lo que quieras, oral sin globito, nivel VIP, soy La Choli, muñequita sexi, lomazo infernal, misionerita con garganta profunda, soy La Reina, te levanto las energías, soy ardiente y dominante, conmigo se vale todo, soy impactante, atrévete a conocerme, muera la timidez, te doy colita, ablándate sin miedo, soy La Lesbia, mojadita y zarpada, no busqués más, monada, no tengo límites en la cama, soy Emérita, ya volví con mis medallotas, lográs todo con mi sexo grupal, fantasías, sumérgete en mis pechos y goza sin límites, soy La Faria, soy sólo para exigentes, no doy besos en la boca porque pierdo la cabeza, soy La Malavida, diosa total, cambio roles, doble penetración y me llamo Olalla, soy muñeca rubia, calentona y multiorgásmica, por la cola todo se vale, soy La Pancho Villa, por mis pistolas, amor entre cactos, te desafío al placer extremo: fusílame, cariño, soy La Lucyana, auténtica colegiala, cojo con uniforme, ya tengo nostalgia de ti, macho, soy La Ninón, nueva en la capital, colita parada, lujuriosa, adicta a ti, soy La Covadonga, devuélveme la virginidad a ver si puedes, sólo admito hombres exigentes, ¿eres tú?

¿Era yo?

¿Podía cerrar los ojos y ver a Asunta?

¿Podía abrir los ojos y sentir su ausencia?

La Pancho Villa me advirtió:

—Todas estas vienen del Río de la Plata. Argentina exporta toda clase de pieles. Sólo yo soy de petate. Ven a buscarlo. ¡Ah! El sexo nos acompaña y no nos cede el paso.

Cuarta parte

Caín y Abel

La comida es una gran ceremonia en la Ciudad de México. Diríase que es la ceremonia de la jornada. En España e Hispanoamérica se llama *almuerzo*. El verbo es *almorzar*. En México, *comer*. Se come con verbalidad ancestral que sería caníbal si no estuviese domesticada por una variedad de viandas que suman la riqueza de la pobreza. Comida de la miseria, la mesa mexicana convierte los más pobres elementos en exóticas recetas de lujo.

Ninguna mayor que el aprovechamiento de gusanos y huevas para elaborar platillos suculentos. Por eso esta tarde (el almuerzo o comida mexicana que se respete no empieza antes de las 2:30 de la tarde o acaba antes de las 6:00 p.m., a veces con prolongaciones de cena y cabaret) estoy compartiendo una mesa en el inmortal restorán Bellinghausen de la calle de Londres, entre Génova y Niza, con mi viejo maestro don Antonio Sanginés, saboreando los gusanos de maguey envueltos en tortillas calientes embarradas de guacamole y en espera del platillo de huazontles capeados en salsa de chile guajillo.

Voy a contrastar (porque se complementan) esta comida a las tres de la tarde con la reunión nocturna en la terraza abierta en el último piso del Hotel Majestic que mira al Zócalo, la Plaza de la Constitución, donde las botanas tradicionales no mitigan los perfumes ácidos del tequila y el ron, ni la presencia de Jericó la inmensidad de la Plaza.

Don Antonio Sanginés llegó puntualmente al Bellinghausen. Me levanté de la mesa para recibirlo. Trataba de ser aún más puntual que él, en un país donde p.m. quiere decir "puntualidad mexicana", o sea impuntualidad asegurada, esperada y respetada. Algunos —Sanginés a la cabeza, los presidentes en seguida; el abogado por buena educación, el mandatario porque el Estado Mayor se la impone *manu militari*— siempre están a tiempo y yo me había permitido reservar una mesa con tres cubiertos, en espera de que Jericó se uniese a nosotros tal y como rezaba la invitación que le dejé en Los Pinos. Se acercaban las fiestas de fin de año y algo en el espíritu tan formal y convencionalmente amistoso de esa época me llevaba a esperar que el maestro y los dos alumnos nos reuniésemos a celebrar.

No había visto a Jericó desde la tensa reunión en Los Pinos con el presidente Carrera y mis jefes Max Monroy y Asunta Jordán, con quien me encontraba entonces por primera vez desde los escarceos nocturnos que ya relaté y que tan mal parado me dejaron ante mí mismo en calidad de *peeping tom*, o sea mirón inmoral y desfavorecido sexual a son de bolero. "Solamente una vez", como las viudas a las que el novio se les muere la noche de bodas. Me presenté, pues, con mi mejor cara de palo, en calidad de changuito que ni ve, ni oye, ni dice nada. Sabía que esa misma noche Jericó me había citado en el Hotel Majestic del centro. Mi espíritu insistía en esperarlo a la hora de la comida, en aras de una resurrección de las más cordiales memorias y esperanzas que año con año nos precipitan en brazos de Santa Clos y los Reyes Magos. "El Niño

Dios te escrituró un establo", escribió López Velarde
en *La suave patria*. Y añadió, para calificar su ironía:
"y los veneros de petróleo el Diablo". Debo anticipar-
les a ustedes que llegué al almuerzo con la primera es-
trofa, sospechando que la segunda se impondría en la
hora nocturna.

    —¿Y Jericó? —dije con inocencia al tomar
asiento en el restorán.

    —De él se trata —respondió Sanginés. Guardó
silencio y tras ordenar la comida se animó.

    El abogado había estado días atrás en una re-
unión en la casa presidencial con Jericó y el propio
Valentín Pedro Carrera. Mientras Sanginés aconsejaba
prudencia al presidente frente a las acciones de Max
Monroy, Jericó lo invitaba a tomar represalias contra
el empresario.

    —Yo buscaba el punto de acuerdo. Las fiestas
ordenadas por el presidente servían un propósito.

    —Circo sin pan —interrumpió Jericó.

    Yo continué. —La política es armonía de fac-
tores, síntesis, aprovechamiento por una parte de las
ideas ventajosas de la otra. Vivimos en un país cada
vez más pluralista. Hay que conceder un poco para
ganar algo. El arte de la negociación consiste en llegar
a acuerdos, no por cortesía, sino tomando en cuenta
los intereses legítimos de la otra parte.

    —Por ese camino lo único que se logra es res-
tarle legitimidad al gobierno —dijo con petulancia
Jericó.

    —Pero gana legitimidad el Estado —esgrimió
Sanginés—. Y si hubieras asistido a mis lecciones en
la Facultad, sabrías que los gobiernos son transitorios
y el Estado permanente. Es la diferencia.

—Entonces hay que cambiar al Estado —agregó Jericó.

—¿Para qué? —dije con fingida inocencia.

—Para que cambie todo —enrojeció Jericó.

—¿Para qué, en qué sentido? —insistí.

Jericó dejó de dirigirse a mí. Le dio la cara al presidente.

—La cuestión es saber qué fuerzas actúan en un momento dado, buenas o malas. Cómo resistirlas, aceptarlas, encauzarlas. ¿Se da usted cuenta de esas fuerzas, presidente, cree que se contentan con divertirse en los caballitos y la rueda de la fortuna que usted les ofrece?

—Pregúntese, le pregunté a Carrera —prosiguió Sanginés—, qué tan dispuestos están, además, esas fuerzas al compromiso.

—¡Compromiso, compromiso! —exclamó esa noche Jericó mientras taqueábamos en el restorán de la azotea del Hotel Majestic—. Ya no hay compromiso posible. El presidente Carrera es un timorato, un frívolo que desperdicia las ocasiones...

Sonreí. —Tú le ayudas, mi cuate, con tus famosos festejos populares...

Me miró con un cierto aire de perdonavidas y luego estalló en carcajadas.

—¿Tú te crees ese cuento?

Dije que yo no, pero al parecer, él sí.

Jericó extendió un brazo desde la mesa en la terraza al inmenso Zócalo capitalino.

—¿Ves esa plaza? —dijo retóricamente.

Dije que sí. Él siguió. —Nos ha servido de todo. Desde el sacrificio humano hasta los desfiles militares hasta las pistas de patinadores sobre hielo hasta los golpes de Estado. Es la plaza milusos. Cualquier payaso puede llenarla si grita alto y duro. Ese es el tema.

Volví a asentir, sin hacer la pregunta tácita:
—¿Y ahora?

—Ahora —dijo Jericó con un acento que le desconocía—… Ahora mira lo que no quieres ver, Josué. Mira las calles aledañas. Mira a Corregidora. Mira a 20 de Noviembre. Mira a los lados. Mira al Monte de Piedad. Mira a Correo Mayor.

Yo trataba de seguir su guía urbana. No, que no parase de mirar, que no me distrajera. Que ahora mirara más atrás, a Correo Mayor, a Academia, a Jesús María, a Loreto, a Leona Vicario. ¿Qué veía?

—Lo de siempre, Jericó. Las calles que indicas.

—¿Y la gente, Josué, y la gente?
—Bueno, los transeúntes, los peatones…
—¿Y el tráfico, Josué, el tráfico?
—Bueno, fijándome un poco, muy escaso, poco automóvil, bastantes camiones…

—Ahora júntalo todo, Josué, junta a la gente dispersa en las calles alrededor del Zócalo, cierra la plaza con los camiones, haz descender de los camiones a los guardias armados, junta a los guardias y a la gente que es mi gente, Josué, ¿me entiendes? Gente colocada por mí en los cuatro rincones de la plaza, armados de pistolas y garrotes con clavos y manoplas y cachiporras, únelos a la gente que desciende de los camiones armada de mágnums, uzis y carabinas. Ve los puestos de ametralladoras en el Monte de Piedad, el Ayuntamiento, aquí mismo en el hotel. Trata de oír las campanas de la Catedral. ¿No oyes nada?

Dije que no, tratando de penetrar el delirio del discurso, pero insistiendo en darle gusto a mi enemigo.

—Están mudos. Los péndulos están amarrados para no repicar.

—¿Para siempre? —quise seguirle la corriente (como a un niño, como a un loco).

—No. Volverán a repicar cuando tomemos el poder.

—¿Tomemos? ¿No es muchos? —dije con semblante de palo, a la Buster Keaton, intentando la imparcialidad serena ante la creciente y ardorosa argumentación de mi amigo.

—Sí —afirmó febrilmente Jericó—. Muchos. Muchísimos. ¿Y tú? ¿Cuento contigo? —dijo con calentura.

—¿Y yo qué, mi cuate?

—¿Con nosotros o contra nosotros?

—Le advertí al presidente —me confió Sanginés a la hora de la comida en Bellinghausen— que más valía precaver que remediar.

—Vamos a ver quién puede más, Toño, si Monroy o yo —dijo como ufanándose el presidente.

—No se sienta tan seguro de que el enemigo esté sólo fuera de casa.

—¿De manera que hay enemigo adentro? —arqueó las cejas Carrera—. Cómo será usted desconfiado, mi buen lic. No coma ansias.

—Sí —lo miré de frente—. Pero eso no es lo malo.

—¿Qué puede ser peor? —Carrera se mostró impositivo, como en los buenos tiempos.

—El enemigo de afuera. El descontento al que se refirió Monroy, señor presidente.

—¿No bastan las fiestas para distraerlos? —preguntó Carrera cayendo de vuelta en la frivolidad.

—Es que las fiestas se están convirtiendo en otra cosa muy distinta.

—¿En qué, Sanginés? No seas tan misteriosón.

—En brigadas. En fuerzas de choque. En amenazas contra el orden establecido.

—¿Y Jericó, pues'n?

—Él los ha organizado.

—¿Jericó? ¿Dónde? ¿Cómo?

—Desde aquí, mi amable don Valentín Pedro Carrera. Desde esta oficina. Debajo de sus bigotes.

—¿Quién se lo dijo?

—*Cherchez la femme.*

—No me salga con sus franchutadas.

—Monroy vino con su consejera, Asunta Jordán.

—Buena la vieja —como que se relamió Carrera—. Auméntele el salario.

—No trabaja para usted.

—¡Ah! De todos modos, buena la vieja.

—Yo le he traído a la suya.

—¿La suya de quién?

—La suya de usted, señor presidente. Su respuesta a Max Monroy y Asunta Jordán. Una persona joven, con ideas frescas, graduada de La Sorbona.

—Y dale con los gabachos. *Oh, là la!*

—Necesitamos ayuda. El enemigo se nos metió en casa. No se quede solo con la víbora del hogar. Porque usted puede ser muy grillo, pero témale a las víboras.

Sanginés caminó a la puerta. La abrió. Entró una joven mujer seria pero amable, elegante, bella y con un brillo de poder en los ojos, el vaivén de la melena, la severidad del traje sastre, la elegancia del zapato y el relumbrón de las piernas.

—Señor presidente, le presento a su nueva asistente, la señorita María del Rosario Galván.

—Anchanté, mamuazél —Carrera se inclinó a besarle la mano sin dejar de levantar la mirada.

De manera que yo sabía ahora lo que Sanginés sabía sobre Jericó. Y me resistí a creerlo porque, ante todo, creía en la amistad que nos unía, desde la escuela, a mi amigo y a mí.

El Centro de la Ciudad de México es como el país mismo: una superficie sólo sirve para esconder la anterior, y ésta a la que le sigue. Si el país se estructura en pisos ascendentes de las costas tropicales a las zonas templadas a los valles altos y a un reparto desigual entre desiertos, llanos y montañas, la ciudad enmascara un corte vertical que la lleva de las modernidades caprichosas de nuestro tiempo a un remedo de bulevares y mansardas que heredamos de la emperatriz Carlota de Bélgica, "Carlotita" para sus íntimos, y de un barroco colonial flagrante a una ciudad española construida sobre las ruinas de la metrópoli azteca, Tenochtitlan. La Ciudad de México, como si quisiera proteger un misterio que todos conocen, se disfraza de muchas maneras: sus cantinas, sus cabarets, sus prostíbulos, sus parques, sus avenidas, sus restoranes de lujo, sus fondas populares, sus iglesias, sus mansiones resguardadas por altos muros y bardas eléctricas y uñas de acero, sus vastas barriadas y casuchas de un piso y techos planos, sus tlapalerías, sus abarroterías, sus talleres mecánicos, sus madres envueltas en rebozos y con el bebé en brazos, sus niños pedigüeños, sus vendedores de billetes de lotería, su armada de taxis color perico, sus negras camionetas blindadas, sus camiones materialistas cargados de varilla, ladrillos, bolsas de cemento, tejas y rejas para una urbe en perpetua construcción y reconstrucción, la ciudad para siempre inacabada, como si en esta ausencia de conclusión residiese la virtud de la permanencia... México como un vasto portaviandas en donde el primer platillo es siempre el último. Sopa seca, sopa aguada, mole de pollo, camotes...

Así iba yo rumiando y enumerando con un caos reflejo al de la ciudad, en busca de las calles que con un énfasis misterioso pronunció Jericó durante nuestro encuentro en la terraza del Hotel Majestic. Entonces era de noche y las luces embellecían el vacío. Ahora es el mediodía y yo no quiero que el Centro Histórico se me ande disfrazando más. Quiero reconocer las calles de Correo Mayor, Academia, Jesús María y Corona, la Santísima y su campanario que parece una tiara patriótica, la Plaza de Santo Domingo y su templo hundiéndose en la placenta de la vieja laguna indígena, acaso nostálgica de sus canoas y canales y calzadas para siempre desaparecidas: la Ciudad de México es su propio fantasma insepulto, irrevocable.

Había fachadas nobles de tezontle y mármol, portones de madera labrada, ventanas de enrejados y patios de flores: nada podía yo ver. El comercio callejero ocultaba calle tras calle, veinte mil vendedores ambulantes me ofrecían aparatos de radio, ropa y bisutería, hasta un televisor me ponían de golpe frente a las narices para que me viera reflejado en su grisácea superficie de plata balín: creí, viendo mi rostro a la vez sorprendido y lejano, que lo que aquí mercaban los veinte mil pochtecas, los mercaderes guiados por la larga nariz del dios que los precede con un haz de duelas y de dólares, eran todos versiones de mi propia vida, de los rostros que pude tener, de los cuerpos que pudieron ser el mío, de los olores que pudieron emanar de mi boca, mis axilas, mis nalgas, mis pies y que ahora se confundían, eran parte y emanaciones de la multitud que me empujaba, me ofrecía, me rozaba con gracia, me tocaba con grosería, me traía y me llevaba ¿a dónde?, ¿qué buscaba yo?, ¿la pandilla evocada por Jericó?, ¿podía creer mi viejo amigo cada vez menos —cada vez más, mi nueva Némesis— que él podría movilizar todo este mundo hugolino del crimen travieso, de la supervivencia con guiño, de la independencia feroz frente a los poderes aquí burlados, aquí sometidos a la simple ley de la supervivencia? ¿Podía Jericó convertirlos en un ejército articulado para la toma del poder? ¿Tendría razón Sanginés? ¿Para averiguar la verdad andaba yo aquí? Para saber si Jericó tenía razón o no. Si él creía domar a esta silbante serpiente escurrida entre calle y calle, mercado y mercado, merced y merced, ¿sí?

La hidra de mil cabezas que es la Ciudad de México. En todo caso, si no hidra, era pulpo y Jericó creía que el pulpo tiene un solo ojo. Basta verlo sabiendo que no es Medusa, que no puede paralizarnos con la mirada, porque el pulpo no se ocupa de mirar. Quiere abrazos. Tiene tentáculos.

Como en busca de un respiro, caminé entre la multitud comprobando que México D.F. tiene veintidós millones de habitantes, más que toda la América Central, más que la república de Chile, por cuya calle ambulaba ahora rumbo al templo de Santo Domingo preservado por el padre dominico Julián Pablo de los desastres postergables y a veces, de los impostergables también. Me salvé de los toreros que zigzagueaban con las mercancías en las manos como armas de asalto y en Santo Domingo encontré la resurrecta profesión de los "evangelistas", hombres y mujeres sentados en sillas de madera bajitas frente a viejas máquinas de escribir Remington, oyendo el dictado de hombres y mujeres analfabetas que querían hacer llegar al lejano pueblo, a las familias del campo, la montaña y la provincia, sus arrepentimientos, las palabras de amor y a veces de odio que estos amanuenses ponen sobre el papel y cobran; doble si, como lo aconseja la seguridad, son los propios "evangelistas" los que escrituran el sobre y cobran la estampilla, prometiendo depositar la carta en el correo.

—A veces, Josué, nos dan mal la dirección o ésta no existe, la carta nunca llega y entonces pueden pasar cosas tan tristes como el olvido o tan violentas como la venganza contra el escribano culpable de que la carta no llegara a su destino —aunque no tuviese, en verdad, destino alguno.

—¿Y qué es el destino? —continuó la voz que traté de ubicar, de reconocer, en la fila de escribanos populares sentados al frente del viejo edificio de la Inquisición—. No es la fatalidad. Es sólo la voluntad disfrazada. Es el deseo final.

Pude unir voz y mirada. Un hombrecito pequeño, calvo pero peinado de prestado, dueño de huesos quebradizos y manos enérgicas, blanco de tez aunque tirando a una palidez amarillenta, pues un par de curitas cubrían las heridas mínimas de una mejilla y del cuello, vestido con un viejo traje negro a rayas grises, camisa de cuello demasiado grande, desabotonada en la garganta y adornada por una corbata ancha, pasada de moda, que más bien semejaba la cortina de un pecho vencido, escuálido, castigado a golpes de contrición. Vestido de prestado. Ropa de segunda mano.

Las miradas se unieron y reconocí al viejo padre Filopáter, el guía de generosa minucia durante la primera juventud de Cástor y Pólux, Josué y Jericó. Retuve las lágrimas, tomé las manos de Filopáter y estuve a punto de besarlas. No sé qué me retuvo. El pudor o la desconfianza ante las uñas que, a pesar de estar tan recortadas, guardaban señales de mugre en las esquinas. Aunque esto, acaso, sólo se debía al trabajo con la vieja máquina y una cinta bicolor a todas luces rebelde, pues al apoyar Filopáter con descuido una tecla, la cinta entera se desenrolló con algo parecido a la infinitud.

—Maestro —murmuré.

—Maestro lo serás tú —me contestó risueño.

Aceptó mi invitación. Nos sentamos en un café de la calle de Brasil, Filopáter con su pesada máquina (tan grande como su cabeza) bajo el brazo y al cabo ocupando una silla en nuestra mesa, muda la máquina, pero invitada.

Miró a la máquina. —¿Sabes? Cada palabra que escribes golpea al Diablo.

Quise reír, amable. Él alargó una mano y me detuvo.

—Le escucho, como siempre, con respeto, maestro.

Que no le dijera así, respondió con un instante de enojo. Él era sólo un escribano y eso, dijo, le bastaba (quería precipitar dos cosas) para explicar su historia. Cuando nos servían el café, él evocaba a San Pablo, "Si no puedes ser puro, sé cuidadoso" y concluía con las palabras de Santo Tomás, "Sólo la virginidad puede igualar al hombre con el ángel".

—¿Qué me quiere decir, padre?

Se resignó a que le dijera así, con tal de olvidar la "maestría". Estuvo a punto de suspirar. Me miró como quien retoma una vieja conversación. Como si entre las palabras de hoy y las de ayer no mediasen calendarios.

—Me hubiera gustado ser trapense —sonrió—. Los hermanos de la Trapa sólo pueden comunicarse con pies o manos, gestos y silbidos. En cambio yo, ya me ves. Si no trapense, entonces sí atrapado en la trampa de la palabra...

—Usted nos enseñó a no tenerle miedo a las palabras —recordé con buena intención.

—Pero hay quienes sí le temen al verbo, Josué, y lo digo con toda intención. Jesús dijo *yo soy el Verbo* y quiso decir varias cosas...

—Quiso decir que él era parte de la Trinidad —recordé y repetí con una especie de entusiasmo sonrojado, como si de esta memoria dependiese no sólo mi juventud, sino el adiós a la misma: el reencuentro con nuestro profesor me indicaba que un ciclo terminaba pero que el siguiente tardaba en manifestarse.

—Quiero decir que la Trinidad es Dios Padre, Dios Hijo y Dios Espíritu Santo... Y el Verbo es el atributo del Espíritu pero lo comparten el Padre, el Hijo...

Quise ver admiración en los ojos de Filopáter. Sólo encontré misericordia. Porque sabía lo que yo quería decir, lo iba a decir él, y nos compadecía a los dos por saberlo y decirlo, como si pudiésemos ser no sólo precristianos sino paganos verdaderos, ausentes de la fe en Cristo porque la ignorábamos, pero condenados a estar ausentes aunque la conociésemos.

—La Trinidad es un misterio —retomó el padre la palabra—. No puede ser conocida por la razón. Es una verdad revelada. Pone a prueba la fe. O crees, Josué, o no crees…

No iba a decirle que yo dejé de creer porque él sabía que nunca creí. Por eso dijo enseguida: —Lo asombroso es que, al mismo tiempo, la Trinidad, el Verbo, trasciende a la razón pero no está peleada con la razón.

—¿El dogma de la Trinidad no es incompatible con la razón? —pregunté porque quería empujar las palabras de Filopáter a una propuesta que no fuese conclusión, sino confrontación. Su estado actual me decía con claridad que algo grave había ocurrido para que abandonara la enseñanza, que era su vocación desde la juventud, cuando daba clases en la Javeriana de Bogotá a los hermanos Pizarro Leongómez y luego, cuando las agitadas mareas de la política colombiana lo arrojaron a México, donde recaló en nuestra escuela secundaria.

—No —dijo con una energía recobrada—. No lo es. Pero esa es la verdad que la intolerancia clerical puede emplear contra uno si uno intenta conciliar la verdad de la fe y la razón de la verdad. No sólo es más fácil —¿adiviné un desacostumbrado desdén en la voz del padre?—. Es más cobarde. Mientras sostengamos que la fe es verdadera aunque no sea cierta, estarás protegido por un dogma que es una paradoja que le debemos a Tertuliano: "Es cierto porque es increíble". Definición de la fe…

El café era malo, con leche, era peor. Filopáter lo sorbió casi como un sacrificio. Era colombiano.

—Si apuestas, en cambio, por la racionalidad de la fe, te expones a la censura de quienes prefieren negarle razón a la religión sólo porque ellos no sabrían explicar racionalmente su fe y optan, así, por una fe a ciegas, la fe de las tinieblas.

Filopáter se exaltó.

—No —golpeó sobre la mesa y volteó el tarro de vidrio del azúcar, desparramándolo—. Hay que sostener el misterio con la razón y fortalecer a la razón con el misterio. Ni la fe excluye a la razón ni la razón destruye a la fe. Decir esto desprotege al dogmático, al pasivo, al que quiere imponer una verdad como los inquisidores bajo cuyos muros me encontraste apoyado esta mañana o esconderse detrás del muro negando la obra de Dios…

—¿Qué es? —pregunté con cierta impertinencia—. ¿La obra de Dios, qué cosa es?

—La redención del mundo mediante la fatigosa afirmación de la razón humana.

La azucarera de vidrio había rodado de la mesa al piso, donde se estrelló en añicos, granulando el suelo del lugar como una nevada que perdió el rumbo en el trópico.

La dueña del local acudió apresurada, entre alarmada, enojada y obsecuente con la clientela.

—*Pro vitris fractis* —dijo con solemnidad Filopáter—. Cóbrese un impuesto por el vidrio roto, señora.

Vayan con paso de tigre. Estudien los locales. Se pasean por las oficinas públicas. Averiguan. ¿Dónde están las instalaciones de teléfonos y telégrafos? ¿Cuáles les parecen los lugares de menor resistencia? ¿El Zócalo? ¿El Paseo de la Reforma? ¿Las barriadas lejanas, Los Remedios, Tulyehualco, San Miguel Tehuizco? ¿Las secretarías de Estado, Correos, las empresas privadas, las casas de apartamentos? Estúdienlo todo. Díganme cuáles les parecen. Reclutan en las penitenciarías. Yo Jericó veré que salgan por orden mía Maxi Batalla y Sara Pérez, Siboney Peralta, el Brillantinas, el Gomas y el Ventanas, basta una orden de la Presidencia firmada por mí sin que el presidente se entere: que se unan los criminales a los braceros que no encuentran salida a la frontera: prométanles chambas en California; a los desocupados de la Ciudad de México, a los trabajadores insatisfechos, prométanles que van a ser ricos para no tener que trabajar; prometan: prométanle a los migrantes expulsados de Estados Unidos, a sus familias que ya no recibirán dólares mes con mes, a los que no encuentran empleo en México y sólo ven el horizonte del hambre: prometan. Empiecen por el paro, el tortuguismo, el robo de partes, el autoaccidente, los incendios provocados, hasta que se incendie y detenga la ciudad: tú, Mariachi Maxi, ve de comercio en comercio; tú, Brillantinas, imprime unos pases falsos; tú, Siboney, ve a los funerales a ver a quién reclutas; tú, Gomas, ve de barbacoa en barbacoa inventando rumores, se cae el gobierno, hay represiones, hay huelgas, ¿dónde?, ¿allí?, ¡vayan!, armen, recluten a los jóvenes humildes, dénles amor, díganles que ahora van a respetarlos por sus pistolas. El rencor. El rencor. El rencor es nuestra arma. Exalten el rencor. El resentimiento mexicano es el abono de nuestro movimiento. Pregúntale a cada muchacho: ¿quieres arruinar a alguien, quieres vengarte de alguien, quieres obtener lo que mereces, lo que te niega la injusticia, la maldad, la envidia, la desigualdad, tus padres, tus jefes, estos millonarios jóvenes, estos políticos corruptos? El rencor. La tradición maldita del rencor. La más constante tradición mexicana. Toma la pistola que te voy a dar, toma la uzi, toma la macana, la cachiporra, la reata, todo sirve para atacar, hagan listas, muchachos, ¿a quiénes quieren arruinar, a quién le quieren hacer pagar sus culpas? ¡Hagan listas!, encuentren los lugares de menor resistencia, los más vulnerables, hospitales, farmacias, centros comerciales. ¿Creen que podemos tomar el aeropuerto?, jajajá, háganse invisibles, no se miren entre sí hasta la hora del ataque, corten los conductos de agua, gas, electricidad, aíslen a los barrios de la ciudad, aíslen al centro, a las colonias clasemedieras, a las poblaciones fantasma, sin nombre, donde muere la ciudad: siéntanse unidos y no se rindan. Se admiten las venganzas personales.

—¿Crees de verdad que las masas te van a seguir, Jericó?

—Distingue entre la retórica y la realidad. Tengo que invocar a las masas para justificarme. Sólo necesito un cuerpo de choque para triunfar. Un grupo pequeño y decidido. Eso de la clase avanzada es retórica marxista trasnochada. Si esperas a que las masas actúen, Josué, puedes esperar a que las vacas regresen.

Una vez más, me sorprendió su mundo de dichos y referencias norteamericanas. Espera a que las vacas regresen. *Wait for the cows to come home.*

—Todo el pueblo… —dije por introducir una idea (a ver si es chicle y pega)—. La masa obrera.

—Todo el pueblo *is too much.*

—¿Quiénes entonces?

Un grupo pequeño, dijo Jericó, un grupo pequeño frío y violento para la táctica insurreccional.

—La masa obrera…

—¡No me hace falta! —exclamó Jericó—. Basta un grupo de choque. El grupo de choque representa a la masa de los insatisfechos. ¿Te das cuenta de que medio millón de trabajadores han regresado a México de Estados Unidos y no encuentran más que miseria y desempleo?

—¿Destacamentos?

—Armadas. Basta con que yo diga desde Los Pinos: repartan armas para defender al jefe del Estado.

Reprimí la risa. La convertí en dudas. Logré decir: —No te van a hacer caso.

Enrojeció. Rabioso. Vi algo loco en su mirada. Como diciéndose y diciéndome, me van a obedecer.

—Poca gente —dijo como si rezase—. Terreno limitado. Objetivos claros, la vanguardia pa'lante, la masa atrás.

Entretanto, debo decir que más que la táctica insurreccional prevista por Jericó, me interesaba Jericó mismo, su evolución, su ambición. ¿Tenía de qué sorprenderme? ¿No había sido este mi primer amigo? ¿No fue Jericó quien me dio la mano en la escuela, defendiéndome de los cabrones montoneros? ¿No fue Jericó quien me llevó a su apartamento cuando se derrumbó "la Casa de Usher" de la calle de Berlín? ¿No fue él quien me arrimó a lecturas fundamentales? ¿No discutíamos juntos con el padre Filopáter? ¿No nos conocimos desnudos bajo la ducha? ¿No nos cogimos en pareja a la puta de la abeja en la nalga? ¿No éramos Cástor y Pólux, los dióscuri, fundadores de ciudades, Argonautas pares de Jasón y el arquero Falero y Linceo el vigía y Orfeo el poeta, y el heraldo hijo de Hermes y correo de Lápida que antes fue mujer y Atalanta de Calidón, que lo seguía siendo: Argonautas surcando los mares en busca —tú Jericó y yo Josué— del vellocino de oro, que cuelga en un olivar lejano, vigilado de noche y de día por un dragón insomne? Miré intensamente a Jericó, como si la mirada directa siguiese siendo la garantía de la verdad, el faro de la certeza, como si los hombres más maliciosos del mundo no hubiesen entendido —desde siempre— que la mirada directa asociada a la franqueza, la humildad, la comprensión y la amistad es la máscara de la falsedad, el orgullo, la intransigencia y la enemistad. Debía saberlo. No lo quería saber. Hasta este momento en que lo narro, yo insistí en evocar nuestra juventud estudiantil como lo más valioso de nuestro pasado, la amistad que era razón de ser, santo y seña, fe de nacimiento de la relación entre Josué y Jericó. Había que expresar esa realidad hasta el fondo, hasta el último minuto —me dije—, so pena de perder el alma.

Mis referencias a las ideas e imágenes que nos unían eran sólo un modo de decirme y decirle a Jericó: —Toda amistad reposa sobre un mito y lo representa.

Pregunté: —¿A quién, además del vellocino, guardaba la bestia? Me contestó: —A un fantasma. El espectro de un rey exiliado cuyo regreso devolvería la paz al reino.

—Recobrar a un fantasma para sacrificar a una república —musité entonces y Jericó sólo me preguntó:

—¿Qué era más interesante, recobrar el vellocino o devolver al fantasma?

—¿Coronar a un espectro?

Ahora entiendo que esta pregunta ha colgado sobre nuestros destinos porque Jericó y yo fuimos Cástor y Pólux, parte de la expedición eterna en busca de la voluntad y la fortuna, mero pretexto, sin embargo, para recuperar a un espectro y traerlo de vuelta a casa.

—¿Ya viste? —le tendí el periódico sobre la mesa.

—¿Qué?

—Lo que pasó en el zoológico.

—No.

—Un tigre murió mordido por otros cuatro tigres.

—¿Por qué?

—Tenían hambre.

Indiqué con un dedo.

—Le devoraron las entrañas. Mira.

Quizás sólo quería indicarle que él y yo nos hicimos amigos gracias a la *deuda*. Eso nos unió. Sobre la deuda fundamos una alianza para toda la vida.

¿Irá Valentín Pedro Carrera a las oficinas y residencia de Max Monroy en el edificio "Utopía" de la Plaza Vasco de Quiroga? ¿O iría Max Monroy, de nuevo, a la residencia y oficina del presidente en Los Pinos?

—Que venga él —aconsejó la novata María del Rosario Galván.

—¿Por qué? —preguntó Carrera, dispuesto a admirar la belleza de la joven mujer a cambio de perdonarle los errores y pasar por alto las opiniones.

—Pues porque usted es... el presidente...

Carrera sonrió. —¿Sabes lo que hacían los reyes antiguos para ejercer sus derechos?

—No.

—Iban todos los años de aldea en aldea. No le pedían a la aldea que fuera a verla a ellos. Ellos iban a la aldea, ¿me entiendes, lindura?

—Claro —ella intentó recobrar la compostura—. Si la montaña no viene a Mahoma, Mahoma va a la montaña.

—Eso mero, jarocha.

El presidente sonrió con indulgencia y se dirigió al terreno neutral aprobado por sus representantes y los de Max Monroy. El Castillo de Chapultepec, ahora Museo Nacional de Historia y escenario de Niños Héroes, Imperios Habsburgos y Dictaduras Porfiristas. Monroy accedió a llegar primero y ver el panorama leonado de la ciudad desde las alturas como si viese la inexistencia misma. ¿Para qué pretender que se era dueño de nada cuando se era dueño de todo? En cambio, el presidente llegó a la explanada del Alcázar como si fuese un niño héroe a punto de arrojarse al vacío envuelto en la bandera. Como si le esperase el trono de la dinastía que durante más tiempo (dos siglos y pico) ha gobernado a México: los Habsburgo. Como si se dispusiera a gobernar durante tres décadas porque oiga, María del Rosario, aquí hay que llegar pensando que uno es eterno, si no, pierde seis años el primer día...

¿Ver o no ver la llegada del poderoso empresario Max Monroy? ¿Hacerse el distraído, sorprenderse, saludarse, abrazarse?

—¡Ah!

El abrazo de los dos hombres fue registrado por cámaras y micrófonos antes de que Valentín Pedro Carrera y Max Monroy avanzaran diez pasos para alejarse de la publicidad y los guaruras. María del Rosario Galván y Asunta Jordán, prácticamente idénticas en sus atuendos profesionales de traje sastre, media oscura y tacón alto, cerraban el paso a la prensa y entretenían a los invitados.

—¿Tregua, mi querido Max? —la sonrisa del presidente disipó el smog capitalino—. ¿Reunión de dos almas? *¿Primus inter pares?* ¿O puro show, mi estimado? ¿Abrazo de Acatempan?

—No, mi querido presidente. Una batalla más —Monroy no sonrió.

—Si divides no imperas —reflexionó Carrera tratando de capturar la mirada de Monroy.

—Y si imperas a güevo divides pero gobiernas las divisiones.

—Cada cual su filosofía —casi suspiró Carrera—. Lo bueno es que cuando hay un peligro, sabemos unirnos.

—Entiéndalo en términos de mutua conveniencia —dijo con gran suavidad Monroy.

—¿Quiere decir que cuento con usted, Max?

—Siempre cuentas —logró sonreír Monroy—. Lo que no entiendes, Valentín Pedro, es que mi política es parte de tu poder. Sólo que tu poder dura seis años. Mi política no es sexenal.

—¿'Tons qué? —dijo entre amable y falsamente sorprendido el presidente.

—Entonces todo acaba por contraerse, entién-
delo. Se contrae el sexenio. Se contrae una vida. Se
contrae una época.

—¿Cómo? —exclamó con sorpresa (o fingió
estar sorprendido) Carrera. —Mira que me crece la
panza y se me cae el pelo. No me vaciles.

—Claro —continuó Monroy muy sereno—.
Con mi política yo logro lo que a ti te falta. Si nos
quedáramos sólo con tu política, nos quedaríamos a
medias. Tú crees en el circo sin pan. Yo creo en el pan
con circo. Yo creo en la información y trato de comu-
nicársela a la mayoría. Tú crees en la conspiración reservada a una minoría. Por eso creo que, a la larga, yo
puedo sin ti pero tú no puedes sin mí.

—Monroy, oye...

—No me interrumpas. Nunca nos vemos tú y
yo. Aprovecho para decirte que hay que merecer mi
respeto.

—¿Y la admiración?

—Para las vedetes.

—¿Y el aprecio?

—Soy paciente. Todos se han ido. Y los que
quedan, me piden favores. Nuestras historias indivi-
duales no cuentan. ¿Quién se acuerda del presidente
Lagos Cházaro? ¿Quién sería el secretario de Hacienda
del Generalísimo Santa Anna?

Qué extraña mirada le dirigió al empresario el
político.

—Somos parte de la suma colectiva. No te andes creyendo otra cosa.

—¿Qué me cuentas, Max?

—¿Por qué se lo digo? Pues porque rara vez nos
vemos.

Asunta —que me cuenta lo anterior en la medida en que escuchó algo, adivinó más y leyó labios— me dice que Carrera suspiró como si las palabras de Monroy sellasen una realidad consabida. Ni el presidente iba a cambiar su política de distracción nacional sólo porque su operador oficial, Jericó, lo había traicionado aprovechándose para buscar una base propia de poder que resultó ser perfectamente ilusoria, ni Monroy iba a abandonar la suya de dotar de medios de información a los ciudadanos. La crisis acaso demostraba que mientras mejor informado estuviera el ciudadano, menos oportunidades tendría la ilusión demagógica.

—¿O los carnavales oficiales? —preguntó Carrera como si leyese (Asunta cree que lo leía) el pensamiento de Monroy.

—Mira, presidente: lo que tú y yo tenemos en común es el dominio posible de los medios de comunicación reales el día de hoy. Los alborotadores creyeron que tomando centrales telefónicas iban a tomar el poder. ¿Sabes una cosa? Mis telefonistas son todos ciegos. Ciegos, ¿me entiendes? De esa manera escuchan mejor. Nadie oye mejor que un ciego. En cambio, los mil ojos son de los miles de aparatos celulares, los móviles que suplantan a la televisión, a la radio, a la prensa. Yo le doy a cada mexicano, sepa o no leer y escribir, un mensaje, una familia, un pasado, una herencia. Ellos constituyen la verdadera red de información nacional e internacional.

—Puede que tenga razón —continuó Carrera—. Nomás piense que al pájaro sólo se le canta una canción, para que la entienda.

—Subestimas a la gente —Monroy no se dignó mirarlo—. Es tu eterno error.

—Cuando no hay papel, te limpias con lo que esté a la mano —hizo un gesto vulgar Carrera, como quien emplea un medieval *torche cul*.

Monroy ni lo miró. —Nada más no ignores lo que necesitas para sobrevivir.

Carrera levantó los hombros. —No era necesario ni disparar un solo tiro, ya ves.

—Es que en realidad la fortaleza estaba vacía —empapó Monroy los ánimos.

—No, la verdad es que usted es una chucha cuerera. Nomás que lo disimula —dejó Carrera escapar una admiración hacia Max. Max miró con mentira insinuante a Carrera.

—Este pobre chico… tu colaborador…

—No me chingues, Max —el presidente no dejó de sonreír—. Ganamos los dos, no la jodas.

—Está bien, tu empleado. ¿Se llama…?

—Jericó.

—Jericó —Monroy no sonrió—. Quién sabe qué manual anticuado leyó.

(*La técnica del golpe de Estado* de Curzio Malaparte, murmuró de lejos María del Rosario Galván: Napoleón, Trotsky, Pilsudski, Primo de Rivera, Mussolini…)

—No le tengamos miedo a una insurrección pandillera como esta, presidente, ni a una imposible revolución como las de antes. Tenle miedo al tirano que llega al poder por el voto y se convierte en dictador electo. Témele a eso.

(Pensé, cómo no, en la Antigua Concepción madre de Max Monroy y su versión épica, revolucionaria de una historia que ¿estaba enterrada con ella?)

—La deshonra —murmuró Max Monroy.

—¿Qué cosa? —el presidente sólo oía lo que quería oír.

—La deshonra —repitió Monroy, y después de fingir que admiraba el paisaje: —No hagamos intrigas menores. Ejerzamos la ironía.

—¿Qué cosa?

—La ironía. La ironía.

—No le entiendo.

—Quiero decir que es muy difícil, en todo caso, mantener la fuerza.

—¿No te digo?

—No me diga.

Una minoría intolerante, me dijo Jericó, esa es la clave para llegar al poder, hay que energizar la base con el ejemplo de una minoría enérgica, hay que privilegiar los prejuicios de los resentidos, hay que demonizar la fuerza: los santos no saben gobernar.

¿Qué esperaba Jericó? El presidente, sencillamente, se sirvió del ejército. Los soldados ocuparon carreteras, puentes, caserones, depósitos de alimentos, depósitos de municiones, cruces de avenidas, bancos: el ejército cercó a los seguidores de Jericó como a los ratones en una trampa. Les vedó la salida, les regaló un imperio efímero alrededor del Zócalo que ni siquiera interrumpió las tareas de Filopáter y los demás escribanos en la Plaza de Santo Domingo. Cohetes, humo, jarangas, un día de fiesta excepcional, una obligatoria alianza de Monroy y Carrera, tan efímera como la frustrada rebelión de Jericó.

Los grupos reunidos por Jericó quedaron aislados en el centro, entre el Zócalo y Minería, nunca se logró la comunicación con la masa supuestamente rebelde y ciertamente injuriada, Jericó había operado a

partir de una ideología fantástica y de un poder revocable: la ideología decantada de sus lecturas y su posición dentro de la boca del ogro: la oficina del
presidente.

Ahora yo escuchaba, pensaba, veía, y sentía un
dolor profundo, como si la derrota de Jericó fuese mía.
Como si los dos hubiésemos vivido un gran sueño intelectual que, para serlo, no toleraba la prueba de la
realidad. Al cabo, ¿éramos mi amigo y yo apenas apén-
dices del anarquismo, nunca artífices de la revolución?
¿Perdían las ideas leídas, escuchadas, asimiladas, todo
valor si las llevábamos a la práctica? ¿Tan grande era
nuestra confusión entre las ideas y la vida? ¿No resis-
tían aquéllas el soplo de ésta, derrumbándose como
estatuas de polvo apenas las tocaba la realidad? ¿Nos
hacíamos ilusiones?

La pandilla del Mariachi y Sara P., Siboney Peralta, el Brillantinas, el Gomas y el Ventanas regresó
a la prisión de San Juan de Aragón. Allí los esperaba
Miguel Aparecido.

El presidente se retiró primero del Castillo,
murmurando entre dientes (Asunta lo escuchó), "Antes, el verdugo vendía la carne hervida de sus víctimas"
y Max, que lo siguió segundos más tarde, le comentó
a Asunta: —Una cosa es basarse en la realidad. Otra
cosa es crear la realidad.

Y enseguida: —Vámonos, que está muy fuerte
el sol y a la luz del día se cometen muchos errores.

El presidente nomás suspiró: —Tomar decisiones es muy aburrido. Verdad de Dios…

Iba de salida.

—Miserable vejestorio. Pinche ruco. Momia de mierda.

Miguel Aparecido golpeó los puños contra la pared de la celda, hablando con un tono a la vez herido y vengativo, sonoro y sofocado, como si le salieran de la boca, más que palabras, animales, insectos, roedores, guajolotes, somormujos, avutardas y mandrágoras, tan íntima a su sentir era la palabra y tan desesperada ésta por encontrar salidas, símiles, sobrevivencias.

—Encierra a un hombre atado de manos con un gato y pídele que se defienda.

Me miró con ferocidad.

—Se defenderá con los dientes. No hay de otra.

¿Qué lo alteraba tanto? Había vencido. Los criminales liberados por las influencias de Jericó estaban de vuelta entre rejas y yo no les garantizaba el futuro. La pasajera fuerza de Jericó —su capricho— había hecho algo más que soltar a una cuadrilla de bandidos. Había violado la voluntad de Miguel Aparecido, el amo de la cárcel, el mero mero, el gran chingón dentro de estos muros. Miguel se sintió burlado.

Sin embargo, había algo en su cólera que iba más allá de Jericó, de la fuga y el retorno a prisión de los criminales, de la burla a la voluntad misma del hombre de tez olivácea y ojos amarillentos y músculos voluntariosos, mantenidos duros, flexibles gracias a la disciplina del encierro, como si los días y los meses y los años de la cárcel se contasen en ejercicios de lagartija, flexión de rodillas, trompadas contra el aire, brazos adelantados en durísima flexión contra los muros de la prisión, imaginarios saltos de cuerda, como un pugilista que se prepara para la gran pelea, venciendo con voluntad el rumor citadino que se colaba por los pasillos y catacumbas de la cárcel.

Tomó con violencia el periódico. —Mira —dijo traspasando con un dedo la imagen de Max Monroy y, de paso, la del presidente—. Mira.

Miré.

—¿Sabes que nunca se ha dejado retratar?

—¿El presidente? Sale a toda hora en periódicos, televisión, desplegados… Nomás le falta anunciar la lotería.

—Monroy —dijo Miguel como si en ese nombre se concentrara toda la amargura del mundo. Una saliva amarillenta corrió por los labios del presidiario. El tigre devorado por otras bestias sangrientas en el zoológico de Chapultepec reapareció, duplicado, en la mirada—. Monroy… Chingada madre, por lo menos había tenido la discreción de no salir retratado, el pudor de no dejarse ver, el viejo cabrón hijo de su puta madre…

Confieso mi discreción. O mi cobardía. No salí en defensa de mi vieja conocida del camposanto, la "puta madre" de Max Monroy, la Antigua Concepción.

—Y peor, peor —silabeó Miguel—, peor su hijo de la chingada, el hijo de Max Monroy.

—¿Quién es? —dije, inocente ¿pero inquieto?

Esta es la historia que me contó esa tarde Miguel Aparecido en una celda de la cárcel de San Juan de Aragón, después de explayarse un rato más en la diatriba, la explicación pedida y la no pedida también… Sentí una extraña emoción: Miguel Aparecido parecía un reloj de arena ansioso por vaciar el contenido de una hora en otra, aunque angustiado por la fuga fatal del tiempo. La fuga del tiempo era la evasión de su narrativa y si yo era su escucha privilegiado, aún no sabía, en aquel momento, hasta qué grado, tan intenso, tan personal, la narración de Miguel me concernía...

Creí que al principio él vacilaba entre el vacío y la incoherencia. Quería creer que al final de la historia ambos, él que hablaba y yo que le escuchaba sin decir palabra, podríamos encontrarnos en algo parecido a la misericordia y de allí pasar al conocimiento. Ahora este era sólo un deseo (un propósito, inclusive) mío. El discurso de Miguel Aparecido iba por otro lado.

Dijo que estaba encarcelado por orden de Max Monroy. Me atajó con velocidad: claro que se habían cumplido los requisitos judiciales. Claro que pasé por un juzgado. Claro que se oyeron testimonios y se dictó sentencia. "Claro que me condenaron a treinta años de cárcel por un crimen que no cometí..."

—Tres décadas de encierro, a partir de los veinte años de edad —rememoró pero con la voz de quien, al recordar, también conmemora.

Me miró con aire de desafío. —Me porté bien, Josué. Palabra que me empeñé. Me propuse ser el mejor alumno de la Peni. Puntual, trabajador, servicial. Todo contra mi propio carácter: lavar excusados, levantar excrementos, trapear vómitos... Todo con tal de salir de aquí. Salir por un solo propósito.

Estuvo a punto de bajar la mirada.

La sostuvo.

—Matar. Yo quería salir para asesinar a Max Monroy. De eso se me acusó falsamente. De intento de asesinato. Ahora quería merecer mi acusación. Salí. Preparé el acto, ahora sí en serio. Rondé el edificio de la "Utopía". Imaginé mil maneras de liquidar al hijo de la chingada. De repente él intuyó, no supo, sólo se las olió, que algo pasaba porque sabía que yo andaba suelto. Seguro que pensó: ¿Cómo le hago para entambar de vuelta a este cabrón? Porque seguro se dio cuenta de que en este segundo ráund, o él me mataba a mí o yo lo mataba a él...

Miguel Aparecido estaba realizando un gran esfuerzo para mantener la mirada fija en mí, los ojos bien abiertos, tan amarillos como los de una raza cánida, Miguel-lobo de mandíbula fuerte como un candado, brazos y piernas prisioneros pero ansiosos de salir y correr velozmente hacia su presa, pero triste, afligido por el encierro que él mismo se impuso, me lo revela ahora, dejó de rondar las oficinas de Max Monroy, regresó a la cárcel, pidió la ayuda de Antonio Sanginés, quiero volver a la Peni, mi licenciado, por favor que me admitan de vuelta en la cárcel, por su madre se lo ruego, por favorcito, sálveme del crimen, no quiero matar a mi padre, si en realidad quiere usted a Max Monroy regréseme a la Peni, mi lic, usted lo puede, usted es influyente, hágame el favor, sálveme del pecado entambándome luego luego, acúseme de lo que guste, pero sáqueme de la libertad, quíteme las ganas de matar, sálveme de mí mismo, pónganme los grilletes de mi libertad...

—Regresé a la cárcel, Josué. Sanginés me inventó un delito cualquiera. Yo no sé cuál. Ya no me acuerdo. Creo que resucitó la pena anterior con razones que se me escapan. Sanginés es un leguleyo. Se las sabe todas. Es capaz de resucitar a un muerto. Es capaz de sacarle agua a las piedras. Pero no es capaz de borrar la memoria que uno arrastra libre o prisionero...

Sibila Sarmiento tenía doce años de edad cuando decidieron casarla. Todos estuvieron de acuerdo en que el matrimonio era muy deseable pero era mejor esperar a que la niña creciera. A su primera menstruación. A que le salieran pelos en las axilas. Todo eso. Sibila aún jugaba a las muñecas y cantaba rondas. El matrimonio era deseado. También era prematuro, dijo la familia de la niña.

La madre del presunto novio enfureció. Una oferta de matrimonio a nombre de su hijo no se rechazaba. El matrimonio no era cuestión de pelos o de reglas. Era un acto de conveniencia. La familia de Sibila Sarmiento sabía perfectamente que sólo la boda de los hijos, ahora mismo, sin demora, unía los nombres y las propiedades de los Sarmiento y los Monroy, triunfaba la gran unidad y la gran productividad de las tierras —Michoacán, Jalisco, Zacatecas— en liquidez contante y sonante antes de que la ley del mercado y las sucesiones las parcelase o, en un acto de reiterada demagogia se las diera a los campesinos, las convirtiese en ejidos y a todos nos mandara a la miseria.

—¿Conocen la canción? *Cuatro milpas tan sólo han quedado...* Pues únanse los hijos para que se unan las tierras y cuando venga la inevitable fragmentación nos quede algo más que cuatro milpas... Después de la tempestad...

La tormenta era nada menos que la extensión de las ciudades, la mancha urbana, la población explosiva, pero la Antigua Concepción persistió en su vocabulario a la vez revolucionario y feudal, agrarista y receloso de las ciudades: ¡estaba loca! Decía que venía una nueva tormenta agraria, recurrente en México. Se declararían nulas todas las enajenaciones de tierras, aguas y montes pertenecientes a pueblos, rancherías, congregaciones o comunidades hechas por el poder anterior en contravención de la ley y abolidas por el nuevo poder en confirmación de la ley. Se hacía bolas. Es lo malo de vivir tantos años. Y sin embargo, tenía la razón de la bruja: adivinaba con metáforas. Los migrantes regresaban a México y no encontraban ni tierra ni trabajo. El maíz gringo liquidaba a la milpa mexicana. Los pueblos se iban muriendo. Viviendo en el pasado, la Antigua Concepción profetizaba el presente. Como todos los profetas, se contradecía y se hacía bolas.

—Las tierras iban a pasar de pocas manos a menos manos pasando por muchas manos, según ella —explicó Sanginés—. Se exceptuó el dominio ejercido sobre no más de cincuenta hectáreas y por más de diez años. Esta razón invocaba la señora Concepción poseída de una suerte de voraz locura en la que se mezclaban épocas pasadas y por venir, reforma agraria y explosión urbana, lugar de la herencia y voluntad de empezar de nuevo, sexo maduro y sexo infantil: se impuso a su hijo porque en el fondo deseaba a su hijo y quería castrarlo casándolo con una niña impúber, incapaz de dar o recibir satisfacción...

—Nomás por fastidiar...

Uniendo el patrimonio de los Sarmiento y el de los Monroy se juntaban cuarenta y nueve hectáreas, se titulaban las hectáreas sobrantes a nombre de las comunidades agrarias, se quedaba bien con Dios y con el Diablo, se daba un ejemplo de solidaridad social sacrificando algo para salvar algo y la condición era la reunión de las tierras a guardar con el matrimonio de una niña de doce años, Sibila Sarmiento, y un hombre de cuarenta y tres, Max Monroy, mediante actas matrimoniales que podían ser disputadas dada la edad de la contrayente pero que existían en virtud de la deshonestidad de autoridades civiles y eclesiásticas de los desolados campos del centro de México y que, por encima de todo, aunque la contrayente fuera menor de edad, consumaba la unión de las fortunas y acertaba en las previsiones de doña Concepción, la Antigua Concepción: "A mí mis timbres: las tierras son nuestras y las podemos repartir; el matrimonio es de ellos y que se las arreglen como puedan. A joder se ha dicho".

—Tú no conociste a mi abuela —dijo Miguel y yo no me atreví a contradecirlo—. Era una bruja, tenía pacto con el Demonio, se proponía algo y lo lograba, cayera quien cayera, era insaciable, jamás tenía riqueza suficiente, si tenía mucho le parecía poco y quería más, valiéndose de todos los engaños, las tretas más siniestras, los pactos más corruptos con tal de no sólo preservar sino aumentar su poder. Y todo ello sin referencia a la realidad histórica y política. Ella vivía en su propio tiempo, el tiempo de su fabricación. Sibila Sarmiento era una pieza indispensable para burlar todas las leyes: la infancia, la edad del matrimonio, la ley agraria, incluso la personalidad de su hijo, a fin de obtener lo que quería: un pedazo de tierra más. Y digo "tierra" y no "terreno" porque cada terreno que adquiría mi maldita abuela era para ella la Tierra, el mundo entero, un universo encarnado en cada pulgada de tierra, la tierra era su carne, la encarnaba, y aunque yo no sé a dónde fue enterrada, sospecho, Josué, que para ella su tumba es otro rancho del cual quiere hacerse propietaria. Y oye, nunca para beneficio de ella, sino en favor de "la revolución", de la entelequia que ella creía promover asociando su voluntad a su fortuna. Así eran ellos —creo que suspiró Miguel Aparecido—. Así construyeron nuestro país. Diciéndose: si es bueno para mí, es bueno para México. Dime, ¿qué conciencia no se salva si repite este credo hasta creerse su propia mentira? ¿No es esta la gran mentira mexicana: robo, mato, encarcelo, amaso una fortuna y lo hago en el nombre de la patria, mi beneficio es el de la nación y en consecuencia la nación debe agradecerme mi rapiña?

Miguel Aparecido bajó la mirada que me había sostenido, como yo la mía, durante este discurso.

Continuó Miguel: —La voracidad de la mujer se ensañaba en ese tema: adquirir propiedades, sumar suelo, como si de ella sola dependiese la tradición secular de fundar la fortuna en la propiedad de la tierra, como si ya adivinase el momento en que las grandes fortunas no dependieron más de ser dueños de la tierra, sino luego de las fábricas y ahora de las comunicaciones: tal era, dijo Miguel en resumen, la conclusión de Max Monroy. No ser como su madre. Cambiar la orientación de su riqueza. Abandonar el campo y la industria. Entregarse a las comunicaciones. Construir un imperio del futuro, lejos de la tierra y la fábrica, un universo casi impalpable que le cerrase el paso a su madre, un mundo de móviles e Internet que ofreciese, en vez de lodazal y humo, videos, redes, música, juego y sobre todo información junto con el derecho a doscientos mensajes gratuitos y media hora de voz libre a cada dueño de un móvil-Monroy.

¿Y Sibila?

Imagínense que la noche cae sobre un rostro. La noche cayó sobre el rostro de Miguel Aparecido. Trató de rescatar su relato entrecortado por toda clase de emociones, balbuciente y por eso raro en él, incluso ajeno al hombre que yo conocía.

Sibila Sarmiento, madre a los catorce años. Despojada de su hijo a los quince. Condenada a moverse como fantasma, sin entender qué había pasado, por una ranchería abandonada, desamoblada, al cuidado de criados ausentes que no le dirigían la palabra. ¿Entendía su marido, Max Monroy, lo que ocurría? ¿O él también se ausentó de una situación que no era otra cosa que el capricho rudo y poderoso de su madre, la vieja monstruosa matriarca enamorada de su propia voluntad, de su capacidad para demostrar su fuerza propia en toda ocasión, para compararse favorablemente con el general su marido, tenorio y vacilador, para creer que se adelantaba a los acontecimientos, que era dueña de la bola de cristal, que la realidad le hacía los mandados porque ella no sufría la realidad, ella creaba la realidad, su capricho era la ley, el capricho más caprichoso, la crueldad más gratuita, la voluntad menos confiable, la razón más irracional: ahora me hago de las tierras de los Sarmiento, ahora caso a mi hijo soltero y cuarentón con una niña de doce años, ahora declaro loca a la chamaca y la hago encerrar en el Fray Bernardino porque la pobre idiota no distingue entre la soledad de una ranchería y el desamparo de un manicomio, púdraseme ahí, babosa, muéraseme ahí sin darse cuenta, a ver quién puede contra la voluntad, el poder, el capricho de una mujer que ha vencido todas las contrariedades con la fuerza de su albedrío, una hembra que se desprende de cualquier obligación innecesaria; la madre del niño a la casa de la risa; el niño a la calle, que se las arregle solo, sin apoyo, que se forme como machito sin protección de nadie, a ver cómo le hace, pinche escuincle, si tiene con qué, saldrá adelante, si no, pues que se lo lleve la chingada: todo por ti, Max, todo para que tú crezcas y te afirmes sin lastres, sin obligaciones de familia, sin hijos que cuidar, sin esposa que te joda, te regañe, te cargue, tú libre, hijo mío, tú soberano gracias a la voluntad de tu madre magnífica la Antigua Concepción, no Concha, no Conchita, no, sino la madre de la voluntad, el antojo, el capricho, la creación misma, la determinación… La dueña de la fortuna. El ama del azar.

—Me hice en la calle, Josué. Crecí como pude. Puede que hasta agradezca el abandono. Lo agradezco, pero no lo perdono. Me defenderé con los dientes.

Regresé con el padre Filopáter a las arcadas de Santo Domingo. Me pregunté qué cosa me llevaba de vuelta. Adivinaba algunas respuestas. El interés por el personaje y sus ideas. El misterio que rodeaba su exclusión de la enseñanza y del orden religioso. Sobre todo (porque Filopáter era algo así como el último recuerdo de mi juventud), la memoria del momento en que aprendí a leer, a pensar, a discutir mis ideas, a sentirme, si no soberano sí independiente de los acongojes de la niñez, la sujeción a un ama dominante y sobre todo la ignorancia acerca de mi origen. María Egipciaca no era mi madre. Lo sabían mis huesos. Lo supo mi cabeza cuando la confianza le fue retirada a la tiránica ama de llaves de la calle de Berlín. Ello no resolvía, por supuesto, el enigma de mi origen. Pero ese misterio me permitió arrancar mi vida a partir de un inicio determinado por mí, por mi libertad.

Jericó era el símbolo de mi independencia, de mi promesa de independencia personal. Pero en la ecuación fraternal de Cástor y Pólux intervenía, trinitario, el padre Filopáter. Él precipitaba nuestra curiosidad intelectual, le daba puerto y abrigo a lo que pudo ser un navegar sin rumbo, por más solidarios que fuesen los jóvenes navegantes. Si ahora redescubría a Filopáter el evento pronto adquirió una razón: la lejanía de Jericó me devolvía a la cercanía del sacerdote. Porque si algún "padre" tuvimos en común mi amigo y yo, él fue el maestro de la escuela Jalisco, El Presbiterio que nos reveló la sintaxis de la dialéctica, el elemento lúdico (a fin de no caer en el ridículo) de las posiciones ideológicas y aun teóricas. Asumir la filosofía de Santo Tomás contra el pensamiento de Nietzsche era un ejercicio, sí, pues ni yo ni Jericó éramos tomistas o nihilistas. Lo interesante es que Filopáter encontrase en Spinoza el equilibrio entre dogma y rebelión, pidiéndonos, con sencillez, que la ideología del conocimiento no precediese al conocimiento mismo, haciéndolo imposible.

—La verdad se manifiesta sin manifiestos, como la luz cuando desplaza a la oscuridad. La luz no se anuncia ideológicamente. El pensamiento, tampoco. Sólo la tiniebla impide ver.

¿Había sido la postura de Filopáter frente al dogma lo que al cabo lo excluyó de la comunidad religiosa, como a Spinoza mismo? ¿Se distanció demasiado el padre de los principios de la fe para instalarse en las evidencias de la fe? Estas eran las preguntas que yo mismo me hacía cuando se reunieron los acontecimientos, caóticos o fatales, que aquí he rememorado, rompiendo las ligas que hasta entonces me ataban a la amistad (Jericó), al deseo sexual (Asunta), a la ambición (Max Monroy) y a una caridad no consentida (Miguel Aparecido).

¿Qué me quedaba? El azaroso encuentro con Filopáter en Santo Domingo se apareció ante mí como una salvación, si por salvación se entiende no un juicio favorable en el tribunal de la eternidad, sino la cabal realización de nuestro potencial humano. Ser lo que somos porque somos lo que fuimos y lo que seremos. La cuestión de la trascendencia más allá de la muerte queda en suspenso durante la edad de la salvación en la Tierra. ¿Es ésta lo que determina aquélla? ¿De lo que realizamos en la vida dependerá lo que nos suceda después de la muerte? ¿O a última hora, con independencia de nuestros actos, vale una redención final provocada por la confesión, por el arrepentimiento, por la conciencia final de la verdad que nos acechaba desde un principio, y a la que sólo le damos crédito al morir?

La respuesta de Filopáter (y acaso la razón de la exclusión) era que le otorgaba a cada ser humano un valor en sí mismo, independiente de su pertenencia a grupo, partido, iglesia, clase social. Este ser individual e inalienable podía, sí, afiliarse a un grupo, partido, clase o iglesia a condición de no perder su radical valor personal. ¿Fue esto lo que el orden religioso no le perdonó a Filopáter: la terca afirmación de su persona sin menoscabo de su pertenencia al clero, su negativa a entregar la personalidad a la grey, desapareciendo, agradecido, en la multitud de la ciudad, del monasterio, del partido? Había sido fiel a lo que nos enseñó. Era hijo favorito de Baruch (Benoit, Benedetto, Benito, Bendito) Spinoza, excomulgado de la ortodoxia hebrea, irreducible a la ortodoxia cristiana, hereje para ambas, convencido de que la fe se agota en la obediencia y se expande en la justicia.

Esperaba, de regreso a Santo Domingo y a la conversación con Filopáter, lo que me dio mientras caminábamos de la plaza a las calles de Donceles por República de Brasil, una continuación de la plática anterior, aunque parte de mi atención consistía en cruzar las calles multitudinarias, impidiendo que el buen páter fuese atropellado por camiones, autos, bicicletas, o comercios rodantes.

—No quiero que te hagas bolas con las razones de mi exclusión —dijo entonces y entendí que el milagro de su existencia era no morir atropellado—. Mi falta fue sostener que Jesús no es delegado del Padre. Jesús es el Dios porque encarna y el Padre no lo tolera. ¡Anatema, anatema! —Filopáter se golpeó el pecho escuálido haciendo volar la corbata anticuada mientras yo lo auxiliaba a cruzar la calle—. Y mi conclusión, Josué. Si lo que digo es cierto, Dios sólo se le aparece al más indigno de los hombres.

—¿Al más incrédulo? —dije impulsado por las palabras de Filopáter.

—No creo en un Dios totalitario. Creo en el Dios contradictorio consigo mismo que encarnó en Jesús. Tuviste mi alma hasta la muerte, dijo Jesús el hombre en Getsemaní. Y si dijo Padre, ¿por qué me has abandonado?, ¿que no nos diría a todos nosotros? Hombres, ¿por qué me han abandonado? ¿No ven que soy sólo un hombre desvalido, condenado, fatal, sin providencia alguna, como ustedes mismos? ¿Por qué no se reconocen en mí? ¿Por qué me inventan un Padre y un Espíritu Santo? ¿No ven que en la Trinidad yo, el hombre, Jesús el Cristo, desaparezco divinizado?

Cuando al cabo entramos por el portón de la casa número 815 de la calle de Donceles a un callejón techado, oloroso a musgo y raíz putrefacta, Filopáter me condujo a una habitación al fondo del profuso patio, evitando con una mirada que imaginé temerosa la escalera que conducía a la planta residencial, como si allí habitara un fantasma.

El aposento de Filopáter era en realidad un taller con mesas dispuestas, me di cuenta, para un trabajo preciso: pulir cristales. Una mesa, dos sillas, un camastro, paredes desnudas sin más adorno que el crucifijo encima de la cama. Como mirase más tiempo del debido hacia el lecho, Filopáter me tomó del brazo y sonrió.

—No cabe una mujer en mi cama. Figúrate. El celibato es obligatorio para los sacerdotes desde el Consejo Laterano de 1135, sólo que Enrique, obispo de Lieja en el siglo trece, tuvo sesenta y un hijos. Catorce en veintidós meses.

—Una mujer —dije por decir, sin imaginar las consecuencias.

—Tu mujer —dijo para mi enorme sorpresa Filopáter.

Vio el asombro seguido de la incomprensión en mi rostro, pasó por mi mirada la de Asunta Jordán, por mis orejas la voz de la enfermera Elvira Ríos, por mi nariz el olfato de las putas de la señora Hetara, pero mi boca sellada no pronunció el nombre que Filopáter se encargó de decir:

—Lucha Zapata.

Y luego murmuró: —Quizás la voz de Satanás le dijo a Jesús en el Calvario: "Si eres Dios, sálvate bajando de la cruz".

Subí con miedo al apartamento de la calle de Praga. En cada peldaño, un paso en falso me amenazaba. En cada rincón, un enemigo acechaba. Ascendí lentamente acompañado por una legión de demonios desatados por la visita al escondrijo de Filopáter en el centro de la ciudad inmensa. En las sombras, los súcubos adoptaban formas intangibles de mujer para seducirme y condenarme. Peores eran los íncubos que se ofrecían a mí como satánicos amantes masculinos. Y el horror de mi ascensión era que los íncubos eran hombres con el rostro de Asunta y los súcubos mujeres con las facciones de Jericó, como si yo quisiera borrar de mi visión el rostro de Lucha Zapata evocado por la visita a Filopáter en la calle de Donceles. Luego supe que todo era premonición.

Abrí nervioso, apremiado, la puerta del apartamento. Guardaba las llaves en el bolsillo y antes de prender las luces la voz de Jericó me pidió —me ordenó— desde la sombra: —Sin luz. No enciendas la luz. Hablemos a oscuras.

Acepté la invitación. Poco a poco, como suele suceder, mis ojos se acostumbraron a la oscuridad y la sombra de Jericó se fue perfilando con mayor claridad.

No mucha. El hombre, mi amigo, se reservaba una zona de penumbra propia que lo protegía de un mundo que se le había vuelto hostil. Si no lo sabía yo. La orden de detención había salido de la presidencia con la saña que se le reserva a un traidor.

—El Judas —sería desde entonces la expresión presidencial para referirse a Jericó—, el Judas.

Ahora, Jericó el Iscariote estaba escondido en el lugar más obvio y por ello más oculto: nuestro apartamento de la calle de Praga.

—¿Recuerdas a Poe? Lo leíamos juntos. La carta robada está a la vista de todos y por eso nadie la ve.

—Corres peligro —le dije con un rebote cariñoso del corazón pero sin atreverme a invitarle: Huye. No quería que, perseguido, se sintiese también expulsado. ¿Qué iba yo a hacer sino respetar la voluntad de Jericó, aun a sabiendas de que podría aparecer como su cómplice, su encubridor?

—Lárgate. No me comprometas.

No me atreví a decir esto.

Él lo dijo por mí.

Me evitó el dolor.

—Ya sabes, *old pal*. Tanto ambicionamos en la vida, tanto leímos, estudiamos, discutimos para acabar valiendo lo que se paga a un delator.

Me encabroné. —Yo no soy ningún Judas.

Se encabronó. —Eso me llaman en la Presidencia.

—No tuve nada que ver —balbuceé—. Yo no soy un traidor. Yo no trabajo en el gobierno.

—¿Serás entonces mi cómplice?

—Soy tu amigo. Ni traidor ni cómplice.

Le pedí sin palabras que me entendiese. No quería pedirle que se fuera de aquí. ¿A dónde se iba a ir? Sabía que yo no lo entregaría. Se aprovechaba de nuestra amistad. ¿La sacrificaba? Yo rechazaba esta idea, viendo a Jericó acorralado por las sombras, fracasado en su ilusoria toma del poder, obra de una fascinación fascista extemporánea, imposible en nuestro tiempo, producto de una imaginación, ahora lo entendí, exaltada por sí misma, por el pasado, por una inteligencia febril y perversamente idealista. Mi amigo Jericó sin apellido. Como los reyes. Como los sultanes. Como las dictaduras asiáticas.

—Gracias, Monroy. Su monitoreo nos ha permitido vigilar todos los preparativos del Judas.

Max Monroy no le dijo al presidente que para algo servía tener a la mano todos los hilos de la información.

Valentín Pedro Carrera no podía ahorrarse la broma.

—Hasta bien tarde se guardó la información, don Max. Este Judas casi se sale con la suya y se nos vuelve Cristo, ah qué caray.

Monroy meneó la cabeza hundida en los hombros.

—Ya nadie se sale con la suya —sentenció—. Todo está fichado. No hay movimiento subversivo que no se conozca. Si tardé en informarle es porque la mayoría de estas revoluciones abortan luego luego. Duran lo que el veranillo de San Martín. ¿Por qué añadirte preocupaciones, señor presidente? Bastante tienes con la preparación de tus ferias populares.

El presidente no acusó el golpe. Le debía demasiado a Monroy. Monroy se sintió tantito avergonzado, como si abusara de su propio poder.

—Cuando se trata de cosas serias, yo estoy a tus órdenes, señor presidente.

—Lo sé, don Max, lo sé y lo aprecio. Créamelo.

¿No sabía Jericó, vestido de sombras, lo que sabía yo en la oficina de Monroy gracias a la información de Asunta?

—¿Nos equivocamos de época? —pregunté sin sorna.

Él prosiguió como si no me oyese. —¿Nacimos a tiempo o fuera de tiempo?

Dijo que le importaba saberlo.

Evocó nuestra niñez y la primera juventud, los dos educados sin familia, sin conocer a nuestros padres, sin saber siquiera si teníamos padres, ignorando siempre quién nos mantenía, nos pagaba las escuelas, la ropa, la comida…

—Porque alguien nos mantenía, Josué, y si no lo averiguamos fue por pura y simple comodidad, porque era muy a toda madre recibirlo todo sin deber nada, no preguntábamos y nadie nos preguntaba, tuvimos la mesa puesta, ¿la merecíamos, *champ*? ¿No llegó el momento de rebelarte ante un destino que te fabricaron otros, y salir a crear tu propio destino?

Yo no sabía qué decirle, salvo que su presencia en ese momento era para mí como un tributo al pasado que compartimos él y yo. Era una manera de decirle que dudaba de nuestra camaradería en el porvenir. Este era, al cabo, un momento de melancolía.

Jericó no era tonto. Agarró al vuelo mis palabras y las adaptó a su propia situación, él estaba aquí y era el amigo que yo evadía para no dañarlo y que él, ahora, agarraba del cuello como el poeta rebelde al cisne "de engañoso plumaje". Jericó quería torcerse el cuello a sí mismo, tal era su vocación dramática.

—¿Recuerdas nuestro encuentro inicial, Josué? Recuérdalo y ve sumando los hechos de nuestra relación. ¿Aceptas que fui yo quien siempre te empujó a actuar? Contra la autoridad escolar, contra las convenciones del pensamiento, contra las buenas costumbres, ¿aceptas que yo siempre te empujé hacia el camino que mi vida nos iba abriendo?

—Es posible —le contesté tanteando un terreno que se abría movedizo.

—No —dijo con ferocidad—. No fue posible. Fue cierto. Así fue. Yo siempre iba por delante, ¿cómo que no?

—Hasta cierto punto —yo quería jugar porque no quería la tormenta que la mirada de Jericó me enviaba desde la sombra.

—Créetelo aunque no lo creas…

Él rió. No sé si se rió de la situación, de mí o de él mismo.

—Te detuviste, Josué. No me seguiste hasta el final del camino.

—Es que al final del camino había una barranca —le dije sin ánimo de condenarlo.

Él lo tomó de otra manera. —No te atreviste a caminar conmigo hasta el final del camino. No traspasaste conmigo la frontera, Josué. No te atreviste a explorar el mal en ti mismo. Porque siempre supimos, los dos, que así como hacíamos el bien, podíamos hacer el mal. Más todavía: que mientras más "buenos" fuésemos, menos completos seríamos. Cada acción de nuestras vidas significa caminos al filo del abismo. Un precipicio es el bien. El otro es el mal. No te confundas, hermano. Tú y yo no caímos ni en el bien ni en el mal. Sólo caminamos por la calle de la ambigüedad como que sí, como que no… Había que decidirse. Hay un momento que nos exige la definición. ¿Que depende de dónde nos encontramos, con quiénes tratamos, qué nos influye? Seguro, *sure*, yo me encontré en el centro del poder político. Y desde allí, Jericó, no tenía más opción para ser yo mismo, para no convertirme en títere del poder, que oponerle poder al poder, poder de otro signo, Jericó, el poder del mal, ya que, mira tú, el poder del bien,

¿a dónde nos ha llevado? A una democracia parecida a la rueda del ratón, que corre y corre sin ir a ningún lado. ¿Que opté por la acción contraria? ¿Que esa acción lleva el estigma del mal? Reclámamelo si gustas. Ándale.

Respiró como un tigre. —Yo sí. Eso hice. Explorar el mal en mí mismo. Descendí a la profundidad de mi propio mal y descubrí que el mal es el único enemigo válido de un hombre valiente... El mal como valor, ¿me entiendes? El mal como prueba de tu hombría.

Reaccioné con un enojo pudoroso.

—No quiero que se perpetúe la matanza, es todo. No quiero oler más sangre después del siglo en que nacimos, Jericó, el tiempo del mal llevado al extremo de saberse mal y celebrar el mal como el gran bien de la voluntad y la fortuna... Siento asco, ¿tú no cabrón?

(Por mis ojos abiertos pasaron los cuerpos de las trincheras del Marne y de los campos de Auschwitz, del río ensangrentado de Stalingrado y de la selva de sangre de Vietnam, de los cadáveres juveniles de Tlatelolco y de las víctimas de Chile y Argentina, de las torturas de Abu Ghraib y de las justificaciones, cadavéricas también, de nazis y comunistas, de milicos brutos y de presidentes aterrados, de gringos enloquecidos por la diferencia incomprensible de no ser como los demás y de racionalistas franceses aplicando "la cuestión" en Argelia: me dije ahora que el resumen probable de la historia es que podíamos desmenuzar y clarificar las modalidades de la cultura del tiempo pero no sabíamos evitar el mal del tiempo. ¿Cuánto valía, en la vida de Jericó y de Josué, exaltar el conocimiento del bien como valladar contra la preferencia del mal? ¿Era nuestra "cultura" el dique contra la marea del Demonio? ¿Sin nosotros, nos habríamos ahogado todos en el mar del mal? ¿O con, o sin, nosotros el mal del tiempo se habría hecho presente en medidas que no importaban a la luz de una sola niña gritando desnuda, incendiada para siempre, en un camino de la selva de Indochina?, ¿de un niño judío conducido a la fuerza fuera del ghetto de Varsovia con las manos en alto, la estrella en el abrigo y el destino en la mirada?)

—No quiero que se perpetúe la matanza —dije entonces de manera que puede parecer inconsecuente. En ese instante, era la única respuesta que me dictaba la situación—. Quiero que sigamos siendo Cástor y Pólux, los hermanos amigos…

—¿Vamos a ser Caín y Abel, los hermanos enemigos?

—De ti depende.

—No te atreviste… No me acompañaste —insistió de manera que me pareció inhóspita y lúgubre.

—Creo que te equivocaste, Jericó. Leíste mal la situación y actuaste en consecuencia. Actuaste mal.

—¿Mal? Había que hacer algo —dijo en un tono de súbita modestia, bastante inesperada e irreal en él.

—Puedes hacer algo. No puedes hacerlo todo —me respondí con creciente humildad y me culpé de estar tratando a un amigo, sin desearlo, con condescendencia. Esto era insultante. Confié en que él no se diera cuenta. ¿Me equivoqué?

No hubo tiempo de responder. Escuchamos con claridad las pisadas en la escalera. Era la media-

noche y en este edificio, aparte de nuestro apartamento, sólo había oficinas que cerraban a las siete. Por
un instante, creí que Jericó iba a esconderse en el clóset. Se movió. Se detuvo. Escuchó. Escuché. Escuchamos. Los pasos ascendían. Eran pasos de mujer. El
cliqueteo de los tacones la delataba. Ambos, separados
por un par de metros, aguardábamos. No había nada
que hacer sino, por un instante, separarnos como si
sólo uno hubiera de morir, solitario.

La puerta se abrió. Asunta Jordán nos miró a
los dos, como si los dos metros de separación no existieran. Nos miró como si fuésemos uno solo, Cástor
y Pólux, los gemelos fraternales, no Caín y Abel, los
hermanos enemigos.

Apagó la antorcha que traía en la mano. No era
necesaria. Las luces ya estaban encendidas. La carta
robada estaba a la vista de todos.

Afuera, las estatuas góticas de la iglesia del
Santo Niño de Praga no nos dieron su blanca sonrisa.

"No terminé de contarte", decía Lucha Zapata en la
carta que le dictó a Filopáter y que ahora el padre me
entregaba.

¿No terminó? Ni siquiera empezó. Y yo nunca
le pedí: cuéntame tu pasado. No por incuria. Por
amor. Lucha Zapata me daba y me pedía un cariño al
que le sobraban los recuerdos. De tal manera se estableció nuestra relación, sin memoria pero no amnésica,
porque la ausencia de pasado era una manera radical
de radicarse en el presente, el amor como raíz de la
pasión instantánea que no recuerda nada, no prevé
nada porque se basta a sí misma.

Este era el signo mismo de mi relación con Lucha Zapata, y si ahora ella me escribía lo hacía, es cierto, en nombre del azar y de la libertad. No se traicionaba a sí misma. Arrojaba una botella al mar. ¿Leería yo estas páginas? No dependería tanto de mi voluntad como de mi fortuna. Si yo no hubiera recorrido las calles del Centro Histórico en busca de indicios de lo que preparaba Jericó (¿y no era esta, por más que yo la disfrazara de deber oficial, una forma enferma de la traición al amigo?) no me hubiera topado con el padre Filopáter en la Plaza de Santo Domingo. Él pudo rechazar mi acercamiento. Por pudor. Porque su nueva vida era una fractura respecto a su vida anterior. Porque yo no tenía derecho a resucitar el pasado.

No fue así. Me recibió, me reconoció, me recordó, me condujo al pobre aposento al fondo de un jardín envenenado de la calle de Donceles donde Filopáter remedaba la vida de Spinoza puliendo cristales.

Allí pudo terminar este asunto. Si yo había dejado de ver al antiguo profesor durante once años, ¿por qué no habría de abandonarlo para siempre después de este breve y fortuito encuentro? Esta es la cuestión y nadie se salva de ella. Nos encontramos. No nos encontramos. Si no nos encontramos, ¿qué cosas dejarían de ocurrir? ¿Qué oportunidades se perderían?, ¿qué peligros se evitarían? Pero si nos encontramos, ¿qué cosas sucederían?, ¿qué oportunidades se presentarían?, ¿qué peligros se harían actuales?

Jericó tenía razón: Acaso estamos siempre en un gran cruce de caminos, una plaza circular de la cual parten avenidas que a su vez conducen, cada una, a otras tantas plazas de las cuales parten otras

tantas avenidas. Seis, treinta y seis, doscientas dieciséis, infinitas plazas, infinitas avenidas para una vida
finita a la cual sólo le garantiza dirección lo que hacemos con las manos, con las ideas, con las palabras,
con las formas, colores, sonidos, no lo que hacemos con
el sexo, la relación social, la vida familiar: éstas se
evaporan y nadie recuerda a nadie después de la tercera o cuarta generación. ¿Quién era tu bisabuelo,
cómo se llamaba tu tatarabuelo, que cara tenía tu
antepasado más remoto, el que vivió antes de la fotografía, el que no tuvo la suerte de ser pintado por
Rubens o Velázquez? Somos parte del reparto del
gran olvido colectivo, un libro de teléfonos sin números, un diccionario de páginas en blanco, donde
ni siquiera persisten las huellas digitales de quienes
las manosearon...

¿Por qué, entonces, me dejaba Lucha Zapata
esta carta-confesión en la que detallaba su vida criminal al lado de personajes que llegué a conocer por
la vida prostibularia de mi primera juventud, por mis
visitas a la casa de los Esparza y a la cárcel de San
Juan de Aragón...? ¿Por qué rompía Lucha con un
relato criminal el silencio que fue la música de nuestra relación amorosa? Aquí aparecía Lucha Zapata
entrenándose en el crimen, primero como parte de
bandas de pedigüeños, falsos ciegos, lisiados, tiñosos,
incurables, lo que sea su voluntad, lo que nos regale
la fortuna, Lucha comiendo el pan de los afligidos
en esquinas transitadas, de Avenida Masaryk al camino del aeropuerto, con la mano tendida, recitando
oraciones, coplas, Dios se lo pague, lo que guste su
merced, alabado sea Dios, simulando llagas sangrientas a la entrada de las iglesias, hernias a la entrada de

los hospitales, calenturas a la entrada de los restoranes, ligándose en una escala ascendente con ladrones, matones, rufianes, grumetes especialistas en desvalijar casas, devotos que roban en las iglesias, apóstoles que saben usar ganzúas y abrir puertas, capeadores que roban a plena luz a los peatones; matones, asesinos a sueldo, expertos en la cuchillada, alcahuetes, mancebos de burdeles, gente joven sin destino aunque también viejos criminales sin más salida que el crimen, soldados viejos, pensionistas arruinados, perseguidos por quiebra, falta de pagos, hipotecas vencidas, moneda devaluada, ahorros evaporados, empleos suspendidos, seguros inexistentes, ve, Josué, cómo se entrelazan la virtud y la fortuna, el azar y la necesidad, la inocencia y la culpa en la legión de los que roban por necesidad porque otros, ¿sabes?, necesitan robar o roban sin necesidad, como otros matan por gusto y otros innecesariamente y otros porque necesitan matar, ¿eres caritativo, comprendes, tienes la caridad suficiente para perdonar sabiendo, Josué, o sólo puedes querer si no sabes? ¿Sólo puedes amar a Lucha Zapata si ignoras a Lucha Zapata?

Sí, era una visión, una aviadora expulsada del campo aéreo por intentar robar un bimotor en un hangar, un espectro con gorra y anteojos y chamarra de cuero que cayó por azar en mis brazos cuando despedí a Jericó que volaba a estudiar a Francia y vi pasar a Sara P. precedida de un falso maletero que resultó ser el bandido y mariachi Maxi Batalla. ¿Era esta la verdad? ¿Todo lo demás era ficción? ¿El mariachi no estaba apaleado y mudo como creía su mamacita, sino vivito y coleando? ¿Sara P. era parte de la banda criminal organizada por Jericó para asaltar el poder por la violencia porque le parecía inútil la legalidad y confundió la acción revolucionaria con un problema policiaco, que es lo que recibió en recompensa: el desastre, la fuga, la cárcel?

¿Todo al cabo se ataba en un haz que reunía los hilos de la trama en este encuentro azaroso con Filopáter y en la lectura, aún más fortuita, de una carta que me escribió Lucha Zapata sin perder esperanzas de que yo la leyera un día? "Me recuerdas mal", era el estribillo de la carta. Y otra vez: "Me diste el pulso de la felicidad", y más lejos: "Tenía que angustiarme para quererte".

Una carta dictada a Filopáter por Lucha.

¿Por qué? ¿Qué sabía ella?

¿No pudo escribir sin necesidad de amanuense?

¿Tenía que ser Filopáter el escribano de nuestro destino?

¿O era esta la manera de confesarme lo que jamás me había dicho en persona, pues nuestro trato, recuerden, excedía toda referencia al pasado? Pero el elemento del azar predominaba sobre la voluntad de Lucha. Quizás yo nunca pasaría por la Plaza de Santo Domingo. Quizás yo nunca volvería a ver a Filopáter. Ese era el punto con el que coincidían la voluntad y el azar de Lucha y el mío. Dictando una carta a un escribano público con la esperanza de que yo lo encontrase y él me diera la carta a leer. Como ahora, cumpliendo una profecía más que incurriendo en una coincidencia, yo lo hacía, leyéndola.

Al principio de todo, ¿había un jardín de niños?, ¿había una madre hostil, amargada porque la juventud es una seducción que no dura, porque la hija se sentía triste y solitaria y quería expulsar las sombras y la madre le decía no muestres las pechugas y ella le decía a la madre odio cómo te vistes y ambas se decían cosas como el amor es que las cosas salgan bien sólo para que la madre volviese a la cargada, ¿no te lo advertí, no te dije que sólo podías vivir al lado de tu madre? Y Lucha quería conservar un momento, uno solo, precisamente en el que la madre y la hija fuesen admiradas juntas, al mismo tiempo, linda pareja, si parecen hermanas, expulsando las sombras, la amenaza, el engaño, "¿no te dije que sólo podías vivir con tu mamá?" antes de tirarse a la calle, a la mendicidad voluntaria, al crimen, a la compañía de Maxi Batalla y Sara P. y Siboney Peralta, el Brillantinas y el Gomas, y el pícaro y violento licenciado Jenaro Ruvalcaba de triste memoria en este mi curso de la criminalidad sujeta al dominio carcelario de Miguel Aparecido pero suelta, fuera de la prisión, suelta como una jauría de bestias hambrientas, colmillos afilados, bocas babeantes y ojos enrojecidos por la vigilia indeseada, por la ambición política de Jericó.

Yo era parte de toda esta historia. Yo conocí el reparto de la voluntad y también el de la fortuna. Yo había amado a esta mujer que se salvó del crimen y el castigo gracias a su azaroso encuentro conmigo en el aeropuerto y gracias a nuestra vida compartida, accidentada, verdadera montaña rusa de las emociones, alcohol y droga, buena comida y mejor sexo: ¿de qué me iba yo a quejar, si supe evitar los vicios y gozar de las virtudes?, ¿de qué?

Asunta Jordán entró al apartamento de la calle de Praga con toda la autoridad de su gesto sobrado, su taconeo autoritario, su uniforme de alta empleada, un rostro de pocas pulgas, unos ojos que lograban vernos al mismo tiempo a mi amigo y a mí. Fue perentoria y no había nada que alegar. Abajo esperaba un auto blindado seguido por dos carros más con gente armada. Me resigné. Jericó tuvo un reflejo nervioso como de animal atrapado. Ella jugó un instante con mi resignación y con la fatal rebeldía de él.

No era lo que temíamos. Jericó era protegido por Max Monroy contra la decisión presidencial de aniquilarlo. Judas. Jericó era conducido al edificio de Max en la Plaza Vasco de Quiroga, por el rumbo de Santa Fe. Asunta era la encargada de la operación. Jericó, hasta nuevo aviso, estaría escondido en un apartamento del edificio "Utopía", al lado del que ocupaba Asunta. Yo, con asco en la boca, decidí separarme, adelantarme a casa de Filopáter, pasar una semana en ese rincón al fondo del jardín cubierto en la calle de Donceles y hasta entonces regresar, acaso purificado, al edificio de Santa Fe. Leí la carta de Lucha Zapata.

A mi regreso entré a un ambiente enrarecido.

Asunta me recibió en su despacho sin levantar la mirada de la computadora que la distraía.

—Está en el apartamento del treceavo piso, al lado del mío. Toma las llaves.

Me arrojó un manojo y lo recogí tratando de adivinar su intención. No necesitaba llaves. Max Monroy tenía el prurito de vivir con puertas abiertas: —No tengo nada que ocultar.

Era su mejor disfraz, yo lo había entendido. El hecho de que la probable presencia de Jericó requiriese llaves y puertas cerradas me alarmó como puede alarmar la presencia en nuestra casa de una bestia feroz a la que se alimenta para sobrevivir pero a la que se encierra para que no nos mate.

Recordé la noticia del zoológico. Un tigre muerto por las mordidas de otros tigres hambrientos. Cinco tigres. ¿Por qué fue atacado el tigre que murió devorado, por qué ese tigre y no cualquiera de los cuatro atacantes? ¿Qué unió a los agresores contra un animal de su misma estirpe? ¿Fue el puro azar, la mala fortuna del quinto tigre? ¿Hubiera podido ser la víctima verdugo de otro tigre?

La imagen de un Jericó enjaulado me provocó el recuerdo de una figura invisible, en extremo móvil, mi amigo, que iba y venía por la ciudad y el mundo sin explicación, sin papeles de identidad, sin apellido siquiera: Jericó a secas, la simbiosis perfecta de la voluntad y la fortuna, libre como el viento, sin ataduras de familia, sin amores conocidos. Casi, de no ser tan tangible en nuestra familiaridad, un fantasma: mi hermano espectral, la mitad de Cástor y Pólux, la dualidad fraternal inconcebible en la separación... ¿Quién había encarcelado al viento? ¿Quién tenía bajo llave al espíritu libre?

La respuesta la conocía. Max Monroy. Y la respuesta se sumaba a la legión de preguntas que yo me venía haciendo en esta temporada. ¿Qué interés tenía Max Monroy en rescatar a Jericó y traerlo aquí, al seno de la gran familia, empresa y hogar de la Utopía? Imaginé por un segundo que todo esto era una treta de Monroy para desafiar al presidente, demostrando dónde se hallaba el verdadero poder. ¿Plantó Monroy a Jericó en las oficinas de Los Pinos sólo para que mi amigo engañara al presidente haciéndolo creer en una falsa fidelidad y aprovechando el trampolín del poder para escenificar un golpe de estado fallido, ridículo, fracasado de antemano, como lo esperaba Monroy, demostrándole al presidente que él, Monroy, poseía la información conducente a la crisis y que por poseer la información poseía el poder verdadero: calibrar la amenaza, dejar pasar las acechanzas sin porvenir, ahogar en la cuna las rebeliones y cortarles la cabeza si se levantaban? ¿Todo había sido una gran mascarada de Monroy frente a Carrera, una demostración de dónde se hallaba el poder verdadero?

¿O las acciones de Jericó habían sido independientes de Monroy? ¿Mi amigo había actuado, infructuosamente, por su cuenta, capturado en una ilusión fenecida de la revuelta, imposible en el mundo moderno de la información y el poder omnipresentes y omnímodos, el 1984 de Orwell escenificado día a día, sin drama, sin símbolos innecesarios, sin crueldades totalitarias, sino disfrazado en la más absoluta normalidad y habituado a la técnica de la castración con guante blanco?

Asunta Jordán no me miraba. Su entera devoción la dedicaba a leer la huella digital, saltarse el password, apoyarse en los dos gigas de la memoria, conectarse con la red inalámbrica, demostrarme sin mirarme siquiera que el mundo ideológico habitado por el pobre Jericó era una ilusión del pasado, algo tan antiguo como las pirámides.

—Más viejo que un bosque... —decía de sí mismo Max Monroy...

Mas si Jericó era un agente ajeno tanto al poder presidencial de Carrera como al poder empresarial de Monroy, ¿a quién representaba? ¿A sí mismo, nada más? Ustedes conocen el trato de mutuo respeto que nos dábamos mi amigo y yo. Ni él inquiría en mi vida personal ni yo me metía a averiguar la suya. La cuestión que quedaba en la sombra era, desde luego, la vida de Jericó durante los oscuros años de su ausencia. Yo obraba con buena fe. Quería a mi amigo. Amaba nuestra vieja amistad. Si él decía que había estado ese tiempo en Francia yo se lo creía, por más que me pareciese postiza su cultura francesa y concluyentes sus referencias culturales, pop, al mundo norteamericano. ¿Dejaba a propósito escapar Jericó exclamaciones gringas —*Let's shrug it out, bitch*— y nunca francesas? ¿Quería darme a entender que me engañaba, le ganaba su viejo hábito de jugar con la realidad, engañar para divertir, enmascarar para revelar? ¿Quería intrigarme, ponerme en la situación de inquirir sobre él, convertirlo en mi propio misterio, trasladar a Jericó las interrogantes que no me hacía a mí mismo? ¿Sabía acaso que mis misterios no eran tales? ¿Sabía lo que aquí he relatado, cuanto saben ustedes: mis amores con Lucha Zapata, mi relación con Miguel Aparecido, mi ingreso a la empresa de Max Monroy, la revelación reciente del parentesco de Miguel Aparecido con Monroy, mis pláticas secretas con la madre de Monroy, doña Antigua Concepción, en fin, mi amor infatuado hacia Asunta Jordán, el placer de la noche y la humillación de la mañana siguiente, la fugacidad de mi goce con ella y la entrega procaz, espantosa, de la relación de gratitud de Asunta con el anciano jefe de la tribu: Max Monroy?

Acaso, con estas preguntas, disfrazaba mi propio misterio, mi origen anterior a la vida con María Egipciaca en el caserón de Berlín.

Sentí que había borrado voluntariamente todo recuerdo de antes de los siete años, aunque también pienso que de antes de esa edad no tenemos recuerdo alguno, salvo lo que nos cuentan nuestros padres. Yo no tenía padres. Jericó, por lo visto, tampoco. Ya he relatado de qué manera él y yo nos congratulábamos de no tener familia, si la familia era como la de nuestro cuate el Pelón Errol. Este era un disfraz más, quizás el más sofista de todos. El hecho es que Jericó no tenía apellido porque había renunciado a él. Su ejemplo me llevó a mencionar rarísima vez el que yo tenía en la escuela, en la universidad, en el empleo. Josué Nadal. Quizás lo desechaba por emular a Jericó. Quizás me incomodaba un apellido sin ascendencia conocida. Quizás, él y yo, preferimos ser Cástor y Pólux, hermanos legendarios, sin apellidos...

En este gigantesco rompecabezas, ¿dónde quedaba Jericó? ¿Quién era Jericó? Tuve la sensación angustiosa, radicada en la boca del estómago, de desconocer por completo a la persona que creía conocer más que a nadie: mi hermano Jericó, el valedor de la fraternidad entre Cástor y Pólux, los argonautas destinados a la misma aventura. Recobrar el vellocino de oro...

El hombre desnudo, la bestia que me recibió en el apartamento secreto de Utopía, estaba en cuatro patas sobre una cama revuelta.

Lo recordé en la misma postura, desafiante pero sonriente, seguro de sí mismo, dueño de un futuro tan misterioso como cierto en la casa de putas de La Hetara: quién sabe qué sucedería, pero sucedería para él, para Jericó, gracias a su voluntad y por su fortuna. ¿Y la necesidad? ¿Podía mi amigo excluir lo necesario de lo voluntario y lo afortunado? Lo recordé ahora como antes, el día en que me anunció su partida, moviéndose como un animal enjaulado por el

espacio que fue el nuestro, que se convertía en una prisión que él iba a abandonar —sin imaginar siquiera
que iba a terminar aquí, otra vez en cuatro patas, pero
esta vez enjaulado de a deveras, entabicado, prisionero
ahora como, acaso, siempre lo fue de sí mismo: Jericó
guardado, mapeando la cárcel de su lecho.

Su cuerpo blanquecino se desbocaba en una
cabeza furiosa, revuelta también, de ojos inyectados,
labios sulfurosos y dientes asesinos, como si acabara
de devorar al tigre del zoológico. Su cuerpo se veía
grotesco, alargado, en perspectiva deforme, detrás de
la cabeza rubia que acaparaba en ese momento la persona entera de Jericó, como si cuanto en él latiese,
tripas y testículos, corazón y caparazón, se concen-
trase en una monstruosa y agresiva cabeza que era
víscera, cojón, uña y sangre del animal que avanzaba
sobre el lecho a cuatro patas, fijo en mí, haciendo
gala de su ferocidad verbal, de su dialéctica febril,
hay hombres amados por muchas mujeres, cabrón
Josué, hay hombres a los que ninguna mujer ama,
pero yo amo a una sola, tú has tenido a todas, yo sólo
quiero a una, déjamela, cabrón, ¡déjamela o te juro
que te mando matar!, ¿te crees con derecho a todo
lo que yo no tuve?, ¡te equivocas, hijo de la chingada!,
te lo regalo todo, como siempre, pero déjame a esta
mujer, una sola mujer, ¿por qué me chingas, cabrón
Josué, por qué no me dejas a la única mujer que deseo, la única mujer que me ha hecho sentirme hombre, la mujer que me capturó y me domó y me
arrebató el misterio y el poder de la interrogación, la
mujer que se niega a ser mía porque dice que es tuya
y Asunta me rechaza diciendo que te pertenece a ti,
que no puede ser de nadie más, cabrón hijo de tu

puta madre, libérala, jijo de puta, déjala libre para mis tanates, ¿no somos como hermanos?, ¿no compartimos a las putas?, ¿por qué quieres a Asunta sólo para ti, pinche roñoso, deja de filorarte, pinche pipilejo, ponte guapo, ya sábanas, ya sábanas…?

Y pegó un grito salvaje:

—¡Te voy a matar, pinche pipilejo, o me sueltas a la vieja o te juro que te mando a empujar margaritas!

Lo dijo de manera tan horrible, allí en cuatro patas encuerado sobre la cama, los testículos bailándole entre las piernas, la cara de animal feroz, como si todo lo que en verdad era Jericó saliese a retratarse en ese rostro amenazante que ya no era el del valiente compañero Pólux sino el del hermano asesino Caín.

Jericó babeaba encuerado, en postura bestial, concentrando en mí, me di cuenta, las frustraciones tan opuestas a una vida que tuvo lugar en los escenarios del éxito, desde la escuela hasta el día de hoy. Jericó el sobrado, el más salsa, el triunfador, el protector, el misterioso, el que no enseñaba las cartas, el que ganaba al juego con cara de póker, ahora mostraba las cartas y tenía pachuca: ni un miserable par de cincos, y eso que se habían eliminado los números menores. Era este sentimiento encuerado —física, moralmente desnudo— lo que concentraba el odio de mi hermano Caín contra mí, y cuando apareció Asunta detrás de la cama de Jericó y la miré, entendí el juego perverso de la mujer. Fuesen cuales fuesen los motivos de Max Monroy para salvar a Jericó de la venganza presidencial y traerlo al amparo de Utopía, el juego de Asunta, por muy lateral que fuese a las intenciones de Monroy, era el que hería de muerte a Jericó.

Miré a Asunta al fondo de la recámara, con los brazos cruzados sobre el pecho, la figura ejecutiva disfrazando el origen de esposa provinciana subyugada al macho infeliz, y la supe victoriosa y dueña de la intriga. Supeditada al designio de Max pero independiente de él: Asunta le había hecho creer a Jericó que ella era mi amante, que en este edificio la única Utopía era la satisfacción erótica que ella y yo nos proporcionábamos y que yo, además de con la enfermera Elvira Ríos y la abandonada Lucha Zapata, había colmado mi vida sexual en noches de éxtasis con Asunta Jordán. ¡Me lleva la chingada!

Esto le contó Asunta a Jericó. Así se vengó de la traición de Jericó, por más que Monroy hubiese sido el artífice de su salvación, cosa que quedaba por demostrarse.

Nada de esto importaba.

Mi mundo se venía abajo con la mirada asesina de Jericó. No quise creer que detrás de nuestra amistad fraternal, larga y probada, un desdén que era máscara del odio fuera el rostro real de nuestra relación. Porque era odio concentrado el que brillaba en las fauces de un Jericó animalizado por la derrota, por el desdén erótico de Asunta, por el engaño probable de Monroy, por el triunfo político del presidente Carrera, por la humillación de saber que, de no ser por la aparición de Asunta en el apartamento de la calle de Praga, él, Jericó, estaría muerto de un balazo, víctima de la ley fuga o entambado en San Juan de Aragón con sus pobres conspiradores. Expuesto a la venganza implacable de Miguel Aparecido.

Temía por él.

Debí temer por mí.

¿De manera que vas a escribir tu tesis sobre mí, Josué? ¿Qué piensas decir? ¿Vas a repetir los mismos lugares comunes? Nicolás Maquiavelo, ¿el calculador, hipócrita, helado manipulador del poder que nunca ejerció, sólo aconsejó? ¿Vas a hablar de mis pilares, la necesidad, la virtud y la fortuna? ¿Vas a escribir que la necesidad es el estímulo de la acción política aunque en su nombre también se traiciona y se ambiciona? ¿Vas a repetir que la virtud es manifestación del libre arbitrio aunque también puede ser la máscara del hipócrita? Y, al fin, ¿vas a decir que comparo a la fortuna con la inconsistencia femenina, caprichosa, inconstante, concluyendo que dura más quien menos depende de ella?

¡Misógino, Maquiavelo! ¿No me casé con Marietta Corsini por obtener, en un solo himen, la virginidad y la fortuna? Ah, Josué, no repitas las fatigadas razones que me persiguen de siglo en siglo. Sé más temerario. Ten la audacia, mi joven amigo, de penetrar en mi biografía verdadera, no la de los historiadores "serios", no, sino la de mi existencia real, vulgar, chusca, cachonda: Nicolás Maquiavelo lo dice en voz alta para que todos lo entiendan: "No conozco nada que dé más felicidad, haciéndolo, pensándolo, que fornicar. Un hombre puede filosofar todo lo que quiera, pero la verdad es esta". Así lo escribí y ahora te lo repito. Todos lo entienden. Pocos lo dicen. Puedes citarme. Me friega que se ignore mi gusto por las mujeres y el sexo. ¡Que lo ignoren! ¡Qué más da! Pero si tú vas a escribir con veracidad sobre mí, repetirás conmigo que dulce, ligero, pesado, el sexo crea una red de sentimientos sin los cuales, me parece, yo no podría ser feliz.

Míralas: Una se llama Gianna, otra se llama Lucrecia, otra más La Tafani. Te digo una cosa más allá de los nombres: el deseo sólo responde a la naturaleza, no a la moral. ¿Que la Riccia era una prostituta conocida en toda Florencia? Eso no disminuía en un ápice el placer que me daba. Fue mi amante durante diez años. No le importaba que cambiase mi fortuna. Ella no cambiaba. Los amigos cambiaron. Ella no. ¿Y La Tafani? Graciosa, refinada, noble, jamás podré elogiarla como ella lo merece. El amor me enredó en sus mallas. Eran redes tejidas por Venus, mi joven amigo, suaves y sensibles… Hasta el día en que las redes se endurecen y te aprisionan y no puedes deshacer los nudos y no te importa el castigo. No olvides, Josué, que todo amor es perdonado y perdonable si te da placer a ti. Yo tuve relaciones con mujeres y también con hombres. Era otra época. El homosexualismo era común en Florencia.

En común, todos mis amores tuvieron dulzura, porque la carne amada me dio deleite y porque al amar olvidé todas mis penas, al grado de que prefería la cárcel de amor a que la libertad, sí la libertad, ¡ay!, me fuese concedida.

Recuerdo y saboreo todo esto porque *El Príncipe*, la obra que tú estudias por indicación de tu profesor Sanginés, fue recibida en 1513 como una obra del Diablo (Nicolás Maquiavelo, Old Nick, el Demonio, el sosías de Belcebú, Belial, Azazel, Mefisto, Asmodeo, Satanás, el Deva, el Cacodemonio, el Maligno, el Tentador, y más familiarmente, Viejo Nick pero también Viejo Harry, Viejo Ned, el Dickens, el Rasguño, el Príncipe de las Tinieblas), todo porque traje la luz al quehacer político, a nadie engañé, les dije así son las cosas, les guste o no, no es juicio moral mío, son realidades políticas nuestras, léanme con seriedad, no me inspiran las tinieblas sino la luz, aprendan que un buen gobierno sólo se acuerda con la calidad del tiempo y el mal gobierno se opone al espíritu del tiempo, aprendan que los gobiernos antiguos son seguros y manipulables y que los gobiernos nuevos son peligrosos porque desplazan a las autoridades de los gobiernos anteriores y dejan insatisfechos a sus partidarios que creyeron que con el poder obtendrían todo lo que sólo se puede dar con cuentagotas, en la tensión entre la legitimidad del origen que no asegura, para nada, la legitimidad del ejercicio...

¿Para qué sigo? La política es sólo la relación pública entre seres humanos. La libertad es la regularización del poder. Los hombres están locos y quisieran ver el origen del poder en la revelación sagrada, en la naturaleza, en la raza, en un contrato social, en la revolución y en la ley. Yo les digo que no. El poder es sólo el ejercicio de la necesidad, la máscara de la virtud y el azar de la fortuna. Insoportable. ¿Sabes? Para restaurar mi ánimo, a veces regreso del campo y me cambio de ropa. Me pongo togas y medallones, sandalias de oro y coronas de laureles y entonces, solo, converso con los antiguos, con los griegos y los romanos, mis pares...

Es una gran mentira: una ficción. La verdad es que necesito la ciudad. Amo la ciudad, sus obras, sus plazas, sus piedras, sus mercados, sus cuerpos. La dulzura de un rostro me permite olvidar mis pesares. El calor de un sexo me invita a abandonar a mi familia, haciéndola creer que me he muerto. ¡Locura!

Y sin embargo, aquí estoy de vuelta en la oficina, sirviendo al Príncipe, recordando acaso que el amor es travieso y se te escapa del hígado, de los ojos, del corazón. Sólo la administración de la ciudad —la política, la *polis*— me salva, Josué, del ardor suicida del sexo y de la imaginación penosa del ayer histórico, en espera de mi viaje al infierno, un lugar mucho más divertido que el cielo.

Entiende, entonces, mi sonrisa. Entiende el retrato que me hizo Santi di Tito y que se encuentra en el Palazzo Vecchio. ¿Ves ahora por qué sonrío? ¿Te das cuenta de que sólo hay dos sonrisas comparables, la de la Gioconda y la mía? Ella era la Mona Lisa. ¿Seré yo, Maquiavelo, el Mono Liso? No es albur. Si quieres llámame, en mexicano, Maquiavelo, el Chango Resbaloso.

—El error de Jericó —me comentó Sanginés durante esta nueva comida, ahora en el Danubio de las calles de Uruguay—, consistió en creer que una masa insatisfecha iba a seguir a una vanguardia revolucionaria. No vio dos cosas esenciales: primero, que la masa revolucionaria es una invención de la vanguardia revolucionaria. Segundo, que cuando la masa se ha movido es porque llegó al extremo de la paciencia. Eso no ocurre —o aún no ha ocurrido— aquí. La mayoría de la gente cree que puede alcanzar una situación mejor. La gente se hace promesas a sí misma. La gente, si quieres, se engaña a sí misma. Vete. Vale. El trabajador se va de migrante a California, a Oregón, a las Carolinas. Vale. Pero la gente ve los anuncios y lo que quiere es ser así, como el anuncio. Tener automóvil, casa propia, irse de vacaciones, qué sé yo, tirarse a "La Rubia de Categoría". ¿Has visto, Josué, las caras de las gentes cuando salen de un cine, imitando —involuntariamente, sin duda— a la estrella que acaban de ver?

—Nicole Kidman —intervine por decir algo, cuando debí prestar atención a la fuente de mariscos que el Danubio ponía frente a mí—. Errol Flynn —añadí insólito, por recuerdo del Pelón nuestro amigo, pero también con cierta burla, como si Sanginés me estuviese enseñando lo que yo ya sabía y yo, por respeto, pretendía seguir aprendiendo, como cuando era su alumno en la Facultad de Derecho.

—Hemos creado una sociedad —continuó Sanginés mientras, según su costumbre, hacía bolitas con las migajas del bolillo—, que en su mayoría desea ascender, tener cosas, autos, mujeres, ropa, sol, y si me apuras, educación para los hijos, póliza de vida, seguro social, hospital y televisora.

—No les basta el bolillo —traté de intervenir como monarca francés—. Quieren el pastel.

Sanginés acarició el mantel como para librarlo de arrugas o migajas —y para no hacerme caso.

—También hay salidas desesperadas —argumentó para no cejar—. Irse de trabajador migrante a los Estados Unidos, desafiar las balas de los guardias, las alambradas y los muros, el camión de los polleros que te pueden abandonar o dejar que te mueras de asfixia…

¿Se parecía el mantel del restorán, blanco y desnudo, a un desierto fronterizo? ¿Eran el salero y la pimienta los faros que guiarían la posición de nuestros platillos, ordenados ya, en camino ya, sopa de habas, ceviche, filete chemita con puré de papa…?

Sanginés me miró de forma sombría. Guardó un silencio que prolongó insoportablemente la espera y aumentó sin redención inmediata el hambre. Pocas veces lo he visto tan pesimista. No quería mirarme. Se atrevió a mirarme.

—La frontera se va a cerrar. El muro del Norte será peor que el muro de Berlín. Ese lo dictaban la ideología comunista y la paranoia soviética. El muro que va a correr del Pacífico al Golfo, de San Diego-Tijuana a Brownsville-Matamoros lo dicta el racismo irracional. Se necesitan los trabajadores que el mercado norteamericano no posee. Pero hay que impedirles la entrada porque son prietos, son pobres, trabajan bien, resuelven problemas y ponen en evidencia la discriminación peleada a muerte con la necesidad...

Yo tenía ganas de sopear el plato con una tortilla: las palabras de Sanginés, que debían quitarme el apetito, me daban hambre.

—Los empresarios gringos pagan sueldos bajos a los migrantes y no quieren pagar sueldos altos al trabajo local, también hay que considerar —argumenté porque eso le gustaba a Sanginés.

La sopa de habas le fue servida. Yo había ordenado un ceviche acapulqueño. Él metió la cuchara grande. Yo usé el tenedor pequeño. Comimos.

—Ese no es el problema. Estados Unidos se va quedando atrás. Tienen una fuerza obrera de tiempos de la revolución industrial. Las ciudades de chimenea humeante se mueren. Detroit, Pittsburgh, se mueren. Se murieron Carnegie y Rockefeller. Nacieron Gates y Blackberry. Pero los norteamericanos no renuncian al gran sueño industrial que los fundó como potencia. Los chinos y los hindúes se gradúan de las universidades norteamericanas. Los chicanos se gradúan.

—Sólo que los chinos regresan a China y la engrandecen y los mexicanos regresan a México y ni quien los pele, maestro...

Sin quererlo, volteé el salero. Sanginés, cordial, lo puso en su lugar. Yo, sin pensarlo dos veces, ahuequé la mano, recogí la sal derramada y me quedé con ella. No sabía dónde colocarla.

—Eso lo entiende Max Monroy —dije sin pensar—. No lo entiende Valentín Pedro Carrera. Max busca soluciones a largo plazo. Carrera siente que el sexenio se le acaba y quiere aplazar el fin dando gato por liebre. Sus festejos, sus vaciladas...

¿Hizo Sanginés un gesto de disgusto? ¿O las habas le resultaban más amargas de lo previsto? Vacié de manera idiota la sal sobre el ceviche. Comí sin mirarlo. Si uno se pone a seleccionar el pescado, acaba quedándose con las aceitunas.

Le dije que él, Antonio Sanginés, era abogado de ambos, de Carrera, de Monroy. Le pedí que me analizara a uno y a otro, al presidente y al magnate, al cabo los dos polos del poder en México (y en Iberoamérica). Me devolvió una mirada que me anunciaba ya: —Yo no quiero pronunciar las palabras de la desgracia. No seré yo...

Bueno, le interrumpí, yo seguía preparando la tesis profesional que él mismo me sugirió, *Maquiavelo y el Estado moderno*, de manera que nuestras pláticas eran, pues, como parte del curso, ¿o no?

Busqué la sonrisa cómplice, aprobatoria, y no la encontré.

—Todos podemos sentir celos, odio o desconfianza. El hombre de poder debe eliminar los celos, que lo llevan a querer ser otro y acaba siendo menos que sí mismo. Debe evitar el odio, que nubla el entendimiento y precipita acciones irreparables —reclamó Sanginés.

Se le atoró un haba en la dentadura que sospeché, sólo en ese momento, postiza. La extrajo y la dispuso con cuidado en el platillo del pan.

—Pero debe cultivar la desconfianza. ¿Es un defecto? No, porque sin desconfianza no se gana poder político o económico. El cándido no dura mucho ni en la ciudad de Pericles ni en la ciudad de Mercurio.

—¿Cuánto dura el que sólo desconfía?

—Quisiera ser eterno —sonrió Sanginés.

—¿Aunque sepa que no lo es? —le devolví, con un gesto irónico, la sonrisa.

—La capacidad de autoengaño de un político es in-fi-ni-ta. El político se cree indispensable y permanente. Llega el momento en que el poder es como un automóvil sin freno en una carretera sin fin. Ya no te preocupa meter el freno. Ni siquiera te importa conducir. El vehículo ha alcanzado su velocidad propia —su velocidad de crucero, y el poderoso cree que ya nada ni nadie lo detiene.

—Salvo la ley, maestro. El principio de la no-reelección.

—La pesadilla de quienes quisieran haberse reelegido y no pudieron.

—¿No pudieron? ¿O no quisieron?

—No los dejaron.

—A Álvaro Obregón lo asesinaron por haberse reelegido.

—A otros no se los permitió una insurrección del gabinete. O una falsa creencia de que, escogiendo al sucesor, éste sería un títere dócil en manos del antecesor. Sucedió todo lo contrario. El "tapado" de hoy destruyó al monarca de ayer porque el nuevo rey tenía que demostrar su independencia de quien lo designó sucesor.

—Aventuras de la monarquía sexenal mexicana —comenté viendo que nuestros platos vacíos eran retirados como ex-presidentes.

Dijo Sanginés que le resultaba asombroso que la lección no se aprendiera.

—A Carrera le aconsejé, desde el primer día; imagine el último día. Recuerde que estamos sujetos a las leyes de la contracción. El presidente quiere ignorar la sinéresis política. Todos decimos a-ho-ra. Él dice ora, como si le pidiese a Dios: Diosito santo, dame seis años más…

—*Now* —sonreí—, *now now now* —con intención paleológica.

—Es el terror de saber que hay un después —Sanginés recibió el filete gordo y suculento con una salivación involuntaria de la boca y una gratitud líquida de la mirada, como si esta fuese la última cena. ¿O la primera? Porque en todo caso, jamás nos habíamos reunido él y yo a platicar de una manera tan concluyente, como si un capítulo de nuestra relación se cerrase aquí y otro, quizá, se iniciase. Yo ya no era el imberbe joven estudiante de Derecho. Él ya no era el *magister* colocado por encima de la pelea sino un gladiador celoso, intrigante, influyente, un *manager* de box con un campeón en cada esquina del ring y, lo vi claro, una apuesta imperdible: pierda quien pierda, Sanginés gana…

—No hay que subestimarlo —dijo muy serio aunque con una punta de arrogancia—. Lo he visto actuar de cerca. Posee un tremendo instinto de supervivencia. Buena falta que le hace, sabiendo como sabe (o debería saber) que un mandatario llega con la historia y luego se va cuando la historia ya lo dejó o sigue sin él. No quiere saber, sin embargo, que los errores se pagan al final. O acaso lo sabe y por eso no quiere pensar en la salida.

Me miró con una melancolía intensa.

—No lo juzgues con severidad. No es un hombre superficial. Sólo tiene una idea distinta del destino político. Quiere hacer, Josué, una política con alegría. Es su honor. Es su pérdida. Trae en los genes la omnipotencia del monarca mexicano, azteca, colonial y republicano. Todo lo que pasó antes, si es bueno, debe justificarlo. Nada de lo que ocurre después, si es malo, le concierne. Y si no se reconoce el bien que hizo, es por pura ingratitud. Prefiere evocar a nombrar. Estornuda con una sonrisa y sonríe estornudando, para engañar a los demás... Son sus máscaras: reír, estornudar.

—¿Se engañará a sí mismo, maestro? —recogí la mezcla del jugo de la carne y el puré de papas con un pedazo de bolillo.

No sé si Sanginés suspiró, o si sólo lo hizo en mi imaginación. Dijo que a veces Valentín Pedro Carrera se ensimismaba, juntando las manos nudosas en la frente, como si le doliera la cabeza. Se veía viejo en esos momentos.

Sanginés me miró con intensidad.

—Creo que dice algo como "demasiado tarde, demasiado tarde..." pero reacciona sacando su portable, picando teclas y consultando, o fingiendo que consulta...

—¿Y Max Monroy? —interrumpí a fin de que Sanginés no cayera en la pura melancolía.

—Max Monroy —no sé si Sanginés se permitió un suspiro—. A ver, a ver... Son distintos. Se parecen. Me explico...

Buscó inútilmente un platillo que no llegaba porque no lo había ordenado. Tomó un vaso vacío. Evitó mi mirada. Él se miraba a sí mismo. Continuó.

—El poder cansa a los hombres, aunque de forma distinta. Carrera se exaspera a veces y en ello veo su cansancio. Tiene exabruptos inadmisibles. Dice cosas de una violencia sin consecuencias. Por ejemplo, cuando pasa frente a los frescos de Diego Rivera en Palacio, "No se pinta un mural con agua tibia, Sanginés", y al sentarme a trabajar: "Abrimos una columna de haber para Nuestro Señor Jesucristo, porque la del debe la voy a llenar ahorita". Trata de evitar la violencia pero puede ser despectivo y hasta grosero al referirse a "la viruela callejera". Prefiere que el gobierno funcione en paz. Pero le cuesta admitir el cambio. Prefiere hacer lo que hizo: inventar festejos populares para entretener y distraer a la gente. De vuelta, convirtió al Zócalo en pista de patinar. De vuelta, abrió piscinas infantiles en zonas sin agua. Heridos en las pistas. Ahogados en las piscinas. No importa: Circo sin pan.

—Diviértanse, muchachos —añadí sin mucho sentido, sospechando que hablando del presidente, Sanginés evitaba hablar de Max Monroy.

Sanginés asintió. —Cuando le digo que todo esto no resuelve problemas, Carrera me responde: "El país es muy complejo. No trates de entenderlo." Ante eso, Josué, me quedo sin palabras. ¿Injusticia, intolerancia, resignación? Con estos hechos prepara su lecho nuestro mandatario y noche a noche se acuesta con estas palabras paradigmáticas: "Tomar decisiones aburre".

—¿Le consuela saber que algún día lo verán desnudo?

—¿Desnudo? Su piel es su traje de gala.

—Quiero decir sin memoria.

Sanginés ordenó un expreso y me miró atento.

De seguro le llamó la atención que yo equiparase "desnudez" y "memoria". Es que me doy cuenta de que en mi imaginación la memoria es como un sello en el que la cera retiene la imagen, sin necesidad de verterla. La plática con Sanginés me colocaba ante el dilema de la memoria. Memoria inmediata: pedir un café expreso y no recordarlo. Memoria mediata: ¿al cabo, la poseería?

—Un hombre sin memoria sólo tiene la acción como arma —dijo Sanginés.

—¿Al presidente se le acabó la paciencia? —insistí.

—Se la acabó tu amigo Jericó.

No iba a dejar que yo hablara. Y yo no quería hablar.

—Jericó le tomó el pelo al presidente. Le ofreció lealtad y le dio traición. Eso es lo que no perdonó Carrera. Todo lo demás que te he dicho esta tarde quedó atrás, se derrumbó y el presidente se quedó solo —y solamente— con la lengua negra de la ingratitud y la de la soledad, que es aún más amarga.

Sabía el café menos amargo que su relato. Yo sentí que interrumpirlo era algo peor que una necedad: era una falta de respeto.

—Es listo. Se dio cuenta de que para aplastar a Jericó no le bastaba la fuerza pública, aunque te conste que la empleó. Jericó le dio la oportunidad al presidente de demostrar su fuerza social, su representatividad nacional. Y para eso necesitaba a Max Monroy.

—Monroy no quiere a Carrera. Me consta, maestro, lo vi yo mismo. Monroy humilló a Carrera.

—¿Qué político serio no ha tragado mierda, Josué? ¡Es parte de la profesión! Tragas sapos sin hacer gestos. ¡Bah! Carrera necesitó a Monroy para demostrar unidad ante un conato de rebelión. Monroy necesitó a Carrera para dar la impresión de que sin Monroy la República no se salva.

—Trato entre rateros —traté de ironizar.

Sanginés me pasó por alto. Dijo que entendiera a Max Monroy. Dije que jamás lo había subestimado (incluyendo su vida sexual, que yo había conocido y nunca repetiría por respeto a mí mismo).

—Es difícil no estimar a un hombre que nunca se deja halagar. Sabe que en el halago se pierden los mejores hombres…

Me miró con algo parecido a la sinceridad: —En México existe una palabra redonda, salivosa e insuperable: el lambiscón. El que adula para obtener favores. En mis tiempos se hablaba del FUL. Frente Único de Lambiscones. Hoy se hablaría del FUT, Frente Único de Traidores.

—¿Y Monroy? —dije para no demostrar que no sabía de qué me hablaba. ¡El FUL! ¡La Edad de Piedra!

—Monroy.

—No soporta al adulador. Es su gran fuerza en medio del ambiente nacional de lambiscones políticos, profesionales, empresariales.

—Pero… —interrumpí y no me atreví a seguir. El nombre, la figura de Miguel Aparecido se me quedaron en la punta de la lengua. En vez, se me salió preguntar: —¿Y Jericó?

—Está a buen recaudo —contestó sin mirarme Sanginés. Lo dijo de una manera tajante y hasta desagradable.

Salimos a la calle.

Afuera del Danubio, llovía. Los vendedores de lotería nos acosaban. El chofer de Sanginés se bajó del Mercedes, nos ofreció un paraguas y nos abrió la puerta.

—¿A dónde te llevo, Josué?

No supe qué responder.

¿Dónde vivía yo?

Subí como autómata al Mercedes, ajeno al intenso movimiento de la Ciudad de México. Yo habitaba la Zona Rosa, convertida de nuevo en el barrio bohemio, oasis de la violencia circundante de la ciudad y de todos modos, más regla que excepción de la amenaza latente. Traté de confortarme con esta idea…

Lo que nos hablamos Sanginés y yo en el coche es demasiado importante y lo dejo para otra ocasión.

Asunta Jordán me recibió de nuevo en su despacho y no levantó la cabeza. Revisó papeles. Firmó cartas. Rubricó documentos. Me dijo que Jericó estaba "a buen recaudo". ¿Qué significa esto? Que no molestará más. ¿Está muerto?, pregunté precipitando el tema. Está a buen recaudo. ¿Ya no dará más guerra, quería decir?

Traté de dominar impulsos conflictivos. ¿A buen recaudo? ¿Qué significaba esta fórmula? La recordaba de mis estudios de derecho. Sobre todo de derecho romano. Recaudar es cobrar dinero. También significa custodiar o guardar. Y por último, quiere decir conseguir con súplicas lo que se desea. Todo esto dice el tumbaburros académico. Estar a buen recaudo. Lo está Miguel Aparecido, voluntariamente, en su celda de San Juan de Aragón. Lo están, a pesar suyo, Maxi

Batalla y la sinvergüenza Sara P., en la misma prisión. ¿Dónde está Jericó? Un impulso fraternal que se negaba a morir agitaba mi pecho. Mi amigo Jericó. Mi hermano Jericó. Cástor y Pólux ayer. Caín y Abel hoy. Y la mujer que lo sabía todo no me decía nada. Revisaba papeles, no como una manera de disfrazarse o alejarse de la situación, sino como parte de la tarea diaria de una oficina que debía funcionar. La oficina de la Utopía en la Plaza Vasco de Quiroga del extenso barrio de Santa Fe en la interminable Ciudad de México.

Asunta Jordán.

—¿Por qué le hiciste creer a Jericó que tú y yo éramos amantes?

—¿No lo somos? —dijo sin levantar la cabeza de los papeles.

—Una sola vez —traté de disimular mis *bad feelings*.

—Pero intensa, ¿no? No digas que fue un *quickie*, ¿no?

Quería decirme confórmate, una vez nada más, pero como para toda una vida. ¿Eso quería decirme? No lo sé. No quería decir lo que estaba pensando. Asunta le dijo a Jericó que ella era mi amante porque de esa manera…

—Le dije que sólo era tuya y que no podía ser suya.

—O sea, me utilizaste.

—Si así te parece.

—¿A quién quieres? —le pregunté con insolencia.

Ella me miró al fin y en sus ojos vi uno como triunfo en la derrota, un fracaso victorioso. Pasaron por los ojos de Asunta su niñez provinciana, su matrimonio con el odioso y despreciable dueño de King Kong, su encuentro fortuito con Max Monroy y la sencilla desnudez disponible de Asunta, la inocencia con que se plantó en el centro de la pista de baile y esperó lo inevitable, sí, pero lo evitable también, lo que pudo ser y lo que no pudo ser. Que Max Monroy se acercara a ella, la tomara del talle y ya no la soltara nunca más.

Creo que en el fondo más profundo de la intimidad de Asunta ese instante lo definía todo. Max la tomaba del talle y el pasado se convertía en eso, un pretérito pétreo, algo que nunca ocurrió. Max la tomaba del talle y ella se entregaba por entero, sin reserva, a lo que más deseaba en el momento: un hombre fuerte, un protector que la abrigara contra la miserable mediocridad de su destino. Pero la mujer que yo conocía (y, ¡ay! una sola vez bíblicamente) se lo debía todo a Max Monroy y esto la humillaba en cierto modo, la volvía inferior a sí misma, la colocaba en una situación de obligada gratitud con Max pero de obligada insatisfacción con ella misma, con su voluntad de independencia.

Entendí en ese momento la inteligencia de Monroy. El hombre que la salvó no le exigió una gratitud banal. Fue él quien le demostró confianza total a Asunta. No necesitó subrayar su vejez. No necesitó pedirle a Asunta que le diera lo que él necesitaba de ella. Rigor profesional constante y esporádico rigor erótico. Fui testigo de ambos. ¿Había algo más? Por supuesto. Max le daba a Asunta poder y sexo. Le daba también independencia. La dejaba querer a quien ella quisiera, con dos condiciones. Él no debería enterarse de nada. Ella podía amar a otro sabiendo que contaba con la aceptación de Max Monroy.

Jericó era uno de tantos. Pero ella sabía que a Jericó había que destruirlo. Y que su destrucción consistía no sólo en negarle el sexo, sino en decir que su sexo me pertenecía a mí, a su hermano Josué. Así, su obligación hacia Max y su libertad personal se satisfacían, lo entendí, pero al precio de la enemistad mortal de Jericó hacia mí. Cástor se convertía en Caín.

Ella sabía que él me odiaría. Lo dijo Jericó allí en la cama, en cuatro patas, encuerado, como un animal, él siempre me lo había dado todo, él me precedía en todo, desde que nos conocimos, primero él, luego yo. Con Asunta él era el segundo, no el primero. ¿Cómo iba a tolerar esto su infinita vanidad? La vanidad, yo lo sabía, idéntica a la ceguera… La ceguera moral, política, humana de Jericó… Sólo ahora la miraba. Juro que antes nunca lo sospeché. ¿Cuántas cosas se reserva la amistad más íntima?

—Pero eso no es cierto —le dije con brutalidad—. Tú eres de Max Monroy.

No levantó la mirada. —Yo soy de mí misma. Yo sólo le pertenezco a Asunta Jordán. Chan-chan. Telón.

Me enervaba, me desconcertaba, me enfurecía que dijera estas cosas sin mirarme, firmando papeles de nuevo, revisando memos, apuntando fechas en su calendario…

—¿Y Monroy? —pregunté con la visión ciega del amor grosero y bestial, compasivo y senil, artificial y piadoso, entre Asunta y Max sepultado en mi silencio obligado, en mi ridículo sentido de la discreción…

Eso sí la obligó a mirarme de nuevo por un instante antes de volver a sus papeles. La mirada me dijo: —Soy de Monroy. Se lo debo todo. Es más. Soy como él. Yo también soy Max Monroy porque Max Monroy me hizo lo que soy. Soy Asunta Jordán porque así lo decidió y lo quiso Max Monroy. Max Monroy me sacó de la provincia y me elevó a donde estoy. Puedes pensar que un puesto de administración, por privilegiado que sea, en la gran organización de Max, es poca cosa en el esquema general de las cosas, pero aprender a hablar, a vestirme, a conducirme con inteligencia, frialdad y el necesario desprecio… eso no lo puedes pagar nunca.

Lo dijo haciendo gala de sinceridad aunque con una arrogancia mal disfrazada. Bajó la mirada. Para ella, estar donde estaba era la Utopía, sí, el lugar de la felicidad imaginaria, satisfacción al cabo comparativa respecto a una cosa anterior, que se dejó atrás y a la cual no se quiere regresar. Mirándola sentada allí, inmersa en su trabajo, casi fingiendo que yo no me encontraba de pie frente a ella, me costó separar la persona de Asunta de la función de Asunta y en medio de ambas, con el delgado filo de una navaja, introduje la idea de la felicidad. Porque al final de cuentas, ¿por qué trabajaba, por qué se vestía, se peinaba, actuaba y mentía esta mujer sino para mantener una posición, sí, una posición que le aseguraba esa felicidad mínima a la que tenía derecho, sobre todo comparativamente? Recordé su historia. La esposa sometida al vulgar machismo atarantado, hereditario, sin brújula, de un pobre diablo inconsciente y majadero, su marido. Su destino en la clase media de la árida sociedad de los desiertos del norte. El México fronterizo, tan satisfecho de ser lo más próspero del país, el norte industrial, sin indios, sin la miseria extrema de Chiapas o Oaxaca, el México clasemediero satisfecho de sí mismo frente a la mano tendida del sur mendicante. El México esforzado y orgulloso de serlo frente a la gran ciudad y capital devoradora, gorda, ojerosa y pintada, el gorila urbano del D.F. aplastando con sus nalgas peladas al resto de la nación...

Pero ese mismo norte del cual venía Asunta era el sur de la frontera con la prosperidad yanqui, era *south of the border, down Mexico way*, la riqueza del norte mexicano era la pobreza de la frontera norteamericana. El pasaje de trabajadores clandestinos por Arizona y Texas. La barda de púas. El camión del coyote. La bala del agente fronterizo. La maquila de Ciudad Juárez. El narco de Tijuana a Laredo. La gangrena. El pus. Lo que recordaba siempre Sanginés cuando nos reuníamos.

Y de todo esto, extraía esta mujer una semblanza de felicidad. ¿Y qué era la felicidad, me pregunté esta mañana, de pie frente al escritorio de Asunta, su propia frontera frente al empleado inferior o el amante ocasional? ¿Era la felicidad un hecho interno, una satisfacción, o era un hecho externo, una posesión? No veía en Asunta una semblanza de beatitud si por beatitud se entiende felicidad. ¿Era felicidad sinónimo de fortuna? Quizás. Hasta cierto punto. Sólo que en Asunta Jordán, yo veía una fortuna demasiado dependiente de cosas que no eran suyas. Por ejemplo, la voluntad de Max Monroy, origen de la "felicidad" de Asunta Jordán en el sentido de poder, de bienestar. ¿Y herencia? ¿Qué diría el testamento de Max acerca del destino de Asunta? Y metido en el tema, ¿se acordaría Max de su hijo Miguel Aparecido, el preso voluntario de San Juan de Aragón? ¿Se acordaría?

Ella me dijo una vez: —Yo tengo sueños alertas. También tengo vigilias oníricas. Sábetelo. Verdad de Dios. ¿Me entiendes…?

—¿Y qué más? —insistí para no darle la última palabra dándosela.

—Antes de que yo misma rompa mis cadenas Max me libera de ellas. Pero me entrega las llaves para que me haga ilusiones.

Yo miraba a Asunta. ¿Había la mujer logrado desterrar el deseo y el miedo? ¿Era esta la verdadera felicidad, no desear, no temer? ¿Era esta la serenidad? ¿O era simplemente el disfraz de una pasividad que cuenta la felicidad como ausencia de temor y ausencia de voluntad? Si la ataraxia significaba serenidad, acaso el precio era la pasividad. La calma de Asunta, lo sabía, lo supe, era resultado de una voluntad forzosa y forzada. Era una satisfacción que la premiaba por haber superado la mediocridad de su pasado matrimonial. Era también una insatisfacción que en nombre de la gratitud hacia Max se alejaba del libre disfrute del amor escogido por ella.

¿Me amó a mí?

Leyó mi pensamiento. —Espero que no te hayas hecho ilusiones, mi pobre Josué.

Dije que no, mintiendo.

—Si me acosté contigo —no levantó la mirada— fue porque Max me lo permitió. Max me permite el placer sexual con hombres jóvenes. Conoce las limitaciones de su, bueno, tercera edad. Me deja gozar. El pacto con él es permanente. Con los demás, es pasajero.

Se me ocurrió que por su cabeza pasaba una certeza: Max sabía de sus amores, se los permitía, los respetaba. Quizás hasta los gozaba, con tal de que no interfirieran en la relación profesional de la mujer. Acaso la prueba de su amor hacia Max consistía en serle infiel con la seguridad de que para él, eso era parte del amor. Creo que entendí, pensando en Max y Asunta, que quererse mucho y llevarse bien puede conducir a la indiferencia y al odio. Max Monroy ha de tolerar las "traiciones" de Asunta porque las quiere y las necesita.

—*Solamente una vez* —logré entonar, como si la letra de un bolero sublimase todas nuestras emociones.

—Exacto. Como en las canciones.

—¿Y Jericó?

—¿Jericó qué?

¿Por qué se presentó Asunta ante él como mi amante, desencadenando un odio mortal que fue, al cabo, más que mi falta de solidaridad con su proyecto político, lo que acabó con nuestra vieja amistad?

—¿Por qué?

Se negaba a mirarme. Esta vez entendí la razón. Antes no me miraba por altanera y poderosa. Ahora su mirada ausente era vergonzosa y vergonzante. Tuvo el valor de levantar la cabeza y mirarme derecho.

—Soy de Max Monroy. Se lo debo todo. Es del carajo deberle todo a una sola persona. Del carajo.

Cuando la escuché decir esto, supe que Asunta era a la vez feliz e infeliz. Su pasión me inquietaba más que su indiferencia. Conmigo, hizo el amor con los ojos abiertos.

Por eso no necesitó explicarme más. Entendí que Asunta le mentía a Jericó diciéndole que yo era su amante y a mí diciéndome que sólo una noche lo fue para ganar, Dios mío, lo entendí, me dolió, me desnudó la vida entenderlo, para ganar una sola posición de libertad frente a Max sin dañar a Max pero dañando sin reparación posible la fraternidad antigua de Josué y Jericó, de Cástor y Pólux.

Caín y Abel.

¿Se daba cuenta Asunta de lo que había desatado? Quizá su egoísmo se confundía con su satisfacción verdadera, esa cornisa de felicidad a la cual ella creía tener derecho, aun a costa de una guerra fratricida que a los ojos de ella acaso era apenas una guerra galana, de esas que se hacen como quien juega, sin riesgo verdadero... ¿Y el abismo?

No se daba cuenta. Sentí una suerte de compasión hacia Asunta Jordán y un destino que ella preciaba acaso sólo por comparación. Era en realidad un destino, me pareció entonces, despreciable, ilusoriamente liberado, en verdad enajenado.

—¿Con quién anduvo tu amigo Jericó antes de todo esto?

—¿Con quién?

—Mujeres.

—Putas. Sólo putas.

—El muy bruto se enamoró de mí.

Yo no daba crédito y no la interrumpí.

—Me dijo que por primera vez se enamoraba de una mujer.

—¿Qué le dijiste?

—Lo que ya sabes. Que yo era tuya, Josué.

Y añadió inmersa de vuelta en los papeles.

—No tienes de qué preocuparte. Lo hemos puesto a buen recaudo.

Yo no sé si la memoria es una forma de la encarnación. En todo caso, ha de ser un estímulo para el espíritu que a través del recuerdo logra revivir. Aunque quizás la memoria sólo consiste en retener un instante y devolverle, al momento, su movimiento. ¿Es la memoria apenas una cicatriz? ¿Es el pasado que yo mismo no reconozco? Aunque, si no lo conozco, ¿cómo puedo recordarlo? ¿Es la memoria una mera simulación de que recordamos lo que ya olvidamos o, lo que es peor, lo que nunca vivimos?

Yo hubiese querido darle a la memoria el sobrenombre de la imaginación. Sanginés no me lo permitió. En ese lento viaje del Danubio en las calles de Uruguay a mi encarcelado altillo de la calle de Praga, el abogado dijo lo que dijo porque había ocurrido lo que había ocurrido. La fraternidad de Cástor y Pólux se había transformado en la rivalidad, el odio de Caín y Abel. Las memorias pasajeras, un guión diferente, ¿cuál era la diferencia, la diferencia profunda, no la obvia y contable?

Trato de reproducir, con mis propias palabras, desde la cicatriz de la memoria, lo que Sanginés me contó esa tarde de lluvia que todo lo desvanecía como una manga de agua sobre un espejo móvil.

Yo conocía la historia de Miguel Aparecido, contada por él mismo detrás de las rejas de la cárcel de San Juan de Aragón, y la compartía con las evocaciones terribles de su abuela, la Antigua Concepción, surgidas como un temblor desde la tumba escondida donde yacía la no tan venerable señora, autora de la fortuna de los Monroy a pesar de la violenta frivolidad de su marido el general y a favor de su hijo mimado Max Monroy, al que la difunta anciana manipuló a su gusto, al extremo de casarlo a los cuarenta años con una niña adolescente a fin de apropiarse de las tierras de ésta, sin consideración alguna a los sentimientos o voluntades de la inocente Sibila Sarmiento o del propio Max, célibe hasta ese momento por obra y gracia de la voluntad implacable de su madre: la voluntad y la fortuna se asociaban como una sola figura en la cabeza de la Antigua Concepción. Obraba con ambas al fincar la fortuna de los Monroy y legársela a su hijo. La condición era que éste, Max, se sometiese a la voluntad de su madre para heredar. Y si entre una y otra se colaba, intrusa, desagradable, punible, enfadosa, ingrata, la necesidad, ante la necesidad se inclinaría con gesto de repugnancia, tapándose las narices, la vieja matriarca del batón carmelita, segura de que, algún día, su hijo Max le agradecería la necesidad en nombre de la fortuna.

Encarcelada la desvalida Sibila Sarmiento en un manicomio, abandonado el hijo de Max y de la loca a crecer combatiendo en las cercadas calles homicidas de la capital: viajo con Sanginés por la ciudad de la luna, si la luna tuviese ciudad. O aún más, si la luna fuera una ciudad, no sólo sería como esta. Sería esta. La ciudad doliente (¿la ciudad oliente?) por donde me pasea en Mercedes Antonio Sanginés: el viaje del recuerdo postergado, la expedición de la memoria como pasado irrenunciable.

El Mercedes es conducido por un chofer. Sanginés sube el vidrio que nos separa del conductor y prosigue: —Llegó un momento en que la potente matriarca decidió que su hijo Max podía caminar solo, sin las andaderas maternas, con un destino propio, liberado de la necesidad que ella asumió sin pensarlo dos veces aunque a la tercera ocasión se dijo:

—A Max le dejo, a cambio de la necesidad, la voluntad y la fortuna.

La voluntad y la fortuna, musitó Antonio Sanginés.

Max Monroy.

—Es dueño —inició Sanginés su relato durante el lento recorrido del Centro Histórico a la Zona Rosa— de una seguridad nada ostentosa. Invisible. Ya lo viste cuando se reunió con el presidente Carrera en el Castillo de Chapultepec. ¿De dónde le viene? No lo heredó de su madre, que era como un cruce de la Coatlicue devoradora azteca y la Guadalupe protectora nacional. Hubo de pasar, sin embargo, por una etapa de desprendimiento. Heredar a la madre pero alejarse de ella. Sólo la muerte de doña Conchita su mamá se lo permitió al cabo. Antes, como ella, para probarse ante ella, te lo digo para que lo sepas, admitió la corrupción. Debió someter a caciques y jefes políticos, igual que su madre. No los mató. Los compró. Con energía. Con astucia. Sabía que eran comprables. Les permitió robar pero con el pretexto de que al hacerlo, oye la paradoja nacional, construían, creaban. Entendió la lección de su madre: había que convertirse en revolucionarios sin revolución. ¿De qué se espantan? La clase media ganó la revolución igual que en Francia, igual que en Estados Unidos. No hay revolución sin clase media y México no fue excepción. La revolución que excluye a la clase media no es una revolución proletaria. Es una dictadura "del proletariado". En México, los héroes murieron jóvenes. Los sobrevivientes se hicieron viejos y se hicieron ricos. Max Monroy compró, sugirió, insinuó, amenazó, y también construyó y supo por dónde caminar. Adivinó el futuro más pronto que los demás y engañó a los demás haciéndoles creer que el presente era el futuro.

¿Cómo saber si Sanginés suspiraba cuando la lluvia se convirtió en granizo, golpeando el techo y los vidrios del automóvil como un tambor de Dios?

Caciques. Gobernadores. Empresarios. ¿Cómo les ganó Monroy la partida? Odiando lo que hacían pero ganándoles en su propio juego. Antes de que el cacicón de San Luis actuara por su cuenta, Max le enviaba a un general del ejército a hacerse cargo de la plaza "para su propia seguridad, Señor Gobernador". Cuando el caciquillo de Tabasco se disponía a comprar voluntades en la capital para construir la carretera *fifty-fifty*, Max se le adelantaba adquiriendo la constructora que sólo le daba al góber precioso un veintinco por ciento. Etcétera. No abundo. Así se convirtió Max en intermediario, creador de coaliciones (*non sanctas*, si te apetece) entre el gobierno federal y los gobiernos locales, quedándose con la parte del león no sólo financiera, sino políticamente. Volviéndose indispensable para todos.

¿Era el Colegio de las Vizcaínas lo que fue, un refugio de niñas pobres y viudas ricas que me obligaron a pensar, para no perderme dentro del memorioso relato de Sanginés, en las dos mujeres de Esparza, doña Estrellita la santa y la putarraca Sara P., ambas salidas de conventos ciertos o apócrifos como este cuyos óculos y pináculos se volvían invisibles en el atardecer lluvioso? ¿Quería pensar en esto, en ellas, porque temía, sin razón obvia, lo que me revelaban las palabras del profesor Sanginés?

¿No quería pensar en otra extensión de la cárcel, el manicomio donde fue encerrada Sibila Sarmiento la madre de Miguel Aparecido?

Sanginés proseguía. Corredor. Agente. Intermediario y heredero de su madre. Imaginé a un Max Monroy joven, disimulando el secreto a voces de su fortuna heredada para actuar como un ambicioso principiante: ¿no era esto lo que deseaba la temible Concepción?, ¿que su hijo se ganase la herencia desde abajo, con esfuerzo, comprometiéndose, manchándose si hacía falta, igual que todos?

—Inventó compañías de la nada —prosiguió Sanginés—. Para cada una recibía capital que invertía en otras, nuevas compañías. Barajó nombres de empresas. Se justificó diciéndose —diciéndome, Josué— que había que dejar atrás el país de la miseria, romper los cotos cerrados de México, crear mercados, comunicar comunicados, traerle la modernidad al país.

La modernidad contra los cotos cerrados. Comunicando. El pergamino arrugado de montañas y precipicios, selvas y desiertos, valles y volcanes, que con un puñetazo Cortés el Conquistador le describió a Carlos el Emperador: un pergamino arrugado, eso es México. ¿Cómo aplanarlo?

—Lo animaban, Josué, el sueño y la voluntad de fundar un reino colectivo junto con un imperio privado. ¿Es posible?

Volvió la caprichosa granizada, como realidad de lo puramente nominal, a la fuente del Salto del Agua al lado de la Capilla de la Inmaculada Concepción y yo imaginé a un país preñado por la sed como condición de la pureza. Un país pergamino.

—No sé, maestro…

Él no me hizo caso.

—Reino colectivo. Imperio privado. ¡Ah! Imposible, mi buen Josué, sin la debida obsecuencia final al poder político. Sólo que Max adivinó en qué consistiría el cambio en México: de la burguesía dependiente del Estado al Estado dependiente de la burguesía.

—¿Sin darse cuenta —me atreví a intervenir— de que los imperios privados se levantan sobre arenas movedizas?

Vi a Sanginés sonreír. —Tenías que contar con los factores incalculables…

—¿Y la fama? ¿Cómo administraba Monroy su fama?

Ahora Sanginés lanzó una risotada. —La gran reputación es peor que la mala reputación y ésta es mejor que ninguna reputación. Te darás cuenta de que Max Monroy optó por la imitación divina. Como Dios, está en todas partes y nadie lo puede ver.

Capté la doble intención de la frase. Me abstuve de comentar. Luchaba contra la comodidad del Mercedes, cuyos muelles me adormecían. Bastante había dicho al dudar de que Max no supiese que los cimientos de todo poder son pura ilusión. El emperador está desnudo. Lo vestimos nosotros. Y luego, cuando le reclamamos que nos la devuelva, el monarca se enoja: la ropa es suya.

—Max Monroy —continuó Sanginés— se dio cuenta de una cosa. Sus pares, adversarios, cómplices, sujetos, no leían y no se informaban a fondo, navegaban confiados en el puro instinto. Max convirtió a Unamuno en una especie de Biblia personal que le otorgaba, como una aureola del espíritu, el sentido trágico de la vida. De esa lectura repetida sacó algunas conclusiones que lo diferencian y lo guían, Josué. Los vicios peores son la pureza y la presunción. Compartir las penas no es una consolación. El mal es la envidia del bien ajeno, la amargura. Y la pregunta es esta: ¿cómo ser dueños de nuestras pasiones sin sacrificarlas?

Detrás de los vidrios empañados del auto, volvían igualmente empañadas las imágenes vedadas de Max Monroy y Asunta Jordán acoplados en la oscuridad del sexo, más negra que la de la recámara, y cuando expulsaba, una vez más, esta visión de mi cabeza, Sanginés ya comentaba, como si leyera mi torpe pensamiento, que Max Monroy no permite que la ambición y la lujuria se le impongan a la razón.

—Se le pueden imponer a la virtud. No a la razón.

Opiné con audacia que nuestros deseos son una cosa y nuestras lealtades otra muy distinta, evocando lado a lado las figuras de Asunta Jordán y de Lucha Zapata.

—No intenta corregir los errores de los demás —sonrió Sanginés— y rehúsa los placeres notorios. ¿Sabes una cosa? Monroy nunca ha ido a Aspen, donde nuestros ricos se sienten del primer mundo porque hay nieve y ellos esquían. Nunca ha ido a Las Vegas, donde nuestros políticos le devuelven a la fortuna lo que le arrebatan a la necesidad.

—¿Qué lo hace feliz, en cambio? —dije como si no lo supiera y envalentonado, sin más razón que la severidad de las palabras, por el nombre de los Arcos de Belén que me redimían del anonimato de la vecina Plaza del Capitán Rodríguez M. al lado del Registro

Civil. Este enigma me desplazó con lasitud: ¿quién era, quién sería el Capitán Rodríguez M. que merecía plaza propia?

No creo que Sanginés haya dejado su propia pregunta sin respuesta. La adivinó en mi ignorancia y saberlo me dio una emoción extraña, más queda. El abogado se fue por la tangente. Me dijo que ese *penthouse* habitado por Monroy en el edificio "Utopía" era la propia utopía del empresario, lo más lejos posible de lo que llamaba "las calles condenadas", estas mismas arterias por donde circulábamos ahora Sanginés y yo, las calles "malditas" que Monroy veía desde lo alto con esos sus ojos de vidrio roto.

—"Se me olvidan los nombres de las calles", eso dice desde su mirada Max Monroy. Y es cierto.

Sanginés me tomó la mano y la soltó en el acto.

—Empieza a distraerse. A veces, te lo admito, se vuelve incoherente…

Me chocaron sus palabras. —¿Por qué me dice esto?

—Dice que ya no bebe porque el alcohol da lapsos mentales y él no quiere descuidar su vida y lo que lega. Cosas como estas.

—¿Asunta es su heredera? —interrogué con impertinencia.

—Dice que la senectud es como un contrabandista que te mete en la cabeza ideas que no son tuyas. Dice que sus órganos se adelantan a su muerte.

—¿Asunta es su heredera? —insistí.

No quise ver la sonrisa torcida de Sanginés.

—A veces delira. Dice que se va caminando solo y desnudo y loco por una gran plaza vacía… Es cuando Asunta lo protege de sí mismo…

—No me contesta usted...

—Lo oí decirle a Asunta, "¿Vas a vivir sin mí?".

—¿Qué contestó ella? —pregunté ávido, como si de verdad, al morir Max, Asunta me sería heredada.

—Ella dice, "Sí, pero no podré volver a amar sin ti".

El coche frenó ante una luz verde porque la luz contraria era verde también y los coches se inmovilizaban con chillidos y bocinazos impotentes.

—El fin de la vida es súbito e inexplicable —logró decir Sanginés por encima del ruido.

—¿Del poder o de la fuerza? —dije en voz tan baja que él, quizás, no me escuchó porque continuó como si nada—. Créeme que vive un momento final en el que la vida se le va en tomar más y más píldoras, no para aliviarse, ni siquiera para sobrevivir, Josué, sino apenas para orinar... Como un...

—Animal —interrumpí brutalmente.

—Cosa... Cosa —murmuró Sanginés como si dudase sobre lo que diría enseguida—... Cosa...

No me miró. No quería mirarme. Interrumpí su mirada.

—Miguel Aparecido no es un animal. No es una cosa. Es el hijo de Max Monroy. ¿Por qué no me habla de eso, maestro? Ese abandono, esa irresponsabilidad, dígame nada más, ¿ese abandono no condena la vida entera de Max Monroy, no lo descalifica como hombre y como padre...?

El ruido de los cláxones desorbitados, de los silbatos policiales, de las voces encabronadas, no logró mitigar mi propia voz encendida, como si, en nombre de mi amigo Miguel Aparecido, yo adquiriese un tono recriminatorio más fuerte que toda la cacofonía de la ciudad, ese ruidero que entraba disipado hasta la celda de Miguel Aparecido, como si México D.F. no le concediera la paz ni a los prisioneros —ni a los muertos.

Se decidió a mirarme. Ojalá yo la hubiese evitado. Porque en esa mirada de Antonio Sanginés, enlatados él y yo en un auto detenido en el crucero de Chapultepec y Bucareli, vi mi propia verdad aplazada, mi propio destino desviado y al cabo recobrado, el origen extraviado de un niño que vivía en la calle de Berlín al cuidado de una gobernanta tiránica...

Dijo Sanginés con calma: —Toda una vida buscando un sitio propio, una posición personal. Eso dice Max. Y añade: No quiero regalársela a nadie. Que luchen. Que se valgan.

—¿Quiénes?

—Los hijos —dijo Sanginés con cierta brutalidad arrepentida.

—Su hijo, Miguel Aparecido —corregí con espontaneidad.

—La esperanza de que el coraje y la voluntad demostrada por él la repitan sus hijos. Querrás decir.

—Su hijo —insistí—. Eso quiero decir...

—Si no, la bandeja de plata es igual al puente de plata —insistió él.

—He visitado a Miguel Aparecido. Usted lo sabe, maestro. Usted me permitió entrar a la prisión de Aragón. Conozco la historia de Miguel. Sé que su padre lo trató con desprecio y crueldad. Sé que Miguel salió de la prisión dispuesto a matar a Monroy. Sé que regresó a la prisión para no hacerlo, para alejarse de la tentación del parricidio... Lo entiendo, don Antonio, entiendo a Miguel, palabra que sí...

—Más bien —no sé si Sanginés sonrió o si el juego de las luces encendidas de repente a lo largo de la avenida fingió la sonrisa—... Que se valgan por sí mismos los muchachos. Que conozcan dificultades. Que alcancen por sí mismos la felicidad y el poder. Pero que no se repita el destino de Miguel Aparecido, el abandono y el crimen por determinación de mi poderosa, invencible madre doña Concepción.

Que no se repita —repitió dos o tres veces Sanginés—. Que ahora mis hijos se formen solos pero no desamparados. Que cuenten con todo, casa, criados, mensualidades, pero no con el amortiguador mortal de un padre rico, no con la lasitud, el abandono, la frivolidad, la malhadada seguridad de no tener que hacer nada para tenerlo todo. Que ellos tengan algo para tener algo. Los pongo a prueba. Usted hágales llegar el dinero cada mes, licenciado. Que no les falte nada. Pero que no les sobre nada. Quiero para mis hijos una vida propia, sin culpas ni odios...

Era claro que Sanginés, por vez primera, enfrentaba su emoción, abandonaba su recta seriedad de abogado discreto y consejero avisado, para librarse a una especie de catarsis que corría más veloz que el auto al abandonar la glorieta de Insurgentes para tomar Florencia hacia el Paseo de la Reforma.

Lo miré con cierto asombro. Quería abandonar la discreción, la seriedad, no sólo frenarlas.

—Los dejó libres, sin las intolerables presiones y los deformantes afectos de una madre —dijo Sanginés en su nueva tesitura emocional.

—¿Los dejó? ¿A quiénes? —quise aclarar sin éxito—. ¿Los ...? ¿A ...?

—Los dejó libres para que fueran ellos mismos, no una proyección de Max Monroy...

—¿Libres? ¿A quiénes, maestro? ¿De quiénes me habla? —insistí, con calma.

—Que mis hijos no repitan mi vida...

—¿Mis hijos? ¿Quiénes, por favor? ¿De quién?

—Que hagan su vida. Que no se contenten con heredarla. Que nunca se crean que no queda nada por hacer...

El Mercedes se detuvo frente a la casa de apartamentos de la calle de Praga. Un sentimiento de malestar, de inconformidad, unido a la sensación humillante de ser usado, me movió a descender del auto...

—Adiós, maestro...

Sanginés bajó también. Yo saqué la llave y abrí la puerta. Sanginés me siguió, alterado y nervioso. Yo comencé a ascender por la escalera que me conducía a la planta alta. Sanginés me seguía con acechanza, impaciencia, algo parecido al dolor. Yo no lo reconocía. Imaginé que actuaba impulsado por un deber que acaso no era propio. Actuaba impulsado por alguien. Tal era la intranquilidad nerviosa de su conducta.

La escalera estaba a oscuras. En mi piso no encendía la luz. Todo era sombra y reflejo de la sombra, como si no existiese la oscuridad total y nuestra mirada, ¿no acaba por acostumbrarse a la negrura, negándole al cabo su dominio?

—No quiso dejarlos a la deriva del crimen, como a Miguel Aparecido —urgió Sanginés.

No le contesté. Comencé a subir. Él venía detrás de mí, como un fantasma repentino, necesitado de la atención que yo le negaba, acaso porque temía lo que me decía ahora y podía revelarme después. Pero no había después, el abogado quería hablar ahora, me perseguía de escalón en escalón, no me dejaba en paz, quería arrebatarme la paz...

—Al manicomio lo dejaban entrar a Max Monroy...

—¿El manicomio? —alcancé a decir sin detenerme, urgido por llegar al amparo de mi altillo, asombrado por la falta de continuidad lógica en un hombre que enseñaba la teoría del Estado con la precisión de un Kelsen.

—Él mantenía el manicomio, les daba dinero...

—Le entiendo... —quise ser, a pesar de todo, cortés.

—Lo dejaban entrar. Lo dejaban a solas con la mujer.

—¿A quién? ¿Con quién?

—Sibila Sarmiento. Max Monroy.

Yo iba a detenerme. El nombre me frenó el movimiento pero me apresuró el pensamiento. Sibila Sarmiento, la joven desposada de Max Monroy, encerrada en la casa de orates por la maldad de la Antigua Concepción.

—La madre de Miguel Aparecido... —murmuré.

Sanginés me tomó del brazo. Quise desprenderme. No me dejó.

—La madre, un año, de Jericó Monroy Sarmiento y al año siguiente, de Josué Monroy Sarmiento.

"Está a buen recaudo". La frase repetida por Sanginés y por Asunta sobre el destino de Jericó ahora me atormentaba. Hablaba de mi hermano. Me abría las grandes interrogantes asociadas a los recuerdos de nuestro encuentro en la escuela Jalisco, El Presbiterio... ¿También esa colisión fue preparada de antemano, no fue un simple azar el que nos reunió a mi hermano y a mí? ¿Hasta dónde fue la voluntad de Max Monroy la que dirigió nuestras vidas? Más allá de las mensualidades que uno y otro recibíamos sin averiguar de dónde venían. ¿Quién se pelea con la buena fortuna? Más acá de las coincidencias que no quisimos interrogar porque las tomamos como parte natural de la amistad. Por mi memoria pasaban todos los actos de una fraternidad que, ahora lo supe, era espontánea en nosotros, pero vigilada y auspiciada por terceros. Y esto era una violación de nuestra libertad. Habíamos sido utilizados por los sentimientos de culpa de Max Monroy...

—Créelo, Josué, Max se sentía responsable del destino de Miguel Aparecido, Miguel lo amenazó de muerte, Max sabía que la culpa era de doña Concepción, no quería culparla a ella, quería hacerse responsable él mismo y la manera de asumir la obligación era hacerse cargo de ti y de Jericó, asegurando que no les faltara lo indispensable pero que no los relajara lo superfluo, era su intuición moral, que ustedes fueran libres, que hicieran sus propias vidas, que no se sintieran agradecidos con él...

Esto me dijo Sanginés en el cubo de la escalera.

—¿Pensó revelarnos la verdad un día? —me volví confuso y enojado hacia Sanginés—. ¿O se iba a morir sin decirnos nada?

Me arrepentí de mis palabras. Al pronunciarlas, entendí que me asociaba fraternalmente a Jericó, a sabiendas de que si Sanginés revelaba los secretos de Max era porque Max ya había desterrado a Jericó, como si toda la vida nos hubiera puesto a prueba y sólo ahora el gigantesco error vital de Jericó me diera a mí la primogenitura. Jericó —era la sentencia sin razón o absolución— había sido puesto a buen recaudo… ¿Qué significaba esto? Mi malestar, en ese momento, era físico.

Había un afán semejante al latido del corazón en las palabras de Sanginés. —Max dejó que la voluntad y la fortuna jugaran libremente para formar el destino…

—¿Y la necesidad, maestro? ¿Y la cabrona necesidad? ¿Puede haber voluntad o fortuna sin necesidad? —me volví a mirarlo sin distinguirlo bien en la oscuridad, creyendo que mis palabras eran ahora mi única luz.

—No les faltó nada…

—No me diga eso, por favor. Hablo de la necesidad de saberse querido, necesitado, carnal, caliente. ¿Me entiende? ¿O ya no entiende nada? ¡Me lleva…!

—No les faltó nada —insistió Sanginés como si continuase, hasta el último momento, cumpliendo su función administrativa, negando las emociones que su figura ávida, nerviosa, afanosa, no sé, distante de lo que él era pero revelando lo que también era, revelaban.

—¿Y Jericó? —me detuve fotografiado ante mí mismo como un ser de luces y sombras fugitivas.

—Está a buen recaudo —repitió Sanginés.

La frase no apaciguaba el recuerdo vívido pero doloroso de mi fraternidad con Jericó, los intensos momentos que vivimos juntos, leyendo y discutiendo, asumiendo posiciones filosóficas a instancias del padre Filopáter. Jericó San Agustín, yo Nietzsche, ambos conducidos por el religioso a la inteligencia de Spinoza, convirtiendo la voluntad de Dios en la necesidad del hombre. ¿Fuimos, al cabo, fieles a la necesidad en nombre de la voluntad? ¿Era esto lo que mi hermano y yo deseamos como fin cuando nos amábamos fraternalmente? ¿En esto consistió nuestra gran coincidencia, en asociar la necesidad con la voluntad?

Pasaban por mi cabeza una escena tras otra. Los dos unidos en la escuela. Los dos convencidos de que no tener familia era mejor que tener una familia como los Esparza. Habíamos sellado un pacto de camaradas. Sentimos la calurosa satisfacción adolescente de descubrir en la amistad la salud de la soledad. Juntos hicimos un proyecto de vida que nos acercase para siempre.

—Habrá quizá, ve tú a saber, separaciones, viajes, viejas. Lo importante es sellar ahora mismo una alianza para toda la vida. No dirás que no…

Para toda la vida. Recuerdo esas tardes del café al salir de la escuela y luce opaca la otra cara de la medalla. Una alianza para toda la vida, un proyecto de vida que nos acercase para siempre. Pero, ¿no había él mismo, en esa ocasión, planteado obligaciones que eran todas imposiciones suyas? Haz esto, no hagas lo otro, rechaza invitaciones frívolas de sociedad. Y también, despreciarás a "la manada de bueyes". Pero también, hagamos un plan de lectura, de superación intelectual, "selectivo y riguroso".

Así fue y ahora agradezco la disciplina que él y yo nos impusimos y deploro la docilidad con la que lo seguí en otros asuntos. Aunque me felicité a mí mismo porque, al vivir nuestros destinos, él y yo respetamos nuestros secretos, como si parte de la complicidad amistosa incluyera la discreción acerca de la vida privada. Ni él se enteró de Lucha Zapata y Miguel Aparecido, ni yo de la vida de Jericó durante sus —¿cuántos?— años en otra parte. ¿Europa, Norteamérica, la Frontera? Hoy no lo sabría decir. Hoy no sabría nunca más si Jericó me decía la verdad. Hoy no sólo no sabía ya nada de la identidad de Jericó, salvo la verdad cegante de mi parentesco fraternal con él. No podía culparlo de nada. Yo le había ocultado tanto de mí como él de sí. Lo terrible era pensar que, "puesto a buen recaudo", Jericó ya nunca podría contarme lo que no sabía de él, lo que, acaso, él se atrevería a contarme si supiera, como yo, que éramos hermanos.

Entenderlo me llenaba de rencor pero también de dolor. Una vez, cuando regresó a México, me pregunté si podíamos reanudar la intimidad, la respiración común que nos unió de jóvenes. ¿Fue todo lo vivido sólo un prólogo irrepetible? Insistí en pensar que nuestra amistad era el único abrigo de nuestro porvenir.

Me costaba y me dolía pensar que toda nuestra vida se resolvía en términos de la traición.

Regresaron también, como para suavizar el dolor, los momentos de una extraña atracción que no desembocó en el encuentro de los cuerpos porque una prohibición tácita, extraña también, nos detenía al borde del deseo en la regadera de la escuela, en la cama de la puta, en la convivencia del altillo de Praga…

¿Se había detenido la amistad en la frontera de una relación física sujeta a todos los accidentes de la pasión, el celo, la incomprensión, la atribución de intenciones no comprobadas que atormenta aunque atrae a los amantes? Por vías misteriosas, el deseo que se hizo sentir bajo la ducha o en el prostíbulo se sometió a esa misteriosa prohibición, tan fuerte como el deseo mismo. Un deseo que, visto a la distancia, es la primera pasión, la de la convivencia y la contigüidad, confundido el deseo incestuoso con estas virtudes y por ello prohibido con una fuerza que puede negar a la fraternidad misma...

¿Qué podíamos hacer entonces, él y yo, sino sentirnos dioses prohibidos? Teníamos Jericó y Josué la posibilidad permanente de violar el mandamiento de la prohibición que sólo los dioses transgreden sin pecado. ¿Quién nos lo impidió? Qué fácil me sería hoy, después de todo lo ocurrido, imaginar que fue el "latido de la sangre" lo que nos frenó. Sentirnos en lo más hondo hermanos sin saberlo nunca... O acaso él y yo no teníamos por qué recurrir al incesto, puesto que el incesto entre hermanos es una rebelión contra los padres (dice Segismundo desde el diván) y nosotros no teníamos ni padre mi madre.

La verdad, me digo ahora, es que el tiempo y las circunstancias nos alejaron de toda tentación: cuando Jericó regresó de su ausencia (¿Europa? ¿Estados Unidos? ¿La Frontera?) los hechos mismos nos fueron separando gradualmente, las dudas se manifestaron, la Nápoles de Jericó quizás no era Italia napolitana sino apenas Nápoles, Florida y a su París, París, Texas... Las afinidades electivas se manifestaron con cordialidad primero, con creciente antagonismo, en los espacios del trabajo, en mi lento aprendizaje en la torre de la Utopía mientras él ascendía velozmente en el palacio de la Topía. Yo era un libro abierto. Jericó era un mensaje cifrado. Quizás este era mi empeño. ¿No era mi vida un secreto para todos salvo para mí, y si dejó de serlo es porque ahora lo digo y lo escribo? Quizás Jericó, como yo, es autor de un libro secreto como el mío, el libro de él que yo ignoraba tanto como él el mío. La suma de los secretos, sin embargo, no abolía la resta de las evidencias. Jericó había ejercido una influencia real sobre el poder presidencial. Se había sentido autorizado para ir más allá del poder que le fue otorgado al poder que él quería otorgarse. Se equivocó. Creyó engañar al poder y el poder lo engañó a él. Y cuando se supo, mi pobre amigo, acorralado por la realidad que sus ilusiones desdeñaron, no encontró más descargo para salvar su personalidad que enamorarse de Asunta… Quiso vencerme en ese territorio final del triunfo que es el amor. Y aun allí, Asunta me dio la victoria. Derrotó a Jericó diciéndole que ella era mi amante.

¿Por qué mintió la mujer? ¿Qué la llevó a darle esa puntilla al gran animal, esa cosa viva, palpitante, más allá de toda lógica, carnal y carnicera, caliente y cariñosa que es la amistad entre dos hombres? Dos hombres que son hermanos aunque no lo sepan y desembocan en la enemistad feroz provocada con perversidad por Asunta Jordán: por primera vez, mi hermano Jericó deseaba a una mujer y esa mujer, para humillar y paralizar a Jericó, se declaraba amante mía, regalándome un laurel sexual que yo no merecía. Asunta le presentó a su Jehová, Max Monroy, la cosecha de Abel su Josué y la de Caín Jericó y como el Dios terreno prefirió la mía a la suya, Jericó el cainita se dispuso a matarme. Creo ahora que el fracaso de su insurrección política, la manera como se engañó a sí mismo acerca de la voluntad y número de sus seguidores, fue idéntica a la ceguera del hombre: Jericó no supo distinguir entre la realidad de la realidad y la ficción de la misma. Ahora entiendo, por fin, que esto, la ficción, se impuso a la realidad, porque era la que más se acercaba a la voluntad fratricida de mi hermano: su guerra acaso no era contra el mundo, era contra mí. Una guerra latente desde siempre, aplazada acaso porque la personalidad de Jericó era más fuerte que la mía, sus triunfos más aparentes, su capacidad de intriga mayor y su alianza con el secreto más oculta: personalidad, éxito, imaginación, misterio.

Estas eran las armas de mi hermano, sólo que no las pudo emplear contra mí porque... ¿Por qué? Ahora que entro a la cárcel de San Juan de Aragón gracias, de nuevo, a los buenos oficios del licenciado Antonio Sanginés, ahora que paso junto a las celdas desde donde me miran como animales enjaulados el mulato cubano Siboney Peralta, los rateros Gomas y Brillantinas, el Mariachi y la Sara P., enrejados todos, miro hacia abajo, a la piscina de los niños encarcelados, Merlín el rapado deficiente y Albertina que era niño que fue niña y el niño elocuente Ceferino reo de abandono y la Chuchita mirando sus lágrimas al espejo y la niña Isaura soñando con un volcán, y Félix el tristísimo feliz, y allí mismo pasamos como fantasmas Jericó y Josué, ahora me pregunto por qué si tan fraternales fuimos, tan protegidos al cabo, tan lejos de los destinos arruinados de estos niños de Aragón, no fuimos Félix y Ceferino y Merlín, ¿por qué?, los niños abandonados, los desamparados como nuestro hermano Miguel Aparecido. En este extraño contrapunto carcelario aparece de repente, en mi cabeza, la figura de Asunta Jordán como una revelación repentina, Asunta, Asunta, ella impidió la repetición de la sentencia bíblica y al mismo tiempo la aseguró. Jericó, el antiguo Cástor, no me mató a mí, el hermano Pólux, porque esta vez Caín no mató a Abel, ahora lo supe, apenas hoy, gracias a ella, gracias a la mujer, gracias a Asunta Jordán que desvió el destino de la historia fatal, antigua: Jericó no destruyó a Josué, Caín no mató a Abel gracias a la mujer, la adivina, la sacerdotisa, la hechicera salida de un desierto fronterizo entre la vida y la muerte, rescatada de la oscuridad mediocre por un hombre que reconoció en ella, con sólo tomarla del talle durante un baile de provincia, que en ella había una fuerza terrena, el poder que él, sometido al capricho voraz de su madre, no tenía: ¿sería ella, la mujer codiciada, admirada, temida, censurada por mí, la autora de mi salvación? Ella condenó a mi hermano enemigo. Ella, so pretexto de salvarlo de la venganza de Carrera, lo llevó a la mansión de la Utopía y allí lo exhibió ante mí, lo degradó ante mí, ante mí lo puso encuerado en cuatro patas y lo privó del destino cainita de matarme con el pretexto de los celos...

Pre-texto. Ah, ¿cuál sería entonces el texto?

Si te envío a alguien, Miguel Aparecido, cuenta, habla, no lo dejes en ayunas. Recuerda.

Era el mismo. Pero era diferente. Los ojos azulnegro punteados de lunares amarillos. Una mirada de violencia templada por la melancolía. Una tristeza que rehuía la compasión. Cejas muy pobladas. Ceño oscuro y ojos con un rayo de luz. Rostro viril, de mandíbula cuadrada, rasurado con cuidado. Piel oliva claro. Nariz olfateante, recta y delgada. Cabeza entrecana, peinada hacia adelante, rizada hacia atrás.

Era el mismo. Pero era mi hermano.

¿Lo sabía? ¿Desde cuándo? ¿Lo ignoraba? ¿Por qué?

Me dio la mano al estilo romano, tomándome con fuerza el antebrazo y mostrándome de nuevo un poder desnudo que corría de la mano al hombro.

—Veinte años.

—¿Por qué?

—Pregúntale.

¿Cómo le iba a demandar una respuesta a algo que nos rebasaba y nos definía? Hijos del mismo padre y de la misma madre. Vi el rostro de Miguel Aparecido, inmóvil y desafiante. Me turbó la imagen de nuestro padre Max Monroy y su abominable derecho de pernada en el manicomio. Lo imaginé de noche, o de día, qué más daba, llegando al manicomio a visitar a nuestra madre Sibila Sarmiento. Ella estaba encerrada. No sé si esperaba la llegada de Monroy como una salvación posible o como una confirmación de su condena. Acaso sólo sabía que este hombre, padre de sus tres hijos, la deseaba con furia, la desnudaba sin pedir permiso, se entregaba a la pasión que ella le infundía y que ambos, Max y Sibila, compartían, ella porque aunque fuese en esos instantes fugitivos de las visitas de Max se sentía querida y requerida, libre para mirarse desnuda con placer, avasallada por la pasión del hombre que le mesaba la cabellera y le besaba la boca y le excitaba los pezones y le acariciaba el pubis, el clítoris y las nalgas con una fuerza irresistible que la liberaba de esta cárcel a la cual su propio amante la había condenado, porque Sibila Sarmiento era un placer en el cautiverio y un peligro en la libertad. Y Max Monroy amando físicamente a Sibila en libertad y no por mandato de su tiránica madre, no tenía otra manera de vengarse —sin inquietud filial— de la maldita Concepción.

Los ojos de tigre de Miguel Aparecido me decían que él entendía. Me pedía que yo aceptase. Sibila nuestra madre logró el amor de Max nuestro padre. Esa fue la compensación suficiente de su encierro en el nosocomio. Ella podía recibir el amor de Max y quedarse satisfecha, acaso agradecida porque tenía el amor del mundo sin las acechanzas del mundo. Al cabo, recibir a Max y amar con él era lo mismo que ser libre sin el peligro de la vida, de la ciudad, del mundo que la rodeaba como una gigantesca amenaza disipada sólo por las visitas del hombre y luego por los meses sucesivos de espera: que nazca un hijo, y mucho más tarde otro, y enseguida un tercero y todos al mismo tiempo.

Miguel Aparecido. Jericó. Josué.

La Purísima Concepción descendió sobre el vientre de Sibila Sarmiento con intermitencias desconocidas. Para ella —imagino ahora— el instante era eterno, todo sucedía al mismo tiempo, no había tiempo real entre las visitas del hombre que la desvirgó a los catorce años y el hombre que la embarazó entonces, y otra vez, y una tercera: Yo creo que para ella todo sucedía en el mismo momento, el acto del amor era siempre el mismo, el embarazo uno solo, el niño el único, no Miguel, no Jericó, no Josué, un solo niño naciendo siempre, dispuesto a salir del encierro, la cárcel, el manicomio, el vientre, en nombre de Sibila Sarmiento. Paridos en una celda, por eso dignos de la libertad. Nacidos en la miseria y por eso destinados a la fortuna. Engendrados en la impotencia y por eso herederos del poder.

Mi hermano Miguel me dio el brazo al estilo romano y no tuvo que decir nada. El pacto fraternal estaba sellado. El dolor era otro nombre de la memoria. Nos miramos con hondura en las miradas. Lo que teníamos que decir del pasado estaba dicho. Nos tocaba hablar del porvenir. La sintonía, en este aspecto, era total.

Hubo unos minutos de silencio.

Nos miramos a los ojos.

El desacuerdo no tardó en brotar.

Dijo que se sentía contento de que estuvieran encarcelados de vuelta el Brillantinas y el Gomas, Siboney Peralta y toda la tropa maldita que acompañó a Sara P. y al mariachi Maximiliano Batalla en su catastrófico intento de sublevación.

Le dije que los vi de paso, enjaulados, ahora que vine a verlo a él.

—Pues míralos bien, mi hermano, porque no los volverás a ver…

Él mismo me miró de tal suerte que no pude evitar el frío en la espalda. Supe en ese instante que la banda de Sara P. y el Mariachi sólo saldría del tambo con las patas por delante.

—¿Y Jericó? —me atreví a decir, abruptamente.

—Era gente de él —respondió Miguel Aparecido—. Él los soltó de la cárcel desde la Presidencia. Él los organizó. Eran su gente.

Me miró con esos ojos azul-negro que digo y los puntos amarillos adquirían la vida propia de la inteligencia jamás satisfecha.

—No calculó. No se dio cuenta. Tenía una idea medio mafufa de que con una vanguardia que actúe, las masas le seguirán. Se equivocó. Creyó que penetrando como lo hizo las oficinas del poder, podría él mismo alzarse con el poder. Muy vivales, cómo no… ¡Ya vas, Barrabás!

Le dije que era una vieja enfermedad creer que el poder se contagia… No se dio cuenta de que el poder no se hace el hara-kiri. El poder se protege a sí mismo.

—Entiende lo que significó la reunión pública del presidente Carrera y el magnate Monroy en Chapultepec —me había dicho Sanginés—. Ninguno fue a ver al otro por gusto. Son rivales. Pero entienden que cada uno tiene su fábrica de dinamita y que las fábricas de dinamita hay que ubicarlas a distancia unas de otras para que no se vuelen entre sí. Cada parte —Carrera, Monroy, el poder, la empresa— tiene una especie de veto sobre la otra. Se unen cuando se sienten amenazadas por una tercera fuerza exógena, extraña a la endogamia del poder. El poder se origina en el poder, no fuera de él, como una célula se forma dentro de otra. Esto es lo que no entendió Jericó. Creyó que podía encabezar una fuerza popular que lo llevase a la cumbre. No entendió que el movimiento del pueblo, cuando ocurre, es porque es necesario, no artificial, no producto de la voluntad mesiánica.

—Las revoluciones también crean élites —apunté.

—O las élites las encabezan.

—Aunque también surgen del pueblo.

—Sí —aceptó Sanginés—. Las clases dominantes tienen que renovarse para no aniquilarse. Lo pueden hacer pacíficamente, como ha ocurrido en México. Lo pueden hacer con violencia, como también ha ocurrido en México. El revolucionario sabe cuándo puede y cuándo no. En eso consiste su talento político: cuándo sí y cuándo no.

—Si esto lo sabían ustedes, digo, tanto Carrera como Monroy, ¿por qué no dejaron que Jericó se extinguiese solito y su alma, sin más seguidores que esta bola de matoncitos encarcelados aquí? ¿Por qué?

Sanginés me respondió con la más sabia de sus sonrisas, la que yo recordaba de las clases en la facultad, lejos de la mueca atroz que le deformó el espíritu cuando me seguía en la oscuridad por la escalera de Praga. La sonrisa que yo admiraba.

—Tengo la confianza de ambas casas, la del poder político y la del poder empresarial —continuó.

Cerró los ojos con beatitud. Eso yo ya lo sabía.

—¿Y sabes por qué confían en mí?

No quise responder con alguna broma ofensiva.

—No.

—Porque saben que poseo toda la información y no ando preocupando a nadie con lo que sé.

—¿Qué cosa? —no fingí inocencia: era inocente.

Dijo que en México, en cada país latinoamericano, se están fraguando rebeliones de día y de noche, con la esperanza de marcar un hasta aquí y desde ahora como lo hicieron, digamos, Bolívar o Castro. Dijo que no entraría en las razones por las cuales era difícil que volvieran a ocurrir revoluciones "como las de antes". El poder actual es más sofisticado, mejor informado, las sociedades tienen mejores expectativas, la izquierda conoce los caminos electorales, pero a la derecha habrá que limitarle su voracidad innata con sustitos de vez en cuando.

—Me pareció, Josué, que la aventurita de Jericó, tan secundaria, tan mínima, tan abocada al fracaso, al cabo tan poco peligrosa, me ofrecía la oportunidad de alertar al poder sin costo excesivo y de pegarle un susto a la derecha. Y de paso, desinflar la grotesca visión que el muy ambicioso Jericó había adquirido de sí mismo.

La sonrisa de Sanginés era muy ofensiva.

—Leyó a Malaparte y a Lenin. Se sintió un pequeño Mussolini local. ¡Pobrecito!

—Pero en realidad no había peligro —insistí movido, a mi pesar, por un sentimiento hacia Jericó que rebasaba la fraternidad para reclamarse, sencillamente, de la amistad.

Sanginés sabía disfrazar sus sonrisas. —Exacto. Porque no lo había, podíamos pretender que sí lo había.

—No entiendo, me vale...

Sanginés no celebró su pequeño triunfo lógico. —Las amenazas mayores se combaten en secreto. Las menores deben denunciarse como advertencia a las mayores de que sabemos lo que quieren y controlamos lo que hacen. Y para darle al público la oportunidad de saberse, a un tiempo, amenazado y seguro.

Miré con una saña desacostumbrada a Sanginés.

—Es mi hermano, maestro, es digno de un poco de respeto... de compasión... de...

Sanginés siguió como si nada.

—Carrera y Monroy pueden ser rivales, pero no víctima uno del otro. Parar a Jericó lo demuestra con eficiencia. A la hora del peligro, los dos poderes se unen.

—Es mi hermano —insistí.

Y era hijo de Monroy.

Sanginés me miró con una frialdad ardiente.

—Era Caín.

¿Era Caín nuestro hermano?, quise preguntarle a Miguel Aparecido en la celda de Aragón y no me atreví. En su mirada azul-negra había una prohibición. Si Jericó era Caín, él y yo no éramos Abel.

—¿Era Caín? —insistí ante Sanginés.

—Era tu hermano —asintió con crueldad saludable el abogado Sanginés, diciéndome que no había mejor ejemplo que este para dar una lección probatoria de la inutilidad de la rebeldía y de la cobardía de una reacción sin cojones. Ganaron el Estadista y el Empresario, así con mayúsculas.

Caín y Abel.

Esto lo leí con una vasta, innombrable claridad en la mirada de mi hermano Miguel. No éramos Abel. No nos habíamos salvado hábilmente de la maldición ni de la buenaventura. Habíamos asumido, sin darnos cuenta cabal, la responsabilidad de cuidar al hermano. ¿No era Jericó nuestro hermano?

—Era Caín —dijo Miguel Aparecido.

No tuve que pedir explicaciones. Recordé la maldición que me arrojó Jericó desde la cama de Asunta, con una mirada asesina y un desdén revelado por la máscara del odio. Jericó desnudo en cuatro patas, animal capturado, amenazándome, te voy a matar, pinche pipilujo, babeando, frustrado. El odio

concentrado de mi hermano Caín. Y mi duda dolorosa: ¿había estado siempre dentro de Jericó el odio
que me mostró esa última vez? ¿Me "patronizó" de
jóvenes, me miró siempre de arriba abajo, no soportó
ni mi independencia ni mi supuesto triunfo amatorio
con Asunta?

¿Era este el fin de la historia? No. Yo no sabía
qué había sido de Jericó. La pregunta me comía todo
el cuerpo como un ácido sin reposo que se concentraba
en el corazón sólo para huir de mi alma y recordarme,
el alma, que estaba capturada en un cuerpo.

Conocía de antemano la respuesta de Miguel
Aparecido. Parecía la contestación pactada por todos,
por Sanginés, por Asunta, por Miguel.

—¿Dónde está Jericó? ¿Qué ha sido de Jericó?

—Ha sido puesto a buen recaudo —me respondió Miguel Aparecido.

A pesar de esta declaración terminante, yo sabía que esta historia no terminaría nunca.

Quise suavizar mis propios temores diciendo,
¿igual que Sara y el Mariachi y el Gomas y Siboney?,
¿puestos a buen recaudo?, ¿encarcelados todos?, ¿todos en paz?

Entonces Miguel Aparecido me miró con una
extraña mezcla de desprecio y compasión.

A pesar de esta declaración terminante, yo sabía que
la historia no acababa nunca.

—El peor de todos anda suelto —me dijo Miguel Aparecido y yo no quise ponerle nombre a nadie
que yo conociese porque mi espíritu no toleraba más
culpas, más vergüenzas, más capitulaciones.

—¿Quién? —me precipité—. Todo está en…

Me cortó con un nombre olvidado: Jenaro Ruvalcaba.

Regresó a mi memoria, con esfuerzo, el pícaro que una vez conocí durante mis primeras visitas a la cárcel de San Juan de Aragón. El licenciado Jenaro Ruvalcaba era un penalista de escaso renombre. Me recibió con cortesía en su celda. Era un hombre ligero y rubio de una cuarentena de años. Me dijo que la población carcelaria era gente quejosa y estúpida que no sabía qué hacer con la libertad.

—¿Y usted cómo le hace?

—Acepto lo que me da la cárcel —se encogió de hombros y procedió a un análisis razonable de cómo conducirse en prisión: no aceptar visitas que venían por compromiso, dudar de la fidelidad de la visita conyugal…

—Los dos te van a traicionar —gritó de repente.

—¿Quiénes?

—La mujer y su amante —se levantó y se agarró la cabeza—. ¡Los traidores!

Cerró los ojos, se jaló las orejas y se fue contra mí a golpes antes de que el guardia le diese un bastonazo en la nuca y Ruvalcaba cayera, llorando, en el catre.

—¿Anda libre? —le dije a Miguel sin ocultar mi terror, pues el tal licenciado era una amenaza comprobada.

—Nunca andará libre —comentó Miguel Aparecido—. Es prisionero de sí mismo.

Entonces me contó la historia siguiente.

Ruvalcaba no carecía de talento. Lo formó la desgracia. Una banda criminal secuestró a su padre, a su madre. Mataron al padre. A ella la dejaron libre, para que sufriera. La madre era una mujer valiente y en vez de sentarse a llorar, decidió formar a su hijo Jenaro y darle una carrera de abogado penalista para defender a la sociedad de criminales como los que mataron al papá. Jenaro estudió Derecho y se convirtió en penalista. Sólo que al mismo tiempo que se preparaba para defender la ley quería ser mártir de la ley. Sentía admiración y repulsión parejas tanto hacia su padre como hacia quienes lo mataron.

—Viejo pendejo, ¿cómo se dejó secuestrar y asesinar por esa pandilla...? Me lleva...

—Mi padre era un valiente que se dejó matar para que mi madre saliera libre... Me lleva...

Así, entre la admiración y el desprecio, se formó el carácter dividido, esquizoide, de Jenaro Ruvalcaba, a la vez defensor del derecho y violador del mismo: fruto envenenado que se fragmenta constantemente en trozos enemigos.

Dijo Miguel que, para hacer el cuento corto, se creó en la mente de Ruvalcaba una división entre lo prohibido y lo permitido que se resolvió, al cabo, en una situación de comedia. Ruvalcaba sublimaba su escisión sicológica molestando a mujeres. Su vicio consistía en subir al transporte público —el Metro, los camiones de pasajeros, los taxis colectivos— y hostigar a las mujeres. No me preguntes por qué motivo en esta actividad encontró la conciliación de sus tendencias opuestas. El hecho es que su placer maniático era tomar el Metro o el autobús y primero mirar a las mujeres con una intensidad molesta porque era más que otra cosa intrusa. Se recargaba en las pasajeras. Las recriminaba si ellas lo miraban feo. Les ponía las manos en las caderas. Les sobaba las nalgas. Iba derechito al pezón con los dedos. A veces era disimulado, a veces, agresivo. Si lo recriminaban o lo denunciaban, Ruvalcaba decía: —Es una vieja coqueta. Ella me incitó. Yo soy un abogado penalista. Sé de estas cosas. ¡Viejas cachondas! ¡Viejas insatisfechas! ¡A ver quién les hace el favor!

Ruvalcaba derivó un deleite suplementario cuando las mujeres empezaron a defenderse... Algunas le encajaban alfileres. Otras, horquillas. Pocas, anillos con filo cortante. Todo esto excitaba a Ruvalcaba: lo veía como contrapartida de sus propias acciones, reconocimientos de su audacia, conspiración involuntaria entre la víctima y el agresor. A ellas les gustaba que les tocaran las nalgas, que les rozaran el pubis, que les acariciaran las tetas. Eran sus cómplices. Sus cómplices, repetía exaltado, mis cómplices.

De allí —continuó Miguel— su asombro cuando se inauguró el llamado "transporte rosa" sólo para mujeres. El letrero "sólo para damas" lo excitó en extremo. Ruvalcaba se disfrazó de mujer para subir al Metro impunemente, causando un escándalo fenomenal cuando, maquillado y con peluca rubia, le metió mano a una pasajera gorda y se inició un jaleo digno del Rosario de Amozoc, una trifulca que acabó con la parada del Metro y la entrega colectiva de Jenaro Ruvalcaba a la policía.

Como el pícaro era abogado, convenció al juez de que su presencia disfrazada tenía por objeto asegurarse de que la ley se cumplía a plenitud y que las mujeres, si se les amenazaba, eran capaces de defenderse. El juez, por prejuicio machista, perdonó a Ruvalcaba pero, sintiéndose magistrado de película de Cantinflas, asesorado por comedia de Lope, lo mandó exiliado al occidente del país, donde el indiscreto y falaz Ruvalcaba no tardó en asociarse con el dueño de una plantación de aguacates, que era el frente de una operación de narcotráfico presidida por el propio Don Aguacate, encantado de contar con un abogadillo tan ducho en engaños como el Lic. Jenaro.

Desde la plantación michoacana, Ruvalcaba le prestó grandes servicios a Don Aguacate supervisando el embarque de la droga, el lavado de dinero, los préstamos, las inversiones en transporte y la reconstrucción constante de la plantación para que siguiera siendo vista como emporio de palta y no mercado de rata... De todo se ocupó Ruvalcaba en beneficio de Don Aguacate: de comprar protección, de la relación con los compradores gringos, del embarque y desembarque en lanchas rápidas, de la adquisición de revólveres mágnum y fusiles de asalto AR-15. Aprendió a matar. Se despachó a tiros a numerosos rivales del narco y le agarró un gusto especial a cortarles la cabeza después de matarlos.

De todo hasta que Don Aguacate le dijo que las cosas se estaban poniendo color de hormiga porque en este negocio no faltaban delatores y sobre todo grandes cabrones que querían ascender a costa del poderoso en turno y quítate tú para que me ponga yo...

—Total, mi Jenarito, que estamos más fichados que una huila carcamalera y si queremos seguir en este bisnes no nos queda otra que cambiar de cara, o sea, que nos metan navaja en la careta o sea que nos espera el cirujano plástico.

—Cambie de cara usted, Don Aguacate, que está más feo que una mentada en ayunas, y no se meta con mi perfil de astro de pantalla. ¿Qué diría mi mamacita que Dios tenga en su gloria?

Con estas palabras, Jenaro Ruvalcaba se fugó de Michoacán y vino a dar de vuelta a la Ciudad de México, donde su vicio postergado —meterle mano a las mujeres en metros y autobuses— floreció en la más peligrosa rutina de cobrar y pellizcar a las mujeres en taxis colectivos, contando a veces con la complicidad del chofer, a veces arriesgándose a que éste lo bajara ante las protestas de los usuarios, buscando salidas de astracán disfrazado de mujer o de niño marinero por cuyos cortos pantalones se asomaban atractivos poco infantiles.

Hasta que la venganza de Don Aguacate se extendió de Michoacán al D.F. y, denunciado como asesino, traficante y lo que es peor, trasvestista y pedófilo, Jenaro Ruvalcaba vino a dar con sus huesos a la cárcel de Aragón.

—Donde lo conocí —dije con una inocencia perturbada.

—Y de donde salió gracias a la imprudencia arrogante de nuestro… Jericó… —dijo con cierta turbación Miguel Aparecido, quien no se resignaba a compartir la fraternidad ni con Jericó ni conmigo. Era como si su singularidad de hijo de Max Monroy hubiera sido, de alguna forma, violada por la verdad, y aunque a mí me estimaba desde antes, no estaba dispuesto a extender el cariño a un hombre que como Jericó no necesitaba (fue la lápida que Miguel Aparecido le endilgó) ser comelón de su propio ego.

—Tú y yo, en cambio —me abrazó—, vamos a comer en el mismo plato.

Y se separó de mí.

—Cuídate, hermano. Cuídate. No todos están a buen recaudo.

¿Desde cuándo no cenaba en casa de don Antonio Sanginés?

Ahora que regreso al caserón de Coyoacán lo hago, claro, a invitación del maestro y con la clara conciencia de que esta vez no concurrirá, ni fue invitado, mi hermano Jericó. No me atreví a preguntar por él. Conocía la respuesta formulada de antemano y convertida en consigna:

—A buen recaudo...

La ambigüedad de la expresión me perturbaba. Significaba precaución y cuidado: un "alerta" verbal que remitía a estar en seguridad o bien custodiado. Lo inquietante de las palabras era que no decían con claridad si alguien "puesto a buen recaudo" estaba seguro, sí, custodiado, también, encerrado, acaso, cuidado quizás, ¿por quién?, ¿para qué? Imaginé, con un temblor involuntario, a mi viejo amigo, reciente enemigo y siempre hermano Jericó Monroy Sarmiento entregado a la custodia perfecta de la muerte, a la seguridad del sepulcro, a la precaución de la eternidad.

Si era esto lo que me llevaba de regreso a la casa colonial de Sanginés repleta de libros, estofados y muebles antiguos, él no se mostró dispuesto a caer en la repetición —asaz banal— del "buen recaudo". Pronto apareció la razón de su compañía y apenas llegué, Sanginés me condujo al desayunador de azulejos poblanos y entró en materia diciendo que "el sueño ha terminado".

La interrogante de mi vida le autorizó a proseguir. Los setenta años de dictablanda mexicana, a partir de 1930, habían asegurado crecimiento económico y social sin democracia, pero con seguridad. Sanginés le daba la bienvenida a la democracia. Lamentaba la falta de seguridad porque identificaba a la democracia con el crimen...

Me miró con una extraña ensoñación que hablaba a las claras de las décadas de servicio de Sanginés como profesor de derecho, como consejero áulico de presidentes de la república, como miembro de los consejos de administración de las empresas privadas de Monroy. Toda una carrera basada en el parecer juicioso y la advertencia oportuna, en la asesoría y el dictamen, objetivos y sin más interés que la conciliación del interés público y privado en beneficio de la nación.

No necesitó decirlo. Yo lo sabía. Sus ojos me lo comunicaban. Pero el gesto agrio del rostro no sólo desmentía todo lo anterior: lo extraviaba, lo disputaba, lo deseaba a pesar de los pesares. A pesar de lo que pudo ser visto como acomodo, oportunismo, halago, los vicios del asesor se detenían en la ribera del cortesano para asumir las virtudes del consejero, de la inteligencia objetiva, de la razón indispensable para el buen gobierno de la persona y del Estado, de la empresa, de la sociedad, en suma. No había de qué excusarse. Si yo no sabía las reglas del juego, ya era tiempo de aprenderlas. Si no quería aprenderlas, me quedaría a la intemperie, a la buena de Dios. Recordé al Sanginés implorante, desacostumbrado, rogando comprensión para Monroy en el cubo de la escalera de Praga. Esta cena en su casa, lo comprendí enseguida, borraba aquella escena de la escalera. Como si no hubiera ocurrido.

Todo esto entendí entonces porque Sanginés me lo comunicó de forma indirecta, a través de gestos, virtudes y solicitaciones que resumían, sin duda, la larga travesía que juntos habíamos realizado, confluyendo en un punto de su larga vida y de la corta mía.

Crecí, dijo, en una sociedad en la que la sociedad era protegida por la corrupción oficial. Hoy, continuó de manera tajante pero con un dejo mitad de crítica, mitad de resignación, la sociedad es protegida por los criminales. La historia de México es un largo proceso por salir de la anarquía y la dictadura y llegar a un autoritarismo democrático… Me pidió, con una pausa, que perdonara la aparente contradicción: no lo era tanto si apreciábamos la libertad de artistas y escritores para criticar salvajemente a los gobiernos revolucionarios. Diego Rivera, en el mismísimo Palacio Nacional, describe una historia presidida por jerarcas políticos y religiosos corruptos y mentirosos. Orozco se vale de los muros de la Suprema Corte para pintar a una justicia que se carcajea de la ley desde la boca pintarrajeada de una puta. Azuela, en medio de la lucha revolucionaria, novela a la revolución como una piedra rodante por el abismo, desnuda de ideología o propósito. Guzmán da cuenta de una revolución en el poder que sólo se interesa en el poder, no en la revolución: todos se mandan asesinar unos a otros para seguir enfilados a la presidencia, que es la gran vaca dispensadora de leche, cajeta, quesos, mantequillas surtidas y seguridad sin democracia: un mugido reconfortante.

—Hoy, Josué, el gran drama de México es que el crimen ha sustituido al Estado. El Estado desmantelado por la democracia cede hoy su poder al crimen auspiciado por la democracia.

Quizás yo sabía esto, hasta cierto punto. Nunca lo había admitido con la dolorosa claridad de Sanginés.

—Ayer nada más —prosiguió Sanginés—, una carretera del estado de Guerrero fue bloqueada por criminales uniformados. ¿Eran falsos policías? ¿O eran sólo policías reales dedicados al crimen? Lo que pasó en esa carretera pasa en todas partes. Los tripulantes de los camiones y automóviles bloqueados fueron brutalmente interrogados, a culatazos. Los viajeros fueron obligados a descender. Sus celulares fueron arrojados a una pila de basura. Entre los viajeros venían tipos infiltrados al servicio de los criminales. Reinó la confusión. Resulta que algunos policías creyeron de buena fe que estaban interceptando estupefacientes y billetes falsos. Pronto fueron desengañados por sus jefes, incitados a unirse a la banda criminal o ser abandonados allí mismo, encuerados, por rejegos y pendejos.

—Policías inexpertos. Policías corruptos. ¿A quiénes le vas? —preguntó Sanginés.

Las cárceles están repletas. Los criminales, dijo, ya no caben.

—Tú viste la prisión de San Juan de Aragón. Allí se llegó a un acuerdo entre el sadismo carcelario y el mínimo orden asegurado por Miguel Aparecido. No es la regla, Josué. Las cárceles de México, de Brasil, de Colombia, de Perú, ya no tienen espacio para los criminales. Los sueltan luego luego para que entren los nuevos malhechores. Es el cuento de nunca acabar. Criminales reincidentes. Detenidos sin juicio. Defensa imposible. Abogados mal pagados incapaces de defender a los inocentes. Jueces muertos de miedo. Jueces improvisados. Tribunales sin capacidad de trabajo. Testimonios falsos. Ninguna consistencia. Ninguna consistencia... —deploró el abogado y casi exclamó: —¿Cuánto tiempo crees que dure así la democracia latinoamericana? ¿Cuánto tardarán en regresar las dictaduras, aclamadas por el pueblo?

No recordaba un suspiro de Sanginés. Ahora vi salir de su gesto agrio un aire de fatalidad más que de resignación.

—Fojas y más fojas —hizo un gran gesto, airoso al cabo, con la mano—. Nos ahogamos en papel...

—Y en sangre —me atreví, por vez primera, a intervenir.

—Papeles empapados de sangre —entonó Sanginés casi como un sacerdote canta el réquiem eterno.

—¿Y usted prefiere que a la ley la manche el gobierno y no el crimen?

—Quisiera un poco más de piedad —dijo el licenciado como si no me escuchara.

—¿Para quién? —apunté.

—Para los pobres y para los ambiciosos que han perdido el rumbo y la fe en los demás. Sobre todo para éstos.

Pensé en Filopáter y su propio sacerdocio desamparado. En ese instante, el grupo de tres chiquillos rió detrás de la puerta del desayunador de azulejos y Sanginés puso cara de asombro. Los niños corrieron hacia él, se le treparon al regazo, a los hombros, lo despeinaron y todos rieron.

Me di cuenta, gracias a mi prolongada ausencia, de que estos tres niños seguían teniendo entre cuatro y siete años. Igual que la última vez. Igual que todas las veces.

Sanginés sorprendió la sorpresa de mi mirada. Rió.

—Mira, Jericó: cada par de años me renuevan a la prole. Son tres niños que logro rescatar de la cárcel de Aragón. Tú viste la piscina subterránea donde estos pobres chicos juegan y a veces son arrojados al agua y a veces se salvan nadando y a veces se ahogan, reduciendo la población carcelaria…

Vio el horror de mi mirada. La suya me rogó que entendiese la piedad que le permitía a él, cada dos o tres años, salvar a dos o tres niños del horror.

—¿Y luego? —interrogué.

—Otro destino —dijo someramente.

—¿Y el destino de Jericó? —me atreví con enojo.

—A buen recaudo.

Me tomó la mano. —Nunca me he casado. Te agradezco la discreción. Buen viaje…

—¿Cómo? —me sorprendí—. ¿A dónde?

—¿No te vas a Acapulco? —Sanginés fingió una sorpresa poco creíble.

Soñé. Y en el sueño, es bien sabido, las figuras entran y salen sin orden explicable, las voces se superponen y las palabras de uno se continúan en la cola de otro antes de reiniciarse, con tono diferente, en otra, otras voces…

El espacio que habito (o que sólo creo o sueño) es tan transparente como el agua, tan sólido como el diamante. Es un espacio helado, en todos sentidos: hay que bracear con rigor para avanzar, hay que dejarse llevar por la corriente, hay que tocar fondo para dar pie sabiendo que no existe… Lo allegado y lo ajeno se suceden como una misma realidad y no sé a quién atribuir las voces que no acabo de definir porque se incorporan y se desvanecen con la rapidez de un parpadeo.

Las voces hablan con tonos perentorios, de abogacía, de jurado, pero se disipan cuando avanza la figura blanquecina, de cabeza calva y grande, hundida en los hombros, semejante a un autorretrato de Max Beckmann en el que la linterna del rostro es apenas el reflejo de la sombra externa que lo ilumina: calvo, de párpado pesado y sonrisa inexplicable, Beckmann quiere reflejar en su rostro el tema constante de su obra: la crueldad, las trincheras y los cadáveres de la guerra, el sadismo errático del hombre contra el hombre. ¿Qué refleja Max Monroy?

En este instante de mi sueño, el autorretrato de Max Beckmann asume la forma de Max Monroy, fugitiva, gris, esclava de inciertos desplazamientos, presa de un dolor físico que le posaba entre el movimiento y la quietud, dueño de una dignidad que contrastaba brutalmente con el parloteo de papagayos de las demás figuras fugitivas del sueño, ¿eran Asunta Jordán, Miguel Aparecido, la Antigua Concepción, afirmando, interrogándome, voces chirriantes, acusatorias, vulgares, dispares a la dignidad cuasi-eclesiástica de la figura gris de Max Monroy, preguntándome, cargándole las culpas a este hombre que había sido revelado como mi padre, acusándolo como para decirme que no creyera en él, que no me acercara a él, por más que la dignidad presente del hombre y mi cercanía onírica a su figura pareciese el escenario del encuentro que ambos requerimos, padre e hijo, interrumpido por las voces,

¿Crees que Max Monroy es un tipo generoso? ¿Crees que visita a su mujer Sibila Sarmiento por puritita caridad? ¿O porque el cántaro de su sadismo se llena a rebosar cogiéndose a una prisionera, a una mujer sin voluntad que además es la madre de sus tres hijos? ¿Tú qué crees? ¿Crees que por pura beneficencia Max mantuvo alejados a sus otros dos hijos, Jericó y tú, dizque para que se formaran solitos, sin más ayuda que la indispensable, sin la carga de ser hijos de Max Monroy, niños bien de Jaguar y avioneta, viejas y viajes, sorna y soborna, tú y él haciéndose con sus propias fuerzas, sus propios talentos? ¿Tú lo crees? Qué va. Lo hizo por sórdido, como un entomólogo que pone a sus arañas a correr por el patio a ver qué se les ocurre para sobrevivir, a ver si se salvan escurriéndose por las paredes, a ver si no las aplastan de un zapatazo, a ver, a ver... Juega, Max juega con los destinos. ¿Y sabes por qué? Nomás te cuento: porque de esa manera se venga de su vieja mamacita la Antigua Concha, se venga de que la cabrona ruca lo manipuló, le impuso su voluntad, lo manejó como a un títere de feria, de esos de antes con medias color de rosa y traje de luces, que todavía se ven en las fiestas de pueblo. Trato de ver la vida de Max Monroy como una larga, larguísima venganza contra su madre, la venganza que no pudo hacer mientras doña Concepción vivía y llenaba al mundo con una imperiosa voluntad, alta y fuerte e imprevisible como una ola gigantesca hecha de faldas y escapularios y uñas rotas y sandalias de monja afiebrada, la Antigua Concepción: ¿quién resiste ser concebido no de una santa vez sino todo el tiempo, concepción tras concepción, parido mañana tarde y noche, la impuesta obligación no sólo de querer, ni siquiera de venerar a su santa madre, sino de obedecerla, ¿me oyes?, hasta en lo que ella no mandaba. Obligado a imaginar lo que la mamacita santa le pedía hasta cuando ella no pedía nada. ¿Creerás que muerta la Antigua Concepción Max Monroy se liberó de su influencia? Pues no lo andes creyendo. A veces lo sorprendo musitando solo, como si hablara con un ser invisible. Y cuando deletreo sus palabras sé que habla con ella, le pide perdón por desobedecerla, admite que ella lo habría hecho mejor o de otra manera o no habría hecho nada, ella habría sabido cuándo actuar y cuándo quedarse quieta, dejando pasar el cortejo sin oír a la banda, mustia como un escorpión antes de picar y entonces Max Monroy actúa como si ya le hubiera picado el insecto, sólo que se diferencia de su madre en que ella era un ser aparatoso, estruendoso como una banda de mariachis birolos y él como contraste es tranquilo, calmado hasta la perversidad, astuto y quieto, como si sólo así, como tú lo has visto, pudiera actuar diferenciándose de su madre sin ofender la santa memoria de la progenitora, ser él sin renegar de ella… "Se avanza despacio".

—¿Sabe dónde está enterrada la señora? —pregunté con aire de inocencia.

—Nadie lo sabe —continuó la voz de voces—. Ni el mismo Max. Entregó el cuerpo de la señora Concepción a un grupo de criminales a los que sacó de la cárcel con la promesa de liberarlos y les encargó enterrar el cadáver de la Concepción donde quisieran, pero que nunca se lo dijeran a él… Ni a nadie más. Para qué te cuento.

—Qué confianza en….

—Ninguna. En vez de liberarlos, los secuestró. Nadie sabe dónde fueron a dar. Nunca se supo más de ellos. Imagínate nada más.

—Pero está Miguel, él si está en la cárcel…

—Miguel Aparecido es el único ser con el que Max Monroy no ha podido. Miguel Aparecido optó por quedarse encerrado en una celda de San Juan de

Aragón como precaución contra su propia voluntad de salir a asesinar a su padre y su padre aceptó esta salida, o este encierro, como un compromiso entre dos seguridades: la de él y la de Miguel. Ni Max liquidaba a Miguel ni Miguel a Max. Pero Max pagaba una condena infinita, peor que la muerte misma, y Miguel vivía su vida creando un imperio interno en la prisión…

—No controlaba a los sádicos que mataban a los niños…

—Era parte del compromiso.

—¿Cuál compromiso?

—Entre Miguel y las autoridades. Te doy este a cambio de esto otro. Cambalache.

—¿Quieres decirme que los carceleros tienen derecho a matar a algunos chicos y Miguel derecho a salvarlos?

—Eso mero petatero.

—¿Cómo escogen? —dije sin horror en mi voz onírica, perdiendo el orden de los actos, sus palabras atribuibles a Asunta, Miguel, la Antigua Concepción, no sé…

—Escogen al azar. Águila o sol. Cara o cruz. Este se queda en la cárcel. Este otro se ahoga en la alberca. ¡Qué suerte tienen los que no se persignan!

—¿Y los que saben nadar? —dije sin mucha consecuencia.

—Esos también se salvan.

Continuó la voz del sueño: —Se le escapan los peores criminales, encabezados por el Mariachi Maxi y la puta de la abeja, la maldita Sara P… No todo sale a pedir de boca, ¿no es cierto?

—Han sido puestos a buen recaudo —repitió el coro la frase sacramental.

—¿A buen recaudo?

—Son de Miguel. No les garantizo la salud.

—¿Igual que mi hermano? ¿Igual que Jericó?

—De eso no se habla.

—¿A buen recaudo? ¿Qué? ¿Cómo? ¿Nadie me lo va a…?

—Te lo puedo demostrar.

—¿Qué? ¿No en…?

Las voces se disipaban. Se disipaban. Se disipaban. Eran voces insignificantes que llevan sueños para distraernos de lo que quisiera convocarnos y apenas adivinamos.

En cambio, la figura de Max Monroy avanza hacia mí, los hombros altos, la cabeza hundida en el cuerpo, desafiante, como queriéndome decir que los insultos, los abusos físicos, los elogios y las culpas no rozaban siquiera a un hombre de acción que también era un hombre solitario: acción y soledad, soledad y acción, unidas, nunca se agotan, decía la voz de Monroy en el sueño, el registro de los motivos del hombre es muy vasto, hay avaricia, hay deseo, hay rencor, rara vez hay plena satisfacción, Josué, si cumples un deseo el deseo engendra otro deseo y así sucesivamente, hasta que las penas afloran porque no salió el sol y no acabamos de entender que nuestros deseos son una cosa y nuestras lealtades otra muy distinta y que para obtener lo que se desea hay que separarse de toda lealtad, enseguida, hijo, sin dañar a nadie: eso es lo que no entienden los que me detestan, envidian o acusan: no tuve que dañar a nadie para ser quien soy…

Avanza hacia mí precedido de ese olor raro de animal recién salido de una cueva que Asunta evocó un día.

—Ser viejo no es ser impune —dijo la sombra de Monroy—. Tampoco es ser inmune.

Se lanzó, en la lógica del sueño, a hacerme la lista de sus achaques y de las medicinas que tomaba para aplacarlas. Soy viejo, dijo, los viejos nos sentimos amenazados por los jóvenes. Me estoy osificando. Anda, toca mis huesos. Ándale.

No me atreví. O viví las transiciones sin lógica del sueño. Max Monroy decía cosas separadas por los instintos oníricos que disuelven la concreción de las cosas, las nuevas empresas trastornan el viejo orden, los viejos las resisten, yo las creo, yo soy mi propia oposición...

—Admito que la edad avanzada desarrolla mayores dosis de cinismo, una medida de escepticismo y un grado de pesimismo. ¿Por qué?

Le dije que no sabía.

—Hay que saber decir no.

—Ah.

—Ser viejo no es ser impune —repitió—. No es ser inmune —repitió—. Hay que saber mirar muy al fondo de mis ojos para saber quién soy. Quién fui.

La voz retumbó como a lo largo de una galería de espejos.

Dijo que le dolían las articulaciones.

Dijo: —Hay cosas que no quiero saber.

Le pregunté a Asunta Jordán: —¿Por qué te muestras casi desnuda en las fiestas y conmigo sólo en la oscuridad?

—¿Por qué es tan largo tu pene? —creo que le preguntó ella.

—Para enfriar mi semen —contestó Monroy.

—¿Qué cosa es ser puesto a buen recaudo...? Espera tantito...

—¿Y qué cosa es acostarse con Max, como tú, Asunta?

—Tú qué sabes…

—Los he escuchado.

—¿Nos has visto?

—Estaba muy oscuro. No chingues.

—Negro. Estaba negro, cabrón espía…

—Anda, no te hagas, contéstame…

—No seas metiche, te estoy diciendo. ¡Narizón habías de ser!

Esta reprobación, que parecía venir de Asunta, en verdad me la dio la Antigua Concepción: sentí el ultraje de su mano arrugada y cargada de pesados anillotes, casi en postura, más que de atacarme a mí, de defender a su hijo Max, que avanzaba como un espectro, blanco como la cal, en medio de hondas campanadas, desconcertado y con unos ojos que decían

—Tengo ganas de dormir…

Avanzaba hacia mí Max Monroy, esperando ser interrumpido, queriéndolo, anticipándolo.

La campana doblaba con una sonoridad ahogada.

Max me dijo: —¿Qué, por quién toca?

Yo tuve el coraje de contestarle: —¿Quién detenía el destino?

—¿Tú el mío o yo el tuyo? —dijo con una voz desesperada, de protección indeseada, antes de que el sueño entero se desvaneciera…

Quienes me han acompañado a lo largo de esta… ¿Cómo llamarla? ¿Agonía? ¿Angustia mental, dolorida pasión?… Quienes me acompañan (tú, semejante, hermano, hipócrita, etcétera) saben que mis pláticas internas son todas ambición de diálogos con sus mercedes, intentos de apariencia desesperada y realidad agónica por escapar del sitio de mi epidermis y decirles lo que me digo a mí mismo, sin la certeza de la verdad, con la inseguridad de la duda…

¿Cómo no iba a regresar a mi alma, a cada instante, la persona de Jericó, puesto "a buen recaudo" mientras voy caminando lentamente del apartamento de Praga a un destino incierto? Peatón del aire porque aunque mis pies pisaron las banquetas de Varsovia, Estocolmo y Amberes, mi cabeza no tenía brújula. O más bien: el norte era Jericó, en más de un sentido. Punto cardinal de mi vida, viento que la enfría, estrella polar, guía, dirección y sobre todo frontera, límite de algo más que territorios, frontera de exilios, distancias, separaciones que la vida de Jericó volvió irremediables…

¿Se nos acabó la vida antes que la juventud?

¿En qué momento?

Yo quería y admiraba a este hombre, mi hermano. Resumía ahora mi vida a su lado en una pregunta: lo que nos sucedió, ¿nos sucedió libremente? ¿O sólo fuimos, al cabo, una suma de fatalidades? ¿Nos rebelamos contra destinos particulares —sexo masculino, huérfanos, aspirantes a la inteligencia ¡y cómo!, traductores del talento intelectual a la vida práctica—, no seremos médicos ni mecánicos, Josué, seremos hombres políticos, influiremos sobre la vida de la ciudad… La ciudad que él me describía, alargándola con un gesto del brazo, desde la terraza del Hotel Majestic, negando que fuésemos títeres de la fatalidad, sólo para llegar, exhaustos, a nuestro destino escogido como compromiso propio, voluntad personal, sólo para des- cubrir, al final del camino, que todo destino es fatal, y se nos escapa, cierra la vida como una puerta de fie- rro y nos dice: Esta fue tu vida, no tienes otra y no fue lo que quisiste o imaginaste. ¿Cuánto tardaremos en aprender que por más voluntad que tengamos, el des- tino no puede ser previsto y la inseguridad es el clima real de la vida…?

Y a pesar de todo, Jericó, ¿no hubo un cierto equilibrio, una armonía final, una mesura involun- taria en cuanto tú y yo hicimos y dijimos? La nece- sidad por un lado, el azar por otro, nos rebasan y nos colocan, al cabo, en la cresta de una ola, al filo de la muerte, conscientes de que, si no conocemos nues- tros destinos, al menos somos conscientes de tener un destino…

¿Cómo se manifestó nuestro destino compar- tido en la medida en que no fue compartido, sino que cada uno escogió por su cuenta a sabiendas de que éra- mos inseparables: Cástor y Pólux, aun antes de saber que éramos hermanos: Caín y Abel? Y no sé si de mu- chachos no luchamos el uno contra el otro sino contra la necesidad que parecía imponerse a nosotros. ¿Cómo nos perdimos? Júzgame si quieres. Yo no te juzgo. Sólo constato que poco a poco, en el piso de Praga, viendo el Zócalo desde el Hotel Majestic, poco a poco tu ros- tro cedió el lugar a tu máscara sólo para revelar que tu máscara era tu verdadero rostro… Hablamos del tigre devorado en el zoológico por los otros cuatro ti- gres enjaulados. ¿Por qué ese tigre y no uno de los que lo atacaron?

—Usa la fuerza como a un animal que sueltas para dañar y luego devuelves al corral doméstico.

Lo soltaste, Jericó. No lo pudiste domar. El tigre no regresó al zoológico. Tú te convertiste en el animal, mi hermano. Tú creíste que desde el poder derrotarías al poder para convertirte en el poder. Tú me dijiste: sé violento, sé arrogante, acabarán por respetarte y hasta llegarán a adorarte. Creíste que bastaba designarle un destino a la muchedumbre para que te siguieran sin motivo propio, sólo porque tú eras tú y nadie se te podía resistir. Y cuando fracasaste, acusaste de traición a las masas que no te hicieron caso, a Max Monroy porque no te consultó, a Valentín Pedro Carrera porque se te adelantó, a Antonio Sanginés porque te adivinó a tiempo, a Asunta porque me prefirió a mí.

Me detuve en la calle de Génova, en la entrada del túnel que conduce a la Glorieta de Insurgentes. La oscuridad de esa boca urbana me dio una sensación de agonía, esa palabra donde la competencia y la muerte se asocian riéndose de nosotros y se mofan de nuestros desafíos, inspiraciones, potencias…

¿Cuál fue el pecado, Jericó? Penetro a la plaza llena de jóvenes mexicanos disfrazados de lo que no son para dejar de ser lo que son y me cae como una revelación tu desinterés por los demás, tu impotencia para penetrar la mente ajena, tu soberbia, Jericó, tu rechazo de los que sobran en el mundo, que son la inmensa mayoría del mundo. La mobocracia, dijiste una vez, la masocracia, la demodumbez, la raza, esa raza que encarna ahora, al penetrar la oscuridad del túnel, en un tope, un topetazo que une mis labios a otros labios, un beso fortuito, inesperado, seco, desconocido, acompañado de un olor que quiero reconocer, un tufo, un sudor, algo pegajoso, un incienso de marihuana y cebo, el olor urbano de tortilla y gasolina…

Rápido, fugaz, el beso que nos une nos separa, el túnel aclara su luz propia y nos vemos las caras Errol Esparza y yo, Josué antes Nadal de Nada, ahora Monroy de un reino…

Me abracé a Errol, el Pelón Esparza, como a mi pasado, mi adolescencia, mi pensamiento precoz, todo lo que fui con Jericó y que, en versión disminuida aunque nostálgica, me devolvía ahora Errol gracias a un encuentro fortuito en la Glorieta de Insurgentes.

¿Qué me dijo? ¿Qué me mostró? ¿Adónde me llevó? Que a los antros de los emos no podía llevarme porque allí sólo entraban los chavos jóvenes y no los apretados como yo, vestidos como para ir a una oficina (¿un entierro, una boda, un baile de quince años, un bautizo, todo lo prohibido por Jericó?) y en la glorieta se juntaban en grupos silenciosos las chicas y los chicos adolescentes sin mirada porque todos se tapaban los ojos con flecos y usaban crepé en la nuca, vestidos de negro, con heridas propias en los brazos, dibujos tatuados en las manos, muy flacos, más oscuros que morenos, sentados en las jardineras, silenciosos, abruptamente impulsados a besarse, decorados de estrellas, perforados de pies a cabeza, me sentí impulsado al mismo tiempo a mirar y a evitar la mirada, sospechoso del peligro y atraído por una curiosidad malsana hasta que Errol, mi guía por este pequeño parainfierno o inferedén plantado como un ombligo en el centro de la ciudad, me dijo,

—Les gusta que los mires.

Una tribu de cuerpos flacos, oscuros, estrellas, calaveras, perforaciones, flacos, ¿cómo no iba a compararlos con las tribus del Zócalo en las que Jericó confiaba para asaltar el poder y en el que Filopáter se ganaba la vida tecleando en Santo Domingo? Jamás, con Jericó, me había acercado a este universo por donde ahora caminaba guiado por Errol, convertido en el Virgilio de la nueva tribu mexicana que él, a pesar de su edad —que era la mía—, parecía conocer quizás porque, flaco y melenudo, vestido de negro, no aparentaba su edad y había penetrado este grupo al grado de acercarse a una muchacha y besarla a fondo y luego al compañero de ésta, que me preguntó:

—¿Mamaseas?

Miré a Errol. Él no me devolvió la mirada. El muchacho oscuro me besó en la boca y luego me preguntó si yo tenía vocación para el sufrimiento.

Traté de contestar. —No sé. No soy como tú.

—No me estigmatices —contestó el muchacho.

—¿Qué quiso decir? —le pregunté a Errol.

Que no distinguiera entre la razón y el sentimiento. Me veían como un tipo pensante que controlaba sus sentimientos, me dijo Errol, así ven a todo extraño. Quisieron que liberaras tus emociones. Mis emociones. ¿No les iba yo dando vueltas y más vueltas en la caminata por la Zona Rosa? Qué otro extremo, qué exteriorización de mis emociones podía yo añadir a la interiorización que aquí he narrado. Un golfo generacional se abría ante mí. En ese instante, en Insurgentes, con Errol y rodeado de la tribu de los Emos quizás dejé de ser joven, el eterno joven Josué, el aprendiz de la vida, graduándome y a un paso de la jubilación por esta cabila de adolescentes decididos a separarse de mí, de nosotros, de la nación que aquí he descrito, analizado, evocado a cada rato, con Jericó y Sanginés, con Filopáter y Miguel Aparecido. Una secesión.

Ahora, en la Glorieta de Insurgentes, este miércoles de mi vida al atardecer, sentí que el país ya no me pertenecía, había sido apropiado por los muchachos entre quince y veinte años, millones de jóvenes mexicanos que no compartían mi historia y hasta negaban mi geografía, creando una república aparte en esta mínima Utopía de una plaza en la Ciudad de México, otra en Guadalajara, otra en Querétaro: la otra nación, nación amenazante y amenazada, país rechazado y rechazante. Ya no era el mío.

¿Leyó Errol mi mirada esa tarde que paseábamos alrededor de la plaza hundida de Insurgentes?

—Sólo tratan de suplir un dolor con otro. Por eso se cortan los brazos. Por eso se perforan las orejas.

¿Suplir un dolor con otro? Hubiese querido decirle a mi amigo que yo también tuve una estética tribal, tuve inconformidad, tuve depresiones, no pude dejar de enamorarme (Lucha Zapata, Asunta Jordán) y sufrir. ¿Sólo era distante mi estética, no mis sentimientos? Esta necesidad súbita de identificarme con los jóvenes de la plazoleta estaba destinada, lo sabía, al fracaso. Valía en sí misma, pensé, valía como intento de identificación, por más que físicamente yo jamás podría ser parte del pueblo nuevo de una oscuridad al cabo romántica, deseosa de morir a tiempo, de salvarse de la madurez... de la corrupción...

Eran románticos, me dije y le dije a Errol. —Son románticos.

Adiviné la exaltación personal, el deseo de salir de la gran sombra de la pobreza y la mediocridad y hacerse visibles, liberar las emociones prescritas por la familia, la religión, la política…

—No me estigmatices.

—¿Cómo se llaman?

Darketos. Metaleros. Skatos. Raztecos. Dixies. Forman grupos, *crews*. Se apoyan. Se defienden. Son agradecidos. Son los emos.

De repente, la paz —la pasividad— del mundo emo fue rota con una violencia que el propio Errol no esperaba, tomándome de los hombros para guiarme fuera de la glorieta. Las entradas de Génova, Puebla, Oaxaca, se cerraban con la invasión de jóvenes gritando niños imbéciles, putos, córranlos, arrojando piedras mientras los emos se cubrían los rostros y decían —no gritaban— igualdad, tolerancia, respeto y ofrecían los brazos a las heridas de la agresión, hasta que los patinadores tomaron la iniciativa y con sus patinetas aletearon a los agresores y regresó una suerte de paz seguida de una lenta migración nocturna a otros rincones de una ciudad sin sosiego, que era y no era la mía.

—Quiero matar a Maxi Batalla y a Sara P. —dijo Errol cuando nos sentamos a beber unas cervezas en un café de la glorieta—. Mataron a mi madre.

—Se te adelantaron —le advertí.

—¿Quién? ¿Quiénes? —mi amigo tenía los labios llenos de espuma.

—Mi hermano Miguel Aparecido.

—¿Dónde? ¿Quién?

—En la cárcel de San Juan de Aragón.

—¿Qué? ¿Los mató?

No supe contestarle. Sólo sabía que el Mariachi Maxi y la puta de la abeja en la nalga estaban "a buen recaudo" y que con ello, acaso, se cerraba la historia de mi época y se abría la nueva historia, la de los muchachos de la plaza que un día, le recordé a Errol, crecerían y serían empleados, comerciantes, burócratas, padres de familia tan rebeldes como sus propios padres de familia, pachucos y tarzanes, hippies y rebeldes sin causa, flotas y chavos banda, generación tras generación de insurgentes al cabo domados por la sociedad...

—¿Tú entiendes, Errol, por qué si hay cinco tigres en una jaula cuatro se juntan para matar a uno solo?

—No, cuatezón, de plano no.

Quedamos en volvernos a ver.

—Te hace falta una vacación —me dijo Asunta Jordán cuando regresé a la oficina de Santa Fe—. Te ves estragado. Te hace falta un descanso.

Deseché, por sanidad mental, la idea de un complot. ¿Por qué querían todos mandarme de vacaciones? Me miré al espejo. "Estragado": viciado, dañado. ¿Arruinado por las malas compañías? Pasó como relámpago por mi mente el reparto de mi vida: María Egipciaca, Elvira Ríos, Lucha Zapata, Filopáter, Max Monroy, la propia Asunta, Jericó... ¿Malas o buenas compañías? ¿Responsables de mis "estragos"? Me quedaba el honor suficiente como para decir que sólo yo —y nadie más— era responsable de mis "daños".

Me miré al espejo. Me veía saludable. Más o menos. ¿Por qué esta insistencia en mandarme a descansar?

—A Acapulco.

—Ah.

—Max Monroy tiene allí una linda casa. Por el rumbo de La Quebrada. Aquí tienes las llaves.

Las arrojó, con gesto de desdén aunque con sonrisa de amistad, sobre la mesa.

Era una casa por el rumbo de La Quebrada, me explicó Asunta. Databa de fines de los treinta, cuando Acapulco era un pueblo de pescadores y sólo había dos hoteles: *La Marina* en pleno centro y el *Hotel de La Quebrada*, que descendía de los cerros para instalarse en una terraza desde donde se podía admirar a unos clavadistas intrépidos que esperaban el oleaje propicio para arrojarse al estrecho brazo de agua entre las rocas precipitadas y angulosas.

Ahora Acapulco había crecido hasta tener millones de habitantes, centenares de hoteles, restoranes y condominios, playas contaminadas por el desagüe incontrolado de los mencionados hoteles, restoranes y condominios y una extensión cada vez mayor hacia el sur de la ciudad, de Puerto Marqués al Revolcadero y hasta la Barra Vieja, en busca de lo que Acapulco antes daba como fe de bautismo: aguas límpidas, playas peinadas, paraísos perdidos…

Llegué a la casa de Max Monroy en La Quebrada un solitario lunes con una sola maleta y los libros que quería releer para ver si algún día presentaba la tesis de abogado, *Maquiavelo y el estado moderno*. Erskine Muir, que explica al florentino a través de su tiempo, los estados italianos, Savonarola, los Borgia; o Jacques Heers, que ve a un historiador poco riguroso aunque apasionado, poeta y autor de piezas galantes y cantos de carnaval cuya imaginación literaria aplica a la razón de Estado, haciéndole creer a las generaciones que el carnaval es en serio y la curiosidad la ley. Maurizio Piral, que interroga la famosa sonrisa de Nicolás como la autora del libro que Nicolás no escribió: el libro de la vida, su paradoja, su incertidumbre. Un hombre malinterpretado, insiste Michael White: su lucidez mental se olvida, su duplicidad y ambición se consagran. Sebastián da Grazia envía a Nicolás al infierno que es, claro, sus contemporáneos. Franco Fido estudia la paradoja de un escritor que escribe "La Biblia de sus propios enemigos" comenzando con la conversión por los dramaturgos isabelinos de Nicolás en "Old Nick", el Diablo en persona, hasta su grosera invocación retórica por el Duce Mussolini. Los jesuitas, los ignorantes, Fichte: ¿quién no se ha ocupado del "italiano más famoso de Europa", sobre todo los propios italianos que lo redujeron a los límites municipales, confesionales y académicos…?

Todo esto traía en mi mochila. Los comentarios indispensables. Sobre todo, los del hombre de Estado hablándole a Maquiavelo de poder a poder: Napoleón Bonaparte se siente la encarnación maquiavélica del Príncipe Nuevo en contra del Hereditario, pero ansioso de perdurar, a su vez, en el poder: ser sucedido, el Nuevo, por sus descendientes, que serán los Herederos…

Digo lo anterior para que el lector conozca mis buenas —mis magníficas intenciones— al retirarme a Acapulco cargado de literatura maquiavélica, con un dejo de melancolía, inevitable saldo de mi historia personal reciente, sin imaginar que el maquiavelismo verdadero no venía en mis mochilas sino que me esperaba en la casa de La Quebrada a la cual se llegaba ascendiendo por las curvas montañosas sobre la bahía hasta alcanzar una altura de roca y penetrar a una mansión que se precipitaba, sin distinción de estilo más allá de un vago "californiano" de los años treinta, a las cocinas, las habitaciones y las estancias al servicio de una vasta terraza sobre el Océano Pacífico y, más abajo aún, la estrecha playita privada. El todo era como uno de esos portaviandas de blanca porcelana que mi guardiana María Egipciaca me preparaba con cinco platillos superpuestos, de la sopa aguada a la sopa seca al pollo a las verduras al postre... el camote.

—La construyó Max Monroy para Sibila Sarmiento —me dijo sorpresivamente Asunta Jordán cuando llegué a la terraza y ella avanzó hacia mí, jaibol en mano, descalza, vestida con un palazzo-pijama que ya conocía por andar hurgando en su clóset. Blusón suelto. Pantalón ancho. Negro con ribetes y grecas doradas.

Me ofreció la bebida. Fingí naturalidad. No me contó demasiado. No era la primera sorpresa que esta mujer me daba. Miró hacia el mar.

—Sólo que Sibila Sarmiento nunca llegó a habitarla. Vamos, ni siquiera llegó a verla...

Ella me vio a mí. No me miró. Me vio allí: como una cosa. Una cosa necesaria pero incómoda.

Asunta rió a su manera: —Max se hacía ilusiones de que algún día podría traer aquí, a Acapulco, a la madre de sus tres hijos y ofrecerle una vida reposada a orillas del mar. Vaya. ¡Qué ilusión!

La mirada se tornó cínica.

Una más de las ilusiones de Max. Imaginaba que un día doña Concha lo liberaría de la dictadura materna a la que lo tenía sometido.

—Hombre a la vez complicado y simple, a Max Monroy —prosiguió— le cuesta digerir. Todo le toma tiempo. Nunca eructa, ¿sabes? Hay cosas que no quiere saber. No quiere... y otra cosa. Entre la utilidad y la venganza, siempre se queda con lo útil.

Brindó con la copa. Casi me guiñó un ojo.

—Lo contrario que yo...

Rió. —Luego pega como un rayo...

Me indicó que tomara asiento en una silla de ratán. Seguí de pie. Al menos en esto podía rebelarme contra lo que ya sentía como la implícita dictadura de Asunta Jordán. A ella no le importó.

—¡Max Monroy! —exclamó como si convocara la puesta de sol—. Un hombre civilizado, ¿a poco no? Un hombre razonable, ¿no se te hace? Siempre pide sugerencias. Está abierto a las sugerencias. Ah, pero no a la crítica. Una cosa es sugerir. Otra cosa es criticar. Criticarlo es creer que no puede pensar por sí mismo, que requiere orientación, la opinión de otro... Falso. La sugerencia debe detenerse a medio camino entre dos extremos abominables, Josué, mi buen Josué: el halago y la crítica.

Me dijo que ella criticaría, por ejemplo, esta casa inútil, deshabitada... Una mansión para un fantasma, para una loca. O para una loca fantasmal.

Sonrió. —Imagínate a Sibila Sarmiento deambulando por aquí, sin saber dónde se encuentra, sin mirar siquiera hacia el mar, ajena a la luna y al sol, prisionera de la nada o de una esperanza tan chiflada como ella. Que Max regrese y la rescate del asilo. O que por lo menos le haga otro hijo. ¡Otro heredero!

—Agradéceme, Josué... Me vine volando a prepararte la casa para que estés cómodo. Estaba cerrada como con un corcho. ¡Y en este calor! Airearlo todo, sacudir los muebles, estirar las sábanas, poner toallas y jabones, mira nada más, todo para recibirte como tú te lo mereces...

Quién sabe qué imaginó en mi mirada que la obligó a decir: —No te preocupes. Todos los criados se han ido. Estamos solitos. Solitititos.

Me acarició la mejilla. Aguanté.

Dijo que no todo estaba listo.

—Mira. La piscina está vacía y se han acumulado hojas y basuras. Hay un aire de abandono, a pesar de mis cuidados. Hay hierbas sin cortar. Las palmeras están grises. Y es que Max siempre dijo cosas como "quiero que me entierren aquí". Qué curioso, ¿no te parece? Ser enterrado en un lugar que nunca visitó...

—Nadie va con anticipación al cementerio —me atreví a opinar.

—¡Cuán verdadero! —impostó la voz—. ¿No te lo dije siempre? Eres listo, cabrón Josué, eres bien listo, listillo.

Y me arrojó el contenido del vaso de whiskey al pecho.

—Nomás no te pases de listo.

Mantuve la tranquilidad. Ni siquiera me llevé la mano al pecho. Miré distraído al sol poniente. Ella retomó su aire de hostess tropical.

—No quiero vecinos —dijo Max.

Hizo un gesto panorámico.

—Y se le hizo, Josué. Aquí no hay nadie. Sólo hay una montaña empinada y el mar abierto.

—Y una playa allá abajo— añadí para no dejar y sentí que Asunta se incomodó.

—No esperes que nadie desembarque allí —dijo con un tono villano.

Quise ser frívolo. —Me basta tu compañía, Asunta. De eso pido mi limosna.

La camisa se me pegaba al pecho.

—Puedes desayunarte con champaña —dijo ella en un tono entre la diversión y la amenaza—. En todo caso —suspiró, le dio la espalda al mar—, aprovecha el lujo. Y piensa una cosa. El lujo es adquirir lo que no se necesita. En cambio, se necesita la vida… ¿No?

Rió. Su alma se iba desnudando poco a poco. No de repente, porque yo la venía observando desde que la conocí, desdeñosa y ausente, paseándose por los cocteles con el celular pegado a la oreja, imponiendo silencio, no dando entrada a la conversación con nadie. Debí entenderla como lo que era y para lo que era. Una mujer atenta y por ello peligrosa. Porque la atención extrema puede desatar reacciones violentas e inesperadas: es el precio de darse cuenta, de darse demasiada cuenta.

Si algún día, como un adolescente, me enamoré de esta mujer y de sus atributos visibles, si los hubo, los había ido perdiendo poco a poco, hasta culminar en la jugada siniestra de presentarse como mi amante ante Jericó y enloquecer a mi hermano con la primera gran pasión de su extraña vida de austeridad sin meta, de lujuria sin entusiasmo, de amante sin amor. Sabía que la malicia de Asunta rebasaba mi capacidad de querer y la helada ambición de Jericó. Éramos, de algún modo, los peones de un gran ajedrez que desembocaba en la solución, por lo visto ritual, de "poner a buen recaudo".

—¿Y Jericó? —insistí—. ¿A buen recaudo también?

—De eso no se habla.

—¿A buen recaudo? ¿Qué? ¿Cómo? ¿Nadie me lo va a decir?

—Te lo puedo demostrar.

—¿Qué? ¿No en…?

—¿Qué cosa es ser puesto a buen recaudo…? Espera tantito…

—¿Y qué cosa es acostarse con Max, como tú?

—Tú qué sabes…

—Los he escuchado.

—¿Nos has visto?

—Estaba muy oscuro. No chingues.

—Negro. Estaba negro, cabrón espía…

—Anda, no te hagas, contéstame…

—No seas metiche, te digo. ¡Narizón habías de ser!

—¿Todo para no regresar al hoyo perdido del desierto, Asunta, al pueblo del norte donde no eras nadie y soportabas a un marido macho, insolente y odioso? ¿Todo por gratitud al hombre que te sacó de allí y te llevó a esta cumbrecita tuya de los negocios y la influencia…?

—Yo habría salido de allí con o sin él —dijo con la cara muy apretada Asunta.

—No lo dudo. Tienes agallas.

—Tengo cabeza. Tengo un coco muy listo. Pero Max fue una suerte que se presentó. Habría habido otras oportunidades.

—¿Cómo confías en el azar?

—La necesidad, no la suerte. Yo habría encontrado la manera de escaparme.

¿Maestra del juego? ¿Ama, incluso, del gran Max Monroy? Estas interrogantes bullían en mis ánimos este atardecer frente al Pacífico mexicano.

Como si leyera mis ideas, ella exclamó: —A mí nadie me bendijo. Nadie me eligió. Me hice sola. Me cae…

—Eres la creación de Max Monroy —le espeté.

—Nadie me bendijo. Me hice sola —se molestó.

—Ya te veo abandonada en Torreón sin Max Monroy, pinche provinciana insatisfecha...

Yo no sé si de algún rincón del alma me salía esta defensa de mi padre, aunque comprendí que Asunta se me fuera a arañazos a la cara... La contuve. Le bajé los brazos. La obligué a dejarlos alargados sobre las caderas. La besé con algo de pasión, algo de desdén; en todo caso una mezcla incontrolable de mis propios sentimientos, que acaso no eran muy distintos de la emoción que cualquier hombre puede sentir si tiene abrazada a una mujer hermosa, por más enemiga que sea, por más que...

Por un momento suspendí mis razones y liberé mis sentidos. Todos tenemos un corazón que no razona y no me importó que Asunta no respondiese a mis besos omnívoros, que sus brazos no me abrazaran, que yo me olvidara de mí mismo antes de arrepentirme de mis acciones, antes de pensar que ella era la culpable y que en toda esta situación —lo sentí comiéndome el carmín de sus labios— todos nos estábamos reservando el secreto más secreto del alma...

Porque una emoción personal suelta como un animal, aunque no sea correspondida, puede abolir por un instante las jerarquías acostumbradas del amor, el poder y la belleza. ¿Por qué se dejaba Asunta besar y palpar sin corresponderme pero permitiéndome?

La aparté de mí imaginando que diría algo. Lo dijo.

—Tengo la mala costumbre de ser admirada —me informó con un aire de suficiencia cínica y hasta alegre—. Me vale…

—Seguro. Lo malo es que tu apariencia no alcanza a disfrazar tus verdaderos deseos. Yo creo que…

—¿Qué son? —me frenó—. ¿Qué son…? ¿Mis deseos…?

—Servir a Max Monroy y ser independiente de Max Monroy. Imposible —afirmé mi propia inteligencia del asunto, la defendí como en un extremo, arrinconada.

—Max me protege de mí misma —fue su respuesta—. Me salva de la mala suerte. De mi mala suerte, tienes razón, la mala fortuna de mi vida anterior…

—Hay personas que son como biombos de otras. Tú eres el biombo de Max. No existes —le escupí las palabras con una especie de saña frívola, como queriendo dar por terminada la escena, largarme ya, dar por concluida la farsa, recoger mi maleta y mis libros y largarme para siempre de la tela de araña tejida por Asunta alrededor de un hombre, Max Monroy, que se revelaba como mi padre y al cual yo debía, me dije confusamente, honrar, conocer y honrar, acercarme a él en vez de a Maquiavelo, carajo, ¿en qué pensaba? Le agradecí a la mujer Jordán que me sacudiera, que me sacase de la vasta ilusión juvenil de que yo podía continuar mi vida como si nada, voy a escribir mi tesis, voy a recibirme… ¿Y luego, y luego?

Salí de este ensueño diciéndome que el deber es independiente del deseo. Mala fortuna. Pero así es.

Quién sabe qué leyó Asunta en mi mirada. La vi con un trasfondo de locura súbita.

—Eres demasiado inteligente para ser amada —le dije como consecuencia lógica de mis propios pensamientos—. ¿Qué opina de eso Max Monroy?

Ella empezó a hablar con un nerviosismo desacostumbrado, como si la respuesta a mi pregunta fuese, todo al mismo tiempo, invocación al sol para que desapareciera cuanto antes y nos dejase a los dos en la más profunda oscuridad, sí, aunque también eran frases inconexas, palabras disfrazadas que ya olvidé porque al cabo Asunta regresó a su lógica implacable, afirmativa.

La loca Sarmiento estaba encerrada para siempre en el asilo, dijo y en su voz resonaba el ocaso del día.

Tu hermano Jericó ha sido puesto a buen recaudo, dijo y una armada de nubes oscuras anunció la noche próxima.

Tu hermano Miguel Aparecido languidece en una celda de Aragón y no saldrá de ella porque teme matar a su padre Max Monroy.

—¿Y Max Monroy, y él?

—Ya te dije que hay cosas que Max Monroy no quiere saber. No quiere saber que se va a morir. Sanginés le ha preparado un testamento en el que los herederos son Sibila Sarmiento, Miguel Aparecido, Jericó Monroy Sarmiento y Josué Monroy Sarmiento…

—¿Y tú, Asunta? —pregunté sin mucha premeditación.

—Yo a la cola —dijo la pobre muchacha del norte, la provinciana a la que vi ahora disfrazada de gran ejecutiva, sin palazzo-pijama, sin celular omnipresente, sin copa en la mano: la vi con un vestidito de percal, zapatos sin tacón, pelo a la permané y cara de colorete, aretes de porcelana y un diente de oro.

Así la vi y ella sabe que la vi así.

Que mi imaginación la encueraba y la regresaba al desierto.

—¿Y tú, Asunta?

—No te atrevas a burlarte —dijo con saña helada—. Yo a la cola siempre. Yo sólo heredo una limosna.

—¿Y quieres heredarlo todo?

—Porque lo merezco todo. Porque nadie ha hecho tanto como yo por Max Monroy.

—¿Qué vas a hacer?

—Yo quiero heredarlo todo.

—¿Qué vas a hacer?

—Ya lo sabes.

—No te atreverás. Yo ya sé lo que buscas. Yo le hablaré a Max. Yo…

No, negó con la cabeza agitada y la mirada fría, nadie le dirá nada a Max, nadie porque no habrá nadie, nadie más que yo, iba diciendo la mujer con una voluntad enloquecida y la mirada del mal más temible, el egoísmo radical, la seguridad de que el mundo está allí para servirnos junto a la inseguridad espantosa de que el mundo puede dejarnos a la intemperie, puñado de polvo en un desierto calcáreo en vez del frondoso paraíso que era y fue el rostro de Asunta, dos jardines en uno o un solo páramo feroz de su joven imaginación… El rostro de Asunta Jordán. Ya no sé si las luces agonizantes del día le dieron ese aire casi mitológico de gran vengadora: una Medea enloquecida no por el celo sexual sino por el celo monetario, el afán de ser ella la heredera de la gran suma ignorando que el dinero no es de nadie, circula, se consume y va a dar al charco inmenso de la basura. Quizás porque ella sabía esto, se elevaba a sí misma de Medea celosa a Gorgona del poder, abarcante, reina de un imperio que se le escaparía de las manos si no se dotaba a sí misma de ojos sangrientos, rostros temibles y cabellera de serpientes, como la coronaban este atardecer el sol y el océano. Amada por Poseidón, poseída por nuestro padre Monroy, ¿había que matarla para que de su sangre naciera un puñal dorado que la matase a ella antes de que ella me matase a mí, y a Miguel Aparecido, y a Sibila Sarmiento y al propio Max Monroy, como quizás ya había matado a Jericó? En los ojos de tiniebla fulgurante de Asunta Jordán vi la simplicidad de la fortuna y la complejidad de la ambición. ¿O tendría el tiempo Asunta Jordán de mirarme para convertirme en piedra? ¿Y no era cierto que...?

—Aunque me mates, te seguiré mirando —me dijo con aliento de whiskey y carmín cuando me aparté de ella convocado por los rumores de rama pisoteada que aumentaban a mis espaldas dándole la cara a Jenaro Ruvalcaba, ligero, rubio, seguido de una banda confusa de gente sudorosa y oscura, todos armados con machetes, y el mismo Ruvalcaba me dio el machetazo en la nuca que me envió con la cabeza sangrante al pozo de la piscina sin agua y en medio de las botellas vacías y las hierbas que crecían sin orden entre cicatrices de cemento...

Epílogo

Subida al cielo

Aquí está mi cabeza cortada, perdida como un coco a orillas del Océano Pacífico en la costa mexicana de Guerrero.

Mi cabeza no sólo añora mi cuerpo. No sé a dónde fui a dar de la nuca para abajo. Quizás mi cadáver acéfalo también ha sido puesto "a buen recaudo". Quizás, sin embargo, el sacrificio del cuerpo ha sido la condición para que mi alma se libere de la existencia puramente vegetativa y asuma una nueva vida de relación. Vida de relación: ¿no es esta la vida propia del animal? ¿Me hago ilusiones creyendo que, perdido mi cuerpo, mi espíritu asciende a una región sólo habitada por el ánima? ¿Y ánima no es ya, de arranque, animal?

De ánima. ¡Qué curioso, qué inesperado cómo en la mente, si no regresa, al menos se avecina el conocimiento adquirido años antes, las lecturas jóvenes que tantas veces he mencionado en este mi manuscrito de sal y espuma! Materia y forma. Potencia y acto. Sólo la muerte me confirma que ahora no soy más que un acto en potencia, una materia a la caza de su propia forma. Ahora siento mi alma como la promesa de un sentido renovado, pero ahora sin contenido y por ello listo a recibirlos todos. Soy algo posible, me digo en este extremo de mi existencia. Aún no soy. Aunque ya soy, acaso, inmortal por la paradoja de haber muerto, sólo por eso…

Alma ánima animal: mi cabeza yace en la playa y la bañan las tibias olas del Mar del Sur. No sé ya si me confundo, si hablo de mi ánima y hablo al mismo tiempo de mi animal. Mas si he vuelto a ser ánima de animal, eso significa que he regresado al embrión, a la formación de animal y hombre, al instante de similitud de las especies: su hermandad.

Me detengo allí porque basta la idea para acelerar mi mente y enviarme a una secuela evolutiva que no deseo porque siento que me aleja de una fraternidad oscuramente recobrada con el mundo, sí, pero con mis hermanos también. ¿Cómo se llamaban? ¿Cuántos éramos? ¿Dos, tres...? El gran océano convierte mi cabeza cortada en caracol marino y me repite historias antiguas que sólo el mar guarda y las olas murmuran... Dos hermanos... Vuelven sus rostros, vuelven sus cuerpos, vuelven sus nombres en cada pulso del oleaje benefactor y atroz que impulsa hacia adelante y vence hacia atrás el movimiento todo del universo...

Se cruza una idea insana en mi cabeza. Cástor y Pólux. Mi hermano Jericó y yo gozamos de la inmortalidad sólo en días alternos. Siento el espanto. ¿Puedo quedarme más de un día con la inmortalidad y negársela, en consecuencia, a mi hermano? ¿Puede él hacer lo mismo y dejarme abandonado, para siempre, a la deriva sin un día más de vida? Expreso este horrible pensamiento mirando un tropel de caballos que corren sobre las olas pidiendo a gritos agua, agua, aunque el agua los rodea, de esta agua no beberás, a lo largo de esta agua correrás velozmente, surcarás el mar y protegerás al marino con el fuego de tu recuerdo incendiando el alto del mástil, tú y tu hermano nos daremos el uno al otro la emoción de la vida, el amor, el combate, el poder y la gloria, el secuestro de hembras, nos agarramos al mástil de fuego y los corceles del mar nos arrastrarán a un destino que distingo en la misma playa a donde yo llegué ya estando ahí...

Un pelícano se bambolea cerca de la costa.

Su voz llega hasta mí.

"El gusano es un error", dice.

Y bastan estas palabras para regresarme al sitio donde me encuentro y a la terrible pérdida de la vida, al holocausto interminable de la inexplicable muerte de todos nosotros, los seres humanos... Y no entonces la inmortalidad alternada, ni los caballos del mar, ni el mástil de fuego, ni el temor de matar o ser matado cuando dejo de ser inmortal, nada de eso se hace presente, sino esto que aquí yace, una cabeza cortada por machete y eso que aquí no está, un cuerpo perdido, un tronco de cavidades huecas dividido por el diafragma, depósito mortal del corazón, los pulmones, la pleura, antesala del estómago, el hígado, la vejiga, los intestinos, los riñones, ¿qué me queda?

¡Aaaaah! Me doy por satisfecho. Soy dueño de mi cabeza, por más cortada que esté. Esplenio, trapecio, tráquea. El hueso hioides sigue sosteniendo mi lengua. Mi cara tiene boca. Mi cráneo contiene encéfalo. Mi cerebro, mi cerebro aquí yaciente tiene aún una corteza de materia gris que se me escapa por las narices, deja de envolver la materia blanca que se me sale por los ojos. ¿Dónde quedó el cerebelo que controlaba el movimiento de lo que perdí: el cuerpo? ¿Qué postura, ningún equilibrio?

Respirar. Circular. Dormir. Qué dolor perderlo todo. Qué ilusión creer que las áreas nuevas de la cabeza pueden perderse sólo para darle vida activa a las más antiguas… Piel. Orificios. Cabeza. Tronco. Extremidades. Eran yo. Me vi al principio en el espejo de mi cuarto de baño. Tengo veintisiete años de edad. Me acaricio las mejillas. Me afeito la barba y el labio superior. Recuerdo que debo rescatar mi físico antes de que sea demasiado tarde. Cierro los ojos. Imagino mi cara. Mata india de pelo negro. Ojos oscuros hundidos en las cuencas de un esqueleto facial casi transparente. Cejas invisibles. Boca amable. Delgada. Sonriente. Orejas ni grandes ni chicas. Rostro flaco. Piel pegada al hueso. Cabellera brotando como matorrales nocturnos que crecen en el fondo del mar con la poca luz que atraviesa la hondura.

El gran sargazo de la muerte anticipada.

El mar que asciende en breves oleadas, obligándome a tragarlo antes de que llegue a los orificios de mi gran nariz, narizón, nariguetas, narigudo, narizado…

Entonces las inmensas algas negras surgieron al mismo tiempo del mar y del cielo y ocurrió el milagro: en el aire, mi cabeza y mi cuerpo dispersos se reunieron y la voz que ya conocía, que reconocí, me dijo el cielo se abre, el tiempo del exilio se acaba, el viento tempestuoso nos arrastra, ¿me recuerdas? Soy Ezequiel, el profeta que une las alas del mundo y salva al hombre del fuego y de las olas, devolviéndote, Josué, al aire que te pertenece y donde tendrás nueva compañía: ¡qué error, qué gran error andar creyendo que las almas se van al cielo o al infierno, a nuevos claustros de nube o de llama! Las almas no caben ni en el cielo ni en el infierno, que son espacios cercados. Las almas habitan el espacio infinito. Oye el ruido de mis alas, oye las voces de cuanto ha existido. Yo te hablaré pero tú verás, Josué. Verás rostros duros y corazones tenaces. Verás tu casa rebelde. Tu padre. Tus hermanos. La puta de Babilonia. No saben que hay una profetisa que los mira y te protege. Están sentados sobre alacranes. Comen papel y creen que es ambrosía. No te escuchan porque no quieren. Háblales aunque no te escuchen. Tú eres el gran rumor, eres la gran advertencia. La ciudad se muere, les adviertes, Josué en alas del profeta Ezequiel que soy yo, la ciudad te pondrá obstáculos, la ciudad se pondrá en guardia porque a ti te penetró el espíritu y por eso desobedeciste, no te sometiste a la casa del orden, la ambición, el ascenso, la comodidad, el compromiso, Josué, no te encerraste en tu casa, no sellaste la lengua contra el paladar, ayunaste, viste el santuario ensuciado por la peste y la guerra, la ruina y el oprobio, el crimen, la desolación de los templos, los cadáveres vivientes postrados ante los ídolos, mira, Josué, mira desde los aires a la ciudad doliente, ciudad oliente, ¿crees que la has abandonado para siempre?, ¿crees que has dejado tu casa sin acabar de construirla? Ah, Josué, sólo la muerte nos permite ver el futuro; si viviésemos para siempre seríamos el porvenir y lo desconoceríamos, si siguiésemos en la tierra seguiríamos creyendo en nuestra individualidad y no veríamos la verdad que nos acompaña: la verdad es otra persona, acaso otras personas, pero sin duda hay una persona sola, delegada por la Providencia, designada por los dioses, fabricada por la Naturaleza, la persona que te guarda, no como un ángel, sino como el buen Demonio, la presencia que te acompaña, la diablilla que viste y no viste, conociste y desconociste, abrazaste y abandonaste, la mujer que se dio entera a ti, te probó y te comprobó como hombre y te dejó cuando fue necesario que llegaras solo, como llegamos todos, hasta los ángeles, sobre todo los profetas como yo, a nuestro destino… Se apartó. Te mintió para que no la añoraras. Adivinó desde siempre tu necesidad, Josué, tu razón para dar la batalla en las tierras de Judea desde las montañas de Nero y Pisga hasta la orilla del mar, tu batalla personal, Josué, la de tu individualidad irrepetible pero no solitaria, has tenido compañía, Josué, la cercana asistencia de la única persona a la que realmente amaste y realmente te amó, con entrega, con rebeldía, con disgusto acaso, con pasión siempre y fue esto, la pasión que es paso por la vida, que es sufrimiento, soportar contrariedades, padecer enfermedades, mover el alma para el placer y para la pena, desear, apasionarse, ¿quién fue el Demonio de tu pasión?

Perdido en el paso diario de la vida, acaso no te diste cuenta, Josué, de que alguien te conoció y de allí en adelante te acompañó, incluso en la ausencia, invisible pero siempre presente: tu mujer-Demonio, tu diabla personal… Porque al vivir, la violencia y la costumbre, la costumbre interrumpida por la violencia, o al revés, Josué, te impidieron distinguir, hasta muy tarde, hasta la última hora de tu vida, entre el buen y el mal Demonio. Tu cancerbera María Egipciaca, tu enfermera fugaz Elvira Ríos. Tu contradictorio, sabio y acomodaticio maestro Antonio Sanginés. Tu oscuro hermano encarcelado por sí mismo y en sí mismo Miguel Aparecido. Tu otro hermano Jericó, al que tanto amaste, tanto odiaste y en medio tanto te sirvió para medir los infinitos grados del hombre entre el amor y el odio. Tu madre desconocida Sibila Sarmiento a la que sólo puedes dedicarle el réquiem de la piedad. Tu lejano padre Max Monroy, tan impenetrable por ser su propio partido, partido único, tan seguro de no perder nunca, convirtiendo la mentira en la verdad y la verdad en la mentira para desde allí moverse y afirmar el poder de los viejos temerosos de que los jóvenes los amenacen, trastornando el origen probado de todas las cosas que ellos crearon: esto temía Max, no los puso a prueba a ti y a tu hermano para ver si daban la batalla contando con todas las comodidades salvo la de saber quiénes eran, no porque quiso evitar el destino brutal e inhumano que le impuso a Miguel Aparecido, no, sino el miedo que les tenía si los dejaba libres sin las ataduras que al cabo, con un sofisma deleznable, les impuso: les doy todo para vivir menos lo que me amenaza a mí. Esto sabía Asunta, ¿sabes?, que el viejo les tenía miedo y que acaso, si ella los liquidaba a ustedes para que no heredasen, Max lo entendería como un acto más de fidelidad de la mujer: no para que no heredasen, sólo para que no se presentasen como lo que eras tú y fue Jericó: los hijos de Monroy que Monroy no metió en la cárcel, porque en el destino de Miguel Aparecido tú y tu hermano Jericó han de ver no lo que no les sucedió sino lo que les pudo suceder: padres e hijos se devorarán entre sí, la casa rebelde se sentará sobre alacranes, los hogares desolados se extinguirán, los cadáveres se inclinarán ante los ídolos y las casas serán antorchas...

—¿Y Lucha Zapata?

Volábamos sobre las montañas de México, con rumbo desconocido. Las aguas se precipitaban de los cerros al mar, desolando las altas mesetas. Miré salinas y pantanos. Vi las aves huyendo y las manadas de toros en los valles y las cabras en las rocas, volamos sobre una vaguada de huesos, y Ezequiel se dijo a sí mismo, profetiza sobre estos huesos, tal es el mandato de Dios, envuelto en un feroz ruido de trueno y relámpago, volando sobre las montañas: profetiza, Josué, profetiza que todos estos huesos serán tu casa, y yo me rebelé, aun a costa de mi vida, porque Ezequiel podía soltarme y yo no quería morir dos veces sin repetir:

—Lucha Zapata.

Quizás fue una respuesta a mi ruego —pues Lucha Zapata era ya mi oración final—: en un cúmulo de nubes distinguí a gente que conocía; acercándome en el vuelo, vi a Alberto-Albertina devuelto a su condición de niña: desnuda, con la lánguida V de sus muslos luciendo la límpida ↓ de su sexo, me reconoció, me saludó y a ella se unieron las manos agitadas de los niños ahogados en la piscina de San Juan de Aragón, la Chuchita desnuda, encantada de no tener que vestirse más, Merlín que era parte de la pandilla de idiotas utilizado para colarse a las casas pudientes, rapado, ahora sí idiota pero feliz, con la boca entreabierta y el moco suelto, Félix el de la cara tristísima, despojado ahora de la culpa anciana que vi en su cara al recorrer la cárcel, pero con los dientes siempre llenos de restos de tortilla y huevo: me saludaron con regocijo, como celebrando que me uniese a ellos, a su condición para mí misteriosa aún, aunque la rápida transformación de los cúmulos en cirros luminosos y moribundos como un ocaso y el anuncio de la dispersión de las nubes en estratos me indicaba que la visión angelical no se vería aquí, que este cielo era engañoso, que las nubes al cabo sólo son hielo en suspenso, vapor de agua pronto a regresar a su origen y destino, que es el abrazo inmenso del mar, de donde yo provengo y de donde ya no sé si salí y no sé si regresaré.

Los niños me saludan y esto me alegra. Me irrita que de una choza medio derruida en la falda de un volcán salga agachada, vestida de negro, con un bat de beisbol en la mano, parte del paisaje volcánico de arena negra, mi anciana Némesis, María Egipciaca, la carcelera de mi infancia, agitando el bat y gritando o chirriando o silbando, una viejita se murió barajando, una viejita se murió barajando...

Di gracias. Ni Elvira Ríos ni Lucha Zapata se encontraban en el cementerio del aire.

Jericó tampoco.

Tampoco Asunta Jordán.

—¡Lucha Zapata!

Pero Ezequiel no me hacía caso. Sobrevolábamos la meseta de Anáhuac y desde un sitio escondido entre pedregales y tejambres, frondosos pirules y sauces doloridos, se levantó la voz que reconocí, ahora con acentos plañideros a veces, autoritarios otras, la voz de la Antigua Concepción sobreviviendo a los desastres enumerados por Ezequiel y en combate abierto con el profeta, no le creas, hijo mío Josué, tú que me has dado tu compañía, ahora espero que nada nos separe más, no le creas al falso profeta que te trae zarandeado por los aires, pinche merolico, no le creas nada, el poder se ejerce donde se puede, en la vida o en la muerte, se ejerce donde se puede, no donde se quiere, esa es mi diferencia contra este sacamuertos metesillas don Ezequiel de la boca grande y las alas negras, pregúntale si hay política con ética, pregúntale nomás, pregúntale si existe algo fuera del palacio de la política y el templo del dinero... pregúntale, Jericó...

Batió las alas Ezequiel, demasiado tarde, dijo, sin hacerle caso a la Antigua Concepción que nos dirigió la palabra desde su tumba, cállate anciana, no hay que reclutar tropas al ponerse el sol y ella le contestó con una vasta carcajada, los derechos de un suplicante son sagrados, desde el principio del mundo, yo te suplico, devuélveme a mi nieto, déjalo caer, cabrón agorero, adivino de mierda, suelta tu presa, es mi nieto, es mío, es libre para caer, ¿o qué no?

Es libre para abrir el camino de la muerte, suspiró Ezequiel sin arredrar a la Antigua Concepción, libera a mis hijos, ya no son Caín y Abel, ya no luchan uno contra otro, sino contra la necesidad a la que deben someterse, ¿me oyes, meco ala mojada?, cada hombre es sólo la espuma de una ola mientras vive, la grandeza es un accidente que la muerte no perdona porque ella es más grande que todo, ¿me entiendes, hocicón con alas?, ¿qué vas a darle a Josué?, ¿ni totopo ni tortilla ni una gordita de la Villa? ¡Miserable mago de miércoles, devuélveme a mi nieto, ten piedad, sé justo! Y el profeta: es injusto no saberse mortal y la muerte es la justicia de la inmortalidad, es necesariamente mío, grita la Antigua Concepción, la necesidad te rebasa, le contesta Ezequiel, devuélveme a Caín y a Abel para que se reconcilien en mi seno, ahora gime la perversa abuela y Ezequiel: ellos no están en lucha el uno contra el otro, sino contra la voluntad y la fortuna a la que deberán someterse.

—Son sonámbulos —gritó la vieja—. Yo los despertaré.

—Son destino —murmura Ezequiel y emprende un vuelo aún más alto que deja atrás el panteón donde yace la Antigua Concepción, gritando todo está perdido, no engañes a Josué, no seas camote, no te dé pena, cuida tu casa, deja la ajena…

La voz se fue apagando entre el smog y los motores.

Yo insistí: —¿Lucha Zapata? —como para disipar los acontecimientos que me sofocaban.

Entonces Ezequiel me tomó del cogote y me dijo ella, ella fue tu Demonio bueno, tu compañera, me lo dijo cuando dejábamos atrás los montes y alcanzábamos la altura de la meseta y la Ciudad de México se extendía infinita, brillante en las luces del atardecer como parda en la luz del día y Ezequiel murmuraba las palabras de Dios a sangre te perseguiré, la sangre te perseguirá, la sangre no te odiará y Lucha Zapata será tu ángel vengador, Lucha Zapata es la única persona que jamás te traicionó, ahora te vengará, mírala desde lo alto, mírala entrar al edificio de la Utopía sin dar de gritos, sin nombrarte con cada pulso de su corazón y con cada batir de sus pulmones, al fin sembrando el terror en el edificio, nadie la detiene, ni siquiera Ensenada de Ensenada, esto rompe todas las reglas, esto no está previsto, Lucha llega arrastrada por el viento, nadie la sabe distinguir del aire aunque todos sienten el fuego del huracán hasta que Lucha Zapata entra, rompiendo vidrios y astillando puertas, al santuario de Asunta Jordán y la sorprende con las narices hundidas en el ordenador y Asunta no tiene tiempo de resistir una puñalada y otra y otra y otra, puñalada de hielo puñalada de sueño puñalada de vigilia desesperada puñalada rasgando el aire para clavarse en el cuello la espalda las tetas los ojos de Asunta Jordán que resiste manoteando, se cubre la falda como si la puñalada le llegase al sexo, trata de limpiarse y cae de boca sobre el ordenador que transmite una oración sin sentido ni destinatario…

Caen sobre Lucha Zapata.

La toman.

No mires más, Josué. No mires. Tu destino en la tierra ya se cumplió. Las flechas del exterminio han sido disparadas. Los nombres de los fantasmas han sido dichos. Soporta los crímenes de la ciudad. Profetiza contra la ciudad. Y ahora, Josué, olvida el gran rumor a tus espaldas y toma un rollo de papel para contar una narración incompleta…

Estos son los nombres de las tribus: los dice desde la cárcel de Aragón tu hermano Miguel Aparecido, que aún vive.

Índice

Esta obra se terminó de imprimir
en agosto de 2008 en los talleres de
Compañía Editorial Ultra S.A. de C.V.,
Centeno 162, Col. Granjas Esmeralda,
C.P. 09810, México, D.F.